《山西抗日根据地红色文化经典文献大系》
编纂委员会 编

山西抗日根据地红色新闻经典文献

晋绥根据地卷（一）

张汉静 主编

山西出版传媒集团 山西人民出版社

山西抗日根据地红色文化经典文献大系编纂委员会

主 任　张碧涌

副主任　宋　伟

委 员　万　勇　杨建军　王招宇
　　　　张效堂　李立平　张三忠

主 编　张汉静

山西抗日根据地红色新闻经典文献

主　　编	张汉静
副主编	王鹏飞　李　霞　梁红艳　周　恒
编撰人员	李　杰　黄小白　张　玉　亦　颖
	卫昕怡　李浩然　韩雅琳　李家宜
	牛　杰　侯赛华　刘运洲　李　俊
	吴泊瑶　王　博　罗丹萍　王鹏媛

序言

新时代以来,中华民族伟大复兴进入了不可逆转的历史进程。民族的伟大复兴同时也是文化的伟大复兴。在民族复兴的百年历史征程中,中国共产党引领着中华民族谋取了自身的独立、自由、解放和发展,其间所迸发出的伟大抗争精神、自强精神、奋斗精神、创新精神,无时无刻不在激荡着每一位共和国公民的一腔热血。

回望20世纪以来中华民族所经历的由孱弱到觉醒、从抗争到振兴的伟大历程,我们发现,中国共产党的诞生不但"深刻改变了近代以后中华民族发展的方向和进程,深刻改变了中国人民和中华民族的前途和命运"[1],同时也开启了中国人民和中华民族新的文化发展方向和进程。这个新文化的方向和进程,浸染着无数革命先辈和仁人志士的鲜血与汗水,自诞生之日就将红色基因深深植入每一位中华儿女的心灵深处。

1939年,毛泽东同志在《论持久战》英译本序言中指出:"伟大的中国抗战,不但是中国的事、东方的事,

---

[1] 习近平:《在庆祝中国共产党成立100周年大会上的讲话》,《人民日报》,2021年7月2日,第2版。

也是世界的事……我们的敌人是世界性的敌人,中国的抗战是世界性的抗战。"[1] 在第二次世界大战东方战场的反法西斯斗争中,山西作为中国共产党领导的抗日敌后游击战争的主战场之一,不但为抗日战争的完全胜利发挥了不可替代的决定性作用,更为中国共产党领导的军事建设、政权建设和文化建设提供了丰富的实践场所和内容。[2] 这其中,山西抗日根据地文化建设所孕育的鲜明的红色底蕴和丰富的社会实践成果,不但是中国共产党文化软实力与文化主导权建设史中的光辉典范,而且对于我们"继续弘扬光荣传统、赓续红色血脉"[3] 也具有重大的现实意义。

在纪念中国人民抗日战争暨世界反法西斯战争胜利70周年大会上,习近平总书记指出:"中国人民抗日战争和世界反法西斯战争,是正义和邪恶、光明和黑暗、进步和反动的大决战。在那场惨烈的战争中,中国人民抗日战争开始时间最早、持续时间最长。面对侵略者,中华儿女不屈不挠、浴血奋战,彻底打败了日本军国主义侵略者,捍卫了中华民族5000多年发展的文明成果,捍卫了人类和平事业,铸就了战争史上的奇观、中华民

---

[1] 毛泽东:《抗战与外援的关系——〈论持久战〉英译本序言》,载《八路军军政杂志》1939年第2期。
[2] 张汉静:《山西抗日根据地文化传播史》,山西人民出版社,2020,第2页。
[3] 习近平:《在庆祝中国共产党成立100周年大会上的讲话》,《人民日报》,2021年7月2日,第2版。

族的壮举。"[1]

山西省委、省政府高度重视红色文化资源的保护利用工作,将《山西抗日根据地红色文化经典文献大系》大型历史文献与研究丛书项目列入《山西省"十四五"文化和旅游产业融合发展规划》。山西省委宣传部积极组织力量,开展《山西抗日根据地红色文化经典文献大系》丛书的编纂工作,成立了编纂委员会,提出了丛书编纂的总思路、总要求、总目标,为丛书的研究、编纂和出版打下了坚实的基础。

2018年,我们开始组建"山西抗日根据地红色文化"研究团队,致力于山西抗日根据地红色文化、山西抗日根据地文化传播史系列研究,先后出版了《山西抗日根据地文化传播史》《山西抗日根据地文化传播研究》系列丛书以及相关论文等研究成果,获得了良好的社会反响和关注。山西波澜壮阔的革命历史与红色文化资源,为"山西抗日根据地红色文化"研究团队提供了取之不尽的研究素材。前期的研究成果不但使我们更加明晰了红色文化研究的意义,还进一步坚定了我们继续前进的信念。在山西省委宣传部的组织指导下,我们在前期研究工作的基础上开启了《山西抗日根据地红色文化经典文献大系》的搜集整理和研究工作,拟对山西抗日根据

---

[1] 习近平:《在纪念中国人民抗日战争暨世界反法西斯战争胜利70周年大会上的讲话》,《人民日报》,2015年9月4日,第2版。

地红色文献进行一次全方位、系统化的整理和研究。我们邀请了北京大学、南京大学、南开大学、上海交通大学、中国社会科学院、山西大学等院校的著名专家学者，积极参与我们的学术实践活动。专家们一致认为，这套红色经典文献大系无疑将是对抗战时期中国共产党领导的山西抗日根据地军事斗争、政权建设、文化建设的一种全面而全新的呈现，意义重大。

习近平新时代中国特色社会主义思想是我们做好《山西抗日根据地红色文化经典文献大系》的政治引领和学术秉持，山西深沉厚重的人文历史与红色文化是我们得天独厚的资源宝库，我们将在山西省委宣传部的组织指导下，积极听取专家意见，发挥团队优势，充分利用本省学者的比较优势，努力把《山西抗日根据地红色文化经典文献大系》做成扎实可靠、经得起历史检验的学术精品。

一、《山西抗日根据地红色文化经典文献大系》研究的主要内容

《山西抗日根据地红色文化经典文献大系》大型历史文献与研究丛书分为版画、歌曲、新闻、戏剧、影像和文学等6个方面。这些研究内容既相互独立，又互有关联，共同构建起山西抗日根据地红色文化研究的学科体系、学术体系和话语体系。

版画是山西抗日根据地最具代表性，同时也是最容

易为根据地军民所接触和接受的美术形式之一。《山西抗日根据地红色版画经典文献》是山西三大抗日根据地众多版画工作者代表性作品的大集成。我们分别将山西三大抗日根据地的木刻作品、宣传画、年画、连环画等红色版画进行系统的分类、整理和专题研究，并用"以图引文，以文载图，图文互应，文史互证"的新形式，为读者呈现出山西抗日根据地红色版画所处时代真实的社会历史语境、根据地红色版画家战斗生活的实际状况、版画创作者的心路历程，以及这其中所承载的中国共产党人的政治主张、精神世界和革命理想。

歌曲是山西抗日根据地音乐传播的主体，是山西全域抗战波澜壮阔历史图景的生动呈现。《山西抗日根据地红色歌曲经典文献》的内容涉及山西全部县域，所收录的红色经典歌曲的百分之六十是第一次正式出版发行。在编纂过程中，我们采用了歌曲、视频、相关文字文献相结合的综合立体呈现形式，通过挖掘民间老艺人的传唱，组织广大群众文艺工作者的演唱，并将之整理成影像文献资料，全方位记录和还原抗战时期山西根据地军民团结起来共同奏响抗日救亡红色主旋律的生动历史文化景象，并期以之唤醒读者灵魂深处的红色记忆。

《山西抗日根据地红色新闻经典文献》旨在对山西抗日根据地主要报纸的社论进行深入挖掘和研究，力求整体、全面地反映当时中国共产党进行政治宣传、革命动员，以统一思想、赢得民心、取得胜利的路径、方法和手段。总结中国共产党抗战时期领导新闻宣传、坚持党性原则与进行社会动员的成功经验，为当代新闻宣传工作讲好中国故事、传递党的声音、占领宣传高地、把握舆论主动提供历史镜鉴。

《山西抗日根据地红色戏剧经典文献》是在收集大量山西抗日根据地戏剧剧本的基础上，以戏剧剧本＋相关文字评论文献＋专题研究的形式呈现。山西是文化大省，更是传统戏剧大省，抗战时期山西抗日根据地不但为话剧、街头剧、歌剧等新兴剧目提供了广阔的社会实践舞台，更使山西传统的晋剧、蒲剧、上党梆子、北路梆子、秧歌剧、道情、眉户等传统戏剧完成了形式和内容上的脱胎换骨。将各种代表性戏剧作品的剧本和当时的相关文字评论文献进行收集与整理，无疑会使读者切实感受到山西抗日根据地红色戏剧那种直击心灵、超越时代的魅力。

《山西抗日根据地红色影像经典文献》是中国共产党领导的山西抗日根据地军事斗争、文化建设、社会发展等实际状况的视觉传达，对山西抗日根据地相关的历史照片、新闻纪录片等各类历史影像进行收集与整理，并附以简介、评论及专题研究著作。这不但能为读者展示一个更为生动的山西抗日根据地的社会历史风貌，还能使读者进一步在珍贵的历史语境及画面中追寻革命先辈身影，重温这些影像背后所承载的民族独立与解放的辉煌历史。

《山西抗日根据地红色文学经典文献》系统搜集和整理了山西抗日根据地有代表性的经典小说、诗歌等各类文学作品。读者可以从这些红色经典文学作品中把握根据地文学创作的思想与主线,从宏大的历史叙事切入根据地军民鲜活的革命斗争实践,在感受红色文学魅力的同时,还可以感受到红色文学工作者在民族解放斗争中积极投身革命,对民众的现实斗争进行艺术提炼,并以之为创作源泉的现实主义创作精神与追求,以及这种现实主义美学模式对日后中国文学的独特影响。

二、《山西抗日根据地红色文化经典文献大系》研究的基本遵循

坚持历史唯物主义的理论指导。"历史唯物主义作为马克思主义哲学的重要组成部分,是关于人类社会发展一般规律的科学。在革命、建设、改革各个历史时期,我们党运用历史唯物主义,系统、具体、历史地分析中国社会运动及其发展规律,在认识世界和改造世界过程中不断把握规律、积极运用规律,推动党和人民事业取得了一个又一个胜利。"[1]在对文献的搜集整理和研究中,我们始终坚持唯物史观,尊重客观历史,还原历史情境与细节,努力通过真实的历史资料,讲述中国共产党在山西抗日根据地文化传播的历史活动,展示中国共产党

---

[1] 习近平:《坚持历史唯物主义不断开辟当代中国马克思主义发展新境界》,载《社会主义论坛》2020年第2期。

在决定中华民族命运关键时刻的历史担当。

坚持以人民为中心的研究理念。"一切来自人民,一切为了人民"是中国共产党人的核心立场。在《山西抗日根据地红色文化经典文献大系》的文献收集过程中,我们更加深刻地理解了中国共产党人心中那份深深的根植于人民、服务于人民的群众情怀和立场,更深入地探寻到了中国共产党人之所以能够起到民族解放中流砥柱作用和充分发扬伟大复兴历史担当精神的思想根源。为此,我们在整理和写作过程中,严格以各类历史文献为基础,通过系统的梳理、筛选和分类,呈现并还原中国共产党人在残酷斗争的岁月中时刻为人民而斗争、以人民为依靠的真实历史景象,使读者能够在各类生动的历史文献中切实感受到太行精神(吕梁精神)背后的群众渊源,进一步明确中国共产党人经过历史淬炼而析出的那种不变的初心与使命。

坚持系统性的研究方法。系统性是我们做好以历史文献为基础的文化研究工作的重要方法。系统观念是马克思主义认识论和方法论的重要范畴,是马克思主义政党基础性的思想和工作方法。在《山西抗日根据地红色文化经典文献大系》的写作中,面对纷繁复杂的历史文献,只有系统性方法才能帮助我们在碎片化的材料中发现关键点和关节点,切中要害,进而实现对于材料的逻辑性梳理和再认识。这对我们塑造以历史文献为基础的系统性的历史思维,追寻基于历史事实的文化观念的形成,以及以其为基础的面向当下和未来的创造性转换和创新性发展具有重要的方法论意义。

坚持深入研究文化软实力与文化主导权的学术定位。我们在前期的《山西抗日根据地文化传播史》一书中,首次将文化软实力与文化主导权引入我们的研究,使我们能够以一种全新的视角来认识中国共产党人在山西抗日根据地的文化建设工作,《山西抗日根据地红色文化经典文献大系》作为我们前期工作的深化,更使我们深刻地认识到中国共产党在山西抗日根据地进行的各项文化建设工作,就是中国共产党人在抗日战争这一大的时代和社会背景下,通过各种文化载体将自己的革命理想、政治主张与奋斗目标对受众进行文化传播,从而进行文化软实力的建设和文化主导权的构建。在这个过程中,中国共产党人根据各项文化建设工作自身的特点,充分调动起与其相关的各种主客观因素,比较全面地达到了自身的军事和政治工作目标,使山西抗日根据地的社会文化风貌发生了翻天覆地的变化,并以其丰富的社会实践内容构建了自身独特的红色文化理论体系。读者通过《山西抗日根据地红色文化经典文献大系》收集、整理的各类历史文献及研究成果,可以切实地感受到中国共产党人如何从细微之处着手,一步步成体系地进行文化软实力建设和文化主导权方面的构建,这方面的历史经验以及在这个过程中所涉及的路线、方针与政策等问题,恰恰是在抗日根据地传统研究中容易忽视的。

坚持理论探索与注重实践相结合的实证研究。理论的研究不能只是单纯的学术探索，更需要从实践出发，并回归到实践中。在《山西抗日根据地红色文化经典文献大系》的研究中，我们从书斋里走出去，用脚步丈量大地，在黄土中扎根，在田野上书写，以实际应用为目的，把科研成果的学术性语言转化为人民群众喜闻乐见的形式，并将其有效地反馈给人民群众，使之重新成为广大群众关注的热点。为此，我们在实践中特别注重将各类历史文献依照自身的特点加以遴选，在音乐、戏剧、美术、影像、文学等若干方面，以广大群众乐见的生动方式打造一个传播矩阵，以文本、音频、视频等多种方式呈现，使读者通过视觉、听觉形成立体的感受，从而使山西抗日根据地的红色文化真正回归广大群众的文化生活，在满足广大人民群众文化需要的同时，充分展现山西抗日根据地红色文化独特的内涵与永恒的魅力。

三、《山西抗日根据地红色文化经典文献大系》研究的现实意义

从历史中走来，并引领着我们走向未来。在《山西抗日根据地红色文化经典文献大系》的搜集整理研究过程中，我们力求从中国共产党与新中国文化传承的历史渊源方面思考问题，站在党和国家文化事业发展全局与战略的高度思考问题，进而将工作引领到一个全新的高度，为新时代、新起点上的文化繁荣和文化强国建设提

供助力。

中国共产党为什么能？中国共产党人的文化自信与使命担当来自何处？来自马克思主义基本原理同中国具体实际相结合，同中华优秀传统文化相结合，以及在这个基础上进行的伟大斗争和社会实践。通过《山西抗日根据地红色文化经典文献大系》对中国共产党文化建设和社会实践的追根溯源，我们看到了中国共产党人的思想与山西抗日根据地传统社会文化的碰撞与融合，看到了山西抗日根据地因之而产生的巨大社会文化变迁；更加深刻地理解了中国共产党人在民族危难时刻如何从各项文化建设工作的点点滴滴着手，通过艰苦卓绝的斗争，构建起恢宏无比的文化巨厦，并引领深受苦难的中华民族不断抗争，最终完成了自身的解放。这其中所蕴含的伟大精神和实践经验，对于我们持续深化对文化建设的规律性认识和把握，以及今天在新的历史起点上继续推动文化繁荣、建设文化强国、建设中华民族现代文明，创造属于我们这个时代的新文化，无疑具有极为重要和深刻的示范意义。

《山西抗日根据地红色文化经典文献大系》是对抗战时期中国共产党人文化建设工作的一次系统性梳理，在其中，我们既可以看到中国共产党人文化建设的理论、路线、方针、政策，又可以看到在它们指导下各项文化工作开展的具体成果，以及由此而凝结成的中国共产党人独有的精神、文化和工作经验。山西抗日根据地红色文化根植于民族解放的伟大历史实践，体现着中国共产党及其领导下的根据地人民独立自主、英勇抗争、不屈不挠的太行精神（吕梁精神），这种文化给我们带来的生命力、感召力和影响力超越时空，在今天依然是我们在新的历史起点上文化自信、道路自信、理论自信及制度自信的坚实基础和精神动力。

讲好红色故事，助力红色文化传播，加强红色文化教育，赓续中国共产党人的精神谱系，是《山西抗日根据地红色文化经典文献大系》研究的另一个目标。《山西抗日根据地红色文化经典文献大系》中所承载的众多历史文献和文化艺术成果，以及我们对它们的多样化使用和推介，必定会使广大党员、干部和人民群众更加深入地认识到中国共产党人的初心与使命源自何处、理想与信念指向何方。这对加强革命传统教育、爱国主义教育、青少年思想道德教育，传承好红色基因，确保红色江山永不变色，无疑会起到积极的作用。

最后需要指出的是，《山西抗日根据地红色文化经典文献大系》是国内第一次聚焦于区域抗战文化的系统性、综合性、创新性的学术探索，更是一项具有挑战性和前沿性的学术创新研究。把它做成学术精品，不仅是对抗战史研究的新贡献，也是赓续红色血脉、传承红色基因、坚定文化自信的历史使命。我们在搜集整理文献资料和开展专项学术研究的过程中，力图最大限度挖掘历史资料，用更高、更新的视角回望历史，客观地再现那段艰苦而辉煌的历程,这不仅是我们这代人对那段难忘岁月应有的敬仰和历史使命,更是留给子孙后代永恒的精神财富。我们组建研究团队时间较短,且以年轻教授和博士生为主体,再加上我们的学术水平、认知能力和文字功底有限,在历史文献的搜集整理和历史研究整体性把握上,难免挂一漏万而还显得稚嫩和不足,对于疏漏与谬误之处,我们真诚地欢迎专家学者批评指正。

张汉静

二〇二四年十二月于并州

前言

全面抗战时期，新闻工作不仅是信息传播的重要工具，而且是政治宣传、社会动员、对外宣传和舆论引导的重要手段，在推动抗战胜利、增强民族凝聚力和争取国际支持等方面发挥了不可替代的作用。山西抗日根据地的红色新闻宣传工作宛如一盏盏明灯，在那段残酷的斗争岁月里照亮了人们前行的道路，传递着希望、力量与信念。为了还原山西抗日根据地新闻工作的常态与实情，深刻理解中国人民伟大的抗战精神，以及中国共产党领导抗战取得胜利的历史经验，我们编撰了《山西抗日根据地红色新闻经典文献》系列丛书，以"文献＋研究"的形式，对山西抗日根据地红色新闻文献进行了系统化梳理。

《山西抗日根据地红色新闻经典文献》丛书共分两部分：第一部分为文献，以时间为轴，系统编排和整理了晋察冀、晋冀鲁豫、晋绥三大抗日根据地重要报刊的社论，这些报刊具体包括：晋冀鲁豫抗日根据地的《新华日报（华北版）》（后更名为《新华日报（太行版）》）、《太岳日报》（后更名为《新华日报（太岳版）》），晋察冀抗日根据地的《晋察冀日报》（原名为《抗敌报》），晋绥抗日根据地的《抗战日报》（解放战争时期更名为《晋绥日报》）等。在经典社论的基础上，配有社论出处的原报刊图片，全方位、立体化地展示社论的创作背景与表现形式。第二部分为研究，包括三部著作：《山西抗日根据地新闻史：中国共产党推动民族认同的媒介动员策略研究》《山西抗日根据地红色经典报人》和《山西抗日根据地外国记者传略》。《山西抗日根据地新闻史：中国共产党推动民族认同的媒介动员策略研究》采用历史学、传播学交叉的研究路径，以史论结合的方式对全面抗战时期山西敌后的新闻传播历史进行了系统梳理，突出了党性、历史性、逻辑性、当代性和融合性。《山西抗日根据地红色经典报人》和《山西抗日根据地外国记者传略》详细记录了山西抗日根据地从事新闻工作的红色报人和外国记者的生平事迹、贡献及具有影响力的作品，通过深入挖掘和整理历史资料，为读者还原了一个个鲜活的新闻工作者形象，表现了他们在艰苦环境下坚持真理、传播正义、鼓舞士气的崇高精神。

《山西抗日根据地红色新闻经典文献》有三个显著特点：一是社论原图与文字文献相结合。文字文献的社论原图为读者呈现了真实的历史记录，让读者在阅读中感受到历史的厚重；文字文献以简体字和横版的形式呈现内容，方便读者研究使用，最大化的发挥社论文献在当代的教育功能。二者结合为研究山西抗日根据地的新闻传播史、文化史等提供了丰富且可靠的第一手资料，增强了文献的真实性和可信度。二是系统性与专类性相结合。本丛书系统编排和整理了晋察冀、晋冀鲁豫、晋绥三大抗日根据地重要报刊的社论，直观地呈现了抗日根据地的新闻传播情况和舆论动态，对当下做好新闻宣传工作具有重要的现实意义。三是文献与研究相结合。本丛书在呈现文献的基础上，对山西抗日根据地的新闻宣传工作进行了多维度的深入研究，挖掘了其中蕴含的历史规律和经验。研究从历史学的角度探讨了不同阶段新闻宣传工作在推动抗日斗争、凝聚人心、鼓舞士气等方面所发挥的重要作用；从新闻学的视角分析了该时期新闻宣传工作的特点，以及中外新闻工作者的专业素养和敬业精神；从传播学的角度探寻了新闻报道在根据地内外的传播路径、受众反馈和社会影响等。文献与研究相结合，不仅为学界提供了丰富的素材，而且推动学者们从不同的角度和层面深入探讨、分析山西抗日根据地的历史文化及新闻传播等问题，促进多学科之间的融合，并为学术研究提供了新的视野和路径。

本丛书的出版将为中国新闻传播史、抗日战争史、根据地史和中共党史等学科的研究提供宝贵的第一手资料。同时，也为新时代赓续红色血脉、弘扬红色精神、讲好红色故事、做好思想政治工作提供有益的素材。我们真诚期待本丛书能够为广大读者带来深刻的启示，铭记那段历史，缅怀先烈，珍惜来之不易的和平生活，开创美好的未来。

凡例

《山西抗日根据地红色新闻经典文献》是一部思想教育与学术研究并重的专题文献丛书。全书坚持以历史唯物主义为指导，深入贯彻落实党中央关于加强革命文化传承，推动红色资源创造性转化、创新性发展的重大部署，对山西抗日根据地红色新闻相关文献进行了系统整理，重现了红色文化在抗战历史中的实践力量，旨在服务于新时代思想政治工作和革命传统教育。

一、本丛书三卷按山西抗战时期三大根据地——晋察冀、晋冀鲁豫、晋绥进行划分，所收录文献为三大抗日根据地主要报刊在全面抗战时期的社论。

二、文献采自山西省图书馆所藏1986年山西日报新闻研究所影印报刊。其中，晋察冀抗日根据地卷收录了《抗敌报》（1940年11月7日更名为《晋察冀日报》）的主要社论，晋冀鲁豫抗日根据地卷收录了《新华日报（华北版）》（1943年10月1日更名为《新华日报（太行版）》）、《太岳日报》（1944年4月1日更名为《新华日报（太岳版）》）的主要社论，晋绥抗日根据地卷收录了《抗战日报》的主要社论。

三、每篇收录社论原图、名称、正文及文献来源，文献内容编排方式依据原始顺序，不做改动。

四、所有文献均统一采用简体字横排。原版文献为繁体字或竖排者，均按现代通行书写规范进行了处理；原始文献因影印残缺、字迹模糊者，以"□"代替，删节部分以"……"号标注，尽可能保留文献原始风貌。

五、为呈现文献原貌，所有文献不做技术加工、处理，以保持资料的真实性与学术参考价值。

六、各卷卷末设有文献索引，按社论标题音序编排，以便于读者查找与使用。

七、全书所用文献资料均采自公开渠道，若有未注明之处，敬请学界与读者批评指正。

山西抗日根据地红色新闻经典文献

晋绥根据地卷（一）

黄小白　编撰

目录

（一）

《抗战日报》·一九四〇 / 1

对于晋西北第二次行政会议的希望 / 3

抓紧时机发动有组织的秋收运动 / 6

把征收救国公粮造成一个热烈的群众运动 / 9

在纠正统一战线中"左"、右倾错误时应注意的几个问题 / 14

学习鲁迅先生 / 17

配合征收救国公粮　展开减租减息运动 / 20

如何进行冬学运动 / 24

准备粉碎敌人新的"扫荡" / 27

军政民一致动员起来迎击敌人的新进攻 / 30

一切工作在于村 / 33

日寇放弃南宁及其新的阴谋 / 36

合作社应向生产方面发展 / 42

"日汪卖国协定"的成立 / 45

晋西事变一周年 / 49

论发展边区的经济建设 / 53

发动妇女纺纱织布 / 58

《抗战日报》·一九四一 / 63

　　迎接一九四一年 / 65

　　一切为着反"扫荡"战争的胜利 / 68

　　敌后反"扫荡"胜利的重大意义 / 71

　　加强晋西北经济建设 / 74

　　纪念一·二八，反对制造内战！ / 77

　　迅速集中公粮　克服当前困难 / 80

　　庆祝晋西农救会扩大干部会议 / 82

　　火速进行春耕准备工作 / 85

　　日寇的南进问题 / 88

　　武装动员工作的初步胜利 / 91

　　抗日民主根据地妇女运动的方向 / 94

　　保护法币，抵制伪钞，推进本钞 / 97

　　认真领导春耕运动　增加农业生产 / 101

　　迅速总结冬学工作　开展识字运动 / 104

　　论教职员待遇及优待暂行条例 / 107

　　目前晋西北儿童工作的方向 / 110

　　发展内地商业　组织对外贸易 / 113

　　当前文化教育建设的几个问题 / 116

　　晋西北中等教育会议的意义与希望 / 120

　　对行署民政科长会议的希望与要求 / 123

　　加强群众团体村的组织工作 / 126

　　纪念五一节与目前晋西北工人运动的方向 / 129

如何建立合作社　/ 132

以开展抵制仇货运动来纪念"五卅"十六周年　/ 135

注意夏季卫生　/ 139

更广泛的开展新文字运动　/ 142

纪念八一要爱护和帮助抗日军　/ 145

确认村选的重大政治意义　/ 148

论目前苏德战局　/ 152

纪念"八一三"，加紧战斗准备！　/ 156

认真扫除不民主　认真健全村政权　/ 159

论兵役动员和发展群众武装　/ 163

起来青年们！打倒法西斯！　/ 166

进行日蚀宣传，破除迷信！　/ 170

本报为抗战到底团结到底建设晋西北奋斗的一年　/ 173

重视调查研究工作　/ 176

论自力更生　/ 180

准备反"扫荡"大战　/ 183

辛亥革命三十周年　/ 187

不让敌人掠夺焚烧一粒粮　/ 190

快收快藏保证战时对敌澈底空室清野　/ 193

拥护并贯澈征收抗日救国公粮条例　/ 196

论征收公粮中的宣传工作　/ 199

今年的冬学　/ 204

健全武委会　加强民兵与自卫队工作　/ 207

再论今年的冬学　/ 210

《抗战日报》·一九四二　/ 215

　　迎接一九四二年　巩固建设晋西北　/ 217

　　努力推广新文字教育　/ 220

　　健全司法机构　开展新民主主义的司法工作　/ 223

　　晋西北抗日民主政权建设的新阶段　/ 226

　　及早准备春耕　/ 230

　　迎接临时参议会人人应有的两种准备　/ 234

　　集中一切力量粉碎敌寇的"扫荡"！　/ 237

　　保卫家乡！保卫根据地！　/ 239

　　在反"扫荡"的烈火中　/ 241

　　纪念三八与我们的任务　/ 245

　　加强交通工作　/ 249

　　教条和裤子　/ 252

　　加紧领导春耕工作　/ 256

　　反"扫荡"胜利以后　/ 259

　　粉碎敌寇的政治阴谋　/ 263

（二）

　　开展防疫运动　粉碎敌寇的毒疫攻势　/ 269

　　今年的四四儿童节　/ 272

　　配合春耕进行优抗代耕工作　/ 274

　　群众运动领导中心——农救　/ 277

　　拿出一个铜板打日本　/ 280

拿实际工作纪念五一节 / 283

健全各级参选委员会的组织 / 286

深入参选的宣传动员 / 289

为改版告读者 / 291

庆祝军区部队的新胜利 / 293

二十二个文件印出后 / 295

三风不正在什么地方 / 297

澈底精兵简政 / 300

整顿三风与准备战斗 / 303

打破敌人的"蚕食"进攻 / 305

妇女团体参选代表大会开幕 / 308

欢迎士绅参观团归来 / 310

严格执行公粮预决算肃清浪费现象 / 313

读"晋西北士绅参观团敬告晋西北各界同胞书"后 / 316

贯澈"精兵简政" / 319

论新的征收救国公粮条例 / 325

减租交租和减息交息 / 328

庆祝中共中央晋绥分局的成立 / 331

致高干会 / 334

论征收公粮 / 337

读"巩固与建设晋西北的施政纲领"后 / 340

欢迎参议员 / 343

论"根据地文社"的建立 / 346

报纸和工作 / 349

庆祝晋西北临时参议会开幕 / 352

进一步贯澈"三三制"的精神 / 356

照顾各阶层利益 / 359

把"施政纲领"变为三百万人民的行动 / 363

爱护抗日军队 / 366

庆祝晋西北临时参议会胜利闭幕 / 369

欢送参议员 / 372

祝友军力量更壮大 / 376

党的领导必须一元化! / 379

广泛建立和健全通讯网 / 384

厉行节约 / 387

再论贯澈精兵简政 / 391

开展对敌政治攻势 / 394

提高与巩固农钞 / 399

论临参会常驻委员会的工作 / 402

对生产展览暨劳动英雄检阅大会的希望 / 405

拥护禁止法币流通的措施 / 408

太平洋战争周年 / 411

反对官僚主义(节录) / 415

统筹统支与自力更生 / 418

今年冬学的任务 / 421

《抗战日报》·一九四三 / 425
    谈简政 / 427
    保障佃权是贯澈减租交租的关键（节录） / 429
    巩固农币的物质基础 / 432
    抵制敌货倾销发展生产建设 / 434
    四论红军冬季攻势 / 437
    中国共产党与废除不平等条约 / 441
    团结的力量 / 446
    庆祝的礼物 / 449
    进一步加强整风学习领导 / 452
    加紧准备春耕 / 455
    庆祝以后应该怎么样 / 457
    必须认真执行行署节约办法 / 460
    高干会与整风运动 / 463
    如何克服今年粮食的困难 / 468
    抓紧领导春耕 / 471
    武装保卫春耕 / 474
    组织退伍军人到生产中去 / 477
    迅速结束农贷工作 / 480
    发展劳动互助 / 482
    认真的节约粮食 / 485
    保证完成扩大种棉任务 / 488
    开展张秋凤运动 / 491

纪念"五一"庆祝劳动英雄张秋凤　／494

掀起拥军的热潮　／496

中国思想界现在的中心任务　／499

学习与工作　／504

今年的优抗工作　／508

检查抵制仇货倾销　／511

论共产国际底解散　／514

欣闻太行大捷　／519

不让敌人毁坏青苗　／522

帮助灾难民转入生产　／525

破坏日寇推行"对华的新政策"　／527

抗战与民主不可分　／530

痛击敌人！保卫夏收！　／535

夏收中要实行减租交租法令　／538

几个村的优抗检查　／540

深入检查农贷　／543

继续加强对敌斗争　／546

发动精纺土纱力争经济自给　／550

组织与保卫秋收　／554

劳军优抗贯澈拥军工作　／557

(三)

《抗战日报》·一九四四 / 561

　　生产运动的领导思想问题 / 563

　　生产勿忘战争随时准备反"扫荡" / 568

　　开展生产运动中的重要问题 / 572

　　纪念"三八"妇女节 / 577

　　敌后军民的道路 / 580

　　六分区军民对敌斗争辉煌成绩 / 585

　　目前在生产领导上应抓紧进行的几项工作 / 591

　　必须及时纠正劳动互助运动中的缺点 / 594

　　如何使我们的报纸更加与群众相结合 / 604

　　中国共产党创立廿三周年 / 608

　　在民主与团结的基础上，加强抗战，争取最后胜利！ / 611

　　豫湘战役为什么失败 / 617

　　谈今年的公粮减征问题 / 623

　　防敌"扫荡"保卫秋收 / 625

　　衡阳失守后国民党将如何 / 629

　　欢迎美军观察组的战友们！ / 632

　　继续扩展我们的胜利 / 636

　　边区群英大会的召开 / 639

　　中国战场的地位 / 642

　　"安骏运动" / 646

　　保卫秋收展开秋翻地运动 / 649

改出日刊与加强通讯工作 / 652

言论"自由"以后 / 656

"七七七"文艺奖金公布以后 / 663

开展积肥运动 / 667

采用新的组织形式与工作方式 / 670

组织与保卫秋收,展开反"抢粮"反"扫荡"斗争 / 675

劳力武力结合的新发展 / 679

认真领导群英选举运动 / 683

贯澈群众减租运动 / 687

加紧准备征集生产展览品 / 691

再接再厉振奋军威 / 694

送别盟邦记者团诸先生 / 698

论今年的《统一救国公粮条例》 / 702

大量发展副业手工业 / 706

把进犯的敌人打出去! / 710

开展精纺精织运动 / 712

开展民间的调解工作 / 716

纪念十月革命二十七周年 / 719

罗斯福连任第四次总统 / 723

开展民兵自卫队冬训运动 / 726

论敌人此次报复企图的惨败 / 729

提高与发扬我们的胜利经验 / 733

把合作运动向前推进一步 / 736

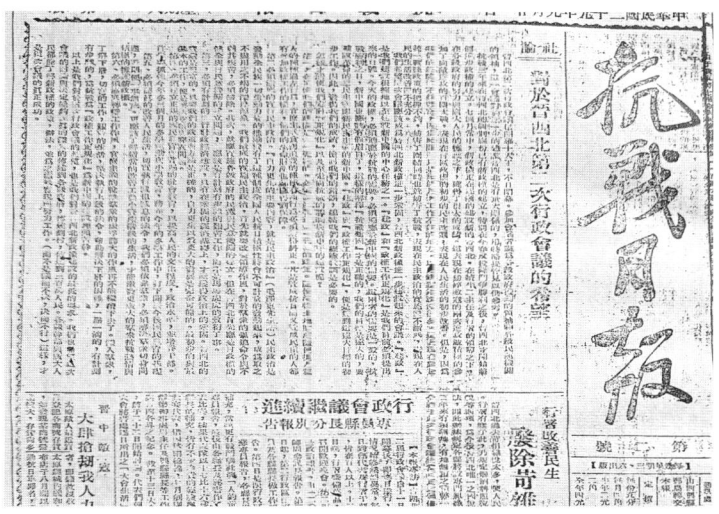

对于晋西北第二次行政会议的希望

晋西北第二次行政会议已开幕十天了，不日闭幕。参加会议者尽为各级政府机关的领袖和各级民运机关的领袖，这一会议对于进一步的建设晋西北是有重大关系的，□特略提管见以供参考。

抗战三年来在晋西北的个别县份已有新政权的建立，特别在今春反投降斗争胜利之后，晋西北才开始整个进步政权的建立。七个月当中，新政权正在逐渐的建设新的晋西北。在续、牛二主任及行署的领导之下，在各级政府的努力与广大人民的拥护之下，获得了很大的成绩。这表现在粉碎敌寇的两次进攻尹积极的参加了向敌进攻的百团大战，表现在村区政权的初步的民主改选，表现在人民生活的初步改善。但是，因为我们的经验还不够丰富，因为时间还只是几个月，工作不够的地方，以及缺点错误还很多。这表现在对于统一战线政策的把握不够，妨害了团结同时也就妨害了抗战，表现在民主政治的实施还不澈底，表现在人民的生活改善还不充分。

我们希望这次会议应该成为晋西北新政权进一步巩固，晋西北新政权进一步建设起来的会议。"建政"是我们建设根据地以至建设新中国的中心任务之一。"建政"和"政权工作正规化"是我们目前必须提出来的口号。今天的政权，必须适应于抗战的需要，必须适应于新中国的需要。这两者的需要是一致的。抗战胜利之日，新中国也应该有个眉目了，这样的解释"抗战建国"才是正确的，我们的目标是远大的，要建设革命的三民主义即新民主主义的新中国。"建政"与"政权工作正规化"，便是达到这远大目标的初步工作。因此，发扬我们的成绩，检讨我们的错误，总结我们的经验教训是必要的。

怎样才能使我们走向"正规化"以及至走向抗战的胜利与新中国的建设呢？

第一，必须使我们的政权是统一战线的。必须认真执行统一战线的政策。随便没收土地财产随便捉人杀人的种种过左行为，官僚主义贪污浪费的各种右倾行为必须严格纠正。凡是赞成抗日而又赞成民主的人都有参加政权工作的权利，他们的生命财产也都应得到保障。

第二，必须澈底的实行民主政治。"自力更生的主要内容，就是民主政治。"（毛泽东先生语）民主政治是发动全民族一切生动力量的推动机。有了这种制度全国人民抗日积极性将会不可计量的发动起来，成为取之不尽用之不竭的深厚源泉。我们澈底的实施民主政治，首先就要改变领导作风，对于群众的强迫命令与不顾其疾苦，必须扫除。其次就应实施各级政府的民选与民意机关的建立。但在晋西北首先应是村政权的健全与村民意机关的建立问题，应该是有计划有步骤的艰苦工作，而不是马马虎虎的敷衍了事。

第三，必须有计划的进行财政经济建设。只有在巩固的经济基础上，才能获得政治上的巩固。晋西北的宝藏是丰富的，只要我们的政策与方法是正确的，自力更生以致更大的发展是完全可能的。最初步的与最基本的工作，便是解决吃粮与穿衣问题。

第四，必须建立正规的国民教育与普遍的社会教育，以提高人民的文化程度、政治水平，并培养干部。首先要抓住今年冬三个月的冬学运动与小学教育，务在今年的冬学工作中打下开展今后国民教育的基础。

第五，必须认真的改善人民生活，切实执行减租减息的法令。我们必须依靠群众，必须解决群众切身问题，否则便一事无成。更应该了解适当的改善工农小资产阶级的生活，才能激发更广大的群众抗战热情与积极的拥护新政权。

第六，必须澈底转变工作作风，官僚主义的脱离群众的虚浮夸大的作风再不能继续下去了。深入群众，了解下层，切实的工作，艰苦的生活，坚决执行上级的法令，帮助解决下层的困难，一点一滴的，有计划有步骤的，为抗战为"政权工作的正规化"为新中国的建设埋头苦干。

以上是我们对于这次行政会议的希望，也是我们对于晋西北新政权建设的最低的要求。我们也希望这次会议的讨论与决定能够认真的深入的传达到各级政府，传达到村，传达到二百万人民。各级干部与广大人民都能了解新政权的政策、办法，并为之澈底的实现而努力工作。（而不是议而不决、决而不行）这样，才是这次会议的真正成功。

（原载一九四〇年九月二十一日《抗战日报》第一版社论）

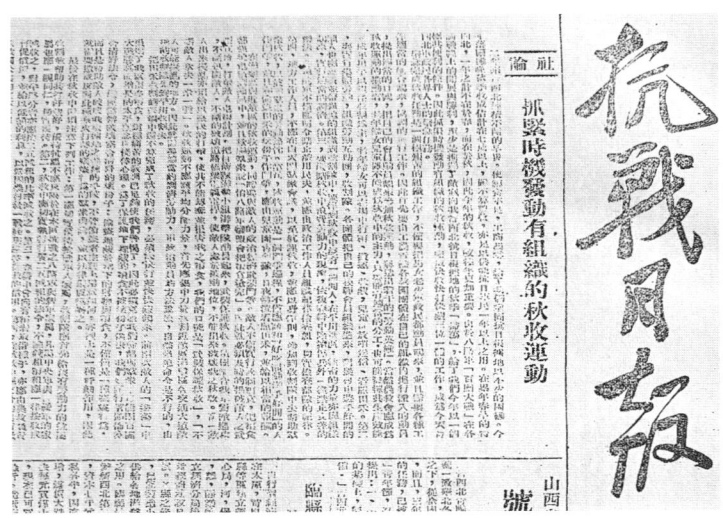

抓紧时机发动有组织的秋收运动

二年来，晋西北连续不断的旱灾，使粮食不足、工商□零，给了我们巩固抗日根据地以不少的困难。今年落雨虽晚，秋季收成估计在七成以上，虽不算丰收，亦足以供我抗日军民一年以上之用。在累年春旱的晋西北，一年之计不在于春，而在于秋，因此今年的秋收，较往年更加重要。由于八路军"百团大战"在各个战线上的开展与胜利，至少是推迟了敌寇向我晋西北抗日根据地的秋季"扫荡"，给了我们今年以一个极其便利的条件。因此抓紧时机发动有组织的秋收运动，完成快收快打快藏三位一体的工作，成为今天晋西北军政民各界人士的紧急任务。

紧急完成秋收任务是一个极艰苦的组织工作，不仅要群众中民主的热烈的讨论，各个群众团体要发挥其应有的作用。（四）不求太快，只求不出毛病，不能形式的表面只看数目字，而应注意方式方法与政治影响。

征收救国公粮的工作是目前一等重要的工作，同时在晋西北又是一件新的工作，怎样完成这一任务呢？我们提出下列意见，以供各界参考。

第一，要作充分的政治动员与耐心的宣传解释工作，给群众说明要不叫日寇屠杀我们的父兄、奸淫我们的姊妹、火烧我们的房屋，保卫家乡，保卫晋西北，扩大百团大战的胜利，多打几个胜仗，那就必须自己节省点粮食给军队吃饱；我们的新政权已废除了苛捐杂税，解除了人民的痛苦，改善了人民的生活，要拥护新政权，就要拥护救国公粮的新办法；要给人民解释清楚，公粮制度是最公道的适合统一战线的办法，是最省事不扰民又可以消灭贪污，改善军民关系的办法，交纳救国公粮是每个有血气的爱国儿女的义务。对于各阶层的人宣传解释时，要说明救国公粮与他自己有什么好处。在不同地区对不同的人民应提出不同的口号：例如在我军刚打胜仗的地区，就应提出"多交公粮庆祝百团大战的胜利，庆祝收回某地"的口号。给农民提出"自己节省一点叫军队吃饱，多打几个胜仗，保卫我们的家乡"。给妇女提出"多出点粮食，叫军队吃饱，把强奸妇女的日本鬼子打死"的口号。要在群众中造成每人都应出粮的舆论，那些自私自利多打少报是最可耻的事。我们提议在十月的上半月内各宣传机关、报纸、剧团，都动员起来，作出宣传大纲、十分钟讲演大纲、小传单、画报、墙报、编出剧本、秧歌小调等政治上宣传鼓动的资料，多登载征收公粮中一切模范例子。

第二，政治动员要深入的普通的传达到每个小村子每个人民中，必须进行组织上的动员。首先要在各干部中进行深入的动员与深刻的讨论，利用各种大小会议与短期训练班，使每个干部了解这次征收公粮的重要意义，用以正确的方法，要叫每个区县干部有完成任务的信心与决心；使每个村级干部自告奋勇愿作交纳公粮的模范。（二）应把工农青妇各救国团体动员起来，在各个组织中，讨论自己为什么要交纳公粮，怎样□□全村完成任务。（三）军队地方武装应动员起来，武装帮助征收公粮，帮助向内地□□。（四）一切文化人应动员起来，写文章、通讯、编诗、歌小调。小学校应全体动员起来，把小学生分配到农村中宣传鼓动劝告其父母、家属、亲戚朋友踊跃的出粮。（五）把热心救国的士绅动员起来，参加动员公粮的组织，进行劝募工作。（六）各机关的通讯员交通员收发员也应动员起来，凡是发了征收救国公粮信件、报纸、宣传品、捷报，应不分昼夜迅速递送。总之应把晋西北三百万群众动员起来，为完成救国公粮而奋斗。

第三，在每个村开始征收以前，一定要进行充分的准备工作，要进行调查统计工作，估计好谁能打有多少粮食，应出多少。但不能完全靠统计工作，因为自私自利之徒必然要以多报□，在地中就地打下，就埋了卖了。主要的要进行充分的宣传解释个别谈话，团结积极份子。群众领袖，说服教育落后份子。准备好最积极最慷慨的份子与能起模范作用的村级干部后，再开村民大会提出本村分摊的数目，民主的方□大家讨论。千万不要开没有准备的会议。县区开会时对各区村应分配的数目，根据今年产量、过去的存粮、干部的强弱，工作应如何适当分配。在一切准备工作就绪后，主要的成就要依靠每个村的村民大会，开大会时提出本村应分配的数目，根据每家的产量与行署规定的办法，提到群众中民主的讨论，村干部与积极份子应在大会上自告奋勇，多纳公粮，以提高激励大家的积极性。

第四，估计到日寇汉奸托派与不明大义之徒，一定要想尽各种方法破坏我之征粮运动，因此，这一工作不是和和平平可以完成的，在近敌占区的地方要有充分的准备，与敌人进行武装斗争；同时要揭破汉奸托派造谣生事的阴谋。如果发现了谣言应立即在群众中揭破，给有意破坏公粮的坏份子以打击，但要有确实的证据；对于不明大义，企图抵抗的份子应动员群众反对，与他进行思想斗争。反对少数干部滥用职权，乱打乱骂坐老虎凳的错误办法，万一需要政权制裁，亦应由政权依法惩办，不要由民运干部自由动手。

最后，由于征收救国公粮是一种新的工作，必须正确的运用进步的工作方式与方法，我们提议，（一）每县开始工作时不要平均分配干部，应首先集中干部在工作有基础的地方开始，创造些新的经验与模范例子，初步总结经验与教训，然后把完成任务的区村中的干部抽调到其他地区，以免在工作中瞎闯冒碰与严重错误的发生。同时，在地域上亦应分重要次要，如在敌占区，交通大道，敌人可能游击扰乱，甚至占领的地区，应首先征收，运到安全的地区。（二）应采用革命的竞赛与奖励的办法，对于多出公粮的爱国人士与工作有特殊成绩的干部与团体应给以名誉的物质的奖励，但注意是否适合上面所说的□□要求。（三）在征收公粮中各个团体的工作要适当的配合起来，各个团体需要动员自己组织为完成公粮而奋斗，但这并不是说各个团体应放弃自己本来的工作，都作了征收公粮工作，而是应在征收公粮运动中加强本身的工作，通过自己的组织，动员自己的会员配合征收公粮工作，最好在这个时期，在各个团体的干部，都深入到农村中，加强了农村的领导，征收公粮的工作一定可以完成的。（四）严格的检查工作是完成任务的保障，各县应分期分区村部份的检查，作初步的总结，迅速纠正错误，传达经验与教训，反对自流主义。

（原载一九四○年十月九日《抗战日报》第一版社论）

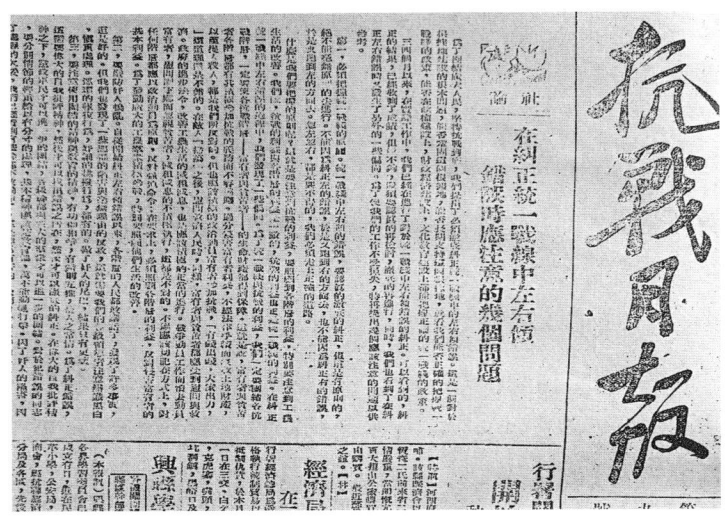

在纠正统一战线中"左"、右倾错误时应注意的几个问题

为了团结广大人民，坚持抗战到底，我们提出了必须澈底纠正统一战线中的"左"、右倾错误。这是一个对于根据地建设的根本问题，能否巩固这个根据地，能否长期支持这个根据地，就看我们能否正确的把握统一战线的政策，能否在政权建设上、财政经济建设上、文化教育建设上都能把握正确的统一战线的政策。

三四个月以来，在实际工作中，我们已经在进行了对于统一战线中"左"、右倾错误的纠正。可以看到的，纠正的结果，已经收到了成绩，但还不够，还须要认真的再检讨、澈底的再进行，同时，我们也看到了在纠正"左"

右错误时又发生了另外的一些偏向。为了使我们的工作不受损失，特再提出几个应该注意的问题以供参考。

第一，必须把握统一战线的原则。统一战线中"左"、右倾的错误，要认真的澈底的纠正，但这是有原则的，绝不能毫无原则的去进行。不能因为纠正"左"的错误，于是又跑到右的方面去，也不能因为纠正右的错误，于是又跑到"左"的方面去。忽"左"忽右，都是要不得的，我们必须走上正确的道路。

什么是我们要把握的原则呢？这就是要注意到抗战的利益，要照顾到各阶层的利益，特别要注意到工农生活的改善。我们说，抗战的利益与各阶层的利益是一致的，抗战的利益也正是统一战线的利益。在纠正统一战线中"左"、右错误的过程中，我们发现了一些偏向。为了统一战线与抗战的利益，我们一定要团结各抗战阶层，一定要使各抗战阶层——富有者与贫苦者——的生命财产都得到保障。这就是说，富有者与贫苦者各阶层都有其积极参加抗战的义务而不容逃避。过分侵害富有者利益，不经法律手续而没收土地财产，以至捉人杀人，都是我们所反对的。但也应该积极的政治动员富有者参加抗战，"有钱出钱，大家出力"，这道理还是不错的。在敌人"扫荡"之后，慰问救济人民时，同样，富有者与贫苦者都应受到慰问与救济。政府的进步法令，改善工农生活的减租减息，也是应该积极的正当的进行。战争动员工作而怕去动员富有者，慰问团下乡而忽视贫苦者，减租减息的不积极执行，这都是不对的。不过应该切记在方式上，对任何阶层都应以政治动员为原则，反对强迫命令；在要求上，必须照顾各阶层的利益，反对侵害富有者的基本利益。为了发动广大的工农群众积极参战，特别要照顾他们生活的改善。

第二，要严防奸人捣乱。自从开始纠正"左"、右倾错误以来，各阶层的人民都敢讲话了，发现了许多事实，这是好的。但我们也发现了一些恶毒的陷害与毫无理由的反攻，这就需要我们的各级领导者注意辨识黑白，慎重处理。巡环的报复行为，奸细的挑拨行为，都有的。做了奸人的尾巴，结果只有更坏。

第三，要注意使用团结的精神与教育的精神，有功则相争，有错则互推，是人之常情。为了纠正错误，这需要伟大的自我批评精神，然后才可以找出错误之所在，然后才可以澈底的纠正。在伟大的自我批评精神之下，党政军民才可以进一步的团结，各级干部与广大的群众才可以进一步的团结。对于犯错误的同志，要分别情节的轻重给以有分寸的处理，基本精神应该是教育他，万不能动辄打击。因了奸人的陷害，因了处理的欠妥，我们已经看到有些干部不敢动作了，这是非常有害的，我们对于干部们的要求是不能"因噎废食"我们对于党政军民各级领导者的要求是团结精神与教育精神。

以上是我们在纠正"左"、右倾错误时提出来请大家注意的几个问题，希望"左"、右倾错误能够澈底的纠正，也希望不发生另外的偏向，也只有不发生偏向才能最澈底的纠正"左"、右倾的错误。

（原载一九四〇年十月十六日《抗战日报》第一版社论）

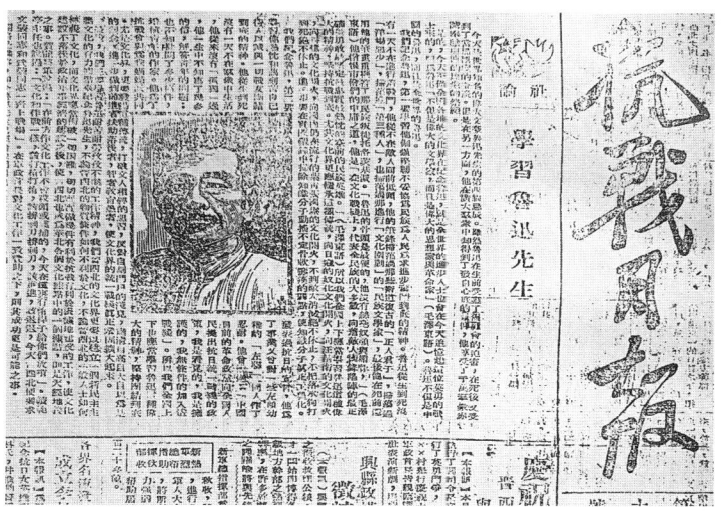

学习鲁迅先生

　　今天是世界知名的伟大文豪鲁迅先生的第四个忌辰。虽然鲁迅在生前受尽了旧社会的迫害，在死后又受到了当局□□的冷淡。但是在另一方面，他在广大群众中却得到了发自心底的景仰，他享受了千万群众赤诚奉献与他的民众的祭□。

　　是的，今天不仅全国各地的文化界在纪念鲁迅，就是全世界的进步人士也会在今天追忆起这位英勇的战士来的，因为鲁迅"不但是伟大的文学家，而且是伟大的思想家与革命家"（毛泽东语）。鲁迅不但是中国的鲁迅，而且是全世界的鲁迅。

　　我们纪念鲁迅，第一要学习他倔强坚韧不妥协为民族为人民为求进步奋斗到底的精神。鲁迅从生到死没有一天不在进行着战斗，他从不在敌人面前低头，他的笔锋"扫荡"过那些卫道复古的"正人君子"，"扫荡"过"洋场愚少"，"扫荡"过"第三种人"，也"扫荡"过那进行"文化围剿"的"民族文学家"，最后他在死前还用他的笔重重鞭笞了那民族叛徒托洛茨基派。"鲁迅的骨头是最硬的，他没有丝毫奴颜与媚骨"（毛泽东语），他憎恨市侩们的中庸之道，他是"在文化战线上代表全民族的大多数，向着敌人冲锋陷阵的最正确最勇敢最坚定最忠实最热忱的空前的民族英雄"（毛泽东语）。所以我们全国上下应当学习鲁迅这种伟大的精神，坚持抗战到底。尤其文化界更应继承这种传统，向日寇的奴化文化开火，向汪精卫的文化开火，向□□的文化开火，向国内仍在流行的叶青张国焘的文化开火，不到敌人消灭绝不休止，不把落水狗打到死绝不休止。进一步要在实际锻炼中扫除知识分子动摇不定骨软瘫痪的弱点，使知识分子真正□□化。

我们纪念鲁迅，第二要学习他热忱和蔼刻苦自己待人以诚与一切战友团结到底的精神。他从生到死没有一天不在群众中生活，他从来没有"孤独"过，他一生中不知写了几多的信，解答青年的问题；也不知批阅了多少稿件，培植青年的作家。他为了抗战曾与鸳鸯蝴蝶派共同发表过抗日的宣言，他为了事业又曾对一些"左"倾幼稚的"左联"同人作了忍耐。他曾说过："中国目前的革命政党向全国人民提出抗日统一战线的政策，我是看见的，我是拥护的，我无条件的加入这战线。"所以我们全国上下也应当学习鲁迅这种伟大的精神，坚持团结到底。尤是文化界，更要发扬这种传统，打破文人相轻的恶习，反对自划门户的浅见，肃清自高自大自以为是的观念，进一步做到前进者扶助落后者，智者教育愚者，使文化界的统一战线真正巩固扩大起来。

最后，我们□要学习鲁迅耐苦耐劳孜孜不倦的工作精神，我们晋西北的文化界更要以建立一个新民主主义文化的有力据点来纪念鲁迅先生，不论晋西北的物质条件如何不利于文化，不论晋西北的一般人士如何轻视了文化，而文化界应当冲破一切困难，切切实实做几件有利于抗战有利于根据地建设的工作，使文化建设不落后于政治军事经济的建设之后，使晋西北也成为华北各个文化据点中的一个据点，则是天经地义之事。贺龙将军说过："在前方作文化工作不会杀头或逮捕的，今天在这里有枪杆子给你们放哨。"续范亭主任也说过："文化和作战一样，该打枪打枪，该拚刺刀拚刺刀，该进进，该退退，今天晋西北便要求文装同志和武装同志一齐上战场。"在军政首长对文化工作一致赞助之下，则其成功更是可能之事。

开路是难事，如今鲁迅先生已经给我们开出一条大路，"鲁迅的方向，就是中华民族新文化的方向"（毛泽东语）。我们要走这个方向，全国文化界也要走这个方向。

鲁迅先生死得太早了，他的手已赶不上抚摩一下抗战以来新文化的初步的果实。鲁迅先生死得太早了，他的笔锋已经不会再在日寇汉奸投降派的颈上闪亮了。

纪念鲁迅先生，不只文化界而是全国人民都应当做他的学生，好好用功，学习鲁迅先生。

（原载一九四〇年十月十九日《抗战日报》第一版社论）

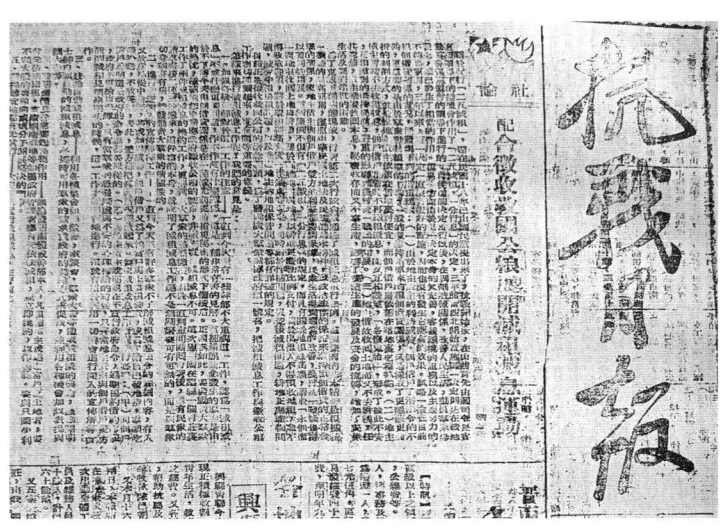

配合征收救国公粮　展开减租减息运动

关于实行"二五减租",还在民国十八年已由国民党提出来了,抗战开始后,在山西首先由阎司令长官直接领导下的牺盟会作出了"二五减租,一分行息"的决定,三年前晋西北开始实施这一决定则是在战地动员会与牺盟会的领导下进行的。自从这个决定实行以后,在调剂阶级关系、改善人民生活、动员群众参战上,确已发生了相当的作用。但另一方面由于这一决定本身的欠完善,客观环境的阻挠以及主观努力的不够等原因,三年以来,这一决定一直没有很好的实施,因而也没有发生它应有的效果。试略一检在目前租佃借贷关系的实况,便发现下列的严重现象:(一)由于地主债主的利诱威胁,佃户借户了解法令的不够，更重要的是由于群众动员组织的不够，一般的还维持着原来的租佃借贷关系，只是采取了更隐蔽更曲折的剥削方式。就是说地主债主依旧在暗地里讨便宜，而佃户借户则依旧在暗地里吃哑叭亏。（二）地方债主暂时不去收租收息，佃户借户也暂时不再缴租还息，而又互相观望，"各怀鬼胎"，形成了彼此不安，互相敌对的僵持局面，严重的影响到农村统一战线的开展。（三）地主借故收回土地而又不去耕种，任其荒芜，地主乘机收回本息，秘密收存而又不事生产，影响了农业生产的发展及资金的流转，增加了民众生活及经济建设的困难。

为了克服这种病态现象，行署第二次行政会议通过了减租减息单行条例。这个条例的基本精神是根据统一战线的最高原则，遵照中华民国土地法及民法的基本精神，以政治法律的保证来维持租佃借贷的正常合理的关系，使地主债主与佃户借户双方的利益都得到保障，民众生活得到适当的改善，农村统一战线也得以顺利的开展。这个条例不但有"二五减租，一分行息"的规定，而且有关于地租最高额，关于"永佃权"与地主收回土地□□□，关于实物地□与地租以耕地□产物比例支付，关于出租人不得预收地租，并不得收取□租，关于现扣利高利贷一律禁止等规定，同时对于□种问题，灾荒后减租问题，耕地正副产物问题，减少牛租房租问题，以及逃亡地主的地租保管问题等都有详尽的规定。

目前正是征收救国公粮的紧急关头，为了发动广大群众响应政府这一号召，把减租减息工作与征收公粮工作密切联系起来，□有头等重要的意义。

怎样来进行减租减息工作呢？我们的意见是：

一、加强各级干部对于这一工作的注意——一直到今天还有一些干部不大重视这一工作，认为"减租减息"不成什么重要问题，作不作没有什么关系，这是一种非常有害的见解。这种错误观念发生的原因是由于不了解今天租佃借贷关系是在一种较先前更曲折更秘密的形式下继续着。正因为如此，要发动广大群众的热忱，积极地起来响应政府缴收公粮的号召，非澈底实行减租减息不可。这次慰问团在临县一个村庄里工作了两件减租减息的换约工作，更得到广大群众的热烈拥护，而且一直到慰问团回行署后，还有民众的请求书接二连三地送来，这件事的本身，就说明了减租减息工作绝不是无关紧要可有可无的，而是与群众切身利害有关，能发动广大群众的积极性的。

二、进行广泛深入的宣传解释工作——一直到今天还有许多群众不了解减租减息法令的详细内容，有人又故意地从中曲解，甚或加以威胁，佃户借户又为了怕富户马上要租要息，或为了给自己留地步，宁愿吃哑叭亏，不敢声张。因此，双方都把真实情况隐蔽起来。要使减租减息工作澈底进行，必须：（甲）同佃户借户说明这是政府的命令谁都要服从的。（乙）向地主债主说明现在不实行政府命令，过期租约借约作废，政府不再给以保障，只有当群众的恐惧疑虑与不安的心理扫除的时候，只有当地主债主与佃户借户双方能开诚相见明来明去的时候，这一工作才能顺利地进行。这就有赖于利用一切机会进行深入的宣传解释工作。

三、鼓励自动减租减息——利用各种集会和欢迎会、座谈会、群众大会等造成减租减息的舆论，发动开明士绅自愿主动的减租减息，必要时可用群众的请求或政府的奖励方式来促成，并利用各种机会加以表扬与扩大影响。

四、机关团体及干部要起模范作用——无论机关团体或干部本人，凡租种地主或逃亡富户之土地者，要首先依法缴租。□产庙产社地等如属政府管理者应有先依法减租，并立即换约，以作模范。要与只图小利不顾大体的坏倾向或坏分子开展坚决的斗争。

五、选择适宜地点首先试行——大规□□实行减租减息，在晋西北□是第一次；因此，集中必要数量的干部选择工作比较有基础而租细借贷关系比较复杂，地租利息额数又比较高的地方，首先试作，然后总结各种经验与教训，发现模范例子，以影响并指导其他各地工作。

六、换约工作为减租减息的中心□□——"口说无凭，立字为证"，群众对字据文约看得十分重要，只要文约□□一换、便"万事□□"。因此，条约是减租减息的中心工作，行□减租减息条例中规定换约工作在□□□□完成，□□不换约者旧约作废，各级干部应把这一决定□□到每一个角落里去，□□一个广泛热烈的换约□动，与缴收救国公粮运动先后辉映！我们深信，如果换约运动澈底完成，不但缴收公粮可以得到有力的保证，政府的威信会大大的提高，而且，农村统一战线也会更进一步的开展。

（原载一九四○年十月二十三日《抗战日报》第一版社论）

如何进行冬学运动

在秋收之后,接着来的是农民的闲季,按晋西北一般的气候来看,从阳历十二月起直到明年三月开始春耕止,至少有三个整月的工夫,这三个月工夫便是进行冬学运动的良好时机。

如果,真正能做到"村村有冬学,人人入冬学"的普遍,真正把冬学做到"教一点,懂一点;学一点,是一点"的深入,那真等于晋西北三百万民众来一次普训,对于提高群众的文化政治水平,对于开展群众运动,对于建设巩固晋西北抗日根据地,都有莫大的关系。

假定,在过去敌人两次"扫荡"中,在新政权建设中,在民□工作进行中,曾经严重感到群众工作的缺点,感到群众自动性觉悟性不够的话，那么，现在军政民各方集中力量来开展冬学运动，殆为克服过去缺点开辟今后工作的一个不可忽缺的步骤。

但是，我们知道，晋西北民众是受痛苦最深的民众，是十分落后的民众，所以即使进行冬学，不经过动员，但绝不会成功的。应当认识动员工作即是冬学运动的开始，动员工作的第一步，要即早成立各级的冬学委员会，在各县应把当地的小学教员知识份子组织起来，各救的干部亦应参加进去，首先练训一批充分了解冬学意义与进行方针的良好负责冬学的教员，使每个教员了解其自身任务之重大。第二步是在群众中进行动员，先以村干部及其家属的模范作用推动全村，然后由几个模范村推动全县，互相竞赛，并在这一过程中还要进行宣传，使每个人以参加冬学为光荣。第三步要在动员工作中揭发奸人对于冬学的造谣破坏，并在揭发中提高群众参加冬学的热潮。

在动员起来之后，便是冬学的正式进行。应当认识冬学运动是一个启蒙的初步的社会教育，教育方针要少而精；反对多而滥，教育内容力求具体、明确，与生活有关；反对抽象的、教条的、与生活离的太远的说教。在教学方法上要把冬学做到农民围炉而谈的那种活泼情绪；反对把冬学弄成一个冷森森的私塾。

究竟，冬学中应进行那些启蒙的教育呢？

冬学第一要进行抗战的教育，不只把持久抗战、统一战线、抗战必胜与抗战三年的收获一类道理告诉大家；而是针对群众对抗战所发生的各种曲解进行教育，澈底证明"非抗不行""要抗非大家不可""既抗非到底不能胜利"的事实，同时应当把群众应做的参战工作具体的一件件的说明，研究，以求事实上的改进，如抬伤兵的工作，如□妾敌人新"扫荡"空舍清野的演习，如沿村转送的传递工作的建立等等，都可在冬学的教育中促其实现。

第二要进行民主的教育。不只把实行□政、国民大会、区村选举一类知识告给大家，而也是针对群众过去受了多年专制主义影响所生的弱点进行解释，要把"那个皇帝也纳粮□国家大事，小民不□""好事很多，你们去做"的心理彻底纠正，并且要在冬学期中使群众实际在小组会上学习开会学习民主，并且可以按村进行村选的演习，为将来的村选工作打一牢固的基础。

第三要进行爱护晋西北根据地的教育，要进行爱护一二零师新军，爱护省二行署的教育，同时要进行执行新法令改善自身生活的教育，不只把"抗日军与新政权是人民的军队与政府""晋西北是抗日根据地"这些道理告诉大家，而且把具体的我们的军队打了多少胜仗、我们的政府颁布了多少好的法令使大家知道。尤其要在冬学期中，把减租减息合理负担实行一些演习，把公粮工作进行一个检讨，都有不少的意义。

此外在进行冬学的时候，上级应经常考试检查，同级应定期开联席会，互相观摩，村与村、区与区间，教员与教员、学生与学生间更可展开各种竞赛，其模范者应得上级的褒奖，这些方法都可以推动辅助冬学运动的成功。

最后，我们希望□民干部以及部分可能的军事干部都参加到这一运动中去，我们希望做到晋西北每个人民在冬学中能在认识上提高一步。把冬学当成一个平常工作，等闲视之的态度固要反对，但把冬学当做太平时代的工作而不作战争准备不能与其他工作很好配合也一样反对。

（原载一九四〇年十月二十六日《抗战日报》第一版社论）

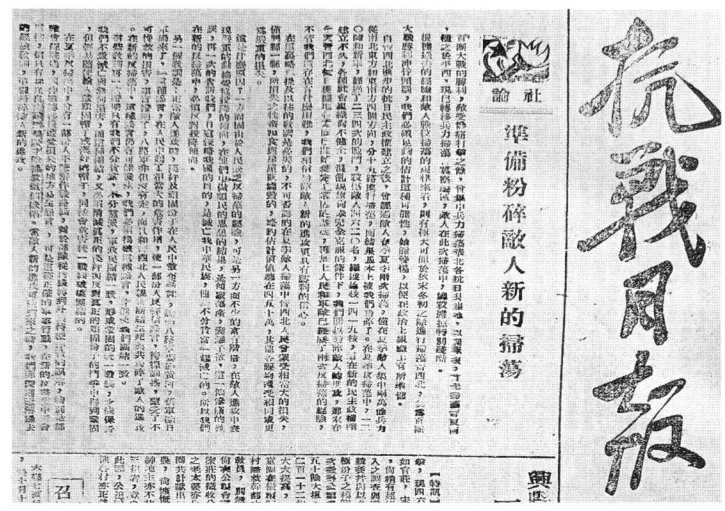

准备粉碎敌人新的"扫荡"

　　百团大战的胜利，敌受惨痛打击之余，曾集中兵力"扫荡"华北各抗日根据地，以图报复，首先"扫荡"晋东南，继之于平西，现已转移兵力"扫荡"晋冀察边区，敌人在此次"扫荡"中，烧杀掳掠特别残酷。

　　根据过去的经验和敌人战役"扫荡"的规律来看，则有极大可能于秋末冬初之际进行"扫荡"晋西北，勿为百团大战胜利冲昏头脑，我们必须足够的估计这种可能性，始能警惕，以便在政治上组织上有所准备。

　　自晋西北进步的抗日民主政权建立之后，曾经过敌人春季夏季两次"扫荡"，又在夏季敌人集中两万余兵力从南北东方和东南方四个方向，分十九路进行"扫荡"，而结果基本上被我们粉碎了。在夏季反"扫荡"中,一二〇师和新军,经过了二三四次的战斗,杀伤敌人四六二〇名,缴获枪枝一四一九枝,这在新的民主政权刚建立不久,各种社会组织尚不健全,混乱现象尚未完全克服的条件下,我们能以粉碎敌人的进攻,那末在今天晋西北抗日根据地各方面已开始奠定了巩固的基础,再加上人民和军队已经历了两次反"扫荡"的经验,不管我们还存在有什么困难,我们相信粉碎敌人新的进攻更具有胜利的信心。

在这里略为提及以往的教训是必要的,不可否认的在夏季敌人"扫荡"中晋西北人民曾蒙受相当大的损失,仅兴县一县,所损失之牲畜粮食与房屋被烧毁的,略约估计价值总在四五十万,其他各县均遭受相同或更为严重的损失。

这是什么原因?一方面固由于人民缺乏反"扫荡"的经验,可是另一方面,不少的富有阶层在敌人进攻中发现严重的动摇与妥协投降的倾向,在他们中做顺民思想的结果,是倾家荡产、妻离子散,这一个惨痛的教训,再一次的告诉我们,日寇侵略我国的目的,是灭亡我中华民族,他是不分贫富一起灭亡的。所以我们在新的反"扫荡"中,必须反对投降倾向。

另一个教训是正当敌人进攻时,汉奸及顽固份子在人民中散布谣言,说"八路军要过黄河,旧军随日军过来了",这种谣言在人民中起了相当大的危害作用,使一部份人民轻信谣言,彷徨动摇,蒙受了不可挽救的损害,事实证明了,八路军非但没有走,而且和晋西北人民亲密团结、生死与共,粉碎了敌人的进攻。在新的反"扫荡"中,这种谣言仍有可能发生,我们必须揭破这种谣言,才能使我们团结一致。

这些教训再一次证明只有我们不分贫富、不分党派,军政民团结一致,形成巩固的统一战线,才能保证我们不致灭亡与无何损害,而这种团结,又必须消灭真正的汉奸与反对真正的顽固份子的斗争中得到巩固,但轻易随便给人戴顽固帽子或汉奸的帽子,同样会危害统一战线破坏团结的。

在夏季反"扫荡"中，曾有一部份人不了解作战路线，对于部队从内线转到外线待机作战的误解，特别是部队曾经驻过，因作战转移后遭受损失的地方易生怨言，可是这种正确的军事行动，在新的反"扫荡"中□会□□，这只有□□自卫队游击队才能补救这个缺陷。当敌人新的进攻可能到来之时，我们应深刻了解过去的经验，准备粉碎敌人新的进攻。

如果敌人进攻开始，必对我们经济上进行残酷的摧毁，当兹秋收上场之际，快打快藏，完成公粮，空舍清野，应成为我们当前准备粉碎敌人进攻中三个迫切的任务。

只有精神上与组织上切实准备才能打击敌人的进攻或阻止敌人的进攻，我们反对因百团大战的胜利，而冲昏头脑，忽视敌人新进攻的危险，将会给我们以无比的损害。

（原载一九四〇年十月三十日《抗战日报》第一版社论）

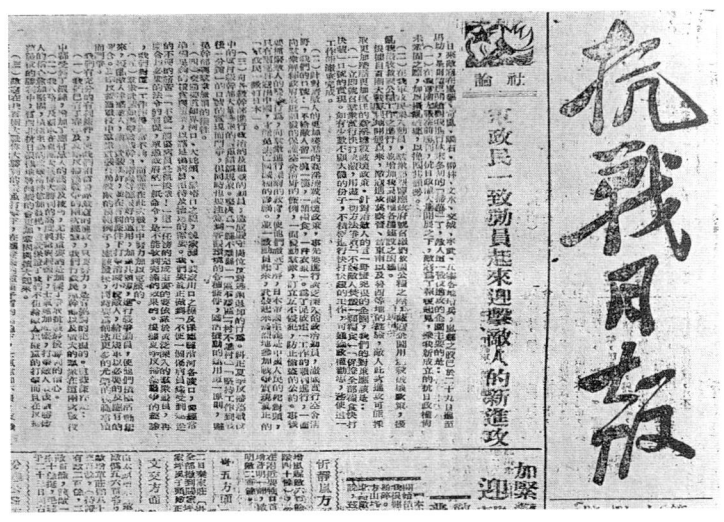

军政民一致动员起来迎击敌人的新进攻

日来敌寇在岚县、可岚、离石、柳林、文水、交城、宁武、五寨各地增兵,岚县之股已于二十九日进至马坊,是则敌已开始对我进行秋末冬初的"扫荡"了,敌人这一战役进攻的企图主要的是:

(一)在我百团大战空前胜利,抗日政权大量开展之下,敌寇为了报复起见,乘我新成立的抗日政权尚未巩固之际,加以扰乱破坏,以挽回其颓势。

(二)在我军政民深入动员,群众热烈响应政府号召缴纳救国公粮之际,敌寇企图用□杀破坏政策,扰乱我征收救国公粮工作之进行,并增加我根据地各种建设之困难。

根据自百团大战胜利地开展以来,敌寇进攻冀察晋、晋东南以及鲁西等地的经验，敌人此次进攻可能采取更加残酷更加疯狂的奸淫烧杀破坏政策。针对着敌人的这一野蛮凶狠的企图，我们的对策应该是：

（一）立即号召群众实行快打快藏，用尽一切方法争取"不让敌人焚毁一颗粮食""保证全部粮食快打快藏"口号的实现。如有少数不顾大体的份子，不积极进行快打快藏的工作，可通过政权劝导，务使这一工作能澈底完成。

（二）针对着敌人的更加残酷的奸淫烧杀破坏政策，事先要进行广泛深入的政治动员，澈底实行空舍清野，我们的口号："不给敌人留一碗一筷、一颗粮食、一件衣服。"为了促成这一工作的顺利进行，一面向群众解释政府最近颁发的保护空舍清野的条例，一面发动群众订立互不侵犯、防止偷盗的公约。事后要抓紧敌人的残暴行为，向群众进行深刻的教育，使他们澈底了解，日本帝国主义是中国人民的死对头，只有驱逐日寇出中国，才能免去亡国灭种的惨祸，并一致动员起来、武装起来热烈地参加战争，实现真正的"军政民一致打日本"。

（三）向各级干部进行政治的及组织的动员，造成严守岗位反对逃跑退却的行为。纠正夏季反"扫荡"战役中的区村级干部大量逃跑的严重错误现象。坚决为"县不离县""区不离区""村不离村""坚持工作到最后一分钟"的口号的实现而斗争，但同时也要注意到客观环境的各种条件，灵活机动的运用这一原则，避免干部与群众无谓的牺牲。

（四）交通要道如界河口、大蛇头、黑峪口之线，魏家滩、裴家川口之线及保临县沿河各渡口，要经常准备足够的粮食与担架，以满足伤病员招待及抬送的需要。我们要真正做到"不使一个伤病员感受到运送的不便的痛苦""不使一个伤病员受饥挨饿"！这一任务的完成主要的要依靠于广泛深入的群众动员，再配合以必要的法令的督促，单凭政府的一纸命令，是不能收到完满的效果的。根据夏季反"扫荡"战争的经验，我们对这一工作得□□不够，而需要在此次战役中努力加以克服的。

（五）群众武装如游击队基干自卫队等应派好的运用，加强其领导，进行战争动员，使他们积极活动起来，扰乱敌人迷惑敌人，镇压武装汉奸，并在有利条件下打击消灭小股敌人，给正规军以必要的及应有的配合。夏季反"扫荡"战役中群众武装英勇杀敌的模范例子，应该发扬，同时要为创造更多的光荣的模范事迹而斗争。

我们有充分的有利条件，使我们相信粉碎敌寇的进攻，只要努力，是有绝对的把握的。这些条件是：

（一）我们已有了春季及夏季反"扫荡"战争的两次经验，我们行政民运干部以及广大的群众在这两次战役中都受到了锻炼，增加了应付敌人的认识及技巧，尤其重要的是加深了争取抗战最后胜利的信心。

（二）我八路军及新军在百团大战伟大胜利的高度兴奋与刺激下，士气愈加旺盛，打击敌人最后战胜敌人的信心愈加坚固，积极主动的攻击精神愈加发扬，这就保证了我们不但给敌人以严重的打击，而且在反"扫荡"战役的胜利中，晋西北抗日根据地将无疑的会更加巩固与扩大起来。

（三）敌寇在我百团大战伟大胜利的严重打击下，在国际国内重重矛盾的压迫下，士气愈加不振，反战□□的情绪愈加浓厚，积极主动的攻击精神更加缺乏。这就给我们以有利的机会，使我们增加了寻找敌人的弱点大量杀伤敌人并最后粉碎敌人进攻的条件。

（四）我晋西北军政民各方面在此次军政民联席会议及行政会议的胜利的召开之后，团结愈加密切，步调愈加一致，形成了不可征服的伟大力量，加以我党军政民各首长的正确指挥与英明领导，粉碎敌寇进攻，巩固扩大晋西北抗日根据地更有了充分有力的保障。

根据以上的分析，我们相信军政民各方面一定会一致团结起来，用战斗的热情，立刻从各方面进行广泛深入的政治动员，坚决为完成任务，粉碎敌人的"扫荡"而斗争！

（原载一九四〇年十一月六日《抗战日报》第一版社论）

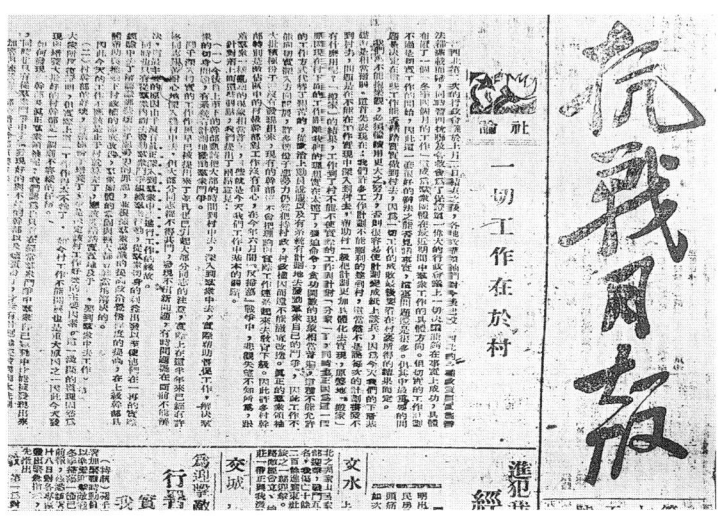

一切工作在于村

晋西北第二次的行政会议于上月二日结束之后,各地政权领袖们对今后建设晋西北的各种政策与实施办法都满载而归,同时晋西抗联及各救会为了保证这一伟大的行政会议上一切决议能够在事实上成功,具体布置了一个"冬季四个月的工作",这成为群众团体在最近期间中群众工作的具体方向。但切实的工作计划不过是切实工作的开始,因此这一套很好的办法之能否见诸事实,这里问题还是很多。但其中最重要的问题是决定在这些工作能否踏踏实实做到村去,因为一切工作的成败最后要看在村里所得的结果而定。

我们万不能抱乐观,必须继续用更大之努力,否则很容易使计划变成纸上谈兵，因为今天我们的下层基础还是相当薄弱。这首先表现在：我们许多工作计划不能顺利的达到村，这当然不是说每次的计划书发不到村去，问题是在不能在工作实现中深入到村去，帮助村一级把计划更加具体化去实现，原盘地"搬家"有什么用呢？"搬家"的结果，工作到了村不能不使实际的工作与计划"分家"了，同时也正因为这一个原因现在村下面的工作距离我们的理想实在太远了，强迫命令，贪功图数的现象相当普遍，这种不能允许的工作方式代替了艰苦的，从政治上动员说服以及有系统有计划地去发动群众自己的斗争，因此工作不能向切实深入方向开展，许多坏份子恶势力仍然把持村政，村政权因而还不能澈底改造。真正的群众领袖大批积极份子还没有发现出来，现有的干部还不会把理论与实际工作连系起来去教育下级。因此许多村干部特别是敌占区中的村级干部对工作没有信心，在今年六月间反"扫荡"战争中，悲观失望不知所为，跟着群众一样乱跑的现象相当普遍，这些就是今天我们工作中基本的弱点。

针对着上面这些弱点，我们提出了两点意见：

（一）今后自上而下的干部应该把大部的时间到村中去，深入到群众中去，实际帮助督促工作，解决群众的切身问题，有系统有计划地发动群众斗争。

关于深入切实的工作作风早已被提出来了并且也已引起大部分同志的注意，实际上在这半年来已经有许多同志艰苦耐心地深入农村中去，但大部分同志都不得其门，发现不出新问题，有时问题摆在面前不能解决，这最主要的原因由于没有真正深入到群众中去进行工作的缘故。

同时也只有从群众内面去发动群众斗争组织群众行动，从群众切身的利益出发以至使他们在一再的实际经验中去了解认识那些坏份子恶势力的罪恶，并根据群众认识的提高政治觉悟程度的提高，在上级干部具体帮助与推动下，村政权的澈底改造、群众团体的巩固与扩大都会适当地解决的。

因此今天的工作不应该是止于村就算完了，应该要踏踏实实地及于□，要到群众中去工作。

（二）村干部的好坏，村积极份子培养了多少是决定该村工作好坏的主要因素。这一浅显的道理固然为大家所反复证明，但实际上这一工作作得太不够了，如今村工作不能开展也是重大原因之一，因此今天发现与培养大批好的村干部是一个刻不容缓的任务。

如何发现好干部及真正群众领袖呢？我们认为也只有在经常群众斗争中群众自己□□中才能被发现出来，同时也只有从群众斗争中才能发现好的与不好的干部以及坏蛋份子，才能有计划地提拔与淘汰洗刷。

加紧训练教育干部是培养干部重要方法之一，我们的意见趁着今年冬季农闲的时候政府应与各群众团体配合起来，广泛地开办流动训练班，关于教材的内容仅仅编几种课本讲讲是不够的，必须经常总结日常工作、群众活动、群众斗争的现实材料与基本知识联系起来去教育，即是把检查工作的会议与流动训练班合流起来才有更大的效力。

我们要强调"一切工作在于村"的口号，因为今天真能够把村的工作打下踏踏实实的是村，一切工作都会顺利地进行，而建设晋西北的基本问题也就在此。

（原载一九四〇年十一月九日《抗战日报》第一版社论）

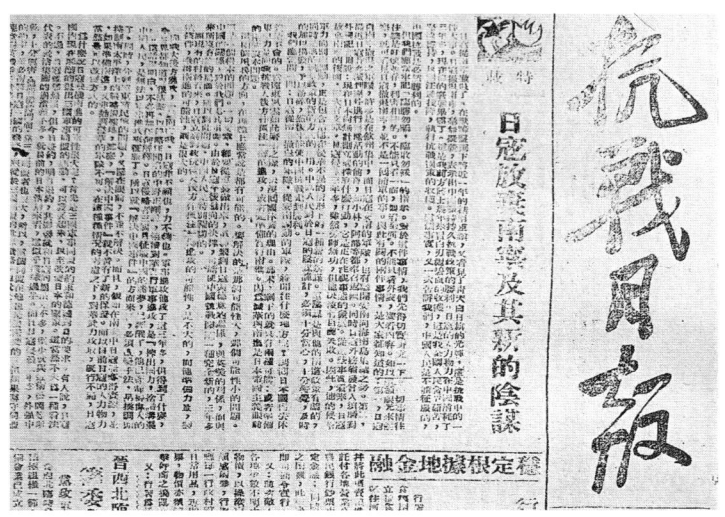

日寇放弃南宁及其新的阴谋

日寇从南宁撤退了。在兽蹄盘踞下将近一年的桂南重镇，又看见了青天白日旗的光辉，这是抗战中的一件大事。日寇撤退南宁，毫无疑义，表示出中国坚持持久抗战政策的胜利。日寇的人力物力在中国消耗了三年多，现在他的窘态毕露了。这是我前方将士几年来冒白刃洒碧血的收获，这是我全国人民含辛茹苦，坚决撑持，反对汪逆投降，执行抗战国策的收获。这个事实，又一次告诉我们，中国人民是不能征服的，中国抗战是必然胜利的。

但我们应当牢记"临胜勿骄，临败勿馁"的指示。对于这件事情，我们先得切实研究一下。一切事情往往总是好坏并存、利害相连的。不能只看一面，要看全面。不能只看外表，要看内容。如以这种眼光来观察，就可看见日寇撤退南宁，并不是一回简单的事。与此有关的两件事情，是大家都知道的：第一，日寇自南宁撤退之军队，许多是在钦州集中，而日寇在安南的军队，也有离开安南向海南岛集结之势。第二，最近日寇许多派到国外进行侵略活动的酋首，如小林、阿部等都奉召返国。同时日寇外务省发言人须磨对外国记者则说：现在日本尚无计划立刻采取什么行动，它是正在注视事态的发展。从这些事实看来，日寇放弃南宁的后面，还大有文章。日寇侵华三年多，虽然劳师无功，但他决没有自认失败。因此，他的侵华军力向别处调动，正是包含着他在侵华不逞的情形下的一种新的阴谋。这阴谋是与他的南进政策有关的，同时是他的灭华政策的新的方式的□用。中国人民对于日寇的阴谋诡计，必须十分当心、十分警觉，及时的加以揭发，予以粉碎，然后才能使中国抗战走到胜利。

我们应当问一问：日寇从南宁撤退的军队，从安南调动的军队，将开往什么地方呢？调回日本国内去休养是不会的。当远东风云如此紧张之际，决没回国休养的理由。那末，剩下的就只有两种可能：或者准备集中力量向我抗战大后方作孤注一掷的进攻，或者是准备实行南进。因为灭华与南进是日本帝国主义眼前的两个根本问题。

这两个用兵的方向，在理论上应当说是都有可能的。要解决的是那个可能性大、那个可能性小的问题。这是一个根本的问题。一切文章，都要从这里做出来，这□系到日寇与德意的关系、与英美的关系，而与中国的关系，对于我们尤其重要。由于日寇今后动向的抉择，可能使中国抗战开辟一种完全新的，三年多来所没有□的局面。所以对此问题，中国人民是特别关切的。

照现有的材料看来，日寇立刻对我抗战大后方作孤注一掷进攻的可能性，是不大的，而他准备力量，制造条件，乘机南进的可能性，则是很大的。

向我大后方进攻，一□而亡我，日寇非不愿也，力不够也。军事进攻他攻了这三年多，但得到了什么，全世界都知道得很清楚，以侵略□闻名的中野正刚说，继续对华实行军事进攻，是"榨出国力，舍□沟渠"。这话□明白，不必再加任何解释。日寇侵略者三个月征服中国的迷梦，已经醒了，他已经懂得伟大的中国人民，是无法以军事进攻来征服了。所以就"解决中国事件"的方面来□，必须改变手法，另换调头了。同时，分割远东殖民地的问题，又摆在眼前，不能不解决。而且，假如在南进中日寇能夺得资源，并控制南太平洋上的战略根据地，那么，"解决中国事件"就不啻有了新的保证。而以目前日寇的人力物力，如果准备南进，又非□调侵华的军队不可。在这种种情况的考虑之下，对华武力攻取，既行不通，日寇当然是可以改变方式的。

为什么说日寇乘机南进的可能性很大呢？首先是三国军事同盟的约束和德国对日的要求。有人说，日寇国内现在酝酿的退出三国军事同盟的运动，可以发展起来，以至改变日本的国策。这当然不失为一种看法。不过，日寇虽然无赖，但今日签约，明白退约，其影响就和日寇的崩溃差不多，至少就与近卫松冈等所代表的统治集团的崩溃差不多。就目前的日本情形来看，这似乎还嫌过早。而且日寇侵华三年多，外强中干，十分厉害，他能撑持门面，靠三国同盟者也很大，所以，这个同盟在他也是很需要的，但如果遵守同盟的□□，就必得将日寇一国的战略，服从于三国同盟的世界战略。也就是说，日寇在远东的行动，必须与德意对英战争的战略计划相配合。希特勒要想造成夺取英伦的条件，就必须以西班牙取直布罗陀，以意大利取□□士，以日寇取新加坡。最近德法谈判，希特勒索性提出将安南送给日寇，从这份丰厚的礼物上，可以看见德国希望日寇南进是多么迫切。但在英美的对抗之下，日寇要完成这个任务，实在是很艰难的。为了解决这个困难的任务，就得以日寇一国的战略来配合三国同盟的世界战略，就得以侵华的战略来配合南进的战略。正好，希特勒对日寇的要求，正和日寇在华所遇到的难关是相符合的。这就成了决定日寇最近动向的主要关键。此外，日寇南进，在军事上，利于用陆军而不利于用海军。海军是日寇现在的"国宝"，他的陆军和空军在侵华战争中，已经消耗得很厉害了。他决不能在对英美作战中，以海军作冒险的牺牲。同时，估计到安南与泰国对于新加坡的优越战略形势，以及日寇与泰国的关系，则从陆上攻新加坡之背，自然更为有利。所以，在新加坡的争夺战中，日寇将以陆军配合海军作战，是很清楚的。若然，则日寇现在从中国战场上抽调的军队，将作如何的作用，不是可以看出一些眉目么？

日寇南进主要的障碍，就是英美。而英美各有各的弱点。英国的弱点是头上腰上腿上到处受击，难以兼顾。美国的弱点，是海军的设计，尚未完成，目前太平洋舰队的力量，还不充足，但假若英美合作，则日寇便难于应付了。不仅两国联合的军队可与日寇对抗，而更重要的是两国在资源供给上，在市场上对日寇的抵制，可给日寇以致命的威胁。所以，日寇南进的主要障碍，在于英美的合作。

日寇南进的准备步骤之一，就是以各种方法，拆散英美的合作。

英美在远东合作的呼声虽然很高，但这合作是有许多漏洞的。英美对于共同使用新嘉坡问题，还有不同的意见。英国将新嘉坡借予美国是有限度的，不是像美国与加拿大联防那样，无限制的。而美国的希望则不如此。两国关于新嘉坡问题的意见的分歧，当然是反映两国的利益在远东还有许多不一致之处。这点日寇可以利用。同时美国人民反对卷入战争的要求还有很大的力量。罗斯福对于威尔基的答辩中，也不得不说明他不同意进行国外的战争。最后英美两国，有主张对日妥协的份子。日寇如果在外交上用些软功夫，则这些份子，便会活跃起来。这也是日寇可以凭借的力量。

今天日寇止以各种手段来破坏英美的合作与平行行动。日寇对美已有软化的表示。传日驻美大使将换成一个亲美的角色。而最近美国加强禁运、撤侨等等，日寇都毫无动静，处之泰然。日寇对美的脸色，从这里便可看出几分。而美国也不愿对日立即发动战争，尤其是大选的前后，更为困难。

在这种时候，日寇倘若对美献些假殷勤，陪些假笑脸，则美日紧张关系或可弛松，英美在远东合行的空气，或可冲淡。假如这样，则英国在远东对抗日寇作战，就更加困难了。

但德意在欧洲对英的压迫，便会逐渐加紧。西班牙的参战，法国海军及军事根据地之供德意利用，似乎都是势在必行。德意在西面压迫，日本在东面拉拢，而美国假如再不积极，则英日重新妥协的前途，不是不可能的。如果以这种方式能取得荷印的油产和南太平洋上的军事根据地，这是日寇最希望的事。

在日寇的算盘上，这一着，也是要来对付中国抗战的。在日寇的眼光中来看，假如英美合作放松，英国对日妥协，则将会影响到英美对华的援助，打击若干人士的情绪，并且有助于日寇灭华政策的推行。

日寇的军队从中国的战场撤退，决不是说明他放弃他征服中国的意图。在日本帝国主义崩溃之前，这是不可能的。日本军阀在中国所消耗的人力物力，必要收回报偿，问题就在于运用什么方法。武力攻取是破壁了。古话说：穷则变。日寇对华是改变战法了。

三年多的抗战证明，日寇侵华有三种方法：一是军事进攻，二是政治诱降，三是经济破坏。这三种手段，有时以这个为主，有时以那个为主。如何运用，全看客观的形势的变化。日寇从南宁的撤兵，告诉我们，政治诱降，最近又将成为日寇灭华的主要方式。

这是日寇的一个最恶毒的阴谋。中野正刚公开说出：打倒国民政府，"这事情不可能，也没必要。日本人大体由国民的感情上说，并不再想向中国内地进兵。打倒国民政府乃次要的问题。我们只要与国民政府协力，使它不再为害即可"。这些话是值得我们深思的。坚持民族解放战争的中国，能与以灭亡中国为国策的日寇"协办"么？能够与他和平共居么？然而日寇现在正在进行着这种阴谋。拿造谣当饭吃的日寇，正散放着关于中日关系的各种各样的谣言。日寇前曾大言不惭的说过，只承认汪精卫傀儡，不以国民政府为对手。现在又来打自己的嘴巴了。阿部与汪逆的卖国谈判，曾闹得乌烟瘴气，现在好像又不提了。日寇满口讲的是"恢复中国和平繁荣"的一堆鬼话，其实，正是以杀人不见血的手段，诱我屈服，做他的温顺的奴仆。

日寇的盟友德国，在这方面，可能给予他以许多帮助。严格说来，日寇的这种政治攻势，也是德国整个计划的一部分。德法两国的大使馆都要迁往北平，而德使陶德曼传将返任。陶德曼过去的历史，是大家都知道的。当德日决定采取这取这种战略时，他回来干什么，大家也是很明白的。

日寇一方面撤退侵华军队，同时加强诱降的活动，就造成一种严重的情势。日寇的企图是想借此懈怠我抗战的战斗意志，走入他的圈套。汪精卫派汉奸，必将听其主子之命，大肆活动，以涣散人心，败坏士气。同时，日寇必将使用他的惯技，挑拨离间，播弄是非，破坏我统一团结。这是比飞机大炮更危险的一种亡人之国的方法。

南宁寇军的撤退，告诉我们，日寇将变化其灭华的战略，把以军事进攻为主的战略，改为以政治诱降为主的战略。而今日的诱降与过去又不一样。现在的诱降是以撤兵为手段，这在过去是没有的。因此，中国抗战将有可能遭遇到一种前所未有的新的局面。这局面所可能引起的许多情况，都是我全国人民所应当万分警惕的。

我们必须从日寇南宁撤兵所造成的过份乐观的幻想中清醒过来。要认识日寇的阴谋及其可能对于我抗战事业的危害。把欣乐的空气，促成严肃的空气。坚持抗战国策，加紧统一团结，击破日寇挑拨离间的任何阴谋，推行显明的正确的外交政策，合理的利用列强与日寇间的矛盾，改善中国与各友邦的关系，增取他们更多的援助，增长我之国力，这样，日寇的新的阴谋，同样是可以粉碎的。（十一月一日《新华日报》社论）

（原载一九四〇年十一月三十日《抗战日报》第一版特载）

合作社应向生产方面发展

　　生产合作运动在全国范围内，由于政府当局与国际友人的赞助与努力，发展极为顺利，合作社已达数十万处，资金已超过五百余万元，其中尤以陕甘宁边区的生产合作运动，发展甚为普遍与迅速，堪称全国模范。晋西北的合作事业，尚在萌芽时代，不仅还没有变成群众运动，并且还没有跳出消费合作社的范围，发展的不普遍，商业化的倾向到处皆是，不仅不能起激励土货生产，平定物价的作用，少数合作社竟奸商化了，暗中捣乱金融，贬我币价等于给日寇当"义务推销店"，无条件的推销仇货，贩卖群众不必需的奢侈品，造成仇货绝对入超，使法币外流，这简直成了普遍现象，我们试检查一下军政民各机关所办的合作社，不犯上述错误的，恐怕寥寥无几，至于挂羊头卖狗肉，"合作社"其名，单纯以营利为目的所谓合作社亦不在少数。因此今天的合作社，如不迅速转变方向，长此发展下去，对于晋西北抗日根据地的巩固是有害的，向那里转变呢？应该向生产合作运动方面发展。

当此抗战进入更艰苦的阶段，各种困难空前增加的时候，与敌寇进行经济斗争十分重要，本报前已论及。而发展生产合作运动，以恢复我根据地内的手工业生产，尤为重要。由于战争之破坏，敌寇之经济封锁，使我根据地内手工业生产多被摧残，我军民的日用必需品极感困难，倘若不努力恢复已被破坏的手工业，建立生产必需品的小工厂、作坊，那末势必使持久抗战增加无数困难，因此发展生产合作运动第一个重要意义，便是与日寇进行经济斗争，解决我抗日根据地内的日用必需品，以支持长期抗战。其次，自从抗战以来许多手工业工人与离开城市的技术工人，大都失业流入农村，生活极感困难，如果生产合作运动，以新的生产姿态出现，便可吸收许多手工业工人与技术工人，来协力参加生产，不仅有助我根据地内的国民经济的发展，并可解决许多失业工人的问题，使有用的人力技术重新发展其功效，这是第二个重要意义。第三，手工业生产发展后，可以提高农业品的价值，鼓励农民的生产热忱，使市场活跃、商业繁荣、货币畅流、输出品增加、吸收法币，使我对外贸易平衡，更可巩固我之金融。第四，合作社是组织群众、教育群众、提高群众组织能力的一种工具，可以把各种各样的群众甚至落后的群众都组织起来，使群众运动更加深入、群众组织更加普遍与巩固。

提倡生产合作运动，并不是要排斥消费合作社或否认消费合作社的作用，相反的还须广泛的推广真正的消费合作运动，但应严厉取缔单纯的以营利为目的的合作社，不准其乱用合作社之名，真正的消费合作社应有广大群众的基础，以满足群众的需要为目的。今天广大群众所需要的是盐油布匹煤炭等，而不是来自敌区的奢侈品，这是目前消费合作社应该努力的方向。

　　同样生产合作运动亦应建立在广大群众的基础上，发扬民力，吸收游离的资本，以发展国民经济与改善人民生活为目的。今天主要发展的对象是手工业与农村副业的生产，如纺纱、织布、织毛巾、织袜子、毛织业、制纸、制革、制绳、制油、制烟、制肥皂、煤炭、铁器、瓷器、木料及一切农具的生产，养羊、养牛、养猪等，上述这些生产事业都是急需发展的，而且是容易发展的。我们建议军政民各机关，首先检查一下自己所办的合作社，是否适合上述的目的，来一个澈底转变，或是扩大消费合作社的群众基础，贩卖广大群众的必需品，或是把资本投到生产事业方面，改消费合作社为生产合作社，作为发展合作运动的先锋队，在发展新的生产合作运动中，应进行深入的解释工作，说服与发动群众参加生产运动，反对强迫命令摊派的办法，在合作社的管理中，应充分发挥社员中的民主，定期开社员大会，民主的选举负责人，定期检查账目，以防营私舞弊。

　　政府不仅应取缔单纯的营利贩卖仇货为目的之合作社，并且应奖励生产合作社，政府应投必要的资金，银行应给生产合作事业以无利贷款，对于生产输出品的手工业，尤应特别奖励，对日货与奢侈品应严厉禁止输入。

　　晋西北蕴藏着极其丰富的资源，久为多方所羡慕，这些资源是急需开发而又可能开发的；民间游离的资金，是有相当的数量，可以用去开发的，晋西北是有充分的劳动力，手工业工人与技术工人可以从事于生产事业，这里中心问题在于广泛的发展生产合作运动，但是"一切事在开头总是困难的"，这就须要有正确的领导，特别须要现有的机关合作社，放大眼光，从长期建设根据地的观点着想，为发展根据地的国民经济与改善人民大众的生活而奋斗，作为生产合作运动中的模范。

（原载一九四〇年十二月四日《抗战日报》第一版社论）

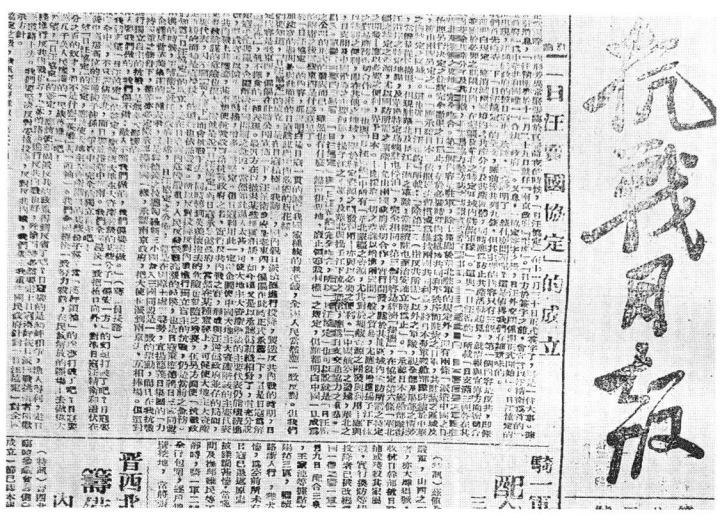

"日汪卖国协定"的成立

正当国际国内形势异常紧张临于巨变前夜的时候，"日汪协定"在十一月三十日正式签字了，这是一件大事。据□□社消息，"汪精卫亦于十一月二十九日就任'南京政府'主席"。"日方于签字之前，曾宣言以汪精卫为首的'南京政府'为中华共和国唯一'合法'政府"。又息，"协定签字之后，日汪外交关系即正式开始"。"日汪协定"的公开出现，汪逆伪政府的被日寇正□承认，究竟说明了一些什么问题呢？这是值得我们仔细玩味的。

我们首先检查一下"日汪协定"的全文，虽前后共列九条，但其主要的内容只有三个，第一个内容是反共，即条文中所明白规定"应消灭两国境内之共产份子及共产团体，同时应为防止共产活动起见，就情报与宣传方面密切合作，并应于必要之期限以内，在蒙疆及华北之特定区域内驻扎军队"。这与"日汪密约"所载"日支满三国各在其领域内芟除共产份子及其组织，并提携协力于防共之情报宣传等有关事项。……为达此目的，日本将所要之军队驻屯于华北及蒙疆之要地"完全吻合。第二个内容是驻军，除上条关于华北驻军的规定外，还有两条"派遣中国之日军，依照另行决定之条款完全撤退之日为止，对于必要时期内为维持共同和平秩序而驻扎之日军，其驻扎之区域及事实，应由两国另定之"。"应承认日本□依照过去习惯或为维持两国共同利益，将日本海军舰船部队驻扎于中华民国之内特定之区域"。但也与"日汪条约"所载："除第二□（指反共所需）以外之军队，视全部及局部之情势如何，当尽量从速撤退，但现驻华北及长江下游之军队，当继续驻屯至治安确立时为止"。"承认日本舰船部队得在长江沿岸之特定地点，及华南特定岛屿驻屯停泊"，完全相同。第三个内容是经济"提携"，在协定第六条"华北及蒙疆之特定之资源，尤以国防所需之矿产……允由两国政府密切合作，实行开发，关于其□区域内国防所需之特定资源之开发……应以必要之便利，畀予日本。……应采取一切之步骤以增进两国间一般之贸易，尤应就增进扬子江下流一带之贸易商务密切合作"。这也与"日汪密约"中所有"华北蒙疆之资源，尤其对于埋藏资源之开发与利用……应与日本以特别之便利，即在其他之地域，关于特定资源之开发利用……亦与以必要之便利""中国航空之发达，华北之铁道，日支间及中国沿海之主要海运，扬子江之水运，及华北与扬子江下流之通信，应为日支交通协力之重点"无何出入。单从这主要的三点看，"日汪协定"与"日汪密约"完全吻合，所以"日汪协定"也可以说就是"日汪密约"之公开的正式的发表而已。虽然也有什么"归还租界地，废止领事裁判权"之规定，但谁都明白中国一旦成为日本的附庸之后这些东西是什么意思了。

关于"日汪协定"的内容，那很明白是日寇一贯的灭亡我国家种族的老把戏，全国人民当然应一致反对。但我们应更加注意的问题是与此而来的日寇阴谋与国内危机的新花样。

我们要知道，"日汪协定"的成立，是在日寇积极向我诱降，国内亲日派积极进行投降，制造反共内战的时期，"日汪协定"内容是老东西，偏偏在此时公开宣布一下，汪精卫政府是老东西，偏偏在此时正式承认一下，这是日寇为解决"中国事件"，饥不择食的一种表现。最近方在以撤退某些地区相诱，如今这又是以承认伪组织相胁了，这充分说明了敌寇手忙脚乱，企图解决中国问题之急迫，当然如此逼人太甚，可使大地主大资产阶级的主要代表仍能继续进行抗战，还或者可以减少一点动摇，增多一点坚定。但日寇利用此一定还企图使中国大地主大资产阶级的主要代表进行反共内战上其圈套，甚至想使抗战政府借抗战政府之名，实行反共内战之实，形成与汪逆伪政府并存的局面，这个更毒辣阴谋的危险也很大。这就是说"日汪协定"与日寇承认伪政府，当然在某种意义上，可促使大地主大资产阶级主要代表，因不愿"寄人篱下"而会抗战下去，同时转到英美怀抱去的危险也就随之增长，但另方面使"抗战政府"走□□的而却是直接投降的道路也依然严重。所以反对投降反对内战进行独立自主的抗战，仍是当前之急务。

我们知道"日汪协定"的成立，是在日□国内危机严重，人民反战厌战高涨的时候，也是日寇策应德义日三国同盟积极南进的时候，汪精卫之就任伪政府主席，"日汪协定"之公布，都是在国际上虚张声势，宣扬德义日集团的"力量"，企图威胁英美集团的一种表示，这是与德义之拉拢匈罗斯三小国加入三国同盟是一致的举动，而且在我抗战政府坚持国策之条件下，德义亦必定像承认满州国一样，承认南京政府，把大使也派到南京去，互相捧场。但这对于我进行独立自主的抗战，是无多大影响的。

"敌人要我们做的，我们偏不做；敌人不愿我们做的，我们偏要去做。"（蒋委员长语）

所以我们希望"日汪协定"的签定，应该使大地主大资产阶级的某些分子"偏安一方"的幻想打破了吧？日寇要的是灭亡全中国，不只侵占华北，而且要席卷华中华南。我们全国赶快一致把枪口向外，对准日寇汪精卫和潜伏在抗战阵营中窃居高位的汪逆徒子徒孙，争取中国完全的独立自主吧！

我们希望"日汪协定"的签定，应该使大地主大资产阶级的某些份子冀□当"汉奸领袖"的迷梦打破了吧？日寇要的是百分之百的奴才，而不是什么"英雄"与"领袖"。我们全国赶快一致努力杀敌，在民族解放的疆场上去做伟大的四万万五千万人民拥护的"民族英雄"吧！

我们希望，"日汪协定"的签定，应该使顽固派反共的政策得到反省了吧？日寇要的是鹬蚌相争，渔人得利，走日德义路线进行反共内战也好，走英美路线进行反共内战也好，殊途同归必然要走上日寇汉奸亲日派内战挑拨者所欢迎的投降道路上去。我们要坚决反对妥协投降，反对反共内战，我们要求我重庆国民政府针对"日汪协定"对全国人民明示方针。

"日汪协定"之后，我重庆政府虽以十万元赏额再行通缉汪精卫，但我们希望政府能更具体的铲除在抗战阵营中窃居高位的汪派亲日派汉奸。虽在"日汪协定"前，我重庆政府即已辟谣，谓和平空气全属无稽，但我们希望政府能更具体的制止并惩处那些以二十万大军进攻新四军八路军，以二十万大军包围边区的内战挑□者。

总之，我们希望政府以事实行动来代替口头的辟谣，以事实行动来代替一纸通缉令，以事实行动来反对"日汪协定"，以事实行动来坚持独立自主的民族解放战争。这样才是"辟谣""通缉"等的最有效办法。

（原载一九四〇年十二月七日《抗战日报》第一版社论）

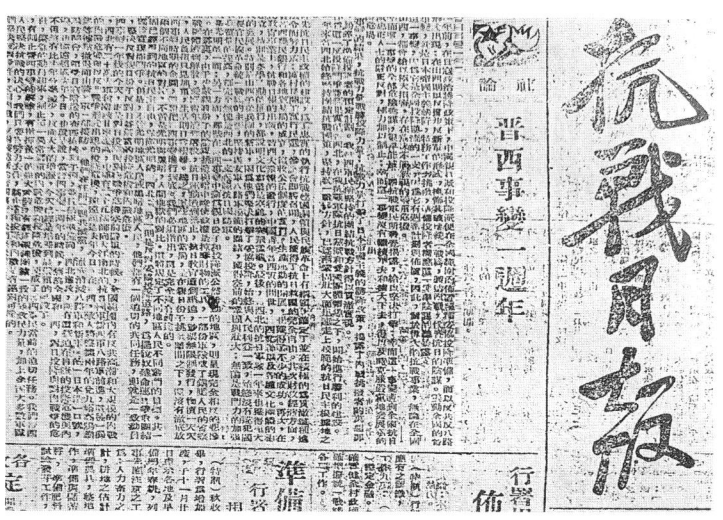

晋西事变一周年

晋西事变一年了。

一年前,在日寇政治诱降政策下,中国亲日派和投降派便在全国范围内布置种种妥协投降准备,而以反共反八路军形式出现;在山西则以反进步反新军的形式,掩饰其破坏统一战线,制造内战,代替抗日的阴谋。轰动全国的晋西事变,就是日本帝国主义诱降,特务工作者挑拨,准备投降者响应这一连串阴谋的总暴露。

这一事变,因为它是全国投降逆流的一支,因为它有周密计划与布置,因此,对于伟大的抗战事业,无论在全国或山西,都曾给以极大损害,存在着决不能忽视的严重危机。

幸而这一事变的全部危险阴谋，很早能被□□抗战军民所发觉揭露，给以坚决打击；幸而这一事变遭到全国抗日党派忠正人士的严正反对，极力加以制止；幸而这一事变没有继续下去和扩大下去，得以及时克服严重地发展着的投降危局。

事变的结果，抗战力量战胜投降力量；抗战力量打击了日本帝国主义的诱降政策，揭露了内战挑拨者的万恶罪行，粉碎了准备投降者的预定计划。我晋西军民所坚持的团结抗战方针得以贯澈实现。

作为这一反投降斗争胜利果实的晋西北，在我抗战军队抗日党派和爱国团体领导之下，开始进行胜利的建设。

一年来晋西北始终坚持团结抗战国策，坚持统一战线方针，已逐渐巩固壮大而迅速走上模范的抗日民主根据地之路。

首先抗日民主政权的建设，为了忠实的执行抗战建国纲领与民族革命上有纲领，确定了并在积极的为贯澈这种进步法令而努力着；区村长开始实行民选，参议会即将召开，人民获得了抗日救国的完全自由。其次财政经济方面，由于晋西农民银行和各地贸易局的成立，征收公粮制度的实行。生产运动的开展，也获得了不少的成功。再次，在文化教育事业上，《抗战日报》的出版，《晋西大众报》的发行，《中国青年》晋西版的问世，□西□联以及各种文化团体的相继建立，特别是冬学运动的推行，都说明文化事业是空前的突飞猛进。最后，晋西北的抗日军队一年来也获得重大意义的发展。特别是山西子弟兵团的新军，因为他们坚决打击了妥协投降，始终与人民利益一致，始终没有违犯阎司令长官民族革命统一战线的主张，坚持与友军八路军模范的团结，获得空前的巩固与壮大；无论是战斗力的加强，本身质量的提高，都完全无愧是西北的一支模范抗日国防军。

这是光明的一面；另一方面，那些在晋西事变中沦为亲日份子和投降派公然活动的地区，则呈现完全相反的悲惨景象。在那里，由于少数亲日份子的阴谋挑拨与暗中唆使政权是掠夺财物的工具，一部份军队成了镇压人民的□察，抗战团体遭到解散，爱国青年遭到屠杀，抗日运动遭到禁止，抗日教育遭到压迫，钞票无限制发行，物价一天天高涨，人民负担只见加重，生活则日益艰难。总之，这些地区的当局，是在亲日份子挑拨离间之下，还没有澈底放弃晋西事变时期的企图，还想把晋西事变进行到底。我们必须指出，这是完全没有前途的。

这两个不同地区的对比，不啻是光明与黑暗、人间地狱的对比。这将规定了不同地区人民不同奋斗的目标。其一是巩固已经□到的抗日民主自由，保卫光明的晋西北区；另一则是反对妥协投降道路，为摆脱奴隶命运，争取团结抗战国策实现而斗争。但是，不管光明地区人民或黑暗地区人民，他们都有一个迫切的共同任务，即就是一致动员起来，坚决反对亲日份子反对日益严重的投降危机和内战危机。

晋西事变一年后的今天，正是对日投降与对内战争危机空前严重的时候，全国范围内有反共高潮和大规模的内战措置，西北有二十万大军包围陕甘宁边区，中原有二十五个师向大江南北的抗日国军新四军八路军前进，这种一触即发的内战危机与以反共战争形式出现的投降危机，远远超过去年今日。在晋西，敌人将盘据两年的兑九峪高阳镇双池镇等据点撤退而山骑×军一部接防。他们在狂叫"剿共灭党，澈底消灭八路军和新军"的"日本造"口号，公然联防国会，领受日寇赠送的布匹枪械和子弹，并且积极准备向晋西北进攻，所有这些迫在目□的投降危机与内战危机，也远远超过去年今日。也就是说，当晋西事变一周年的时候，无论全国和晋西，对日投降与对内战争的危机，不但没有比去年分毫减少，反而大大的增涨，今天已经是增涨到最严重的阶段了。

因此，紧急的动员起来，制止这一异常严重的内战危机和投降危机，便成了晋西军民当前的迫切任务。我们晋西军民，有制止晋西事变的经验，有指挥统一的强大武装，有经过锻炼团结一致的军政民力量，加上全国大多数军队党派人民坚决抗战的决心，我们只要肯努力去作，制止这种投降和内战是有绝对可能的。

我们坚决反对投降，反对内战，反对制造新的晋西事变，我们坚决要求晋绥军的团结以及各军各党派的统一战线，并要求他们共同抗战到底，我们决不能容忍那些亲日派汉奸的活动，决不能容忍分裂投降的罪行，决不能容忍内战挑拨者的猖狂。我们向亲日份子公然活动地区内的晋绥军将士们□诚□的劝告，要团结抗战到底，作一个民族英雄，不要中亲日派的阴谋鬼计，走上分裂投降，作一个民族罪人，使我们爱莫能助；假使有那些至死不悟的内战爱好者敢于向我们进攻，我们不但坚决抵抗他们，以求得自卫，而他们也将重新遭到比去年事变更加重几倍的毁灭。

晋西事变的全部经验教训我们，不管任何严重的投降危机和内战危机，只要我们紧急的动员起来，为制止这种危机……

（原载一九四〇年十二月十一日《抗战日报》第一版社论）

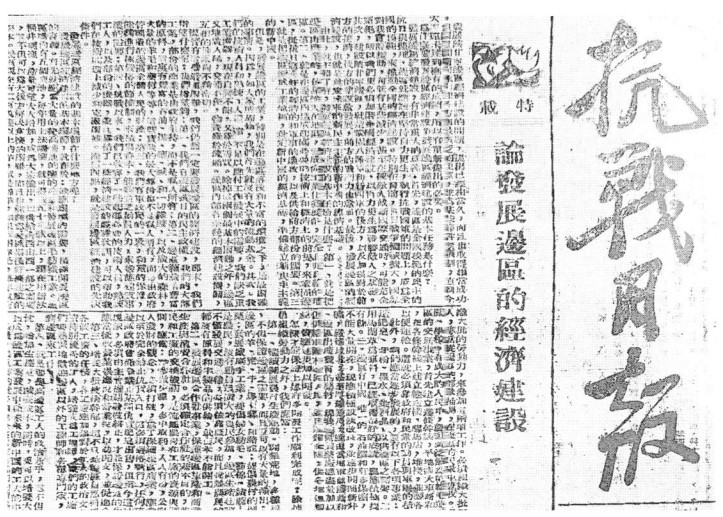

论发展边区的经济建设

发展陕甘宁边区经济建设的问题，提出已经相当久，而且也取得相当成功，但因这问题尚未引起各方面最广泛的注意，并为某些条件所限制，直到今天还远未达到应有的成绩，所以有重新提出的必要。

为什么要发展边区经济建设？发展边区经济建设的基本任务是什么？

发展边区经济建设，有非常重大的意义。首先，边区是全国模范的民主的抗日根据地，边区就应该在坚持自力更生，执行抗战国策的问题上，成为全国的模范，来推动全国的经济建设。特别在目前，世界战争继续扩大，国际对我实际援助，可能有某些减少，甚至在被敌人截断国际交通时，可能完全断绝，所以我们更必须加紧全国经济建设，以自力更生为战胜敌人之基础。其次，建设陕甘宁边区，就是巩固八路军和新四军的后方，以及加强对于前方的接济，后方的建设愈发展，前方的战斗力也愈强。最后，发展边区的经济建设，也就是奠定未来的新民主主义的新中国的经济基础。

由此，就不难了解，发展边区经济建设的基本任务是什么。第一，就是把边区由农业的，依靠输入的地区，变成向工业化发展的，完全自足自给的地区。第二，就是在边区内造成起码必要的技术上和经济上的前提，来巩固边区，抵抗日寇汉奸的经济的和军事的进攻，以及供给前方部份的需要。第三，就是把边区变成工业地区，奠定新中国的经济基础，准备建立新民主主义的新中国。

但是，发展边区的工业，特别是在边区落后和不富的环境之下，是最困难的事情。因为，如大家所周知，我们首先就没有大量的流动基金。其次，我们的技术人员和熟练工人还远不足以应付工作发展中的需要，我们缺乏重工业机器，现在自制不能，又难于购买。除掉这两个最基本困难之外，边区又地广人稀，交通不便，物资难于流通。边区内部各系统的经济建设机关，互相的连系尚不够密切。

尽管有这些严重困难，我们仍然一定要发展边区的经济建设，那末，我们指望什么呢？我们指望到：第一，我们有边区抗日的民主政权，我们的大部工业，部份的商业是由政府主持，而不是私人所有；第二，边区蕴藏着丰富的原料，这里有丰富的石油、煤、盐、碱和一切铁矿，以及广大的森林，大量的羊毛和药材等等，这些宝藏的最大部份也不是私人所有，而是由政府管理着的边区全体人民的财产；第三，我们有军政民的一致和党的保证，能够进行极严格的节权制，来积累资本，能够广泛动员人力，来适应建设事业的需要；第四，抗战以来，我们已收容了一些起码必要的技术人员、熟练工人，以及部份的机器，并且累积了一些经济建设的经验教训，可以帮助我们在技术问题上减少和克服困难。而这四点，就是发展边区经济建设的先决条件。

发展边区经济建设的基本环节在什么地方呢？

发展边区经济建设的基本环节，就在于：适应环境的需要，积极开展边区的资源。首先就应当大量的提高盐池的盐的产量和发展边区毛纺织工业。边区境内有五个盐池，每年用土法晒盐，就可得盐五十万驮以上，现在用新法掘井晒盐，产量可望大大增加，成为大宗输出，以供给陕西山西一部之需要，这不但可以为大后方解决食盐的困难，而且也能够为边区累积经济建设的资本。边区现在有二百万只以上的羊，单是绵羊，如果利用春毛，每年就有二百五十万斤以上的羊毛可供纺织之用，并可设法做到毛棉，以及毛棉麻交织，纺织出来，可望解决边区一部份的穿衣问题，首先可望解决军政各机关学校部队服装的大部问题，这不但可以节省了大量输入的消耗，而且也为边区奠定轻工业发展的基础。这两个问题，是边区经济建设发展中当前两个最重要的问题，今天一切建设工作，都应当首先环绕着这两个问题进行。

为此，我们就必须积极进行以下的工作：第一，就必须有计划地动员和组织大批的劳动力，来参加这两项工作。必须组织大批工人到盐池去，这些工人，应当从边区的部队抽调，在边区的民众中吸收。必须在边区各部队、机关、学校和广大的人民中，发动广泛热烈的织毛运动。第二，必须发展边区的交通事业，首先建立几条干线，平地修大车路和公路，山地就修小车路，在各条干线上建立输送栈、骡马店、堆栈，并制各种交通工具囤积粮草，以便运输。这就必须靠政府和民众的动员与军队的积极参加，才能够做到。

此外，我们应当逐步发展的，还有以下各项事业：一、发展化学工业，制造肥皂、牙粉、墨水、染料品，以供边区之需要。二、扩大造纸工业，现利用马兰草为原料，已经取得很好的成绩，现应积极提高产量，可供边区用而有余。三、边区有中国唯一的石油矿和许多煤矿，唯以技术条件所限制，不能大量开采，现应积极设法改良，并逐步开掘新井。四、边区有丰富的碱矿，绥德以北，甚至厚达数尺，应由当地军政机关和人民共同设法开采。五、边区出产丰富的药材，现我边区制药厂应尽量加以利用，扩大生产量，不但供给军队和边区人民，并且运销全国，供各地迫切需要。其他各种有利资源，皆应逐步加以开发。

怎样才能保证上述许多开发工作顺利完成呢？除掉最主要的发展交通与动员组织劳动力之外，我们应当：

第一，继续开展农村生产运动。开垦荒地，多种粮食，麻，以及各种果树，不但保证边区之需要，而且还可以有大量的输出；积极发展牧畜业，繁殖边区的羊、猪、牛、马、骡和骆驼；提倡农村的副业，如养蜂、打猎、采药；发展家庭手工业，提倡妇女纺毛、纺棉、绩麻……边区人民最大部份是农民，没有动员最广大的农民参加，边区生产建设事业是不可能的。我们不仅发展交通运输，必须依靠农民，而且脱离农民的生产运动，许多工厂就都没有原料和半制品的供给，就根本不能开工。

第二，发展边区合作社事业，保护边区生产和商业。必须组织与扩大各种生产与消费合作社。必须确定合作社的基本目的，并不是赚钱，而是作为农民和工厂的交换机关，是流通农村和工厂的资源与制成品。合作社的群众原则，应当"多做多赚，多中取利，人人有份，公私各半"。靠合作社为个人发财的观念，必须打破，为了保护边区商业，应当征收入口税抵制仇货，以至于完全禁止仇货入口，这必须严格执行，任何疏忽都是绝对不允许的。边区政府曾明令禁止某种仇货肥皂出售，但至今这种肥皂仍见于市面，这种现象，必须由主管机关严厉纠正，才能保证边区的生产和商业的发展，我们应当征收营业□进税和营业税，以助开支，并促进合作事业之发展。

第三，培养大批技术干部，这不只是边区自然科学研究院的任务，而且是各个工厂的任务。各工厂应加强对于工人的政治文化和技术的教育，并把成绩特别优秀的工人，培养成为工程师。我们的工厂，同时也是职业学校。我们要热诚地欢迎边区以外的工程师和各种专门家，以及熟练工人及学徒大批到边区来工作。

第四，就是要提高边区工人的政治水平，这不但将保证他们高度的生产热忱，增加生产量，减低成本，同时，更可以培养大批的工人干部和领导者，以成为边区工业发展中和未来的新中国的工人的中坚。

最后，最重要的就必须健全整个经济部门的领导，统一调整经济筹划分配，规定全部生产事业发展计划，分配各系统之生产机关分别执行，分工合作，并随时帮助各生产机关加强经济上和技术上的联系。

发展边区经济建设的事业，是在我们党中央直接帮助之下推行的，它一定有最正确的方向，它一定有着我们全体干部同志以身作则的努力推动，一定有着全边区军民热烈响应，因此，我们深信我们一定能够胜利地进行和完成这个伟大事业。

朱德

（原载一九四〇年十二月十四日《抗战日报》第一版社论）

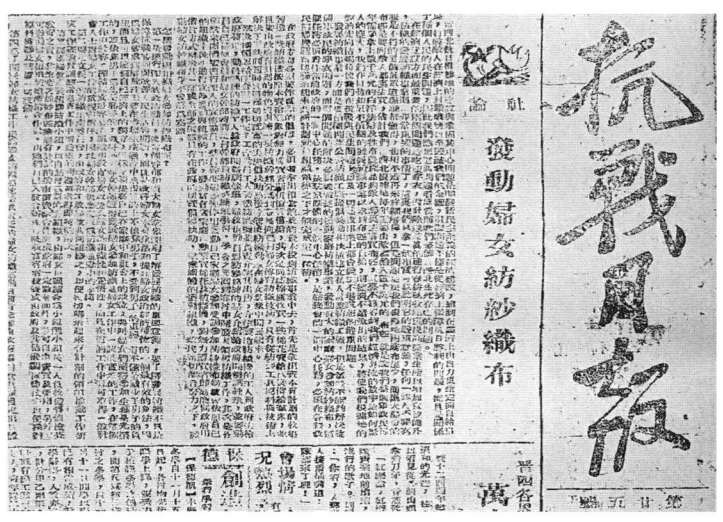

发动妇女纺纱织布

晋西北抗日根据地的建设与巩固,其中心问题是开展新民主主义的经济建设,达到在经济上由自力更生走向自给自足,打破敌人在经济上封锁破坏以至毁灭我们的企图,这个问题不仅是从经济上保障抗日胜利的问题,而且是关系于每个人民的民生问题,因此我们应把这个问题看成当前我们整个晋西北生死存亡的问题。

在经济建设方面最重要的两个问题是吃饭穿衣,因此除过认真的进行春耕秋收运动提高农业生产以增加食粮而外,积极的发展纺织事业则是非常重要的事情了,这里我们只拿一个事实可以说明它的严重意义,任何一个人不穿衣服是不行的这个简单道理谁都懂得,也用不着再来详细解释，但是问题是在我们根据地内产布很少，而绝大部分的布匹是要向敌人那里去买，估计我们晋西北根据地每年需要由敌区输入数千万元的布匹，就是说我们整个军政民每年需要拿上数千万元的白洋法币及牲畜农产品到敌人那里去购买布匹，这里不难看到我们经济外流的数字是如何惊人的庞大，我们在目前如果不积极的发展纺织事业以求到布匹的自给，则经济不断流出的结果，将使我们根据地的经济走向枯竭，将使我们在抗战与民生问题上以及一切建设事业上都会发生不堪设想的严重问题。

发展纺织事业一方面是要积极开办公营纺织工厂，提倡奖励和扶植建立私人营业纺织工厂，但是这还不能够解决整个军政民的穿衣问题，而这个问题的解决必须要广泛的发动家庭纺织事业，发动广大的家庭妇女参加纺纱织布，这个任务必须看作当前政府的一个中心任务，是群众团体的一个中心任务，是妇救会的一个中心任务，必须在各级政民领导机关密切联系起来共同计划动员组织领导之下才能完成这一任务。

在政府方面必须要作实际的倡导，必须要拿出相当数量的资本投到纺织事业中去，首先是拿出资本有计划的收集制造一些纺织样按原本卖给群众，对无力购买者则折价贷借给。其次是向产棉区收买一些棉花卖给或贷借给群众，并且要由政府有计划的物色与训练一批纺织干部分派到各地向农村妇女传习纺织技术，只有从纺制工具原料与技术上解决了这些问题，而且这样切切实实的去提倡扶助，然后才能使纺织动□在妇女群众中开展起来。

群众团体怎样配合这一工作呢？工会动员工人制造纺织机并负责介绍其出售，介绍制造纺织机的工人到政府去给政府制造，动员熟练的纺织工人给政府开办训练班。妇救也动员对纺织熟练的妇女介绍给政府开办训练班，并要动员自己□□会员和妇女干部特别是村干部到纺织训练班学习，学会之后回到乡村中开发□领导纺织工作。其次是各个群众团体要进行深入的宣传动员，动员干部起模范作用，发动自己家庭妇女参加受训、参加纺纱织布。妇救会依照自己的组织系统□进行宣传发动与组织的工作，发动富有者家庭□动购买棉花及纺织机，对无力购买者即刻商同政府用借贷方式解决其一部或全部之困难。只有在政府的切实倡导扶助，群众团体的发动组织，政民密切配合努力之下，发动妇女纺纱织布才不会落为空谈。

怎样发动与组织妇女参加纺纱织布呢？

第一是进行深入的政治动员，使每个干部和广大妇女群众深刻了解发展纺织的重要意义，要了解发展纺织不只是保障抗战胜利与改善人民生活的问题，而且是改善妇女本身生活和提高妇女政治经济地位的一个最有效的办法，因为妇女要求到解放首先要在参加生产过程中求得经济上不依靠男子，不受到男子的束缚，这不仅是减少了男子的负担，而且可以达到自己经济上的独立，这样才能提高自己在家庭中和社会上的地位，要叫妇女们懂得参加生产是光荣的，专依靠男子为生是耻辱的，要叫每个妇女干部懂得发动妇女参加纺织是妇女工作中一个最实际的工作，在这个工作中最容易团结妇女，最容易去组织和教育妇女，以提高妇女的组织性和觉悟性，而且在这个工作中还可取得一般社会人士对妇女工作的重视与信任，因此妇女干部也应当成为纺织运动中的模范。

第二要建立统一的纺织生产委员会，由政府和工救妇救共同组织之，以便密切联系起来有计划的领导推动工作、研究工作经验教训，经常考查工作中所发生的问题并求得即时的解决。

第三，经过妇救系统组织纺织小组，以自然村为单位去组织，由妇女自愿结合为小组选小组长一人负收发督催检查教育之责，其生产之棉纱布匹除过有计划的按市价卖给合作社或政府一定数量而外，还可自由买卖及使用。另外还可发动妇女组织纺织产销合作社，由她们自己入股合办，并可吸收富有者投资，或由政府及其他机关团体投资以便采办原料机器及购置一切设备。

第四，为了开展妇女纺织工作，提高妇女纺织热忱，造成广泛的妇女纺织运动，目前首先要由政府协同群众团体定出具体的切实的计划，拿上一点一滴的建设精神确定出某些中心地区或中心村庄首先开始去作，并且需要立刻重价悬赏招收纺织熟练工人开办训练班，同时要悬赏与招收工人制造改良的纺织机，要设法购进棉花充分的造成开展这个工作的先决条件。其次在这个工作开展中应由政府随时注意对积极参加纺织之妇女以及在纺织中成绩优良的分别给以物质的或名誉的奖励，这样才可能掀起广大妇女参加纺织的热潮。

广泛的发动妇女参加纺织的问题是今天晋西北建设中刻不容缓的问题。在今年解决夏冬两季衣服时，我们所遭到的严重困难和经济外流的可怕现象，也足够我们警惕了，晋西北有大量的产棉区，这就说明发展纺织事业基本条件是有的。而今天的问题就是要实地作的问题了，我们希望一九四一年自己解决军政民十万人的穿衣口号能够实现。

（原载一九四〇年十二月十八日《抗战日报》第一版社论）

《抗战日报》

一九四一

YI JIU SI YI

一九四一

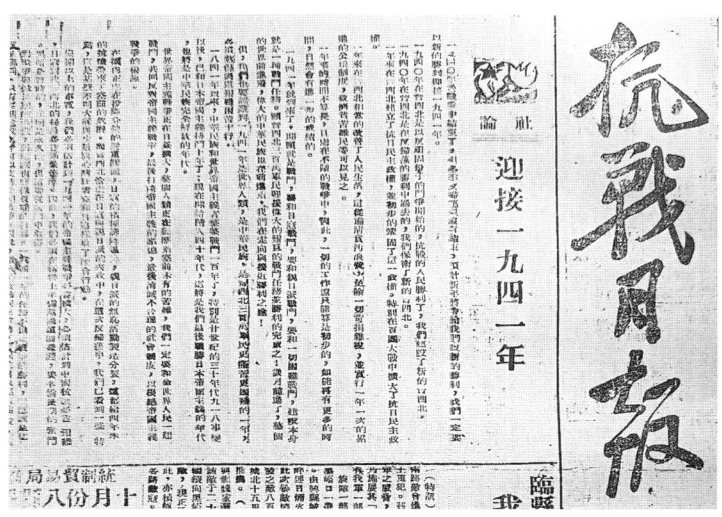

迎接一九四一年

一九四〇年于战争中结束了,但冬季反"扫荡"还没有结束,预计新年将带给我们以新的胜利,我们一定要以新的胜利迎接一九四一年。

一九四〇年在晋西北是以反顽固份子的斗争开始的,抗战的人民胜利了,我们建设了新的晋西北。

一九四〇年在晋西北是在反"扫荡"的胜利中过去的,我们保卫了新的晋西北。

一年来在晋西北建立了抗日民主政权,并初步的巩固了这一政权。特别在百团大战中扩大了抗日民主政权。

一年来在晋西北相当的改善了人民生活,这从肃清贪污浪费,免除一切苛捐杂税,并实行一年一次的累进的公粮制度，救济贫苦难民等可以见之。

一年来的时间不算长，且处在不断的战争中，因此，一切的工作还只能算是初步的，如能再有更多的时间，自然会有进一步的成绩的。

一九四一年就到来了，开头就是战斗，要和日寇战斗，要和亲日派战斗，要和一切困难战斗，建设本身就是一种战斗任务。愿晋西北三百万军民迎接伟大的艰巨的战斗任务并胜利的完成之！岁月前进了，整个的世界前进着，伟大的中华民族也在前进着，我们在走向与接近胜利之途！

但我们也要认识到一九四一年是世界人类，是中华民族，是晋西北三百万军民更痛苦更困难的一年，必须熬得过这艰难困苦才行。

一八四一年以来，中华民族和世界帝国主义者整整战斗一百年了，特别是廿世纪的三十年代九一八事变以后，已和日本帝国主义搏斗十年了；现在开始踏入四十年代，这将是我们最后战胜日本帝国主义的年代，也将是中华民族完全解放的年代。

世界帝国主义战争正在日益扩大，整个人类正在经历着空前未有的苦难，我们一定要和全世界人民一起战斗，共同反对帝国主义战争，最后打垮帝国主义的压迫，最后消灭不合理的社会制度，以根绝帝国主义战争的根源。

在国内正处在投降分裂的严重关头，日寇的积极诱降逼降，亲日派的无耻活动制造分裂，这都给四年来的抗战带来了空前的危机。而晋西北恰处在日寇与亲日派的夹攻中，在这次反"扫荡"中，我们已看到一些特点，这是某些不明大义与少数丧心病狂者竟和日寇采取了配合行动。

根据以上的事实，我们必须估计到一九四一年的帝国主义战争必益扩大，必须估计到中国抗战必益艰难，日寇对我晋西北的"扫荡"必益频繁惨酷。因此，我们必须在精神上准备熬过这个难关，要准备长期的奋斗。黑暗的暂时的，光明是永久的，但这要从奋斗中取得。

对战争要做长期的准备，对建设也应做长期的打算。一九四一年的任务不但是战争的胜利,还应该是建设的胜利,只有长期建设,才可以支持长期战争。因此,澈底的实施民主政治、巩固的财改经济建设、广泛的群众运动的发动,以及正确统一战线的执行,将是三百万军民一九四一年建设晋西北的一体任务。

一年开始了,我们一定要以新的胜利迎接新的年度,不但是战争的胜利,而且是建设的胜利。

（原载一九四一年一月一日《抗战日报》第一版社论）

一切为着反"扫荡"战争的胜利

敌寇对晋东南晋冀察的"扫荡"被粉碎之后，现在正进行对我晋西北根据地的冬季"扫荡"，本报已于一个多月前即号召我晋西北各界在思想上组织上作反"扫荡"斗争的准备，并且屡次指出敌人今后"扫荡"的残酷性。敌人对我抗日根据地早已采取了"毁灭"政策，把它曾一再用之于晋东南晋冀察的"烧光""杀光""抢光"政策，现在又搬到晋西北使用了。

由于"敌后抗日根据地没有战略上的相持阶段，只有战役上的相持局面。今后战役相持局面之时间，势必日见缩短；战斗的时间，将超过于战役相持局面的时间"。"敌后战争局面是犬牙交错反复轮回的千百次的'扫荡'与反'扫荡'，围攻与反围攻的艰苦战争局面。"（彭德怀将军语）因此，我们应该充分认识这一战争形势，并且针对着这一形势的特点，进行长期的持久的反"扫荡"的工作，使我们平时的各种工作各种组织尽可能适合于战争的要求，应该在"一切为着反'扫荡'战争的胜利"的口号下进行各种工作。

正因为敌人对我抗日根据地"扫荡"的连续性、残酷性与敌后战争局面的艰苦性，因此我们的反"扫荡"斗争应该是持久的顽强的，把我抗日根据地内的一切人力物力财力都动员起来，为反"扫荡"斗争的胜利而奋斗。这一斗争必须是统一战线的，把各阶层各个党派都动员起来，要在"一切为着反'扫荡'战争胜利"的口号下，使各个阶层的人士都为着战争服务，但在战争中，同时应该照顾各个阶层的利益。在这次征收救国公粮运动中，农村各阶层的关系是更加适当的调整了，农村统一战线更加扩大与巩固了，在目前决不应因战争而放松统一战线工作。只有坚持农村统一战线的扩大与巩固，才能使敌寇汉奸陷于孤立，使反"扫荡"更易胜利。

在我根据地各地虽普遍的进行了空舍清野工作，据我们所了解的，多不澈底，还不足以对付敌之"三光政策"。群众非经过自己的经验，总不愿意进行澈底的空舍清野工作。当此敌寇已深入内地之际，我们应更耐心的说服群众，用敌人烧杀的具体事实教育群众，劝导其澈底执行行署空舍清野的法令，使每个人民了解空舍清野是与敌寇的烧杀政策作斗争，战胜敌人的一种武器，同时是每个抗日公民的一种应尽的义务，也是每个抗日人民生死存亡密切联系着的问题，各级领导机关应该以空舍清野工作的是否澈底作为检查区村政权民运工作的一种重要尺度。

根据敌寇"扫荡"晋东南的经验，除了军事进攻外，敌人更组织了许多小的部队，搜索山沟、小道，专门寻找牲畜，挖窖抢粮，逢人便杀，见物就抢。因此，我们应尽量扩大地方游击队，广泛的开展群众性的游击战争，普遍的建立游击小组，打击敌人，使敌人不敢恣意横行，如入无人之境，同时趁此战争与农暇时间，加紧自卫队的整理教育，在战争中给自卫队以实际教育，切实整理其组织，使每个自卫队员都能手执武器，执行盘查放哨侦查带路送信运输以及扰乱敌人的任务。

在减租工作中与征收公粮中，群众的积极性是提高了，群众组织是比前加强与健全了，我们应在这次反"扫荡"战争中使政权与民运团体，更加富有战斗性，更加适合于战争的需要，不仅应在战争中考验每个干部，并且应该考验每个组织，切实纠正过去干部脱离群众、群众脱离村庄的不正常现象，同时要提高警觉，加强侦查警戒，敌人将到某村时，干部即应领导群众躲避，严防敌人对群众的屠杀，要反对一切麻木不仁的现象。必须使党政军民适当的有机的配合起来，每个人每个团体适当的站在自己的岗位上，不仅给战斗部队以应有的帮助，并且在战争中壮大与巩固自己，提高自己的质量。

我们虽有战胜敌人粉碎"扫荡"的有利条件，具有必胜的信心，但是在这次反"扫荡"的战争中，群众的被残杀，房屋的被烧毁，粮食的被损坏，是不可避免的事，因此政民机关在粉碎敌人的"扫荡"中与"扫荡"后，应及时的给被难同胞灾民难民以各种救济，给以物质上的帮助与精神的慰问。这里主要的要依靠发动人民的互助友爱精神，借房屋给没房住的难民，军政民各界应帮助群众修理房屋，不要使其流离失所；向有粮的人借些粮食，以免其饥寒交迫，政府应给以担保，对于为国捐躯被敌惨害的家属，给适当的安置与精神上的安慰，这对于提高抗日人民的信心，保卫抗日根据地有很重要的意义。

（原载一九四一年一月四日《抗战日报》第一版社论）

敌后反"扫荡"胜利的重大意义

目前,敌我战局的重心在华北,在敌寇对我各抗日根据地之疯狂"扫荡"。值此百团大战第三阶段胜利展开,同时,日寇加紧诱降逼降之际,日寇对我各抗日根据地大举"扫荡",正说明了八路军新四军坚决抗战,英勇创敌,成为日寇眼中钉的事实;这正是百团大战严重打击日寇,牵制敌人进攻我西南西北企图,使其不得不回师"讨伐"、"肃正"后方,不得不调集重兵"消灭"我抗日主力的有力明证。

日寇今次"扫荡"之范围,空前广阔。"扫荡"战以晋东南首开其端,次反冀西、晋西北、晋冀豫等地。日前敌集结数万,分十一路"扫荡"我晋察冀军区,近更阴谋聚集重兵于平汉南段,配合汪逆伪军,大举"扫荡"华中苏豫皖一带我新四军抗日根据地，因此，在辽阔的敌后祖国原野，我敌展开了激烈的争夺战。

日寇今次"扫荡"采毁灭政策，其手段之狠毒，空前未有。逢村烧村，见人杀人，滥施毒气，生灵荼毒，铁蹄所及，村舍为墟。例如太北地区，为敌残杀之同胞在万人以上，辽县武乡等房舍被焚十之七八。被奸淫致死之妇女，罄竹难书，押送出关充作奴隶牛马之壮丁，不可胜计。

由此可见，敌寇之野蛮兽行，旷古未有；其灭亡我国族之奸谋，至险且毒！

由此可见，在敌人残酷进攻之下，我不坚持抗战，誓复国土，则人为刀俎我为鱼肉，不仅自身罹国亡家灭之惨祸，后世子孙亦陷于奴隶牛马之境地。

因此，敌人对我各抗日根据地之"扫荡"，烧杀摧毁，无所不用其极，非但不能丝毫颓废我抗日军民坚持抗战之决心，而更加暴露敌寇凶残狠毒，增我军民坚持抗战，为争取最后胜利而奋斗之信心。

因此，备偿亡国惨痛之沦陷区同胞，莫不毁家纾难，助我杀敌；莫不焦思呕虑，坚持抗战。因之，敌寇"以华制华"阴谋，屡试屡败，收效极微。

因此，在我抗日军民亲密配合打击之下，敌寇对太北区三次"扫荡"，晋西北之窜扰，均遭粉碎。冀西等地之胜讯始到，晋察冀之捷音频传。我们相信，英勇善战的八路军新四军健儿定能继续胜利扩张战果，予日寇以严重打击。

华北华中反"扫荡"胜利及继续无间的百团大战光辉战果，这不仅说明了朱彭总副司令英明领导之正确、战役组织之高度艺术；不仅说明了八路军新四军的坚决果敢，为具有高度政治觉醒之人民革命军队；而且充分说明了在八路军新四军胜利影响之下，伪军不断反正来归，人心向内；在共产党正确领导之下，华北华中二万万人民的伟大革命力量，是抗战中一个主要支柱。

因此，亲日派诬蔑八路军新四军"游而不击"，谓百团大战为"虚张声势"之无耻谣言，不攻自破；某些另具用心者否认发动民众，实施民主为争取抗战胜利主要条件之种种谬论，亦为铁的事实所粉碎。

因此，敌人及亲日派之厉行反共宣传：敌人配合汪逆伪军对华北华中"扫荡"及亲日派之挑拨反共内战，正是同出一辙，正是敌寇与汉奸亲日派互相勾结、里应外合的铁证。

当此汪逆与日寇签订丧权辱国之卖国条约，死心塌地靦颜事敌之时，忠奸之分，真假之辨，亦已大白于世。因此，我们衷心劝告那些还要抗战、不愿投降，因怀有反共成见而被人利用作反共工具的人，立即认清日寇及亲日派的陷害阴谋、狠毒心计，为民族国家及后世子孙的命运着想，翻然变计，勿一误再误；我们也诚恳希望，那些还要抗战、不愿投降，因怀有反共成见而被人利用作反共工具的人，能以国家民族为先、团结抗战为重，捐弃前嫌，携手言欢，亲密合作，忠贞为国，我们共产党人及八路军新四军全体将士，莫不竭诚欢迎的。

我们深信：日寇为挽救其日趋崩溃之命运，今后对各抗日根据地之"扫荡"，必更疯狂狠毒，但我华北华中二万万抗日军民，早作充分准备，誓与全国友军、全国同胞及各党各派爱国人士，并肩携手，对敌血战到底。

我们深信：当此国运危疑之交，日寇军事政治阴谋双管齐下之际，只有我全国同胞及各党各派各界各军的抗日爱国人士，一齐坚持抗战团结进步之精神，共同奋斗，则敌寇"扫荡"不难粉碎，我国抗战必获最后胜利！（《新中华报》社论）

（原载一九四一年一月八日〈抗战日报〉第一版社论）

加强晋西北经济建设

把晋西北创造成巩固的模范的统一战线的抗日根据地，是晋西北各抗日党派抗日军队抗日政权以及各抗日民众团体的共同目的。加强经济建设须成为达到这一目的头等重要的工作。

目前日寇对我根据地的进攻，不单是军事的残酷"扫荡"，同时也是经济上的加紧封锁——禁止必需品输入我根据地，企图在经济上窒死我抗日军民。这正是敌酋近卫在最近对同盟社记者谈话中所说的："现在解决中国事件，战争为主，经济为副，但两者必须同时解决。"从敌人最近毁灭性的军事"扫荡"和太原文水汾阳等地严格限制人民购买量以致影响我根据地内布价的高涨，便是一个明显的例证。

由此可见，要支持长期的抗日战争，不仅要与日寇进行武装斗争，而且还须加强经济建设，以保障抗日武装部队的必需供给，满足人民生活必需品的要求，这就必须依靠广大群众，在现有的物质基础之上自力更生，广泛的发展生产事业，以达到自给自足。行署的第二次行政会议，曾把经济建设提到政权工作的重要日程上，这是完全正确的。

晋西北有三百万以上的人口，有丰富的无尽宝藏，如煤铁矿产、棉麻皮毛等重要原料，加上现有的造纸织布及各种矿产的手工业基础，都是进行经济建设的有利条件，但这一工作在晋西北还是一件新的工作，还没有为每个干部与广大人民所了解，还没有积累下必要的经验，兹特提供下列意见，以作各界参考和研究：

第一，要巩固抗日根据地与敌寇进行经济斗争，进行经济建设工作，首先必须有一套正确的办法，就是必须有正确的财政经济政策。我们应有什么样的财政经济政策，另文论述。

第二，必须对经济建设的重要性有足够的认识，反对那些轻视经济生产事业，把经济建设看成事务工作的单纯的近视的观点；另一方面要纠正那些无限制的加重人民劳动力的负担，浪费粮食资财，浪费人力畜力，滥罚滥捐妨害经济建设的现象，还有那些不作长期打算，只顾目前利益的"抓一把"的现象，以及不肯进行艰苦的建设工作，只图一时方便，依靠购买仇货度日子的苟安作法，都是长期经济建设的最大障碍。不爱护根据地，就等于用隐蔽的方法破坏根据地。

第三，必须坚持统一战线的原则，发动各个阶层为根据地的经济建设而奋斗，政府应投足够的资本，同时必须鼓励富有者投资生产，政府给以保护；另一方面要依靠着广大群众发挥民力，发展家庭手工业与农业附产品，在目前应以广泛的发展纺织运动与日用必需品的生产为中心，以企达到自给自足、自力更生的目的。

第四，不仅应投足够的资本，并且应动员一批好的干部到经济建设中去，"干部决定一切"，干部就是最宝贵的资本。苏联在粉碎各帝国主义者的武装干涉后，把商品当成胜利的建设社会主义的链条中的基本环节，因此提出"学习管理经济，学习经商"的口号，动员了一大批好的干部到经济事业中去，才使得国民经济很快的恢复，在今天经济建设既是巩固根据地中一等重要的工作，我们应毫不犹疑的动员一批好的干部到经济建设中去，在经济建设方面建立我之巩固阵地，以便从经济方面与敌人开展残酷的斗争，巩固我之抗日根据地，以便克服困难，渡过难关，组织广大人民的生产积极性，增加抗战的力量，以备胜利的反攻。

（原载一九四一年一月十八日《抗战日报》第一版社论）

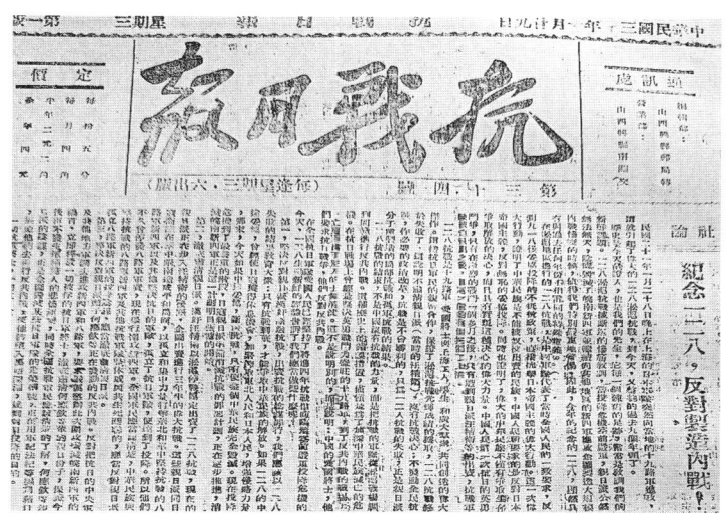

纪念一·二八，反对制造内战！

民国二十一年一月二十八日晚上在上海的日本军队突然向当地的十九路军进攻，这就引起了伟大的一·二八淞沪抗战，到今天，又整整的过去九个年头了。

历史是今天的证人，也是我们的先生，它每一个陈旧的足迹，常常是教训我们的新鲜课题。一·二八淞沪抗战被断送的惨痛教训，当投降危机空前严重，亲日派公然无法无天，阴谋毁灭了皖南新四军并继续向其他地区的新四军进攻企图制造大规模内战惨变的时候，值得我们特别严重地警惕。因此，今年的纪念的一·二八，显然具有与过去任何年份不相雷同的特殊意义。

在淞沪地区进行的一·二八抗战，是中国军队代表了当时全国人民的一致要求,反对九一八后妥协投降的不抵抗政策,直接抗击日本帝国主义的伟大行动。这一次伟大行动,证明了中华民族是不能被奴役出卖的民族,中国人民所要求的是反对日本帝国主义,反对无耻的妥协投降。同时也证明了,伟大的中华民族不仅有争取生存争取解放的决心,而且具有实现这种决心的伟大力量。中国人民这一次抗日的英勇斗争,只有在激烈的战斗一个多月之后,只有遭到亲日派汪精卫等的出卖,抗战军队被迫退出之后,日寇才能够整个控制了上海。

一·二八抗战是十九路军爱国将士与上海工人、学生和广大群众,共同创造的伟大杰作。这样抗日军民的亲密合作,保证了淞沪抗战光辉成绩的获取。一·二八抗战终于失败了,这说明不肃清亲日派(当时的汪精卫),没有抗战决心;不发动全民抗战,作必要的政治改革,抗战是不会胜利的,只为一二八抗战的失败,正是亲日派份子所制造的局部抗战和孤军抗战的结果。

一·二八抗战的结束,不是中国没有抗战的力量,而是把抗战的军队从淞沪战场调到闽赣进行反共内战。这种历史上的错误措置,仅仅是为了加深中华民族灭亡的危机。在抗日战场上曾经是坚决英勇战斗力盛旺的十九路军,到了反共内战的战场上,立刻显出了惊人的士气消沉。这不是说明别的,而是说明:中国的爱国将士,他们要求抗日战争,他们反对反共内战。

在全国抗日军队爱国人民已经坚持了将进四年抗战但面临着空前严重投降危机的今天,一·二八生动新鲜的经验告诉了我们应当做些什么呢?

第一,坚决反对亲日派汉奸断送抗战,出卖抗战的阴谋罪行,我们应该以一·二八失败的结果教育大众:只有抗战到底,才能争取中华民族的解放。如果一·二八的中途妥协,曾经使日寇获得休息机会,加紧榨取东北人民和日本人民,增强侵略力量,那末,今天如果中途妥协,断送抗战,只有使整个中华民族完全毁灭。现在投降危机到了最严重的阶段,日寇亲日派准备消灭抗战的罪恶计划，正在逐步推进，消灭皖南新四军正是这一计划明目张胆的开始。

第二，澈底肃清亲日派。汉奸汪精卫以淞沪停战协定出卖了一·二八抗战，现在的亲日派正在步入汪精卫的后尘，企图出卖进行三年半的伟大抗战。这些亲日派同日寇商议在华中华南造成平和局面，以孤立和集中力量打击华北和华中坚持抗战的八路军新四军以及其他坚决抗日的军队，孤立了抗日军队，便达到了投降。所以他们不久曾停发八路军军费，现在举行围攻新四军。全国军民应当认清楚，中华民族与坚持抗战的八路军新四军及其他抗战军队是休戚与共生死关联的，应当反对亲日派孤立八路军新四军的投降阴谋，应当澈底肃清亲日派。

第三，坚决反对亲日派头子何应钦等正在发动的反共内战。反对把抗日的中央军及其他地方军调去进攻新四军和八路军，要求严厉惩办此次围攻歼灭皖南新四军的祸首，立即释放一切被俘的抗日军将士，澈底肃清何应钦等辈的亲日份子，保证今后再不发生这种惊人的悲惨巨变，同时全国抗战军民应该清楚的了解，何应钦等亲日派的阴谋，正是企图毁灭某些抗日军队的光荣称号，正在用军纪法纪等骗词借口，逼迫他们去进行反共内战，使他们堕入黑暗深渊，达到对日投降的目的。

一切抗战将士，一切抗日党派，一切爱国同胞，认清当前亲日派的阴谋，准备应付黑暗的反动局面，亲密的团结起来啊！

坚持抗日到底！肃清亲日派！反对内战！

（原载一九四一年一月二十日《抗战日报》第一版社论）

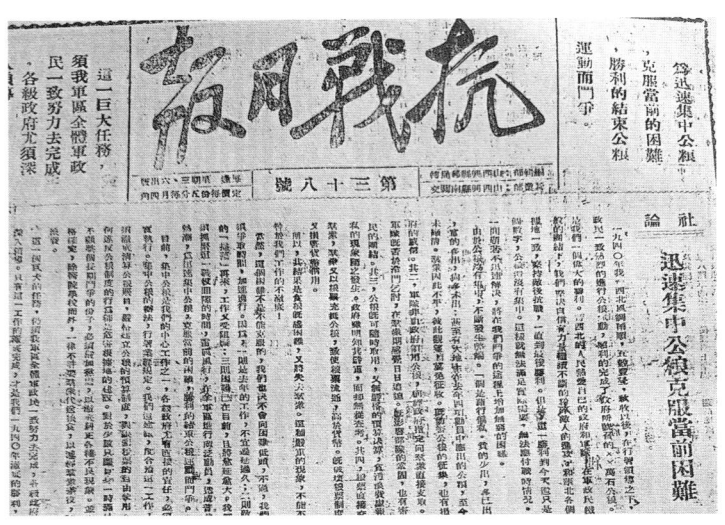

迅速集中公粮 克服当前困难

一九四〇年我晋西北风调雨顺，五谷丰登，秋收以后，在行署领导之下，军政民一致热烈的进行公粮运动，顺利的完成了政府所号召的××万石公粮。这是我们一个伟大的胜利。晋西北的人民热爱自己的政府和军队，在军政民铁一般的团结下，我们坚决自信有力量继续不断的粉碎敌人的进攻，和华北各个根据地一致，坚持敌后抗战，一直到最后胜利。但是，这一胜利到今天还只是一个数字，公粮还没有集中。这样就无法满足实际需要，无法应付战时情况。这一问题若不迅速解决，将在我们斗争的途程上增加无穷的困难。

由于公粮没有集中，不断发生弊端。一个是借行偏私。贫的少出，多已出完，富的多出，尚多未出；甚至有大地主在去年四项动员中应出的公粮，至今仍未缴清。群众因此不平，彼此观望，冀免征收。既妨害公粮的征集，也有损政府的威信。其二，军队非由政府领用公粮，而经政府指定向群众直接支取。在军队既苦于沿门乞讨，在群众则感觉日日追迫。既影响部队的巩固，也有害军民的团结。其三，公粮既可随时取用，又无严格的预算决算，贪污浪费虚报走私的现象随之发生。政府虽明知其严重，而却无从查考。其四，粮票直接交予群众，群众又以粮票充抵公粮，致使粮票流通，高于货币。既破坏粮票制度，又损害货币信用。

所以，其结果是食粮既感困难，又将失去群众。这种严重的现象，不能不归咎于我们工作的不澈底！

当然，这个困难不是不能克服的，我们也决不会向困难低头，不过，我们必须争取时间，加速进行。因为，一则是去年的工作，不宜迁延过久；二则敌人的"扫荡"再来，工作又受阻碍；三则困难已在目前，且将愈延愈大。我们必须抓紧这一战役间隙的时间，雷厉风行，在全军区进行广泛动员，造成普遍的热潮，为迅速集中公粮，克服当前的困难，胜利的结束公粮运动而斗争。

目前，集中公粮是我们的中心工作之一，各级政府尤有直接的责任，必须切实执行。集中公粮的办法，行署业经规定。我们还建议，配合着这一工作，更须澈底清算公粮账目，严格建立公粮的预算制度，与限制粮票的自由使用。任何违反公粮制度的行为都是危害根据地的建设。对于少数只图自身一时满足，不顾整个长期斗争的份子，必须严加惩处，以澈底纠正各种不良现象。并应严格确定，除医院学校而外，一律不许要群众代送粮食，以减轻群众差役，防止浪费。

这一个巨大的任务，仍须我军区全体军政民一致努力去完成，各级政府尤须深入领导。只有这一工作的澈底完成，才是我们一九四〇年澈底的胜利，也只有这一胜利才能保证我们一九四一年胜利的斗争。

（原载一九四一年二月十二日《抗战日报》第一版社论）

庆祝晋西农救会扩大干部会议

晋西农救扩大干部会议于本月十一日开幕了，在今天召开这样大规模的干部会议，不仅对今后晋西北群众运动的开展有着很大的作用，而且对今后晋西北抗日根据地的建设上亦有着严重的意义。

首先，自新民主的政权建立以后，晋西北抗日根据地的建设上已经有了很大的成就，这是一面抗日民主进步的光辉旗帜，很显然，要想使晋西北抗日根据地更加巩固与扩大，使成为坚持抗战团结进步不可战胜的堡垒，首先必须使晋西北这三百万群众一齐动员起来，团结在抗日民主政权的周围，给日寇以更严重的打击，进一步巩固民主政权，发展财政经济建设，否则是不可能的。晋西农救扩干会在这样的情况下召开确实有着重大的意义。我们希望在这次会议以后，更能够使农救成为政府的有力的支柱、晋西北建设的坚强助手。

其次，一九四〇年的群众运动由于抗日民主政权的支持、八路军新军的帮助，以及许多民运工作者艰苦奋斗的结果，已经有着显著的进步，但这种进步非常不够，还没有达到预期的成绩，主要原因由于没有掌握着统一战线正确的方针，于是群众运动存在着一种过左的行动，因此使群众运动走向狭隘道路，也正因为如此，工作作风不能更加切实深入去组织动员更广泛的群众，我们希望这次会议能够更正确把握统一战线的方针，澈底纠正一切"左"的倾向，使群众运动走向切实深入道路。

再次，我们认为根据晋西北具体情况，今天要想使全国的群众运动——工人运动、青年运动、妇救运动——能够猛烈的开展，必须以农救为中心去推动，为什么呢？因为：（一）农村中农民占绝对多数，这是任何人都知道用不着证明的，因此农村中各阶层都没有脱离土地关系，也正因为如此，所以他们要求上往往是一致的，而农救恰恰是本着农民一致的要求去号召，因而它首先而且更能够吸引广泛的农民群众，（二）农救工作的开展是全面群众运动的推动机：要想使全面群众运动开展，首先必须解决农民群众一般共同的要求，在解决共同的要求中才能够顺利地去解决各个不同群众的要求，因此才能够去团结农村中更广泛的群众，（三）农村统一战线的基本问题是农民与地主、雇农与雇主的关系问题，而农救正能够协调这种关系，使农村统一战线更加巩固与扩大。因此我们希望这次会议之后，能够使农救更加巩固与扩大，真正成为农民自己的组织，有力的推动晋西北全面的群众运动猛烈的开展！

此外，我们以为摆在晋西农救面前还有三个严重的任务：

第一，开展农业生产运动，首先最紧迫的就是加紧春耕运动，这一工作的好坏不但解决一九四一年晋西北抗日根据地建设的重大问题，即在群众运动的观点说来也是非常重要的问题，假若要认为今天改善人民生活、解决人民切身问题是开展群众运动的关键，那末应该怎样才能达到改善人民生活的目的呢？我们以为开展晋西北生产运动，增加群众收入确是改善人民生活的重要环节，因此生产运动的好坏将成为决定今后农会工作好坏的一个标志。

第二，抓紧选举运动，澈底实行民主，提高农民政治地位。首先发动广大农民积极参加村选运动。这是一个大规模的民主运动，这一工作的成败乃是决定于广大群众的拥护与参加，因此我们群众工作者必须准备付以很大的精力深入到群众中去进行耐心的解释与教育，而另一方运用各样各式的办法去造成群众参政的热潮，这才成为真正民主运动。

第三，发展群众性的游击战争，建立并扩大地方游击队。动员广大农民参加正规军，造成大规模的参展热潮，是一九四一年的中心工作，假若这一工作做不好，就没有可能粉碎敌人残酷的"扫荡"，而一切工作更无从谈起。

我们热烈希望着：在这次会议上经过各地负责同志们深入研究之后能够定出一套正确的方针与具体办法，但正确的决议还只是事情的问题，因此我们更希望一九四一年会显现出崭新的工作成绩。

（原载一九四一年二月十九日《抗战日报》第一版社论）

火速进行春耕准备工作

"开展经济建设,巩固根据地的物质基础是一九四一年我们全晋西北三大中心工作之一。大家都很知道:提高与加强农业生产是解决经济困难,开展经济建设的中心的一环,而春耕运动则是农业生产的第一步工作。尤其我晋西北抗日根据地刚刚经过了日寇的多次"扫荡",凶恶的"三光"政策使我们在食粮耕畜等方面相当受了一些损失,也使我们的春耕准备多少推迟了一些时日,这就更加重了现在我们所提准备春耕的严重意义了。

我们要准备春耕,就是要使将到来的春耕,真正成为一件有计划的提高加强生产的建设二作,真正成为一个广泛的全晋西北三百万人口参加的群众的运动,也就是说,不单要从巩固根据地物质基础本身打算，而且要在发扬群众生产热忱中把群众进一步组织起来，铸成一道爱护保卫根据地的活的长城！

春耕准备工作之优劣差不多可以作为春耕运动甚至于收获成果的标度，所以，当进行这一准备工作之时，便应学习其他根据地及我上年度的经验，丝毫不苟，认真进行。那么，究应进行一些什么准备呢？

第一要进行宣传解释，克服群众悲观失望情绪，提高其生产热忱的工作。这个工作要普遍的进行，但在那些日寇冬季烧杀较重以及我们群众工作比较落后的地区更应特别注意，至于宣传解释的内容，自然要正确指出日寇今后"扫荡"之凶恶，指出我根据地巩固之光明前途，指出每个人民与根据地之休戚相关，更要紧的是用十分力量去宣传我抗日政府所执行的照顾各阶层利益的各种政策与颁布的进步法令，尤其是土地建筑税收政策以及征收公粮、征用民力的法令，应该打破群众一种误解，以为政府和军队成了一个无底洞，"多打下也是别人吃"，还应该打破另一种误解，以为现在是贫人的天下，"世事不一样"，只有使群众真正懂得了政府的法令政策，才能最后打退群众的悲观失望情绪，克服了群众挥霍浪费与消极怠工的反常现象，真正提高其生产的热忱。

第二要进行确实的调查统计、必要的调剂救助，以及可能的提倡奖励工作。关于调查统计，过去在晋西北是没有十分重视的，因而许多具体工作不能具体计划，这次春耕准备□□，□□□对现有人力耕畜农具耕地面积上年熟荒面积荒□原因，还有各地宣传何种早熟粮食及棉麻等特产，各地种子何者过剩何者缺少，各县区村政府及农救会应当共同负责作一次确实的调查统计，只有根据这些实际情况，才知道那里缺少什么东西、缺乏到什么程度，也就是说才知道群众有一些什么困难问题，只有了解了群众的困难，才能够把调剂救助工作做到好□，调剂救助的工作当然很多，比如种子的选择交换、肥料的收存泡制、农具的□□补充，区村级的政府与农救会都很可以进行。至于行署公布的对受灾特重者减免田赋以及优待抗属办法就更要认真执行。但春耕之中最主要的还是人力畜力，在这问题上我们应严格执行政府法令，禁止滥拉民夫民畜的行为，这种行为应当看成是一种可耻的犯罪行为。另外就须要以变工□救的推动提高壮年劳动者生产力至极高度，以青救妇救推动儿童妇女来参加春耕，这将会是一个相当大的力量。此外我们还希望政府规定一些办法，比如"奖励开荒""劳动英雄"来推动奖励晋西北整个春耕工作。只有使各级政府与各级群众团体，尤其是区村一级及农救会，切实认真的不惮烦劳的去替广大群众解决大大小小的困难，这才能提高群众生产热忱，□展为广泛的群众运动。

第三，要严格进行各机关团体部队的生产运动。各机关团体部队的生产已经不应是种种菜蔬改善生活的轻松工作了，它必须是真正要解决自身一部分食粮甚至大部分食粮的问题，这样的生产便是一个战斗的任务，是一个十分重要的工作，各机关团体部队应当把自己的人力畜力尽量应用到今年的春耕生产中去，真做到这样程度的话将是一件大事情，事先应当很好动员，进行教育，而且要很好的准备，准备土地农具肥料种子，熟荒消灭了的地区还要进行修滩，整理梯地，力量有余条件适合的地方还可开河凿井，此外顶重要的还要准备组织自己所有的力量，很好使用这些力量。只有军政民各界自上而下普遍的开展一个真正解决问题并非儿戏的生产运动，作群众的模范，这才能够使今年的春耕获得胜利。

今后日寇对我晋西北根据地的"扫荡"必定是有加无已的，尤其在亲日派制造内战阴谋日形严重之时，日寇兵力可能更多调到华北来，使我晋西北的肩上负担更重，我们应当预计到任何黑暗局面出现、任何困难来到，我们应在精神上有所准备，同时也要在物质上有所准备，在事实上爱护我们根据地，巩固我们根据地，今年的春耕便是应当提高到这样的高度上的工作，□望大家不要忽视它。

（原载一九四一年二月二十二日《抗战日报》第一版社论）

日寇的南进问题

　　谁都知道"加紧南进"和"解决中国事件"是近卫再次上台以后日寇的两大政策之一，另一个是完成"新体制运动"，就是说要把日本弄得完全法西斯化。自然，加紧南进对于日寇是万分必要的，南进可以掠取大量资源（如石油、铁、橡皮、棉花、羊毛、粮食等等），挽救他那极度的贫困，可以满足日本资产阶级的侵略欲望，可以缓和三岛人民的反战情绪。同时加紧南进还可以增强其"解决中国事件"的有利地位。

　　因之，日寇为了南进，曾经在政治军事外交各方面进行了并且正在进行着各色各样的阴谋和布置。然而，直到今日日寇在南进道上还横着重重的巨大困难。

首先，日寇南进中所掠夺的主要的是英国的利益，而遇到的却处处是美国的劲敌。从经济上说来，日寇对于美国的依赖性，直到现在还依然不小，立刻与美国冲突，对日寇是异常不利的。从军事上来说，日寇与英美在太平洋上的海军力量为三与二之比，日寇虽然在量的方面稍占优势，但海军的质却不如英美。它所占领的战略地位或许也比英美稍为优越，但是作起战来，英美有强大的空军可以击败日寇，它甚至早在担心着东京的空防异常薄弱。在战略地位上也由于美国近来从菲律宾作为前哨，决定在关岛设防，以及英美共用新加坡的海军根据地，日寇占优越的形势也正在改变之中。就是在海军实力的对比上，如果美国海洋计划一旦完成，则日寇的优越亦将改观，将更无把握与英美作战。这种情势日寇自然知道，所以日寇在外交上，总老是想分化英美。在三国同盟刚刚订立之后，日寇曾经用强硬的恫吓，企图去阻止美国援英，但是日寇失败了，美国不但毫不为所动，而且它的远东政策与援英之举更为积极，日寇乃改变方式，企图用软的拉拢和献媚，但这也并没有成功。于是最近松冈又发表狂论极度强硬起来，英美联合，尤其是美国这一个劲敌积极制□，是日寇南进中第一大困难。

第二，日寇要放手南进，必须先"解决中国事件"，但是从去年九十月间开始直到十一月末，日寇的大规模的诱降阴谋遭到中国共产党以及全国抗日党派抗战军队与人民的严厉打击以后无耻的失败了，虽然日寇仍在指使亲日派走狗加紧进行内战投降的阴谋，但是有中国共产党以及各抗日党派抗日部队爱国人民存在，日寇与亲日派的无耻阴谋终是要被粉碎的，这就很难想像，泥脚陷入中国抗战中的日寇能有多大力量在太平洋上和英美相周旋。

第三，日寇内部统治阶级中对于掠夺南洋的利益，这是不管稳健派财阀和新兴急摊派财阀，也不管现状维持派和法西斯革新派，大家都是赞成的，但是在对于掠夺的方式，却各有不同的意见，而且矛盾殊深。稳健派现状维持派主张用政治经济外交的方式逐步南进，尤其不愿意与美国冲突太深，而急进财阀法西斯革新派则主张不顾一切积极南侵，日寇对美态度的忽硬忽软，南进的或缓或紧，就是反映着这两方面的矛盾与斗争，不能不影响近卫内阁的南进政策。

第四，日寇为着顺利南进，曾不断拉拢苏联，企图一舒"北顾之虑"，然而苏联却以永远不变援华政策严正的态度，将日寇当头一击，即是"北顾之虑"又无从舒解了。

因之在中国坚持抗战，美国积极制日，德意在欧洲的战争没有占得绝对优势的情况下，不管日寇主观愿望如何，事实决定日寇不能不采取一种隐蔽的外交的方式，去逐步南进（例如操纵泰越与荷印进行谈判等等），不得不将重心放在"解决中国事件"上面。即使对南进有某些阴谋布置，也一定关联到中国的进攻。国内大地主大资产阶级的代表，亲日反共派，残杀抗日部队，疯狂于反共内战，自然是在大卖气力，帮助日寇"解决中国事件"，以使日寇能迅速南侵，这不但为中国全体军民所反对，而且也为国际正义人士所不齿，又有谁能相信挑动反共内战的人还能继续抗日！（《新华日报》华北版评论）

（原载一九四一年二月二十六日《抗战日报》第一版社论）

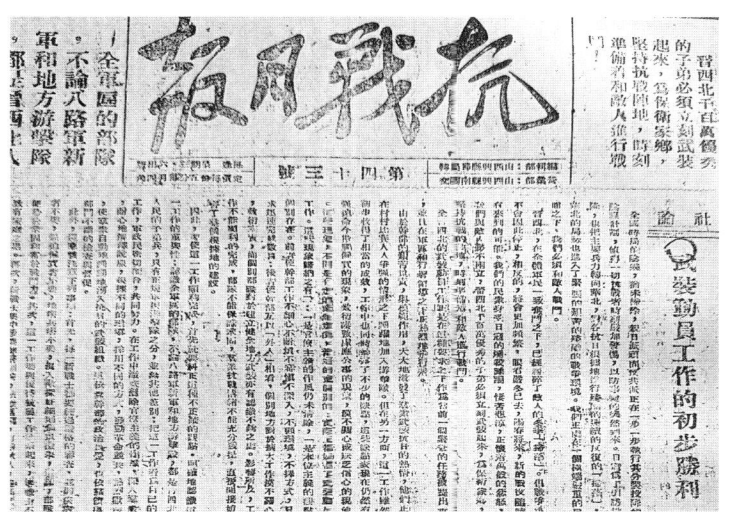

武装动员工作的初步胜利

全国时局的阴霾，犹未扫除，亲日派顽固反共派正在一步一步执行其分裂投降的阴谋计划，值得一切抗战者时刻严加警惕，以防事变的突然到来。日寇为了引诱投降，也把主要兵力转向华北，对各抗日根据地进行残酷的连续的反复的"扫荡"，华北的局势也进入了紧张的艰苦的残酷的战争环境。我们正处在一个极端严重的局面之下，我们必须和敌人战斗。

晋西北，在全体军民一致奋斗之下，已经粉碎了敌人的冬季"扫荡"。但战争决不会因此停止，相反的，将会更加频繁，眼看严冬已去，阳春将来，新的战役随时有来到的可能。我们的民众身受日寇的烧杀蹂躏，凄苦悲凉，正怀着万般的忿怒，我们与敌人势不两立，晋西北千百万优秀的子弟必须立刻武装起来，为保卫家乡，坚持抗战的阵地，时刻准备着和敌人进行战斗。

全晋西北的武装动员工作正是在这种要求之下作为当前一个紧急的任务被提出来，并且在军区和行署领导之下正热烈地进行着。

由于干部的艰苦负责与模范作用，大大地激发了群众武装抗日的热情，他们正在村村比赛人人争强的情形之下踊跃地加入游击队。但在另一方面，这一工作虽然初步收得了相当的成效，工作中也同时暴露了不少的缺点，这些缺点表现在仍然有强迫命令欺骗雇买的现象，敷衍凑数虚应公事的现象，漠不关心或缺乏信心的现象。这些现象，不问是有意的或无意的、普遍的或个别的，实际上都妨害了武装动员工作。这些现象归纳之有二：一是官僚主义的作风仍未清除，一是本位主义的观点个别存在。前者使干部工作不细心不耐烦不审慎不深入，不顾环境，不择方式，只求迅速完成数目；后者使干部互以"外人"相看，个别地方对于扩大工作漠不关心，敷衍塞责，而个别部队对于建立健全地方武装亦有认识不够之处。影响所及，工作不能顺利的完成，部队不能保证巩固，群众抗战情绪不能充分发扬，直接间接妨害了整个根据地的建设。

因此，要使这一工作顺利完成，首先就要纠正这种不正确的观点。明确地认识这一工作的重要性；认识全军区的部队，不论八路军新四军和地方游击队，都是晋西北人民的子弟兵，只有正规军与游击队之分，并无其他差别；把这一工作看为自己的工作，军政民密切配合，共同努力。在工作中澈底铲除官僚主义的作风，深入群众，耐心地解释说服，根据不同的环境，采用不同的方式，发动革命竞赛，热烈欢□，使群众自动地踊踊地涌入抗日的武装组织。这依靠干部的政治自觉，也依靠领导部门不断的检查与督促。

此外，还应该注意下列事项：首先，每一新战士都要经过严格的审查，老弱疾病者不要，强迫雇买者不要，地痞兵痞不要，混入敌探奸细则加以检举，这样，部队便易于巩固和富于战斗力。其次，这一工作要与优待抗属工作连系起来，使战士不致有家庭之累。再次，新战士集中后要加紧训练，积极活动，打击敌人，提高群众情绪，加强战斗锻炼。复次，正规军要帮助游击队，把这一工作看为自己的责任，同时游击队也应帮助游击小组和自卫队。最后，领导这一工作的部门最好能派得力干部在附近数村集中突击，寻得经验教训，以领导各地区的工作。

（原载一九四一年三月一日《抗战日报》第一版社论）

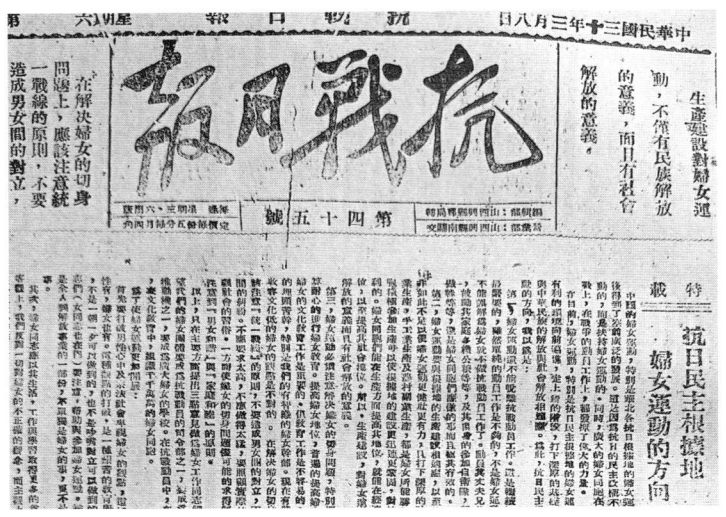

抗日民主根据地妇女运动的方向

中国的妇女运动,特别是华北各抗日根据地的妇女运动,在抗战以后得到了空前广泛的发展。这是因为抗日的民主政权不是压迫妇女运动的,而是扶持妇女运动的。同时,广大的妇女同胞在直接的参加抗战上,在战争的动员工作上,都发挥了伟大的力量。

在目前,妇女运动,特别是抗日民主根据地的妇女运动,应该利用有利的环境向前迈进,走上新的阶段,打下深厚的基础。使妇女解放与中华民族的解放与社会解放相适应。为此,抗日民主根据地妇女运动的方向,我以为是:

第一,妇女运动还不能脱离抗战动员工作。这是继续要做的,还是最紧要的,虽然单纯的动员工作是不够的,不是妇女运动的全部，但不能误解为妇女就不做抗战动员工作了。动员其丈夫兄弟参加抗日军，鼓励其家庭多缴公粮等等及其自身的参加自卫队，帮助军队做衣做鞋，等等，还是妇女同胞们应做的事而且极其有效的。

第二，妇女运动要与根据地的生产建设相适应，以至于打成一片。非如此不足以使妇女运动更健壮更有力，且打下深厚的社会基础。农业生产、手工业生产及农村副业生产，都是妇女所能胜任的。妇女同胞积极参加生产可以使根据地的建设更迅速更巩固，对抗战建国是有利的。妇女同胞们能在生产方面提高其地位，就能在经济上提高其地位，以至提高其社会地位。所以，生产建设，对妇女运动不仅有民族解放的意义而且有社会解放的意义。

第三，妇女运动必须注意解决妇女的切身问题，特别要做长期的打算，耐心的进行妇女教育。提高妇女地位，普遍的提高妇女能力，对于妇女的文化教育工作是重要的。但教育工作是不容易的，这需要长期的埋头苦干，特别是我们的有智识的妇女干部。现在有些学校不愿意收容文化低的妇女的观点是不对的。在解决妇女的切身问题上，应该注意"统一战线"的原则，不要造成男女间的对立，不要造成家庭间的纠纷。不应要求太高，不应做得太猛，要照顾实际的可能，要照顾社会的习俗。一方面使妇女的切身问题尽可能的求得解决，也还要注意到"男女和谐"与"家庭和睦"的原则。

以上，只在主要方面提出三点意见做为妇女工作同志们的参考，希望我们的妇女团体要成为抗战动员的司令部之一，要成为生产建设的推动机之一，要成为广大妇女的学校。在抗战动员中，在生产建设中，在文化教育中，组织千千万万的妇女同胞。

为了使妇女运动更加开展：

首先要打破男性心中及宗法社会卑视妇女的观点，这样观点不仅男性有，妇女也有。这种观点的打破，是一种艰苦的教育与说服的工作，不是一朝一夕可以做到的，也不是吵嘴对立可以做到的。希望男同志们（女同志也在内）要注意，帮助与参加妇女运动。妇女解放事业是全人类解放事业的一部份,不单独是妇女的事,更不是少数妇女的事。

  其次,妇女同志应以其生活、工作与学习取得更多的尊敬与帮助。客观上,我们反对一切对妇女的不正确的观念,而主观上的"自力更生"更是必要的。数千年遗留下的坏遗产,如依赖性狭隘性等等,一定要扫除。

  纪念一九四一年的三八节,遥祝晋西北的妇女运动更加开展,更有基础!

                  林　□

(原载一九四一年三月八日《抗战日报》第一版特载)

保护法币，抵制伪钞，推进本钞

敌寇除了军事上政治上文化上的向我进攻外，在经济上采取各种方法向我进攻，破坏我抗日根据地之各种财政经济建设。在经济上进攻的方法之一就是财政金融上的进攻，敌寇所采取的方法是十分复杂的毒辣的：（一）敌寇以大量□□□向我抗日根据地倾销，吸收我之法币，盗取外汇，然后购买军火，屠杀我抗日军民。（二）制造假法币，欺骗乡村愚民，破坏法币的信用，从中又吸□真法币，其手段至为卑鄙。（三）在敌寇占领区内，禁用法币，排挤法币，替伪币扩大市场。（四）在其不能完全禁用法币的情况下，则打击法币，贬法币之价值，又暗中吸收法币，把□吸收的法币向我抗日根据地内某些预定地区倾销，尽量吸收原料与农业品，使根据地内物资枯竭、金融紊乱。（五）大量发行伪钞，以伪钞为单一本位币，扩大其流通范围，企图达到城市统治乡村的目的。

如果我们不了解敌寇的一套货币政策，不认识这种经济战争方式的毒辣性，不采取正确的政策，与敌寇展开经济斗争，则抗日根据地的巩固与坚持是困难的，在今天晋西北抗日根据地应该采取什么货币政策与敌寇进行斗争呢？我们认为我之货币政策应该根据下列原则：（一）保护法币，使法币不为敌人吸收。（二）抵制伪钞，破坏敌人之经济掠夺。（三）调剂金融，活跃市场。（四）刺激生产，发展工农商业与低利借贷。

怎样保护法币，使法币不为敌人所吸收呢？必须严禁法币在市场上流通，才能使敌人不易吸收。我们绝对拥护行署本年二月二十五日起停止法币在市面上流通的正确命令，晋西北农民银行钞票为我晋西北抗日根据地之本位币的正确政策，每个抗日军民必须明白法币是我中华民国的本位币，不论地方政府抗日军民都应该绝对拥护，保护其信用。我们今天禁止法币流通正是保护法币的唯一方法，因为我们晋西北抗日根据地□在敌后的环境，与抗日的前线□□□的□敌□进行军事政治经济文化上的斗争。我在地域上与敌人犬牙交错，如果不禁止法币流通，则法币不可避免的流入敌占区，被敌人盗取我之外汇，中了敌人"以战养战"的□计。西北农民银行钞票系我之地方钞没有外汇，可以在内地市场上起交易媒介的作用，敌人不能利用以盗取外汇。华北模范的抗日根据地——冀察晋边区也采取这□政策就是这个道理。而大后方的货币政策与华北各抗日根据地货币政策不同的原因也就是因为所处的环境根本不同，但是应该明白：禁止法币在市场上流通决不是等于禁止私人保存法币，无论私□商号所保存之法币，任何人不得干涉，但是要在市场上使用，必须要向银行兑成农钞，才能通行。

我们不能否认，我们的本位币——西北农民银行票，在今天金融市场，一时尚未达到稳定，尚未提高其信用，但是西北农民银行钞票，有其巩固的物质基础与光明的前途，有充分的条件成为我们晋西北抗日根据地的本位币，因为：（一）它有充分的基金，远超过目前本钞的发行额，一切公营事业，纺织、毛织、肥皂、笔墨等工厂，以及各贸易局与公营商店都有雄厚的资本为其实物的准备。（二）西北农民银行钞票，与过去其他钞票最大的不同处，是我之钞票，主要的投到农、工、商各种生产事业上，我们决不依靠印票子解决□□问题，过去各种钞票失败的主要原因，就是把钞票当□解决财政困难的主要途径，把钞票主要的用到消费□□，而我们的财政开支主要的依靠财政收□如田赋、出入口税、营业税、烟酒牌照税，以及公产公地等的收入，不足的部分，依靠自力更生，今年机□部队，不仅自己解决三个月的食粮，并且已开始了经济工商业，以其赢余，补充自己开支的不足。各级地方机关，有的正在开始，有的尚未着手，部队方面，特别是主要部队，在生产事业上，已得可观的成绩。这不仅解决了自己的开支，并且推动了农工商业的发展，使市场活跃，金融更加巩固。（三）我农钞之发行额，有一定的限度，主要的是调剂金融、活跃市场。

为什么农钞在今天尚未稳定、信用尚未提高呢？我们认为有下列之原因：（一）过去我之货币政策，尚不明确。我们在经济领域上，尚未与敌人开展坚决的顽强的斗争。（二）我之工商业不发达，内地市□萧条，对外输出没有有计划的组织，过去的经济局也好，统制贸易局也好，没有起了应有的作用。（三）没有及时明确的实行统制，使□种货币同时在市场上流通，致农钞不能起应有的作用。（四）西北农民银行亦尚未起应有的作用，各地分行，亦没有成立，对于刺激生产，调剂市场金融的工作没有很好的进行，如我之角票太少，不能供给商场上流通之用，形成许多商品以□角为起点的现象。（五）在前一个时期公营事业没有起维持金融的作用，甚至个别人员有意无意的破坏过金融，当然不可否认最近有很大进步，许多工作人员自己对本钞亦没有正确的认识，在群众中的解释工作非常不够，至于少数投机取巧不明大义的奸商只顾自己的发财，进行货币投机事业亦未受法律的严厉的制裁，也是金融不稳的原因之一。

我们希望军政民各级干部与各界人士深刻的了解与敌人作经济斗争的重要性与多样性，接受过去的经验教训，根据行署的财政经济政策与各种具体办法，与敌寇开展经济斗争，为巩固本钞而奋斗！

（原载一九四一年三月十五日《抗战日报》第一版社论）

认真领导春耕运动　增加农业生产

要巩固晋西北抗日根据地与敌寇汉奸亲日派进行军事政治经济文化上的各种斗争，如果不进行自力更生的艰苦奋斗的经济建设，以求得自给自足，要想支持长期的战争，是不可能的。

目前晋西北的各种经济建设中最中心的一环是增加各方面的生产，特别是农业生产，因为：（一）坚持敌后长期战争，须要强大的兵力保卫抗日根据地，如果不能很好的解决□□问题，就无法保证战争的胜利，可能影响抗日根据地的巩固与坚持，诚如杨尚昆先生所说："如果能很好的把粮食问题解决了，就等于解决了全部问题的三分之二。"（二）在今天各业萧条，工商业停滞的情形下，只有农业生产增加了，才能供给各种手工业生产的原料，并刺激手工业生产。（三）只有农业生产增加了，才能提高农民的购买力，供给市场以各种土产，才能使内地商业更加发达，对外贸易大量增加。（四）农业生产的增加，工商业发达了，可以改善人民生活，繁荣市场，更能增政府的财政收入，巩固金融，使各业更加发展，根据地更加巩固。因此，认真的领导春耕运动，增加农业生产，成为目前军政民各级领导机关的一等重要工作了。

为了增加农业生产，必须努力扩大耕地面积，减少荒地，在某些地方应该消灭荒地，根据二十余个村的统计，去年荒地的数目，平均达到百分之二十一，最大的超过了百分之四十三，我们应消灭这种惊人现象。我们希望各级军政民的干部对于今年春耕的重要性有足够的认识，应该把生产任务与战斗工作学习同样重视，我们完全赞成各机关部队自己生产三个月的粮食决定，因为只有这种先进的模范精神，才能鼓励广大人民的生产热忱。

为了增强农业生产，必须正确的解决劳动力问题，提高人民的生产热忱。在抗战时期，有一部份青年壮年要补充抗日部队中，这是应该的必要的，但是不可避免的要减少农村中的劳动生产力，只有经过各种努力，提高人民的生产热忱，才能补偿这种劳动力的不足。去年春耕时，正值抗日民主政权甫经建立，一切工作尚未走入正轨，□□些过左与错误的作法□影响了富有者的生产热忱。因此，今年春耕中必须安定富有者，提高其生产热忱。我们提议政府立即颁布保障人权财产权法令，明令禁止下面挖地窖与规定粮价的错误作法，偿还代购粮款。农救会应保证偿还旧的借粮，才能"再借不难"。在减租减息后，一定要交租交息。政府应严格的贯澈公粮制度，在交清公粮后，保证再不向任何人民要第二次粮食，在村摊派中除极少数赤贫者免出外，百分之八十以上的人民，都应按其负担能力出款，纠正把负担放在少数富有者身上的过左办法。为了提高广大人民的生产热忱，必须进行深入的政治动员与精细的组织工作，组织各种劳动生产组织、互助团、代耕队，但必须在自动的原则下，反对强迫命令的作法，并且要发动妇女儿童参加适当的生产，组织与强制游手好闲的流氓参加生产。对于屡次开小差，没有资格再参加抗日部队的份子，必须组织到生产战线上，不应使其游手好闲不劳而食。

增加农业生产的另一个重要方向是兴办水利。去年文水汾阳在水利事业上有伟大的成绩，仅文水一县就增加粮食十余万石。我们希望八区汾河流域各县今年以更大的人力、更多的财力扩大水利事业，内地区各县亦应有组织有计划的开渠、凿井、壩地、变旱地为水地。行署决定由于开渠凿井变成之水地，三年内仍按平地征收救国公粮，这对于奖励水利有很大的作用。如能大量制造水车，更能扩大灌溉面积。

为了春耕胜利的完成，必须帮助群众解决春耕问题的各种困难问题。在经过敌人"扫荡"受损失较大的地区，必须解决农具籽种问题。成立农具合作社，制造各种农具，除了行署已决定的春耕贷粮一千石外，各地区应该有计划有组织的相互调剂籽种，特别在种莜麦的地区，应制造必要数量的酒，以供种莜麦之用，为了保护籽种与奖励农业附产品，我们提议军区行署明令禁止，军政人员强买山药将与猪羊鸡子，采取有效的办法，贯澈支差法令。此外增加畜力，提倡施肥，改良农业技术也是增加生产的具体方法。

为了□实增加农业生产，完成今年的春耕计划，必须使春耕变成晋西北三百万群众自己的运动。把春耕计划提到群众中去热烈的讨论，使各阶层的人都感到增加生产与自己有利，吸收各个阶层的积极份子参加春耕的领导机关。我们希望各级春耕委员会与春耕中劳动英雄们经常反映各地新的经验与各种模范例子。本报极愿开辟专栏，汇集经验，以供各地参考。我们希望把今年颁布的春耕方案变成晋西北三百万人民共同奋斗的目标。这对于坚持抗战，巩固晋西北抗日根据地有重大的作用。

（原载一九四一年三月十九日《抗战日报》第一版社论）

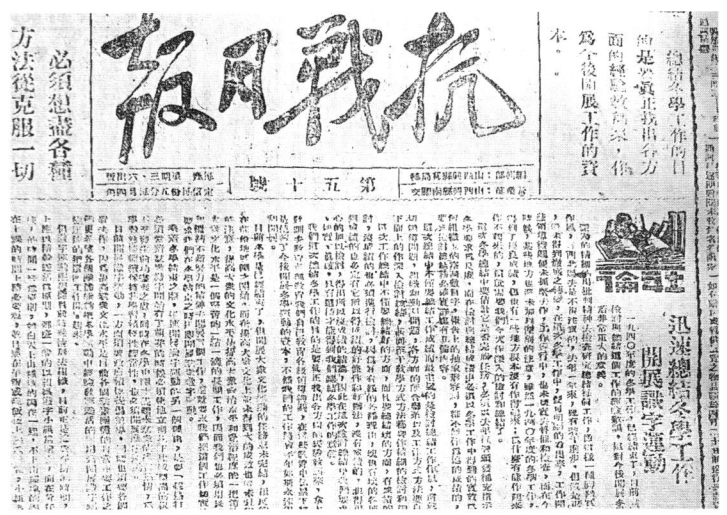

迅速总结冬学工作　开展识字运动

　　一九四〇年度的冬学工作,已经结束了,目前急需要迅速检讨与总结这个工作的经验教训,这对今后开展冬学运动有着非常重大的意义。

　　深入的精细的用批判精神去检查研究总结每个工作,像这样一种脚踏实地的工作作风,晋西北过去是不很注意的,去年一年来,虽有若干进步,但还是正在转变中,还未得到澈底之转变,在这次冬学工作中,便可明显的看出来,工作开始时,某些领导机关便未抓紧去作,工作进行中,也未切实去督催和检查,而在今天总结的时候,某些地方也还未加以深刻的注意,虽然一九四〇年度的冬学工作,好多地方得到了优良成绩,但也有一些地方根本没有作得起来。为什么有能作起来的，还有作不起来的，这就需要我们今天作深入的检讨和总结了。

这次冬学总结中要估计它是否完成任务，必须以去年行署颁发补充指示上提出的冬学要求为尺度，而在检讨与总结成绩中必须以冬学工作中得到的实效为标准，在向组织上的空洞数目字，报告上的抽象形容词，都不能作为他的成绩的，因此我们要求检讨总结务必确实详尽有具体内容。

这次总结中不仅要总结工作成绩，而最主要的是检讨总结工作作风，这就包括了一切领导问题，组织和动员问题，各方面的配合联系以及工作方式方法要自上而下自下而上的作深入检讨总结，甚而至于教学方式方法都要作精细的检讨和总结。

这次工作总结中不仅要总结好的方面，而且要总结坏的方面，有成绩的固然要检讨，没成绩的也必须进行检讨，因为好有好的各种理由，坏也有坏的各种原因，得到成绩的也必定有它所以得成绩的好条件和好办法，没有成绩的，也得很客观的虚心的加以检讨，得出所以没成绩的结论，因此在这次检讨总结中我们要求的是澈底、切实、真确，只有这样才能得到我们总结冬学工作的意义。

我们这次总结冬学工作的目的是要真正找出各方面的经验教训来，拿上这些经验教训去教育干部，教育我们自己，教育各级领导机关。在这些教育中积累下经验，这便是积蓄了今后开展冬学运动的资本，不然我们的工作将会年年如斯，永远得不到进步和开展。

目前冬学是已经结束了，但开展大众文化运动的任务并未完结，相反的我们仅仅在部份地区刚才开始，而在提高大众文化上并未得到大的成效，也还未引起大家切实的注意，提高大众的文化水平是提高大众政治水平和觉悟程度的一把锁钥，而提高大众文化水平是一个坚苦的一点一滴的长期工作，因而我们也必须用长期的耐心的和继续不断努力的精神去开展这个工作，这就要求我们把这个工作切实注意起来，要求我们在冬学结束之时迅即开展群众识字运动。

乘着冬学结束之际，迅速开展识字运动的另一个理由，是要"趁热打铁"，我们必须当着群众识字开始有了萌芽的时候必须使他立刻扎下比较稳固的根基，然后才不至发生前功尽弃之虑。同时在冬学中刚才提起来群众的学习热情，为了发扬他们学习热情，继续保持其学习积极性经常性，也必须开展识字运动。

目前开展识字运动，一方面须要政府积极提倡领导，同时也须要各个团体自动布置去作，因为提高群众文化水平是目前各个群众团体的日常重要工作之一，所以我们更希望各个团体能够把冬学运动中经验教训灵活的运用到开展识字运动中去，积极迅速的把这个工作开展起来。

但识字运动应根据目前特殊情形去组织，目前正是忙于春耕的时期，在组织形式上应以精干灵活为原则，那么一般的以组织识字小组为□□，而在分任上，应以基□□的时间一致为原则，如白天上山种地的编在一起，不上山种地的编在一起，而在上课的时间上务必要短，并且应在午饭或晚饭后上□□□□，小组多时宜采取□流上课方式，有些村庄还可采取午校或夜校的办法，有些地方过去也曾经采取过小先生制，这都是很好的一些办法。总之必须想尽各种方法从□□一切困难中开展这个识字运动。

我们必须要了解文化斗争是抗日斗争的一条战线，是争取抗日战争胜利的组成部份，而提高大众的文化运动，则是目前晋西北整个文化作战中的重大问题，我们必须加紧严重注意与切实的推动和开展。

（原载一九四一年三月二十六日《抗战日报》第一版社论）

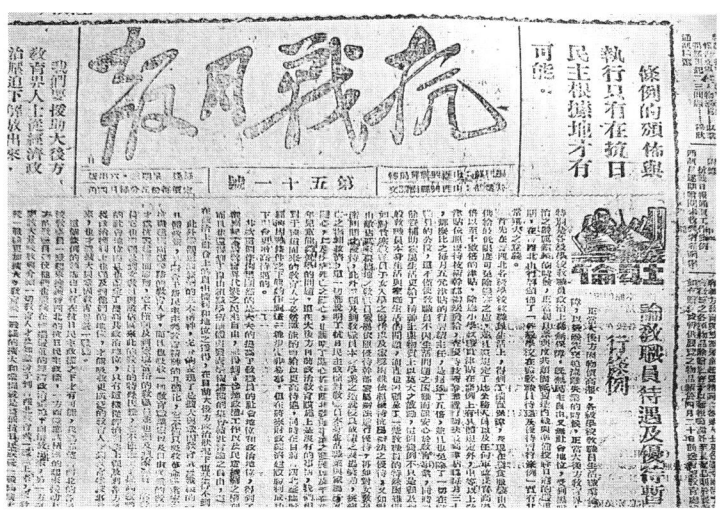

论教职员待遇及优待暂行条例

正当大后方因物价高涨,各级学校教职员生活职业毫无保障,以致饥寒交迫流离失业的时候,正当大后方教育界人士特别是各级学校教职员政治上毫无保障,既无民主自由又无社会地位,受到黑暗统治之严厉镇压的时候,正当亲日派与反共顽固派制造内战与准备投降日寇的严重时期,在晋西北由行署颁布了《各级学校在职教职员待遇及优待暂行条例》,实有其非常重大之意义。

首先在晋西北各级学校教职员生活上,得到了确实保障,表现在饮食服装由公家供给最低限度可免除饥寒之虑,并且还规定了比公务人员以及任何军政长官高过数倍以至十数倍的津贴。除过小学教职员津贴在条例上有具体规定外，中等以上教员津贴依照优待技术干部办法发给。查优待技术干部暂行办法，最高津贴为每月三十元，那么比之每月五元津贴的行署续主任，是超过了五倍，并且也免除了一切在职教职员的公役，这不仅使教职员不因生活问题之困难而能安心于教育事业，同时还有余资补助家属生活，更给了精神上与物质上以莫大之鼓励。这个条例不只是顾及到一般教职员本身生活与家庭生活的问题，而且也还顾及了一些教职员的特殊困难问题，如对贫寒教职员子女入党之优待以及家境困难依照优待抗属办法之优待；又如对于由敌占区来根据地之教职员家属，依照优待干部家属办法进行优待；再如对女教员生产期间之优待；此外还顾及到教职员本身学业之造就、优良成绩之表扬奖励，疾病伤亡之抚恤救济，这一切都说明了抗日民主政权对教职员本身生活职业与家属子女之关心，以及疾病死亡之关心，也说明了关心于晋西北教育事业之发展以及千百万青年儿童能够就学的问题，这在大后方目前政治教育设施上是没有的事情，我们相信对于远道而来的教育人才必然□能酌情给以更高待遇，同时在目前晋西北整个财政经济困难条件之下能够作到这一地步实非易事，但在将来财政经济建设胜利成功之下还会更增高待遇的。

其次这个条例很显然的是大大的提高了教职员的社会地位和政治地位，得到了竞选国民大会教育界代表之民主自由，并得到了参加政权工作以及民意机关之权利，而且也还得到了自由组织学术团体与发表学术讲演的集会结社言论之自由，这一切在政治上社会上的自由权利和地位之获得，在目前大后方政治状况下也是得不到的。

此外□观这个条例的基本精神，充分的表现了是扩大与巩固教育第一战线的一个具体政策，是附合于新民主主义教育精神的具体化，它不仅只吸收革命职业家专为抗战建国而尽义务的教育人才，而且也吸收一切教育职业家以及自由职业的教育人才为抗战建国而服务，它不仅顾及到家境富裕的教职员并也顾及到家境贫□的教职员，它也还顾及到女教员与敌占区来此的教员的特殊困难，它不仅确定了提高教职员的社会地位，而且也确定了提高其政治地位，只有这样从经济利益上顾及到各方面，从政治权利上也顾及到他们的地位，才能吸收更广泛的教育人才到教育建设事业上来，也才能扩大与巩固教育界统一战线。

这个条例的颁布也只有在抗日民主政权之下才有可能，我们希望晋西北的各级学校教职员一致起来拥护晋西北的抗日民主政权，一方面还应该积极的起来援助大后方的教职员们，使他们也能够在极端严重的经济政治压迫下面解放出来，另一方面更应该大量吸收与介绍一切教育人才及知识份子到晋西北教育统一战线上来，使教育统一战线更加扩大。教育统一战线的扩大和巩固就是整个抗日民族统一战线扩大与巩固的一部份，也是目前克复投降分裂□持抗战到底的一个伟大力量。

这个条例的颁布与执行，我们相信过去为一切困难所限制的教育人才知识份子，定能体念时局之艰危、设想政治之苦心，以及关怀地方之教育而不以此□□□□之□酬为前提摆脱一切困难出面献身于地方教育事业，至于远赶□□□□□□□□教育的教育人士更属万分欢迎，各级政府与教育团体也必须积极设□□□□□，如此必然使晋西北教育建设事业得有猛烈向前发展，使这个教育落后区域走向光辉的地区。

（原载一九四一年三月二十九日《抗战日报》第一版社论）

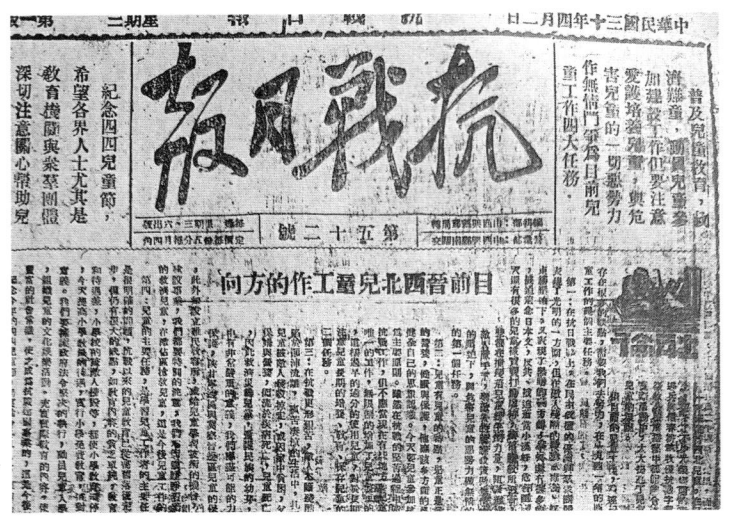

目前晋西北儿童工作的方向

......

第一，在抗日战线上，在民主政权的保护与群众团体的领导下儿童的进步与活跃，表现了光明的一方面，但在敌人残酷的杀戮□和毒害、奴化、麻痹与封建势力残余的束缚压迫下，又表现了黑暗的一方面。今天还有很多的儿童在敌人的铁蹄下被□□，被迫着念日本文、反共，被迫着当小汉奸，危害祖国，消□他们的民族意识，今天还有很多的儿童被买□打骂虐待，被旧礼教所迫害，生活在愚昧落后迷信□，这些都在摧残着儿童□□□力量，阻碍着儿童运动的开展，□□儿童于敌人魔手下，与敌人的阴谋政策做无□的斗争，拯救儿童于封建势力的压迫下，与危害儿童的恶势力作无情的斗争，这应是今后儿童工作的第一个任务。

第二，儿童有儿童的特点，儿童正是发育生长的时期，他需要很好的营养、健康与保护，他应该多方面的学习，增长自己的社会智识，健全自己的思想认识。今天要儿童参加抗战工作主要应以学习、教育为主要原则。虽然在抗战的坚苦过程中广大儿童应当参加家庭劳动和抗战工作，但不应当现在有些地方要儿童抬担架，或者把站岗放哨为唯一的工作，无限制的增加了儿童繁重的负担，只管使用，不管教育，这样过早的过分的使用儿童，对于长期建设抗日根据地是有害的，注意儿童长期的培养、教育，保存儿童的力量应是今后儿童工作的第二个任务。

第三，在抗战更形艰苦，敌人不断残酷的巡回"扫荡"下，使得儿童也陷于颠沛流离、孤苦凄凉的生活中，扎挣在死亡饥饿线上，大量的儿童被敌人残杀掠走，或因家中贫困，父母被杀，房屋被烧，失去了保姆与营养，而流于疾病死亡，儿童死亡率的不断增高是相当惊人的，因此救济灾难儿童，爱护民族的幼芽，在今天巩固建设抗日根据地中有非常严重的意义，我们应尽可能的力量来救济儿童，注意儿童的保护。陕甘宁边区与冀察晋边区儿童的保育工作，是值得我们学习的。此外如设立难民收容所，或给儿童学习技术的机会，办工厂，吸收儿童参加生产建设事业，我们都要特别的注意，我们不能眼睁睁看着儿童的自生自灭，而应积极的救济儿童，在敌占区抢救儿童，这是今后儿童工作的第三个任务。

第四，儿童的主要任务是学习，儿童工作者的主要任务是组织教育儿童，这已是很明确的问题。抗战以来的儿童教育已从腐旧落后走上抗战进步。向前提高了一步，但仍有很大的缺点，如教育内容的贫乏单纯、教育质量的低弱、教员的地位低和待遇差、小学校的被敌人摧毁等，都使小学教育还停顿在零乱不正规化的状态中。今天提高小学教员的待遇，实行小学免费教育，这对小学教育的开展有很重大的意义。我们要拥护政府法令，坚决的执行，动员儿童入学，提高儿童的文化政治水平，组织儿童的文化娱乐活动，充实实际教育的内容，使儿童学习进步的科学智识、丰富的社会常识，使之成为抗战建国事业的，这是今后儿童工作的第四个任务。

纪念今年的四四儿童节，希望社会各界人士，特别是教育机关与群众团体深切的注意、关心和帮助儿童工作，担负起组织培养教育儿童这一代的任务。

（原载一九四一年四月二日《抗战日报》第一版社论）

发展内地商业　组织对外贸易

敌寇除了对我抗日根据地军事上进行连续"扫荡",采取毒辣惨酷的毁灭政策外,在经济上则采取封锁政策,不让必需品输入我抗日根据地,企图在经济上窒死我抗日军民,同时以大量非必需的奢侈品向我抗日根据地倾销,以吸收我之法币,盗取外汇,实行"以战养战"政策。因此,我们必需有一套正确的办法,以打破敌之经济封锁,破坏敌之"以战养战"计划,并且发展我抗日根据地内之自给自足经济,以与敌寇进行长期的战争,这一套办法之一就是贸易政策。

我晋西北抗日根据地今天的贸易政策,应该是发展内地商业,保护商业自由,组织对外贸易,实行保护政策。

由于三年多抗日战争中敌寇的烧杀破坏、经济上的封锁、运输工具的减少以及在晋西事变中某些个别人员对商人采取错误的没收办法，致使今天晋西北的商业凋零，市面萧条，某些剩余生产品与土产苦无销路，另外，又有广大人民买不到日用必需品。大批商人陷于失业状态，找不到谋生之道。因此，发展内地商业保护商业自由，成了目前根据地经济建设中的重要工作了。只有商业发展了才能刺激手工业与农业生产。因为，生意兴隆市面繁荣，手工业生产品才有销路，农民可以把剩余生产品卖了，买成日用必需品或是把货币储蓄起来。只有商业发展了才能使我山中地下蕴藏之富源变成输出品，换得我之必需品。只有商业发达了，才能增加货币的流通速度与货币在市场上的容量，人民能在市场上买到必需品，必须保存货币。因此，发展商业亦是巩固金融的重要方法之一。

在我抗日根据地内，应允许商业自由，一切正当营业，应得到抗日政权与部队的拥护，当然毒品与违禁物品还是应该禁止的。为此，必须排除一切商业上的障碍，统一度量衡，大量发展山地与平川的贸易，以调剂人民的需要。除了征收正当的税收外，严禁任何机关部队妨害商业自由的违法行为。各县应选择中心市镇成立集市，以繁荣市场。一切企图以合作社代替商业，排斥商人，排斥自由营业的企图，以公营事业代替一切的办法，都是错误的。我们今天的任务，是鼓励私营商业之大量发展，而不是打击限制，更不应消灭商业。在今天发展运输事业，保护运输工具驮骡驮驴等，以便减少运输费用，减轻货物的成本亦是与发展商业不可分离的一个环节。为此，农村中必须保护草料免遭敌寇焚烧，明令禁止中途拉差。最近行署决定商店合作社贸易局都可以参加商业联合会，这对于发展内地商业有很大的推动作用。

至于对外贸易亦须有明确的政策，年来由于内地工商业之衰落，以及连年的歉收，输出品锐减，形成绝对入超的现象，遂使法币无限制的外流，影响我人民生计甚大。为了杜绝此种现象，我们应该组织对外贸易，实行保护政策，争取对外贸易平衡，变入超为出超。在今天的经济条件下，我们尚不能完全禁止日货入口，当然也不能采取放任的政策，应该以抗战利益为出发点。因此，必须禁止奢侈品，限制非必需品入口，同时吸收我之必需品入口。我们应奖励我之剩余土货出口，换得必需品，以免法币外流，但亦要防止以军用品资敌。只有采取这种保护政策才能使我之幼稚的手工业大量发展，我之必须品得到调剂，法币又不至大量外流。政府虽设立各级贸易局，他的任务应该是组织对外贸易，执行政府的贸易政策，决不应该垄断对外贸易。私人商店在政府贸易条件许可范围内，可以经营进出口贸易，但必须输出我之剩余生产品换回根据地之必需品，使对外贸易与内地商业适当的配合起来。

我们希望根据地内外的资本家爱国商民，踊跃的组织商店，发展商业，经营对外贸易，站在经济战线上与敌寇的封锁政策及"以战养战"政策进行斗争，这不仅对于自己的事业有光明的前途，而且对于根据地的经济建设亦有伟大的贡献。

（原载一九四一年四月五日《抗战日报》第一版社论）

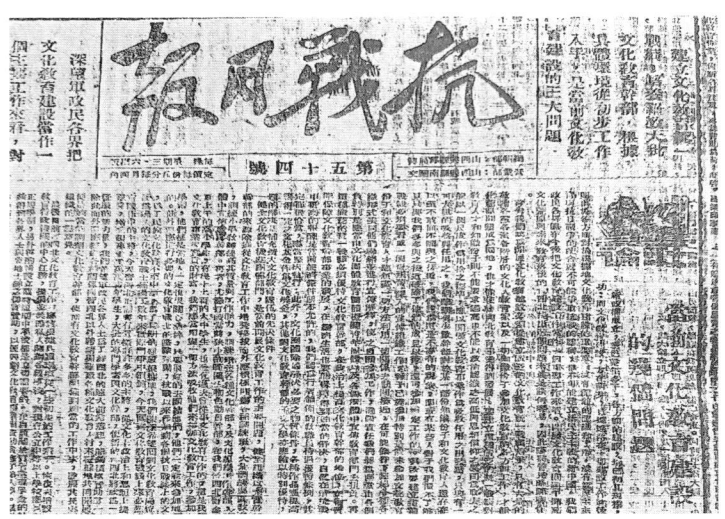

当前文化教育建设的几个问题

　　新政权成立,业已整年多了,各方面的建设,均已初具规模,□到相当成功;而文化教育建设,方在萌芽,□远远落在一切建设工作之后,考其原因则由于各方面对于根据地文化教育建设的重要意义没有深刻的认识和了解。没有新民主主义的文化教育与抗日战争的配合就不可能争取抗战的胜利,也不可能建立新民主主义的新中国。我们深深希望军政民各界能在今后把文化教育建设工作当作一个重要工作来看。开展文化教育问题□□□尤其在这文化荒原与素来教育落后的晋西北提出这个问题来真是谈何容易,因此谨将管见略陈聊作各界之参考。

　　首先,我们认为开展文化教育建设必须从建立广泛的文化教育统一战线着手，只有大量的吸收罗致与政府各党派各阶层的文化人教育家以及一切知识份子参加文化教育的各方面工作，才能使这一片文化荒原开垦成为园地，也才能使晋西北教育事业得到发展。要建立这种广泛的统一战线对于一切文化教育人才和知识份子则不能要求过高也不能以政治认识之高低与思想信仰之异同为取去之界线，也不能以一个尺度作为用舍之标准，应以开展文化教育事业作为吸收任用之出发点，只要有一技之长，即可大胆的吸收与任用之，我们□□少数干部对于某一部份知识份子和文化教育人还存在着疑惑惧怕以至不敢而不愿与之接近，我们认为这是不应有的现象，□或有某些人对于我们还不了解还存在着偏见，只要我们多多与之接近，破除了他们的成见以后，还可参加一定工作的。其次，要建立这种广泛的统一战线，必须要看成一个很艰苦深入的宣传组织工作，对于已经参加特别是还未参加文化教育工作的知识份子和文化教育人才，应想尽一切方法利用一切关系去□□接近，在可能条件下经过各种各样的会□组织形式去同他们联络并进行宣传解释，使之自愿参加工作，这个责任我们认为应当由各个团体干部担负，特别是应当由文化团体、教育团体、机关青年团体，以及各个团体中宣传教育部门去担负。再其次，要建立这种广泛的统一战线，必须优待文化教育干部，在政治上提高文化教育干部的地位，在物质条件上尽可能保障文化教育干部事业的发展，在经济生活也要能保障得到适当的解决，自然在这抗战艰苦的时期中更高的报酬是当前经济条件所不允许的，我们认为行署颁布的教职员待遇优待条例，其中具体的规定都很恰当，应当坚决执行；此外，文化团体除过解决必要之物质条件，各种作品应提高稿费，并能□得一定之文化基金作为文化奖金，其他对文化教育干部的子弟入学亦应给以特别优待。这些基本问题的解决，是补充扩大文化教育队伍的先决条件。

健全文化教育机关团体部门，是当前开展文化教育工作的主要问题，健全组织以充实干部为中心，干部的来源除过从文化教育工作中培养提拔而外，应积极开办各种训练班，大量训练县区教育行政干部，训练小学教师，提高其质量与工作能力，训练培养各种文化干部及文化组织工作干部，训练各个团体中宣传教育干部。再者，尤应打破当前狭小的范围去物色动员干部，在我们晋西北□多县份有几百上千的高小学生，有几十上百的大中学生，也还有过去曾从事文化教育工作的，这是我们今天开展文化教育事业很宝贵的财富。我们应当用尽一切方法吸收他们来参加文化教育工作，参加各种训练班学习，他们都是当地人，一定也很关心桑梓，只要很好的去团结他们，他们一定能来参加地方公益事业的。此外，还应进行必要的文化教育战士的归队运动，抗战以来参加到各个抗日战线上的文化教育战士，为了民族文化教育不至中断，为了长期的建设根据地，我们深深希望回到文化教育岗位上来，我们认为过去的文化教育战士经过了数年来实际斗争中锻炼，今天回到文化教育战线上来必然成为文化□□队伍中的主将，今天晋西北正需要有这样许许多多的主将，从文化上政治上和思想上提高了数百群众，培养起来千千万万青年学生，大量的专门学者与文化干部，使新的晋西北将成为一个永不可征服的新力量。我们希望军政民各界人士为了晋西北的远大前途着想，能够积极赞助这一归队运动。除此而外还应□□各种关系向晋西北以外聘请与罗致各种文化教育人材来根据地共同开展工作。最后便是适当的调剂文化教育干部，使所有文化教育干部配备到适当的工作中去，发展其长处，这是健全组织的一点意见。

最后目前晋西北文化教育工作应该根据具体环境从一些初步的工作着手。恢复与增设小学是当前教育行政机关的中心任务，提倡并奖励私人开办各级学校，对现有公立中等以上学校应立刻筹备转入正规学制，另外再酌情设立临时短期中学校都是迫切需要的。在目前关于行署整理学金的计划，希望能够得到各界人士与当地士绅之切实赞助，以便兴办文化教育事业而资助贫寒子弟入学。群众团体应在冬学结束以后筹备成立群众识字班、午夜校，并积极组织民间剧团，以开展大众文化教育工作。同时我们提议依专员区为单位,须准备建立一个脱离生产的民间形式的剧团,以建立开展民间剧运的基点。文化团体当前则须以写作为中心,从写作中去领导文化工作,从写作中去团结组织与扩大文化军,至于各地各个团体中宣传教育部门亦应负起组织各种文化组织的责任,这是当前文化教育工作的方针。

以上诸问题希望能够得到各方人士之注意研究与实施,保证一九四一年文化教育建设得到显著成绩,这是我们深切盼望的。

(原载一九四一年四月九日《抗战日报》第一版社论)

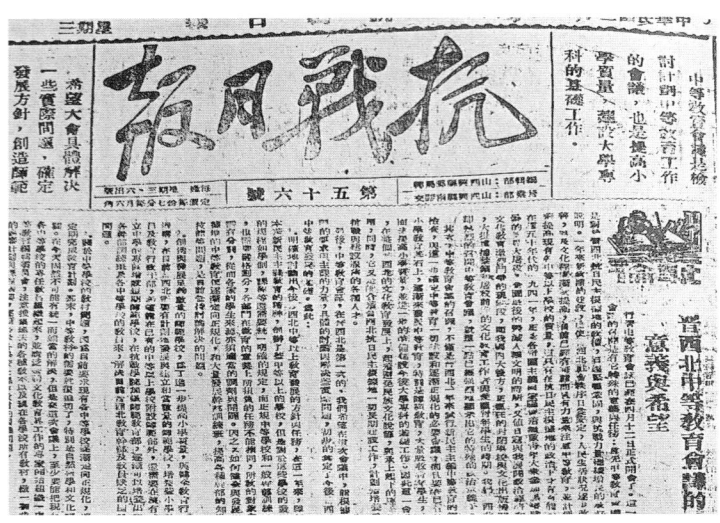

晋西北中等教育会议的意义与希望

行署中等教育会议已经在四月十二日正式开会了。这一会议的召开是有它特殊的意义与任务：首先中等教育会议是对□晋西北抗日民主根据地的政权日趋坚强巩固与抗战力量□续增长的最好说明。一年来新政权的建设，已使晋西北社会秩序日益安定，人民生活状况逐步改善，以及文化程度渐次提高，目前已经有可能而且有力量来注意中等教育，并计划着提高现有各中等以上学校的质量，这只有在抗日民主根据地的政治下才有可能。在这五十年代的一九四一年，正是各帝国主义国家驱使着无数青年大众参加黑暗残暴的世界大屠杀，企图最后的毁灭人类文明的时期，又值日寇与我展开政治经济和文化教育激烈斗争的现阶段，而我国内大后方，正疯狂的封闭学校与文化出版机关，大批逮捕禁锢和屠杀前进的文化教育工作者与爱国青年学生的时期。我们晋西北却热烈的召开中等教育会议，就这一点已经强烈地显示出它的特殊的政治意义了。

其次，中等教育会议的召开，不仅是晋西北一年来试行新民主主义中等教育的□检查与进一步确定中等教育一切建设和逐渐正规化的必要会议，而且要在已有的小学教育基石上，逐渐来发展中等教育，特别是师范教育，大量吸收青年学生，一面去提高小学质量，并进一步的准备建设今后大学专科的基础工作。因此这一会议，在整个晋西北的文化教育发展上，起着避免民族文化脱节与承上启下的连系作用，同时，它又是配合着晋西北抗日民主根据地一切长期建设工作，计划着培养为抗战与建设服务的各种人才。

最后，中等教育会议在晋西北是第一次的，我们希望在这次会议中，能根据客观的要求与主观的力量，具体的讨论与解决些实际问题，初步的奠定了今后晋西北中等教育发展的基础。为此：

1. 明确地讨论出今后晋西北中等以上教育发展的方针与任务。在这一年来，虽然本着新民主主义教育的精神，创办了些中等以上的学校，但是对于这些学校的发展的规程如学制、课程等还需要统一明确的规定。而正规中等学校和一般干部训练班，也需要严格划分，各部门在教育的意义上所担负的任务不能相同，所教的对象亦需有分别，从而各家的学生来源亦须适当的调剂与开辟。因之，如何健全与发展根据地的中等教育使逐渐走向正规化和大量发展干部训练班，提高各种干部的知识技能等问题，是目前急待讨论解决的问题。

2. 创造与发展足够数量的师范学校。为了进一步提高小学质量与健全教育行政机构，在目前晋西北需要有计划地发展与建立相当数量的师范学校，培养些小学教员及教育行政干部，希望能在已有的中等以上学校附设师范部外，还需要在没有成立中学的专区增设短期师范学校，在抗战学院加强师范教育部，逐渐可以培养出些各干部训练班及各中等学校的教员来，解决目前晋西北教育干部及教员缺乏的困难问题。

3.关于中等学校的教材问题。因为目前要求现有各中等学校逐渐走向正规化，要定期完成教育计划。那末，中等教材的需要就很迫切了，特别是自然科学和文化课程。在今天固然不可能有统一而适当的解决，但是在这次会议上，至少要能把现有各中等学校的专任教员组织起来，并广泛延聘文化教育界工作的专家开始组织一中等教材编辑委员会，注意搜集过去的各种教本以及现在各学校所有教材，做一初步的编审计划与课程需要，逐渐解决各学校上课没教材的困难问题。

4.发扬学校的民主作风。为了民主政权的建设，必须首先在培养干部园地的学校中发扬民主作风与具体运用民主，去锻炼学生的民主精神。为此在中等教育会议上，必须注意讨论教学管理的民主，培养学生自己组织与实际活动的民主精神。

从这次会议为起点，希望能消除过去不作长期计划的教育观点，正确的把握晋西北抗日民主根据地的特点，逐渐施行自下而上的正规的新民主主义的教育。

（原载一九四一年四月十六日《抗战日报》第一版社论）

对行署民政科长会议的希望与要求

行署民政科长会议已于本月二十日开幕了,这一会议的召开,对于今后晋西北抗日根据地的政权建设以及其他各种建设,实有异常重大的意义,因而□晋西北广大民众及各界人士,对于这一会议的希望与要求是十分恳挚而迫切的。我们认为会议应该完成的几个重要任务是:

一、村选问题应该作为此次会议的中心问题而展开热烈的深入具体的讨论。大家都知道,村选工作是晋西北一九四一年三大中心工作之一,而且对于其他两项中心工作——开展财政经济建设,发展群众性的游击战争——说来,它又是一个中心环节。正因为如此,今年的村选工作不仅要为晋西北的政权建设打下强固的基础,而且还要为财政经济文化教育以及其他各种建设打下强固的基础。也正因为如此,此次民政科长会议不仅要仔细地研究讨论各地试选的材料及问题,总结各地试选的经验与教训,将所有关于村选的各种问题,从理论到实践,从宣传动员到公民登记,从提出候选人到竞选,从选举代表及代表会主席到召开代表会议及村务会议等整个过程中的新的工作经验与新的工作方式方法,分别作出结论,做为今后各地进行村选的指示与参考,而且更重要的是要根据各地试选的经验教训,根据主观力量与客观要求,切实讨论布置村选工作,务使这一重大工作经过会议讨论之后,定出具体的进行步骤与确当的工作计划,然后抓住中心,贯澈到底,认真的把晋西北的民主政治推进一步,使农村统一战线更加巩固与扩大。这是会议的中心内容与主要任务,同时也是各方对会议的迫切希望与要求。

二、从政策的观点上澈底检查一年来的民政工作,特别是农村统一战线工作也应该列入会议的重要议事日程。具体说来,所有关于团结士绅、争取逃亡、减租减息、优抗济贫等有关农村统一战线的工作,都要站在政策的观点上,根据各地材料,加以研究讨论,作出正确的结论,指导今后工作。此外行署一年来曾先后颁布了许多进步的法令条例,而这些法令条例的绝大部分又都是属于民政科的工作范围之内的。其中如保障人民权利暂行条例、减租减息暂行条例、改善雇工生活暂行条例、工厂劳动暂行条例、公地户地社地庙地使用暂行条例、优待抗战军人家属暂行条例、抚恤残疾军人暂行条例及抚恤阵亡将士遗族暂行条例等都是有关改善民生及农村统一战线的重要规定。

从政策的观点上深刻研究这些条例的每一条文,确切地规定实现的步骤,纠正过去某些法令自法令、事实自事实的不合理现象,应该是会议的重要课题同时也是各方对会议的热烈期望。

三、政策法令规定之后,干部实有决定一切的意义。一年来晋西北新政权对于干部的培养教育考察配备关心爱护上都存在着严重的缺点。因为对干部的培养教育缺乏一定的计划，使新的干部不能大量涌现，源源接济，而旧有干部又因检查督促帮助爱护的不够，遭受到不应有的损失，形成了目前工作亟待开展、干部极端缺乏的严重困难。此次会议对于干部的训练培养应定出明确的计划，对干部的检查督促应建立适当的制度，对干部的调整分配尤应确定统一的原则。只有这样才能克服目前干部缺乏的严重现象，而为将来坚持与开展工作打下强固的物质基础。因此干部问题也是会议应行讨论的重要问题，而应予以充分的注意。

四、一年来晋西北的抗日民主政权对于民主政治的设施及民众生活的改善方面是获得了相当大的成绩，但因主观努力的不够以及客观环境的困难，这些成绩还远赶不上战争形势的发展与需要。而官僚主义倾向的存在又阻碍了一切工作的迅速走上轨道及各种制度的确实正规化。因此克服在领导上的脱离群众，华而不实以及作风上的强迫命令贪污腐化，是会议的重要任务，同时也是为各方所注视的问题。

最后希望这次会议能在发扬自我批评实事求是的精神与态度下，贯澈到底，把一切应行讨论的重要问题，作出正确的结论，以推动今后的工作。同时希望各地与会代表在讨论问题时充分地发表意见，提供大会采纳，结论一经作出之后，便要坚决为其实现而斗争。只有这样才能纠正过去决而不行、行而不果的官僚主义作风，而代之以言必行、行必果的革命作风。也只有这样才是会议胜利完成任务的唯一保证！

（原载一九四一年四月二十三日《抗战日报》第一版社论）

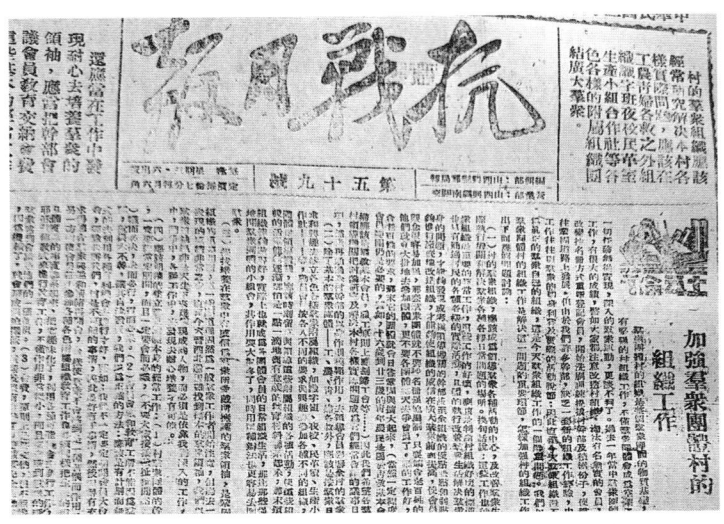

加强群众团体村的组织工作

  群众团体村的组织是整个群众团体的物质基础，因此没有坚强的村组织工作，不仅群众团体会成为空架子，而且一切任务无从实现，深入的群众运动，更谈不到了。过去一年当中群众团体村组织工作，有很大的成绩，譬如大家都注意改造村组织、淘汰有名无实的会员、局部的改变抄名册方式重新登记会员、开始洗刷训练提拔村干部及积极份子、使群众组织往巩固道路上发展。但由于我们许多干部缺乏一套新的组织工作经验，由于组织工作往往与群众的切身利益及实际的活动脱节，因此直至今天群众组织还不能够成为真正的群众自己的组织，这是今天群众组织工作的一个严重问题。我们以为加强群众团体村的组织工

作是解决这一问题的重要环节,怎样加强村的组织工作呢?提出下面几个问题讨论:

(一)村的群众组织应该成为领导群众各种活动的中心及改善群众生活的实际执行机关和解决群众各种各样日常问题的场所。换句话说:这些工作也就是村群众组织最重要的经常工作,这些工作的好坏,应该是判断村组织好坏的标准,同时也只有通过村民的各种各样的实际活动,具体的执行改善群众生活解决群众日常切身的问题,才能够发现或考核领导机关的干部甚至全组织的优点缺点和弱点,才能够进行澈底地改造组织,才能够使组织的威信在广大群众前面提高,使会员对组织观念很容易加强。那么群众团体就不要抄名册强迫编制,只要适合老百姓的要求,他们就会大批地去参加团体,更不要各团体整天去争会员了。谁的工作好,能够适合老百姓的要求,那末它的团体就会日益巩固与扩大起来,(当然一定程度的划分会员范围仍是必要的,譬如,十六岁到廿三岁的青年农民是属于青救基本会员,青妇应该是妇救基本会员,雇工原则上应划归工会等……)因此我们希望各群众团体村领导机关把讨论研究及解决本村各样实际问题成为它们经常会议的议事日程第一项,然后再通过全村干部的以身作则模范作用,去领导会员影响全村的群众。

(二)除了基本的群众团体——工、农、青、妇各救外,应该是按群众日常的要求和兴趣去建立各色各样群众附属组织,如识字组、夜校、民革室、生产小组、合作社等,动员会员按各人不同的要求与兴趣去参加各种不同的组织,各群众团体的领导机关,应该时刻留意与领导这些附属组织的各□活动,使这些组织中一般的活动能够逐渐那怕是一点一滴的与有意义的教育材料联系起来,那末这些附属组织能够做得好,实际上也就成为各团体会员的日常组织生活,那比那些强迫命令地开群众团体的小组会,其作用要大得多了,同时用这种办法也更容易去团结广大群众。

(三)提拔培养在群众中有威信,为群众所爱戴所拥护的群众领袖,是巩固与扩大组织的重要问题，这一浅显道理固然为一般群众工作者开始注意，但过去一年来所表现的成绩非常之少，直至今天晋西北还很难找到标本的群众领袖，我们以为所谓群众领袖绝非是天生下来几个现成的人物，而必须是依靠我们深入的工作，从活动中、斗争中、各种工作中，去发现去耐心培养才有可能。

（四）应该明确的建立群众团体本身的经常工作：（1）村群众团体的干部会议，一定要经常定期开，而且一定要会而必议，（不要大家接接头扯扯闲□□算了事）议而必决，决而必行，行而必果。（2）会员会议和教育工所不能因为群众不愿□，就根本不干，让其自流发□，我们以为正确的方法应该是有计划而无定形定式的去利用各种有利机会去进行才好，譬如我们不一定要定期开会员大会或小组会，经验告诉我们，这是不可能的事情，因此最好有了事情，然后还得有充分准备，求得适合群众兴趣和情绪再开会，这样使群众不会感到是一种苦恼而作用又大□。另一方面使会员都去参加各种各色附属组织教育工作也必须同样把生□的道理，与具体实际的事实联系起来，把它趣味化了，利用各种可能机会去进行工作，假如像耶稣教传教式来进行教育工作，不仅作用非常微小，而且还会遭到群众的厌烦，使群众感到会议是他们的一种负担。（3）会费，原则上是要交纳，但不能机械执行，因为机械了，就会形成强迫摊派，这样就没有意义了，应该要完全自动且愿去做。会费数量定得要低，要保证经常交，应该从工作好的地方先开始进而逐渐的到全体实现，最好首先一定要使其了解为什么要交会费。

以上几点浅见供给民运工作者研究，我们希望着一九四一年的群众运动有一个新的局面开展，这对巩固晋西北抗日根据地有着重大意义。

（原载一九四一年四月二十六日《抗战日报》第一版社论）

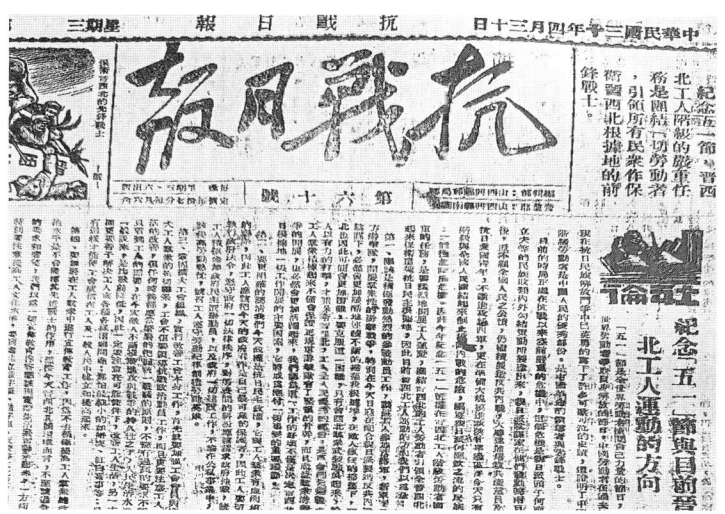

纪念五一节与目前晋西北工人运动的方向

五一节是全世界劳动者检阅自己力量的节日，也是全世界劳动者争取自身解放的节日。中国劳动者在过去特别在现在抗日民族解放斗争中已英勇的写下了许多可歌可泣的史迹，这证明了中国工人阶级劳动者是中国人民的优秀部份，是中国革命的领导者与先锋战士。

目前的时局正处在抗战以来空前严重的危机中，这个危机是亲日派头子何应钦、陈立夫等的民族败类内外勾结策动所制造出来，亲日派阴谋家在他们发动皖南巨变之后，还不顾全国人民之公愤，仍继续制造反共内战，大肆逮捕屠杀共产党员及一般抗日爱国青年，不断进攻新四军，更在准备大规模进攻陕甘宁边区，今天只有工人阶级与全国人民团结起来制止投降内战的危险，驱逐亲日派何应钦之流的民族败类，才能挽救时局危机。因此，今年纪念五一节摆在晋西北工人阶级劳动者面前严重的任务是要猛烈地开展工人运动，团结晋西北的工人劳动者引领全晋西北民众起来保卫这块抗日民主根据地，因此目前晋西北工人运动的方向，我们以为是：

第一，应该是积极发动热烈的参战动员工作，动员工人参加八路军、新军□及地方游击队，开展群众性的游击战争，特别在今天日寇在配合亲日派制造反共内战的阴谋下，必然会更加残酷地连续不断的"扫荡"我根据地，在敌人疯狂的"扫荡"下，晋西北也因此可能会更加困难，要克服这一困难，只有晋西北群众武装动员起来，给敌人以有力的打击，才能保卫晋西北。工人是人民优秀的部份，是革命的先锋战士，工人群众积极起来不仅会保证正规军游击队有了坚强的骨干，而且广泛群众游击战争的开展，也必然会更加活跃起来。我们认为这一工作的好坏不仅是决定晋西北抗日根据地一切工作开展的主要因素，它将成为应付一切事变的重要环节。

第二，要更明确的认清我们今天政权是抗日民主政权，它与工人群众有血肉相关的联系，因此工人应该把今天的政府看作是自己最可靠的保护者，因此工人要切实执行政府法令，遵守政府一切法律秩序，对劳资间的纠纷应该请求政府仲裁，号召工人积极参加政府民主选举动员，以及政府一切建设工作，不论在公私事业中，应该提高劳动热忱，号召工人遵守劳动纪律，创造劳动英雄。

第三，巩固扩大工会组织，实行改善工会本身工作，首先就要加强工会会员与广大工人群众的密切联系。工会不但要领导抗战政治动员工作，而且更要注意工人生活的改善，但任何时候都应当紧紧的把握统一战线的原则，不应有过高的要求，不能只看到工人的需要。在今天敌人不断摧残进攻与战争的持久性之下，人民生活水准一般说来，是比战前降低，因此一定要注意在可能条件下，改善工人生活。另一方面更要善于解决工人底各种各样困难问题，那怕最细小的如婚丧、红白喜事等，只有这样，才能使工会威信在工人及一般人民中建立和提高起来。

第四，要加紧在工人群众中进行宣传教育工作，因为不去积极提高工人群众的政治水平是不会发挥其先进战士的作用，然按今天晋西北具体环境而言，不应该过急的要求和奢望，我们以为一切宣传教育内容应该与实际生活紧密联系起来，一方面特别要注意提高工人文化水准，要到处建立识字班、识字组、夜校等文化教育的组织。只有在一点一滴的长期耐心工作中，逐渐提高其政治文化水平，才能达到所期望的程度，发挥工人群众足够的先锋队的作用。

纪念一九四一年的五一节，我们以上面四点意见献给晋西北领导工人运动的同志们，热烈地希望着晋西北今年的工人运动有猛烈的开展！

（原载一九四一年四月三十日《抗战日报》第一版社论）

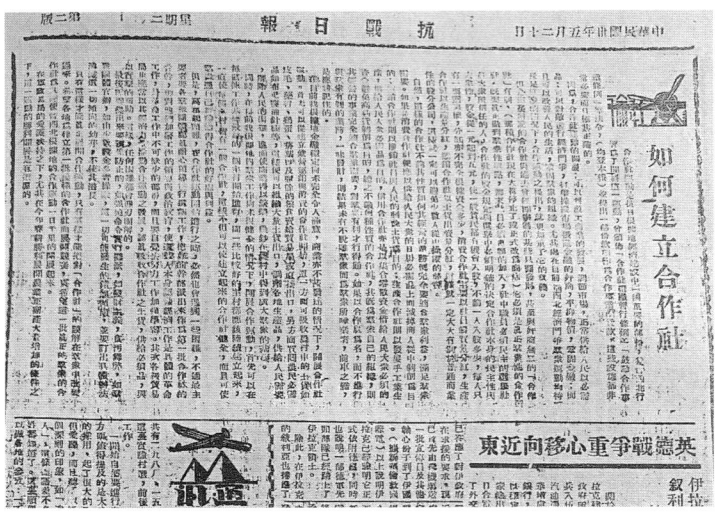

如何建立合作社

　　合作社运动是抗日根据地经济建设中一个重要的部分，我晋西北行署为了开展这一运动，曾颁布《合作社组织暂行条例》《鼓励合作事业条例》等法令（均登本报），并提出一部份款项作为合作事业的贷款，这些设施都非常必要而且极其正确的。

　　因为，合作社运动的开展，可以刺激工商业的发展，调节市场，正常供给人民以必需品；可以对敌进行经济斗争，打击操纵市场扰乱金融的奸商，平抑物价，巩固金融；而且可以改善人民的生活，巩固群众的组织。尤其处在目前晋西北经济斗争群众运动均待长足进步的情况下，合作运动之提出，就更加重了它的意义。

但是这里所说的合作社与过去曾经开办过的某些只图发财，甚至与奸商无二的"合作社"有别（那种合作社现在大都停止了或正式改为商店）它必须是真正群众性的合作社。既要真正做到群众性这点，那末社员必须自愿的加入，社中职员必须民主的选举社员大众所信任的人，合作社的股金规定与选举中必须明确的决定合作社本身的民主性与大众性，股金从一元起到五元，使一般贫民都有机会入股，不论一人入股多少，每人只有一票选举权，分红亦不完全根据资金多少，消费合作社主要以社员购买量分红，生产合作社以生产量分红，运销合作社以土货出卖量分红，这样就一定大大有别于普通商业性的股份公司，这样就一定可以遮免少数人从中操纵的弊端。

　　自然，这样的合作社不论其性质如何，其经营的业务便完全要适合群众利益，满足群众需要。如果是消费合作社，便应以供给人民大众的日用必需品上面减掉商人从中剥削为目的；运销合作社则以推销社员与人民的剩余土货为目的；生产合作社则以发展手工业生产，供给人民大众必需品为目的；信用合作社亦是以集合零散资金借给人民大众必须的资金，避免高利贷剥削为目的。总之不论何种性质的合作社，其既为群众自己的组织，则其经营的事业完全适合群众需要，对群众有利才行得通。如果以合作社为名，而不进行与群众有关的业务，一味发财，则结果未有不脱离群众而为群众所唾弃者，前车之鉴，是应该记住的。

　　在目前我根据地金融稳定尚未完全令人满意，商业亦不甚发达的情况下，开展合作社运动。首先可以从建立兼营运销与消费的合作社开始，这一方面可吸收农村中的土货如皮毛、药材、鸡蛋、烟叶以及剩余的粮食卖给贸易局或直接出口，另方面买回农民必需品如布匹盐油针线等，这样便可以组织大量土货出口，调剂各地生产品，供给人民需要，解除人民的困难，进而使商业得以繁荣，农钞在农村中得到广大群众的基础。

　　同时，在目前我根据地内群众工作尚未很健全的情况下，开展合作运动，首先可以在每区拣工作基础最好的一个主村开始进行，而一些比较好的主村都应该陆续建立起来，一直使每个主村皆有一个合作社，这样不但可以使建立起来的合作社健全，而且可使群众凭自己经验□得合作社的好处与利益。

但是，万事起头难，在合作社运动开始进行之时，必然也会遇到一些困难，不过最主要者要各群众团体认真耐心领导进行这个工作，把好的干部派出来作为第一批合作社的骨干，要对他们加紧工作的领导与政治教育，使这些人本身认识经济工作是具体的革命工作，是革命工作中不可缺少的部份，而且要自觉去努力工作加强学习。其次各级贸易局也应当以其经济力量推动合作运动之发展，认真吸收合作社之土货，供给必须品，与以实际的帮助。这样，任何困难都会迎刃而解的。

最后需要提出来要预先防止的，如强迫命令实行摊派，如发财主义、贪污舞弊，如群众团体官办，如由少数股金多者操纵，这一切可能发生的错误倾向，并要订出具体办法，消灭这一切倾向的幼芽，不使其滋长。

只有这样才能真正展开合作运动，只有这样才能把对"合作社"的误解在群众中改变过来。希望各地为建立第一批模范的合作社而展开竞赛，更希望这一批真正的群众的合作社为基础使晋西北根据地的合作运动一日千里的开展起来。

在军政当局的爱护扶持之下，尤其是今年春耕胜利展开、农业正副产大量增加的条件之下，这一运动的胜利开展是有把握的。

（原载一九四一年五月二十日《抗战日报》第二版社论）

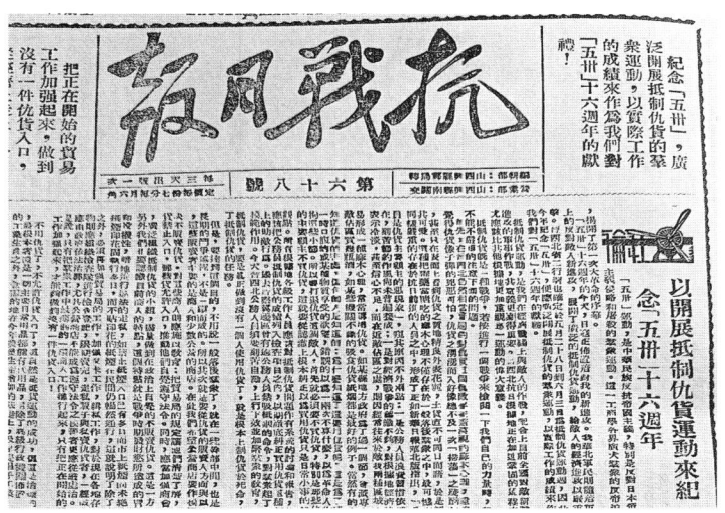

以开展抵制仇货运动来纪念"五卅"十六周年

"五卅"运动,是中华民族反抗帝国主义,特别是反对日本帝国主义侵略和屠杀的群众运动。这一工商学各界广大群众的反帝浪潮,揭开了第一次大革命的序幕。

"五卅"十六周年的今天,日寇正布置着对我的新进攻。我华北军民则随着军事上的反对敌人新进攻,展开了广泛的抵制仇货运动,给敌人的经济进攻以严重打击。晋西北省二行署也确定于五月二十八日到六月三日为抵制仇货运动周,因此,今年纪念"五卅",便应广泛开展抵制仇货的群众运动,以实际工作的成绩来作为我们对"五卅"十六周年的献礼。

抵制仇货运动，是我们在经济战线上与敌人的作战，配合上目前全国对敌新战略进攻的军事作战，其意义更显得重要。晋西北抗日根据地正在加速巩固的过程中，尤应该比其他根据地更加重视这一运动的伟大意义。

抵制仇货既是一种战争，若按进行一个战争来检阅一下我们自己的力量时，我们不能不严重的注意下面的问题。

首先，在晋西北仍然相当普遍的对仇货这个仇敌存在着漠视的麻木心理，还没有觉得仇货像子弹的凶恶可怕，仇货之涌涌而入好像总不及一次"扫荡"之残酷无情，甚至只在表面上看到仇货之质地精良、外表花丽，土货直不可同日而语，于是颇觉其可爱。这种把毒药当糖吃的麻木心理不仅存在于一般落后群众之中，最可憾者是同样严重的存在于抗日前进的人员之中，形成了正如《新华日报》华北版指出"公务员是仇货主要顾主的恶现象"，窥其原因不外两点：一是公务人员浪费习惯依然存在，刻苦节约作风尚未普遍养成；一是对经济战争的认识不够，对根据地经济建设表示冷淡，甚至信心不足，而在近敌占区之处，则因经常往来于敌我两种区域，更易形成一种麻木心理，常常购用仇货。如某县地方政府为了过一个节，曾派专人到敌占区买几瓶酒，如某些机关不断的吸食仇货纸烟都是最好的例子。当然有的人不知道仇货的害处，但有的人是知道的，为什么知道了还要用仇货呢？这是为了满足一时口腹的或某种物质享受的欲望，错误的以为一两次不算什么，以为革命人物不拘这些小节。所以要打退仇货这个敌人，首先就必须要不买仇货，特别是那些仇货的主要顾主不买仇货，这就要从认识上根本纠正以为买用仇货只是日常小事的错误观点。所有根据地各级工作人员应该对抵制仇货问题作有系统的讨论和报告，并且应该把公务员抵制仇货的成绩列入检查项目之内，以期澈底纠正买用仇货这种经济上的助敌行为。过去晋察冀边区曾有过公务人员禁吸纸烟的命令，对群众起了很大模范作用。今天晋西北公务人员须要刻苦自励，上行下效并加紧群众的教育，一致抵制仇货，要是真正做到没有一个人使用仇货了，就是根本上制仇货于死命，完成了抵制仇货的任务。

但是，要达到这个目的，不用说一般落后群众了，就在一些干部中间，也是一个长期的斗争过程，不是一蹴而成的。所以其次就是要从仇货的贩卖人方面与以注意，这些贩卖者主要的是商人和少数公营的商店。在此我们希望公营商店要作模范，决不贩卖仇货。对这些商人则应施以教育：把贸易局的规定让他们清楚了解，那些货禁止入口，那些货允许入口，推动他们自觉遵守法令。同时，应当加强商会工作，广泛组织抵制仇货的小组，尽量做到在政治上自觉的不贩卖仇货。这是一方面，另外我们也要认识目前商人的特点，这个特点就是战争时期发财欲所造成的冒险性和投机性，暗地进行违法的走私，如禁止纸烟入口已有多日而市上纸烟尚未绝迹，纸烟印花固执行多日，而不贴印花的纸烟在民间仍畅然通行，这就说明了除了教育之外，必须再加强贸易局的工作，加强□卡工作、缉私工作，对于现在各地存的货物则应组织检查队进行检查登记，限期卖完；走私贩子与私卖仇货者，一经破获，应由政府依法治罪，尤其公营商店不能成为遵守法令之模范者更应从严处治。这就是说，只有把群众工作中最薄弱的一环商人工作进行起来，只有把正在开始的贸易工作加强起来，才能够做到没有一件仇货入口！

不用仇货了，不允许仇货入口了，这自然是抵货运动的成功，但这是治标的办法，最根本者还是一切主要日常用品都能有代用品，这除了高级行政机关布置□□□的工业生产之外，急需的地在今年农业生产增加的基础上，及早提倡手工业□□□群众合作社。在城镇被敌人烧毁的地方，多多举办集市，在接近敌占区还须□□□武装斗争、公安斗争来保卫集市，在目前对现有土货用品，还须大加宣传增加□□□适当分配地以供需要。总之一句话，只要从经济上走上自给自足才能最后在□□□线上粉碎敌人的仇货倾销。根据目前晋西北各种条件，这是完全可能的。为开□□□□建设，必须消除残存的对根据地自给自足的怀疑心理，克服眼光狭小的对

"□□□足"错误解释的本位主义。

抵制仇货本是一个巨大的工作,这里只提出了三个问题,希读者予以探讨□□□。

（原载一九四一年五月二十九日《抗战日报》第一版社论）

注意夏季卫生

　　人力"是世界上所有的宝贵资本中最宝贵和最有决定意义的资本",而中国人口众多,正是坚持长期抗战,最后战胜日寇最主要的条件。因此日寇为了实现其巩固占领区,扑灭抗日力量的迷梦,不仅在华北不断进行残酷"扫荡",实行烧杀政策,并经常派遣敌探汉奸潜入我抗日根据地散放细菌,毒害我人民,其手段之卑劣毒辣,实令人发指。

　　抗战四年来,牺牲于敌寇炮火之下的战士不计外,单只死亡于赤痢、伤寒、霍乱等三种流行病的中国儿女,据统计每年即在百万以上,可见传染病实不逊于敌寇之炮火,而为我民族的第二大敌。

近来已至炎夏时季，由于去冬少雪，加之天气亢旱，而赤痢、伤寒、霍乱等时疫之主要媒介——苍蝇，复到处飞鸣，日益繁生滋长，目前晋西北各地及各工作部门中，且已发生流行性感冒、伤寒、痢疾等症，若不及时防止，其对我抗战工作，对根据地的各种动员工作和建设事业，必将发生严重影响。

因此，必须向我晋西北军民敲起警钟，为了及时的防止传染病之蔓延，应即开展普遍的清洁卫生运动。首先各机关学校部队团体，要以身作则，领导民众对于滋长苍蝇之主要策源地，如马粪、厕所、垃圾等污物，必须即刻予以适当处理。关于马厩、牛羊圈，要时时扫除，铺填干土，民众所存之粪堆，应即挖坑深埋，或移入田地埋藏，或移至远处。对于厕所，不论自备或与群众共用者，均应随时打扫，保持清洁，毛坑上最好有木盖，便溺后立即盖上，可能时蒙以石灰。街道上有碍卫生及不必要之毛厕，应一律填埋，如须另辟新厕所时，应找适当地点，如距人居处较远的偏僻处，毛坑深度，至少应挖一丈，同时务须纠正随地便溺的恶习惯，才能真正使苍蝇减少繁殖的来源。

第二，发动驻在城镇村庄民众举行室内及街道清洁的大扫除，对现有垃圾污物，应予以澈底清除，并选择适当地点，挖制垃圾坑及阴沟，不论公家私人，一律应在挖制之垃圾坑及阴沟内倾倒垃圾及污水，禁止任意随地倾倒，各机关、学校、部队团体首先应严格执行。对于厨房清洁，尤应特别加以注意，应备纱罩，糊以纱窗，以阻止苍蝇之嘴吸食物。尽可能的不吃剩饭、不喝冷水，各部门以及各村政民机关可组织卫生检查组或检查队，对于厨房、马号、厕所之清洁卫生应随时进行严格的督促与检查。

第三，由当地政民机关发动群众进行扑灭苍蝇运动，号召妇女儿童进行扑蝇竞赛，各机关应发动本机关的全体勤务员同志，在一定时期内，扑灭一定数目的苍蝇，并给予一定物质奖励，这样对于扑灭正在大量的日益繁生滋长的苍蝇，或可收及时之功效。

第四，上述几项紧急措施外，必须向群众进行广泛深入的宣传教育，使群众知道讲卫生的好处，如经常洗晒衣服被裤、清除室内污物、注意饮食清洁等，使群众深刻了解瘟疫发生的原因及防止与消灭的可能。在各地政府领导之下，可成立卫生机关，加强卫生设备，并把实际的防疫工作与防疫的效果拿例子给群众看，使群众能逐渐自觉的讲究清洁，养成公共卫生的习惯，防疫卫生工作亦如其他抗战工作一样，必须依靠群众的力量，才能圆满的达到目的。

　　最后，应该指出，我们扑灭一个苍蝇，便减少一个传染病的媒介，多讲究一点清洁卫生，便少生许多疾病，对我民族的活生生的力量，便少受一点损失。同时要把卫生运动造成一个真正广泛的群众运动，使民众自觉地起来进行防止瘟疫和消灭瘟疫，并不是一朝一夕之事，这也是一个长期的斗争过程。因此，我们既要反对对防疫卫生的漠不关心、麻木不仁的态度，也要反对对防疫卫生工作抱消极自流的观点，如认为目前我们物质条件太差，公共卫生的设备、医药困难等等不能适当解决，以及"晋西北老百姓太落后，要让他们讲清洁卫生，比要他们的命还难"等等，以此减低或取消主观的努力。我们必须有计划的着手一切卫生工作，只要有足够的准备，一切的困难都可以克服的。我们现在要把防疫卫生工作当作突击的重要工作，同时应当作一个经常的工作，当作是长期抗战及建设根据地等工作不可分割的一环，只有这样，我们才能克服瘟疫流行的严重现象。

（原载一九四一年六月十日《抗战日报》第一版社论）

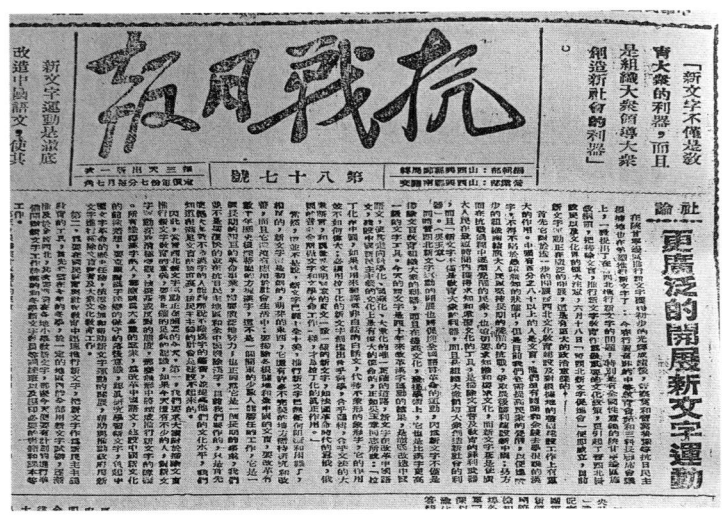

更广泛的开展新文字运动

在陕甘宁边区推行新文字获得初步的光辉成绩后，晋察冀和晋冀鲁豫等抗日民主根据地也在热烈推行新文字了。今春行署召开的中等教育会议和三科长联席会议上，一致提出了在晋西北推行新文字的问题；特别是有全国性意义的陕甘宁边区施政纲领，把扫除文盲，推行新文字教育作为最重要的文化政策，更引起了晋西北军政民以及文化界的极大注意。六月十八日"晋西北新文字促进会"便即成立，目前新文字运动正在广泛的开展，这是有重大的政治意义的。

首先它对于进一步的开展晋西北文化教育建设及对根据地的整个建设工作上有重大的作用。中国有百分之八十以上的人是文盲，他们没有时间和金钱去学很难的汉字，不得不陷于愚昧无知的状态中，但是目前我们急需提高民众的觉醒，以便进一步的组织团结广大人民以坚持长期的残酷的抗战，争取最后胜利建设新中国；另方面在抗战过程中逐渐觉醒的民众，也迫切要求知识和要求文化，而新文字正是使广大人民在最短时间内获得求知和掌握文化的工具，是扫除文盲、普及教育的锋利武器，而且"新文字不仅是教育大众的利器，而且是组织大众领导大众创造新社会的利器"。（吴玉章）

同时晋西北新文字运动的开展也将促进全国语言革命的运动，因为新文字不仅是扫除文盲教育组织大众的利器，而且在提高文化，发扬学术上，它也是比汉字更高一级的文字工具。今天的新文字是四十年来改革汉字运动的结果，是澈底改造中国语文，使其走向科学化、国际化、大众化的唯一正确的道路，新文字在改革中国语文，建设中国新民主主义的文化上是有伟大的使命的，正如吴玉章同志所说："拉丁化在中国，如果只用来翻译为非白话的白话文，代替不象形的象形字，它的作用并不如何伟大；必须用拉丁化的新文字创造出合乎科学、合乎逻辑、合乎文法的大众语言，和现世界文明国家的□文一致一样的新文字，如法国革命时代的嚣俄，俄国的普希金所做文字和文学革命工作一样，才是拉丁化的真正作用。"

当然，这并不是说，新文字已经十全十美，推行新文字已无任何阻碍和困难了，相反的，新文字还是初创的、萌芽的东西，它还有许多不完美的地方需待研究和改善，而且它还没有应用于社会生活中；要扫除各根据地和全中国的文盲，要改革有数千年历史根深蒂固的方块汉字，这不是一个简单的少数人能胜任的工作，它是一个长期的艰巨的革命事业，需要广泛地努力；也正因为它是一个长期的事业，我们并不是要很快的就在抗日民主地区和全中国废除汉字，目前我们要作的，只是首先使绝大多数不□汉字的人能够解脱不识汉字的痛苦，并提高他们的文化水平，我们知道在满足文盲的□□里，新民主主义的社会是建设不起来的。

因此，当晋西北新文字运动正在开展的今天，第一，我们要求大家对于扫除文盲，推行新文字教育的意义，要有正确的足够的认识。如果今天还有不少的人，对新文字运动采取消极旁观、怀疑甚或反对的态度，那么无形中将造成推行新文字的障碍。所有识得汉字的人，都应该为大多数的群众，为改革中国语文，建设中国新文化的前途着想，要克服对汉字迷恋的保守的落后意识，认真研究学习新文字，负起中国文字革命的历史任务，积极参加和帮助新文字运动的开展，帮助与推动政府用新文字进行扫除文盲和普及大众文化教育工作。

第二，为要在国民教育与社会教育中迅速推行新文字，把新文字作为新民主主义教育的工具，首先希望在今年的冬学，于一定的地区内能全部用新文字试办，逐渐推及于全晋西北，其次要准备在各地小学教新文字，那么今天便要有计划的进行准备开办新文字工作干部的和冬学新文字教员等训练班，以及编印必要的书籍和课本等工作。

第三，根据陕甘宁边区的经验，大众并不厌弃和惧怕新文字，大众所怕的是学会了新文字无处使用，因此当边区政府颁布了新文字和汉字有同样法律地位的法令，新文字在条文、契约、公文等方面完全有效时，许多区县均纷纷自动成立新文字研究的组织，不但群众要求学习新文字，干部更要求学习，因为不然他就不能给群众解决困难。这个法令的公布，对边区推行新文字起了严重的推动作用。所以，我们希望行署适时的颁布同样的法令，更有效的促进晋西北的新文字运动，使其从上而下从下而上的成为热烈广泛的群众运动。

（原载一九四一年七月二十八日《抗战日报》第一版社论）

纪念八一要爱护和帮助抗日军

　　八一是国际反侵略的节日，同时也是中国人民的军队——八路军新四军的前身——中国工农红军创造诞生的纪念日。

　　一九二七年八月一日，中国共产党为了抵抗中途变节者的屠杀进攻和挽救革命起见，在南昌组织和领导了有历史意义的武装起义，创造了工农红军这支军队，就是现在的八路军和新四军。在今天抗日战场上，成为战斗力最坚强、最□纪律的为人民爱戴的模范抗日军，成为今天坚持抗日民族统一战线，坚持抗战的柱石。抗战四年来，八路军新四军无日不在与敌人进行着英勇战斗，他们钳制了全国上□数的敌军，坚持了广大敌后地区的抗战，在这些地区，组织发展了广大的地方武装,建立了抗日民主根据地,创造了新中国的雏形。全国人民都已深切的了解到,这支军队与他们是血肉相连的,没有这些军队,抗战是不能坚持下去的,中华民族是无法生存的。正因为如此,八路军新四军不仅成为日寇汉奸最主要的打击对象,而且成为亲日派反共顽固派的眼中钉。但是这支军队,在广大抗日人民的拥护之下,虽在生活最困苦、弹药最缺乏的处境中,既打击了敌人汉奸,又对亲日派投降份子不断的进行了有效的斗争。四年来,他们粉碎敌寇千百次的"扫荡",克服了妥协投降的危机,保持了坚持团结抗战的□□。

苏德战争爆发后,由于中苏人民成败与共、休戚相关,由于苏德战争改变了世界局势,在新的国际局势中,更加加重了中国抗战任务重大的意义和作用。坚持抗战打击日本法西斯,就是对苏联及一切为民主而斗争的民族的有效帮助。中国抗日民族革命解放战争,不仅是为了保卫中国的完整与独立,而且对于正在反对法西斯斗争的全世界人民,也是一个巨大的帮助。然而,就在国际形势发生严重变化的今天,亲日派德派,在亲日派头子何应钦领导下,又公然明目张胆,通过中央通讯社,散布十八集团军"擅自行动"的无耻谣言,像借口军令军纪解决皖南新四军一样,企图再玩□同样阴谋,以打击与削弱中国抗战柱石的八路军,再来发动一次新的反共运动,便利其对日投降,便利于日寇法西斯奴役全中国,这是值得我们警觉的。为要有效的制止和坚决打击一切反共反苏行为,坚持国共合作,坚持团结抗战,积极地援助苏联作战,加强中苏英美反法西斯的团结,以完成中国抗日战争的神圣伟大的任务,则继续发展壮大八路军新四军及一切抗日军,加强武装斗争工作,是有其头等重大的意义。

在晋西北,我们纪念八一,首先便须更深刻地认识扩大和巩固抗日军的意义;热烈爱护抗日军和积极帮助抗日军,是每个抗日人民的天职,也是对亲日亲德派内奸企图摧残八路军及一切抗日军队阴谋最有效的回击。

因此,我们要确实执行正确的兵役政策,有计划的进行深入的政治动员,把扩兵工作当作经常的工作，渗透到一切工作中去，使抗日军在经常和不断的与敌人斗争中，在不可避免的损失与伤亡中，能得到兵员的源源补充。特别要大批培养武装工作干部，加强地方武装工作，地方武装是抗日军的后备兵。

其次，保证抗日军的物质供给，使抗日军的生活尽可能的得到改善，特别对在作战中的部队，更要保证其给养的充足，并在物质上精神上予以更多的安慰，以提高部队的战斗情绪和战斗力。地方机关群众团体以及每个抗日人民都应该经常关心抗日军的给养与生活，积极帮助解决部队的物质困难。

再次，增进抗日军与人民的亲密团结及对广大群众不断的进行深入的宣传和耐心的教育工作。要使每个老百姓都深切的了解，八路军新四军是老百姓自己的优秀子弟兵，是老百姓的保护者，要尊重它、关切它、帮助它，爱护抗日军，也就是爱护自己。只有这样，才能动员广大群众自动的积极的参加战时工作，帮助军队作战；才能使群众把救护伤兵、运输弹药、侦察敌情、传递情报等当作是自己的事干，使部队的损失和困难减少到最低限度。

最后，要加强优待抗日军人家属的工作，澈底实行优抗条例，使一切抗日军家属得到物质和精神上的安慰。健全行政村优抗会员，使每个抗属能经常得到帮助，一切困难均能及时的得到解决。群众团体要经常教育与发动自己的会员和群众自动的帮助、爱护、尊重抗属。优待抗属是扩大和巩固抗日军的重要环节，优抗工作做不好，便谈不到抗日军的扩大和巩固，不关心帮助抗属，也谈不到爱护和帮助抗日军。

（原载一九四一年七月三十一日《抗战日报》第一版社论）

确认村选的重大政治意义

作为晋西北三大中心工作之一的村选运动,正在广泛热烈地开展着,一向被桎梏在封建传统下的山村里,到处洋溢□民主自由的空气:村□歌舞传遍了广大的原野,竞选浪潮觉醒着千百万的人群。这种旷古未有的生动活泼、欣欣向荣的新气象,只有在敌后抗日民主政权的正确领导下才会发生,也才能发生。它与大后方的□□□□以及沦陷区的残酷镇压,恰恰形成一个异常显明的对照!这个铁一般的事实,不仅说明了敌后抗日民主政权的光明前途,而且显示了新民主主义共和国的伟大远景。为了使这一具有重大政治意义的运动贯澈到底,认真地把晋西北的民主政治推进一步,特根据不完整的材料对于村选的认识问题提出如下的意见：

村选运动虽然已经由宣传动员阶段中□□试□□现在已进入了正式改选阶段，但一般群众甚至部份干部对于这一运动的重要性及严重的政治意识还是估计不足与认识不够，具体的表现在（一）群众方面：有些人还不了解民主是□□先烈用头颅与鲜血换来的胜利品，村选是广大民众由奴役走向解放的第一步，而误解为民主是一种施与，选举是一种义务，因而还不能一致动员起来大胆地争取民主，踊跃地参加竞选；有些人还不了解选举村民意机关代表是村政权全部改造的中心环节，而误认为村选仍和过去一样，只是单纯的选举村长，因而对于代表的选举及村国民代表会的成立，未能予以充分的注意与推动；有些人还不了解废除□□包办下的间邻长制的重大作用及代表主任代表的双重任务——立法与行政统一于一身的任务，而误认为代表主任代表不过是间邻长的别名，实际上仍然是"换汤不换药"，因而对于登记全民划分公民小组，□公民小组会等实现民主政治的重要□□，还不能透澈了解，甚至还有个别落后的人因为不了解民主与民主的密切联系竟说出"开会不能当饭吃""选一个村长算了，何必如此麻烦"的话来。（二）在干部方面的表现是：有些人还不了解民主是广大群众的真实意志的表现，并不仅只是政权机关的一纸命令与干部口中的几句诺言，而误认为政权既是抗日民主的，政权机关的一切□令设施又都是合乎民主要求的，只要照命令行事，民主政治自然就会实现了，因而就忽视了村选是一个群众运动的意□，就不能够有足够的耐心与韧性去作艰苦深入一点一滴的说服动员工作。有些人还不了解村政权的巩固与扩大是与实现民主的广度与深度成正比例的，而误认为实施民主的□□无限制的扩大，参加村政权的人就会变得复杂，村政权就会变得难于领导，因而对于候选人的提出以及竞选的进行等表示了一些不必要的关切与怀疑，而不能尽量放开手地作去；有些人还不了解村选运动是全部政权□造的基础工作，是一切建设工作的前提条件，而误认为村选运动很抽象很空洞，不如公粮工作的具体切实，因而对于这一工作的进行感不到兴趣，不知如何着手才好；甚至有个别份子因为不了解自己主观的愿望，不能代替广大群众的客观要求，而误认为自己的言行举动无条件地代表了民主，因而不能倾听群众的呼声，结果形成了包办代替。

所有以上各种现象发生的原因，都是由于不了解村选运动的真实意义。村选运动的真实意义究竟是什么呢？一句话，村选运动是一个在最□□的范围内在最深入的基础上开展着的民主运动，是一个群众的民主运动，因而也就是一个群众运动。它是具有如此的广阔性以至于足以使穷乡僻壤的男女老幼，一致动员起来，为人权为自由为真正参加政治□□而斗争。它是具有如此的深入性以至于足以使一向为少数先进人士在口头上文字间所呼号所向往的民主政治，通过广大群众的实践而变为活生生的现实。它不仅是健全村政权的必要步骤，而且是健全全部政权的基础工作，同时也就是开展一切建设工作的前提条件。它不仅是改善民生的首要工作而且是争取抗战胜利的唯一武器，同时也就是建设新民主主义共和国的必要动力。有什么方法使广大群众通过自己的经验真正觉醒起来确认自己是新中国新社会的主人翁呢？只有经过村选。有什么方法使广大群众通过自己的经验真正活跃起来为实现人权自由参加政治生活而斗争呢？也只有经过村选。有什么方法使广大群众通过自己的经验真正动员起来为保卫自己的家乡保卫自己的祖国而高举起抗日反汉奸的旗帜呢？还是只有经过村选。所以说村选运动是一个最广泛最深入的群众运动。它动员的范围越广泛、程度越深入，抗日民主政权的基础便越巩固、越扩大。群众卷入竞选浪潮的人数越众多、情绪越热烈，村选的成功便越大，村政权的群众基础便越巩固。村选的成功越大，民主政治的实现便越澈底，抗战的胜利前途便越有保障。因此，要使这一工作胜利的完成，便必须和各种忽视村选、曲解民主、不愿作艰苦深入一点一滴的说服工作、不愿给群众以最大限度的民主自由等错误倾向作斗争。我们的口号应该是宣传宣传再宣传，说服说服再说服！

那些单纯把村选运动认为是选举村长的人固然是不对,那些把村选仅仅认为是改选村政权的人也并不完全对。至于那些怕给广大群众以民主,误认本身便是代表民主的人,更是"只见树木不见林"的近视眼,应该坚决地加以反对。没有正确的认识便不会有正确的行动,因此对于村选运动的再认识便成为目前工作中的重要任务,而值得各级工作同志的注意。让我们一致动员起来,确认村选运动的重大政治意义,并为村选工作的胜利完成而奋斗!

(原载一九四一年八月六日《抗战日报》第一版社论)

论目前苏德战局

　　已经进行七个星期的苏德战争,在历史上任何一次著名的战争也没有这样规模和激烈。现在战局的形势,一方面是德国的攻势锐减,另方面是红军阻止了德军的进攻,逐渐取得战争的主动,在某些战场上开始了反攻,并取得胜利。

　　在战争开始的最初四个星期,德军曾保持平均每日前进二十三公里的记录,从七月十二日开始的第二次进攻,便只能平均每日前进八公里,就是说,减少了三分之二的速度,在最近两周来,战争已陷于胶着状态,德军几乎完全没有进展:西北路只达到流伏格拉特,西路仍在斯摩林斯克一带,西南路则始终在基辅的大门之外,在什托米尔前线激战。

德国之所以能在战争初期获到一些比较显著的过展，只是由于无耻的背信弃义在苏联还没有来得及防御之前，集中了一百七十个师突然大举进攻，但在战争发展过程中，苏联已经很快把援军送到前线，坚决顽强的抵抗给了德军以严重打击，现在德军的士气已经逐渐下降，而红军的战斗情绪正方兴未艾的上升，德国所大吹大擂的闪击战略，已在强大的苏联面前损失重大而遭受到挫败。

德国在波兰、法国、北欧和巴尔干的轻易胜利，使他们昏头昏脑狂妄骄傲起来，只有七周来的苏德战争，才使他们尝到铁拳的滋味，感到闪击战略第一次被打破的苦恼。

这在第一期进攻中，德国已支付了一百万人的死伤，到战争第六周终结时，德军的死伤和被红军俘虏的已达到三百五十万人，这样惊人的数字，现在战场上德国的进攻力量已大大削弱，希特勒把镇压巴尔干各国的军队也调来东线增援，但依然没有改变整个形势，红军依然掌握住坦克车的优势和制空权。德国飞机的一再袭击莫斯科，都是在远远的还没有看见莫斯科的时候就被驱散击落，窜进莫斯科上空的三两架飞机，也不过在住宅区投下几个炸弹，对苏德战局是不能说有什么改变的。现在德国士兵反战情绪正在增加，经常有投□苏联方面来作战的事情。希特勒所逼迫走上战场的芬兰罗马尼亚等国的士兵，不但成批的跑到苏联这边来作战，并且亦经常和德军冲突。在法国斯压迫下的德国工人，以怠工来迟滞军火生产的现象也不时发生。德国人民听不到东线战争实际情况的报告，可是不断看着大批伤兵运送回来，连所有的医院都不能容纳，他们已不难猜想德国军队在苏联得到了什么样的待遇。最近戈林被捕和贺斯荷弗尔自杀的消息，说明德国内部不安程度是相当严重的。

七月十二日在莫斯科签订的苏英对德战争联合行动协定，更是给希特勒的一个严重打击，因为德国所害怕的是陷于东西两面的作战，而苏英协定恰好是使希特勒不能不同时在东西两面作战，最近希特勒的和平攻势企图挑拨苏英关系，以及准备施用毒气作战，都是黔驴技穷的表现。接着苏英协定而来的是苏捷协定和苏波协定，更加使德国孤立而壮大了反法西斯的阵势。

在苏联方面，战争开始以来，只退出了新增加的领土和旧国界边境的若干地带，这些地带，都是苏联的农业和轻工业地带，对于苏联国防工业生产是没有妨害的。而德军的愈深入，其后方愈无保证。现在苏联沦陷区的游击队正如火如荼的活跃起来，经常威胁着德军的飞机场交通线和军火库，而苏联政府，又给了人民无限的抗敌的民主自由，这种高度的保卫祖国的情绪和反对德国法西斯战争的热忱，就是葬送法西斯强盗的狂焰烈火。

现在苏联三条战线后面，都有一个主要的城市，在西北方面是列宁格勒，在西线是莫斯科，在西南线是基辅，这对苏联是有利而对德国不利的，因在运输在动员及一切战争的措置上，德国都赶不上苏联方便。德国必须从很远的后方送来大量兵员军火及一切军需品，但是华沙以东和华沙以西的路轨宽度不同，已妨害到这种输送，更何况再加上苏联游击队的威胁。

总之，一开始就是顶点的希特勒的闪击战威力，现在是一直往下降落。这种被称为有冲力没有韧性的独幕剧式的战略，时间是反对它的最大敌人，现在胶着状态的战局，正是这种独幕剧冲力行将消失的征象。任何一个头脑清醒的人，都会看到苏联已在战争中获得伟大战果，而且是必然最终胜利。只有像何应钦那种贻笑中外辱没儿孙的可怜虫，才在那里做什么与希特勒会师新疆的迷梦，这个梦是可以做做的，但是永远也不会实现，就像何应钦辈的亲日亲德派内奸，要把中国出卖给法西斯日本和德国的阴谋，必然要遭到全国人民的反对，最终也必然要失败一样。

目前苏联战局是对苏有利的局面，德国正在走向失败，我们要尽力援助苏联取得胜利,同时也要警觉何应钦等亲日亲德内奸的阴谋,注意这个阴谋,粉碎这个阴谋。

(原载一九四一年八月九日《抗战日报》第一版社论)

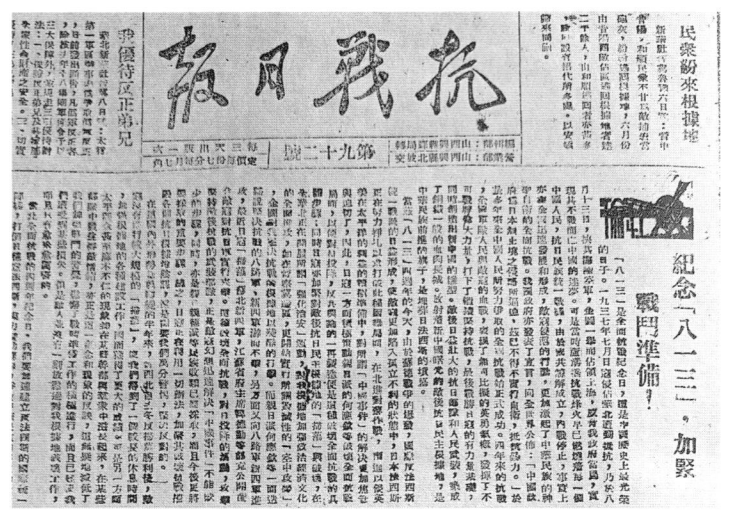

纪念"八一三",加紧战斗准备!

"八一三"是全面抗战纪念日,这是中国历史上最光荣的日子。一九三七年七月日寇侵占华北遭到抵抗,乃于八月十三日,挟其海陆空军,企图一举而占领上海,威胁我政府当局,实现其不战而亡中国的迷梦。可是当时卢沟桥抗战烽火早已燃烧着每一个中国人民,抗日民族统一战线,由于国共谅解成立,内战停止,事实上亦在全国迅速发展和形成,敌寇侵沪的行动,更加激起了中华民族的神圣自卫的全面抗战。我国政府亦发表了宣言,向全世界公布:"中国政府为日本无止境之侵略所逼迫,兹已不得不实行自卫,抵抗暴力。"于是多年来全中国人民所努力争取的全国抗战始正式成功。四年来的抗战,全国军队人民与敌寇的血战，表现了无可比拟的英勇气概，发挥了不可战胜伟大力量，打下了继续坚持抗战、最后战胜日寇的有力量基础，同时创造出新中国的雏型。敌后日益壮大的抗日部队和人民武装，筑成了铜铁一般的血肉长城。放射着新中国曙光的敌后抗日民主根据地，是中华民族前进的旗子，是埋藏日法西斯的坟墓。

当兹"八一三"四周年的今天，由于苏德战争的爆发，国际反法西斯统一战统的日益形成，使敌寇更加陷入孤立不利的状态中。日本法西斯正在努力挣扎以求打破此种困难局面，在北进对苏作战，南进以侵英美在太平洋的利益的积极准备中，对所谓"中国事件"的解决更加焦急与迫切了，因此，日寇一方面积极策动亲日派的何应钦等破坏全面抗战局面，以便对日投降，反共舆论的一再制造便是这种破坏全面抗战的具体步骤；同时日寇亦加紧对敌后抗日民主根据地的"扫荡"与破坏，在全华北正在开展所谓"强化治安"运动，对我根据地加强政治经济文化的全面进攻，如在晋察冀边区，更开始实行所谓毁灭性的"空中攻势"，企图对我坚决抗战的根据地以残酷的打击。而亲日派何应钦等一面造谣说坚决抗战的八路军新四军游而不击，另方面又向八路军新四军进攻，最近日寇"扫荡"苏北新四军，江苏省府主席韩德勤等部□公开配合敌寇对抗日军实行夹击。这种破坏全面抗战，对日投降的活动，攻击坚持敌后抗战的武装部队，正是敌寇幻想迅速解决"中国事件"不能缺少的步骤，同时，亦是亲日亲德派等民族败类已经采取，而且今后更将要采取的重要步骤。总之，日寇正在利用一切办法，加紧其破坏抗战摧毁各个抗日根据地阴谋，这是需要我们万分警惕，坚决反对的。

在这国内外形势急剧转变的半年来，晋西北自去冬反"扫荡"胜利后，敌寇没有进行较大规模的"扫荡"，使我们得到了一个较长的休息时间，加强根据地的各种建设工作，因而获得了更大的成绩。可是另一方面太平观念甚至麻木不仁的现象却在某些干部与群众中滋长起来，在某些部队中发生轻敌情绪，亦正是这一观念和现象的反映，这无疑地减低了我们加强战斗的警觉，松懈了战时准备工作的积极进行，而且已经使我们遭受到某些损失。但是敌人并没有一刻放松过对我根据地破坏工作，而且只有愈来愈厉害的。

当此全面抗战的四周年纪念日，我们要加速建立反法西斯的国际统一阵线，打倒日德意法西斯，尽力援助苏联，争取中华民族的解放和全世界人类的解放。同时我们坚决反对亲日亲德内奸的出卖抗战、对日投降的阴谋活动，而当前我们是以加强我们战斗准备，加强根据地的建设来实现这个任务的。紧张起来，加强战斗准备。

（原载一九四一年八月十二日《抗战日报》第一版社论）

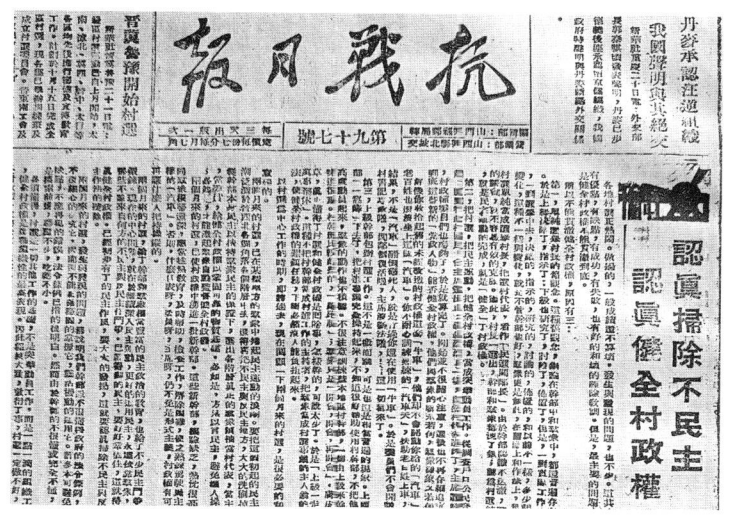

认真扫除不民主　认真健全村政权

各地村选正热闹。做过的，一般成绩还不算坏。发生与发现的问题，也不少。这其中，有优点，有缺点，有成功，有失败，也有好的和坏的经验教训。但是，最主要的问题，乃是健全村政权不能贯澈到底。

所以不能贯澈健全村政权，原因有三：

第一，单纯选举村长的旧观念。这种旧观念，无论在干部中和群众中，都还普遍存在着。于是上级决议了、指示了，下级也研究了、讨论了、布置了，但是，一到实际工作中去，一到选举中去，决议的、指示的、研究的、讨论的、布置的，和以前不一样，多少起了变化。这种不一样与变化，就是不管干部也好，群众更是如此，在认识上和作法上,都把村选单纯当成选举村长,把选村代表,看作"民选闾邻长"。由于干部认识不透澈,群众的误会就不容易有效的克服。因此,村长一选出,干部和群众都泄了气;认为村选结束,就是民主运动的完成,就是"健全"了村政权。

第二,把村选,把民主运动,把健全村政权,当成突击动员工作。从调查户口公民登记起,直到行政村国民大会主席选出止,轰轰烈烈了一场,自然村代表选够了,主席选够了,村政权委员们也凑够了,于是就算完了。开始并不很关心注意,选后也不再存细追究,到底这些新的"当政人物"能否健全村政权,他们同群众的联系若何,群众印象又若何。好像你收拾起旧的未经改造的村政权这套"牛车",他们却不会开动你给的"汽车",老百姓也还没坐上这个"汽车",你不耐心训练熟练的"汽车夫",扶助老百姓上车,那结果,不是"汽车"翻倒砸死人,就是□过你还在使用"牛车"。于是□员们不会开啦、村书记专政啦、闾邻制复活啦、主席没办法啦……这一切都来了。

第三,上级干部包办村选工作。这不是一概而论,可是也还是相当普遍的现象。上面干部"一窝蜂"下去了,把村选群众完全操持起来,不知道很好帮助使用村干部,不把他们高度动员起来,群众的动作也不积极。不很注意训练些本地区村干部,一□由上级来干的味道很重。村干部比较好些的,"跑跑腿";群众只是"开会,开会,再开会"。肤皮潦草,真正懂得了村选和健全村政权是回啥事,怎样干的,可说太少了。于是"上级一走,万事罢休"。这个不把村干部当成村选工作的主持者,把群众当成村选事业的主人翁的作法,使健全村政权的艰巨任务,下□必然没人能负担起来。

以村选为中心工作的时期即将过去,现在回顾一下两个月来的村选,是很必要的和有意义的。

两个月来的村选,已在某些地方的群众中卷起民主运动的浪潮。要把这个初起的民主热潮泛滥于晋西北各个角落各个阶层中去，还得再把不民主与反民主地方大大的洗刷掉。从干部本身民主以扶持群众民主的保证下，选出各阶层真正的群众领袖当村代表、当主席、当委员，给健全村政权以巩固可靠的物质基础。必如是，方足以言民主，避免坏人操纵；必如是，才能激起群众自动监督健全村政权。

两个月来的村选，已使村政权中涌进一批新干部。这些新干部，经验缺乏，热忱很高，同群众根蒂还深，应当趁热教育，及时帮助，检查工作，解除困难，使之熟练驾驶民主政权的"汽车"。否则，什么代表呀、委员呀、主席呀，仍不免是形式主义，村政权有可能再让什么人把持操纵的。

两个月来的村选，给了干部和群众相当丰富的民主政治的教育，也给了不少民主斗争的锻炼。现在的中心问题，就在于继续深入民主运动，更好的运用民主，永远依靠群众，同那些不论来自何方的不民主与反民主作斗争。已经得到的民主，要好好巩固住，这就得认真健全村政权。已经初步有了的民主作风，要大大的发扬，这就要认真扫除不民主与反民主作法的残余。

两个月来的村选，发生与发现的问题，都说明我们干部还不很懂得政府的法令条例，还不很细心的研究它，因而还不能正确稳固的掌握它、灵活机动的运用它。许多本可避免的缺点、不应再犯的错误，法令条例已指的很明白，然而由于干部的不很懂或完全不懂，仍是摸索前进，碰壁不少，吃亏不小。

必须懂得，村选是一切其他工作的基础，不是突击动员工作，而是一点一滴的组织工作，健全村政权是这种组织性的最高表现。因此粗枝大叶，敷衍了事，村选一定做不好，健全村政权一定要失败。尤其必须遵从政府法令条例做去，不违背原则，而又能充实发挥原则，这才有民主政治的胜利。应当停止不从政策法令上看问题，只在方式方法上过程现象中做文章。

要知道,为正确掌握政策贯澈执行政府法令而斗争,就是为巩固建设晋西北而斗争。

(原载一九四一年八月二十七日《抗战日报》第一版社论)

论兵役动员和发展群众武装

一切为了战争的胜利,积极开展武装斗争建立武装部队,是建设根据地最基本的一环。我们之所以能够坚持了四年多的敌后抗战,建立了抗日民主根据地便是由于丝毫没有放松地开展了武装斗争,扩大了主力部队和建立了群众武装。因此需要长期的坚持敌后抗战,巩固和发展根据地,便须继续加强和发展武装,特别是在目前严重的政治情形下,为要壮大抗日力量,肃清亲日亲德派,反对反共投降阴谋,加强对敌斗争,尤非加强与发展武装不可。

但是根据地的兵役动员工作,也和其他建设工作一样,要有一定的正确作法和政策,才能胜利的完成任务。过去我们兵役的动员,是临时和突击性质的,采取了大量动员的方式，这种作法在过去，特别是战事初开始的时候是可以的，因为那时局势骤变，人心慌慌，而且群众有许多积极份子，有牺牲爱国的决心，可是今天的形势，已经不是战争开始的形势了，群众已有了战争的经验，而群众中的积极份子，都已参加了抗日部队，假使依然采取大量动员的方式，便不能完成兵役动员的任务，这在我们去年动员新战士工作中已经证明了的，所以过去的作法已经不适于今天形势的要求和变为不正确的了。

在今天敌后抗日游击战争长期坚持的局势下，我们根据地的一切建设，都须具有健康的持久性，我们的兵役政策，也和其他的政策一样，必须适合这个要求。因此今天的武装动员工作，应变为经常的工作，变为长期的组织群众和教育群众的工作，我们的动员方式便必须是完全采取自愿原则，依靠于深入的充分的政治动员。抗日革命部队不同于军阀资产阶段的雇佣军队。每个战士都是为民族和人民的利益，为民族的和革命事业的献身的，他们之参加武装部队，是基于国家民族的政治觉悟和了解到自己所担负的伟大而光荣的任务，抱着英雄牺牲的决心。正因为如此，他们虽在待遇微薄、物质艰苦的条件下而英雄杀敌，愈来愈强。兵役动员的任务，便不仅要保证兵源的不断，部队得到经常的满员，而且要保证部队政治质量的纯洁优越，保证部队战斗力的顽强和旺盛，所以我们既反对任何强迫、□夫、雇佣、收买与黑暗行为，而又要特别注意于政治的民族的觉悟程度的提高。这种基于政治自觉的真正志愿的性质，是革命的志愿兵制。实际上，这也是我们过去一贯所主张和执行了的，不过今后更要明确的提出来。严格而认真的去执行。

同样，一方面我们规定地方武装在其发展中，应该部份的逐渐的向正规军方面升级，应该成有正规军补充的源泉，另一方面，还必须遵守一定的原则，地方武装向正规军升级，必须循着自小而大、由弱而强的发展道路，补充动员必须有计划有组织和有步骤。遵守自动报名原则，我们反对那种吞并如洗和乱改编的错误作法，这种作法，不仅影响到群众游击战争发展和抗日根据地的坚持,而且影响到广大群众参军参战的热忱。四年敌后抗战,证明群众武装的建设,是打开对敌斗争,改变敌我斗争形势的关键。人民有了自己的地方武装,使武力与劳力结合,才能打击敌人"恐怖毁灭战术",保卫自己的生命财产和家乡;地方武装和群众武装,是坚持和开展地方工作□特别需要的;根据地没有它,是不能得到巩固和发展的;地方武装和群众武装,是正规军主力部队的耳目手足和筋络肌肉,主力部队没有它,就难免形成裸体跳舞的现象。因之,我们不仅要加强与壮大主力部队,而且要健全与发展群众武装,而后者也正是目前晋西北的中心工作,就此我们谨提供以下的几点意见:

第一,建立和健全武委会,加强青抗先及自卫队工作,消灭过去组织紊乱、形式复杂、领导不集中的现象,不论青年队、妇女队、工人自卫队,都应该服从武委会的统一领导。

第二,加强政治教育和技术训练,注意军事化和纪律,一方面要从发挥民主的工作中,巩固其组织,提高其战斗力,激发参战热情,打下义务兵役制的初步基础。

第三,各种群众武装组织的教育工作是健全群众武装的基本一环,所以首先要建立教育制度,应按时上课。其次,如会议制度,上级对下级的工作巡视检查总结指示以及下级对上级的报告制度等,均应逐渐建立起来,使工作正规化。

地方武装与群众武装是武装工作之基础,也是贯串于各部工作的中心环节,不论军政民都应该积极□□□爱护群众武装,为巩固□建设群众武装,开展广泛的游击战争,保卫晋西北抗日根据地而斗争!

(原载一九四一年九月二日《抗战日报》第一版社论)

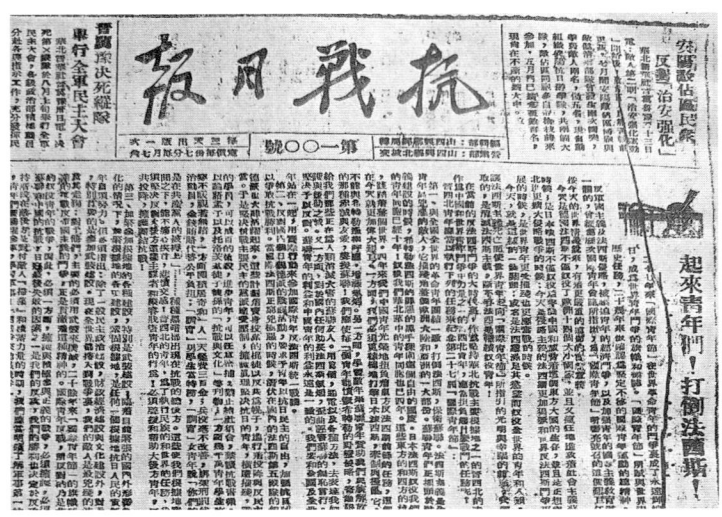

起来青年们！打倒法西斯！

　　二十七年来"国际青年节"在世界革命青年的斗争里成了永远辉煌的节日，成为世界青年斗争的旗帜和标志。"国际青年节"所赋与世界青年的历史任务，二十几年来被确认为坚定不移的国际青年运动的总精神。

　　反军国主义及法西斯侵略，被压迫青年的经济斗争，以及加强青年的国□主义教育这三位一体的，曾经□历次国际青年会议所指出，为"国际青年节"听响亮号召的这个艰巨任务，按今天的世界情□说来，有着更严重的迫切的实际意义。

　　今天是德国法西斯不仅奴役了欧洲十四个大小国家，并且又疯狂地进攻着社会主义苏联的时候；是日本法西斯不仅奴役着半个中国和威胁着这个东方大国的生存，并且是正想南向或北进更扩大侵略战争的时候。今天是侵略主义的法西斯更加猖獗和世界反法西斯斗争更加开展的时候，是世界青年更受摧残也更应奋战的时候。

今天，就是这样的一个关头；或者是法西斯满足其欲望而奴役全世界的青年和人类，或者让法西斯主义死亡而使世界青年走向"国际青年节"所指引的光明与幸福的前途。我们所争取的，是消灭法西斯主义，断不容法西斯继续奴役青年！

在当前的反法西斯斗争的大时代里，作为坚持华北抗战主要根据地之一的晋西北的青年，作为中国和世界青年斗争中力量之一的晋西北青年，应当担负起什么战斗的任务呢？

晋西北青年应当以执行下列的任务来纪念第二十七届"国际青年节"：

第一，与全国全世界的革命青年团结一致，打倒法西斯，保卫苏联。法西斯主义是全世界青年最凶恶的敌人，它摧残着整个欧洲大陆和亚洲的一大部份。苏联青年们正埋头于社会主义建设的时候，希特勒法西斯的罪恶的黑手探向这个自由的国度。日本法西斯奴役我们东北的青年同胞已经十年！奴役我们华北华中的青年同胞也已四年。这些东方的和西方的法西斯，践踏着整个世界。四年来我们中国青年光荣地担负着东方反法西斯前锋的任务，这个任务在今天就更加伟大艰巨。一方面，我们必须更积极地打击日本法西斯，牵制与扰乱它，使它不能与希特勒遥相呼应，增涨气焰。另一方面，学习数年来苏联青年赞助我们民族解放战争的那种赤诚与友爱，声援苏联！我们应使每一个青年都愤慨希特勒的野蛮侵略，寄无限同情给我们那些正在为人类消灭大害的苏联友人。用写信、通电以及各种方法，去表达我们的拥护与援助之诚。又一方面，对于国内任何助长法西斯气焰，歪曲诬害苏联的无耻言行，我们坚决予以反对。苏联青年的利益和中国青年的利益永远是一致的。我们要和全国及全世界青年站在一起，用实际行动来参加国际青年反法西斯统一战线。

第二，反对国内亲日亲德派的阴谋活动，要求予青年以抗日民主的自由，加强抗日阵营，以争取抗战胜利。当国际法西斯正穷凶极恶的时候，潜伏在国内的法西斯第五纵队的亲日亲德派也大肆活跃起来。这些计划着卖身投靠的棍徒以反共为幌子，进行着投降与反民主的勾当。于是坚决抗战主张民主的党派，遭受压制；拥护真理坚决抗日的青年，横遭摧残；战干团的学员，可以成百的枪杀，进步青年，可以任意密捕；禁止结社集会，禁读抗战书报，代之以《论语》《孟子》以及托洛茨基徒子徒孙的《抗战与文化》等刊物。一方面几千万青年学生吃不饱穿不暖视若无睹，一方面囤积居奇和一人一天餐费三百金；兵役毫不改善，绑架刑罚代替政治动员，金钱贿赂代替公平负担；"训育"男学生当特务，"训育"女青年说"你们的岗位是在共产党人的被褥上"……种种黑暗都出现在抗战的总后方。这些使我们根据地青年乍闻之下，能不痛心疾首、悲愤交感？晋西北的青年，为了执行民族的和世界的任务，我们必须坚决反对大后方这种主谋者和纵容戕害青年的行为！必须声援和帮助大后方青年，反对反共投降，拥护团结抗战！

第三，加紧参加根据地的各种建设，特别是武装建设，临着目前紧张的国内外形势急剧变化的情况下，加紧根据地的各项建设，巩固根据地，是任何一个根据地抗日人民的责任，青年自须努力。但必须指出：除了一般民主政治建设，财政经济建设与文化建设外，对于青年，特别首要的是参加武装建设。现在全世界都卷入到战争里，我们的敌人是最凶残的法西斯及其走狗；对于他们，主要的必须用武装来扑灭。二十余年来"国际青年节"的旗帜所闪耀着的反战反帝国主义的斗争，正是贯澈着这种精神的。国际青年反战，所反对的乃是非正义的奴役青年的战争，因此，必须一方面，拥护与积极参与正义的战争，必须拥护、必须参与苏联和中国的抗战，日寇最后失败的因素之一是我们的反攻，我们的胜利也决定于反攻，相持阶段在敌后方是对付敌人"扫荡"和积蓄力量的时期，我们应当明确了解军事第一的意义，青年们要踊跃参军、学习军事！"用战争来消灭战争"！

　　第四，加强根据地青年的爱祖国的同时是爱人类的国际主义的教育，要使青年们了解抗日是爱国，但同时也是爱人类的行为。中国和世界不能割裂，国际劳动阶级及被压迫民族和中华民族的利害是共同的。中国革命对他们起着伟大的配合作用，同样他们也是我们的有力朋友。冲破闭塞的晋西北的青年们的闭塞的思想，引导他们看到全人类，看到我们所起着的与能起的影响及全人类的作用。了解我们的任务——目前的以及更远的。

　　伟大的时代与伟大的任务，要求我们战斗：起来青年们！打倒法西斯！

（原载一九四一年九月五日《抗战日报》第一版社论）

进行日蚀宣传,破除迷信!

本月二十一日上午十一时,在许多地方将发现日蚀的全蚀或大半蚀,在晋西北可以看到大半蚀。二十一日快到了,这是一个供我们认识和研究自然现象的绝好机会,也是我们破除迷信,灌输科学思想以群众的良好时机。

近代自然科学,在五四以前,就输入中国了,可是它在半殖民地半封建的中国,却失却向前发展的可能,它遭受了外国帝国主义奴役思想和国内封建主义复古思想的反动同盟摧残和破坏,因此,自然科学一直停留在为少数人服务的状态中,一般自然科学的常识在中国广大人民间,没有普及起来,而迷信的反科学的思想习俗,依然根深蒂固,牢不可破,如认为日蚀是"天狗吃太阳",是人类大灾难将临的不祥之兆，把日蚀当做一种极大的恐怖，在敌后战争的环境中，假使我们不事先对群众进行广泛的宣传解释，九月二十一日的日蚀，可能在群众中造成一种恐怖，日寇汉奸可能借机造谣捣乱。

日寇是我们最凶恶的大敌，封建思想和迷信思想也是有害于坚持抗战，阻止中国进步的敌人，满是愚昧迷信的国民，新民主主义的社会是建立不起来的。所以日寇汉奸以及一切破坏团结抗战，反对民主进步的投降份子，便拚命的提倡复古倒退，提倡信神拜佛，以保存和巩固中国人民的一切落后现象，阻止和压制中国人民的民族觉醒，让中国人民听天由命，逆来顺受准备做顺民、当奴隶。因此提倡科学，破除迷信，在敌我斗争线上是不可少的一环，在长期抗敌建国的事业中，也是很重要的一个工作。特别是在文化落后的晋西北，广大群众的迷信思想非常普遍，疾病不医，有病当作流年运气，求神问巫，因而更加助长了根据地年来瘟疫之布和死亡率之增加，而且直到今天尚有不少的群众，把敌人的烧杀奸掠视为什么劫数，这也妨碍着战争的动员和战斗准备。这一切都证明迷信思想在今天如何厉害的影响着广大群众的生活和斗争，也影响着建设根据地的一切工作。同时，就在我们的干部中间，特别是从农村中新起来的干部，他们有相当的政治水平，他们是坚决抗日革命的，可是在他们中间有不少的人依然信神信鬼、信命讲运，这是一个矛盾，然而这是事实，也是不足奇怪的事实，因为他们文化水平低，缺乏自然科学的知识。因此我们要抓紧这次日蚀的机会，进行提倡科学、破除迷信的工作，不仅要在群众中进行广泛宣传，而且要在干部中进行普遍的教育。

自然科学是"近代物质文明的基础"，在今天，敌后抗日根据地要适应长期的战争需要，发展根据地的物质建设，改善人民生活，使根据地能够持久巩固，而澈底战胜日寇，那我们便须深入的研究自然科学，把自然科学的知识灌输给晋西北的广大人民，因此，我们便更不能错过这个机会，要利用这个机会，在晋西北广泛开展自然科学运动。为此，首先军政民等各机关团体，要组织关于日蚀的报告和讲演，广泛的召开日蚀座谈会、讨论会等。

其次，在九月二十一日前，可规定日蚀宣传周，配合其他工作，到群众中进行日蚀的宣传解释。

第三，各群众团体可配合其他工作，事先动员自己的会员，以及通过自己的会员，在各个农村里组织民众的观看日蚀小组，要在群众中造成观看日蚀的热烈的兴趣，以观看日蚀代替日蚀时群众捣钟、打锣、打鼓的那种落后举动和恐怖表现。

最后，希望教育机关、群众团体和自然科学研究会的同志们，尽可能的推动这个工作的进行，为破除迷信而斗争。

（原载一九四一年九月八日《抗战日报》第二版社论）

本报为抗战到底团结到底
建设晋西北奋斗的一年

在本报发刊词中，曾经这样明确地说过："《抗战日报》是晋西五百万人民的报纸，就是说，它是代表晋西五百万人民抗战意志与抗战主张的报纸。一年来，本报始终坚持着这样立场，亲密的与晋西人民站在一起，并为全晋西五百万人民服务。

本报一年来，始终坚持着发刊时提出的三个任务与努力的方向：坚持抗战到底，坚持团结到底，坚持晋西北的建设。

一年来，全国抗战的局面不断遭受着日寇汉奸和亲日派奸贼的阴谋威胁，妥协投降的危机一再表现于反共高潮之际。在日寇诱降逼降一打一拉的政策之下，汉奸汪精卫为敌作伥于外，亲日份子何应钦等甘愿为敌第五纵队响应于内，惊心怵目的皖南事件血腥未干，恢复新四军问题虽经全国人民再四要求始终悬而不决，而最近更有造谣攻击十八集团军策动在鲁北进攻敌后抗日军队的罪行。至于全国后方各地，还是不给人民以抗日民主自由，以致捕杀共产党员，拘囚爱国人士，封闭报馆书店，近更勒令解散重庆大学。凡此一切摧残抗战力量，动摇抗战国策、有利日寇、不利抗战、帮助分裂、不利团结的作为，本报皆本坚持抗战到底、坚持团结到底的方针，与全国人民和晋西人民站在一起，坚决予以打击。

一年来晋西北经过艰苦的建设，已经逐渐成为巩固的进步的模范抗日根据地。特别是民主政治的实施，财政经济建设的初步胜利，保证了根据地长期与敌斗争的胜利前途。可惜不明大义之友军，个别部份的少数人物，一年来始终仇视晋西北的胜利建设，不断越境过界侵入我根据地内，强迫设立与抗日政权对立的政权，强迫勒索人民损害群众利益，甚至逮捕屠杀抗日工作人员，而最近更与敌人公布之"调防"步骤吻合，接收孝义城，并准备接防柳林等市镇，且有进一步的暗中策划，凡此种种阴谋破坏晋西北建设而与抗战利益相违背的作为，本报当坚决反对之。至与敌寇勾通协同以谋破坏晋西北者，将更堕入汪精卫之末流而为民族之千古罪人，本报不能不提醒某军中有识之士的注意。一年来，本报始终为坚持晋西北建设而奋斗，今后随着晋西北建设之进展，本报亦当更加努力以求得对晋西北建设作更多之贡献。

本报创刊周年，适为日寇强占我东北之第十周年，中国人民已为日寇蹂躏十年，全国抗日的伟大战争也进行到第五年度。现在全世界反法西斯阵线正在加强，日寇在国际上日益孤立，这正是我们国内加紧团结，刷新政治，结束一党专政，实行民主，加紧建设，增强抗战力量，准备反攻的良好时机。晋西北是坚持华北抗战的主要根据地之一，晋西人民只有加紧晋西北建设来实现以上任务。本报愿与晋西五百万人民更亲密的团结起来，为坚持抗战到底，坚持团结到底而斗争，更愿为建设晋西北的切身任务和实际工作而加倍努力。

（原载一九四一年九月十八日《抗战日报》第一版社论）

重视调查研究工作

晋西北的建设开始了一个新阶段。这个新阶段有三个重要特征：（一）发展生产建设运动；（二）拿一点一滴的精神做工作；（三）把政府的政策法令贯澈实现。

这些特征说明什么呢？

它说明了，只有巩固建设，才能在敌后长久支持持久的抗日战争。

它说明了，必须停止大刀阔斧与粗枝大叶的干法，代之以精密细致的组织工作。

它说明了，必须取消华而不实，纯粹主观愿望和主观要求，代之以踏实深入、依据客观、依据现实、实事求是。

最后，它说明了，应当不是从空想、从感想，而是从现实、从具体情况的调查、研究与了解所出发，通晓政府工作方针和办法，以求正确掌握它，贯澈实现它。

半年来，某些地区的调查研究是有成绩的，我们藉以初步了解了些具体情况。但是比起需要来，还很不够。

所以很不够，有这些方面：

第一，调查的不普及。只很少地方做了些。而在其他许多重要区域，至今仍未引起人们注意。因此，做了几年工作，不知道一亩地年打若干粮食的现象，可惜并不少。对本身所处社会经济政治环境的知识，更是模糊，莫明其妙。

第二，调查的不深入。已有材料中，东张西望，道听途说得来的，占很大数量。譬如，同是一个村子的调查，不到半年时间，其材料结论，去年公粮与今年春耕不同，春耕与村选不同，村选与最近公粮调查研究的又不同，有些重要处，相差不可以道里计。像这类材料与结论，很难作为工作的依据。

第三，不从发展中看问题。大家埋头收集材料，得到的，多半是现状的记录。没有注意从发展变化中看问题。因此，不了解现状来自何处，又将往那里去。四年抗战，一年建设，对晋西北社会结构与人民生活的影响，是巨大的。忽视研究这种影响所引起的变化及发展，无疑是不对的。

第四，只调查不研究。这是普遍的现象，而又是不好的现象。现在上下许多部门堆积的材料很多□有些是一年前调查收集的，可惜没有研究，或者粗枝大叶的整理了一下，不能作出一定的结论。结果，仍不免一堆废纸，□烂着、散失着。

第五，调查研究与工作分家。调查研究，原为了解具体情况，把工作做得更好。若是调查研究与工作分了家，专门"为调查而调查""为研究而研究"，那是空谈家、书呆子，不是革命者作风，永远不会把工作做好的。

现在需要调查些什么？研究些什么呢？

要调查研究自然环境，譬如人口、土地、山脉、河流、交通、各种土地生产量、天然富源等等。这是我们发展生产建设的基础。

要调查研究社会情况。譬如敌情、社会各阶层关系、剥削关系、社会结构变化、封建迷信团体、群众负担等等。这是政府确定团结抗战政策法令的基础。

要调查研究各阶层舆论反映。敌后抗日民主政权，是代表各抗日阶层利益的。他的一举一动，对各阶层都有严重影响。因此，每一政策宣布，每一法令颁发，每一具体工作布置下去，每一群众运动过后，应当密切注视反映和变化，并根据这些反映与变化的经验教训，不断提高领导。

革命伟人斯大林和毛泽东都很重视调查研究工作、他们本人就都是模范的调查研究者。

斯大林指出：不与实际相联系的理论，只是空洞的理论。同样不与理论相联系的实际，也只是盲目的实际。他的事业，他的许多报告和文章，都说明他是一个联系理论与实际的能手。

毛泽东经常指导人说：没有调查，就没有发言权。而说到他自己的志愿，则是"和革命同志们一起向群众学习，继续当一个小学生"。

毛泽东又指出：当一个领导人，如果继续保存粗枝大叶，不求甚解，甚至完全不了解下情的作风，是非常危险的。要了解情况，唯一的方法，是向社会作调查，调查社会各阶层的生□情况。普遍调查是不可能的，也不需要。有意□有计划抓住几个城市、几个乡村，用马克思主义的根本观点——阶级分析的方法，作几次周密的调查，乃是了解情况的最基本方法。只有这样，才使我们具有对中国问题的最基础知识。

他又说得对，真正想懂得一点中国问题最基础知识的人，先要把眼睛向下，不要只是昂首望天。因为没有眼睛向下的兴趣与决心，一辈子也不会真正懂得中国事情的。再就是多开调查会，不要东张西望，道听途说。因为这样，不会得到完全可靠的知识。而必须从各方面下手，找各种类型的人物谈话，从各级层、各种人物口中收集材料，得来的知识才是完整可靠的。

今年征收公粮，做好做坏，调查研究确实与否，有决定作用。大家及早把调查研究工作重视起来□，使今年公粮做的更好。

（原载一九四一年九月二十四日《抗战日报》第一版社论）

论自力更生

　　由于晋西北在长期腐败的统治之下，弄得民生凋弊，百业不振，因此，在建设晋西北抗日民主根据地中，首先碰到的一个大问题便是严重的物质困难，而且更由于晋钞大花□的塌台，曾使晋西北的金融混乱异常，加上敌人屡次"扫荡"中的大举破坏，特别是一九四〇年冬季"扫荡"中实行"三光政策"，使根据地的人力物力受到很大的摧毁，以及外部又受到日寇的封锁，便更加增了这一困难的严重性。我们为了打破困难，军政民全体曾一致地激起自力更生运动的浪潮。一年来，事实证明了自力更生是战胜物质困难的正确道路，自力更生工作开展的结束，各机关的经费问题，得到相当的补充和解决，并解决了许多物质上的要求，特别是部队方面，获得很大的成绩，仅就农业生产而言，统计军区部队播种面积即达三万余亩预计可牧万石以上粮食，这既减轻了群众的负担，且因军队帮助群众生产，提高了群众的生产热情。一年来的自力更生工作，同时也大大的促进了根据地贸易生产等事业的开展，根据地的财政经济建设工作已经粗具规模，奠定了初步基础。

但是，另一方面，在自力更生工作中，却存在着严重的缺点和错误。这些缺点和错误给了根据地不少的损失。首先，便是在贸易工作中，由于一部份工作人员对自力更生的误解，把自力更生看做各自谋生，以及基于资本主义的单纯发财思想和狭隘的自私自利观点，于是只顾本单位的部份的利益，千方百计的追逐□利润，偷漏走私、贩卖非需品，破坏了政府的法令，使根据地的全体利益遭受到损失而不自知。

其次，便是一些干部为贸易中利润获得所眩惑，而沾沾自喜于表皮的"成绩"，因而忽视生产，以专事商业投机为得计，同样亦做出许多违反政策和法令的事。

至于在金融上的投机取巧，尤其是一种针对错误和非常有害的行为，半年以来，农钞信用之未能迅速提高，无疑的这是一个主要的原因。这种违背政府法令，影响农钞信用的行为，简直是等于帮助经济汉奸及日寇来破坏根据地的金融。

这一切违犯政策的现象，虽然是部份的、个别的，但却是非常严重而有害的，必须坚决予以纠正和澈底克服。

第一，必须把生产贸易问题提到政策的水平上来加以认识，纠正和廓清那些自私自利的观点和单纯发财致富的思想，坚决贯澈实行正确的政策，反对商业投机和金融投机行为，与一切违犯政策的现象作无情斗争。买卖是可以做得，但不能只顾追求利润，与奸商为伍，给仇货当推销员，应该从频繁内地流通、发展交换、抵制仇货、反对日寇封锁、巩固农钞、刺激生产、维护政府法令等出发。

第二，自力更生须从全盘着眼，须作长期打算，因部份的利益而妨碍整个利益的本位主义是错误的，应该反对，为了眼前的利益而有害于长期建设根据地的利益的一切临时办法，抓一把的办法，也必须停止。自力更生主要的应该向生产方面发展，生产的成绩，才是实实在在的东西，生产建设是根据地经济建设的主要基础，只有着重于生产方面，才能给自力更生打下确实的基础。

最后，我们不仅要很好的接受过去的经验教训，更要加紧研究财政经济政策，来正确掌握自力更生的工作，严格遵守统筹统支的原则，加紧生产建设，特别是农业和工业的生产，这些是建设和巩固根据地的关键，是我们完成根据地的自力更生的正确方向和道路。

（原载一九四一年九月三十日《抗战日报》第一版社论）

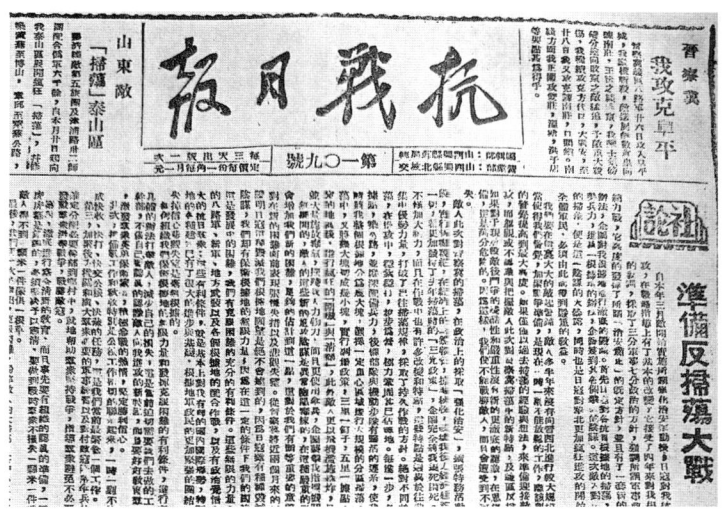

准备反"扫荡"大战

　　自本年三月敌开始实施所谓强化治安运动后，日寇对我抗日根据地的进攻，在战略指导上有了基本的改变，它接受了四年来对我根据地"扫荡"失败的教训，采取了三分军事七分政治的方针，强调所谓军事政治经济文化的总力战，它高度的发挥了所谓"治安肃正"的既定方针，并且有了一套新的更加毒辣的办法，企图对我根据地进行澈底的毁灭。首先日寇对各抗日根据地的"扫荡"，采取了集中优势兵力，进攻一根据地的办法，企图达到其各个击破的阴谋。这次敌人对晋察冀空前严重的"扫荡"，便是这一阴谋的大暴露，同时也是日寇对华北更加疯狂进攻的开始，我晋西北的全体军民，必须由此□□到严重的教益。

我们要在这里大大的敲起警钟，敌人多半年来没有向晋西北进行较大规模的"扫荡"，更应当使得我们警觉，加紧战争准备，是现在一时一刻不能放松的工作，应该对敌人残酷"扫荡"的警觉提高到最大□度。如果仅仅以过去"扫荡"的经验与想法，来准备迎接敌人新的大举进攻，而忽视或不□□与把握敌人此次对晋察冀"扫荡"中的新特点及边区反"扫荡"的新经验；如果对于现阶段敌后斗争的残酷性和严重性没有新的更澈底的认识，在思想上无足够的准备，这是万分危险的。因为这样，我们便不能战胜敌人，而且会遭受到不可补偿的重大损失。

敌人此次对晋察冀的"扫荡"，在政治上的采取"强化治安"，扩张特务活动，大施恐怖手段，实行赶尽杀绝，在经济上的封锁物资，掠夺秋收，破坏我后方经济建设事业，所有这一切，都更加发挥了去年"扫荡"时的"三光政策"，企图完全将我逼死困死。特别在军事上不仅加大□力，而且在作战中也有许多改变和特点，这些特点是迥异于往昔的。首先便是集中优势力量，打破了已往"扫荡"规律，采取了持久作战的方针。绝对不同于已往短促的"扫荡"，在进攻中，稳扎稳打，步步为营，极力巩固其已占阵地。每进一步，必修碉堡，建立据点，筑公路，并纵深配备兵力，后备部队与机动步队有灵活的连系，使我无法机动，同时将我整个根据地分为几大块，选择一定□心区域进行大规模的分区"扫荡"。其次在分区"扫荡"中，又将几大块切成几小块，实行碉堡政策，三里一钉子，五里一据点，把我封锁在一定的地区后，进行疯狂的"围歼"与"清□"，此外敌人更以飞机滥施□炸，日夜轮流不息，并大量施放毒气，摧残□人力物力，而且更使用伞兵，企图袭击我指挥机关与后方机关。

无疑问的，敌人的这些新的进攻阴谋是异常险恶毒辣的，在这种严重的形势之下，必然会增加我们新的困难，足够的估计到这一点，这对于我们有头等重要的意义。但是必须反对在新的困难面前表现张慌失措以及悲观失望。从晋察冀将近两个月来的反"扫荡"进攻中，证明日寇这种毁灭我们根据地愿望是绝不会达到的，因为日寇虽有种种毁灭根据地的恶毒阴谋，我们却有保卫根据地的无限力量；因为在这一定的条件下我们的困难是增加了，但这是发展中的困难，我们有克服困难的充分的有利条件。这些无限的力量，就是英勇善战的八路军、新军、地方武装以及各个根据地的配合作战，以及有政治觉悟和战斗锻炼的广大的抗日群众。这些有利条件，就是基本上对我有□的国内国际形势，特别是一年来根据地的各种建设已有了很大的进步与基础，根据地军政民的更加坚强的团结一致等等。一切失掉信心、悲观失望是毫无根据的。

如何组织我们保卫根据地的无限力量和发挥克服困难的有利条件，进行有效的准备，以具体的办法打击敌人，减少自己的损失，这是当前迫切需要我们去做的工作。首先，一切干部，不仅自己要认真的认识敌人向我进攻的新特点，而且要好好教育群众使其深刻了解，激发群众英勇保卫家乡，积极参战的热情，坚定胜利信心。

其次，把备战工作和秋收特别是公粮工作密切的联系起来，一时一刻不放松地，迅速完成快收、快打、快交公粮、快藏的任务，这是我们当前最紧急一个工作。

第三，加紧后方机关和广大群众必要的军事练习以及对付敌寇降落伞兵的教育，事先要确定分配必要干部到乡村中，就地帮助群众坚持战争，指导群众避免不必要的损害，广泛发动群众游击战争，战胜敌寇。

第四，澈底进行空舍清野的教育，而且事先要有组织的认真的准备，一切敷衍塞责马马虎虎都是错误的，必须坚决予以肃清，要做到战时群众不损失一颗米一件家俱一根草，而敌人得不到一颗米一件家俱一根草。

最后，我们再一次的指出，克服困难，粉碎敌人的大"扫荡"，其中心之一环是开展更广泛的游击战争，因此，必须大大发展游击队和民兵的组织，加强武委会的工作，解决民兵的许多具体问题，□干部及武器等，广泛的举行民兵检阅，加强其教育。今年反"扫荡"的一半任务，要依靠群众武装来担当，晋西北的群众武装，虽然已经有了基础，但一般的说来是相当薄弱的，这个弱点是要军政民全体一致努力克服的。

（原载一九四一年十月六日《抗战日报》第一版社论）

辛亥革命三十周年

　　辛亥革命起义，是中国革命历史上最重要的一页，它推翻了我国历史上四千余年皇帝专制政体的最后承继者——满清政府，建立了中华民国。辛亥革命是中国资产阶级民主革命，它的任务是消灭帝国主义对中国的统治，肃清封建残余，虽然经过了几十年的革命斗争，牺牲了无数的革命先烈，直到今天，中国资产阶级民主革命的行程尚未完结，辛亥革命的历史任务，依然严重地摆在全民族的面前，但是辛亥革命的起义及其斗争意义是不可磨灭的，在这个斗争中，它教育了锻炼了中国人民，使它更有力量来完成中国民主革命的任务。

　　抗战已经四年多了，抗战的目的是打败日寇，争取中国的独立自由，建立新民主主义的新中国，同时，也就是把辛亥革命未完的事业，实现起来，澈底完成辛亥革命的任务，今日的抗战与辛亥革命是一脉相承，不能分开的，当然，今天我国所处的环境与三十年前已经有了很大的改变，现在已有了进步的政党进步的军队与广大的抗日的人民，以及在敌后建立起新民主主义新中国的雏形，这是完成辛亥革命所留下的任务的最好的主观的条件。同时，在辛亥革命时代，中国民族的解放是处于孤立无助的状态，今天的中国革命，却已经成为世界革命的一部份，社会主义的苏联，全世界反法西斯的国家民族及人民，都是中国革命的友人，使中华民族的解放事业有了澈底完成的保证，因此纪念国庆，便要坚持几十年来中华民族革命的一贯原则与立场，争取抗战最后胜利！

当今年纪念国庆日的时候，由于苏联抗战的光辉战绩，英美对苏联的积极援助，伟大的反法西斯的国际统一战线日益发展形成起来，特别是英美苏三国会议之成功，更加发展与壮大了国际反侵略的声势，促进了远东英美中苏反侵略联合，使远东侵略祸首——日寇愈益孤立，深陷于南进北进与西进的岐途中。同时，蒋委员长九月十一日"继续浴血抗战"的严切声明与九一八纪念"收复整个东北失地"的郑重宣言，以及全国将士对日寇进攻的有力打击，特别是华北八路军，反对日寇空前严重"扫荡"的不断胜利，更加坚定了全国上下抗战到底的决心，粉碎了日寇诱我妥协的阴谋，国内外形势愈益向对我有利的方向发展。然而亦不能单纯乐观，"美日谈判"尚在继续进行，日寇进攻长沙之后，又进攻郑州，特别是对华北抗日根据地的大举破坏与进攻，采取了一套更加疯狂毒辣阴谋和办法，华北敌后敌我的斗争愈形残酷和尖锐了。有效的运用和发展对我基本上有利的国内外形势，克服一切困难与危险，这是全国抗日军民的重大任务。

我国抗战的进展，是决定太平洋局势之一重要□素，我国愈能有效的打击日寇、削弱日寇，则给于苏联及全世界反法西斯的援助亦愈大，我国内愈能团结进步，成为真正的民主国家，则全世界反法西斯人士对我之同情援助亦愈大，美日谈判中美国对日妥协产生不利于我之可能也就愈小，只有贯澈实行以自力更生争取外援的原则，才能坚持抗战到底！为此必须实现民主政治，发挥民主精神，进一步的依靠民众，有效的动员组织民众。纪念国庆，全国军民就要为澈底实行民主政治而奋斗！

粉碎日寇的新进攻，克服在"扫荡"与反"扫荡"严重形势下的新困难，坚持华北抗战的既定方针，对进一步的促进全国团结进步，打破亲日派投降份子妥协阴谋，以及对自力更生、争取外援、提高全国军民最后战胜日寇的信心有决定意义。因此，纪念国庆，首先必须对于目前华北的严重形势有重新足够的估计，以有效的对策，准备反"扫荡"大战，开展广泛的游击战争，坚决保卫晋西北抗日根据地！

必须有效而迅速的完成每一件既定的具体工作，把一切既定的具体工作与战时工作配合起来，加紧战斗准备，一方面要反对悲观失望情绪的发生，一方面要与一切麻木不仁的现象作斗争！

（原载一九四一年十月九日《抗战日报》第一版社论）

不让敌人掠夺焚烧一粒粮

中秋已过了。这个时期正是秋收与征收公粮的时期，几年来血的经验教训告诉我们，粮食问题是根据地的生死问题。粮食问题解决的好，建设根据地，坚持敌后游击战争，就有了物质的保证。否则，根据地的一切建设工作就要受到绝大的影响。

这个时期又常是敌人大举"扫荡"的时期，敌人的阴谋，就是要以残酷的"扫荡"来破坏我们的秋收工作，并掠夺与焚烧根据地的食粮。而且目前整个华北正处在敌人围攻"扫荡"的严重形势下，对晋察冀边区的空前严重的"扫荡"尚未完全结束，而晋冀鲁豫边区"扫荡"与反"扫荡"的炮声又在响了，敌人对晋西北的大举进攻是完全可能的。

尤其值得我们警惕的是今后敌人的"扫荡",将迥异于往昔,根据"扫荡"晋察冀边区的事实,敌人已经打破了已往一切的规律和方式,在战略指导上,有了基本的改变,无论在军事、政治、经济、文化等任何方面,都有了一套新的更毒辣的办法,企以澈底毁灭我根据地。确认敌人新进攻的这些新特点,百倍的提高我们的警觉性,积极准备战斗是万分必要的。

因此,武装保卫秋收,迅速进行并提前完成公粮工作,保证不让敌人掠夺焚烧一粒粮,就成为晋西北军政民目前的中心工作与紧急的政治任务!

怎样完成与实现这个紧急任务呢?

第一,要进行广泛热烈的准备战争动员。十个多月,敌人没有大规模的"扫荡"晋西北抗日根据地,在干部与群众中间,都滋长着太平观念与侥幸心理,这种观念与心理是非常有害的,一遇打击,就会束手无策,悲观失望的。要通过军政民的组织系统,利用各种机会与方式,向干部及群众进行宣传教育。特别是对于群众,一方面要使他们了解敌人"扫荡"晋西北的可能性与残酷性,提高警觉,首先在思想意识上武装起来;另一方面还要具体指出我们粉碎敌寇"扫荡"的有利条件及迅速完成秋收工作与坚持敌后游击战争的密切连系,使他们确保胜利的信心并紧急动员起来,实行快割、快打、快藏。

第二,健全各级公粮动员指导委员会,密切军政民配合。由于春耕与村选工作的经验,军政民工作配合好的地区,步调统一,力量集中,工作效率大,工作就做的好,根据了这个经验决定成立各级公粮动员指导委员会,密切军政民配合,创造经验,指导与推动公粮及秋收工作。这个决定是非常正确的,晋西一级的公粮动员指导委员会已经成立,并已着手进行训练干部、宣传动员与调查研究等工作。各军分区县也同样要迅速地建立起来,并充实其工作,使它确实成为指导与推动保护秋收,迅速进行并提前完成公粮工作的有力组织。

第三,高度的发扬突击精神。政民各机关要集中力量突击这一工作,学校与训练班也要利用课余甚至停一个短期间的课去帮助，部队在不妨碍战斗任务下，尽量参加，同时实行武装保卫。全体干部要以身作则动员群众，高度的发扬突击竞赛的精神，抓紧时机，日夜加工，以迅雷不及掩耳的行动，收割了，埋藏了，交纳了公粮，不让敌人掠夺焚烧一粒粮。

晋西北军政民，紧张的动员起来，以战斗的姿态，高度的突击精神，争取时间，胜利的迅速的完成秋收，与公粮工作，为打碎敌人抢粮烧粮的企图，不让敌人掠夺焚烧一粒粮而奋斗！在秋收公粮工作中打下反"扫荡"胜利的有利条件，为粉碎敌人的大"扫荡"而奋斗！

（原载一九四一年十月十二日《抗战日报》第二版社论）

快收快藏保证战时对敌澈底空室清野

　　目前快收工作，已在各地热烈进行，征粮工作，也将要大规模的进行。秋收和征粮工作的胜利完成，对根据地的建设，有严重意义。在本报上期社论中，曾已指出：整个华北正处于敌寇空前严重的"扫荡"形势下面，晋西北的全体军民，必须紧急动员起来，积极进行备战工作，而迅速与提前完成秋收和公粮工作，保证不让敌人掠夺焚烧一粒粮，便成为我们当前急紧的工作任务，"快打快收快藏"，正就是准备反"扫荡"工作的中心一环。我们必须再一次的响亮的打起警钟，提醒全体干部和全体军民对这一工作的严重注意，对这一工作任何不认真的态度，事实上都是对于敌寇"扫荡"不够警惕，对于反"扫荡"没有充分准备。

虽然"扫荡"还没有来,但绝不允许我们用平常的缓慢的态度去进行秋收工作,我们必须乘机发动群众快收快打,军政民人员要尽可能的给予实际的帮助,那些浪费人力的行为固须澈底禁止,即抗战勤务也要尽可能的减少,一切群众工作都要与这工作求得适当的配合,而不要妨碍这一工作的进行。

如果"扫荡"已经来了,而秋收工作还未完结,就应该进行武装保卫秋收,地方武装和群众武装要成为保卫秋收的主要力量。

秋收工作无论在"扫荡"前进行或"扫荡"已来时进行,都要用认真的态度战斗精神来完成它,任何侥幸心理轻敌观念及只宣传而不踏实去做的敷衍态度,对于反"扫荡"战争都是有害的。

收割完了,快交公粮,同时就要进行"藏粮"工作,虽然群众接受了去年的惨痛经验,对于空舍清野工作已经注意起来了,但我们必须指出,去年冬季反"扫荡"的空舍清野工作作得还不澈底,仍然有重大的损失。那种以为敌人不一定会来的企图侥幸心理,那种认为只要埋藏一下就会避免损失的浮浅认识,是遭致损失的主要原因。因此,我们必须向群众解释企图侥幸就等于自杀,必须向群众指出敌人对发掘搜寻所埋藏的物品已有很好的经验,那些把物品埋在屋子里院子里或用些草掩盖起来的办法,一定要吃亏的。

敌人烧杀破坏的暴行,虽然为群众所了解,但这并没有引起全体人民应有的警惕来,虽然我们的空舍清野工作,已有很多的经验教训,但是敌人对于破坏我们空舍清野的经验教训,也在增进着。因此,我们不仅要把去年几次反"扫荡"的惨痛经验向群众重复一次,更应该把这次敌寇对晋察冀大杀大烧的空前残酷"扫荡"和边区反"扫荡"的经验指出来,那种认为群众早已晓得了,不必再加宣传解释的放任态度,是应该纠正的,而且应当进一步根据各地各种具体情况,进行各式各样周密具体的藏粮组织工作。粮食收打工作完成后,把空舍清野做得愈澈底,敌人给我们的破坏和损失便愈加减少。要在战时空舍清野工作做得澈底,首先就要藏粮工作今天做得澈底。

只要在实际上把快收快打快藏工作进行的很好,我们的反"扫荡"的准备工作,就有了一个基础,任何时期来到的"扫荡"战争,都不会使我们惊慌失措,我们反"扫荡"的胜利,就会更有把握。

(原载一九四一年十月十五日《抗战日报》第一版社论)

拥护并贯澈征收抗日救国公粮条例

　　三次行政会议全部正确的决议案中，抗日救国公粮征收条例修正通过，实有其更重大的政治与经济的意义。抗日救国公粮的征收，不仅是敌后抗日民主根据地财政经济重要设施之一部，而且是抗日民族统一战线与新民主主义政权的战时财政经济政策具体体现的一种。所以这一条例的正确与否，直接就会影响根据地财政经济的建设，会影响到抗日民族统一战线的巩固与发展，会影响到为了保卫根据地而在前线浴血抗战的军士食粮。同时，公粮征收时期行将到来，政府一面指示各级保卫秋收，组织秋收，实行快收快打快藏快交公粮；一面又颁布了修正过的公粮条例，开始进行征收公粮工作。为了各级干部和群众澈底了解公粮条例与贯澈掌握公粮政策，以便鼓舞各级干部进行公粮工作的热情，引起广大群众的热烈拥护，开展公粮征收运动，这里需要把这一条例的正确性提出并加以讨论：

第一，一九四二年度的公粮征收条例，即修正过的公粮条例的基本精神是适合于抗日民族统一战线的新民主主义政治内容的，这表现在具体体现公粮政策的征收比例中：

1. 公粮征收比例之起征点，以细粮计算，是从四大斗起征，（以小斗计算合粗粮一石六斗）即是每人平均在四斗以下者完全免征，这是适当地减除了穷苦民众的负担，基本上保证了他们生活的逐渐改善。

2. 公粮比例征收之最高额，至多不得超过其产量百分之三十，这样不仅保证富有者的负担不至过重，保障了他们的基本利益，而且充分地保障了富有者的财权，提高其生产热情，对于根据地建设增加了便利条件。

3. 公粮比例征收的原则，使负担公粮的阶层，总征收量不超过其总产量的百分之二十，这是适合于有粮出粮有钱出钱的原则的，其所负担之数量，不仅有一定限度，而且只是其维持生活以外剩余之一部，这一边说明是取之合理，一边也说明了负担公平。这真是普遍提高生产，改善民生，使根据地的经济日趋繁荣，而逐渐走向康健的自给自足的途程。

4. 公粮比例征收，除了少数贫穷的民众不征收外，其余大多数的民众，即百分之八十的人口，都要负担公粮。这是真正公道的合理负担，是有粮出粮大家出力的好办法，同时也克服了抗战以来一般只限于少数人民负担，或分摊在负担不起的穷苦人身上的偏向。

第二，一九四二年度的公粮征收条例，具体地规定了合理的累进征收原则。公粮比例征收，根本废除了不合理的强迫的，既不调查，又不按民众负担能力，而从上到下摊派负担。因之，比例征收不会发生"竭泽而渔"，使民众负担过重。一般可以做到按其产量之多少，而决定其负担的多少。这□是粮多者多出、粮少者少出的累进原则。而且比例中所定的从百分之一到百分之卅，依数徐徐累进，使比例间隔的距离，栉比相连，改正了去年比例间隔太大的缺点，这不仅使各阶层负担无太大悬殊，即在同阶层中之同样富有者的负担，也不至失之于彼重此轻与相互不公平的缺陷。

第三，一九四二年度的公粮条例是掌握着量入为出与适当地量出为入的原则。这一比例征收的规定，是既适应了抗战军食的需要，又合乎民众力量足能负担的实际情形，因比这次公粮征收，只要完全遵照比例征收，工作深入，就可以完成期成数，不会再发生去年某些地区不妥当的半强迫性的或不民主的政治动员现象。在征收上要按比例，不再采取动员方式，但在实报、快交、交好公粮方面，仍须采用民主的深入的政治动员，同时也不应机械地反对民众们出自爱国热忱的自愿多交公粮。

第四，一九四二年度的公粮条例，接受了去年的经验教训，如公粮没有囤集起来，也没有掌握在政权手中，使用公粮的粮票制度没有很好的执行起来，曾引起了军队苦于沿门要粮，民众感觉应接不暇，政府不能严格掌握预算决算、公粮虚耗浪费与粮票高于货币，使政府威信、军民关系、货币信用都或多或少受些影响等等。因之，今年修正的公粮条例，明确地规定出公粮工作的完成是在于最后的囤积，更在于使全部公粮掌握在政权的手中，使整个公粮的支用，必须经过一定的预决算和□粮支票与严密的三联单。这样不只限制了虚耗浪费，减轻了民众负担，同时政府亦可有计划地支付公粮，减少了民众麻烦，更充实了军粮。从一年的经验教训中，得出了这样完整正确的公粮条例，是完成根据地占三分之二的财政经济建设之有力保证，同时是保证党政军民足衣足食，粉碎敌寇经济封锁之有力政策。因此，我们希望各部门各级干部以及晋西北三百万人民都能真诚的拥护这一公粮条例，遵守这一公粮条例的规定，实行快收快交，交好粮，并全数囤集起来，准备胜利地粉碎敌寇的进攻！

（原载一九四一年十月二十四日《抗战日报》第一版社论）

论征收公粮中的宣传工作

征收公粮是为供我晋西北抗日部队和在各部门脱离生产的工作人员的粮食给养，换言之是为了保卫晋西北，保卫晋西北的三百万人民，使免于成为亡国奴隶，使我们的根据地日益走上民主幸福的境地。一年一度的公粮征收是不可避免的，是完全必要的，然而这些问题并不能为每一个具有普通政治觉悟的农民所深刻了解，甚至从狭隘的观点上看来，因为公粮是取之于民的，好像征收公粮和人民利益是有所矛盾似的。目前要人民从他自己的粮食中拿出一小部份缴纳公粮，在某一方面说好像多少损害了他的一点局部利益，殊不知这是有限的，而且因拿出了公粮，却保证了晋西北的军粮，造成保卫晋西北的必要条件，这便给晋西北人民创造了基本的整个的和永久的利益。局部的、少数人的和暂时的利益，应该服从整个的、基本的、永久的利益。这些极其粗浅的道理并不是什么特别深奥和不可理解的，但由于出粮者，当他面对着自己辛勤一年所得的粮食而要拿出来缴付公家的时候，不可避免的要发生一种留恋和吝惜，而这留恋和吝惜，便曚蔽了这个极其粗浅的道理。因此，要我们宣传者善于把征收公粮的问题和保卫晋西北、建设晋西北的问题联系起来。要随时随地和晋西北人民的基本利益联系起来！要我们旁征博引晓以大义，激动其抗日热情，使其能实报粮数、慷慨出粮、不打埋伏。

我们公粮政策是最明显的反映了抗日民主根据地里的统一战线政策，更确切些说，我们的公粮政策便是统一战线政策，更确切些说，我们的公粮政策便是统一战线政策的具体表现，即公粮政策中的统一战线政策，使有机的体现在公粮征收的各种方案及比例表册等之中。因此宣传者要善于根据这些方案并从这些方案中向广大群众说明为什么起征点是四斗、为什么要保证百分之八十上下的人家出粮、为什么每户出粮最多不得超过其本年产量的百分之三十、为什么比例表上的间隔（累进率）恰好是不大不小的，凡此一切便是统一战线的体现。不是仅仅善于计算比例便能将这工作做好，而是要真能在上述这些问题中翻覆指出其原因，从而阐明统一战线政策，使农村各阶级各阶层感觉到这样征收公粮是最适合不过，因而提高共生产热忱，消除历年存在的某些人们在生产中的懈怠现象。

当今年我们征收公粮时，正是处在敌人对华北对我晋西北严重的"扫荡"形势之下，如我们在宣传中没有着重的联系到敌人"扫荡"的问题，或者至少是忽视与轻视了"扫荡"问题，势必使这工作的完成要拖延搁置，因而在"扫荡"中和"扫荡"后势将遇到给养困难的痛苦，而人民粮食的遭受敌人掠夺焚毁，产量数字因"扫荡"而又势必更动甚大，这样，本年公粮的征收工作必将遭受到许多严重的困难。因此我们今天应当多加解释鼓动使群众也深刻认识到早日趁机完成公粮工作，实系公私两便——军队既有了给养，行动和作战上便可不再受粮食的限制；特别是人民及早把应缴纳的一份粮食缴付公家，就减轻了自己的责任。

关于公粮征收问题中整个的宣传内容，已一般的见于晋西北公粮动员指导委员会之征收公粮工作宣传大纲（见本报一一七期），现在的问题只是在于每一个宣传者，每一个公粮工作者如何细心地研究这一文件，准备在工作中灵活的参考，但这里问题的要点又在于不是无原则的去搬弄这一文件，而是应在各种不同情况下灵活的运用与参考这一文件。每个宣传者、每个公粮工作者，应当不是以背诵这一文件为满足而是应准备在工作的全部过程中，随时提出新问题，发生了意外情况时能及时解答这些问题，能针对着这些问题创造出若干新的宣传内容与方式。比方说到群众对本年的公粮问题有所曲解时，那么宣传者应当及时予以纠正，对故意的从中□弄歪曲，兴风作浪，意图阻碍破坏公粮工作者，则应予以适当的揭露，对这些破坏份子需要予以一定的打击。在调查粮食产量中，如发现隐瞒不实报、互相包庇打埋伏等现象（这些现将会普遍的在各地碰到）时应设法——举例说——找出他们中间的某些矛盾等等，进行个别调查，激动其一方侧证其对方，翻复的调查等等，求得确实所要求的材料。诚然，在各种工作情形之下，宣传工作都是不能从组织工作中割裂开来的，因此一切这些问题的处理，不能光靠宣传，而是要和其他工作和谐的呼应起来，同时我们也要求每一个公粮工作者能够具备一定的宣传能力。

在公粮问题中，群众是可能有着各种不同的心情、不同的感觉，以至于某些不同的直接利害关系，因此，每一个宣传者，每一个公粮工作者，对于这些不同类型的人们，要区别不同的问题和他们的处境心情，感觉认识和直接利害联系起来，而适当的说服和处理。比方说，富农和贫农在公粮问题中处境是不完全一样的，认识也不能相同。对于富农在宣传中，我们便应着重指出负担之普遍性和最高负担额，反之对于今年新出公粮之贫农应指出粮多的多出、粮少的少出多少出，一点便算是尽了一份抗日的义务等。又如在某些敌占区或过去政令不入轨道的地方，人民苦于粮草征发的频繁，漫无标准者，则应强调公粮政策之正规化及一年一度的征收的不可更易的肯定性。这不过例举寥寥数端，以证明事情之繁复与多样性而已，至于在工作中的实际情况则是千百倍于此的丰富和复杂的，因此宣传者与公粮工作者，不能以主观主义的企图，拿一套制就的公式往各种不同的情形中去套，同是真正根据实际情况，根据不同的对象去提出不同的问题和解答不同的问题和着重在不同的重心上。如目前在某些地方，刚在开始了公粮工作之际，便不止一次的发现到中农感到负担太重了一点，特别是抗战以来，中农历年的粮食负担是比较很少的，在今日的新的政策之下，负担自然要普遍一些，中农如果以过去同今年的负担相形之下感觉到重，这也是完全可以想像的。如果我们不愿意掩盖事实，我们就应当看出俱有这种感觉的中农，有待于我们的宣传者去耐心的说明和解释。中农负担了不少的数字，这是事实，然而在持久抗战中，只有大家负担，才能撑持这一长期的困难局面。

在公粮征收工作中，我们所要求的不仅是公粮的如数完成，而且要在公粮工作中获得严重的副属的收获，就是在这一工作的进行中，经过宣传解释，做到提高群众对政府的信任和拥护，提高群众对政府统一战线政策的认识，而使晋西北各社会阶层的关系更加融恰，各阶级各阶层更亲密的团结起来；使千百万的民众，特别是生活在敌人的苛捐杂税，横征暴敛下的千百万民众，深深的认识到我抗日根据地内一切合理的、正规化的负担制度，因而更加倾我仇敌。这些胜利的事实，没有坚强的宣传工作是无法获得的。

宣传工作是全部公粮工作中的重要组成部份，虽然宣传工作的本身并不等于征收公粮。事情的成败常常决定于事前的宣传如何，公粮工作自亦不能例外。同一公粮工作，在不同的地区都可得到大不相同的结果甚至完全相反的结果，这大部份也就是要取决于宣传、动员、解释、说服工作做得如何。

  我们的宣传者是具备着最有利的最优越的一个基本条件,这一条件便是征收公粮是与人民的基本利益完全一致的,如果没有这一基本条件存在,那你说的天花乱坠,显显是道也是无法说服群众的,所以问题是在于要我们善于掌握这一有利条件,多方予以发挥阐明,把我们的政策、精神、意向和要求,具体灵活地不加掩饰,原原本本的和盘托出,使群众了解,从而获的其拥护,并不是要求我们在宣传中夸大、吹嘘、无中生有,这样会自踏失败之途的。

(原载一九四一年十一月九日《抗战日报》第一版社论)

今年的冬学

　　现在秋收已罢，公粮工作正在各地大量开展和相继完成中，冬学工作已经应该积极准备和开始了，目前华北正处在敌寇空前"扫荡"的严重关头，敌寇对晋西北"扫荡"的信号亦已响遍了全根据地的天空。在今年的冬学运动中，应该特别注意于反"扫荡"战争的动员和配合。经过冬学运动，把广大民众动员起来，积极准备和参加反"扫荡"战争，这是今年冬学运动有特别意义的重要任务之一。因此，在冬学教育内容方面，必须把锄奸教育、动员与教育全体人民举行公民誓约运动、号召与动员广大人民参战等，澈底贯穿到整个冬学运动中去，同时要有充分的准备，要有在敌寇"扫荡"中坚持冬学工作的信心与决心！

冬学运动事前的准备工作能否做好,这对冬学运动任务的完成程度有决定的意义,首先各县村的冬委会应该迅速的建立与健全起来,紧张地工作起来!本报一一四号所发表的"中共北方局给抗日根据地关于冬学运动的一封公开信",可作为今年晋西北冬学工作的方案和指针,各级冬委员,特别是县级冬委会应该配合行政公署教育处所颁发的关于冬学运动配合反"扫荡"战争的紧急指示及其他有关冬学的一切文件,进行深入具体的讨论,依据各地的实际情况积极进行工作的准备与布置,已经准备和布置了工作的地区,还应该再进行深入的检查。

选择和训练冬学教员外,调查和登记文盲与宣传动员是目前冬委会应该集中全力进行的工作。要把冬学运动做好,必须使冬学运动成为真正的广泛热烈的群众运动,因此,过去忽视宣传动员,单纯依靠政府命令的观点,对群众入学实行强迫命令的办法应该澈底纠正,原则上必须依靠政治动员。冬学的宣传动员工作愈深入愈进行的好,则今年的冬学运动便愈容易开展,愈能得到成效,县村冬委会对目前这个工作要好好去做,而各个群众团体也应该把这个工作立刻注意起来。利用各种机会召开群众大会进行冬学宣传,每个自然村为此应该至少召开一次全村村民大会,普遍召开开明户主和士绅的冬学座谈会,各群众团体召开自己的会员大会,使会员了解冬学的重要,发动会员起上冬学的模范作用;特别是村级政民干部,首先要联合召开冬学讨论会,县级冬委会最好派人参加或报告冬学的意义和重要,不仅要使每个文盲干部都积极上冬学,而且要使每个干部能够宣传动员与保证其家属上冬学。"村村有冬学,人人上冬学",这是目前我们行动的口号,完成这个任务,首先须由广泛深入的宣传动员工作来保证。

最后,在领导上抓得不紧,这是去年冬学运动成绩尚不昭著的一个重要原因。今年要把县村各级冬委会好好健全起来,要它担负起领导与推动冬学工作的责任,在各方面加强冬委会的领导。如果准备工作做好了,还应该注意在冬学进行时间有计划的经常进行检查和推动并随时研究与整理各地工作中的经验，创造冬学工作的新方式与新方法，最好能及时的送到报纸上发表出来，以供各地参考。

我们处在敌寇"扫荡"的严重关头，抓紧时机，紧张的工作起来，开展冬学运动，教育与动员民众准备与参加反"扫荡"战争！

（原载一九四一年十一月十八日《抗战日报》第一版社论）

健全武委会　加强民兵与自卫队工作

进一步加强民兵和自卫队工作，大量发展群众武装，开展广泛的群众游击战争，是当前晋西北党政军民的紧急任务。

在晋西北的武装建设中，主力军与地方游击队的扩大与巩固，已有了不少成绩，而群众武装却是武装建设工作中最弱的一环，半年来，虽然对这一工作比以前加强了，也获得了一些成绩，各级武委会先后继续普遍的建立起来，使群众武装的指挥教育开始走向统一，可是这是万分不够的，目前的群众武装工作还远落后于今天客观环境的要求。

敌后敌我斗争进入了更加激烈的新阶段，敌寇对我实行所谓军事政治经济文化的总力战，把强化治安与清乡运动联系起来，进行封锁分割，步步"蚕食"，长期连续的"扫荡"，而一寸一尺的土地，都需要流血争夺，这种情况，使我集中大的兵力，围歼敌人和运动战的困难增加，并为预防敌人对我主力突然袭击，必须减少集中兵力的战争形式，发展分散的战斗形式，大大发挥游击战争的威力。而且由于战争的频繁，人力物力财力的消耗增加，以及敌人烧杀毁灭、封锁掠夺暴行，使敌后军民的困难空前加大了。因此，一方面主力军必须实行精兵主义，缩编老弱，提高质量，加倍发挥其战争主导者的作用；一方面减少不脱离生产的自卫队，以节省人力，减轻人民负担，使广大民众有生养休息的机会。同时只有实行真正的全民武装，主力部队作战时，才能有广大群众武装的有力配合，使抗日武装力量，每一行动获得地方居民有力的支持与援助。

如果不进一步依靠民众的力量，便不能把一地一区的战斗坚持下去，克服一切困难，打败敌人。今秋晋察冀所以能够战胜敌人空前的大"扫荡"，便是由于边区的民兵尽了极大的力量，边区广大坚强的民众武装是边区反"扫荡"胜利的重要因素。我们对发展群众武装，对自卫队和民兵必须有更新的认识，对这一工作，任何轻视和麻木都将造成对根据地的损失。特别是太平洋大战爆发后，固然整个国际形势对我更加有利，敌伪愈形动摇，准备反攻的时候已经到来，但日寇必作最后挣扎，对华北敌后的"扫荡"可能更加残酷和频繁，提高警觉，加紧克服我们工作中的弱点，才能加速敌人的灭亡。轻视敌人，松懈自己，都是错误的。

自卫队和民兵工作是我们工作中薄弱的一环，正由于自卫队工作是我们工作中薄弱的一环，所以在这公粮工作大半是完成，春耕尚未开始之际，我们建议党政军民把民兵和自卫队工作当成这一时期的中心工作和突击方向。

各个武委会是各种人民武装的统一领导组织，他是民主集中的组织，在今天首先应由上而下的把他健全起来。要抽调选拔最坚强和在群众中有威信的干部，去担任武委会的工作。要有计划的训练和提拔干部，充实健全其组织与机构,准备将来由下而上的进行民主选举。村武委会是这一领导组织的基础,如加强村级领导,对村武委会的主任要事先予以重视。各级武委会的内部生活,须采取民主原则。任何独断专制的行为,须坚决予以排斥。

由于自卫队与民兵是半群众半武装组织,应该更发扬民主性质,所以一切工作的基础,必须是政治动员的,凡年在十六岁以上、五十岁以下的男女,不分种族、阶级、宗教、信仰都须进行登记,编为男女自卫队员,但亦须经过动员,而民兵(模范的自卫队青抗先)的组织,完全要在自愿的基础上组织起来。任何强迫命令,都将造成发展群众武装重大阻碍,反之愈是经过政治动员,在其内部愈是发挥民众团体的民主集中制原则,这些组织将愈是活泼有力。

各地党政军民同时要注意民间原始武器的搜集(刀锚的制造),想尽一切方法,大量制造手榴弹炸药,充实自卫队和民兵的武器,这也是当前刻不容缓的事。

敌人在敌后搜刮掠夺、焚烧捕杀,更加激起了广大人民的愤怒,特别是青年要求参战的热情日益高涨,敌人愈是实行其残暴的民族压迫与蹂躏,愈将加深人民的同仇敌忾,给我们造成发展群众武装的有利条件,我们要好好的利用这个条件,坚定工作胜利信心。

(原载一九四一年十二月二十七日《抗战日报》第三版社论)

再论今年的冬学

冬学运动乃是冬季三个月全面的中心工作，现在时序已临十二月末旬，各地冬学教员训练与宣传动员的阶段多已结束，当然，这已经给冬学运动作了一些基础。但是根据各方面的材料，目前整个冬学运动还有若干重要问题急待解决与努力。

首先值得严重注意的，乃是对冬学工作轻视忽视的现象仍然相当普遍地存在于各部门各级干部之中，例如有些负责同志还不大关心甚至不过问冬学工作；有些参加冬学运动委员会的干部尚未能拿出主要的时间与精力来计划研究推动冬学工作；有些地方冬学运动委员会有名无实，不起实际作用；有些地方歧视冬学"一把抓"的作风仍未澈工作中，各部门应当保证一定数量干部有计划的分散下乡，深入的具体的检查与帮助冬学教员，经常给以指导，同时通过冬学工作去进行自己部门的组织工作。

时间不待，两月多的时间转瞬即过，冬学运动的胜利完成，需要深入，也需要努力突击！

（原载一九四一年十二月三十日《抗战日报》第一版社论）

《抗战日报》

一九四二
YI JIU SI ER

一九四二

迎接一九四二年　巩固建设晋西北

伟大的革命与战争的时代，正在飞速的前进。一九四一年是爆发天大事变的一年，一九四二年将是开始解决事变的一年。六月二十二日法西斯的德国开始进攻苏联，半年来遭受了严重的损伤，伟大的苏联已开始进入反攻阶段。十二月八日东方海盗日本帝国主义在太平洋上开始进攻英美。在目前侵略阵线与反侵略阵线之分野是完全的明朗化了。中苏英美抵抗侵略是正义的多助的，而德意日法西斯的强盗行为则是非正义的孤立的。反侵略阵线的人力资源及军事上的力量，对侵略阵线占绝对优势。可以断言，最后胜利必属于反侵略阵线方面。

但是胜利不是易取的，侵略国家的力量还是强大的。

胜利的获得，必然是长期的艰苦的斗争。我们应有胜利的信心，尤必须有艰苦奋斗的决心。特别是处在敌后抗日根据地的我们，勿因形势有利而懈怠工作。必须认识到□对我根据地资财的掠夺必更加紧，以解决其扩大战争的困难。对我根据地经济的封锁必更加□，以削弱我之抗战力，以巩固其占领地。必须认识到敌后根据地的任务，仍然是坚持长期的游击战争，准备将来的反攻。

为此，巩固建设晋西北的任务，仍是不变的。为了迎接胜利，且应加紧我们的工作。因了国际形势的有利，因了几个据点的收复，而得意忘形，都是有害的。晋西北一年来的建设，已经打下了巩固建设的基础。十分明显的，比一九四〇年有了很大的进步。但是进步是不够的，打下了基础，还不等于巩固。我们必须于一九四二年更加紧张的努力，克服一切困难，为固巩建设晋西北而奋斗。

在武装建设方面，我们应着重于民兵组织与扩大。因为群众的武装组织，将是坚持敌后游击战争的基本武器，且是壮大正规军的主要来源。勿庸讳言，现在的民兵组织是薄弱的，必须而且应该成为工作上的突击方向。这首先要健全各级武委会的组织，加强其干部与注意其领导并动员广大的群众参加民兵。至于地方游击队的继续扩大，主力军的提高质量改善生活与装备，特别是兵工建设，都是我党政军民所应共同负担的第一等任务。必须了解没有坚强有力的武装力量，建设根据地是不可能的。

在财政经济建设方面，必须做到根据地的自力更生，在晋西北是可能的。这首先要有计划的领导春耕运动与发展纺织事业，以做到吃穿自给。在发展生产的基础上，在反对金融投机的斗争中提高与巩固农钞。要肃清一切本位主义贪污浪费现象，要注意到人民的负担能力。为了长期打算，为了照顾全局，任何个人都应节省，任何工作都应重□。反对铺张，反对浪费，在财政建设上是有积极意义的。多省一分财力物力，就可使抗战胜利多一分保证。

在民主政治建设方面，我们要完成村选，完成区选，召开晋西北的临时参议会，这是我们在民主建设的进一步的发展。抗日民主政权建立以后，经过两年来艰苦奋斗的努力，已经走上了正规化的道路。各种正确政策的执行，已经得到了广大人民的拥护，但我们要从下至上的集中意志。民主的集中，不是专制的集中，以求得抗日民主政权的更加巩固。村选区选和临时参议会的选举，都是十分繁重的动员工作组织工作。实际的而不是形式的，这就要在动员中给人民以民主教育。真正的而不是应付的，这就要耐心的做组织工作。选举运动要做好，各级选委会的组织领导非常重要。老实说，一九四一年的各级选委会的作用是不大的。一九四二年的选举任务更重大了，如何研究条例，如何进行组织，如何动员群众，如何选出各界、各军、各党派、各阶层的真正代表，这就要各种选举的各级选委会真正组织起来，真正负起责任来。

形势是有利的，工作是艰苦的，迎接一九四二年，巩固建设晋西北，这就是本报的新年献辞。

（原载一九四二年一月一日《抗战日报》第一版社论）

努力推广新文字教育

"汉字不灭,中国必亡"。这是鲁迅先生洞察了汉字阻挠大众觉悟底明言。在我们抗日民主根据地底建设过程中,群众文化落后对于工作的障碍,已深切地教训了每一个战线的同志。而方块汉字的艰深,不单使教育工作者难能使群众迅速具备最低的文化技能,而且三年五载的学习根本就与整年忙于生活的人民大众绝了缘。这活生生的现实,证明了鲁迅先生的论断是正确的远见,也证明了方块汉字的本身已是发展大众文化底赘瘤,成了阻碍中华民族新文化创造发展底"黑暗闸门"!历史永远是前进的,□蔽了的方块汉字束缚不了历史□车轮。中国新文字的产生发展正适应着这历史的要求，去年延安试办新文字冬学以五十天的功夫就消灭了一千五百多文盲，这惊人的成绩，有力地宣布了方块汉字底破产，有力地打击了一切反对新文字的人底谰言。这惊人的成绩和方块汉字对比之下，必然的结论是"新文字是人民大众的武器"，必然的结论是"切实推行，愈广愈好"！（毛泽东）

现在，华北各抗日根据地都已着手新文字底推行工作，陕甘宁边区今年已大规模的开办新文字冬学，全延安县已划为新文字实验区，所有小学与社教各种课程一律编用新文字课本，最近边区参议会不仅追认了边区政府保障新文字法律地位的法令，而且一致通过以新文字为小学教育的第一□文字！风闻所及，文字革命的浪潮陡涨千丈，这不仅是新文字的进步性所使然，也说明了只有进步的民主的地区才能给它充分的发展条件和保障，更说明了我们民主抗日根据地应当负起这一份革命的责任——为文字革命，为文化革命，为全部革命任务底胜利完成，推广新文字教育是义不容辞。

在晋西北，自今年六月十八日新文字促进会成立以来，推行工作有了相当进展，在各中学，各地短期训练班，都添授了新文字，各部队、各政民机关的干部与杂务人员，或上课、或自修、或集本自学，确已有了不少的成绩，特别是许多区级干部、小学教员与中学学生对新文字发生了浓厚的兴趣，这是值得重视的。但是，我们应该承认，所有这些工作，还仅仅是初步的准备而已。

最近，行署以晋西北师范学校新文字干部班为基础，并配合青联部份同志以及新文字促进会、抗联、文联等机关团体联合组织新文字冬学工作团，在兴县二区试办新文字冬学二十所，预计以六十天时间在入学群众中消灭三分之一的文盲，这是晋西北新文字运动准备深入群众的开端，其规模虽小，在晋西北的文化运动与文字革命上是有历史意义的。现在工作团三十余位同志已踏上拓荒的战场，我们期待这一批先锋员创造完满的成绩和丰富的经验，为晋西北的新文字运动开辟光明的大道。同时谨向各方面同志进一言：

第一，要进行广泛的宣传：试办新文字冬学，已响起深入群众的号声，希望党政军民同志展开广泛的宣传，一方面促起各级干部的注意，订立新文字教育计划，分批扫除干部中的新文字文盲，以为进一步推行的准备。一方面从各方面扩大试办新文字冬学的影响，对一切怀疑新文字、反对新文字的人进行说服与教育。

第二，推行要坚决，也要有计划：新文字的广泛推行是肯定的、必要的，对于推行中的一切困难必须坚决的克服，必须以充分的勇气去做。但是，我们不可乱了步伐，在一切地方进行宣传是可以的，而在任何地方都去教几点钟，连字母也教不完，就值得研究。我们承认新文字比汉字容易学的多，但不是说就易如拾芥。太容易的看法、太随便的做法，和新文字的认真推行并无相同之点，而且将招不良影响。因此，我们希望慎重将事，订出严密计划，按步实行，以期收得实效，而免徒劳。

第三，要培养干部，出版读物：无干部则普遍推行是空谈，无读物则失推行工具，这是当前晋西北新文字运动的两大困难。我们希望各部门在在职干部中选拔热心新文字兼有相当素养的人负专责，以便研究推行工作以及新文字之运用与发展诸问题。同时希望各学校注意培养大量的新文字干部，以便明年较大规模的推行。至于读物方面，希望各部门能够分工合作，同时下定决心以新文字读物为出版印刷之重要任务。

（原载一九四二年一月三日《抗战日报》第一版社论）

健全司法机构　开展新民主主义的司法工作

　　司法工作是政权中一个不可缺少的部门，它是教育以至制裁那些违犯政策法令份子的机关，因此政府的一切政策法令的贯澈执行，没有健全的司法工作是不能完满实现的。列宁曾这样说："国家是社会政权的建立，构成这个政权的不仅有武装力量，而且还有它的附属物，监狱及其他种种强迫的机关。"这几句话明确的指出，政权要完成它的任务，不但要有武装力量的保护，同时还要有维护社会秩序、执行法律的强迫机关——法院监狱等司法系统。

　　新民主主义的政权，需要有新民主主义的司法工作，这是不容怀疑的，晋西北根据地经过二年来各方面的努力，一切都有了一个初步的基础，政权建设在各种机构与制度上，也大体完备，但司法工作尚停留在不健全的地步，大多数县份，还没有正式的司法人员。因此二年来行署虽在司法工作上也曾建立了许多进步制度，如诉讼不收讼费、刑期最高以五年为标准（特殊情形者例外）、实行巡回审判、开庭不拘任何形式、各县设写状员不收费给人民写状、执行徒刑多采假释出狱的办法、判决案件尽可能的迅速等等，都是进步的适合新民主主义的办法，但因各级司法机构除少数县份外，多不健全，甚至有些县份尚未配备司法人员，以至一切进步的办法，并未普遍的收到实际效果。晋西北的革命的社会秩序还恢复的不够，一切破坏社会秩序违犯政策法令的人，还没有健全的专门机构负责予以教育和制裁。司法工作还是晋西北政权中较薄弱的环节。

司法工作未能与其他工作同时开展，这当然有它的客观原因：各个根据地的建设，差不多都首先从事于武装建设与经济建设，其次司法干部较其他部门尤为缺乏也是事实。但在主观上看来，不能对司法工作有足够的认识，也是主要原因之一。一般的说来，人们都把司法工作认为纯系消极作用的工作，至多只把它认为补助教育之不足。对司法工作本身就有其积极的推动社会进步的力量，它同样也是一个革命武器之性质的认识上是不够的，例如政府所颁布的减租减息与婚姻条例，这些条例如果没有健全的司法机关给人民依照新的法令解决问题，那些进步法令不是引不起人民的兴趣，就是使人民的了解上发生偏差，由此可知司法工作的健全与否，对根据地的建设上影响是很大的，但至今尚有许多人对它不加重视，这是非常严重的现象。

司法工作在新民主主义的政权中至低限度是有以下几种重要作用的：一、贯澈政府的一切进步的法令，端正一切破坏法令政策的现象；二、维护抗日民主的社会秩序，予破坏抗日民主的份子以制裁；三、保护并调节各抗日阶级的利益，使抗日各阶级更加团结抗战，增加抗战力量。

要完成上述的任务，自然得经过一个努力过程，因为新民主主义的司法既不同于资产阶级的旧司法，也不同于社会主义的最新司法，把旧的搬来不适用，把新的拿来也不适用。新民主主义的司法，也和其他一切工作一样，需要我们善于审慎的把握社会进步的实际情况，不断的发扬革命的创造性，才能成功。晋西北根据地的各种建设，现已开始以迅速的步骤向前迈进；政府的法令已引起了民众的注意与拥护，如人权保障、减租减息、劳动法与婚姻条例等颁布以后，社会上各阶层的关系，便向进步的方面变动，因而民众间的纠纷也随着增加了起来，但因各级司法机构尚未健全，司法工作赶不上客观的需要，以至案件堆积，不能迅速解决，或由于没有司法干部由其他部门兼理，对法律的知识缺乏研究，司法技术不够熟练，致对民众的纠纷未能□当的解决，这无论对政府的威信上以及政策法令的执行上都是很大的损失。所以目前司法工作的开展，已成为客观上急待解决的问题，而司法机构的健全尤为迫切。

司法人材的缺乏，自然也是事实，不过只要我们纠正一切对司法工作的不正确认识，把这一工作提到应有的注意，那末司法人材散在各地尚未参加工作与散在各机关团体作其他工作的也还不是一个小的数目，只要设法动员或调动，照顾全面工作，大胆大量的用人，克服关门与本位主义，那末司法机构的充实，并非十分困难的问题。万一没有现有的司法人材可找，我们认为应大胆的提拔积极纯正的青年，只要有高小或初中的文化程度，就可配备为司法干部，因为这些干部虽说没有法律常识，但是经过一个时期的实际锻炼与研究，再加上司法负责机关的领导与训练，我们相信很快的会锻炼出一批健全的司法干部来。

只有司法机构健全了起来，才能谈到逐步的开展，新民主主义的司法工作，才能肃清旧的司法的一切遗毒。现在晋西北不但在开展新的司法工作上急待司法机构的健全，即在改革旧的司法恶习上说来也还是应努力的问题，健全司法机构是目前晋西北司法工作一个中心问题，这是各级政府机关应明确认识与努力的。

（原载一九四二年一月六日《抗战日报》第一版社论）

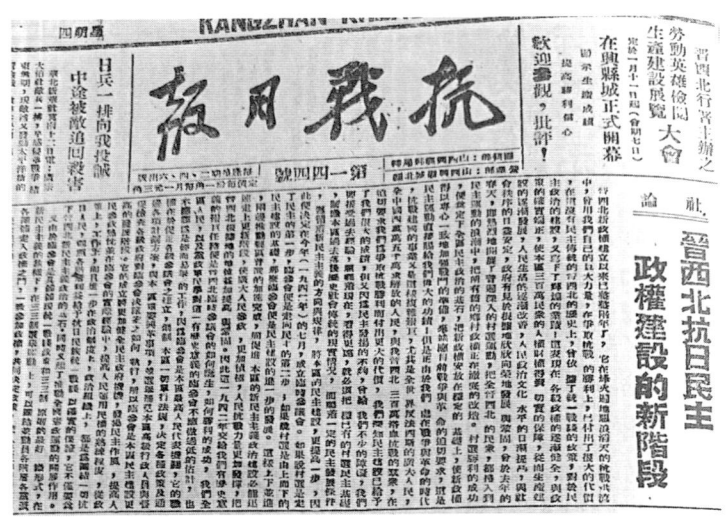

晋西北抗日民主政权建设的新阶段

　　晋西北新政权建立以来已整整两年了，它在烽火遍地恶浪滔天的抗战洪流中，曾用我们自己的巨大力量，在争取抗战的胜利上，已付出了很大的代价。在这没有民主传统的晋西北的历史上，曾依据了统一战线的政策，对于民主政治的建设，又写下了辉煌的业绩！这表现在各级政权的逐渐健全与政策的确实端正，使本区三百万民众的人权财权得到切实的保障，从而生产建设的逐渐发展，人民生活的逐渐改善，人民政治文化水平的日渐提高与社会秩序的日益安定，政府有见于根据地欣欣向荣地发展与巩固，曾于去年的春天，即热烈地开展了普遍深入的村选运动，把全晋西北的民众，都卷入到民主运动的浪潮中，把所有旧的乡村政权正在澈底的改造。村选胜利的成功，更奠定下全区民主政治的基石，把新政权安放在稳定的基础上，使新政权得以专心一致地加强战斗的准备，来适应目前战争与革命的迫切要求，这是民主运动直接赐给我们伟大的功绩！但是正由于我们处在战争与革命的时代，抗战建国的事业又是这样复杂艰巨，尤其是全世界反法西斯的广大人民，全中国四万万五千万求解放的人民，与我晋西北三百万浴血抗战的群众，在迫切要求我们为争取抗战胜利而付出更大的代价，我们深知民主建设已给予了我们很大的成绩，但又因为民主发扬的不够，曾给我们不少的障碍，我们要接受过去经验，照耀着现在，看得更远，就必须把稳已有的村选民主基础，认识本区过去落后历史社会传统的现实情况，而顺着一定的民主发展条件，遵循着新民主主义的方向与规律，将本区的民主建设，更提高一步，因此便决定在今年（一九四二年）的七月，成立临时参议会。如果说村选是走了民主的第一步，临参会便是走向民主的第二步；如果说村选是由上而下的民主建设的基础，那么临参会便是民主建设的进一步的发展。这样上下并进，两边推动县区普选的加速完成，而促进本区的新民主主义政治建设必能迅速走上更新阶段，使广大人民参政更加积极，人民抗战力量更加发挥，把晋西北根据地的地位益加提高与巩固。因此这一九四二年交给我们有历史意义的艰巨任务便是晋西北临时参议会的如何诞生。如何胜利的成功，我们全区人民，以及党政军民学对这一有历史意义的临参会不应做过低的估计，也不应认为是轻而易举的工作，因为临参会是本区最高人民代表机关，它的职权在于促进各级参议会之建立，创制本区一切单行法规，决定各种政策及通过各项计划方案与本区重要兴革事项，并选举罢免本区高级行政人员与督促检查各级政府对临参会决议案之如何执行，所以临参会是本区民主建设更高的发展阶段。它的成立将更加健全民主政府机构，发扬民主作风，提高人民参政热忱并在临参会的实际经验中，提高人民运用民权的熟练程度，从政策上、工作上，而且进一步在政治制度上、政治组织上，都是为团结一切抗日人民，顾照各阶层利益给予抗日民族统一战线以确实的保证，它不仅要奠下晋西北新民主主义政治的基石，同时又起了推动全国宪政运动的开展作用。

又由于临参会是具体体现统一战线政策和三三制原则的最好□织形式，在新民主主义的旗帜下，在三三制选举运动上，可以团结并动员各阶层各党派各团体走入政权之门，一致参加政权，共同决定政策，使人民更加拥护政权，使政权更加有力，这正是扩大政权的基础，确实做到集中群力，共谋国事，所以临参会不只是本区最高人民代表的机关，而又是全区人民力量通过政权组织最好表现的方式。它一面替人民说话，确实做事，一面又须替政府计划，解决问题，它既是人民呼声的播音机，它又是政府倾听民意的收音器，它是目前本区抗战民主最锋利的武器！

它要成为本区的舵手，顺着民主抗战的方向驶去；它要成为本区的领导者为坚持统一战线而斗争；它要成为晋西北的园丁，为培养民主的蓓蕾而努力，它要成为晋西北的灯塔和哨兵，指向新民主主义光明前作途而迈进。因此我们对于临参会的成立，应有足够的认识，它只能在抗日民主根据地发展的一定基础上产生出来的。

其次在这没有民主传统的晋西北要产生临参会，在过去是从来未有的创举，在目前是一件迫切而伟大的工作。因此必须通过普遍深入的组织过程和民主教育的运动，才能把曾受过去落后历史社会影响的人民，组织和调集到选举临参会运动的战线上，为这一工作而努力。目前行署已成立临参会筹备会，正式办公，各级筹委会亦应迅速成立，开始办公，并加速采用各种方法，展开热烈的讨论、宣传、鼓动与组织工作：

首先在认识教育上，应坚决反对以下可能发生的两种倾向：一种是属于群众的，那便是过去历史遗留给他们不愿参加政权的落后现象；一种是属于干部的，有些干部可能对临参会工作故意消极怠工，以为民众不懂民主，或不相信民主，企图独霸政权的"左"倾认识，他们不认识决定历史方向与争取抗战最后胜利的是广大人民的力量，而不单是少数特出的政府人员，而且任何好的干部，离开了人民的支持，是微弱无能的；任何好的政府，如果没有人民的监督，便会松懈，或独断专行、自以为是而陷入于官僚政治的泥滩中，我们要想临参会胜利成功，不把这两种倾向澈底肃清，是不会成功的。正因为如此，我们全区党政军民学必须通过了各自组织系统，有组织有计划来进行有效的宣传与教育，而各文化团体各报纸刊物也必须有计划的大量编印有关临参会的一切文件论文以及诗歌戏剧漫画木刻传单小册子，以求广泛宣传。各级临参会筹备会又须大量编印各种条例等宣传品，此外最有效而现实的办法便是组织宣传队，利用各剧团各学校和正在进行的冬学、村选分区分期的进行宣传，只有这样才能把临参会选举运动的浪潮，普遍深入地传播到每个乡村，才能使临参会的创举印入每个民众的心坎中，而有了清楚的认识，从而鼓动起他们深刻注意临参会选举运动，并保证这一工作的完成！

　　同志们！时间过的很快，临参会的选举马上就到，因此临参会筹委会的工作必须切实准备，宣传、动员，我们应及早分出最精练的干部，拿出最大的毅力，集中视线，来开展这一工作。我们知道一切工作都是开始难，一切工作的成功，都是从充分准备与认真努力中产生出来的，我们要临参会胜利圆满的成功是需要我们党政军民学集中力量齐一步骤的努力！

（原载一九四二年一月十五日《抗战日报》第一版社论）

及早准备春耕

去年春耕,确有相当收获。据不完全统计,人民收入增加,达五千七百万元以上。这些成绩的取得,归功于春耕的组织领导者少,主要乃由于政策法令正确,社会秩序走入安定,人民生产情绪较前提高。但所得之成绩相去应得的和可能得到的成绩距离是很远的。因为当时下手较迟,没有充分准备,临时不免顾此失彼。也因为没有足够认识春耕重要性,缺乏有计划领导的精细的组织工作,遂使推动春耕成为应景文章,春耕运动大半自流,这一教训,在今年春耕开始准备的时候,应好好记取。

晋西北是农业的晋西北,人民百分之九十以上靠农业生活。军队亦赖农民供给衣食。外区必需品的取得,均仰赖土地收获。特别今天敌寇再三厉行物资统治，封锁必需品流入我根据地，也只有依靠自己增加棉花生产，才能解决军民的服装。因此，春耕好坏，成为军民生死问题。认真领导与及早准备春耕，也就成为全体军政民眼前迫切战斗任务。没有足够的粮食和棉花，今天想巩固根据地，是空谈。没有充分准备，及时推动和领导，造成热烈的群众春耕运动，想多收粮食和棉花，也是个空谈。

怎样做准备工作呢？

第一，动员干部和对群众的春耕宣传鼓动，是当前主要工作。首先是动员干部。因为春耕工作，不像公粮扩兵，需要按数完成。而是当时令一到，人民自己会进行生产。如干部仍不澈底了解春耕之非常重要，没有高度自动性与积极性，就无法克服"百姓自知百姓事，何必公家闲操心"的观念。或者把春耕当做一年开始的"应景文章"。春耕对象，是散漫的田野劳作，要求组织性和计划性，也要求深入和精细。否则，精神上没有上述准备，今年仍不能克服去年的敷衍现象，即春耕时不管，总结时到处找农家抄数目字。

其次，以政策法令教育干部。只有使干部都能了解政策法令，并熟习之，才能正确运用。应把有关春耕的条例印成小册子，作为各种训练班政策教育的重要材料。可能时，短期集训干部，讲解政策法令，并研究工作方式方法。去年很多区村干部不了解，甚至不知道法令为何物的现象，今年春耕起，不应再重复了。

最后，把春耕变成广大群众运动。因此，对民众要作广泛深入的宣传鼓动，要动员起一切宣传力量，为春耕宣传服务。要利用各种形式，如秧歌、社火、对联等。运用宣传机构和人材，如冬学、小学教员及知识份子，一齐进行春耕的宣传和鼓动。行署举行的生产展览与奖励劳动英雄的事实，各地应很好运用作为有力的宣传鼓动资料之一。

第二，建立强有力的春耕委员会。首先，春耕是有极大组织性和计划性的工作，须要坚强领导，及时检查和督促。因而，各级春耕委员会，不应只是提供意见，研究问题，而要经过政民机关，真正切实迅速解决问题。像去年那样形式的春耕委员会，仍就无法胜任。春委会在春耕期间，应有脱离他职的干部，专任其责，应有定期会议和经常工作制度，还应是三三制组成的，以吸收各阶层积极人士参加，县级与村级，尤为重要。

其次，为有效发动全体人民，应当很好运用现有的群众组织力量。在春耕期内，一切工作应围绕着春耕，各种组织均要为春耕服务。春耕中，各部门要巩固与发展自己的组织，但不应站在春耕以外，单独干自己的工作。也并不是在春耕中，完全停止了其他工作。

最后，春耕是广大群众性的事业，要利用各种各样形式，将各阶层热心春耕与积极参加春耕的，尽可能都组织到春耕的各种临时机构内，群策群力，推动广大人民，掀起一九四二年晋西北春耕运动的浪潮。两次公粮工作的组织动员经验，可以选择优点，发挥使用。

第三，迅速解决春耕前应解决的问题。春耕是有季节性的，所谓"不违农时，谷物不可胜食"。春耕必要准备的事，要在春耕下手之前解决好。首先，正确解决租佃关系与土地问题。因为这些都是农村中，地主与农民间的基本问题。特别租佃关系，种类繁多，形式复杂，对地主与农民利害大小不一，如不适当处理，会影响人民生产情绪，阻碍春耕。政府应根据去年材料与经验，颁布有关条例办法。各级干部执行条例与办法时，要注意关照到各阶层基本利益不受损害。

其次，解决种子耕牛和农具问题。□要有详细的调查工作，知道那些东西，何处过剩，何处不足，缺欠和多余到什么程度，才能把调剂和救济工作做好。情况了解之后，就要抓紧问题，及时解决。去年种子调剂，迟延误事，今年应不在见。农具缺乏，最好早些发动制造。耕牛买进和繁殖，行署已有奖励办法，春耕前，使群众了解这个办法，设法从外地购买，是很重要的。

最后，关于抗战勤务问题。群众战时负担勤务，是天经地义的职责。但在我根据地人力缺乏的情况下，在发动人力多多参加春耕的要求下，春耕和抗战勤务应有适当配合。将来春耕期内，要减少不必要的抗战勤务。大批经常服役，如送粮运炭等等，应加紧动员人力提前完成。"春耕以前多送粮，春耕期间没粮送"，可作这方面的动员口号。春耕以前，不努力动员抗战勤务，推拖等待，春耕中间，从地里赶壮丁，都是要不得的。

第四，建立实验村，创造经验，发现问题。春耕虽限于季节，须要于同一时间，全面开展动作。但仍可仿照公粮和村选的经验，先集中干部实验几个不同区村，研究些问题，取得初步经验，进行全面具体布置，这样用自下而上的客观领导方式，是有很多好处的。实验布置，能和干部训练一起进行更好，并把实验总结，迅速报告上级，以便交流各地经验。

春耕工作好坏，不仅关系根据地经济命脉，而且农业生产为人民与国家的很大收入。只要把春耕作好了，多收下粮食和棉花，正是"赋税不加，而财用足""仓廪实而府库充"。今年人民生活改善，亦将取决于此。

正式春耕，转眼就到。现在已是加紧准备的时候了！

（原载一九四二年一月二十九日《抗战日报》第一版社论）

迎接临时参议会人人应有的两种准备

自从去年第三次行政会议上接受了林枫同志成立晋西北临时参议会的提议以来,接着有晋西北临时参议会筹委会的正式成立,接着有《晋西北临时参议会暂行组织条例》《晋西北临时参议会参议员产生办法》的颁布,并且规定了工作进行的历程,计划在"七七"五周年纪念日正式召开晋西北临时参议会的首次大会,这可以说是一九四二年我们晋西北抗日根据地的一件惊天动地的大事情,一个异常艰巨的伟大工程——由不够民主到更高的民主,由不普遍到更普遍,由下层民选到最高民意机关的成立和行政人员的选举。

应当承认这一工作的进行上,已有陕甘宁边区、晋察冀边区、晋冀鲁豫边区做我们的榜样；而我晋西北已经过了或正在进行着比较澈底的村选，这都是有利条件。同时也应当认识，敌占区与大后方等反民主地区对我乃是一个大包围，而我晋西北民众及大部份工作的干部虽说急于要求民主，但对于运用民主却很生疏，这种生疏必然使工作进行发生掣肘现象，这又是不利的条件。所以在参议会的筹备工作起始之后，就须要每个工作人员都开始一种准备与改变，以应付此新局面。

最切要的是明确民主认识，从思想上肃清反民主的残余，中国几千年的长期封建统治，使专制思想在各阶层中相当浓厚的存在着。很显然的，比如有不少工作人员嘴上尽管唆叫要民主，"不自由，毋宁死"，甚至要为民主流血；一到真正进行民主的工作，真正给他以民主权利时，却又把民主看成一种负担，以为只要做得对与民意符合就好了，人民代表机关不人民代表机关没有关系，这与落后民众盼望真龙天子出现的"明主"想头有什么差别呢？比如也有不少工作人员嘴上尽管嚷叫人民代表机关何等重要，但一到真正产生人民代表机关时，却往往又看轻了人民代表机关，以为政府就是一切，不晓得人民代表机关才是最高权力机关，政府不过是其执行机关，为整个政权的一部份。这难道与衙门在上小民低头的落后思想会有什么区分吗？又如有不少工作人员尽管在嘴上嚷叫各个革命阶级联合专政即三三制政权为今日中国所急需，但一到真正进行人民代表机关与政府机关的选举时，却早在思想上有了打折扣的准备。一方面认为共产党员只占三分之一会起不了领导作用，认为区村一级的工农份子共产党员在文化程度、办事能力、世故经验上都比地主士绅差，人数少了便不能防止个别坏份子把持政权，认为地主士绅中找不到好人。总之，对于真正实行三三制总不放心，感到很不舒服，而没有认识到三三制政权是现阶段中国革命要求的具体的政权形式，这必须不是空说，而是要具体执行的，广泛发动各党派各阶层各界人民的热烈参选运动正是为了真正实行民主，建立三三制政权的具体工作。凡此种种，一句话，都是只从抽象的一面来了解民主，而没有从具体的一面去进一步研究民主，理论原则与工作事实完全脱离。假使不能摆脱这种反民主的思想与习惯的污秽，自然就不能对民主建设有很好供献。所以必须是敢于揭发这种污秽，用力洗涤它，在不断研究各种选举的条例办法与具体工作中提高自己，并以此去教育广大民众，这才能真正掀起热烈参选的民主运动的高潮。

也应当特别提起注意的，是认识民主运动的战斗性，精神上要作战斗的准备。民主变革不论其所采取的是暴力的还是和平的手段，其为一种革命则无疑义。革命一定离不了斗争，对我有利一定对敌不利。所以在我们临时参议会工作的进程中，应当从头到尾都在动员的状态中，应当随时随刻都在准备反"扫荡"的状态中，不该存有"太平洋大战□发了，敌人不会进行'扫荡'"的幻想，不该存有"这几个县或那几个县，敌人可能不来'扫荡'"的侥幸心理，不该在敌人"扫荡"未来以前铺张的布置工作，又不该在敌人"扫荡"到来之时便把这种工作丢开不管，要真正很好的完成临时参议会的选举工作，非使每个工作人员全根据地人民预先在精神上工作布置上有反"扫荡"的准备不可。这是和陕甘宁边区处境不同之处，有一些办法上自然就不能完全相同。

这样看，我们晋西北临时参议会这一民主建设的伟大工程，是要经过我们全根据地人民的努力，是要求一切政权工作者的艰苦工作，也是要求各党各派各界各阶级的人士热烈参加，才可以胜利建设起来的。但是更进一步的民主建设，终竟是一件愉快的工作，就在今天中国，好多地区人民还不是在"一党专政"之下呻吟吗？所以在晋西北民主空气中沐浴了二年之久的人们，更应不惜流汗、不辞劳苦，建设我们光明愉快的民主政治生活。

（原载一九四二年一月三十一日《抗战日报》第一版社论）

集中一切力量粉碎敌寇的"扫荡"!

敌人于本月三日在根据地外围据点增兵后,五日即分三路向我内地开始"扫荡",现在寇军已深入我腹地,晋西北已处在"扫荡"和反"扫荡"的紧急状况中了。

敌人这次对晋西北的"扫荡"也正像已往历次的"扫荡"一样,不是突然的,是有计划和准备的,同时也是在我意料之中的。太平洋战争爆发后,敌人对敌后各抗日根据地的"扫荡"并不会放松的。前此不久,敌人在马坊圪洞一线增筑据点,正是敌人在国际新形势之下,对晋西北阴谋进行进攻的开始。

由于我根据地更加巩固和坚强,敌人的进攻必然更加毒辣和残酷。而战争一经开始,便不会马上停止。这从去年敌人进攻华北各个根据地，特别是对晋察冀边区的"扫荡"中已经充分的告诉了我们这一点。因此，每个人民必须成为保卫家乡、保卫根据地的战士，每个人必须投入群众的游击战争中去。我们的根据地是在战斗流血中建立和壮大起来的，我们也将在战斗流血中粉碎敌人的"扫荡"，保卫人民、保卫根据地，党政军民要很好的配合，发挥英勇牺牲精神，动员起来、战斗起来，同时要更进一步的依靠广大人民、动员广大人员，和广大人民紧紧地团结在一起，打击深入我腹地的敌人，争取反"扫荡"的早日胜利。

军区各部队和地方武装，各机关和全体工作人员，晋西北的全体人民紧急动员起来，战斗起来，向敌人展开猛烈斗争！反对一切观望和苟安的侥幸心理，更要反对在战争急迫和残酷的面前惊惶失措和悲观失望的表现。我们要认识敌寇的残酷与凶恶，我们也要看到我们足以战胜敌人的伟大力量和有利条件。我们有英勇善战，饱经反"扫荡"胜利经验的八路军和新军，我们有在战争中和正在和敌人战斗中生长壮大起来的地方武装，我们有在无数反"扫荡"战争中，久经考验过的各级干部和有丰富战争经验的三百万民众。特别是自从粉碎一九四〇年敌人对晋西北的冬季大"扫荡"以来，军区各部队，在贺、关、续军政领袖的英明领导之下，质量上是大大提高了，而根据地的一切建设工作的突飞猛进，在精神上物质上，我们有了战胜敌人任何进攻的充分保证。最后，我们还有去年晋察冀、太岳、太北等根据地粉碎敌寇"扫荡"的新的宝贵经验教训作借镜，我们是有胜利的坚强信心的，我们要在这次反"扫荡"战争中创造出辉煌的战绩！

党政军民集中一切力量，战斗起来，粉碎敌寇的"扫荡"，保卫根据地，晋西北将在这次胜利的反"扫荡"战争中更加壮大起来！

（原载一九四二年二月十日《抗战日报》第一版社论）

保卫家乡！保卫根据地！

此次"扫荡"我晋西北敌寇，共各路兵力数千人，轻装迅速的行动进入我根据地后，每到一地，即派出小股武装四出搜索，捕杀居民，屠戮牲畜，焚毁房舍，深沟小村均遭浩劫。这说明了敌寇阴谋对我根据地实施其所谓"澈底的毁灭政策"，以达到破坏我根据地，增加我之困难的企图。

现在我军已在外围各线向敌积极猛烈攻袭，深入我内地之寇军，势不能轻易生返，乃在意料之中。但给敌寇这种毒辣的阴谋政策以严重打击，要多多消灭敌人和减少我之损失，争取反"扫荡"战争的更大胜利，是不能单单依靠主力军作战的。游击队地方武装群众武装必须积极的紧张地行动起来,发挥高度的战斗精神,每个民众必须自动的英勇地武装起来,利用长矛大刀,利用镰刀斧头,利用一切武器,到处扰乱敌人、打击敌人,不给敌人一颗粮、一根草、一口水。要使敌人处处遭受扰袭,经常受到死亡的威胁,无地可以立足,以阻止敌寇的烧杀掠夺,保卫家乡,保卫根据地,配合我主力部队作战,粉碎敌寇的"扫荡"!

反"扫荡"战的烽火,已在根据地内普遍地燃烧起来,我们要广泛的大大地开展游击战争,让反"扫荡"战的烽火更剧烈地燃烧,我们要英勇机动的配合主力部队打击敌人,消灭敌人,保卫家乡,驱逐日寇出根据地。而且要在反"扫荡"战争中创造出民兵自卫队,以及广大人民参战的无数的辉煌战绩!

(原载一九四二年二月十二日《抗战日报》第一版社论)

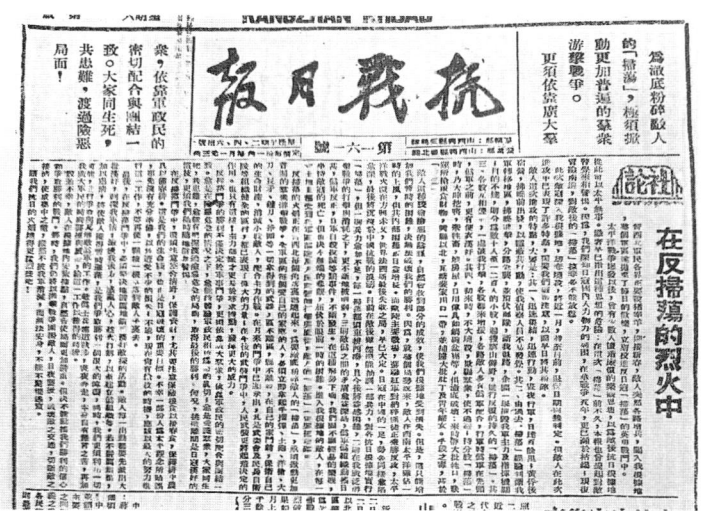

在反"扫荡"的烈火中

晋西北军民各界正要杀猪宰羊，迎接新春，敌人突然各路增兵，闯入我根据地，整个军区遂抛弃了节日的欢乐，立刻投进反日寇"扫荡"的英勇战斗中。

太平洋战争爆发以后，曾有少数人怀着廉价的乐观思想，以为敌后抗日根据地从此可以太平无事。识者早已指出这种思想的危险：在这次"扫荡"前不久，本报也曾提起对敌警觉来相警惕。因为，我们深知日寇国内人力物力的穷困，在华战争五年，更已濒于枯竭；现复冒险南进，对敌后的"扫荡"掠夺必不能放松。

此次敌寇深入我根据地，劫夺烧杀，将近一月，截至目前，退留日期尚难判定。但敌人在此次进攻中已表现了许多特点，需要我们严密注意，以图早日将其粉碎。

敌人这次进攻的特点，大要是：其一、迅速集结，迅速行动，昼夜行军，日达百余里；黄昏后宿营，拂晓前出发，以隐蔽其行动，使我侦察人员不易发觉。其二、由过去"扫荡"经验判断我军转移地区，拂晓进击，分路急袭，并预伏部队，断我退路，企图一举摧毁我军主力及指挥机关；目的不达，则分为数十人至一二百人的小股，遍搜穷山僻野，进行反覆的持久的"扫荡"。其三、各股互相连□，一处被我打击，各股都来增援；各路敌人多有伪军配合，行军时伪军在先头，伪军之前，更有便衣汉奸。其四、初来时，不大烧杀，欺骗群众，使不逃避；待分股"扫荡"时，乃大肆挖窖，牵牲畜，烧房屋，日用家具如锅碗盆瓮等，俱澈底破坏；来时带大批牲口，驮运所抢粮食财物，兴县以北，瓦塘裴家川口一带，并捕掳大批壮丁及青年妇女。手段之毒，甚于"三光"！

敌人这种狡狯险恶的阴谋，自然会收到部分的成效，使我们根据地受到损失。但是，这只能增加我们暂时的困难，决无法破坏我们的胜利。因为，就整个局势说来，敌人在西南太平洋虽占一时的上风，但其内部困难正日益增长。而欧陆主要战场，苏联红军对纳粹匪徒正乘胜反攻，太平洋战火还在方兴未艾，世界法西斯最后失败之局，早已大定。日寇在中国的一足，势必同样愈陷愈深，最后将沉没于中国抗战的浪涛。目前在敌后虽然还能抽调一部兵力，对各抗日根据地实行"扫荡"，但一个兵力愈加不足，每一"扫荡"都须东拼西凑，且今后将益感困难，二则在我广泛游击战争的打击与消耗之下，更不断地被削弱，三则敌伪之间的矛盾愈益深刻，伪军伪组织动摇日甚，伪军反正，日军自杀投诚等类事件，不断发生。在这种形势下面，我们固不应轻易的乐观，坐待敌寇的死亡，但也决不无端的悲观，屈伏于眼前一时的困难。进入我根据地的敌人，在每一寸土地上都受到我军区部队及人民武装的打击与威胁，敌人的"扫荡"一定要被粉碎。

反"扫荡"的火焰正在晋西北每个角落里燃烧起来。为要澈底粉碎敌人的"扫荡"，亟须掀动更加普遍的群众游击战争。全军区的每个爱自己的家乡的人，必须立即拿起手榴弹、土炮、洋枪、大刀、长矛、镰刀、斧头等一切拿得到的武器，区不离区，县不离县，在自己的家门前，保卫自己的生命财产，消灭小股敌人，配合主力作战。在月来的斗争中已显示出，凡是武委会及民兵自卫队等组织健全的区村，都已表现了伟大的力量；在今后的武装斗争中，人民武装更将起着决定的作用。也只有这样！主力部队才更易于寻求机动，发挥更大的威力。

反"扫荡"斗争的胜利不仅决定于军事斗争，更须依靠广大群众，依靠军政民的密切配合与团结一致。愈是在险恶危急的情况之下，愈能够体验军政民相依为命的真切；愈是爱护群众，大家同生死、共患难，愈能有把握渡过险恶危急的局面，取得最后的胜利。何况，挑拨离间是日寇汉奸的惯技，更须我们随时随地严加警惕！

在反"扫荡"斗争中，还须注意空舍清野，保护资财，尤其要注意保藏粮食以接春食，保护耕牛农具以备春耕。这是我们的生命线，也正是日寇破坏的重要目标。不幸一部份人为太平观念所贻误，事先没有充分准备，以致遭受不少的损失；不过，现在尚有抢救的时机，应该以最大的努力进行这一工作，不要再使一颗粮一根草落到敌人手里去。

最后，在反"扫荡"斗争中，必须坚决地严厉地镇压汉奸敌探的活动。敌人每一出动都要先派出大批汉奸，刺探我军情，滋扰我后方，惑乱人心，趁火打劫，以至建立伪组织等。若不严厉镇压，加以肃清，将使敌人获得暂时凭借，是我们争取胜利一个很大的障碍，同时，我们更须利用一切可能，进行争取与瓦解敌伪军的工作。敌伪士兵远道跋涉，昼夜奔走，本身自有难言之苦，再加我广大军民的时刻袭扰与威□，给这一工作以难得的时机。

设若不幸，敌人在根据地内安扎据点，自然会使局面更加严重。但决不能动摇我们胜利的信心和争取胜利的战斗。那时，我们仍将以游击战争围困敌人，日夜袭扰，破坏敌之交通，切断敌之接济，使成瓮中之鳖，纵然不被我军消灭，而无法安身，不能不惊惧逃窜。

让我们抗日的火焰烧得更猛烈些吧！

（原载一九四二年二月二十八日《抗战日报》第一版社论）

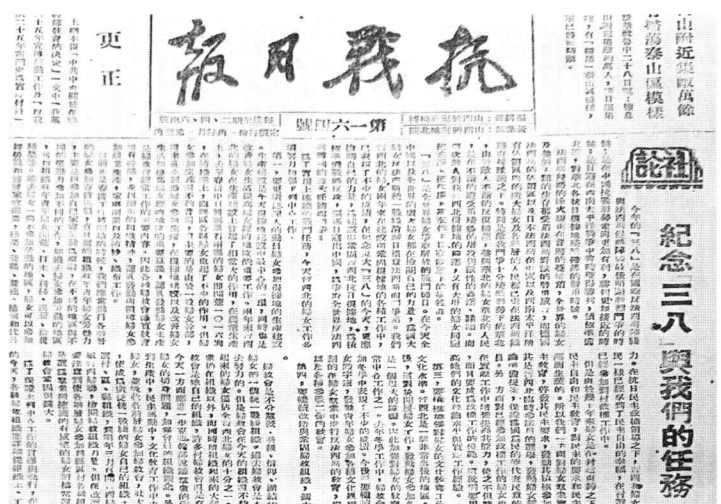

纪念三八与我们的任务

今年的三八是在国际反法西斯阵线与法西斯侵略阵线最后明显剧烈斗争的时候；是在中国抗战形势走向更加有利、胜利更加接近的时候；是日寇在西南太平洋战争中暂时获得胜利，积极准备北进，对华北各抗日根据地残酷"扫荡"的严重时候。

法西斯侵略的烽火现正在普遍的蔓延着，全世界的妇女及整个人类的生存都受着法西斯野兽的严重威胁，而德国法西斯的占领区以及日本法西斯在中国以及西南太平洋所有占领区内的广大妇女及各阶层的人民都已处在法西斯铁蹄直接踩躏之下。特别是敌我斗争十分残酷形势下的华北，由于敌人不断的反复"扫荡"，整个华北的妇女、华北的人民，是在不断的遭受着残暴的屠杀与兽性的奸淫、蹂躏。而这次敌人对我晋西北根据地的"扫荡"，又有大批的妇女同胞被奸淫、被俘虏，甚至作了日寇兽欲下的牺牲品。

三八是全世界妇女争取解放的战斗节日。在今天全中国以及全世界的广大妇女都在检阅自己的力量，为扩大妇女反法西斯统一战线消灭日德意法西斯而斗争着。我们晋西北的妇女两年来在建设与巩固根据地的各种工作中，已表现了不少的成绩，在纪念伟大三八的今天，更应检阅自己的力量，为建设与巩固晋西北抗日根据地，为积极准备战略反攻，驱逐日寇出中国，为争取全世界反法西斯胜利的伟大任务而斗争！

为了实现上述总的战斗任务，今天晋西北的妇女工作必须努力加强下列中心工作。

第一，要更广泛深入的动员妇女参加根据地的生产建设。生产建设是今天根据地建设中最中心的一环，同时也是改善妇女生活提高妇女经济地位的重要工作。两年来晋西北的妇女在生产建设上曾起了相当大的作用，在农业生产上，去年春耕中只兴县离石两县的妇女即开荒一〇一六垧，在纺织业上，临县区各县妇女也起了不少的作用。但妇女参加生产还不够普遍，这主要的是由于一般妇女干部，还未真正认识妇女参加生产，在根据地建设以及改善妇女生活和提高妇女经济地位的重要意义，认真发动妇女生产是妇救会经常工作的主要内容。因此各级妇救会确实教育所有干部，并以细密的组织精神，认真发动与领导妇女参加农业生产，家庭副业以及纺纱、织布工作。

目前正是春耕工作将开始的时候，我们应当动员各阶层的妇女参加春耕运动，有计划的组织壮年青年妇女劳动力，主要是以参加自己家庭劳动为原则，在不同的地区与不同的劳动力参加不同的工作，如过去妇女参加劳动的地区，可以组织壮年青年妇女开荒、打土、耕种、送粪、拾粪、种菜等。过去妇女一向不参加劳动的地区，妇女可以参加轻劳动和发展家庭副业，种菜、养鸡、养猪、植树和代替丈夫□抗战勤务，鼓励丈夫儿子努力生产，并与一切不生产的懒惰份子作斗争。

第二，要发动妇女积极参加民主运动，加强妇女参政能力。在抗日民主政权领导之下，晋西北妇女和其他全体人民一样已经享到了民主自由的幸福，在村选时有很多妇女已经参加到村政权工作□。

但是由于几十年来妇女是在封建束缚之下，没有得到过民主自由和民主教育，对民主的要求和民主的运用都是淡薄而生疏的。所以我们一方面对妇女群众应□行深入的民主教育，启发其民主要求，发动其积极参加民主运动，尤其是晋西北临时参议员的选举，发动妇女竞选与参选，讨论准备提案，保证为国为民的能代表民意的人当选为参议员。另一方面对已经参加政权工作的妇女也应进行教育，在实际工作中培养提高其能力，使之不但能负担起任务来，而且要成为政权二作的模范。这就需要用最大的努力提高她们的文化理论水平与实际工作经验。

第三，要积极加强对妇女的文化教育工作，提高妇女的文化水准。晋西北是一个非常落后的地区，而妇女更是落后，这对于开展妇女工作，发动妇女参加各种建设工作，是一个很大的障碍。因此加强对妇女的教育应是妇救会经常中心工作之一。去年冬学二作中，妇救会在发动妇女参加冬学中表现了不少的成绩。今后还要继续努力，组织妇女识字班，发动青年妇女参加各种文化娱乐活动，并有计划的在妇女群众中进行反法西斯的教育，根据地各种法令以及各种参战工作的教育。

第四，要继续改造与巩固妇救组织，扩大妇女统一战线。

妇救会是不分党派、阶级、信仰，团结的各阶层广大的妇女的一个统一战线组织。过去妇救会是本着这样的方针去努力的。但是妇救会在今天的组织还不够广泛，所组织起来的妇女仅占全晋西北妇女的十分之一，广大的妇女群众仍在组织以外，而闲时所组织起来的大部份还未认识妇救会是她自己的组织，许多村妇救会还是有名无实。匞此，今天一方面应进一步克服干部脱离群众的作风，认真解决妇女的切身问题，加强会员的组织观念。另一方面要深入到生产中、民主运动中、文化教育工作中去团结各阶层的妇女，并吸收各阶层妇女参加妇救会，壮大妇救会的组织，使成为广泛统一战线的妇女自己的组织。其次要继续□选村、区、县组织，到明年三月召开晋西妇联代表大会选举晋西妇联，检阅妇救组织力量。但在改选组织时，一定要注意到使各阶层妇女参加到县区村各级组织中来，尤其是选为群众所拥护的有威望的妇女领袖当选，这样才能使妇救会巩固与扩大。

为了保证上列中心工作的贯澈与执行，在纪念三八的今天，各级妇救组织应详细从组织上、工作内容上、工作作风上，检查过去的错误与缺点，澈底克服主观主义、粗枝大叶、不深入与脱离群众的作风，并由上而下的健全组织领导，否则一切工作就无法开展！

（原载一九四二年三月七日《抗战日报》第一版社论）

加强交通工作

为了密切我们根据地机关团体各级组织上下纵横的联系，传播文化食粮以提高人民文化水平，辅助根据地的文化建设，行署于去年成立了交通总局，不久即在各地组织了分局，县局以及通衢要间的联络站，建立了统一的交通组织系统。一年来转送了千万件的公文情报，在极端艰苦困难的环境下坚持了我们的交通联络工作，这是我们根据地的神经命脉，是我们根据地对外联系的桥梁，是粉碎敌人分割、封锁等毒辣"政策"的有力手段，是我们得以输送文化食粮的供应站。有着交通组织，我们文化源流阻塞的严重现象清除了，交通工作建设是我们根据地抗日民主政权建设的主要部分，没有它，根据地机关团体的各级组织将等于一具神经麻木的尸体而陷于上下纵横隔绝的麻木状态。

但是由于敌后交通工作极端困难的特点，以及我们新政权在这一新的工作上尚未有以往的经验可供依循，致使交通工作尚未发挥出应有的作用□甚至有些少数地区至今犹未尽其可能建立起应有的交通□织，或仅有名无实，交通速度尚未能尽令人满意。其在敌寇"扫荡"期间，各地交通均较平时慢延数倍。收发寄件手续未臻严□，甚至转送错误遗失等现象均说明我们急需进一步的加强交通工作。个别地区的少数同志，他们不了解根据地交通工作的重要性，看到交通工作这些缺点而将其视为简单的"收发""跑腿"工作，或以为"作用不大"等，都是根本不对的。这些对于这一工作消极的看法只会造成其所在地区的神经系统麻木，这将造成对于各级团体工作领导上、对干部与群众文化政治教育上和政治动员上以及对整个根据地的建设上发生绝大的影响，使我们受到绝大的损失。故对于这一工作的重要性必须有足够的估计。

今后一定时期晋西北根据地可能处于敌人不断的巡回"扫荡"与我们坚决的反"扫荡"中，日益频繁的战争将使我们的处境更加艰苦，而造成我们一切工作，尤其是交通工作一个新的比较更加艰苦的情况。在现有的基础上如何适应新的情况，加强与改变交通工作，使其加进一步的健全起来，赶上我们今天的需要，确是急待解决的一个重要问题。

首先必须在观念上改变一些同志们（虽然是极少数）视交通工作为一可有可无的消极观点，要求全体同志重视这一工作、帮助这一工作，尤其是各级政府，应更加加强对这一工作的领导，派遣得力干部到交通工作的岗位上去，确保其相当的固定性，俾能积累对这一工作的经验，并切实帮助其工作，本行署优待交通人员的精神保证其工作上必要的物质供给，且经常布置、督促、检查其工作，始能造成交通工作顺利开展的客观环境。

交通局方面虽在各级政府与机关团体帮助之下已初具规模，建立了大部分地区的交通分局、县局、联络站及好几条时间上相当固定的交通干线，有了向外联络的设施，以及经过上次的分局长联席会后，整个交通工作较前虽有不少改进，但至今还有很多地方的交通局没有建立起来或已建立而尚不健全，交通速度尚不够快，组织尚不健全，人员配备尚不足定额，现有干部质量、工作技术都还很差，以及尚无严密迅速的工作办法，这都要求交通局工作要更进一步的改进。为此必须切实整理现有组织，建立与健全内部各种制度，提高工作技术，加强对于工作的研究。更加重要的是能吸收陕甘宁与晋冀鲁豫边区在这方面的经验，适应着我们晋西北的具体情况来加强我们的工作。现缺的干部与交通员应急速补充起来，总局应派出较强的干部分途巡视各地并切实帮助各地工作，建立起调查研究各地情况并具体帮助各地工作的巡视制度。勘察较更近便的路线，克服现在转送迟缓的现象，随时准备战时工作。计划开办的交通干部训练班必须有充分的作业与供给的准备，保证干□工作胜利的成功，俾能趁此培养出一批机动干练的交通工作干部，借以提高工作。我根据地各级政府及各团体必须于以切实帮助，保证其必要人员的增加与必要的物质方面的供给。特别是已经决定的各方应送的交通员必须按时送到，交通总局即将开办的干部训练班，各地需派送政治上可靠的好的干部受训，并保正其按时到达，完成其干部训练的计划，来解决目前干部不足分配的困难。

只有给交通工作以切实的帮助，很好的解决了目前交通工作上的这些困难以及各级政府在今后对交通工作领导上的更加加强，才能使其日益推展，转件日益迅速精确，而起"推动整个工作的助手"的作用，以赶上我们根据地今天的需要。

（原载一九四二年三月十日《抗战日报》第一版社论）

教条和裤子

新华社延安九日电：此间《解放日报》今日社论题为"教条和裤子"，全文如下：把科学变做教条，这可以有几个方法：一个方法是把适用于一种条件的真理，硬帮帮的搬到另一种条件下面来。比方把资本主义前期的真理搬到帝国主义时代来，把帝国主义国家的真理搬到殖民地半殖民地来而不加以改变。这样的教条主义没有把理论当作行动的指南，而是把它当作了行动的公式；这样的教条主义者，口头上拥护科学，实质上是毁灭了它，因为他们把不应做的事做了，就使科学变成了荒谬。

另一个方法是把适用于一般条件的真理原封不动的搬到特殊条件下面来，比方把全世界性的真理在一国一省里照说一遍，把全党性的真理在一个机关一支军队里照说一周，而不加以具体化，这样的教条主义没有把理论当作行动的指南，而是把它当作了空谈的指南。这样的教条主义者口头上拥护科学，实质上也是毁灭了它，因为他们把应做的事不做，就使科学化成了虚无。

第一种教条主义造成的结果可能更危险些，但是它的危险是显著的，因此也容易引起反抗，而且也容易反抗些。

第二种教条主义的主要品质是暧昧，因此它的存在就更为普遍，要反抗它就需要更锐敏的感官和更长期的奋斗。我们党目前需要反对前一种急性的祸害，但是更需要反对后一种慢性的祸害。在这后一种教条主义者里面，又有不同的情形：一种人是因为不能所以不做，对于这种人的药方就是调查研究，使其了解本国本省本机关本军队的具体情况，以便养成把一般真理应用于特殊环境的能力。还有一种人却是干脆的不做，这种人也许是学了黄老之术，也许是害了懒惰病，睡觉没有睡醒罢。但是凭良心说，在共产党的队伍内这样的废物究竟是不多的，多的是别样的人。他们之所以安于做留声机（当然呀，还是坏透了的留声机。因为他们决没有把所见所闻背得一字不差的本领），而拒绝实行他们所唱的调子，乃是因为这样就不但要触到自己的部门，而且又是触到自己本身，而他却正是害怕改造自己和自己的工作，害怕承认自己的疾病的原故。他们高叫道大家要洗澡啊！大家要学习游泳啊！但是有些什么问题发生在他们的贵体下了，他们总是不肯下水，总是不肯脱掉他们的裤子，于是他们叫得愈多愈响，就愈成为讽刺。任是什么亮光的金子，一触到他们的指头就都变为顽石了。

裤子上面出教条——这就是教条和裤子的有机联系，谁要是诚心诚意的想反对教条主义，那么他第一着就得有脱裤子的决心和勇气，今天的关键正在这里。

举一个例：毛泽东同志在他二月一日的讲演里，曾经说今天党的领导路线是正确的，但是在一部份党员中间还有三风不正的问题，于是你也来呀，我也来呀，大家把主观主义、宗派主义，党八股的尾巴割下来呀，大叫一通尾巴完了，那么我们的党岂不就十全十美了吗？可惜尾巴是叫不下来的。大家怕脱裤子正□为里面躲着一条尾巴，必须脱掉裤子才看得见，又必须用刀割，还必须出血。尾巴的粗细不等，刀的大小不等，血的多少不等，但总之未必是很舒服的事，这是显而易见的。为免得词严而意宽，我们就来数一数延安的家珍罢：延安的某些干部与名流，难道不是主观主义教条主义的大师吗？他们现在真的是已经觉悟已经转变查有实据了吗？延安有许多机关不能实事求是、有的放矢的作风已经开始消灭了吗？延安的党内与党外的关系，军队与民众、军队与地方党政的关系，各种干部各种部门之间的关系，个人对组织、上级对下级、下级对上级的关系，这些关系里的缺点已经开始严重的纠正了吗？延安的文艺界、科学界、医药界历来存在着不少不应有的内部纠纷，这些纠纷难道是正确的解决了吗？党八股式的文章难道是已经绝踪？充实生动的作品难道是已经取而代之了吗？如果这些问题不曾实际解决，或着手实际解决，那么毛泽东同志□□同志再报告它十天十夜，《解放日报》再继续为写它一百篇社论，各个支部小组再开它一千次会来传达理论，还不都是白费，还不都成了教条。

有些好心的同志说裤子是要脱，但是只能秘密的脱，在群众面前脱，不但有伤大雅，而且敌人和反共份子还会在旁边拍手。但是群众难道不是共产党的天然的和法定的监督者和审查者吗？共产党之所以区别于其他非群众的党派，所以得到胜利的发展，难道不是群众的这种监督审查的结果吗？那么共产党在爱护自己的人们面前，严肃的表露自己是则是非则非，为什么不是有百利而无一弊的呢？自然，敌人的宣传机关如同盟社和各种汉奸报纸之流，一定会借此制造更多的谣言。但是他们是以造谣为生的，他们说是黑，群众就知道一定是白，所以他们的断章取义是毫不足惧的。至于国内如果也有人拾同盟社的牙慧，说共产党原来如此，真乃一钱不值云云。那么，就请他们也来试试脱一回裤子看罢。我们自动的主张脱裤子，因为我们有充分的自信，知道自己是基本上健全的，只有局部的个别的缺点，而且这些缺点是能很快清除的。有些人们却没有这种自信，因而他们与抢着要代他们脱裤子的群众老是闹蹩扭。况且我们清除了残存在我们裤子里的这些缺点，理直气壮的把他们投到一切排泄物所应当去的去处，居然有人偏把他们当作山珍海味似的加以供奉、加以吸收——这只好怪天之生人各有所好，我们除了抱歉，还能有什么办法！

（原载一九四二年三月十四日《抗战日报》第一版社论）

加紧领导春耕工作

要保证今年根据地军粮民食的足够供给，很好的解决军民服装问题，就要看目前的春耕做得怎样。春耕好坏，是根据地全体军民的生死问题，看轻春耕运动的重要性，不把春耕做好，就谈不到根据地的建设和巩固，更说不上今年人民生活的改善。

日前，春耕工作，已由宣传准备进入开始正式春耕的时候了。春耕是各级政府和民众团体三月到五月的中心工作，也是有季节性的工作，到耕耘翻土时候，就要按时把土翻过，在下种时候，就要按时把种籽种下，一拖延，就要受到不可补救的损失。农民对这一点当然懂得很清楚，但问题是在于不仅要深入宣传动员，提高群众的生产热情，使其自动的积极的进行春耕，而且要加强春耕的领寻与组织，提高群众生产力，大大增加生产量。

领导和组织，具体表现在我们不只要征收公粮，向群众要东西，而且更会帮助群众解决困难，给群众东西，适当的解决土地问题，合理的分配贷款贷粮，调济和组织劳动力和耕牛等等。群众的具体困难得到解决，才能有效地推动群众进行春耕，才能完成春耕运动的任务，获得应有的成绩。对春耕的领导和组织，是一种极其复杂而艰苦的工作，必须依据深入的具体的调查研究，作出严密的计划与步骤才能做好，过去那种应景文章的作风根本要不得，粗枝大叶的做法也须澈底纠正。现在各级春耕委会，应该赶快对宣传准备时期的工作，实事求是地进行一次检讨，各自检讨之外，还应由上而下的进行检查，对有成绩的干部，给予奖励，对工作不努力的干部，予以批评，对不称职或缺乏暂时脱离生产专做春耕工作的干部，加以必要的调整和补充都是必要的。这样，才能使各级各个春耕委员会都健全起来，都能发生应有的领导作用。

在宣传准备春耕的时期中，因敌寇的"扫荡"，个别地区的春耕工作可能已受到影响，对这些准备不够的地区应特别注意起来，进行必要的突击。在抓住中心工作推动其他配合工作的原则下，万一因力量不足，只能顾到一方面时，便应该不左顾右盼，暂时不作面面俱到的空想，把力量集中到春耕工作中来，政府机关应该如此做，群众团体也应该这样办。

春耕好坏是根据地军民的生死问题，敌寇汉奸对于根据地春耕的破坏是可能的，也是必然的。各地春耕委员会必须和驻军地方武装机关密切的联系起来，提高警觉，动员民兵防止和镇压敌探汉奸对春耕的阴谋破坏是非常重要的。同时，敌人的武装部队实行袭击骚扰，进行公开的破坏也是意料中事，有些地区如临县等地敌军已在开始破坏行动。在这些地区，实行武装保卫春耕，是万分必要的。每个干部必须深切认识，而且也要使每个群众了解认识到：在今天敌后"扫荡"和反"扫荡"日益残酷频繁的形势之下，绝不能幻想和平常一样地进行春耕。在精神上，在实际工作中必须有充分的准备，要在加紧春耕中时刻准备战斗，要有在战斗中完成春耕的决心和办法，如果因为敌寇的骚扰和破坏，而松懈春耕工作，甚至对春耕发生悲观失望的情绪，客观上等于自己破坏春耕，帮助了敌寇阴谋鬼计，给我们以损害。春耕运动和战斗动员在任何时候都是不能分离的，因此在敌人没有骚扰的地区，也应随时准备战斗，武装保卫春耕。情报网及警戒等工作，应按照各地的具体情形，认真的建立，切实执行起来。

最后，敌寇再三厉行物质统治，封锁必须品的输入我根据地的今天，种植棉花，在今年春耕中有特别提及的必要，保证种植一定数量的棉花，增加棉花生产后，今年的军民服装才不致有大的困难。因此不论在种棉区或试种区，对于政府关于奖励种棉的法令，和其他关系春耕的法令一样，必须对群众进行深入的宣传解释，并不折不扣的认真执行，种棉时季即届，要抓紧时季有计划的动员群众，完成今年的种棉计划。

党政军民密切配合，抓紧时机，加强对春耕的领导与组织，是今年春耕任务胜利完成的保证。春耕已经开始，我们要热烈地动员起来，加紧春耕！

（原载一九四二年三月二十一日《抗战日报》第一版社论）

反"扫荡"胜利以后

自敌人第三次进占兴县，又于上月二十六日被迫退出，经临县窜回寺圪塔峪口等据点，其他各路之敌，在我军民不断打击之下，也先后分别向其原据点回窜；进行了一个月的反"扫荡"战役乃获得最后的胜利。旬日以来，军政机关群众团体正协同进行善后工作。我们愿将这次反"扫荡"斗争中几个重要的经验教训，加以检讨，并且提出当前工作的意见。

敌人这次进攻，是以驻四、八分区之第十六混成旅团，以驻二、三分区之第三混成旅团，只有六个大队，共约万人，配合一部伪军。就兵力来说，由于日寇对华北各个抗日根据地同时"扫荡"，其所用在一个地方的兵力不能不比过去减少。然而，敌人所采取的方式却和过去大有不同，过去在"扫荡"期间，□□□□□□□□，□□□□□□□□，由外而内，分进合击；这次则迅速地大胆地直趋我根据地中心，兼程进攻，袭击我首脑机关，如敌由四马坊到兴县，百数十里，连夜赶到，然后再由内而外，日日规定行程，进行"扫荡"，且极大胆，行军驻军警戒都很疏忽，以后遭我袭击，才又注意。过去合击不成，就烧杀抢掠而退，各路敌人会集兴县，就是"扫荡"结束的征兆；这次合击不成，则仍跟踪围击；再不成，就分散游击，遍搜穷山僻野，作持久的反复的"清剿"，这次占领兴县，仅是"扫荡"的开始，反复三次才撤退回去。过去敌人行动多有一定的规律，多沿大道，以后日渐诡诈，这次敌人更诡诈多端，且更大量地使用伪军，部队前后都伪装我军，对民夫的组织也颇严密，离石者即称为离石队，岚县者即称为岚县队，过去敌人除军事进攻以外，还配合以政治阴谋与经济的掠夺与破坏；这次敌人阴谋更加凶险，对我群众，一面进行武装宣传，挑拨我军民关系，探询人民负担情形，烧杀也不似先前，但另一方面却肆行抓壮丁与青年妇女，逼索白洋、牲畜、粮食等。兴县一处，仅白洋就损失了数万元、耕牛数百头，强奸兽行，尤甚于往昔。

我军区部队本既定方针，在晋西北广大的地面上开展游击战争；而敌人由于行军过速，增加疲劳，民夫牲口太多，行动不便，且又狂妄大胆，警戒疏忽，迭遭我军袭击，其大者，如二月十七日我军区直属×部三路夜袭兴县，次日×部又在北崖沟伏击由兴县退出之敌，吴儿神、北叉沟、郝家庄等处之伏击，皆以极小的损失获得惊人的战果。又如三分区部队攻入轩岗车站，断敌交通，二、五分区部队也纷纷出动，牵制与打击敌人，配合反"扫荡"。各县游击队也不断与敌战斗。民兵自卫队虽然是初步建立，也已经在领导群众，配合作战中，充分说明群众游击战的可惊的威力和今后在保卫根据地的斗争中的伟大作用。

群众对敌人的认识更加深刻了，敌人的阴谋手段所给予群众的灾害激起了群众更深的仇恨,因之,群众武装保卫家乡的热情也远非昔比。有很多群众配合军队打游击;有很多群众自己带了干粮和游击队一起行动。在这种热烈的行动中,群众自己学会了更多避免损失、骚扰敌人的办法;在我军进行战斗的地方,群众武装斗争的情绪表现得尤其动人感人。

我们的胜利就是在这种部队与群众的广泛的游击战争中取得的。这一胜利,不仅像过去一样打击了敌人,保卫了自己,而且更直接地和世界反法西斯战争连结在一起,打击了日寇准备进攻苏联的阴谋。因为日寇在"扫荡"晋西北的时候,又同时"扫荡"华北其他各地区。这些残酷的"扫荡",不仅是为打击八路军,而且是为春季北进。我们应该珍视这一胜利,在今后的斗争中,发扬这一胜利。

今后的斗争会更紧张、更艰苦。敌人根据此次失败的教训,今后对我们的"扫荡"与袭击将采取更多毒恶的办法。狡谋万端的敌人是值得我们严重警惕的。

我们不惮烦地再三提出:群众性的游击战争是粉碎敌人残酷进攻的唯一有效办法。一方面,应该分一部份部队到敌人据点周围监视敌人的行动,同时积极开展敌占区工作,以游击战争和其他一切方式的斗争去包围敌人。另一方面,根据地内一切工作都应该适合游击战争的要求,尤其要澈底实行"精兵简政",缩小机关,使之便于行动。这次反"扫荡"中,有些部份受了损失,正是因为组织庞大、行动不便,平时又无战争准备,致遭敌人袭击。

要坚持今后的游击战争,民兵自卫队的组织与训练决不能放松。要使群众了解:武装保卫家乡是每个人民的责任,也是每个人民的权利。根据地内要建立一种国民兵制,人人皆兵,疯狂的敌人自然无法横行。同时,晋西北的优秀的子弟应该积极地涌到游击队里去,涌到正规军里去。在群众里面,已经可以听到这样的呼声:"到抗日军去,拿起枪来打鬼子!""不要被鬼子抓去,送到地球那一边去打仗!""不要被鬼子拿去,送到大海里喂王八！"这应该成为晋西北每个群众的呼声，应该成为晋西北人民起来武装保卫家乡的号召。

在善后工作中，除了抚恤救济而外，也应该注意到对群众作游击战争的教育。不能否认，到现在仍有一部份群众对于游击战争还没有深刻的认识。这种现象，最容易被敌人汉奸用来挑拨和欺骗群众的借口。这需要一番苦口婆心的解释工作，事实俱在，群众最后必然站到真理所在的一方面的。

目前另一个重要的问题，是春耕。军政民合力准备春耕，是善后工作的中心一环，一切工作应该围绕着春耕工作，抓紧时间进行。

（原载一九四二年三月二十六日《抗战日报》第一版社论）

粉碎敌寇的政治阴谋

此次敌寇"扫荡",采取所谓军事政治的总力战,在政治上的欺骗宣传和挑拨离间,并不下于军事上的烧杀掠夺和残酷破坏。

欺骗宣传的中心,主要是夸大在太平洋战争中的胜利。敌寇到处散发书报传单,企图蒙蔽真情,幻想动摇我军民抗战胜利信心。针对日寇此种无耻夸耀,我们不能不了解最近的太平洋战争。日寇在太平洋战争中,并没有消灭英美荷澳的海军,而且最近同盟军力量正在增强,印度澳洲防御正在积极进行,战争愈拖长,愈要日寇命,现在日寇在太平洋的胜利,不过是一个美丽的肥皂泡,不能长久维持的。至于日寇在华北各地的"扫荡"均次第为我粉碎,也证明日寇的无耻造谣并不能掩饰其失败的事实。今年打垮希特勒，明年击败日本法西斯，这不仅是全世界反法西斯人民的共同信心，而且是具有这样的力量的。

现在希特勒被苏联打得喘不过气，这使日寇目前急于配合希特勒的所谓"春季攻势"，准备发动□个北攻苏联的战争，在进行这个战争以前，日寇必将对其腹心之患的华北各根据地加紧"扫荡"，因此，今后根据地战争将更加频繁和残酷，这是我们要预先算到的。然而北攻苏联的战争，正是日寇自寻死路的战争。日寇在这里所吹的牛皮，并不能吓倒任何一个人，而且正说明日寇盼望速胜却又不能胜利的苦恼神情。

其次，敌寇用文字和口头的荒谬宣传来进行的无耻的挑拨离间，诬蔑我军之游击战术为"逃亡战术""老百姓不能过年是八路军的过""专剿八路军，不杀老百姓"，诬蔑抗日政府之救国公粮政策为"剥削老百姓的压迫"，甚至伪造报纸，装着革命的口气，来挑拨我军民的、政府和人民团结。敌寇此种挑拨离间的阴谋，虽已为其野兽暴行所粉碎，但是还必须予以澈底的揭穿，尤是要使老百姓和干部懂得，日本人骂游击战争，正是怕游击战争。这次反"扫荡"战中，我军夜袭兴县城内敌军司令部的胜利，正是敌人所骂的游击战争；敌人每次"扫荡"，每次都为我军民所粉碎，也完全是依靠敌人所骂的游击战争。"狗嘴里掉不出象牙来"，敌寇绝不会有一句好话的，我们只要看看那些杀人放火抢劫奸淫的血腥兽行就够了。

敌寇不只挑拨我抗日军民关系，而且在他烧杀淫掠之余，也纵使伪军到处奸淫掳掠、打骂群众、勒索白洋，日军在一边则假仁假义，装做禁止的样子，它用这种毒辣手段，企图实现"以华制华"用中国人打中国人的阴谋，并迫使敌占区抓来的民夫到根据地抢劫，借以破坏根据地和敌占区人民的民族团结。敌寇的这种鬼计，我们必须认得清清楚楚，日寇的这种假仁假义是装扮的，他正是杀人放火的凶手。

对我们空舍清野之破坏阴谋也十分的毒辣。在个别地方，凡群众空舍清野者，如有发现，则烧杀掠夺，尽情破坏，不及埋藏者反假意保护，用以麻痹群众认识，企图再一次的实行更大掠夺。对日寇此种恶毒阴谋，我们不仅要予以揭发，而且要加紧空舍清野的教育与准备。在此次"扫荡"中救国公粮的保存，由于村干部认真执行了深远分散的方针，勿论敌人如何搜索，很少损失，凡是依照这个方针做了的群众，没有什么损失。可是尚有很多群众不肯认真去作，粮食衣物多埋藏于屋内门前，极易发现，以致敌寇所至，每每洗劫一空。

这就说明应当深入解释政府颁布的空舍清野条例和动员民众认真实行"深远分散"方针，有计划有组织的进行埋藏，对乘火打劫、偷盗破坏份子，给以法律的严重的处分，以贯澈政府法令，保证空舍清野的澈底执行。

总之，我们对敌寇政治阴谋的新花样应该深切的注意，这次反"扫荡"战争，敌人的欺骗宣传和挑拨离间在个别地方还发生了某些效力，还有人因此吃了大亏，这是我们善后工作中应当深切注意的问题，也是值得我们今后特别警惕的。

（原载一九四二年三月二十八日《抗战日报》第一版社论）

《山西抗日根据地红色文化经典文献大系》
编纂委员会 编

山西抗日根据地红色新闻经典文献

晋绥根据地卷（二）

张汉静 主编

山西出版传媒集团 山西人民出版社

山西抗日根据地红色新闻经典文献

晋绥根据地卷（二）

张　玉　编撰

一九四二

YI JIU SI ER

《抗战日报》

一九四二

开展防疫运动　粉碎敌寇的毒疫攻势

　　五年来，穷凶极恶的日寇，□要征服我中华民族，曾不惜采用一切卑鄙无耻阴谋和一切阴险毒辣办法。今年以来，随着敌寇更加残酷和频繁的"扫荡"，它在我全国普遍使用细菌战争，采取所谓"毒疫攻势"，企图以此残绝人寰的恶毒手段残杀我军民，毁灭减□我抗战有生力量。一月间敌在湘□战斗时曾施放鼠疫菌，在晋察冀边区周围，强迫"爱护村"各送老鼠一头，阴谋制造鼠疫，并在□□周围大量收买苍蝇，蚊子等制造伤寒，霍乱，疟疾等传染病，一月二月间，敌"扫荡"冀中时，在油房村某地也曾发现敌人施放鼠疫菌的事实。我晋西北反"扫荡"胜利后，□二分区最近来电，河曲之河会，巡镇一带地区均发现瘟疫，病症为吐血，便血，病人苦□倦怠，三日即死，并有全家全村死亡的□□现象。根据一般的材料与分析，以及这种病情，死亡的迅速和传染的剧烈，不能不引起我们严重的注意和警惕！

由于我军民在反"扫荡"中英勇战斗，粉碎了敌寇的"扫荡"，并给敌寇以重大的损失，敌人为报复计，在"扫荡"中施放毒疫或"扫荡"后由汉奸施放都有极大的可能。敌人散布的瘟疫大多使用鼠疫，伤寒，霍乱，赤痢等病原菌，其中以鼠疫菌流行最易，也更为可怕。敌可由敌我相连地带，将带有病菌的老鼠放入我根据地，或者"扫荡"时将染有病菌的老鼠带来。伤寒，霍乱，赤痢等传染病□属消化器传染病，敌人除在"扫荡"时在井内投入病原菌外，尚可利用汉奸潜入我内地施放，或利用敌占区通入我根据地的河流放入这类病疫的原菌，这都是简而易举的事。此外，并可采取其他方法，如用飞机散放，派遣曾注射过毒疫菌的人员来我内地，或在被捕获的我军民身上注射毒疫后放回，在输入根据地的货品——食品及医药用品等内投入毒菌，由此带入根据地内传播扩大，这都是阴险毒恶的敌寇可能采取的施放毒菌的方法。

在敌我斗争日益残酷的今天，我们为着抗战建国和中华民族的生存，不惜一切，以英勇姿态效命疆场，和日寇搏斗。但是在这残酷长期的斗争中，我们更应以沉毅珍重的精神，注意自己的健康，不作无代价的牺牲，以保存抗战的有生力量，争取抗战的最后胜利。对于狡猾狠毒的日寇，不但要用以牙还牙的武装斗争，粉碎其不断"扫荡"，并且对敌人的阴谋毒计，明杀暗害，也必须严加防范慎重处理。因此，我们必须提高警觉性，反对对敌寇的所谓"毒疫攻势"问题的右倾估计不够的麻痹现象，同时也必须反对对这一问题的过甚其词的陷入恐惧惊慌□□。为了粉碎敌寇的这一阴谋，我们应立刻进行下列工作：

一、配合春耕工作，利用一切机会，利用一切方式方法，进行广泛深入的反放毒疫攻势的宣传教育，开□会宣传、出小册子、散传单、贴标语、漫□等，使晋西北全体军民，深刻认识和了解敌人"毒疫攻势"的狠毒阴谋及其对我之危害，进行有效的防范，把开展防止春瘟卫生运动和反对敌人毒疫攻势运动密切配合起来。

二、党政军民学立刻采取适当的迫切措施：如政府可迅速规定卫生条例，颁布各种传染病管理法，澈底进行。对全根据地的医生尽可能的给以短期的防疫训练；机关团体所居村庄及较大□镇，可委派卫生工作专人，在军区及军分区成立联合防疫委员会，乡镇成立防疫小组规定□动周，澈底厉行防疫卫生运动；设立卫生试验区，奖励卫生模范家庭，奖励捕蝇灭鼠等。

三、卫生机关应负责主持与领导这一运动，拟定具体实施计划，派专员赴发病地点，实行紧急处理，并考查发病原因，瘟疫流行详细情形，以研究防范办法。设法积极筹划各种预防疫苗，迅速接种。计划与测定各种防疫所，以便万一发生疾病时收容与隔离病人。积极的医务工作人员应成为反敌"毒疫攻势"第一防线的战士。此外，还可在各重要卡口渡口设立防疫检查所，检查来往人员，以免瘟疫扩大。

政民机关团体及军队，在个人卫生方面，应厉行清洁运动；在公共卫生方面，应做到对□水与排水以及屎便等，适当选择地点与以处理，以身作则，教育群众，使群众对个人及公共卫生自觉地注意起来，做到有病请医生看，病人能分开住，节制饮食，不吃生冷饮食物。同时村中的毛房粪堆，实行必要的清除，一方面动员说服群众，一方面政府应命令行之。只有军民动员起来，厉行防疫卫生运动，才能减少和杜绝瘟疫的流行，粉碎敌寇"毒疫攻势"！

（原载一九四二年三月三十一日《抗战日报》第一版社论）

今年的四四儿童节

四四儿童节,是全中国儿童争取解放的纪念日。在这一天根据地大后方的广大儿童,都要热烈地去召集他们自己的队伍,检阅他们自己的力量,朝着解放斗争的方向走去。

今年四四儿童节,是在国际反法西斯阵线与法西斯阵线作决死斗争的时候,法西斯匪徒们还企图继续着最后的屠杀着全世界的儿童和人类,日本法西斯强盗还企图继续扩大屠杀我们中国的儿童和人民。为此,在纪念四四儿童节,要教育儿童切实认识法西斯匪徒是全人类儿童的死敌,日本强盗是全中国人民儿童的死敌。同时要教育儿童们了解那形将消灭的法西斯匪徒们和日本强盗,在他们未葬埋到坟墓以前还要作最后挣扎。我们最亲爱的儿童们,是最可敬的革命后代，要在这最后的二年中更加努力为扩大儿童反法西斯统一战线和最后战胜日本强盗而斗争。

今年的四四儿童节，适□在晋西北临参会选举的一年，这在晋西北说来，是从来未有的创举，也是晋西北民主建设上极大的事件，为使儿童们澈底了解并宣传这一工作，在纪念的这一天，必须清楚地讲明临参会的产生，是保证民主的更进一步和巩固根据地的必要武器，也是保障儿童生活学习更加改善的□母，而使儿童要百倍的重视临参会成立。

目前正是东风解冰，大地回春的时候，四四儿童节正碰到了春耕的时候，为了扩大春耕运动，激发农民的生产热忱，保障根据地军政民和儿童，都有饭吃，有衣穿，吃得饱，穿得好，要号召全根据地的儿童，组织春耕宣传队，更进一步的帮助春耕。

今年四四儿童节是在晋西北反"扫荡"胜利后举行的，各地的小学校，可能因战争的影响，使学校开学迟缓，因此今年的四四儿童节要比往年更应抓紧推动入学运动，广泛深入地督促学龄儿童入学，使儿童澈底认识到"儿童的任务在学习"，要号召小学生切实动员自己的好朋友入学学习，还要检阅各校，看那个学校吸收的学生多，那个学校的儿童最健壮，最清洁。

儿童是我们革命的后代，也是我们新社会的新生命，将来的革命工作，新的事业，都要肩负在他们的身上，因此，我们每个成人，都应看得远些，把一向轻视儿童，不重视儿童的教育，不关心儿童的生活健康的错误观点，从今年的四四儿童节澈底洗清吧！要认清今天是我们的时代，明天就是我们儿童的时代！

（原载一九四二年四月四日《抗战日报》第一版社论）

配合春耕进行优抗代耕工作

　　行署去年颁布了优抗代耕的法令,其目的是为抗属确实解决生活问题,这个法令已经执行了一年,在执行过程中,有些县份也确实努力过,有些县份已作了总结,成绩也有一些。但是,检查起来,为什么布置工作时要求的成绩甚大而总结工作时所得的成绩甚少?为什么优抗工作的实际成绩还与我们法令上所规定"保障抗属最低限度生活"这个要求相距甚远?为什么抗属还到处嚷着"政府空谈优待而少实惠"呢?老百姓不爱护抗属吗?这种实际的反映是应该的,必要的。那么,是村干部没有作这个工作吗?不是的,去年春天代耕队曾在村里组织过,也进行过春耕夏锄工作;那么,县区政府不注意这个问题吗?也不是,很多县份常为着优抗没有成绩无法解决抗属的生活问题而焦急着，原因到底何在呢？大大小小的原因也许是很多的，但主要原因是领导上没有把这个工作抓得紧，贯澈下去，也就是没有把这工作的纽织工作认真的作起来。

什么是代耕工作中的组织工作，在组织工作上应注意那些问题呢？

首先须调查一下：那一户抗属需要代耕，那一户抗属需要助耕，代耕和助耕的土地各有多少，共需要多少人力畜力，那些人应编入代耕队，每人应代耕多少地等等，这就是组织工作的第一点，没有精细的调查，就不能正确的计划这一工作。

经过详细调查后，指定编入代耕队的人，固定的在一块地上代耕，确定一定的土地数目，明确的告诉他，这一定数目的土地从春耕到秋收完全负责，没有客观的原因荒了地或歉收了就该赔偿。可是去年没有规定每人代耕的数目，代耕的地也不固定，大家在一块地上耕作，大家负责，结果谁也不负责。这办法是不好的，代耕工作只依靠说服动员是不行的，必要时还要强制执行，这就是组织工作的第二点。

写在纸上的计划，会上布置的数目，当然算不上成绩，就是组织了代耕队分配了代耕土地，实际上已经开始了代耕工作，也不能算是有了成绩。我们的代耕工作还未打下基础，代耕队还不是个个都能认真负责，因此就不能听其自流而须及时督促检查，及时召开代耕队和抗属的各种会议，听听抗属的呼声，看看代耕队负责的程度，好的应该奖励，坏的予以批评、斗争，只有这样才能使工作开展起来，这就是组织工作的第三点。

此外，少不了的是先有布置后有总结，这些工作都须确实认真，不能铺张门面或了草敷衍。而各级政民组织就是进行这些组织工作的主要负责者，当做一个重要工作，当做一个大任务认真的负起责任来，不能推给别人，自己不管。

回头检查一下去年那一县那一区的代耕工作曾这样认真的作过呢？

以工作计划工作布置代替工作成绩，报告上级算执行了命令，此后如何很少过问，这是第一个现象。

各级政府把这件工作推给群众团体，有的还推给妇救会，一大群妇女在一块地上耕作，耕好与否，谁也不管；日已中竿，代耕组长左喊右喊集合一些人到地里突击几下就算完事，铺张门面，看来热闹，结果呢，代耕的数目也许很大，但把地荒了，这是又一种现象。

春耕开始时，也许代耕几次，夏天就减少了，秋天就没有了，地荒了，歉收了，抗属的生活没有解决，也没有人负责，虎头蛇尾，没有结果，这是又一种现象。有这种种现象存在，怎能把工作作好呢？

优抗工作不能徒托空言，不能认为仅仅抽象的尊重抗属就算完事，主要的是确实的解决问题，无论如何不能让抗属饿着，政府首先要负责。现在春耕已经开始，代耕工作已不容再缓，我们要求即时把这工作作起来，今年的代耕工作一定要作出更好的成绩。

（原载一九四二年四月七日《抗战日报》第一版社论）

群众运动领导中心——农救

　　据一九四一年底调查，晋西北三百万人口（大城市在外），农民（包括雇农）占百分之九十六。晋西的人民，大部份是务农的，就连那些农村工人和商人，还没有同土地完全脱离关系，他们多少都有些土地，或为自己所有，或是租佃的。所以晋西北是个农民天下。政府的一切工作，是为农民。群众团体的一切工作，也是为了农民。"打日本，救中国"，在晋西北看来，实际就是救农民，这道理是很明显的。

　　晋西北的具体情况就是这样。但是做群众工作的，总是抓不到中心，各家强调自己的独立性，以致在工作上形成分割，结果，谁家也没有把自己的群众"运动"起来。

这个宝贵经验，应该引起各方领会接受了，特别是专门做群众工作的同志，更要虚心客观检查自己，好确定今后的努力方向。因为大家强调了各自的独立性，所以在组织上、工作上，尤其在干部上，戒备森严，弄得谁家组织也不健全，谁家工作也没有特出的成绩，老一套打圈子，谁家都喊干部少。正因为农救是群运领导的中心，就更显得农救干部的数量和质量大大的不足了。

今年开展晋西北群众运动，是三大中心工作之一，而其他两大中心工作（对敌斗争和民兵工作），也要以群运贯澈。所以应把农救工作，放在群运的第一位。农救是团结农民抗日和生产的组织。而发动农民积极抗日，除武装农民上前线，普遍加入民兵外，还要给农民以真正的民主自由。村选和临时参议会的选举，就是给晋西北农民以民主自由，连抗日的地主，都享受这种民主权利。为了改善农民生活，供给长期抗战需要，就一定发动农民热烈生产，多收些粮食和棉花，好供军民的吃穿。俗话说："民富国强"。又说："仓廪实而府库充。"都是这个道理。因此，改善农民生活，主要是增加农业生产。但是农民受地主剥削太重，限制了农民起来抗日，抗日民主政府，一定得加以适当调节，所以颁布了减租减息和□租□息的条例。农救，应把帮助政府澈底实现这个条例，当成自己经常中心工作之一。此外，为了安慰抗日军人（也绝大多数是农民），其家属困难者，按照政府优待抗□条例，予以适当优待，这也是农救一个重要工作。总之，凡是和农民抗日生产有利的事，不管是政府提出、军队提出，或农救自己决定，农救都要认真贯澈做去。只要农救能成为农民利益的代表，农救就是有群众有力量有威信的。而农民代表的取得，不是当群众"上司"夺来的，却是靠给农民真正办事情赚来的。

但是没有健全组织和坚强领导，再好的工作计划，都会变成空谈。因而今天要实际把农救转变为群运领导中心，组织上需要做两件事：（一）由下而上召开各级农救代表大会，改造和健全农救组织，使农救真正发挥民主作风。但不是单纯为改造而改造，应是为工作做好而改造。所以在改造中，要向农民仔细宣传解释，动员农民扶持这个改造运动，不应当再是现有干部包办，而是真正民主改造，把农民群众领袖引进来，这才可以避免"又是形式主义"。工救，青救，应该实事求是，按工作放干部，去掉过去华而不实的作风，实行"简政"，把节余干部，挑选适当的，充实到农救里去，加强农救的中心领导作用，不可稍有本位观念。其他方面，也都应把农救的民主改造和干部充实，重视起来，抓住农救为中心，实现今年开展晋西北群众运动的目的。（二）农救应当计划并实行大批培养干部。挑选一个地方（那怕是一个行政村一个自然村）的农民群众领袖，提拔其参加农救做一定的工作。并经常注意发现和提拔农村积极份子当干部，培养成为农民群众爱戴的领袖。干部不要经常调动，使他们安心埋头于自己的工作，积累经验，这对于抗战建国事业，将会有莫大好处。

　　只要全人口百分之九十六的农民真正团结起来，"运动"起来，晋西北抗日民主根据地就可以繁荣巩固永远坚持下去了。

（原载一九四二年四月二十三日《抗战日报》第一版社论）

拿出一个铜板打日本

铜是制造军火的一样重要原料，现在我们很需要，大家要来响应"一个铜板运动"的号召，每一个人至少要拿出一个铜板，献给国家制造武器。

现在敌人对晋西北进攻更残酷，战争也因之更加频繁，要军队多打敌人，就要保证军火的补给。大家都知道，不用说游击队，就是八路军新军的弹药也不十分充足，因为大后方几年不给发一颗子弹而前线天天打仗要消耗。因此，我们应当响应"一个铜板运动"，自力更生来解决这个问题。

在今年二月反"扫荡"战争中，晋西北的民兵曾大显神手，许许多多忍受不住敌人残暴欺凌的人，都自动的拿起长矛大刀，土枪土炮武装了自己，捉汉奸，配合军队打敌人，救下不少的命，还从敌人手里夺回不少东西。可是，大家不都是有一个想头吗？假使我们能多有几条快枪，多有几颗手榴弹，不是更能多捉几个汉奸，多打死几个敌人吗？是的，民兵也需要武器。但是，军队还需补充军火的时候，要给民兵普遍发武器，这是不可能的，也不应该这样想。不过，如果军火原料□得很多，能多制造出些武器，除给军队补充外，帮助民兵一些是完全可能的，也是必要的。

要进一步的开展游击战争，军火补给问题是眼下的一个急待大家努力解决的。"一个铜板运动"不可小视，积少成多，对解决军火问题就有很大作用，晋西北三百万人，每人拿出一个铜板，就有了三百万个铜板，即使打个对折这个数目也不算小了。而且一个铜板对群众说是微乎其微，群众一定乐意拿出，而对军队的帮助则有异常巨大的作用，问题是看我们能不能认真当事去做。

要求得"一个铜板运动"广泛开展，首先，就要把拿出一个铜板打日本的意义讲清楚，这是为的保卫家乡保卫自己生命财产献给国家的礼物。这不是一种负担，也不是一种摊派，这只是我们对抗日战争应有的一种责任。一个铜板是小事，但拿出来就能顶大事。因为一个铜板放在家中全无用处，但是拿了出来就能变成子弹，就可以打死一个日本鬼子。因此，铜板多的就应多拿，少的少拿，没有也得想方设法找一个来献给国家。这个道理真要讲得清楚，群众一定会踊跃拿出的。

其次，要跟当前的春耕工作求得配合，也要跟行将到来的参议会选举热潮求得配合，特别要跟民兵工作好好配合。不过现在要特别抓紧机会进行，等到有了初步基础逐渐转入经常工作时，就要深入的去收集。现在可以利用各种集会各种庙会市集的机会进行，不必召开那种既耽误群众工作又转移中心目标的空洞大会。在"一个铜板运动"中，不仅要在一般群众中宣传，而且要注意那些埋藏铜板数量很大者的特殊动员，不仅要搜集铜板，而且要注意一般的铜器和破铜废铁的搜集，但这仅仅是工作进行时的方式问题，不应代替更不应模糊"一个铜板运动"的响亮号召和政治意义。

再次,"一个铜板运动"是一个最普遍最广泛的群众运动,是一个"集腋成裘"的巨大组织工作,第一步是使每一个人都乐意拿出一个铜板来。在这一工作上,我们建议:采用竞赛的方式,无论竞募,竞献都可以,最好这个运动的主持者要常常报告收到的数目,以刺激和加强竞赛。如果环境和条件许可,还可以组织劝募队(组)或者□献队(组),这些组织最适合于学校学生机关团体等。在农村中,这些组织可动员老人,妇女和小孩担任,以免妨害生产工作。

第二步就是收到铜板后的送交问题,这是值得特别注意的,如果送交手续不清,难免发生浪费损失甚至中饱等现象,使前功尽弃。关于这个工作,我们建议:在收集过程中,经常报告数目,不仅为了竞赛,而且也为了手续清楚,如果有劝募劝献等组织,则收到铜元后应当有收据,不能一个一个开,也要一村一家和一个小单位开。在收集工作告一个段落或者转入经常工作的时候,最好是在中心地方发一个榜,作一个总结,纸张可利用破旧的,不能在铜板内开支。而在送交的时候,各级要有收条。最后由武委会公布或通知各个地方。这样才能杜塞漏洞,也才能够真正使每一个铜板都在前线上发挥威力,而这种严密的规定,更能够刺激群众的□献热忱,更能够使他们了解"一个铜板运动"的意义,这个运动也就更容易成功。

(原载一九四二年四月二十八日《抗战日报》第二版社论)

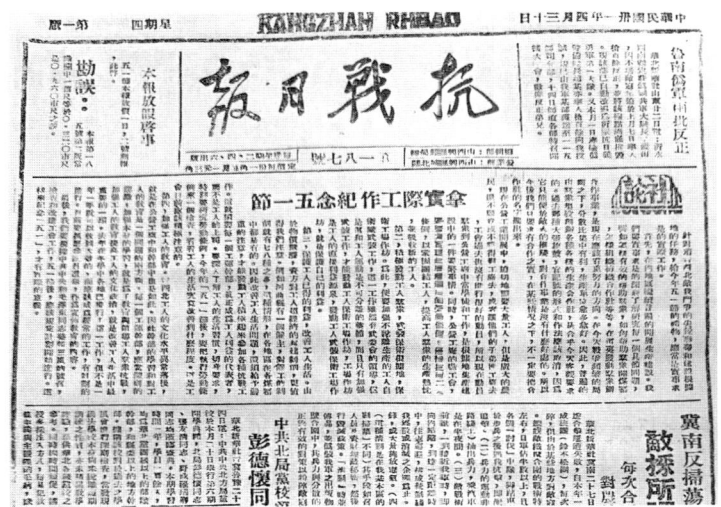

拿实际工作纪念五一节

针对着晋西北敌我斗争的尖锐形势和建设根据地的任务,给今年五一节的礼物,应当是实事求是的实际工作。

首先,在内地区继续普遍的开展生产建设。我们要实事求是的深刻了解研究每一个具体问题,譬如怎样有效的帮助群众,如何帮助群众开煤窑,怎样组织纺织合作社等等。在这里发动群众办合作事业,是现在应该看重努力的方向。在今天战争频繁的局面之下,分散比集中有利,生产单位愈多愈好。因此,普遍的由群众□股创办各种各样的生产合作社,是合乎今天客观要求的。过去那种大张旗鼓,官记号的形式和作法应该取消,因为它只能便于敌人的摧残,对合作事业是没有什么好处的。所以今后我们只要求有合作之实，在某些情况之下，不一定要把合作社的名字摆出来。

现在公营工业开展中，迫切地需要大量工人，但是广大的农民，还不愿意或不□得□工厂去，或者让他们的子弟进工厂去，工会过去也没有推行很好的动员，所以现在动员群众到公营工厂中当学徒和工作，是根据地生产建设中的一件要紧事情。同时，公营工厂的职工会，要努力实现政府所颁布的劳动条例，优待技术工人条例，以巩固团结工人，提高工人群众的生产热忱，并吸收新的工人。

第二，积极发动工人群众，武装保卫根据地，保卫工场作坊。为此，便要加强不脱离生产的工人自卫队武装工作，这一工作虽然有武委会的领导，但是这和工人运动是不可分离的整体，而且只有加强武装工作，才能发动工人保卫工场作坊，工场作坊是工人的直接利益源泉，发动工人武装保卫工场作坊，就是保护自己的利益。

第三，保护工人已得的利益，改善工人生活。由于物价飞涨，资方对工人超经济的封建剥削，更值得我们注意。例如河曲县有一个雇主，对雇工的剥削就有七八种之多，这种情形，在各地区在各煤窑中都是有的。因此改善工人生活问题，还须给予严重的注意，才能发动工人积极起来参加各种抗战工作。这就须要每一个工运干部，真正成为工人利益的代表者，而不是工人的上司。要深入了解工人的生活习惯，切身要求，特别要研究劳动条例，今年的"五一"节后，要把执行劳动条例来一个检查，看看工人的生活究竟改善到什么程度。这是工会目前应该积极注意的。

第四，加强工人的教育。晋西北工人的文化水平异常落后，就是在公营工厂中和干部中也是如此。因此干部的学习和对工人的教育是一个问题的两方面。每一个工运干部，应当深刻的认识，加强本身的学习，就是为了教育与领导工人群众抗战，加强工人的教育提高工人的文化政治，就是改善工人生活中最重要的一环。去年在冬学中各地已进行了这一工作，但不是一年一季就可以收到大效的，而应该成为经常的工作，有计划的进行。

目前要抓紧参议员选举,作为宣传教育的内容。

最后,我们要根据中共中央和毛泽东同志整顿三风的号召,检查和改进工会工作,五一节后,应该规定计划开始进行。这样来纪念"五一",才有实际的意义。

(原载一九四二年四月三十日《抗战日报》第一版社论)

健全各级参选委员会的组织

晋西北临参会的召开,是晋西北建设工作中的一个巨大工程,是根据地今年的一件大事情。但是有不少同志却把"大事情"只当作是一句口头禅,没有真正当做一件大事情去做。各地部份选举单□虽然已确实进行着工作,也有不少的选委会,一直到现在还只是个空架子,或者是没有专人负责,既没有建立一定的会议制度,更谈不上有计划的进行检查总结工作,或者根本没有人过问,如有的选委会连上级的指示都没有人去接,没有人去看。

有些选举单位的同志,竟把临参会的工作了解为只是"上层工作",他们从这一点上推论,就认为下面的参选工作仅仅是"配合"而已,有的同志甚至于说:"行政公署工作日历上，就没有把参选列为中心工作"，不少的选委会，事实上就是把参选工作当做所谓"捎带的工作"的。

诚然，临参会的召开，是上层政权的改造，但如果没有打下下层的巩固基础，没有由人民选出自己的真正代表，那么，临参会的成立还不是"空中楼阁"吗？"百尺高楼从地起"我们要很好的体会这个意思。同时，参选工作在政权工作整个进程上说是配合工作，可是配合工作并不等于"捎带的工作"，更不能认为可以不切实执行，可以不去贯彻到底。把参选所以列为配合工作，是把它当做一个时期的经常工作，是要在春耕村选工作中，取得密切配合，共同来完成的。

现在临参会延期召开了，临参会所以延期召开，也是因为□是一个巨大的工程，不能草率从事，为了胜利完成参选任务，需要更多的时间来充实准备，加紧进行。所以我们绝不应因参选工作的延期而稍懈怠，相反的这正好给了我们一个努力的时机，对于过去在这工作中的一切错误和缺点，应该赶快纠正。组织是推动工作的机器，不论教育干部，宣传群众，以及参选的一切工作，如果没有组织领导，任其自流，或者组织不健全，工作无计划，也无检查和总结，一切便都等于空谈。因此，首先就要建设各级选委会。

县区应视工作需要，立即组织参选工作团或工作组，开办短期训练班，及成立临时性的选委会（如区、商联、学生、教职员等），已成立选委会的单位，应有一定干部专门负责，干部来源或由各该选举单位抽派，或斟酌聘请，务必要力求迅速，作适当配备。干部解决后，须即建立选委会本身的定期及不定期的会议、检查、总结，报告等制度，要真正做到集中领导，具体分工。

也许某些单位感到干部缺乏，可是，只要我们了解到参选工作是本区创举，如能从全局着眼，则并不是不可克服的困难。只有有了专门工作的干部，才能有人研究这门工作，也才能把这工作领导起来，才能做好。

现在,各抗日党派,各阶层人士,正在严正注视着新政权的民主设施,我们应该从实际行动中贯澈新政权民主建设的一贯主张,对这一工作的那种不关痛痒的,可作可不作的态度,是该受到批评,和赶快改变的时候了!

(原载一九四二年五月十四日《抗战日报》第一版社论)

深入参选的宣传动员

晋西北临时参议会的选举工作，正在进行，但是由于各级选委会对临参会的各种条例和文件研究不够，宣传解释不够，甚至个别县的县级干部，连参选问题一次也没有讨论过，以致在进行选举工作中闹出了许多错误和笑话。

比如：妇女团体选举原规定为区以上妇女干部参加，某县和某县六区却把行政村妇女干部也划入选举范围了。县参议员及小学教员参议员的产生，都是间接选出的，但某县三区吴儿上村代表会上直接选出了参议员，而区上助理员康某却说："选举参议员是村选到区，区选到县。"又某县二区助理员任某说："有汉奸嫌疑的没有公民权"，某县小学教员两个参议员候选人，自以为自己就是参议员了。某县张家岔行政村干部会上仅在十五分钟之内（宣传动员在内）便用了简单的举手表决方式，选出了参议员选举代表，某某局长当开选举会时请了三次，都被拒绝参加。有些干部把"竞选"当成滑稽的事，至于群众中不了解临参会为何物的更是比比皆是。这些例子正说明了参选宣传动员工作的不深入，各级干部没有好好研究选举条例和各种文件。

这就需要各级选委会宣传部，切实对这一工作进行一番检查，要在干部和群众中来一次测验，看看懂得临时参议会选举条例及其意义的究竟有多少，究竟到了什么样程度。我们要求，至少限度要做到使每一个选民知道珍视自己的选举权，能够热烈的使用民主权利。

"把临时参议会组织条例，参议员产生办法，选举通则，宣传提纲等连系起来，做深刻的全面的研究。"这个要求，在今天，对于我们的工作同志，还有强调提出的必要。只有每个工作同志把参选的事情弄清楚，把各种条例和文件弄清楚，然后才能澈底消灭过去参选工作中发生的缺点和错误。同时每个工作同志不仅要脚踏实地的去做，还要随时研究参选工作中发生的问题，解决这些问题。在机关中和文化程度较高村镇中要出选举墙报，并给报纸、刊物写参选的稿子，克服冷清清的不活跃状态。

晋西北地域广大，某些地区经常遭受敌人的"扫荡"，整个地区也要随时准备敌寇"扫荡"，按照目前情况参选工作要想等待有一个很安定的环境来顺利的按步就班去做，是很难办到的。就是说，在大会召开前的过程中，万一敌寇进行"扫荡"，参选工作也要配合战时动员工作去完成，不能因受战争影响而放弃这一个工作。根据今年春季反"扫荡"经验证明，只要我们抓紧时机，在某些地区是仍然可以进行经常工作的。这在宣传动员工作中是不可忽略的，务必要使干部和群众认识到这一点，在精神上事先有所准备。

（原载一九四二年五月十六日《抗战日报》第一版社论）

为改版告读者

根据整顿三风的精神,本报检查了过去二十个月的报纸,同时决定改版,并趁改版机会,提出今后本报改造的方向。

还在本报创刊的时候,我们即确定地为晋西北五百万人民的利益和要求而服务,我们一贯的坚持了这个方针,但是现在检查起来,我们的努力是不够的,报纸本身还存在□很多缺点。我们认为最主要的,就是以很大的篇幅去刊载国际国内的新闻,和一些跟晋西北很少关连的长篇大论的文章。同时关于晋西北的实际问题,反而讲得很少,不但反映不够,而且注意也不够。特别是组织根据地的力量,贯澈根据地的政策法令作得不够。

作为根据地的报纸，最主要的任务，就是能针对根据地的实际情形，团结广大人民，组织一切力量，以实现根据地的政策法令和工作任务。它应当是深入群众的，不仅要把各别的日常的细微的活动，变为全面的总合的系统的报导，不仅是从这些报导来标明工作的进步，而且主要的是根据这些实际情况，解决实际问题，改进实际工作。这正是本报过去所没有作到的，也正是今后所要努力的方向。

但是，我们本身的力量，还很薄弱，工作人员也很缺乏，我们只能一面工作一面改进，同时我们知道，假如没有读者的支持和监督，报纸的任何改进，都难获得成效的。因此，我们深望读者们能给我们以实际的帮助。

（原载一九四二年五月十九日《抗战日报》第一版社论）

庆祝军区部队的新胜利

进扰兴县的敌人,据十九日讯,已为我军区部队打垮,一部已被消灭,现我军正搜索溃散的残敌,决将其全部消灭。这个胜利的消息,传遍了前线和后方,给了根据地全体军民以无限振奋。

这次敌寇选择我春耕紧张期间,向我内地突击扰乱,其用意是不难明了的。但敌寇的估计是错误了,我根据地是巩固的,军区部队是强大而有威力的。而且我军区军民,虽然忙着春耕,但早已认清了敌寇的诡计和今天战争的残酷,始终保持了紧张的战斗准备,以便任何时候回击敌人。正因为如此,这次深入突袭的敌寇,虽然采取了诡诈的动作,但仍难逃我英勇的军区部队所给与的包围和消灭的悲惨命运。这又再一次证明了我军区部队的强大和英勇善战，这是一个正确运用游击战术的光辉例子，这个胜利，也和过去许多胜利一样，是贺司令员和军区正确领导和指挥的结果。

现在外围各地我军，为策应作战，向岚县等敌据点展开攻击。各地民兵也应乘机大大活跃起来，到处扰袭敌人，配合部队作战，扩大胜利战果。没有正规部队歼灭不了敌人，但是单靠正规部队，没有民兵也不能最终战胜敌人，这是过去已经证明了的。只有大量的发展民兵，才能很有效的保存发展自己的力量，才能粉碎敌寇的任何"扫荡"，和对我扰乱突袭的阴谋，以至抓住敌人的弱点和漏洞，打击和消灭敌人。

强大的军区部队，广大英勇的民兵；平时的战斗准备；发挥游击战争的伟大作用，这是战胜敌人的三件宝贝，是保卫家乡，保卫根据地的锐利武器。缺了那一个都不行，这是大家应深刻领会的。

让我们祝贺我军区部队的胜利！我们要始终保持着紧张的战斗准备，广泛深入的开展民兵工作，好壮丁好青年都要积极参加民兵；种地生产的，要好好加紧春耕，多打粮食，多生产，我们要拿这些实际的工作，来迎接我军区部队围歼敌寇的新胜利！

（原载一九四二年五月二十一日《抗战日报》第一版社论）

二十二个文件印出后

　　二十二个文件，已经汇集印发，各地同志现在应即开始研究学习了。

　　二十二个文件，是整顿三风的锐利武器。学习文件的目的，是为了认真整顿三风，改造工作，改造自己。要真正掌握这个武器，首先必须澈底了解文件的内容。这些文件是一百年来国际革命运动和二十年来中国革命运动的流血经验的结晶，不是一看就能懂得的东西，要能善于运用这个武器去变为行动的指南，也不是开一两次讨论会就能够解决的事情。在开始学习的时候每个同志，如果不郑重考虑，还是拿上过去学习的态度和方法来对待二十二个文件，是不会有什么收获的。

研究二十二个文件要在一个相当长的时间才能完毕，因此，就必须要有坚韧性贯澈性，要专心，要钻研，必须克服过去那种开始时废寝忘食，到后来则束之高阁的作风。研究二十二文件，每个同志，要逐件精读，逐件笔记，必须纠正过去那种粗枝大叶不求甚解的毛病，同时不应当把阅读讨论和实际运用机械地分开，而是在阅读和笔记的过程中，就要深思熟虑，反省自己的思想方法，反省自己的工作和全部历史，这样才能领会和贯通每一个文件的精神和实质，变为自己的思想武器。

但是，并不是一说，个个同志就能这样做到，在学习中就可以不发生偏向和错误的。因此，研究廿二个文件，必需有准备有计划和有组织。准备、计划和组织，不是按照个人的希望和想像去做，要经过详细的研究和周密的考虑，尽可能的要合乎本机关本部门的客观情况。如怎样研究全部文件，本机关那个部门应该着重研究那些文件，那些人应该在一组，那一组应该着重自修，那一组应该有计划的进行讲解，做报告等等，都要仔细研究后再决定。开始学习，要在干部中酝酿成熟，在学习过程中，要有经常的检查和定期检查，规定考试测验办法，在检查学习中去发现问题，研究和修正学习的计划及方法和方式。领导同志，对于学习文件特别要努力，不论在坚持学习上，不论在理论和实际的连系上，都要做学习的模范，否则，便不能很好的推动和领导学习。上面正确的领导和实际的行动，对学习的成败和好坏有决定的意义。

在延安，在学习二十二个文件中，已经有了不少的宝贵经验，这对于我们有很大的便利和帮助，在开始学习的时候，我们提议，各个同志，尤其是各部门的负责同志，特别可以把中宣部四月三号决定，□□同志"怎样研究中宣部四月三号决定"的报告，及中共北方局关于研究讨论二十二个文件的通知（五月五日本报），先好好研究研究，很快的来组织二十二个文件的学习。

（原载一九四二年五月二十六日《抗战日报》第一版社论）

三风不正在什么地方

整□三风，研究二十二个文件，已经在晋西北全面开始了。但是三风不正究竟在什么地方，在晋西北究竟有些什么表现，还不是每个人都已经了解□的。要整顿三风，转变我们的思想方法和工作作风，只有首先知道我们的病症所在，然后吃起药来——研究二十二个文件——才有耐心和决心，才知道□是真正□治自己毛病的无上良药。

那末，三风不正在晋西北究竟有些什么表现，表现在什么地方呢？

无论从思想方法和工作作风上看，主观主义，教条主义，宗派主义，党八股在晋西北都还是相当普遍地存在着，在某些上层领导机关中，恐怕更要严重些。最显著的，就是领导工作中的主观主义和实际工作中的教条主义,我们许多工作,从主观需要出发者多,从实际状况出发者少。对于晋西北的各种具体情形,群众的生活状况,政策的具体执行情形,下级干部怎样进行工作,上级的指示决定布置,在自然村在群众中究竟怎样执行的,我们没有具体了解。对于抗战的需要和人民供给能力间的矛盾,没有□好适当的统一起来。对于人民的切□问题,虽然常喊解决,而实际真正解决的较少。领导的机关只顾作决定,写指示,下命令,发表格,但是很□检查执行的情形和发生的问题。即使检查,也不是深入到群众中去检查,而是在干部和机关中打圈子,听下级干部和机关的间接反映。上级只是给任务要东西,下级完成任务的方法就是一级一级的往下传达,原封不动一直传至群众中去,不顾人民有无时间,只管开这种毫无准备的会议。在会议上既不发动人民讨论,又不倾听群众意见,大半由上边来的干部主持,很少征求本村干部的意见,会议开过,就算布置了工作,急急忙忙跑到另外一个村去,再来照旧一套,完全不考虑对什么人讲话,别人听了没有,是不是解得下。不仅下级组织如此,某些上级领导机关也有这种现象,不根据晋西北的建设历史和实地情形出发,生吞活剥的把晋察冀等进步地区的组织形式,工作方法,各种制度□搬过来的作法也颇流行,甚至还有把这种会搬家会抄袭的人当做高明干部。这就是今天晋西北存在的主观主义和实际工作中的教条主义。

宗派主义的表现,首先就是对三三制还没有自上而下认真坚决的执行,有些同志还有清一色和统治者的思想,共产党员和非党人士的合作还不是完全美满的。就上下级关系来说,不注意培养下级干部独立工作的能力与习惯,像工作团这种过渡性质的组织形式,竟变成了经常的形式:把师傅带徒弟的方法,变成了代替徒弟,使村干部没有独立工作的机会与习惯,使少数人忙得要命,但是又忙不出成绩,甚至反而造成许多恶果,使村的工作长久建立不起来;把"干部决定一切"曲解为"一切事情应由干部决定,别人无需过问,因此,便感到群众基础可有可无,没有什么特别必要,这样不仅妨害自己发展与工作进步，而且麻痹起来．以为万事俱妥，其实下面急需解决的问题正多。

至于党八股，更是相当盛行，而且相当严重。把干部会议上的一套，原盘搬到群众中去照诵□□，不解决实际问题，不会说群众自己的话，开会演说，搬弄一套新名词，谈者夸夸，无如听者藐藐，群众根本就解不下。一大本工作报告，不反映一点实际问题，"甲乙丙丁，开中药铺"，不论口头讲话和书面报告中，自上而下的普遍盛行着。决议指示，空话连篇，搬到华北任何地方好像都适用，就是解决不了当时当地的实际问题，当然也不能解决任何地方的实际问题。墙上写的标语，花样繁多，知识份子也难认识，不知道□竟有什么用处。至于文牍主义及其派生的"表格政治"，前者虽然去年展开过斗争，但直到现在还和后者一样的安然无恙。他如报纸刊物文章，党八股的严重也不稍好一些。只要我们有决心使自己的思想方法和工作作风转变得深入澈底，则我们所发现的问题也将愈多，愈具体，愈生动，对我们的改造也愈有益处。这些三风不正的错误，不仅要一般的揭发，主要的是靠自己来揭发，不要往别人□上□，主要的应该往自己身上揽，不要像望远镜似的只看到远处，而应当像化装镜似的照照自己。研究二十二个文件，正是要使我们自己来掌握这个武器，改正我们的缺点，改造我们的思想方法和工作作风。

（原载一九四二年六月九日《抗战日报》第一版社论）

澈底精兵简政

晋西北抗日民主根据地的巩固,使敌人不能安枕。当敌人□备发动新冒险的时候,对晋西北也决不会放松。敌人连续"扫荡"与""蚕食"政策",已对我双管齐下。工作区域的缩小,干部的遭受损失,在晋西北已经开始空前困难的日子到来了,晋西北也正处在"黎明前的黑暗"时期。咬紧牙关渡过黑暗,黎明的曙光,一定照临我们。

为了胜利的渡过难关,完成整顿三风,是急不容缓的。而澈底精兵简政是整顿三风中的重要关节。

根据地两年半的建设,我们得到不少成功。但同时也养成一套不良作风。这就是不管情形的如何变化,固守"根据地的作风",对战争和敌人政策的麻痹态度。党政民机关尤为严重。在此作风下，许多干部，甚至有些领导人，看不见"黎明前的黑暗"，看不见空前困难已到来。还在那里墨守老一套，按步就班做工作，不能随环境变动而变化，以适应新环境。这作风的具体表现，就是直到今天，摆开做工作的大机关作风，仍在各地流行着。甚至在游击区和敌占区，还想摆一摆大机关的架子。目前党政军民的领导机关和后方机关，头大脚小，成为普遍现象。大机关作风，给敌人袭击造成便利条件，已使我们工作和干部遭受了相当的损失。

因为囿于机关作风，习惯于头大脚小，为庞杂的机关组织所束缚，每当一个工作任务提出时，很少仔细考虑下面执行情形，只顾在机关里打圈子。而任务不能完成，落了空时，又□咎于组织机构不健全，干部不充实。辗转循环，倒果为因，于是提拔干部，尽量往机关里摆。想在扩大组织，健全机构中，解决工作不深入、领导不具体所引起的决议指示与下情不合的矛盾。而不知不了解客观具体情况，以主观愿望和感想代替政策，机关再扩大，干部再充实，到了实际中去，仍是行不通的。

把较大注意力放到扩大机关上，在机关内转圈子的结果，下面干部质量和数量，由县级以下到区村，不能周全照顾到，不能与工作相适应，形成上层机关头重脚轻，下层基础差而干部弱的矛盾现象，特别当敌人"扫荡""蚕食"日甚一日的今天，下层干部不强，工作基础不深厚，对敌斗争就难以奏效。只要到县级以下去看，真正有文化程度，有工作能力，同群众关系密切的干部，实在太少了。所以工作不能在群众中根深蒂固起来。而工作基础不深固，应付目前已经到来的空前困难局面，是不可能的。

应当知道，头大脚小，不注意深入下层，不加强下级，只坐在机关里写决定指示法令训令等等，是主观主义的具体表现。这种主观主义，已使党政民上下呼应不灵，决定指示政策法令不能正确的贯澈到底。村干部文化水平太低，又普遍得不到上级切实具体帮助，工作如何做得好，质量如何可以提高呢？现在上层机关里，摆有不少有能力有文化的知识份子。他们缺乏实际工作经验，需要到实际中去锻炼。

下面农民干部多，不识字，进步慢，工作能力一时不能提高，急需要有相当文化程度的干部去帮助。帮助他们学习，帮助他们工作，帮助他们对敌斗争，帮助他们贯澈政策法令，帮助他们发挥工作中的灵活性机动性，以提高他们工作责任心与积极自动的热忱。这就是今天晋西北澈底精兵简政的主要内容。

但要放干部下去，必须对目前党政军民机构加以适当调整。否则，一鳞半爪往下放，解决不了下边的问题。调整之道，就要从工作和机构两方面考虑，应该缩减的，缩减之。应该合并的，合并之。应该缓办的，缓办之。一面节省民力，爱护民力与培养民力，一面放大批□部到县村两□去。不适宜到下边去的人员，有些送回农业生产中去。有些送到游击队中去，加强地方骨干，有些送入学校长期培养。总之，务使人尽其材，物尽其用，不有荒弃和浪费。把理论与实际结合起来，把领导者与被领导者关系密切起来。

"黎明前的黑暗"降临了，我们要全力冲破它。谁舍不得抛弃旧圈套，打碎旧枷锁，固执保守，抱残守缺，眼睛只朝上看，无向下兴趣和决心，就免不掉葬身于自己的旧囚笼里。历史车轮永远循自己轨道前进，任何人阻挡不住，也拉转不回，不紧跟历史车轮前进的人，一定要被碾死的。

（原载一九四二年六月二十七日《抗战日报》第一版社论）

整顿三风与准备战斗

　　整顿三风的伟大运动在晋西北已经造成热潮，无论机关团体部队学校，无论在兴县或各个分区，绝大多数的干部俱已表现了前所未有的学习热忱，纷纷埋头于二十二个文件的学习。尽管这个热潮还需要继续扩展和进行巩固，尽管有些地区和有些部门的学习领导还需要加强。但眼前的情形已令人可喜。它已为今后的运动做出了一个很好的开端，并打下初步的基础。

　　但同时，我们切不可忘记：我们是处在战争环境。敌人就在我们的身边，赤尖□离兴县只有百余里的路程；敌人的"蚕食"政策正向我根据地内部步步逼进，临县大川已时有武装汉奸活动，敌人在发动新的冒险之先，对华北各抗日根据地次第进行"扫荡",晋西北在我田家会大捷后敌人会时刻企图报复;我们夏苗正盛,麦收开始,敌人正好来破坏;事实上,三、八分区之"扫荡"方才结束,敌人又在太原岚县增兵,数日来,敌机在我天空傲慢地飞行,大规模的"扫荡"随时都有可能到来。

假如我们忘记了这些现实的情况,假如我们只顾埋头读书而放松了对敌人进攻的警惕,那我们真是自己变成了书呆子,自己变成了主观主义者,并且马上就会吃到主观主义的亏。半年来,我们有过几次的教训,不要再像耳边风一样轻轻地放过去。

整顿□风固然是我们的终身大事,而反对敌人"扫荡"更是我们眼前生死所系。二者必须兼顾,不能偏废,尤须依照具体环境,抓紧时机,灵活进行。我们学习二十二个文件也正是为了实际运用,了解具体情况,了解情况的具体变化,克服工作中的主观主义。眼前正是一个最切实的题目,看我们怎样对付它。

我们处在战争的环境,又在一场恶战的前夕。在战斗没有开始以前,我尽可以不放下书本,但我们必须一手持枪一手持书,才不致于□□大事。非战斗人员应该立即准备安置到一定的地方,一切机关团体应该立即建立战时的组织,一切部队民兵和广大群众应该立即进行战斗动员。早一分的准备,就多一分的胜利,反之,准备迟了一分,就将受到十分的损失!

战斗不忘学习,学习□不忘战斗。

(原载一九四二年六月三十日《抗战日报》第一版社论)

打破敌人的"蚕食"进攻

同华北各根据地一样，目前敌人对晋西北进攻的主要手段，也是"蚕食"政策。这是敌人困难日增，兵力不足，摧毁我根据地的一切方法遭受失败的条件下使用的新阴谋。这个阴谋是异常狡诈与危险的，因为"蚕食"的进攻，是缓慢、□蔽，小步前进与零星啮食的，没有军事大"扫荡"那样给我们以猛烈的震动和显著的刺激，因此，很多地区便在这一恶毒的阴谋之下为敌"蚕食"，而没有引起各个地区所有同志高度的警觉，造成今天敌人"蚕食"我根据地的嚣张和险恶的局面。

敌人"蚕食"政策的实施是根据各地不同条件而灵活改变其办法的，但一般说来，可以分为三个步骤：

第一步是向准备"蚕食"的地区，进行各种准备工作，深入的调查研究，加强特务活动，建立特务和秘密情报的组织，发展维持会，制造谣言，动摇人心，进行挑拨离间，同时不□的进行军事"扫荡"和清剿，使我抗日武装和政权难以活动，趁机残酷的镇压和威胁人民，给内奸制造活动的有利条件。待一切准备工作已经完成，则进行第二个步骤，先以军事力量将原来据点向前推进或侧面迂回□四十里，建立新的据点，将被"蚕食"地区划成小方格，然后以各种活动，制造群众与我对立，迫使我武装和政权难以立足，然后将所准备的秘密工作完全公开出来。建立公开的维持会，开始时条件很低，只求上钩，以后逐渐紧迫压榨，直至完全变成伪政权为止。对群众则在残酷镇□下施以小惠，以便笼络人心，并尽量求得不用军事力量即达"蚕食"目的。如果第二步阴谋被我粉碎，则退而准备新的活动，如果达到"蚕食"目的，则进一步进行巩固工作，澈底□毁这些被"蚕食"地区的抗日组织和运动，使之完全成为敌人任所欲为的统治区，就是说完全成为敌占区，然后又准备依次向前"蚕食"的新阴谋。

敌人"蚕食"的步骤和方法是阴险毒辣的，但是只要我们有正确的方针，善于寻找敌人的弱点而打击之，善于组织我们的力量，打破敌人的"蚕食"进攻仍是完全可能的。

什么是敌人的弱点呢？就是敌人兵力不足和内部不稳。敌人虽然强调军事政治各方面配合的总力战，但其空隙仍然很多，主要是兵力不足不可能普遍地都设据点，向我根据地前进则后方空虚，向面扩张多筑据点则兵力分散，迫使敌人不能不更多的利用伪军和伪组织。然而敌人对伪军伪组织的奴役政策是极端残暴的，其统治愈严，对伪军伪组织愈苛，愈易激起伪军伪组织的不满和人人自危，民族矛盾日寇始终是无法克服的。只要我们正确进行争取伪军伪组织的工作，正确掌握民族矛盾这个特点，则乘敌之隙的可能也就愈大。

怎样组织自己力量以打破敌人的"蚕食"进攻呢？

首先就是澈底认识敌寇"蚕食"政策之险恶，党政军民严密配合统一领导，切实依靠群众，加强接敌区和敌占区的统一战线工作，以我统一的力量，打破敌人叫嚣的所谓总力作战。

其次是广泛的开展群众性的游击战争，加强地方武装的领导，与正规军取得密切配合，打击分股扰乱深入活动的敌寇，同时广泛发展敌后的游击战争，到处打击敌人，破坏其交通联络，围困和孤立据点，这是打破敌寇"蚕食"政策的重要手段。

再次，加强民兵工作，普遍开展群众的锄奸运动，某些地方应当严格的站岗放哨，盘查行人，肃清汉奸敌探和特务份子，根绝其特务和情报的组织，这又是打破敌寇"蚕食"政策的另一个重要手段。

最后，要揭破敌人的隐蔽活动与欺骗宣传，敌人常常利用封建迷信组织，来进行隐蔽活动与欺骗宣传，有的地方已经发现，我们应当从政治上从群众所看见所了解的事实来揭破敌人的阴谋。对于被欺骗的群众，应当好好解释说服，但是对于已经证明的敌奸特务，则应依法予以严厉处置。

总之，要打破敌人军事政治文化各方面严密配合的"蚕食"政策，必须是全根据地党政军民力量的统一和密切配合，任何单纯的办法都是不行的。同时，敌人"蚕食"政策异常毒辣，我们绝不能麻痹忽视，一定要有最高的警觉，但是，只要我们有正确的办法，善于寻求敌人的弱点，善于组织我们的力量，一定能够打破敌人的"蚕食"进攻，田家会的大胜利，就是一个辉煌的例子。

（原载一九四二年七月二日《抗战日报》第一版社论）

妇女团体参选代表大会开幕

晋西北临时参议会妇女团体参议员选举代表大会已在兴县开幕，与会代表有妇女干部，有家庭妇女，有劳动妇女，也有名流士绅的妻女，大会本身完全体现了全晋西北各个阶层妇女同胞空前亲密的团结。我们首先向远道跋涉的与会代表致以热烈的慰问。

晋西北临参会的召开，将是三三制在晋西北进一步的实行，三三制圆满澈底的实现，将使各个阶层群众更加广泛和密切的团结起来，将空前地激发起三百万民众参战参加根据地建设生产的高度热忱。这正是争取抗战最后胜利，打破黎明前的黑暗和困难的依靠，同时也是建设巩固根据地，建立一个独立的，和平的，民主的，繁荣的新中国的保证。那么，选举真正代表占全晋西北人口一半的妇女同胞的参议员到临参会去，意义是很重大的。

三三制在晋西北抗日政权中已经实行了，但是，并不是圆满无缺的实行了，这□更要我们从各方面努力。这次妇女界参议员选举，也当然是应当贯彻三三制的精神，选出真正能够代表各阶级（包括地主、名媛、名流士绅的妻女，上层知识份子，劳动妇女等等），真正有能力有威信的妇女当参议员，这对今后团结各阶层妇女，巩固扩大妇女统一战线与发动妇女参战参加生产，有其决定的意义，对整个临参会的召开，对三三制在晋西北的澈底实现，也有重大的作用。妇联已经正确决定这次参议员中干部只占三分之一；并且要选出真正是能代表各个阶层，集团妇女意向的人，她们应当是才德兼备而且和群众有亲密联系。

其次，在这次大会上，要把各阶层妇女的要求和呼声以及对政府工作妇女团体的意见充分反映出来，并进行热烈的探讨和争论，根据正确一致的结论，根据大多数的意见制成提案，让自己的参议员带□临参会去，为实现这些提案而奋斗；让各个参议员从这些反映，探讨和争论中，能更深思熟虑照顾到全体妇女的利益，在将来临参会中圆满周到的发挥自己的意见和反映各个阶层妇女的呼声，使政府法令更能适合各阶层妇女的要求和利益。使广大妇女对克服抗战最后胜利到来前的困难，对建设巩固根据地的事业，贡献出最大的力量。为此目的，与会代表同志，特别是没有参加妇救和没有参加工作的家庭妇女代表，要勇敢的，大胆的发言，而主持大会的同志，要努力启发这些发言，开展热烈的讨论！

我们热烈赞同大会主席开幕时说的话："我们一定选出真正代表晋西北一百五十万妇女同胞的参议员，我们要提出各地妇女的要求和意见带到临参会去！"团结起来，为全晋西北的妇女的自由解放，为全体人民的团结，为保卫和建设根据地，为今年打破希特勒，明年击溃日寇而奋斗到底。我们庆祝在晋西还是空前盛举的这次大会的成功，并预向当选的妇女参议员致深厚的贺意！

（原载一九四二年七月二十八日《抗战日报》第一版社论）

欢迎士绅参观团归来

远赴陕甘宁边区的晋西北士绅参观团诸位先生，经过近月的长途跋涉，两月的辛苦参观，已于秋雨绵延中返抵家乡□西北来了。数月阔别，只在报纸上看到参观团的行踪言论，怀念殊深，现在家乡欢□畅谈参观所得，快何如之。

参观团诸先生□延两月中，参观了三十多个单位，举凡新民主主义政治经济文化各方面建设，都得一一亲见，同时晋谒了毛主席、朱德司令以及党政军各界领袖，畅谈明年打败日寇，加紧全国团结，实现三三制建设根据地的各种问题，这不但是诸先生的"种种兴奋"，同时也是我根据地全体军民努力的方向和借□。

晋西北根据地建设的时间不长，同时又经常受到敌人烧杀淫掠的摧残，比起有长期建设历史的陕甘宁边区，无疑是要落后的。虽然我们在艰苦的战争环境中，在各种物质条件困难情况下，打溃了无数次疯狂进攻的敌人，巩固了根据地，建设根据地有不少的成绩，但我们深深知道，这些成绩是不够的，我们还没有把三三制澈底的普遍实现，把一方面减租减息另方面交租交息的土地政策的完满实行，各阶层人民的生死与共休戚相关的亲密团结还有缺点，各种建设还须努力，所有这些，都是需要我们今后共同努力的。

参观团诸先生在延安亲眼看见三三制的实施，亲自听到李副主席与共产党人合作的宝贵经验。参观团在留别延安各界书中说：扫清了"从前我们对共产党人的怀疑心理"，这个经验是宝贵的，因为晋西北临时参议会已经快要召开了，我们正在认真的建立三三制的临参会和各级政府，参观团诸先生在陕甘宁边区所见到的，正是晋西北今天在实行的。参观团诸先生千里跋涉所见到的事实，应当普遍的告我晋西北父老，踊跃的参加晋西北临参会的工作，使见到于边区的，也因临参会之召开而见之于家乡晋西北。

参观团诸先生在边区曾亲眼看见各种商业的繁荣与手工业的建设，这些建设都处在物质条件万分困难和大后方经济封锁下为解决军民生活需要而筹设的。在晋西北，由于战争的频繁敌寇的烧杀，集中的较大规模的工业建设是困难的，但为满足军民作战工作生活上的必需，我们应当学习边区的艰苦奋斗精神，开办各种必需的手工业和合作社，如纺织造纸挖煤小规模的开矿等工业，各种生产转运消费合作社及商业的经营等，联合或单独举办，以繁荣根据地。

参观团诸先生在延安曾亲聆毛主席今年打败希特勒明年打败日本的指示，同时亲自和曾经参加过作战而现在觉悟了的日本弟兄谈过话，从他们了解到日本军队的厌战，日本军阀欺骗的逐渐破产，日本帝国□义必然在中国失败。现在我全中国人民的任务，就是中共七七宣言所指出的。就是加紧团结，克服这黎明前的艰难困苦，明年把日本鬼子打回东京去。

胜利愈逼近，愈要克服困难，胜利是在克服困难中求得的。在整个敌后战争日益剧烈的今天，晋西北的困难也必然要增加的，这就需要我晋西北全体军民，同生死共患难的更亲密的团结起来，把各阶层共同负责的三三制政权更好的建设起来，把对地主农民都有益的减租减息和交租交息的土地政策认真执行，把游击队和民兵更加壮大，把根据地的经济建设工作更加作好，那末对明年打败日本的贡献也就更大。

参观团的各位先生很快就要分别回到各地去了，在此，我们特提出两个希望：第一，诸先生这次辛苦往延，所获什么，我们希望根据这些收获对□西北工作加以批评并向政府多作建议，尽所欲言，以便求得改进。第二，我们希望诸先生把不辞劳苦在延安所亲闻实见的东西，晋西北现在所作的各种事情都带回各地去，详细告诉各地的父老和自己的亲友，团结在政府周围，为巩固建设根据地、明年打败日本而共同奋斗。

（原载一九四二年八月十一日《抗战日报》第一版社论）

严格执行公粮预决算肃清浪费现象

经济条件在决定战争胜负与根据地建设的条件中，应该是第一位，而粮食条件在经济条件中又应该是第一位。这是因为没有或者没有足够的饭吃，军政民的有生力量就不能保存，既不能生产，又不能打仗。从来参加战争的国家，没有不把握这一关键，适当的解决其粮食问题，保证军民足食，抗战五年来也充分证明了这一真理，而坚持抗战熬过困难的两年，粮食问题的重要性将更加提高。

晋西北自新政权成立以来，就把握了这一原则，确定了救国公粮制度。在征收方面，颁布了征收救国公粮条例，一年一次，按比例征收，最高率不得超过产量百分之三十，负担户必需在百分之八十以上等原则。在支□方面，规定预决算制度，粮票制度，客饭制度等，以期收支得当，避免浪费。一年来由于军政民坚决的执行了这些制度，提高了群众的生产情绪，增加了生产，使军民足食，根据地得以日趋巩固。

但我们仔细检查一下，在公粮的支用方面，还存在着一些严重的不良现象，特别是浪费现象，如有许多机关虚报人数，超支公粮，或不经上级批准变卖乱用公粮；有些机关则因不重视公粮的保管与运输，而致损失者亦非少数；其他如经营贸易，商店，油坊，糟坊，粉坊，煤窑，喂猪，打豆腐，交租子，开工资，甚至调换别的食用品，无不动用公粮。以上所有这些浪费，根据不完全的统计，约占公粮百分之十。这是多么惊人的数字。这对根据地的损失，是不难想像的。

目前抗战是处在"黎明前的黑暗"时期，敌寇为了作最后的挣扎与新的冒险，对抗日根据地将加紧疯狂的"扫荡"和"蚕食"，对我之物资，特别是粮食和耕牛的破坏掠夺，将更加残酷，我们的粮食供给与调剂，因而可能遭受到大的困难。如果今年秋收欠丰，则长期保证粮食供给问题，愈益严重。加之，现在正当青黄不接的时期，粮食困难，成为急待解决的问题，因此最近军区与行政公署决定严格执行公粮预决算制度肃清浪费现象等办法，是异常重要的。

根据地全体军政民应该一致正视困难，重视粮食问题在坚持抗战、建设根据地的重要性，以及现在存在着的粮食浪费的严重性，各领导机关与领导干部，要切实督促所属部队机关团体学校工厂等，严格执行行政公署所规定的各种公粮制度，并负责检查其开支。同时教育每个工作人员与战士，爱惜公粮，节约浪费，了解"要知盘中粟，粒粒皆辛苦"的意义。纠正过去一些同志认为财政粮食问题，要靠开源，节约顶不了大事的片面看法；与一些同志得过且过，总以为吉人自有天相，天无绝人之路，置之死地而后生的盲目乐观的自流侥幸心理。

我们要澈底执行军区关于励行节约严禁粮食浪费的命令与行政公署每

天每人节省二两粮食的决定，不准用公粮喂猪，换菜，禁止酿酒，熬糖，做粉，在有菜时期不准打豆腐，生豆芽，和用公粮做其他用途。对公粮的保管与运输，更应周密系统的研究和接受过去的经验教训。确实负责，避免损失。至于减少二两粮，有没有困难呢？困难是有的，但是不是会饿肚子呢？我们肯定的答复是不会的。根据某机关试验的结果，如果能严密检查严格制度及科学的适当的调剂，决不会饿肚子的。

我们要严格的执行公粮预决算制度，迅速认真清理旧欠粮食及现存粮食。这是用一取一，且用得其当的办法，也就是财政政策上的统筹统支。有些同志说：预决算制度是旧政权因不信任干部而采用的，我们新政权的干部，都是为革命而工作的，用不着这些制度，这样的认识是完全不对的。我们要认清严格的执行预决算制度，一方面是保证抗战中军食的不断供给；另一方面是保证有限度有计划向人民征收，因此不但是形式上执行预决算制度，而且要确实，不能虚报一个人一匹马，不能多用一升粮，至于清理旧粮食和现存粮食，是健全公粮支付制度的关键，如果不能迅速清理，浪费现象还有发生之机。

严格执行预决算制度与肃清浪费现象，二者是使公粮支用正当合理的两个车轮，有机的联系着，不能偏废。严格执行了预决算制度，就能防止浪费，没有浪费，预决算制度才能真正做到。各部队机关学校工厂等对于执行制度，实行粮食节约，□进行很好的研究，如对过去进行深入检查，根据本单位的具体情况，规定具体办法和步骤，一方面严格制度，一方面开展节约运动，这样才能保证军区政府命令的贯澈执行，达到克服粮食困难，保证军民足食的目的。

（原载一九四二年九月一日《抗战日报》第一版社论）

读"晋西北士绅参观团敬告晋西北各界同胞书"后

读了"晋西北士绅参观团敬告晋西北各界同胞书",我们深为感奋。书中所述陕甘宁边区种种建设,以及对当地党政军民的印象,并与中共领袖毛主席朱总司令的谈话,都是我晋西北全体同胞渴欲知道的情况,所述参观后的感想,字字打入人的心坎,也都是我晋西北全体同胞共同的心声。尤其是书末一段向我全晋西北同胞号召说:"同胞们,胜利已不在远,我们大家加紧团结起来,用出一切力量,把这两年的困难熬过去吧!在抗战中我们共同团结了,抗战后我们还要团结,共同建设新的中华民国。我们愿意□这几句话拿来和我晋西北的每个同胞共同互相勉励。"

更是语重心长，令人深省。这次参观团诸先生的不辞辛劳，赴延参观，实具有重大的意义，他们不仅仅给我们带来如此丰富的宝贵礼物，而这次参观的本身，就是各党各派无党无派各阶层与中共更亲密团结的具体象征。

书中所号召的更加强团结，正是我们今天坚持晋西北根据地，反对敌人"蚕食"政策，生长新的力量，准备反攻力量□宝贵的东西。我晋西北处在敌后，能够坚持了五年多的抗战，都是我晋西北全体同胞坚强团结的功劳，□其有这样坚强的团结，热烈拥护英勇善战的八路军，所以能够打破敌人的无数"扫荡"，打破敌人的各种阴谋。我晋西北根据地的同胞也就得以不致沦于敌手，而□终享受着民主自由的幸福，以坚持抗战，现在胜利已不在远，但是敌人在灭亡之前，更要凶恶，给我们的困难，更要严重，在今天，我们要继续坚持根据地，并克服这困难，渡过这困难，以迎接胜利的来到，这就更要我晋西北全体同胞的更加团结。我们相信，参观团诸先生的主张，无疑地，更会加强全体同胞的团结，而这团结，就可以打破敌人任何残酷的"扫荡"，坚持抗战到最后胜利。

中共中央"七七"五周年纪念宣言已经告诉我们，在今天，迎接快要到来的胜利，摆在我们面前的两大问题，就是加强团结和争取时间。这两点，在我晋西北已经作着和正在作着具体的措施，其一，就是即将到来的临参会。这是真正如诸先生所说的，和陕甘宁边区看齐，政府和议会都完全实现"三三制"，使我晋西北各党各派无党无派各□层更紧密的团结，共同为坚持根据地，保卫晋西北而努力。又其一，就是今天正在实行的"精兵简政"。这是诸先生所称赞不置的政策，也是晋西北的党政军民，和全体同胞所要竭力实现的政策，因为在今天要坚持晋西北根据地，更机动，更灵活，更有效地和敌人的"蚕食"、袭击作斗争，从克服当前的困难中，以保存自己的力量，生长新的力量，并积蓄民力，培养民力，以准备将来顺利的反攻，只有实行"精兵简政"，就可以真正达到争取时间的目的。以上两项，不过是其最主要者。还有其他许多政策上的措施，莫不本着这样的精神。相信，在诸先生的共同赞助之下，一定会达到极有效的收获。

在这里，我们深望晋西北全体同胞，对参观团诸先生的号召，铭刻肺腑，一致努力，同时亦深望参观团诸先生对晋西北各种具体措施，更进一步的予以热烈赞助，宣扬和推动，则诸先生所希望于我晋西北全体同胞者，得以更圆满的实现，这是我们所馨香祷祝的。

最后，我们谨代表晋西北全体同胞，向参观团诸先生致以热烈的敬意和慰问，并祝诸先生的健康！

（原载一九四二年九月十二日《抗战日报》第一版社论）

贯澈"精兵简政"

中共中央"七七"五周年纪念宣言,英明地分析了国际国内形势之后,指出:"今年打败希特勒,明年打败日本"。这个切合现实的口号,已经成为每个人心里的呼声。而事实的发展,也很明显:全世界民主国家的更团结,斯邱会谈订立的军事协定,苏联对德国已到了决战阶段;这些,都证明着:今年打败希特勒是无疑的。把希特勒打垮了,英美等国就可以抽出强大力量,和中国更密切配合,在明年一口气把日本打垮下去。这种胜利的曙光,已经很清楚可以看见。

但是我们决不要做远视眼,只看见光明的远景。我们要认清楚,在黎明之前是有一个非常厉害的黑暗,在胜利之前必然有更大的困难。

今天我们晋西北的困难是重大的,但是暂时的。在未到反攻阶段之前,敌人的"扫荡"会更频繁,更厉害,我们的牺牲更要重大;敌人近来的"蚕食"政策,突然的袭击,已经使某些地区变为敌占区或游击区,增加了敌人的据点,使我根据地逐渐缩小,将来还可能更缩小。这一点,我们应该看见的,应该承认的。我们采取怎样的对策呢?首先,我们肯定的说:为了保卫晋西北,准备反攻力量,我们要坚持晋西北根据地,坚持和敌人的"蚕食"政策作斗争。我们决不畏缩,决不悲观失望,因为我们不是近视眼,不是只看见困难,而是要从困难中想办法,克服困难,准备出反攻力量,迎接胜利就有把握。如果不能熬过今天的困难,则将来的反攻和胜利是不可想像的。

针对着将来的任务和当前的困难,我们的方针,应该是善于运用力量,保存力量,并准备力量。所谓保存力量,并不是退却逃跑,并不是放下不干,用保险箱保存起来,相反的,是要在困难中钻每个可能的缝隙;不是硬着头皮去挨敌人的打,而是要从各种缝隙中不断打击敌人,消灭敌人,而又使自己不受到重大的损失,这样才会达到保存自己的目的。所谓准备力量,并不是从别的什么地方搞一批力量来准备着,而是要更深入群众,不断和敌人斗争中教育群众,把所有群众更坚强组织起来,使群众的力量更大的生长,以利将来的反攻。为了贯彻这样的方针,某些组织,某些工作,虽然曾经发挥过很大的作用,但是今天不能不有些改变,以适应当前的环境和任务。这就要更短小,更精悍,更机动,更灵活,以便容易动作,容易回旋,又容□□蔽。但是我们今天,某些主力军的编制还不大适合,民兵游击队在某些方面还不够,骈枝机关还不少,某些部门还太庞大,脱离生产的人员还太多。这是危险的。动作不便,回旋困难,□蔽更不容易。遭到敌人的袭击,就会发生重大的牺牲。特殊的说,在今天,我们看见根据地可能还要缩小,那么,在某些地区我们就要主动的采取适当的办法,不要给敌人打垮来缩小，使我们的力量受到巨大的消耗。一般的说，全晋西北的党政军民，应该来一个全盘计划，加以编整，因此，今天实行"精兵简政"是非常非常重要的。

"精兵简政"还有它另一方面极重要的意义，就是爱护民力，积蓄民力和培养民力。我晋西北光荣地坚持了五年多的抗战，坚持了晋西北根据地，都是晋西北全体人民用人力，物力，财力，贡献给抗战的功劳。但是敌人残酷的"扫荡"，某些地区的被敌占领，人口已减少了若干分之几，而敌人的"三光政策"，使我根据地的民力也损伤不少。因此人民对于抗战的负担，已发生了很大的变化，形成了"食之者众，生之者寡"的现象。对于机关部队的给养说来，一方面我们固然要注意开源，就是增加生产；另一方面就应该注意节流，因为脱离生产的人员太多，超过财政的收支，人民和机关部队都会发生极困苦的现象，这对于我们坚持根据地的工作，就要发生绝大的困难，而影响到抗战的持久。因此应该把脱离生产的人员减少。而今天最重要的，还是为了将来的开展打算，要不断的生长人民的物力财力，以准备反攻力量，因此爱护民力，节省民力，以培养民力，成为非常重要的事情。人民的负担已到了最大限度，我们应该不再增加负担，在可能的情况下，还应该减少一点负担。所谓减少一点负担，并不是不负担，如果那样，部队机关的给养缺乏，坚持抗战也就成问题，无异是束手待毙，让敌人来蹂躏我们晋西北。所以人民向政府贡献相当负担是必要的。只是负担在一定程度内减少了，就可以俾人民多有力量增加生产，使产量逐渐提高起来，使人民的生活，在困难中相当的改善，那么人民对军队、政府的帮助，就会大得多，抗战可以持久，反攻也就容易。这是照顾了眼前，也照顾了将来的最好办法。

为了以上的两大原因，我们应该坚决实行"精兵简政"。

这里，我们首先□"精兵简政"解释一下：所谓"精兵"，就是要把我根据地内的党政军民各方面的抗战力量，配备得更精悍。这是大家容易了解的。至于所谓"简政",并不是减少政事,减少工作,相反的,是要加强政事,加强工作,使工作的质量和效率提高,此外则把某些不适当的工作加以调整,某些□牍现象,煞冗事务,加以淘汰,使执行起来灵活,机动,切实,收效大,而人民又容易了解、接受。这种"精兵简政",在陕甘宁边区和其他抗日根据地已经实行得很好,是值得我们学习的。

晋西北今天实行"精兵简政",应该根据以下的四大原则:裁,减,缩,并。裁,就是把某些不适合的机关,或骈枝机关,骈枝部门裁去;减,就是把机关部队里过多的人员,繁冗的事务减少,要一个人顶一个人用,不致有人多事少,忙闲不均的现象;缩,就是各机关部队,在编制上应该尽量紧缩,以做到短小精悍为原则,在开支上也尽量紧缩;并,就是□某些工作上相同的机关或部门,可以合并的就合并,使工作不致重复,既减少了□□,又收集中精力之效,几个机关,伙食单位可以合并的也要尽量□□,使事务人员减少。

至于裁,减,缩,并后的干部怎样调整?第一,是加强下层,使下层的质量提高,因为要巩固根据地,就应当加强县、区、村的工作,使干部深入群众□和群众密切联系,就像水银洒在地上,无孔不入,去教育群众,组织群众,培养群众的力量,更使我们的工作成为生根在群众中坚固的网,□□根据地才会巩固。在今天,到下层去,应该成为每个干部更光荣的事业。至于部队,则应该把上级机关的人员派到连队里边去,以充实战斗力量;民兵,游击队,也应根据这样的原则加强,使地方的武装更充实。第二,党、政、军、民各部门之间的某些干部,应有□□□□动。譬如,某一干部,地区不适合,环境不适合,岗位不适合,□□□□□宜于别的地区,别的环境,别的岗位,就应该很好的□□□□□□□部的更大作用。第三,有些干部已工作多年,需要深造的,□□□□某个干部,可以调出来学习的,就分别情况,送入小学、中学、□□、民干校、政干校、党校、抗大分校等等,以培养将来更发挥作用的干部。第四,有些下层干部□能力很强,在群众中很有威信，应该在这次的调整中，适当的提拔起来，使他的工作能力更大发挥。第五，适宜于转入生产的，应该很好的使他们转入生产；或作农业，或做工人，或做商人。如果作农业没有土地，主管机关应介绍到当地政府设法调剂，或给人伙种，或代为租地；如果作工，应该分别情形送到一定的工厂；如果作商人没有本钱，各机关可以设法小本低利借贷，使他能够去做生意；如果有的本地干部有家可回去，而又可以让他回家的，也应斟酌实际情形办理。这些转入生产或回家的人员，应该很好的帮助他们，发给适当的路费，而且和他取得适当的联系，看情形给予一定的工作任务。第六，带伤的，有病的，应送到一定的医疗机关。第七，有的外来干部，不属于以上六项的，可送到上级机关，适当安置。这些办法，就是要做到使每个干部各得其所，而又真正达到"精兵简政"的目的。

在执行的时候，是绝对不可以马虎的。稍一不慎，就会发生很坏的影响，或遭到不必要的损失。首先，在某些容易遇到敌人袭击的区域，在执行"精兵简政"过程中，更要特别提高警惕性，要很有计划很慎重的布置，不要使正在编整的时候，突然遭到敌人袭击，而受到很大的牺牲。总之，在"精兵简政"中决不要妨害到战争。至于在别的地区，以为"精兵简政"，工作要从新来过了，就把所有的工作都放下来，而专搞"精兵简政"，以致妨害了必要的工作，也是不允许的。在执行的开始，各机关部队的负责人，应该注意进行的步骤，先很冷静的从客观的需要来看本部门是否该裁、减、缩、并，或该继续保存，就应和某些干部交换意见，进而深入的进行宣传、动员、解释，使每个人都澈底明了"精兵简政"的意义，都愉快地来执行。跟着即进行检查工作，如果是机关须继续存在的，立该实事求是简单明了的规定出今后的具体工作，根据这工作来调整干部，□备干部。如有些干部须调动的，须派下去的，须送学习的，须转入生产的，须让回家的，须疗养的，应很耐心的以同志的态度加以说服，即使是回家的，也应使他澈底了解，这是为了坚持根据地，保存干部，准备力量，以待反攻阶段到来时大□的好办法。一编整完毕，就应当马上把全部工作上轨道，使面□为之一新。这里应该防止可能发生的某些偏向；如不研究有关"精兵简政"的文件，一知半解，就轻率编整；或者不开干部会或全体会，进行深入动员，而自以为是，一意孤行；或者放下一切工作，不必裁也要故意裁的取消主义；或者本位主义，调不动人；或者不关心干部，马虎编造，不给干部路费，不解决干部困难，或者趁"精兵简政"的时候，擅自变卖公物，浪费公款；或者自由主义，自己不该调走，而自己偏要走，该调走，而自己偏不愿走；或者害怕困难，向困难低头，不愿深入下层，去和群众密切联系，或者不根据正确的了解，而误信敌人的谣言，发生悲观失望；群众对"精兵简政"如不了解，应该利用各种群众集会加以宣传，却不去宣传；等等。这□偏向，只有使我们整个抗战工作受□损失，是应该反对的。因此，加强领导实为□□必要。一切机关部队的党员，都应该严格服从党的领导，应该□□□决定或指示不折不扣忠实的坚决执行。而各机关部队里的人员，□□□从本机关负责人或会议的决定，分配调遣，我们每个革命者，应该服从整个革命的利益，服从整个抗战的利益，服从针对当前的困难和将来的任务而提出的任务。在总的领导之下，我们是整体的，大家应该愉快的来迎接这个号召，咬紧牙关，为克服困难，渡过今后两年的难关，为坚持根据地，和敌人的"蚕食"政策作斗争，并为反攻□段□备力量而斗争。

最后，我们应该注意，这个"精兵简政"政策，是当前极重要的政策，将来还是继续实行。我们在进行编整之后，决不能忽然又把机关庞大起来，我们应该始终□□的执行下去。

（原载一九四二年九月十五日《抗战日报》第一版社论）

论新的征收救国公粮条例

今年的征收救国公粮条例，行政公署经过了周密的调查研究和慎重的讨论，现在已经制定公布了。这个条例是为了保证晋西北军队政民机关工作人员粮食供给之最低限度的需要，是基于各阶层与各地区人民的负担能力，并力求人民负担之真正公平合理，征收方法是在简单明了的原则下确定的；新条例是吸收了过去两年来征收公粮的经验，对于去年的公粮条例加以修正，使其更加照顾各个阶层的利益，便于提高人民的生产热忱，鼓励新民主主义经济的发展。因此这个条例的切实施行，不仅是胜利的完成今年征收救国公粮的有力保证，并且对于团结晋西北各阶层坚持抗战有重大的意义。

新的条例吸收了去年公粮条例中的基本优点：征收有一定限度，大多数人民负担，照顾各阶层的利益，具体说就是征收率不超过百分之三十，由百分之八十以上的人民负担，征收量占产量百分之二十左右。新的特点是以收入为主而又照顾到收入的性质，采取直□累进比率征收，而又按不同性质的收入给以不同的折合。不把出租人所获得的地租收入与租种人除交租消耗外所剩余的收入等量□观，而把长工短工所赚的工资分别看待。今年的起征点由去年的四斗提高到五斗，使更多的贫苦人民可以免除负担，这样可以补救去年一些贫苦人民负担过□之缺陷，使各阶层的负担真正达到公平合理。

为了避免产杂粮过多的地区负担太重，在第十三条中规定给产杂粮在百分之三十以上的人家额外八成折合。为了□免敌占区接敌区人民之双重负担，这些地区的负担比内地区大加减少，使不同地区的负担，亦按其经济能力，更加合理。

新条例的比率一目了然，征收方法简单明确，使人民□于了解，可以激发其交粮热忱，而隐瞒虚报者，易受人民之监督与责难，使干部易于执行，任务便于完成。

新条例的另一特点是富于显明的□励作用。对于现役抗战军人，政民干部，教职员，邮务工人，给以明确的优待，征收时仍得作为其户口内人口计算，这样可以减轻家庭的负担。对于资本主义生产与资本投资，给以显著的奖励。如长工短工得作为雇主户口之人口，短工得由雇主收入中扣除其工资。出货现金现粮所得之利息，以半数计算，畜租房租不计收入，这样使富有者有利可图，乐于投资雇人，放账，买牛出租，而贫者亦因此可以借到钱粮，有牛可租，雇工不至失业。对于农业副产不超过正产十分之一、副业不超过正业十分之二以上者不征收公粮，以资鼓励，对于棉花□□等特产，开荒水利牧殖纺织等事业仍依照旧规分别奖励，这些办法对于提高人民生产热忱，发展国民经济有很大的鼓励作用。

为了保证负担之公平合理，条例中很重视调查与评议，以自然村为单位之逐户调查，经过自然村民意机关——代表团之评议，这是经过民主求得公平合理的完善办法。

由于今年新的公粮条例之正确，容易得到各个阶层之拥护，征收方法之简明，各级干部二年来征粮经验之积累，民主政治之推广，今年公粮工作胜利的完成是可以预期的。

（原载一九四二年十月一日《抗战日报》第一版社论）

减租交租和减息交息

今年减租交租和减息交息,分开两个条例颁布,是因为租佃关系和借贷关系情况不同。论租佃关系,过去减租,成绩很大。山地租率已下降。只是平地水地多伙种,地好,租子仍高。但平地水地不多。在很多地主仍靠吃租子。不少富农,也出租其土地约三分之一。□□剥削□厉害,有□□限制之必要。论借贷关系,战争环境,有钱人不放账,借贷停滞。今后要恢复借贷,活跃金□。所以政府颁布减租交租和减息交息两条例,照顾了晋西北具体情况,是晋西北土地政策的实施。

分别来讲:

今年减租交租条例基本精神,是保障地主和农民地权,认真减租交租，稳定租佃关系，使地主和农民均有利，以加强团结，提高生产热忱。因此，条例中对许多具体问题，比以前有了更明确的规定。

关于产量。抗战以来土地（特别山地）产量，一般是降低的。因而，租额也应有适当降低。平地水地产量，有的降低了，有的提高了，一般尚维持战前水平。故条例中规定"山地依战前原租额先以七成五折□（因战后产量约及战前之□成），再减百分之二十五，平地水地，只减百分之二十五"。使产量降低的损失，地主农民双方负担。游击区敌占区之地租，依照当地情况，酌减百分之十、十五、或二十。这是特别照顾了游击区敌占区地主农民的团结。

关于减租与保证交租。地主不依法减租者，条例规定，"一经查出或告发，除退还多收之地租外，并将多收之部份，按月分半行息。"农民，减租后，不依法交租者，地主"得无条件收回租地，并得追回欠租。"农民当年无力交租，须于翌年补足。仍补交不足，须订借约，以年利分半行息。凡此一切，皆减租交租之保证。

关于限制过重剥削稳定租佃关系。预交租及一切额外剥削，均禁止。无论□种伙种，依照今年条例减租后，订立新的租佃契约，双方遵守，即不再减租。但土质因地主投资而改良，经□议，可加租。如遇天灾人祸，可依法减免租额。这对地主农民双方得失，都照顾周到。

关于地权。今年条例特别明白规定，地主自耕或雇工耕种，契约期满，可以收回土地。地主出卖出典土地，只要能维持佃户生活，可收回租地一部或全部。佃户不努力耕作，荒芜土地三分之一以上，地主亦可无条件收回土地，佃户并须照额交租。可见政府不强制规定永佃权，而依当地习惯，使地主与农民地权，都得到法律保障。

关于贫苦人抗属出租地。条例规定，"贫苦之鳏寡孤独抗属无力自耕，将土地租出伙出者，得由双方自行协商，不减或少减租，以照顾其生活"。这也是很合情理的。

关于欠租。条例规定，"本条例颁布以前之欠租，一律免交，抽回欠契"。又规定，"本条例颁布前，出租人未依法减租者，亦不追究"。这是为了减免过去纠纷，加强今后团结，也是应该的。

关于调解租佃纠纷。为确保贯澈政府土地政策，规定在行政村及租佃关系较多之自然村，根据需要，成立"租佃调解委员会"，由地主、佃户、政府及公正人士四方面代表组织之。调解时，政府有最后决定权。这是一个经常调解租佃纠纷的机关，对地主和农民利益，又添加一层保障。

此外，牛租房租窑租均不减，尽量给人民以生产住宿之便。

今年减息交息条例，对恢复借贷，活跃金融，是一剂良药。它一方面给清理旧债以办法，又一方面规定了新的借贷方针。条例规定，民国二十年以前之旧债，一律停付。民国二十一年到本条例颁布之日止的旧债，不论钱□粮□，依照具体情况，分别清理，这是很对的。因为民国二十一年前之旧债，□钞破产时，已清理过了。而民国二十一年后的旧债，受战争影响，已很混乱。抗日民主政府，为人民利益，为晋西北建设，应当负责清理。

今后借贷，条例规定，依照当地习惯，由□权人债务人自行约定行息，不再实行减息。有抵押品而不能偿还时，债权人可依约处理。今年征收公粮，利息收入，折半计算等等，都是鼓励借贷的。大加一，印子钱等特殊形式之借贷，一律禁止，这又是限制了高利贷的□剥。

今年减租交租条例颁布，适值征收公粮时期。今年公粮，按收入性质折算，恰好配合。但须注意，征收公粮中，一般已非减租问题，而是追租问题。应实事求是，把一时未能追回的租子，除□条例第七条办理外，要算地主收入征公粮，不可给佃户打空盘。

这两个条例，是经过调查研究得来的，切合具体情况，又照顾到各方面实际问题，贯澈实行了它，使农村统一战绩更巩固，晋西北建设更前进一步。

（原载一九四二年十月十日《抗战日报》第一版社论）

庆祝中共中央晋绥分局的成立

中国共产党中央为加强晋绥边区（晋西北在内）的领导，特决定在晋绥边区成立中央分局，增派干部，这使我们无限兴奋，额手庆祝。在分局工作开始的今天，我们愿趁这机会阐述几点感想。

当中共中央指出今年打败希特勒，明年打败日本的时候，当日寇入于更疯狂状态，进行□残酷"扫荡"，企图□缓其灭亡的命运，而使我晋绥边区到了更加困难的今天，坚持晋绥边区的抗战，准备反攻力量，是我们当前迫切的任务，同时是伟大而艰巨的事业。为了完成这任务，就要更深入的发动群众，组织群众，团结群众，并巩固团结社会各阶层，克服困难，渡过难关。因此，就要有正确的社会统一战线政策，更好的照顾各阶层利益。那么，分局的政策，就是正确的统一战线政策，分局本身就是各阶层利益的关怀者，也是一切困难的克服者。这是一。

第二，坚持晋绥边区的抗战，就要对日寇进行坚决顽强的各方面斗争。而这，就必须更好的指导抗日部队，使正规军与地方武装民兵更密切配合作战。同时必须有正确的对敌伪工作的政策。那么，分局就是晋绥边区一切抗日部队的正确指导者，也是对敌伪工作的正确指导者。

第三，坚持晋绥边区的抗战，就要使抗日军队的给养充实，同时又适当的改善人民生活。而这，就必须发展生产建设，发动人民多打粮食，多织布，以求自给自足，以长期坚持敌后的斗争。那么，分局就是建设晋绥边区的工程师，首先是建设晋西北抗日民主根据地的工程师。

第四，坚持晋绥边区的抗战，就得更加提高人民的觉悟性，以发挥其抗战建设的热忱。晋绥边区，文化落后，必须进行艰苦的宣传教育工作，才能使人民的文化逐渐提高。而宣传教育要做好，就有赖于正确的文化教育政策和干部能力的加强。分局的各种政策和具体工作指示，应该设法使干部都懂得，以增强其能力，以便更好的与各阶层人民相结合，才能起更大作用。而这种正确政策，又需要使□文化教育的各种武器，以深入民间。那么，分局在这方面，同时就是我们良好的导师。

第五，中共中央晋绥分局，是晋绥边区共产党的最高领导机关。共产党是人民优秀份子的组织。分局一定能够很好的领导自己的所有党员，在晋绥边区抗战建设的各种事业中，在党政军民学的一切日常工作中，起□大的先进模范作用，为晋绥边区六百万人民的先锋。

抗战已接近反攻阶段。晋绥边区的困难是重大的，但是暂时的，而且已经在不断的克服困难中巩固着和发展着。中共中央晋绥分局的成立，就更是晋绥边区打败日寇，争取胜利的有力保证。他是我晋绥边区六百万人民的战斗旗帜，是渡过黑暗迎接光明的引路灯。愿我晋绥边区六百万人民和党政军民学全体干部，坚强的团结在分局的周围，熬过今后两年的困难，准备反攻力量，争取反攻阶段早日到来，跟着他指示的方向奋斗前进。

（原载一九四二年十月十三日《抗战日报》第一版社论）

致高干会

我晋西北一年一度的高级干部会议,又届召开的时候了。我们□趁这机会,讲一点我们的意见。

自从去年高级干部会议以来,经过了一年多的努力,是有很大成就的。首先,那一次的会议,是更加强了我内部的亲密团结,我晋西北党政军民学,是进一步的达到了更大的统一。而这团结和统一,是由于党中央的正确指示,和全体干部坚决贯澈晋西北各项具体政策,所得到的伟大收获。这一年来,是我晋西北抗战,很艰苦很困难的一年,但我们基于这更大的团结和更大的统一,就能够顽强的熬了过来,克服了许多困难,坚持了根据地的抗战,在军事方面,反"扫荡"反"蚕食"斗争,有了很显著的成绩,打破了敌人若干据点是不用说了，田家会和石沙庄的战斗，都是有名的胜利。人民武装，也在这一年多，掀起了广泛的热潮，民兵组织，比从前已有了很大的发展。民兵、游击队，和主力军的配合作战上，也达到更好的地步。在民主方面，由于全体干部坚决执行党中央的"三三制"政策，澈底完成了村选运动，周密的准备了临参会的召开，一年多以来，和地主士绅的团结，很明显的更进了一步，根据地内各党派各阶层的团结，也更亲密，更坚强了。军队、政权、和人民的关系，也达到了更大的改善，人民对军队和政府的爱护、帮助，也更热烈，更踊跃了。在经济建设方面，农工业生产，已有大的发展，渡过了一年多的困难，解决了供给上的问题，人民的生活也改善了许多。在文化教育方面，也是发展了的，在干部中整风运动的推行，和许多学校的改进等等。这些，不过举其□□大者。□所有的成就，都是我根据地全体干部，在一年多以来，站在团结和统一的基础上，艰苦卓绝，奋斗不懈的功劳。我们特在这里致以无限敬意，和亲切的慰问。

至于今年的会议，较之去年，则更有着极深刻的意义。因为它的召开，恰是在党中央发表了七七宣言，告根据地全体党员和将士书之后，以及在我晋西北地区新成立了中央晋绥分局之后。中央英明地向我们指出："今年打败希特勒，明年打败日本"，指出在光明前必有一个很黑暗的时期，即"敌后斗争是会比过去更加困难，敌人的'"扫荡"'会更加频繁，敌人的堡垒与封锁会更加多，敌人的烧光、杀光、抢光的三光政策会更加残酷，我们的地区可能暂时缩小，我们的经济可能更困难，我们的牺牲与损失可能更大。"中央又给我们指出："共产党员和八路军新四军将士从来是在困难中生长的，从来是不怕困难的，是能够克服困难的"。并给我们指出克服困难的前途和办法，以"熬过困难的两年，迎接将来的胜利"。至于中央晋绥分局的成立，就是为了针对当前的任务，以更加强和更统一根据地的领导，坚持根据地，克服困难，准备反攻力量的。因此，这次的会议，应该根据中央的指示，在分局直接领导之下，讨论如何克服困难，如何加强对敌斗争，如何解决财政经济问题，而最最重要者，则为如何澈底贯澈"精兵简政"。因为要真正能够坚持根据地，要能够熬过这两年，要克服一切重大困难，培养力量，积蓄力量，准备反攻，即照顾目前又照顾将来，非坚决的，澈底的，斩钉截铁的贯澈"精兵简政"，没有别的办法。这，应该是这次大会的中心议题，大会的全体精神，应该倾注在这上面。

　　这里，我们对于这次会议，应该预期着怎样的效果？中心的议题是有了，问题是如何才能达到更切实，更深入，更具体，更周密，更澈底。无疑地，这次在开会的方法上，应该贯澈党中央整顿三风的精神：竭力避免铺张，避免空洞，避免党八股，避免形式主义，而要实事求是，周密的系统的调查研究，是能够提出问题，解决问题的。而提出问题，解决问题，应该是照顾全面，从总的任务和实际需要出发。这里，应该反对本位主义，宗派主义，反对强调部份，忽视全面的现象。因此，这次会议，在思想方法上，应该更要求得一致，更团结，更统一，即在过去的团结和统一的基础上，更提高一步。客观的要求需要我们这样做，主观上也能够这样做，因为我们有分局的直接领导的缘故。我们可以毫无疑义的说，我们已经有了这些很好的基础和条件，再加上大会全体认真实际的努力，一定会达到比去年更多的收获，和更大的成力。这是可以预期的，同时是我们可以在这里预先祝贺的。

（原载一九四二年十月十五日《抗战日报》第一版社论）

论征收公粮

　　新的公粮条例已发表了，各地的征粮工作，正要开始进行。这一工作，不但关乎军政民的吃饭问题，不但直接影响各阶层人民的生活，而且对于今后的人民生产，对于整个根据地的发展和巩固，都有很大关系。这一道理，由于两年以来的事实，已经有了证明。

　　今年的条例，接受了两年的经验，并根据了部份调查的材料，比过去的规定，都较为合理完善，周密而明确，这是我们上次讲过了的。但条例是一回事，执行又是一回事，完善的规定必须依靠正确的执行，然后才不致成为纸上空谈。这里当工作正要着手进行的时候，我们愿意提出几点关于执行方面的意见。

一、新的条例包括着很多新的特点，在执行开始，对于干部和民众，必须进行深入的动员和解释，必要时可集合区村干部作具体实验或详细讲□。要求大多数干部能够了解原则，明白法令，熟悉具体的作法，也要求民众了解规定的意义，干部和民众不了解，工作是无法做好的。

二、执行当中要注意防止两种偏向：一种是按门摊派或采取标准田的方式，愿意完成任务，又不耐心调查，因而放弃了比例；一种是敷衍了事，不认真进行调查，或同民众一起，大家包庇，集体隐□的本位主义倾向，只说应付公事，不管任务如何。这两种偏向，都是阻碍公粮工作，防害公粮政策的。我们的要求是坚决的贯澈比例征收，这一原则是不容动摇的。但比例征收须以确实调查做基础，不然便无法完成任务，或是完成了任务，而实际上还是放弃政策。

三、民众的收入，零碎复杂，进行调查，确实是□困难的事。这里需要工作干部万分的耐心，同时更须要善于□□民主，使规定的计划机关，确实发生作用。不但数字的分配，要经过慎重的考虑，就连个□户的收入，也要按□逐项，详细的商酌，直到完全合乎实际。包庇本村，包庇本家，包庇坐地户的偏私现象要克服。而过去某些地区，对于个别户的收入，不管实□如何，随便举手表决的方式，也要防止。

四、这一工作过去大半依靠上级派遣的临时工作团，没有将责任放在村干部身上，在工作当中，培植村干部，而上级干部，既不熟悉情况，仓卒突击，又很难细密深入。今年在一般工作基础较好的地区，不必采取大的工作团的方式，只派少数坚强干部，教育指导村干部，帮助其掌握政策，解决问题，即使在工作基础薄弱的地区，也只是给予更多的帮助，不应包办代替。其次，公粮工作虽主要由政权负责，但没有各方面的配合和帮助，很难迅速的胜利完成。各级党委军政机关及群众团体应拿出最大的力量，通过自己系统，进行适当的配合，必要时并应派遣干部，给予帮助，特别在工作薄弱的地区和游击区。

五、新的条例规定了几种收入的不同折合，加上过去先后所规定的各种奖励办法，计算上相当麻烦。但这些多样的规定，并没有防碍规定的明确，各种不同的计算和手续，正是说明条例本身已经周密的包含了各种政策的意义，在今后人民生产及根据地经济上，将会看见它的□大作用，麻烦一点不要紧。而况折合计算，毕竟是技术工作，可以设法解决。可以动员当地教员知识份子及商人等有计算能力的人来帮助，上面所派的干部，应尽可能在这方面多帮助。

（原载一九四二年十月十七日《抗战日报》第一版社论）

读"巩固与建设晋西北的施政纲领"后

　　中国共产党中央晋绥分局向晋西北三百万人民提出的"施政纲领",在今天晋西北临参会行将召开之际公布了出来,是有着极严重的政治意义的。

　　首先,我们很明显可以看出,这一纲领,是根据了中共中央一贯的抗日民族统一战线政策,和晋西北的具体情况制定的。中国共产党,是最坚决抗战到底的,这是为全国人民,和全世界人士所周知的事实。过去是如此,今后还是如此。它的这种抗战到底的精神,无时无刻不表现在一切具体政策上面。在今天,日本帝国主义对我根据地进行频繁的"扫荡"、"蚕食",施行其凶恶的三光政策,企图毁灭我根据地,使我根据地各社会阶层的广大人民受其残杀、压榨、奴役，以便它进一步的灭亡全中国。今天我晋西北显然是处在重大困难的前面。要克服这重大的困难，要具体响应中共中央指出的"今年可以打败希特勒，明年可以打败日本"的号召，要熬过今后两年，把日本帝国主义驱逐出中国去；所以，这纲领在开头就明确规定出它的中心任务，就是要反对日本帝国主义的进攻与"蚕食"，要巩固与建设晋西北抗日民主根据地，要□□精兵简政，渡过困难，准备反攻。这任务，向我晋西北三百万人民这样提了出来，就是□共产党的决心，再一次的用正式文件更鲜明的表达于我三百万人民之前，同□也就是要求我三百万人民，同样把握着这中心任务，具着同样的决心，只有这样，我们坚持晋西北根据地，熬过困难，准备反攻力量，就有绝对的把握。

为了达到这目的，因此，贯串这纲领的基本精神，就是强调团结："团结晋西北内部及各友区的各社会阶层，各抗日党派，各抗日军队与敌占区同胞"。而在团结上最具体、最切实、最有效的办法，就是纲领第三条所主张的："民选各级民意机关及政府，贯澈三三制，在各级民意机关及政府中，共产党员只占三分之一，其他各抗日党派及无党无派的人士占三分之二"。"三三制"政策，自从中共中央毛主席提出以来，先后在陕甘宁边区和其它抗日民主根据地都已实行，在晋西北也毫没有例外。几年来，共产党在晋西北的抗战建设上，作了许多工作，但共产党决不包办，正如毛主席所说的："共产党员只有对党外人士实行民主合作的义务，而无排斥别人，垄断一切的权利"。所以这纲领上，也是这么明确的规定着，希望在行将召开的已经是三三制的临参会，在将来选举政府委员和参议会常驻委员的时候，务必澈底做到"三三制"。如此，通过"三三制"的组织形式，就更能从发扬民主中，使社会各阶层团结得更坚强，就真正能够完成以上的任务，把日本帝国主义打出去。

可以明确看出：这是共产党诚心诚意的主张，是真正代表了我晋西北三百万人民心声的主张，我们相信，这个纲领公布以后，将更加强晋西北全体人民的团结，更坚定抗战到底的信心和决心，更掀起对敌斗争的热潮，是无疑的。

其次，我们来看：这纲领，一共只有十四条，而每个条文，完全都是根据了晋西北的实际需要，一点也不铺张，一点也不夸大，都是在今天晋西北的具体情况下，——即根据敌我斗争的情况，和根据地内人力、物力、财力的情况，完全可以做得到的，或者是已经做到、和正在做着的。这种实事求是的精神和办法，贯串在每一字句里边。今天，晋西北处在重大困难的前面，就更其需要这种实事球是的精神和办法，只有这种精神和办法，才能够实际解决问题，根据地才能够坚持和巩固，反攻力量才能够切实准备，敌人才能够打出去。这实在是晋西北现阶段最符合实际的行动纲领，是打日本，建设根据地的法宝。说它是我晋西北历史的文件，是一点也不夸张的。

这文件，不仅是共产党员要精读，要研究，要宣传，就是晋西北每一个人民，都应该精读，把它变成为我三百万人民自己的法宝；同时也应广为宣传，使人人都澈底了解。至于在这次临参会召开的时候，我们相信代表各阶层人民的全体参议员，也定将深刻讨论它，使它成为晋西北政府的"施政纲领"，并澈底施行，把它具体实现出来。

（原载一九四二年十月二十二日《抗战日报》第二版社论）

欢迎参议员

　　晋西北临时参议会，经过将近一年的筹备，行将正式开幕了。在此街谈巷议，万众欢腾声中，各地参议员正人马缤纷，跋山涉水，源源而来，其最令人感奋者，许多年逾花甲的长者，轻易不离家门的妇女，以及不避艰险，毅然冲破敌寇重重封锁线的参议员，也已□途前来，在这里我们敬向所有参议员先生，致以最恳挚的慰问，并表示热烈的欢迎。同时略抒□见，以志庆祝。

　　晋西北抗日民主政权，是在抗战过程中，敌后更加艰苦时期建立的。两年多以来，在敌寇不断的"扫荡"、"蚕食"、封锁、破坏之下，由于我党政军民学的一致努力，更由于我各阶层人民的坚强团结，艰苦奋斗，敌寇想毁灭我根据地的各种阴谋，我们不但给与不断的粉碎，坚持了根据地，而且我们在民主政治、文化教育、生产建设，种种方面，进行了许多工作，收到了相当大的成绩，成为今天崭新的局面，成为敌后抗战坚强的堡垒之一，密切配合了全国的抗战。这都是两年多以来艰难创造的成果。

自然，这并不是说，今天政府的各种设施，都已经十全十美，样样满意，在领导上，工作制度上，工作作风上也并不是已经很完善，相反的我们的缺点还不少。因为建设根据地的工作，是经纬万端，错综复杂，而主观和客观的各种条件又有许多困难和限制，再加上敌人不断的扰乱破坏，我们在工作中，也就不可免有许多缺点，甚至还有错误，亟待加以纠正、克服。这次临参会的召开，正是在团结抗战团结建国的精神之下，以听取政府工作报告，检查政府工作，总结过去的经验教训，确定今后的大政方针，使今后各方面的抗战工作，更加提高，更加发展。诸位参议员，来自民间，深知民情；一定有很多很宝贵的意见。我们深信，诸位参议员先生，一定会本着公忠体国，为人民谋福利的初衷，披肝沥胆各抒所见，做到知无不言，言无不尽，以充分反映广大人民的意见与要求，使缺点尽量克服，使优点尽量发扬，也就是使□次的会议，达到极圆满的收获。这不只是□阶层广大人民所热烈要求的，也是政府所热□要求的，同样也是诸位参议员所热烈要求的。

其次，新民主主义政治的建设，对于更加发扬根据地各党派各阶层广大人民的抗战热忱，更加贡献出自己的一切人力、物力、财力，并热烈参加各方面工作，以更加坚持根据地，实在是非常重要的。我们今天所享受的民主自由幸福，完全是无数革命先烈用热血头颅换来的，党政军民学各方面无数革命战士，是在□样艰苦地保卫着它，我们今天就是如何把它发扬光大，在广大人民中，更广泛、更深入的开展，成为强固不拔的基础，则我们就更有办法熬过今后两年的困难，准备将来胜利的反攻，把日寇赶出中国去，使世世子孙永远享受其幸福。这次临参会的召开，就是为了响应中国共产党中央澈底实行"三三制"的号召,为了新民主主义政治,即真正的三民主义政治,建设得更加完满。我们深信,在这次选举政府委员,选举临参会常驻委员中,诸位参议员,一定会本着选贤任能的精神,使我们晋西北的政权,澈底成为"三三制"的政权,以更深刻的代表各阶层人民的利益,并更能发动各阶层人民,拿出自己的一切力量,以坚持根据地抗战。想这也是为参议员诸先生已经深思熟虑了的。

再其次,诸位参议员先生,都是各党各派,无党无派,由各阶层人民选举出来的优秀代表,和由政府所聘请的富有声望的各界名流。此次,欢聚一堂,共议国事,我们深信,一定会本着风雨同舟之谊,互相砥砺坚强团结。经过这次大会之后,使我根据地各阶层人民更加团结得像一个人一样。而这样铁一般的团结,就更能澈底粉碎敌人的一切阴谋诡计,粉碎敌人的一切"扫荡",也就更能够准备反攻力量,争取将来的胜利。想这同样是诸位参议员努力的目标,也是我们所馨□□祝的。

最后,我们谨以万分的热忱,祝诸位参议员先生的健康!

(原载一九四二年十月二十四日《抗战日报》第一版社论)

论"根据地文社"的建立

晋西北在抗战前就是偏僻地区,山多,交通不便,所以文化较为落后,抗战以来建成了根据地,大批地方的和外来的知识份子,以及文化工作者,都集结到这里来,成立了各种文化组织,在部队中,群众中,广泛开展了文学、戏剧、美术、音乐等活动,各种的报纸、刊物,也陆续创办,真像雨后春笋般,蓬勃生长,成为晋西北空前的现象。无疑的几年来晋西北的文化运动,是有很大成绩的,对于建设和坚持根据地,提高大众的文化水平,对敌人的奴役文化作斗争,是有很大贡献的。

但是,我们如果从晋西北抗战需要上看来,文化运动的开展,还没有达到它应有的程度:许多干部,战士,和群众,还感到文化食粮的薄弱，在对敌人的文化斗争上也还不够得很，谁都感到，人手还太少了。而有□文化部门的工作，还表现了在达到一定阶段之后的粘滞状态。其原因，一方面是各种抗战工作，都需要大量的干部，因此，许多知识份子和文化工作者，大都埋头于其他工作，忙不过来，以致所分出来的力量很少，形成停笔，或半停笔的状态；另一方面，则是在文化各部门工作的同志，力量还太分散，零碎，没有形成一个中心，因此很少互相讨论，互相交换经验，有些团体发生的问题，长时间拖下来自流发展，更说不上在文化思想上造成一种指导的力量了。然而，要使文化运动在现有基础上，大大向前发展，这种力量的造成，却是必要的前提，和重要的条件。

我们也听见有些同志说，他们在工作中，时时也想写些东西，只是因为缺少互相鼓励的机会，所以挤时间提笔的兴致也就不大；而在文化部门工作的同志，也觉得需要有一个共同的东西，但是至今似乎还没有。显然，这是我们的组织工作还很薄弱的缘故。我们根据地内的知识份子和文化工作者看来并不少，这批力量如果在一定形式内组织起来，一定可以形成一个中心力量。自然像文联这样的组织，它可以担负起这样的责任，但问题，今天重要的一环，是需要网罗各方面各种各样的工作者（即在干文化工作的，和没有干文化工作的）一起来建立共同的写作园地，互相讨论文化思想，互相交换各种文化上的经验，并反映根据地的各种现实生活等等，因此，须有另外一种适当的组织，即专以写作为主旨的组织，成为当前迫切的需要。

最近，有些同志发起组织"根据地文社"包罗所有一切的写作者，实在是□切合时宜的。我们相信，这一个社组织起来了，大批的笔杆集中起来了，几十只手，乃至更多的手，同时都在纸上动作起来，不管是小说、诗歌、歌曲、戏剧、散文、速写、杂文、通讯、报告，以及各种各样的论文、短评、随笔、文艺的，自然科学的，社会科学的，乃至各种工作中，斗争中，生活中的一切实感、印象、感想、都写出来，当可形成一种多彩的葱茏的壮观。

这于提高干部、战士、群众的文化思想、灌输各种斗争知识,并给各文化机关团体活动着的同志们一些具体帮助,将是最实际,而又最有效的。这样,将会很快的生长一批新的力量,对文化运动,将在既成的基础上,大大提高一步。

因此,我们希望凡是有□作能力的同志,都应该踊跃参加这一组织,不但参加,而且实际负起责任来干:写,不断的写。写出我们的经验,写出我们的心得,写出我们的智慧,写出我们对抗战的歌颂,写出我们对敌人的仇恨,写出我们的一切一切,用这一切智慧的火花,组成绚烂的火网,把根据地所有一切人们燃烧着的抗战的心,燃烧得更猛烈些,在当前抗战越加困难中,越是应该向每个写作者提出这样的任务!这是坚持根据地,培养有生力量的艰巨工作!是抗战对写作同志们的伟大呼召!

(原载一九四二年十月二十七日《抗战日报》第一版社论)

《抗战日报》·一九四二

报纸和工作

我们研究了中共中央晋绥分局关于抗战日报工作的决定，想趁着各机关各地方也在讨论执行这个决定的时候，讲一点我们的意见。我们认为，要真正能够贯澈这个决定，把报纸更加办好，首先要解决的一个关键问题，就是报纸和工作的问题。

为什么说是一个关键问题？因为今天，很多实际工作同志，对于报纸的重视不够，还没有透澈了解报纸的重要和作用，还没有很好的参加报纸工作。

今天根据地报纸的重要，是由于下面三种情况决定的。第一，我们根据地建设日益深入，分工要求细密，部门因之增多，同时处在战争环境，分散隔离，而敌我斗争异常尖锐，变化迅速，在这种情况下，经常有新的复杂的问题产生，要求我党政军民对建设根据地和对敌斗争提出适时的工作方针和具体办法，这种方针和办法的贯澈，不能不有赖于报纸。第二，战地分散隔离的环境，使各个方面各个地区对敌斗争和建设根据地经验交换的困难，像平时那样按步就班的总结，更为困难，而且敌人"扫荡""蚕食"的阴谋诡计瞬息万变，只有利用报纸的迅速反映交换，才不致使一切宝贵经验变成无用的昔日陈迹。第三，敌后环境的险恶困难，使我们的斗争更加艰苦伟大，无论抗战军民的奋勇杀敌和建设根据地的艰苦奋斗，都产生了不少惊天动地的伟大事件。这些事件的英雄和□绩，□□足以振奋人心作为表率，不但在根据地中有极大的教育作用，就是在全中国全世界都有极大的政治意义，因为这是人类历史上光荣伟大的一页。所有这些，贯澈党政军民的政策，交换各地各方面的经验，宣传根据地建设和对敌斗争的英勇事迹，都需要报纸，而且只有报纸能够负担起来。因此，作为对敌斗争和建设根据地的报纸，就比其他任何地区的报纸更为重要。

分局关于抗战日报工作的决定，正是针对这种情况，批评了某些□员过去忽视报纸，不知道利用报纸的现象，也启示了我们认识报纸工作的缺点；同时明确指示出今后报纸改进的方向，规定了加强报纸的具体步骤。

我们检查过去的报纸工作，缺点很多，而主要的缺点，就是对于晋西北的工作、建设深入反映不够，对于群众生活，群众斗争和要求，反映不够，对敌人的斗争作得不够，简单说来，就是地方性、群众性和对敌战斗性不够。这些缺点虽然在本报改版时已经提了出来，并力求克服改进，然而几个月来，成绩是不大的，这是本报工作人员应当自己检讨，并在今后继续努力求其改进的。

但是，要把报纸办好，真正成为党政军民的喉舌，光是报纸工作人员的努力还是不够的，还须要动员根据地党政军民的机关和全体同志参加报纸的工作，为报纸写文章，写消息，供给材料，提供意见以及传播报纸的言论主张等等。应当清楚了解：参加报纸工作是光荣的工作，同时也是每个同志应尽的义务。报纸办好了，就会加强根据地工作，是根据地工作的一个成绩，如果报纸办不好，就会使根据地工作受到损害，是根据地工作的一个损失。

要动员全根据地党政军民各方面的同志参加报纸工作，我们觉得首先要克服某些同志脑中的不正确观点，这种观点就是生硬的把报纸和自己的工作分开，认为参加报纸工作是工作以外的一种额外负担。因为从这种观点出发，就觉得报纸好坏与自己无干，对报纸的工作可作可不作，也就不会想到利用报纸的问题。

必须认定参加报纸工作是每个同志的义务，而不是一种额外负担。我们有各种工作要作，有很多办法要向工作干部讲，有很多意见要向群众讲，还有很多意见要向有关各方面讲；当我们作完一件事情的时候，有好的经验要发扬，有坏的教训要改正；这些意见如果只是几个执行的干部知道还不能把事情办好，因此，单靠指示信、谈话、开会，还不能完全解决问题，必须使所有的干部，各个有关方面和群众都完全了解，从各方面努力才能把事情作好，报纸正是每天与千万人接触的集体宣传者和集体组织者，只有报纸才能胜任这个任务。所以分局决定中规定"从分局起到各级党委党团，要把帮助与利用抗战日报的工作，当作自己经常的重要义务之一"，这个很正确的指示，不但说明了报纸和工作的关系，而且指出了帮助利用报纸是工作中的一个重要义务，不是额外负担，应当经常去作。

我们报纸工作还很薄弱，还有很多缺点，须要根据地党政军民各方面的同志更积极的参加报纸工作，给报纸以更多的帮助。把分局的决定认真实行，把报纸办得更好一些。

（原载一九四二年十月二十九日《抗战日报》第一版社论）

庆祝晋西北临时参议会开幕

晋西北临时参议会正式开幕了。它揭开了晋西北民主历史崭新的一页。全晋西北党政军民，和各阶层广大民众，都满怀无限兴奋，用千百万双热烈眼光紧紧的望着它，寄与盛大的热情和期望。因为：

第一，这次的临参会，是在中国共产党的"三三制"政策号召之下召开的。共产党澈底执行了自己的"三三制"，正如中共中央晋绥分局林枫同志在大会上公开宣布的，在一百四十五位参议员中，共产党员只有四十七位，未及三分之一。而这"三三制"的实现，其意义之重大，还不在共产党员未及三分之一，因为共产党在晋西北的抗战建设上是负了主要责任的政党，它的党员受着人民的爱戴，容易当选是无疑的。这里所说的重大意义，是在共产党真正与党外人士进行了选举联盟，认真保证了三分之二的党外人士当选，这里，我们可以看出共产党对"三三制"政策的忠诚。这样诚心诚意实现的"三三制"，无疑地，一定会使各抗日党派，各抗日阶层，真正能够精诚团结，在□去的民主基础上更推广，更提高一大步。而事实也已经证明了它，当林枫同志在大会宣布了共产党参议员名单之后，当即引起了全体参议员极强烈的感动，表□了空前的团结。

第二，这次的临参会，是各党派；各阶层团结的战斗旗帜。因为它的召开，正如林枫同志在大会上所指出的，其目的、就是为了战争的胜利。在今天，即是为了坚持抗战，坚持根据地，坚持对敌斗争，坚持反对敌人的"扫荡"、"蚕食"，团结根据地三百万人民，战斗地把敌人挤出去。而这次临参会本身，在产生过程中，就是充满了战斗的火药味的，敌人曾经无数次的企图破坏我们的选举，曾经无数次的袭击我某些游击区和接敌区的选举运动，我晋西北党政军民，首先是主力军游击队和民兵，不惜流血牺牲，不断打击了敌人，保护了广大人民的投票和集会。并战斗地保护着各个敌占区和游击区的参议员，冲破重重炮火繁密的封锁线，安全送到大会，保证了大会的胜利开幕。在大会上，这些体验了敌人凶残，身经了戈斗的参议员先生们，都异口同声的发出他们加强对敌斗争的号召。

第三，这次的临参会，不是普通的参议会，不是咨询机关，而是权力机关。它有权选举公正廉洁能干的人士任政府的长官，同样也有权罢免贪污渎职或不□其任的官吏，它有权制定各种民主政权的法令条例，同样也有权重新审定或重新制定。这真正是各抗日阶层联合专政的权力机关，真正实现了新民主主义的政治，即真正实行了孙中山先生的三民主义。这次临参会，在制定今□大政方针的时候，一定会本着抗日民族统一战线的原则，照顾各阶层利益，并很好的运用它的权力，帮助和督促政府澈底实现出来，这也是无疑的。

这次会议，意义之重大，既如上面所述，我们特提出以下的几□希望：

第一，这次中共中央晋绥分局向大会提出的"对于巩固与建设晋西北的施政纲领"，是本着抗日民族统一战线的精神，照顾了中国国情，照顾了晋西北具体的抗战情况制定的。它是我晋西北政府和三百万军民的行动纲领。这一纲领，真正可以澈底保证克服困难，坚持根据地，准备反攻力量，为将来胜利的反攻阶段树立前提条件。因此我们希望这次大会能够加以深刻讨论，使它成为政府的施政纲领，并帮助和监督政府使之贯澈下去，澈底实现。

第二，这次林枫同志在大会上致词时指出，这次大会的中心议题，应是加强对敌斗争、财政经济和精兵简政。我们认为，针对晋西北当前战争环境，这是最切合时宜的。只有真正很好的解决了这三大问题，我们就更有办法反对敌人的"蚕食""扫荡"，把敌人挤出去，也就更□办法坚持根据地，熬过今后两年的困难，准备反攻力量。因此我们希望这次大会能够把它们提到最主要最中心的地位，深刻讨论，制成方案，交政府加以贯澈施行。

第三，这次大会，要重新改选晋西北行政公署的政府委员和正副主任，并选举临参会的正副议长和常驻议员，我们相信，在中国共产党"三三制"政策号召之下，在所有政府委员和临参会常驻议员中，一定会澈底实现"三三制"，是无疑的。我们希望，这次大会，本选贤□能之义，对人选务极慎重，被选出来的人员，必须是能发挥所长，并能体现人民的意志，忠实执行一切既定政策，使之贯澈。即在过去新政权的成绩基础上，更能提高我们的效率。

最后，这次林枫同志在大会上代表中共中央晋绥分局，向所有共产党参议员号召，要诚心诚意的和党外人士亲密合作，不得一意孤行，把持包办，同时又热烈希望所有非党的参议员先生们，同样诚心诚意和共产党亲密合作，今天是团结抗战，将来仍要团结建国。林枫同志指出，民主合作是双方的，只有双方都互相以国家民族为主，推诚相与，则团结就会像铁一般的坚强，就会澈底完成抗战建国的大业。这种诚心诚意的合作，是我晋西北党政军民以及三百万人民所热烈期望的，也是为全中国人所期望的。因此，我们希望共产党参议员和其他党派以及无党无派的参议员一致努力，肝胆相照，互相尊重，本知无不言，言无不尽之义，共同商议。并本风雨同舟之谊，共生死，共甘苦，共患难。则此次大会的收获将是无可限量的。

这次会议，它不仅为全晋西北三百万军民所热烈注目，同样也为全中国军民所极度关怀，而它的影响所及，对世界亦将有所贡献。我们特在这里，敬祝大会的成功，并致民族解放的敬礼！

（原载一九四二年十月三十一日《抗战日报》第二版社论）

进一步贯澈"三三制"的精神

"三三制"政权在晋西北,是早已实行了的,此次晋西北临时参议会的召开,就是它的更加具体化,这是用不着多说的。最近中共中央晋绥分局在他于十月十九日所公布的"对于巩固与建设晋西北的施政纲领"的第三条中,又一次提出要"民选各级民意机关及政府,贯澈三三制,在各级民意机关及政府中共产党员只占三分之一,其他各抗日党派及无党无派的人士占三分之二……",其目的就是要求我们更进一步地继续贯澈"三三制"的精神。

"三三制"政策的理论根据,就是因为"中国社会是一个两头小中间大的社会,无产阶级和大地主大资产阶级都只占少数,最广大的人民是中间阶级。任何政党的政策如不顾到中间阶级的利益，如果中间阶级不得其所，如果中间□级没有说话权，没有衣穿，没有饭吃，没有事做，没有书读，要想把国事办好是不可能的。"所以"三三制"政策的出发点，就是要想把国事办好，其目的就是"为了团结全民，以便合力抗日，合力建国"（以上摘自毛泽东同志在陕甘宁边区参议会的演说），其总的精神便在于此。我们在这里要求每一个共产党员以及所有党外人士，首先必须从思想上认识"三三制"政策的精神所在，共产党决不是一个图私利的小□派，除了民族的人民的利益而外，他本身决无私利可图，因此，我们就必须反对任何单纯以私利观点出发的看法，凡是以主观主义形式主义态度对待"三三制"政策的看法，必须一概加以反对。其次，我们还必须要认识到，但凡一个政策的提出，执行与贯澈，均须经过一定的过程，今天我们在"三三制"政策的执行上，虽还有不少的缺点存在，但我们认为这些缺点是可以克服的，也是在□行过程中必不可免的现象。因此，任何对目前缺点过分夸大，企图立刻□要办成尽善尽美的那种想法也是不对的，是违反科学的主观唯心论的想法，也是应该加以纠正的。

　　为了更进一步贯澈"三三制"政策的精神，我们所要求于共产党员者，就是我们一定要从思想上认识党中央所提出的"三三制"政策，乃是根据马列主义关于国家政权的理论，在现在中国的国际国内条件下的具体运用，是真正适合于中国国□的政策。同时我们这个同党外人士实行民主合作的原则，是固定不移的，我们必须不折不扣的□□加以贯澈；我们一定要澈底转变一切旧的作风和态度，要从思想上肃清自己关门主义和宗派主义的残余。我们所要求于党外人士者，就是一定要拿出像共产党一样的诚意来同共产党一起工作，俗话说："一个手儿拍不响"，单凭片面的诚意是必然不会把国事办好的。所以凡是参加了或是将要参加"三三制"政权的党外人士，一定要站在负责地位之内而不是负责地位之外，一定也要以实事求是的负责精神，多多出主意想办法力谋把今后的事情办好，而不是以第三者的态度来求全责备。因为我们大家共同的目标只有一个，就是要打走日本帝国主义，建立一个独立自由繁荣幸福的中华民主共和国；只有诚意才能团结，只有团结才能合力抗战合力建设。今后大家在精神，再不应有什么"你们""我们"之分，应该更加亲密地团结起来，为了咱们大家共同的一个目标——团结抗战与团结建国而共同奋斗。

（原载一九四二年十一月三日《抗战日报》第一版社论）

照顾各阶层利益

中共中央晋绥分局向晋西北临时参议会提出的施政纲领，其团结抗战实事求是的精神，本报前已论列。该纲领在团结上之具体表现，就□对晋西北各阶层利益，照顾得很周到，真正代表了晋西北一切抗日人民的利益。

纲领第一条至第六条，规定在晋西北抗日民主根据地内，抗日是自由的，抗日人民的人权、政权、地权、财权，是有保障的。

抗日自由，就是凡抗日人民、不分□域、不分党派、阶级、信仰、职业等，均有参加抗日之权，共同团结一致，保卫晋西北、建设晋西北，□日寇赶出去。而对于抗日军人，则有纲领第二条之规定，就是政府保证抗日军队有饭吃，有衣穿，好打日本。抗日军人的家属，不论贫富均受政府物质的或精神的优待慰问。至于因抗日工作而伤亡的，政府则予以抚恤。抗日军人及其家属，为国□劳，是伟大光荣的事业，尊敬和爱护他们，是应该的。过去已是这样作了，今后更是这样作。

保障抗日人民的人权、政权，就是凡抗日的人民，均有权被选到各级民意机关及各级政府做事情。这些民意机关和政府中，共产党员只占三分之一，其他抗日党派与无党无派人士占三分之二。这样，使晋西北抗日民主政权，更加成为抗日民族统一战线的政权，不是一党一派把持包办的政权。在这个统一战线政权下，一切抗日人民有言论、出版、信仰、居住之自由，其生命财产，得到政府保护，不得任意侵害。犯法的人，只能由司法机关或政府授权者依法处理，不能滥捕，滥打，滥杀。判决案件，重证据不重口供。对任何犯人，采取感化教育，过去是这样作了，今后仍是这样作。至于在锄奸政策上，则是只严惩死心塌地的汉奸，其愿意改悔自新的汉奸，则一律采取宽大政策。过去曾因此争取了大批的人回头抗日。今后仍坚持这个政策，更可动摇瓦解敌伪组织。

保障抗日人民的地权财权，就是地主和富农出租土地的，要依法减租。减租后，政府保证农民交租。放账的，依法减息后，保证交息。今年行政公署颁布的减租交租与减息交息两条例，正在晋西北广大农村施行，得到地主和农民的拥护，这已是纲领第六条的实现。而这，一方面使地主土地所有权与债主债权有了保障，一方面，又使佃户使用土地和穷人借钱得到便利，减轻过重租息的盘剥，农民就更积极抗日生产了。至于劳动政策，则有第七条的规定，奖励农工商业，发展资本主义生产。工业工人每天做工十小时，农业工人工作时间，则依照社会习惯。这对资本家雇主和工人均有利，使资本家雇主可以发财致富，工人亦可不失业，社会财富会不断增加。今天农村的雇农仍是早出晚归的工作着，有些工场的工人每天做工十小时以上。为了抗战利益的需要，工人是不辞劳苦流血流汗的。

负担问题上，第八条规定，非经参议会通过，政府不能任意增加人民负担。抗日经费按土地财产及所得多寡，由百分之八十以上人民负担。如历年公粮村摊款等，负担的人民均在百分之八十以上，这是很公平合理的，真正是大家出了钱出了力，抗日救国。正因为如此，我们的抗日民主政府得到晋西北各阶层的拥护。也正因为如此，晋西北抗日民主根据地日益巩固起来，成为打败日本的一个坚强的堡垒。

又如第九条文化教育政策中，改善小学教员生活，加强在职干部教育，尊重知识份子，保护优待流亡学生与失业青年等；第十条主张男女平等，反对欺压妇女，保护孕妇儿童等；第十一条各民族一律平等政策，团结少数民族共同抗日等；第十二条救济灾难民，争取与团结各种会门组织等；凡此一切，两年半以来，晋西北在新政权下，都是这样做了的，因此小学教员的生活逐渐改善了，在职干部的质量逐渐提高了，大批流亡学生与失业青年入学就业了，妇女社会地位较前提高了，根据地内各民族团结日益亲密了，灾难民得到救济后，生活有了着落了，各种会门组织，只要不破坏抗日与建设根据地工作，是自由活动了。晋西北抗日民主根据地之日益坚强巩固，这些正确政策的执行，是有决定作用的。

此外，敌占区同胞，不分党派阶层，受日寇多年蹂躏敲诈，苦不堪言。纲领第十三、十四条中指出适当减免敌占区人民负担，并设法保护其生命财产，敌占区士绅商贾，可在晋西北抗日民主根据地内自由经营农工商业，没有任何限制。他们不愿在根据地□居留时，不论往那里去，可自由处理携带其财物。不堪敌人压迫而移居根据地□，政府给以慰问和安置。俘虏的敌伪官兵，一律释放，决不杀害凌□。□□□军反正，反正之后，不加改编，并和其他抗日军队一样待遇，共同抗日。反正过来的敌伪人员，愿意参加抗日的，分配他们适当工作，保障他们的生活。

可见中共中央晋绥分局颁布的晋西北施政□领，不□对根据地内各阶层人民及抗日军队的利益，照顾的很周到，而且对敌占区各阶层人民利益及争取敌伪军敌伪工作人员，也照顾的很周到。继续全部实现这个纲领，我晋西北各阶层一定团结的更好，因而一定会使晋西北抗日民主根据地更加巩固的建设起来，繁荣起来，□"蚕食"的敌人挤出去，困难可以克服，难关可以渡过，迎接胜利的反攻，打垮日本。

（原载一九四二年十一月五日《抗战日报》第一版社论）

把"施政纲领"变为三百万人民的行动

中共中央晋绥分局向晋西北三百万人民提出的"对于巩固与建设晋西北的施政纲领",从公开发布以后,立即在根据地内造成讨论热潮,并得到各阶层人民的热烈拥护,现在临参会已经正式通过,作为晋西北行政的施政方针,从此,这个纲领便不仅是共产党的主张,而成为全晋西北军民的共同主张和实际行动了。

这个纲领之被临参会一致热烈拥护的通过,并不是偶然的,而是因为它代表了全晋西北人民的利益和要求。因为这个纲领是本团结抗战的总精神和以实事求是的态度制定的,既没有任何铺张,也没有饰词空话,不可能实现的、现在作不到的、根本没有提起。纲领中所提出的各项问题:

如对敌斗争、反对敌人的"蚕食"政策、精兵简政、开展游击战争、建设巩固根据地的各种设施、财政经济问题、积蓄力量准备反攻等，都是针对现在晋西北发生的新的和急需解决的实际问题，根据抗日民族统一战线的原则和实事求是的精神，给以正确的恰当的解决。因此，我们根据地全体军民的任务就是如何实现这个纲领，把这个纲领贯澈到每一件具体工作中去。

首先，我们要知道这个纲领完全是代表晋西北人民利益的，因此，对这个纲领采取的态度，就是对晋西北人民利益采取的态度；谁忠实的执行了这个纲领，谁就是忠实于晋西北人民的利益，谁对这个纲领阳奉阴违消极怠工，谁就是不忠实于抗战和人民的利益。

其次，要了解这个纲领虽然是共产党提出来的，但经过参议会通过成为晋西北的施政方针后，实现这个纲领便不单是共产党员的事情，而是晋西北各级政府全体军民共同的事情，都有执行它和实现它的责任与义务。

分别来说，对于共产党员，因为这个纲领是共产党为晋西北人民利益提出来的，忠实于党和人民利益的共产党员，不成问题应该首先不折不扣的忠实执行，照着分局关于施政纲领的决定积极去作。现在这个纲领又经参议会正式通过成为行政方针，共产党员便有双重责任，不但是实现党的主张，同时也是实现政府的主张，因此更应积极去作，求其实现。

对政府说来，因为这个纲领经过临参会通过已经成为法规的性质，各级政府便有忠实执行它的义务，而临参会和人民便有权督促政府实行和检查执行的程度，这是一方面；另方面，施政纲领的各项主张，正是解决了今天政权工作中各种重大问题，它与政府工作是一致的，这个纲领的实现，便是政府的加强和根据地的巩固，因此，忠实的执行这个纲领，就是忠实于自己的职务。

在人民方面说来，因为这个纲领完全代表人民的利益，人民越是忠实的执行它便对自己越有好□，同时是晋西北的施政方针，所有晋西北的人民，都有执行它实现它的义务,是每个人民义不容辞的责任。

  总之,无论晋西北共产党的组织和党员以及各级政府和全体军民,都应当把"晋西北施政纲领"看作自己的事情去作,这不是一党一派一个阶层一个人的事情,而是各党派各阶层以及晋西北全体军民的事情,只有大家团结一致的努力,把施政纲领实现,根据地建设才有保证,根据地才会真正巩固,准备反攻力量就有绝对把握。

(原载一九四二年十一月七日《抗战日报》第一版社论)

爱护抗日军队

抗日军队是为国为民的部队,是人民自己的武装。晋西北的八路军、新军、地方武装,在弹药缺乏,军需供给极端的困难情况下,在晋西北坚持了五年多的抗战,为保卫我们的生命财产,为保卫我们的家乡,许多战士流了鲜血,牺牲了头颅。同时,他们是在晋西北生长壮大起来的,他们是晋西北的子弟兵,和晋西北的广大人民是血肉相连的。假使没有这些英勇牺牲,不怕艰苦的八路军、新军、地方武装,就不会有今天这样日益巩固的抗日民主根据地,同样,在今天敌寇频繁"扫荡"和疯狂"蚕食"的局面下,如果没有英勇抗战的他们,要想不被奴役,要想不受敌人的烧杀掠夺,以及配合全国抗战,准备迎接胜利的反攻,更是不可想像的。

正因为如此，我们的军民关系是非常密切的，人民供给军队的吃和穿，军队到处受到群众的爱护和各种帮助。这是我们根据地军民关系最优良的基本特点。不过，这并不是说我们对抗日部队的帮助和爱护已经很够了，在今天，还有少数人，对抗日军人的观念还没有澈底转变，还或多或少的残存着对过去旧军人的看法，对抗日军队的招待，或者交纳公粮上，还有一些缺点，这实在是不应该的，亟应澈底转变和改正，务使人人了解拥护抗日军人的重要，人人都要爱护抗日军。

首先，要保证军队的足食足衣等等供给。这是政府的责任，也是人民的义务，政府要严密筹划，人民要尽力供给，踊跃交纳公粮，特别应先拿好粮交，而且要监督别人不得交坏粮。

其次，给军队运输弹药给养、抬送伤病员、引路、送情报等等，过去大家已做了很多，今后更要积极负责，对伤病员，特别要照护周到。对于抗属的尊敬和帮助，今后也更要多多注意，经常帮助解决他们的困难，关心他们的生活。政府应领导人民更认真执行抗战勤务及优待抗属，人民应更认真的当做自家的事情去做。

最后，对待抗日军人，人人都应该敬如兄长，爱如子弟，部队来了，好好招待，就是一言一动都要表示热烈的敬爱。这一点有赖于政府加紧宣传教育，而政民干部，尤其是地方上的开明士绅，更应以身作则，做群众的先导和表率。

当然，军民关系如水鱼之不可分离，人民要爱护军队，军队也要爱护人民。我们的军队，不光为保卫晋西北流血牺牲，在帮助民众生产事业和解决民众痛苦方面，过去也做了很多，在今后更应尽可能的多做一些。抗日军队的军纪是严明的，如有违反群众纪律的，部队本身应特别注意检查和纠正，以严格纪律。而任何人看到军人有违犯纪律的行为时，应该是本着爱护抗日军队的精神，帮助他们改正。只有这样，军民才能更加亲密的团结起来,而军民的更密切合作,是战胜敌人的一个有力保证。

在这次临参会通过的"晋西北施政纲领"第二条中写着"尊重与爱护抗日军人,切实优待抗日军人家属,抚恤荣誉军人及阵亡将士遗族",大会更一致通过了"拥护抗日军队的决议",那么,爱护抗日军队,保证这个纲领和决议的贯澈执行,是晋西北的政府,议会,三百万人民的神圣任务。

(原载一九四二年十一月十二日《抗战日报》第一版社论)

庆祝晋西北临时参议会胜利闭幕

晋西北临时参议会,一直进行了十九天,现在胜利的闭幕了。我们读了大会的闭幕宣言,感到无限的兴奋和衷心的愉快。我们高举双手热烈拥护。

我们觉得这次临时参议会的第一个最大特色,就是一切都是为了加强对敌斗争。反对敌人"蚕食",巩固和建设晋西北根据地,准备反攻力量。其最集中的表现,就是大会全体一致热烈通过了中共中央晋绥分局所提出的"施政纲领",而在整个大会行程中的一切活动,莫不围绕着这个中心。特别是敌占区的参议员们,带来了目击和身受的种种痛苦,——敌人的压迫,奴役,奸淫,掳掠,烧杀,同时带来了无限的深仇大恨和血泪的控诉,使围绕着这个中心的大会，更加充满了严肃和紧张的空气，因此，无论讨论政府工作、军事工作，条例、提案，无论演讲、发言，决议，函电，乃至日常的谈话，都莫不贯串着这个中心，临参会简直像一个火药库，每个人的心都在爆炸着，它要把敌人从这地球上澈底毁灭。战斗！战斗！第三个还是战斗！它向我晋西北三百万人民大声号召着。它是最鲜明的战斗旗帜。

第二个最大的特色，就是如宣言所指出的，贯澈了中国共产党所提出的三三制，表现了空前的更进一步的团结。在一百四十五参议员中，共产党员只有四十七个，在主持大会的主席团的十九人中，共产党员只有六个，在临参会常驻委员会的九人中，共产党员只有三个，在晋西北行政委员会的二十一人中，共产党员只有七个。其所有的三分之二，则是国民党员和无党无派的人士。这表示共产党团结各党派、各阶层、各民族共同抗战建国，对自己政策的最大忠诚，并用了一切力量保证其实现。因了共产党的这种诚心诚意，所以在这次整个大会的进程中，更加增进了党与非党进一步的互相了解，坚强团结，同时亦增进了各阶层的互相了解和团结，这种团结，是非常非常宝贵的，这种铁一般的团结，就能够克服一切困难，澈底粉碎敌人的进攻与"蚕食"，是争取最后胜利最基本的保证。

第三个最大的特色，就是贯澈了新民主主义精神。新民主主义的参议会，是民主集中，少数服从多数，在基本上和旧民主主义的议会不同，不是玩手段，不是以大压小，而是求得各阶层意见的一致，求得更进一步的团结。因此小组讨论成为它最好的最有效的组织形式和会议形式之一。它可以使人人普遍发言，可以争论澈底。而这次进行的各种小组讨论会，是以地区划分，抗日军人，地主士绅，农工商学，文化人和妇女，以及少数民族代表，集于一室，互相间的利害关系都是最密切的，大都是熟人，所以不管大事小事，都能各抒所见，热烈争论，不管是从什么样的利益出发，不管争论得怎样厉害，其终结目的，是为了真正完全照顾各□层利益。结果，互相澈底了解了，意见一致了，到了大会时，就只是很顺利通过了。无怪本来是质问政府的那一天的大会，变成了向政府建议和拥护政府的大会了。在这里我们看到了真正的新的民主。

这次大会的收获是无比丰富的，正如林枫同志在闭幕大会上致词所说：加强了各党派，各阶层，各民族，各界的团结，发扬了真正的民主，总结了过去五年多以来的军事工作和两年半以来政府工作的全部辉煌成绩，决定了今后的大政方针——即通过了"晋西北施政纲领"，和各种条例、议案，选出了三三制的常驻委员会和晋西北行政委员会。而这些被选出来的正副议长，常驻委员，正副主任和行政委员们，都是晋西北真正的人民领袖，是晋西北全体人民利益和意志的具体体现者，忠实执行者，是澈底实现"晋西北施政纲领"和一切决议案的最大保证。我晋西北三百万人民应更紧密的团结在行政公署周围，加紧努力，加强对敌斗争，粉碎敌人"蚕食"，熬过今后困难，准备反政力量，为澈底实现临参会的每一项决议而奋斗！

这次诸参议员先生，为国为民，辛苦勤劳，在加强晋西北三百万人民的团结，加强对敌斗争，克服困难，准备反政力量上，做了许多伟大的工作，并造成了晋西北民主的光辉先例，将来还要做更多的工作，以为人民的模范和先导。我们特在这里庆祝大会的胜利闭幕，并祝诸位参议员先生健康！

（原载一九四二年十一月十四日《抗战日报》第二版社论）

欢送参议员

代表晋西北三百万人民的诸位参议员先生,在十九天的大会当中,为国为民,辛苦劳动,用尽心思,绞尽脑汁,确定了今后晋西北的大政方针,制定了许多宝贵的方案,现在整理行装,快要回到各地,为贯澈这一切决定而努力去了。本报特□□□,□□□□,□以欢□诸先生,并作为我们的希望。

首先,这次临参会的成功,是由于各党派、各阶层、各民族的精诚团结在抗日目标之下,□除己见,忠诚为国所致。这种坚强团结,为建设晋西北,为驱逐日寇而奋斗的精神,令人深深感动。这种精神,是巩固根据地,战胜日寇的保证。我们热烈希望,把这种坚强团结的精神,随着诸位参议员先生更深的渗透到全晋西北每个角落里去，使三百万父老兄弟姐妹，在行署领导之下，更亲密的团结起来，和敌人作顽强的更进一步的斗争。这是我们的第一个希望。

其次，这次临参会上，一致热烈通过了的"晋西北施政纲领"，是总结了过去建设晋西北的成绩和经验，确立了今后建设和巩固晋西北根据地的唯一正确方针，它是与晋西北三百万人民的利益有切身关系和具有历史价值的文献。诸位参议员先生不但亲聆了林议长□切入□的说明和发□，而且经过自己详细的讨论所通过。这是应该带去首先向自己的选民和亲族乡友解说的。根据"施政纲领"，大会又制定了对敌斗争、精兵简政、征收公粮、提高和巩固农币等具体方案。这些具体方案，全是当前晋西北抗战建设万分的必需，都是诸先生几经研讨，详为斟酌，照顾了抗战需要，人民利益和负担能力各方面而制定而通过的，晋西北人民都有依法执行澈底实现它的义务。我们相信，经过诸位参议员先生回去解释之后，他们明白了其中的道理，一定会毫不犹豫更坚决去作的。因此，广泛宣传"施政纲领"，宣传如何加强对敌斗争，如何积极交纳公粮，如何爱护农币等，有赖于诸先生的真正努力。这是我们的第一个希望。

再次，除了以上那些主要会议决案以外，其他的□决案和今后常驻会的决定，以及政府的法令，亦希望诸位参议员先生及时向人民宣传解释，求其贯澈。因□在这次会议上，对政府工作，已经作了详尽的讨论，并确定了今后的方针，交给由自己选出的新政府去执行，并选出常驻会去监管，那么，今后常驻会的决定和政府的一切法令，便是临参会所决定的方针的具体措施。诸先生回去后，除向选民报告自己的工作之外，一定会经常解释每一个决定和法令，那所有的决定中的个别议案，即使在过去会议期间有过不同的意见，但依少数服从多数的民主原则，既经议会决定，参议员的义务，就是宣传议会的决定，而尽量避免与议会决定相抵触的自己的意见。我们相信只要诸先生很好解释参议会的决定和政府的政策法令，人民一定愿意切实去作，因为这些决定和法令，都是为了他们的利益。因此，诸先生回去后，当会随时随地进行宣传解释，使其能够认真贯澈，这是我们的第三个希望。

复次，大凡政策法令的贯澈执行，固然是要能使人民□彻了解，和政府人员的努力，同时，尤须以身作则的参议员力行倡导。诸先生都是人民选出或政府礼聘的优秀代表，这次在参议会上，又一致认清了要粉碎敌人的"蚕食"和进攻，保卫三百万人民的利益，并求得中华民族的澈底解放，只有真正团结一致，认真贯澈政府政策法令才行。因此，诸先生一定会以身作则，拥护自己所选出的政府，自己应负担的，就踊跃负担，自己应承办的就勇敢承办，先公后私，公忠体国，政策法令首先从自己贯澈，以为人民的模范和表率。这是我们的第四个希望。

最后，诸位参议员先生，均与一定的人民有固定的联系，因此不但便于把参议会和政府的决定法令传达到人民中去，同时也便于听取人民的意见随时向常驻会及政府反映，以加强议会、政府、人民的联系。假如对当地专区、县，或区、村政府某项工作有意见时，亦可随时建议，或提出商讨，并可从旁协助。当然这种协助，不是干涉行政，而是帮助下级政府提高威信，使其更便利的推行工作，加强行政效率。这是我们的第五个希望。

这次的临时参议会，在我晋西北实行破天荒的创□，所有的决议案，也都是当前重大的迫切的工作，它真正是打击敌人，粉碎敌人"蚕食"，保卫根据地，保卫人民生命财产，并熬过困难，取得最后胜利的一件天大事件，全根据地三百万人民都充满了希望，睁大眼睛看着它的成功，同时希望着诸先生给他□□回去以上所说的那些宝贵礼物，使他们得到安慰，得到充分的信心，把敌人赶出去。敌人也睁大眼睛望着这次的临参会，它将在我们的坚强团结，步伐齐一，贯澈既定政策之前发抖。这是诸先生的光荣，诸先生这次回去进行宣传解释，并身体力行，实□帮助政府，使三百万人民在政府周围团结得更坚固，那是一定的。

让敌人抖得更厉害些吧！

（原载一九四二年十一月十七日《抗战日报》第一版社论）

祝友军力量更壮大

华北朝鲜独立同盟晋西分盟，华北日本人反战同盟晋西北支部，已于十四日开会宣布成立。我们谨以至诚，庆祝这两个东方民族反侵略组织日在晋西北的壮大与发展。

远在一九三八年，中共扩大六中全会上，毛泽东同志便指出："要使日本的侵略战争失败下去，必须中日两大民族的军民大众及朝鲜、中国台湾等被压迫民族广大而坚持的共同努力，建立共同的反侵略统一战线。"中、日、韩人民的觉醒与东方民族反侵略统一战线的集成，是促成日本法西斯主义者死亡的三个主要条件之一。当战争益愈接近胜利的时候，这必须成为中华民族当前的紧急任务。

但同时，日本帝国主义的侵略战争，不但是危害中华民族的，并危害着日本全体人民大众及朝鲜、中国台湾等被压迫民族。因而"打倒日本帝国主义"的口号，应该是东方人民共同行动的方针。

在华北，先进的朝鲜人民，为了争取自己民族的独立，已建立了自己的政治行动组织——"华北朝鲜独立同盟"。并成立了革命武装——"朝鲜义勇军"。他们与中国军民并肩作战，不顾一切流血牺牲。因为他们晓得了，只有与中国人民亲密合作，共同打倒日本法西斯□，朝鲜民族的独立与解放才有可能。

在华北，觉醒的日本人，也成立起了自己的革命组织——"华北日本人反战同盟"。他们的口号是："打倒日本法西斯军部，反对侵略战争！"至今在华北各抗日根据地，反战同盟已建立起了九个支部，×百个反法西斯的日本战友，正极积引导着华北日军走进反战运动。他们也认识清了，只有与中华民族解放运动密切配合，共同打倒日本法西斯军部，要求得日本人民生活的自由幸福，才有把握。

现在中华民族已发起与敌人坚持了五年多的抗战，日韩人民也在敌人的残酷压榨中日渐觉醒，"华北朝鲜独立同盟"，"华北日本人反战同盟"的出现，便是日韩人民开始行动的标帜。

"华北朝鲜独立同盟"晋西北分盟的同志，今后应继续发扬过去光荣的成绩，以更大的努力来团结晋西北周围所有朝鲜人民的反日力量，和争取一切不愿永做亡国奴的朝鲜人民参加反日，以加强对敌斗争。"华北日本人反战同盟"晋西北支部的同志，应该配合晋西北党政军民的抗战行动，在晋西北周围敌军各据点内，扩大厌战反战思想，唤醒日本士兵，瓦解敌军组织，坚持根据地斗争。以便配合国际形势，共同完成明年打败日本法西斯的光荣任务。

很显然的，在中国反法西斯战场上，这是两支国际纵队，是中国人民亲密的战友。危害着我们生命的是一个共同的敌人，我们战斗的目标与步伐是一致的。因而我们在反法西斯的阵营内，是不分彼此的。日本人民反战运动，及朝鲜民族独立运动的开展，便是东方反法西斯实力的增强。晋西北周围日韩人民的觉醒同样会使晋西北抗战增加一支新生的力量。因而晋西北党政军民各界，对华北朝鲜独立分盟，华北日本人反战支部的工作，应该积极帮助，应该像对自己本身参予的抗战工作一样热心。目前形势已处在黎明的前夜，这黎明是中华民族的黎明，同样是东方所有民族，十多万万人民的黎明。我们应该团结东方人民的力量，冲破当前黑暗的阶段，迎接光明的到来。愿中日韩以及所有东方被压迫民族亲密携手，并肩前进。中日韩人民团结奋起之日，即日本法西斯最后毁灭之时。

（原载一九四二年十一月十九日《抗战日报》第一版社论）

党的领导必须一元化!

党中央在关于统一抗日根据地党的领导及调整各组织间关系的"九一"决定中,明确提出了各根据地党的领导必须统一、必须一元化的任务,但目前敌后战争空前残酷与艰难的时候,为着集中力量反对敌人,为着克服困难坚持抗战,这一决定具有极大的意义。

抗战以来,各根据地的军政民,在党的领导之下,基本上是团结一致的,党的领导也一般是统一的。正是因为有了这种团结和统一,敌后游击战争才得以开展,广大民众才得以发动,根据地才得以建立和坚持,对全国抗战才尽了积极配合作用。没有这种团结和统一,这些伟大成就是不可想象的。但由于主观主义宗派主义余毒尚未完全肃清，团结统一尚未能尽善尽美。

可是目前敌后战争愈益残酷与艰苦，要求我们的领导更加统一与实行一元化。因为"扫荡"频繁，战争的间隙缩短，封锁线与据点增强，使我根据地受到不断的摧残与地区的割裂，上下级联系极端困难，地区性、游击性大大增加。在这种情况之下，就要求每一地区的领导更加统一与集中；要求各地区的各种组织更加密切的协同配合；在统一的方针与统一的意图下，发挥我党政军民的共同力量，独立支持局面，独立作战，一致对付敌人，只有如此，才能取得胜利。稍有不慎，就会给敌人以可乘之隙。

各根据地民主制度的实施，也要求我党的领导统一与一元化。三三制实行后，我党党员的数量在政权系统中减少了，然而领导的责任却加重了。要能适当处理与解决各阶层的纠纷，保护广大人民的利益，只有实现领导的统一与一元化，才能避免□肿不灵之弊，使我党的各项政策贯澈到底，真正的实现。至于在建设根据地的各种步骤上、政策上，亦必须领导统一，才能统一意志，整齐步调，选择缓急轻重，抓紧中心环节，避免人力物力财力的浪费，收"事半功倍"之效。

在各根据地内，我们的党已经是群众性的大党了。它不仅要领导党本身的建设工作（党务工作），并且必须领导军队，领导政府，领导各个民众团体。它不仅要领导政治、军事、民运，而且要领导经济、文化等建设工作。所以所谓党的工作，已经不只是指在党委或党的机关中的工作了（这是党的工作的一种，可称之为党务工作），而是举凡一切在根据地内的政府工作、军事工作、群众工作、经济工作、技术工作、文化工作等等，只要是党派遣党员去执行的，都是党的工作。在这种情形之下，如果党的领导不能统一，让各个系统去"各自为政"，则根据地是无法建设与坚持的。所以，根据地内党的领导责任，今天也要求实现一元化。只有统一与一元化，才能使党的路钱、政策、决定、指示，贯澈做到各种工作与各个组织中去。

这就是各个根据地内，党的领导必须实行一元化的道理。

那么，怎样实行党领导的一元化呢？在中央的"九一"决定中，除了对于各组织间的关系有了明确的原则决定之外，更重要的是在实现党的一元化的几个主要思想问题上，作了极其明白的说明。思想统一是组织统一的先决条件，所以现在我们只就这几点重要的思想问题，提出来加以说明：

（一）为了要实行党的领导的一元化，必须首先记着列宁主义党的一条最高的组织原则，即是："党是无产阶级的先锋队和无产阶级组织的最高形式，它应该领导一切其他组织，如军队、政府与民众团体。"按照这条原则，党中央在"九一"决定中明白的规定："根据地领导的统一与一元化，应当表现在每个根据地有一个统一的领导一切的党的委员会，因此，确定中央代表机关（中央局、分局）及各级党委（区党委、地委）为各地区的最高领导机关，统一各地党政军民的领导。"这样一种统一的、领导一切的党委，按其性质、成份及工作范围来说，都是与过去的各级党委有若干不同的：它"不应当仅仅是领导地方工作的党委，而应当是该地区的党政军民的统一领导机关（但不是联席会议），因此它的成份，必须包括党务、政府、军队中主要负责的党员干部，而不应全部或绝大多数委员都是党务工作者。各级党委的工作应当是照顾各方面，讨论与检查党政军民各方面的工作，而不应仅仅局限于地方工作"。它的决议、决定或指示，"下级党委及同级政府党团，军队军政委员会，军队政治部及民众团体党团及党员，均须无条件执行"。只有这样集中权力，统一领导，才能实现一元化，才能体现"党是阶级组织的最高形式"这一基本原则。

（二）另一方面，党的一元化，还应当表现在上下级的关系上，"下级服从上级，全党服从中央"的原则，必须绝对遵守，这对于统一党的领导，有决定意义！这就是说：党中央的一切决议、决定、命令、指示，必须坚决执行，不是光光口头上的拥护，不是把党的指示当作"参考材料"，或者当作"教条"！在解决新的原则问题及按其性质不应独断的问题时，必须向上级和中央请示，不得自作主张。谁要破坏了这一原则，谁就是破坏党的统一，也就是党性不纯的表现！

党的这种统一性，在我们中国党是更其重要的。因为我党是生存在这样一个经济发展落后的国度里，政治的集中性、统一性，容易缺乏。同时，我党长期的处在农村中，农民的散漫性会影响我们；长期分散，独立活动的游击战争的环境，也会助长这种散漫性，党内小生产者与知识份子的成份比例很大，就更容易闹"个人主义"，"独立主义"等违犯党性的毛病。然而，我党已成为全国政治生活中的重要决定因素，必须更加集中与统一，更进一步的布尔塞维克化，才能完成自己的历史任务，因此中央曾不只一次的昭告全党："这样就要求我们的党，更进一步的成为思想上、政治上、组织上完全巩固的，布尔塞维克的党，要求全党党员和各个组成部份，在统一意志，统一行动和统一纪律下面团结起来，成为有组织的整体。没有这样坚强统一的集中的党，便不能应付革命过程中长期残酷复杂的斗争，便不能实现我们所担负的伟大历史任务。"（中央关于增强党性的决定）

（三）中央"九一"决定明白告诉我们：加强各抗日根据地领导的统一，是为了更顺利的进行反对日寇的战争，"一切服从战争"是统一领导的最高原则。这应该作两方面的说明：一方面向全党反复说明，假若军队削弱，假若战争失败，则根据地无法存在，因此，党、政府、民众团体以及全体人民，都有爱护军队，巩固军队，加强其战斗力的义务。另一方面，则应教育军队使之了解：没有党的领导，与政府、民众团体工作的配合，光杆军队是一天也不能支持抗战的，因此，军队必须爱护根据地，爱惜人力物力，服从党的领导，尊重政府与民众团体，成为遵守与执行政府法令的模范，加强纪律，给党政民以必要的帮助。对于"一切服从战争"这一原则片面的了解和孤立的了解，也是不正确的。

实现党的领导的统一与一元化，改善党政军民各组织间的关系，必须与整顿三风的运动联系起来，在党政军民各系统的党员干部中进行思想教育，以肃清主观主义、宗派主义的遗毒。应该"教育干部认识大体，照顾全局，号召干部实行批评，自我批，与使干部懂得全局，不陷于局部和本位的偏向，而懂得全体与局部，上级与下级，这一局部与那一局部间的正确关系。"

应该牢牢记着毛泽东同志的训示："局部与全体的关系，个人与党的关系……军队干部与地方干部的关系，军队与军队、地方与地方、这一工作部门与那一工作部门之间的关系……都是党内的相互关系，都应该提高共产主义的精神，防止宗派主义倾向，使我们的党，达到队伍整齐，步调一致，以利战斗之目的。……必须澈底解决这个问题……使党达到完全团结统一的地步。"（见二月一日报告）

（原载一九四二年十一月二十一日《抗战日报》第一版代论）

广泛建立和健全通讯网

  我们"抗战日报",是晋绥边区党政军民的报纸,也是根据地三百万人民的报纸,它的主要任务,就是针对根据地的实际情况,宣传党和政府的政策,反映各方面的工作,反映根据地群众生活,去团结广大人民,组织一切力量,以贯澈各项政策和一切工作任务。所以要圆满实现报纸的任务,把报纸办好,不光是报社本身要能配备坚强的编辑和优秀的记者,更需要有参加实际工作与群众密切相联系的通讯员。过去我们报纸的最大缺点,就是根据地消息,机关部队通讯十分贫乏,根据地实际问题与群众生活反映不够,形成这个缺点的一个大原因,就是因为通讯工作还没有普遍开展,许多地区机关中部队中的报纸通讯网还没有很好的建立和健全。因此，加强开展通讯工作，在党政民机关中，在部队工厂学校中，广泛建立和健全通讯小组，这是报纸今后要加强的工作。同时，做通讯员，为报纸写稿，关心与帮助通讯员的工作，也是每一个工作同志，每一个工作机关，今后应该切实担负起来的责任和义务。做一个建设根据地的报纸的通讯员，是每个工作同志的光荣责任，也是义不容辞的义务，只要你有起码写消息的能力，就应该担负起这个责任来。过去许多同志，认为给报纸写稿，是需要有特别写作能力的，是人家有"文学才能"的人做的，不是自己的事情。这种认识，是不妥当的，因为报纸上所要的消息，只要把事实写出来就好，它并不是文艺作品，所以也就不必非有文学才能的人才能够写。又有许多同志，则总觉得没有什么值得写的东西，写时又总想摹拟一定的现成格式，于是，稿件内容也就不能不空洞贫乏。事实上，我们建设根据地的工作，内容是非常丰富而生动的，在你的周围，在你的工作中间，摆着丰富而生动的材料，比如你所接触的群众的行动，群众的意见，你日常工作中遇到的新的情况，新的问题，这都是我们报纸上所需要的东西，都可以写，即使你识字不多，只要能把他们一件一件如实和具体的写出来，把时间、地点、人物和情节交代清楚就行了。请勇敢大胆的动手写吧，请尽量利用你自己的笔给报纸写稿，做一个积极的通讯员吧！

　　一个工作部门和地区，都有责任使报纸充分反映该部门该地区的工作情形；各部门地区为了尽量利用报纸宣传推动工作，通过它发挥指导工作的作用，也需要很好的帮助本部门本地方通讯工作的建立与健全。经常给本部门本地方的通讯员以具体帮助，给通讯员必要的材料，把本部门本地方需要反映的事情告诉他们，督促他们写稿；给通讯员以必要的时间，并负责给他们修改审明稿件，好好鼓励他们，出席本部门本地方的通讯员会议，多方指导他们，使他们的稿件内容写得更充实，更具体。现在许多机关、部队、学校、工厂和地方负责同志已经开始这样做了，我们热烈的盼望每一部门，每一地方的负责同志都能这样做，使我们的报纸更好的发挥其"集体宣传者"

与"集体组织者"的效用。

我们的报纸现在已经有不少的通讯员,并且写了许多很好的稿件;二年来不断的供给了报纸差不多一半篇幅的稿件,这种爱护报纸,为报纸努力的精神,是值得发杨的,我们希望这些同志再接再厉!还有很多没有担负起这个责任的同志,也请马上参加这个工作!

过去我们对通讯员的联系,对通讯员同志稿件的处理,是有许多缺点的,怎样克服这些缺点,加以改进,这是报纸工作人员的责任,但我们也热切的要求通讯员同志的督促,一方面要多多写稿,一方面也能多提供意见,让我们大家在共同的努力下,把通讯网更广泛的建立和健全起来,把我们的报纸办得更充实!更活跃!

(原载一九四二年十一月二十四日《抗战日报》第一版社论)

厉行节约

一九四〇年晋西北行署成立之初，即颁布了一个"为发起节约生产运动，及展开反贪污浪费斗争，对军政民全体同志的号召"，其中曾这样指出："物质条件困难，粮草缺乏，在晋西北已成为普遍现象。但是这些困难，由于我根据地全体的努力，曾经不断克服过来，因而坚持了根据地，有了更多的力量不断打击了敌人。可是在战争中，一般的，新的困难仍要不时产生，这在敌人方面也是非常严重，我们不是看见敌军已经吃不上罐头，不得不也吃小米，穿不上好的衣服，不得不也穿粗布，而且更疯狂的度其抢掠生活么？至于我根据地，则由于敌人的摧残破坏，以及连年的旱灾歉收，人力、物力、财力，受到巨大的消耗。

但必须指出，这种困难，是黎明前的黑暗，是胜利前的困难，虽然困难是严重的，但是暂时的，我们是有信心有把握能够克服的。过去克服困难，建设根据地的成绩，就是铁一般的证明。但是我们要熬过这样黎明前的黑暗，要能够准备起反攻力量，以争取将来的胜利，我们则只有用更大的勇气来正视这困难，承认困难的严重，我们才能够集中意志拿出更大的力量来克服它。因此，我们今天，除了一方面适当开辟财源，如发展生产建设等外，另一方面，就是贯澈精兵简政，爱护民力，培养民力，厉行节约。这次临参会关于"厉行节约"方面，曾经郑重作了决议，我们认为非常重要。我们完全拥护，而且应该澈底实现它。

节约的办法，总的说来，就是党政军民各方面，应该自上而下，真正做到经常的有节制的使用人力、物力、财力。

首先讲到节用人力。凡一切军事运输，应该尽量利用农暇。除战争环境、及在平常经政府许可者外，应避免使用民夫，尤其不可因支差而违背农时，使大批土地荒芜。"不违农时，五谷不可胜食"，古有明训。我们今天可以办到，也应该办到。

其次讲到节用物力、财力。特别要禁止浪费粮食、棉花、布匹的现象。粮食的吃法，服装的穿用，应该按人数精确做预决算，照政府规定领取和报销，不吃一个空子。要知道，今天我们的"盘中餐，粒粒皆辛苦"，一针一线，都是人民的血汗，为了抗日救国，为了中华民族的解放，人民慷慨的负担了一切抗日的经费。如果有谁不知爱惜财物，是很不对的。过去，政府提出的："勿浪费一颗粮食！""勿浪费一针一线？""勿浪费一文钱！"的口号，今天亦同样适用，我党政军民全体应该做到。我们如果澈底实现了这些口号，不但抗日军队抗日干部的生活可以适当改善，而且人民的负担，也的确可以适当的减轻。坚持根据地，坚持抗战，就更有了把握。

但是有些干部、战士，特别是事务人员、供给人员和杂务人员中，有些人对一块钞票，或者不致轻易浪费，但是对粮食、粮票、布匹、纸张，往往甚不重视的浪费掉，这是很错误的想法和作法，应该加强教育，澈底纠正。在今天，经济落后的晋西北农村，在战争环境下，实物的作用比货币更大。我们固然要坚决执行我们正确的金融政策，不可浪费金钱，但更要重视货物，爱惜实物，与货币一样，也不能随便浪费。因为我们只要有吃有穿，就可以打胜日本。节约决不是个突击运动，而是贯注在各人要拿得稳，要严格制度，要细水长流。同时，对于事务人员杂务人员等如：伙夫、马夫、供给员、管理员、运输员、催粮的人、催差的人、粮秣出纳的人、被服出纳的人等等，应加强节约教育，并勤于检查，只要这些支配人力、物力、财力的人，都能自动做到随时随地节约，少浪费以至不浪费，那不知要节省下多少东西。此外，要节出弹药，节出药材，因为这些东西，今天都来之不易。这里，还应指出者，就是某些纪念日或别种原因的宴会，动辄几盘□碗，甚至还有饮酒现象，其浪费更大，这种宴会，除因绝对必要招待过往晋西北的重要宾客者外，应该一律废除。机关的会餐办法，希望行署来一个统一规定，使任何机关不得稍微超过，并须绝对禁止用酒。至于日常办公用具，每个干部均应绝对爱惜，比如信封，应尽量用陈报纸或废纸做，一个信封应尽量用二三次，那种印漂亮信封信纸现象，今后应不再发生。这一切，我党政军民领导人的艰苦朴素生活，廉洁奉公的精神，是有伟大模范作用的。

此外，我们应该郑重的劝告老百姓，特别是游击区敌占区的老百姓，我们要告诉他们，抗日胜利是不远了，眼前的日子虽然难过，但是把日寇打出去就能过好日子。要设法保存根基，不要让敌人毁掉，也不要自己□光，将来好发财致富。有些因受敌人扰害，或怕负担而荡产的，都是自己毁灭的办法，都是想错了作错了。

当然，大家都能节约，是很好的。但如有少数不节约的，贪污浪费的，教育而不改者，政府应严格绳之以法。

如果我晋西北三百万军民，真正都能做到"节流"，真正都能非常节俭度日，那么我们的物质条件一定会改善。有了更好的物质条件作保证，在三百万军民□□团结下，在晋西北坚强巩固的根据地内，坚持抗战，生长人力、物力、财力，以准备反攻力量，最后地打败日寇，是没有问题的。

（原载一九四二年十一月二十八日《抗战日报》第一版社论）

再论贯澈精兵简政

精兵简政是我们生死存亡的问题。我们能否坚持敌后游击战争，能否渡过黎明前的黑暗，要看精兵简政的工作，是否能澈底贯澈。

第一，精兵简政，不仅是组织上的改造，且是思想上的改革。其中心应是：要简政，且要减政与减少人数，不是什么工作都要做，所谓"百事俱兴"，但也不是"百事俱废"。应是局部服从全体，依事情之轻重，工作之缓急，依照人力、财力及环境之可能，抓住中心，其他工作多少放松些，在目前是必须的，适当的。

第二，人力、财力，应集中使用。领导要统一。反对各自为政，闹独立性与本位主义，使步伐整齐与行动统一。

精兵简政的实行，是在中央分局指示之下，是在总的领导下的党政军民学各单位各部门的事情，没有特殊，没有例外。不是你做我不做，上做下不做，而是大家应当做，应当实行的。

第三，不但应抓住中心工作，且应改进工作，提高效能。要一人当数人之用，不是上忙下闲，你忙我闲，而是人人有事做，个个为工作忙，做到位无虚设，职无闲人。

第四，节省人力财力，健全制度，塞紧漏洞，节省浪费。浪费是贪污的一种表现。要做到钱少而能做事，要做的事有钱花，且花的得当。

最后，应坚决反对官僚主义。做事迟缓，不负责，马虎的态度，均是极端有害的。要说到做到，说得透澈，做得到底。个个干部应有公事公办的作风，不敷衍，不塞责，不要私情，与群众联系好，受群众爱戴。

各机关、各部门、各单位、各个干部，应发扬自我批评、自我检讨，自上而下与自下而上的进行相互检讨与相互批评。

在精兵简政工作过程中，如有些干部过于强调独立或特殊，对于该取消该合并的机关，不想取消，不想合并，是有害的。另一方面在干部配备上，存心把好的留下来，目前在工作上虽用不着，也愿自己保存起来，而不想交出，或只交差的或病的干部，这也是不对的。

我们晋西北的精兵简政，为着适合于当前环境，党政民与军队人数应按规定之比例，而兼、并、实、合这四字是我们实行的具体方法。各分区、县、区应考虑上级兼下级的工作，如分区一级的机关，兼其所在地县级工作；县即兼区。但这并不是一律均可如此，应看各个具体情况而定。许多重□叠架的机关，及工作情形相同的部门，应归并而为一，使工作便利，人力节省。实行大县大区制□不适宜，但太小的县区村，也有合并的必要。应有实事求是精神，打破机关大，工作少、范围小、形式与内容不相称的现象。借口保存庞大组织机构以准备应付将来反攻时的发展局面的倾向，是极端有害的。应是使形式与内容一致，区的工作即用区的组织形式，用不着保存县的组织机构，有些区域，不宜党政军民的组织机构各自分开，应是合而为一，有些地区的各机关的生产单位，伙食单位，应合并，减少一批事务人员，而彼此之联系也省了许多枝节。调整出来的干部，主要充实下级，健全下级领导，提高其质量，下级干部中，有能力有威望的，也应提拔起来，使上下级的干部相互交流，经验相互交换。地方的党政民干部，有的应派到军队中工作，军队干部有的应派到地方工作，使各个的岗位，站得更适宜，使干部更能从全面发展。另一方面，应抽调大批干部，增强目前中心工作，与较弱的部门。

解甲归田，不但减少人民负担，且是增加国民财富，增长抗日力量。并是发展民兵的最好力量。对于回到生产岗位上的人员，必须进行很好的解释与教育，使其自愿的回去，不应强迫命令，应使其明白以前脱离生产，是抗战需要，今日回到生产战线上，也是为着抗战需要，只是因形势不同，工作岗位也不同，他们始终是抗战有功，建国有分。党与革命永远忘不了他们。对于只发护照与旅费，而不依各个人具体情形来解决，是对革命不负责的行为，应坚决反对与纠正。其家在敌占区的，一般的不应让其回家，免受敌人的威胁陷害，应在内地适当的安置。只有这样做，精兵简政才能贯彻。

（原载一九四二年十二月一日《抗战日报》第二版社论）

开展对敌政治攻势

中共领袖毛泽东同志在"祝十月革命二十五周年"的文章里英明的指出:"我坚信今年的十月革命节不但是苏德战争的转折点,而且是全世界反法西斯阵线战胜法西斯阵线的转折点。"才不过十几天,我们就看见了苏德战场的重大变化,已开始证明了这个预见的正确,今后还要继续证明它的正确。据莫斯科二十五日广播:"我军在斯城区胜利之进攻,使德寇遭受到严重损失,从十一月十九日至二十五日时期内,我军俘敌五万一千名,希特勒匪徒在战场上遗尸四万七千具,据不完全统计,我军缴获大炮一千三百门,汽车五千六百一十八辆,坦克四百八十一辆,飞机八十八架,各种仓库八十二所,其他弹药枪械极众,斯城附近有不少城市和乡村从德寇铁蹄下解放出来了，虹河以东德寇的两条铁道线已被切断，城北部我军击溃敌之反抗，已与守军携起手来，光荣的斯大林城得到完全的解放的日期已不远了，红军这次胜利的进攻，是由于斯城守卫者的坚强作战所造成的，不管德寇怎样凶狂的攻打这个没有堡垒的城市，但是德寇是在这里被阻住了，很明显的希特勒指挥部之计划已被红军所粉碎了，红军在战争历史中创造了空前未有之事迹，防守无堡垒之城市，阻止强大之敌军，这就是红军在战争历史中所创造的新东西，当然防守建有堡垒的城市，从前是有过的事，但在苏联境内防守此种无堡垒的城市是从来所未有的，还是出乎希特勒意料之外的一回事……这次在苏联作战希特勒才知道应当是什么样一回事。"这个胜利之伟大，我们还可以从斯大林在十月革命节的报告中，更明显的看出来。斯大林指出："在第一次世界大战中，是有对抗德国的第一条战线的，当时德国所拥有的二百二十个师团中，驻于俄国战场的，不过八十五个德国师。如果我们将当时面临着俄国战场的德国同盟者的军队——三十七个奥匈帝国师，两个保加利亚师，三个土耳其师，——加在上面，那就共有一百二十个师面对着俄国军队。德国及其同盟者的其余各师，主要用来对抗英、法军队，其中一部份在欧洲占领区担任警卫任务。这是第一次世界大战中的情况。现在，让我们说第二次世界大战——今年九月——中的情况如何吧。根据确实的情报，德国现有的二百五十六个师团中，在我国战场上的，不下一百七十九个。假如我们将廿二个罗马尼亚师，十四个芬兰师，十个意大利师，十三个匈牙利师，一个斯洛伐克师，和一个西班牙师加在上面，总共就有二百四十个师团正在我国战场上作战。德国及其同盟者的□余各师，则在被占领国（法国、比利时、挪威、荷兰、南斯拉夫、波兰、捷克等）担任警卫任务，其中一部份正在利比亚或埃及与英作战，利比亚战场上总共牵制着四个德国师和十一个意大利师。我们现时在我国战场上面临着的，不是第一次世界大战中的一百廿七个师团，而是二百四十个以上的师团，与红军作战的也不是八十五个德国师,而是一百七十九个德国师。……第一次大战时有使德国形势极为困难的欧洲第二战场,而在此次战争,则没有欧洲第二战场,……此次战争中面对着我们战线的军队,两倍于第一次世界大战时的军队。……你们现在可以想象:红军所遭受的困难是多么重与异乎寻常,红军在其反对德国法西斯侵略者的解放战中所表现的英勇精神是多么伟大。我想,没有其他国家,没有其他军队能够抵住德国法西斯匪徒及其同盟者魔手这样一个猛击的,只有我们苏维埃国家,只有我们红军能够抵住这样一个猛击。不仅能抵住它,而且能战胜它。这就是震动全世界的英勇红军,在斯大林格勒方面,在过去几个月的坚强保卫,和当前胜利之伟大意义的有力说明。斯大林格勒红军胜利的进攻,正在继续猛烈进行中,不久我们一定会看到更新的局面。

这次苏德战争的全个行程,使我们看出这样的事情:即在希特勒匪徒方面,去年所进行的异常凶猛的夏季攻势,是向苏联南部、北部、中部三路同时进攻;而在今年同样凶猛的夏季攻势,就只能组织一路向西南方向进攻了。在苏联英勇红军方面,前后两次都粉碎敌人的进攻。在去年的冬季反政,当开始时期,曾表现胶着状态,相持了一时才把敌人击退,而今次的胜利进攻,一开始就获得伟大的战果,俘获和杀死敌人达十万人之巨,还是显然和去年不同的更伟大的进步。这里给我们钢铁一般的证明两件事情:第一,是苏联红军日益更加强大,更加不可战胜,更加英勇无敌,是无疑的事实。第二,希特勒今年已经破产了的进攻,比去年的力量要小,即使今后希特勒还企图作困兽之斗,作垂死的挣扎,作新的冒险,其力量将更小,也是无疑的、很显然,希特勒匪徒及其法西斯伙伴,今后是更加走着下坡路,离坟墓是不远了。这是红军的铁拳所表现的威力。

这里,我们又同时看见,在十一月中旬,反法西斯同盟军英美部队十余万在北非登陆,俘虏了意大利军五师,法国在北非的军队全部投降,法国驻土伦的舰队,包括主力舰三艘,重巡洋舰四艘,经巡洋舰四艘,驱逐舰二十五艘，潜水艇二十六艘，航空母舰一艘，已脱离了德国的控制，参加了同盟军。对北非战争，解放日报的社论曾经指出："是英美已经开始使用其积蓄已久的力量，这将是欧陆第二条战线的先声。"无疑地，斯大林格勒红军的胜利进攻，对同盟国在北非战争的呼应上，尤其是加强同盟国胜利的信心、以促进欧陆第二条战线的建立上，以及更加煽起法西斯统治下的各民族人民的革命火焰上，都是有决定意义的。毛泽东同志在他的文章里也给我们明白指出过了，他说："现在不同了，希特勒的第二个夏季攻势已经破产了，这是由于英勇红军单独作战的结果，此后，世界反法西斯阵线的任务，就是发动对法西斯阵线的进攻，最后地打败法西斯。"那末，当前红军胜利的进攻，和同盟军已开始使用他们积蓄已久的力量，欧洲人民反法西斯的力量增长，这种"对法西斯阵线的进攻，最后地打败法西斯"，同样也是无疑的。

毛泽东同志说："我们中国人民庆祝红军的胜利，同时也即是庆祝自己的胜利。我们的抗日战争已经进行了五年多了，我们的前途虽然还有艰苦，但是胜利的曙光已经看得见了。苏联的打破了希特勒的进攻计划，英美的日益增长的战斗力，中国四万万五千万人的努力，□胜法西斯不但是确定的，而且是不远的了。一切努力集中于打击日本法西斯，这就是中国人民的任务。"那末，我们晋西北的任务，在今天庆祝苏联红军胜利的进攻，就是加强对敌斗争，对敌人开展我们的政治攻势。

中共中央在今年"七七"纪念告抗日根据地全体党员和八路军新四军将士□"中，曾经告诉我们："我们明年打败日本，同样具备充分的条件，日本兵力更加分散了，在太平洋战争中，日本虽然占了些便宜，可是到处都要兵，都要运输联络，力量不集中了，你们在前线不是看见四十岁的日本老兵及十七岁的日本娃娃兵吗？日本经济也困难了，你们不是看见日本兵士穿的吃的都比过去坏了吗？日本不仅与中国为敌，而且已经与英美及很多民主国为敌了，向日本宣战的有二十四个国家，在打垮德国及其欧洲伙伴之后，英美就可集中全力对付日本，那时配合中国的力量，日本的崩溃与失败就会到来。"是的，这种胜利的曙光我们已经看见了。苏联的胜利进攻，和英美的更加积极，欧洲的革命运动，希特勒匪帮的失败征兆更加明显，同时就是对它的伙伴日本法西斯的最大威胁。当前这些胜利消息向广大民众，特别是向敌占区广大民众和敌伪军传播，就是给敌人严重的打击，就是对敌人所夸耀的太平战争"赫赫之功"一大讽刺。拿当前世界战争的形势□一对比，日本法西斯是显得如何的孤立，将要陷到怎样绝望的恐慌的境地，这就是更加团结敌占区广大民众，更加瓦解敌伪的好材料。

不过，在这里我们要同时指出，敌人在他的法西斯伙伴日益濒于失败的时候，敌人自己日益接近末日的时候，曾要更加疯狂，它一定会要用出一切力量作拼命的挣扎，以企图挽救它垂死的命运。敌人对于华北，向来是视作命根子的，它对我们的抗日根据地一定会要更残酷的"扫荡"，"蚕食"，企图把它消灭。正如毛泽东同志说的："胜利的曙光已经看得见了"，但是"我们的前途还艰苦"，这就是黎明前的黑暗。我们切不可光是看见"黎明"，而忽视了"黑暗"，我们应该是也看见快要到来的"黎明"，同时也正视面前的"黑暗"。越是接近胜利，越是要更加警惕，抖擞精神，熬过这黑暗，时时利用各种可能和敌人作顽强的斗争。"中共中央告抗日根据地全体党员和八路军新四军将士书"中，有这么一条："我们应当：不仅与敌伪军作战，还要对敌伪做宣传，敌军士兵也是工人农民，伪军官兵都是中国人，我们要向他们发传单，写标语，争取他们同情我们，反对敌人"。当前的一切胜利消息，应该更广泛的更有效的向敌，进攻。

（原载一九四二年十二月三日《抗战日报》第一版社论）

提高与巩固农钞

晋西北施政纲领里规定农钞为本根据地的单一本位币，临参会又通过提高与巩固农钞的决议，这在我们的经济战线上是一件完全必要的事情。今天我们的金融政策，不仅是流通、交换和稳定物价等一般任务，主要的还是在于向敌人作斗争。货币是经济斗争上最尖锐的一翼，过去为了防止现银外流，国府早已明令禁用白洋，惟法币虽非现货，敌人仍可利用它偷取我外汇，并以和种阴谋，贬低法币价格，破坏我方金融，吸取根据地物资。我们远处于敌后的抗日根据地，为了保护法币，保障根据地的经济建设，就必须采取地方本位币的办法，来抵扩敌人的破坏政策，此种货币即使流入敌手，也无法利用，使敌人无所施其伎俩，这是我们必要的斗争手段。不但在晋西北如此，华北各根据地莫不如此，就是华中华南接近敌人的地方，也都是以地方本位币作为对敌货币斗争的武器，除此以外没有其他更好的办法。

但是晋西北农钞，三年以来虽在日臻巩固，而直到今天，还没能提高到它应有的地位。一般人士对农钞的认识还不够得很，对于农钞前途缺乏信心，因而发生"杞忧"，甚至有人主张□禁白洋。这正是忽视了农钞和根据地的血肉关系，才发生这些舍本逐末的想头，今天为了保障和□行根据地的经济建设，提高与巩固农钞，是唯一的当务之急，首先社会人士应提高对于农钞的认识。

我们知道，晋察冀边区晋冀鲁豫边区以及山东等地的本位币，都曾经提高到和伪钞不相上下的程度，特别是晋察冀边区的钞票，其价格一直远超过伪钞之上。这原因一方面是由于生产的自给自足以及抗日政策的巩固壮大等等保障，而最重要的一方面还是由于人民认识了这些保障，因而对自己的本□币有绝对的信任心，给以直接的拥护所致；这正是我们今天所急待进行的事情，是提高与巩固农钞的先决问题。我们晋西北农钞的物质基础究竟应当怎样去认识它呢？首先在政治上有它稳固的基础，晋西北抗日政权和抗日武装的巩固与壮大，就是它的保障。抗日政权一日存在，农钞就决不会垮台，抗战一定胜利，农钞就一定有前途，将来抗战完全胜利之后，不成问题的农钞一定可以十足兑现。对于农钞的信心和对于抗战胜利的信心是完全分不开的，它的政治上的基础就是如此。其次，农钞是根据地唯一合法的货币，也就是代表全根据地的财富的，晋西北的广大土地全部资源，三百万人民的身家财产，都是它的保障。三年来根据地的生产建设突飞猛进，已经走上自给自足的地步，过去入超的情形，今天已经不复存在，而金融基金又已增强，这就说明了今天农钞已经具备着的巩固地位，也就给农钞准备下提高的条件。它的经济上的基础又是如此。总之，晋西北农钞已经成为与三百万人民血肉相连的东西，是根据地生死存亡所系的东西。这里必须要求我们的社会人士认识这一点，认识农钞在客观上的巩固地位，从而提高信心，真正拥护农钞，而后农钞才能真正提高与巩固起来。

临参会这次通过的拥护把农钞作为本根据地唯一合法的单一本位币的决议，就是根据了这些理由。这不是空□提高，而是有切实的客观条件的。问题就是要全体人民认识这些条件，认识在对敌斗争的意义上非此不足以自卫，在根据地的建设上非此也不足以自救；拿起这个武器，保障根据地的巩固与繁荣。农钞的巩固提高，就将是三百万人民的生存的保障。

（原载一九四二年十二月五日《抗战日报》第一版社论）

论临参会常驻委员会的工作

临参会常驻委员会是代表着临参会在大会闭会期间的民意机关。它的职责虽不完全与临参会相同，但临参会那种团结与民主精神的继续发扬，大会一切决议的贯澈，都要依靠常驻委员会的经常努力。

大会赋与常驻会的职责究竟是些什么？临参会组织条例第十一条规定："于大会闭会期间处理会内日常事务，监督执行决议，负责召集临时会议"；第十四条规定："参议员在闭会期间，须与常驻委员会取得密切联系，吸收人民意见"。根据这些规定，常驻会的工作，应该归纳为下面几部份：

一、帮助政府，监督政府。大会做出了许多好的决议，但是□得好并不就是做得好。大会的议案送交政府后，执行了没有，执行到什么程度，有无遗漏，有无困难，遇困难后如何克服的，这都是全体参议员和晋西北三百万人民所最关心的。常驻会应该在这一方面用各种方法努力,使大会全部决议贯澈执行,常驻会组织条例第三条上已经规定常驻会:"监督晋西北行政公署对临参会决议之执行"，"听取行政公署改期工作报告"，"对行政公署提出建议与询问"，"必要时可派代表出席行政公署之政务会议"，这都是使常驻会便于帮助政府监督政府的职权，常驻会不但应该很好的适当的运用这种职权，而且应该更多的进行调查工作与研究工作，广为吸收人民意见，调查社会实际情况，以科学的负责的态度研究政府的法令与工作，以便能够给政府真实有效的与以帮助与督促。必要时，常驻会还可动员散处在各地的参议员，就近协助政府完成某些特殊任务。当然，常驻会应尊重政府在执行上的集中与统一，是监督与帮助，而不是直接处理事情。

二、研究政策与法令。常驻会是受大会的委托来议事管事的机关，它所□的事管的事，不是一个人一部份人的私事，而是全晋西北人民的公事，是抗战与建国的大事，换句话说就是站在全面的立场上，确定政策法令贯澈政策法令的事。这些政策与法令，基本上已由大会确定，交给政府执行去了，还有些将由政府根据大会既定方针逐渐办理的。但是这些政策法令的如何更加完备，如何适合各种具体环境，如何切实贯澈，都是常驻会要负责任的。譬如大会一时没有作具体决定的事情，如修改婚姻法，以及大会决议在执行中发生困难需要暂作修改的事情（组织条例第十条规定）和大会没有完成的事情，都是属于"会内日常事务"范围，需要常驻会做的。但是政策法令是很复杂的，常驻会必须搜集各种材料，了解下情，认清具体环境，加以深刻的分析与研究，才能完成其应有任务。我们希望常驻会很好的熟悉社会实况，研究政策法令，以尽其大会付给的职责。也只有很好的研究政策法令，才能真实的帮助政府，监督政府。

三、与参议员密切联系。常驻会能不能尽其职责,完成其任务,不只依靠几个常驻议员,主要的要发挥散处在各地的参议员和议员小组的力量,这样,大会虽然闭幕了,人民权力仍在,实质上继续发挥。这是新民主主义政治特有的精神。常驻会应该把较大的政治情况及会内工作通知参议员,参议员也要随时随地吸收人民具体切实的意见,认真负责的报告给常驻会。参议员不来报告,常驻会要去信督促,参议员来信,常驻会应该答复,只有这样,常驻会才能经常听取人民意见,熟习下情,帮助与督促政府。常驻会第一次会议上关于"参议员工作与小组联系"的决定,是很重要的,常驻会如何贯澈这个决定,是其今后工作能否做好的重要因素。

四、其他工作。如召开临时会议,进行大会闭会期间"紧急措置之事项"(参议会组织条例第四条规定)等。

我们相信,常驻会能够很好的完成其任务,使大会的精神再进一步发扬,大会的决议切实贯澈执行,使政府能够得到人民的监督与拥护,正确领导三百万人民,建设与巩固晋西北抗日民主根据地,有效的进行对敌斗争。

(原载一九四二年十二月八日《抗战日报》第一版社论)

对生产展览暨劳动英雄检阅大会的希望

晋西北第二次生产展览暨劳动英雄检阅大会开幕,各地区各工厂的优良作物和成品,都先期送来,各地区各工厂的劳动英雄,也都跋山涉水,络绎与会,甚至有从游击区接敌区通过敌人的封锁包围,历经艰险,赶来参加。他们都是整年埋头在生产战线上的英雄,都是坚持抗战最宝贵的有生力量,都是建设根据地的紧强柱石,我们敬向他们致以敬礼并祝健康。

生产展览暨劳劲英雄检阅大会,是发展并提高生产建设的检阅与动员大会。我们都知道经济建设是整个建设的根本,生产建设又是经济建设的根本。我们又知道发扬劳动热忱,提高生产积极性,造成广泛的热烈的生产运动,是发展生产建设的首要条件,是党政军民严重的政治任务。生产建设搞得好,就能保证我们加强对敌斗争,熬过困难,准备反攻力量。因此,这个大会是非常重要的,我们应当重视它,应当以全力保证它的顺利成功。或提供如下几点意见。

首先,检阅生产成绩,奖励生产模范:一年来在工厂,在田庄,有无数的工厂管理者,技术专家,工人学徒和农民,为着根据地的生产建设,一点一滴的,脚踏实地,埋头苦干,在改进技术,提高产量和制造用品上,均获得了不少惊人的成绩,这些人都是建设根据地有功的人,应当尊重、奖励他们。大会应根据行署颁布的劳动英雄条件、奖励生产技术暂行办法,根据在生产过程中的实际材料,根据各该地区工厂的报告和本人的谈话,经过民主讨论与评议,以及政府审查等方式,慎重而恰当的做出对成绩的□价,选出晋西北的吴满有和赵占魁来,指出三十二年提高生产效率奋斗的目标。

同时,除了按农民、工人、妇女、儿童、干部分类□□模范外,还应当着重纺织业,选□纺织业的劳动英雄,以提倡和发展晋西北的纺织业,二年来在技术的发明与改进上也有不少的成绩,这次大会也应当奖励与发扬。

其次,交换生产经验,推广生产技术,不论农业和工业生产,其产量的提高,都是决定于技术条件,虽然由于我们所处的环境,不能应用现代科学的方法;但是土方法中也有比较进步的。参加大会的劳动英雄,都是农村有经验的老农,工厂和作坊最熟练的工人,他们都有丰富而又实际的生产经验,大会应有计划的搜集这些经验,交流这些经验,经过他们向广大的农村、作坊和工厂,进行宣传、介绍与推广。特别要根据晋西北的具体环境和需要,着重种棉、施肥、改变山地地形、水利、纺织等问题。

而且,对推广的工作,不仅在大会上宣传、介绍,还要切实的进行组织工作,如为了推广二专区的种棉和纺织,就要把二专区的劳动英雄,作为种棉和纺织的特约试种户、试新户,并解决其种籽、工具、资本上的困难。

再其次,劳动竞赛和生产经验交流,不仅是一个突击工作,要在农村和工厂成为劳动过程中经常的工作,大会应使每一个受奖励者和劳动英雄懂得这个道理,成为这个工作有力的推动者,一方面要永久巩固已得的成绩,另一方面要推动别人,帮助别人,提高生产效率,反头主义和锦标思想是要不得的。

这次大会将成为推进晋西北生产建设工作走向更高阶段的有力武器,普遍与深入的开展劳动竞赛与生产经验交流运动的起点,我们预祝它的胜利成功!

(原载一九四二年一二月十日《抗战日报》第一版社论)

拥护禁止法币流通的措施

　　敌人对我国的侵略战争，所用的是总力战，即政治、军事、经济、文化，一齐作战。在经济战线上，敌人的阴谋是抢夺敌占区所有财富，盗取我根据地和大后方的物资，破坏我金融，摧毁我经济命脉，企图使我在抗战经济上，和整个国民经济上濒于破产，使人民无法生活，使抗战无法坚持，它则以战养战，灭亡我国，这个阴谋是异常毒辣的。

　　敌人的这种阴谋，对我抗日根据地和大后方，表现得最厉害最明显不过的，是破坏我金融。我国法币基金存在英美，用法币可以买外汇，因此敌人自从对我发动侵略战争以来，除在敌占区尽量搜□法币外，同时想尽一切办法吸收我根据地和大后方的法币，以便大量套取我国外汇，在欧美买大批军火，即是用了我们中国人的钱来打我们中国。自从英美于去年七月封存中日资金，敌人套取外汇阴谋遭到打击后，遂转而用法币盗取我国物资。太平洋战争后，港沪失陷，大量法币落入敌手，敌人就更向我根据地和大后方倾销。很明显的，近来法币的大大跌价，就是敌人向我内地倾销法币，使得法币太多的结果，敌人□种用法币来抽血的办法，是显而易见的。

我晋西北抗日根据地，在法币问题上对敌斗争，采取的是怎样办法呢？一句话：保护法币。具体的保护法币办法，就是禁止法币在根据地流通行使。我根据地因为是处在敌后，是在最前线，离敌人很近，敌人过去的盗取法币政策，现在的倾销法币政策，都最容易伸张到我根据地。因此，我们的行署在太平洋战争爆发以前，是防止法币往根据地以外流出，所以禁止法币，发行农币来代替法币，定农币为本根据地唯一合法的单一本位币，因为农币只能在晋西北根据地行使，拿到外国，拿到大后方，拿到别的抗日根据地，都没有用处，同时盗取农币也不容易，因为数量少，这样就实际打击了敌人的经济阴谋，保护了法币，稳定了根据地金融，使抗战的经济建设日益发展，人民的生活有了保障。太平洋战争爆发以后，仍然继续禁止法币在根据地流通行使的政策，直接抵御了敌人的法币倾销，防止了敌人盗取我物资，给敌人以严重打击，同时使根据地金融稳定，使大后方流通的法币不致受到影响，年来我根据地的经济建设仍向上发展，人民生活相当改善，都是这一政策的良好结果。很显然的，如果我们不是用禁止法币在根据地流通的办法来保护法币，我们的抗战建设和人民生活，一定会遭到很大破坏，根据地就会无法□固，对敌斗争就会遭到严重挫折。这也就是我们对敌人进行总力作战的具体成绩。

但是我们在今天实际检讨起来，这一政策的贯澈是有缺点的，一方面是一部分人民还不了解禁止法币流通的政治意义——即在经济战线上对敌斗争的重要意义，没有按照政府的规定办法，拿法币到银行去换农币行使

□出根据地外向后方贩卖货物的商人，也有些未依法向银行兑换法币或登记，以符保护法币之旨，而是自由行使，自由携带，某些作经济工作、供给工作的干部，也未澈底深刻了解禁止法币的重要，也有违反政策的现象。而另一方向，我们的政府的某些执行干部，对禁止法币在根据地流通执行得不够坚决，甚至有迁就某些人民和某些干部的不了解，以致在禁令上放松了一时期，无形间给了敌人以可乘的空子，使敌人的倾销法币政策钻了进来，使农币受到不小的影响，在人民的经济上受到一些损失。

这次临参会通过了的晋西北施政纲领，确定我根据地"实行单一本位币"，又通过了"提高和巩固农币的决议"，再一次郑重确定农币为本根据地唯一合法的单一本位币，最近由临参会选出的新的行署行政委员会，又决定了重申禁令，自十一月十五日起，严禁法币流通，跟一个月内禁绝。这些决议和措施，都是最及时的，最好的办法，我们完全拥护。

为使这次的禁令，澈底贯澈，我们提出以下两点意见：

第一，政府的禁令既经颁布，就要坚决执行到底，一方面政府应加强教育执行干部，使其毫不放松，毫不容情的严厉执行，并应时刻加紧检查。对人民应认真进行宣传、说服，使人民真正澈底了解，热烈的实行政府的政策。经过宣传说服等等方式，还居心违反政府政策，并有意破坏政府政策者，政府应即绳之以法。

第二，我晋西北三百万人民，应更坚强的团结在行署周围，热烈拥护临参会的决议和政府的禁令，坚决不再使用法币，以加强经济战线上的对敌斗争，这对公家对自己都只有好处，不会吃亏。凡有法币者，应在政府规定限期内向银行兑换农币，如向外贩卖货物，须依法向银行兑换登记。这一切，凡我作经济工作、供给工作的干部，尤应成为人民的模范。如我根据地内有不良份子甘心违反禁令，我全体人民为保护自己的金融计，应起来监督，或向政府报告，以肃清这种不良现象，使政策贯澈。

（原载一九四二年十二月十二日《抗战日报》第一版社论）

太平洋战争周年

今天是日寇发动太平洋战争的一周年，一年来我们的敌人和太平洋形势有什么重大的变化呢！

这个变化是很显著的。我们只要拿敌酋东条前后所讲的话加以比较不难明白。

去年今日东条神气十足地广播称："我国建国已二千六百年矣，我们尚未知在战争中间曾败于何国，仅此史迹之回顾，可知任何强敌均将被粉碎"。又说："只要一亿国民尽忠报国……英美亦何足道哉"。但是曾几何时，在一年前如此夸大自己和轻视英美的东条，在最近的许多发言中，却不能不改变语调了。在最近的地方长官会议上东条公开承认"敌国"（同盟国）'正赖其□源及其生产力而向整备反攻之大势狂奔"，因而"目前最重要的任务即扩充生产""迅速增大综合的战力，准备与英美推行一大决战"。

东条前后所讲的话，反映着这样的一个事实：敌人由轻视英美转为畏惧英美，由进攻英美转而考虑到英美的反攻，东条今天提出"决战"的口号，当然不是因为他有什么大本领可以找寻英美在英伦三岛或美洲大陆去"决战"，而是由于他看到英美"正赖其资源及其生产力而向整备反攻的大势狂奔"，所以才不得不准备来迎接这个"决战"。这就是说，在目前情势下，决战之主动权已不操于日寇而操于英美。日寇因感英美反政的迫近，就不能不提出"扩充生产"即所谓"长期战"的方针，这无论对于日寇或整个太平洋形势已都是一个极大的变化。

这个变化是怎样来的呢？这首先不能不是由于苏联红军在斯大林格勒的胜利而间接赐与的。红军的胜利，一方面使整个轴心集团陷于不利的形势，另方面则使英美有时间和可能来储积自己的力量，而向着"反攻的大势狂奔"。其次，英美最近无论对德意或对日寇都采取了较积极的政策，这种政策已经收到了很大的效果，盟军在北非的登陆，开辟第二条战线的更加接近，新几内亚和所罗门群岛的胜利，都无不使轴心国家胆战心惊，而要重新考虑自己的地位和想出新的应付办法。其次，中国的继续抗战，拖着敌寇大量的兵力，也加重了日寇的困难。在这些许多不利的因素之前，东条匪首就不能像一年前那么神气了。

这些对于日寇不利的发展，都不是日寇军部初料所及的。依日寇法西斯军部的如意算盘，首先要在太平洋上击溃英美，使他们长久不得翻身，接着回过头来用最大部力量来配合希特勒"解决"苏联。至于中国，日寇认为滇缅路既被切断，就不难被"澈底粉碎"了。但是一年来客观形势的发展，原与日寇法西斯的主观愿望相反，英美力量之恢复与发展之后，是出乎日寇意料之外的。日寇北进的计划，也由于希特勒占领斯大林格勒和包围莫斯科的战略计划的破产而不能不被迫搁置下来。现在即使日寇集中在东三省的主力还未动用,即使日寇军部还不愿意放弃北进的计划。但是所谓北进的最有利的时机已经过了,这一点是无可挽回的了。至于在极困难条件下坚持抗战的中国,不但没有因困难而"屈膝",反而内部更加团结,抗战力量更加增强。在今天当日寇法西斯总结其一年来"大东亚战争"的"战果"时,当他们列举无数的"战绩"之后,只要他们想起上面所述的形势,就不免会觉得头痛了。

当然,日寇一年来的"战果"是不能否认的,一年来日寇在南太平洋占领了比其本土"大四倍半"的土地(若把泰国和越南算上,则几等于十一倍),获得了许多重要的根据地与资源。乘着战争"胜利"的威风,日寇统治阶级又在其国内完成了法西斯的统治制度。但是所有这些收获若是与整个不利的形势相较,显然是得不偿失的。目前日寇所面临着的,在北面是有着强大防御力量的苏联,在西面有永远无法解决的"中国问题",在东南面则是快要到来的英美总反攻,这就是日寇在纪念"大东亚战争一周年"时所面对着的形势。

日寇法西斯军阀为要挽救这种不利的形势,自然要作最后的挣扎,东条所提出的"扩大生产力",就是他们拼命挣扎的中心,围绕着这个中心任务,在其国内有"大正翼赞会"和"翼赞政治会"所共同发动的"国民运动"来号召其本国人民"发扬□场精神加强生产和澈底实践战争生活",在其占领区则实行统治一元化与加强掠夺。但是无论如何日寇要在"扩大生产力"上与英美竞赛,这无异乌龟要与马竞赛一样。

虽然如此,但如果得出一个结论说日寇已经不足为患了,那也是错误的。本报曾屡次指出:由于日寇还有一部份陆军主力尚未动用,还可能作一次像样的进攻。所罗门的争夺战,对于日寇说来是进攻澳洲的必要步骤,也是保持其在太平洋上掠获物的必要步骤,即是说不管是攻是守日寇都必不会放松对所罗门群岛的争夺。日寇攻苏的野心至今未死,是否攻苏,要看今冬苏德战场之情形而定。但不管上述两个战场的情形怎样,日寇对于我国从现有的征兆来看，必将加紧正面进攻与敌后"扫荡"。如果日寇在其他战场确定地转入守势，则对我国的加紧进攻也就更确定。最近华北敌寇的"五次治强运动"和南京敌驻华派遣军当局"竭尽全力摧毁重庆政权"的狂吠，决不是偶然的。

  日寇必败，是已经确定了，但我国正处在黎明前黑暗的时期中，必须克服十分艰巨的困难，才能迎接光明的到来。加强内外团结，努力自力更生，这就是争取抗战最后胜利的坦途。

（原载一九四二年十二月十五日《抗战日报》第一版社论）

反对官僚主义(节录)

什么是官僚主义?官僚主义简单说来就是脱离群众。斯大林说:"布尔塞维克只要一脱离群众,一失掉自己与群众的联系,学上官僚主义的毛病,那他们就会丧失任何力量而变成空架子",由此可见官僚主义的害处是非常之大的。

怎样才算脱离群众呢?

过去我们对于脱离群众的了解一般是比较简单的。有些人高高在上,不愿和群众接近,对于民间疾苦漠不关心,在工作中不说服不解释,对群众实行强迫命令,在个人生活中贪污享受以至腐化堕落,这是直接脱离群众,也就是官僚主义。这种毛病是共产党员的品质问题。同时这种毛病显而易见群众都会反对,党的组织也会进行批评的。

但脱离群众决不只有这个形式,还有另外一种形式,就是表面看来好像与群众有联系,而实际上是脱离群众的。

为什么表面看来好像与群众有联系呢？因为犯这种毛病的人每天工作是很忙碌的；有的人是为了一些日常的琐事而忙碌,他们办事大部是出于被动的应付,思考和研究是很少的；有的人是为着形式的公事而忙碌,上面有了什么指示,只依样葫芦往下面照背一遍就算了事,这种办法往往是没有益处反而有害的。至于会议,有些也完全是一种形式,事前没有准备,到了开会的时候大家照例出席,照例发言,而最后则毫无结果。还有的人是为着写指示写报告而忙碌,这些人迷信文件万能,每天在文件里兜圈子,他们所写的指示和报告,往往是不着边际的夸夸其谈：例如一个关于三三制的指示,从亚洲说到欧洲,但不说三三制究竟是什么,在当地怎样执行；一个组织工作的报告,可以今年和去年完全一样。对于上级是只求报告得好看,不管实际工作；对于下级的检查是只看报告,不管实际情形。以上这些人对于工作像是积极热心,并且有的主观上的确是勤勤恳恳想把事情办好,光从外表看来好像并不是脱离群众,并不是官僚主义。

实际上怎样呢？他们虽是忙碌,但群众的情形是不了解的,因为他们没有去做抓住典型调查研究的工作。我们知道要想了解情况,任何党的组织都不可能也无必要和所有的群众逐个进行谈话；要了解情况只有选择典型进行调查研究,才能对工作地区的具体情形有正确的了解,如果不还样做,就算每天和群众见面,也只能知道些零碎事实,系统的深刻的了解是不可能的。再则他们虽然忙碌,但他们不可能很好的执行党的政策,不能解决群众的重大问题。党的政策是解决群众的重大问题的指针,是根据群众的情形而得出来的,这政策拿在一个具体的地方去施行,就必须首先研究它,了解它的精神,并依照这个地方的具体情形来灵活运用,才能解决群众的问题。如果一则不研究党的政策,再则不懂地方的具体情形,那就只能把党的政策和指示当作教条来传达和执行，那就一定出乱子，其结果就使党脱离群众。这样不管怎样忙碌，其结果还是使党脱离群众，还是官僚主义。

这种脱离群众与前面说过的直接脱离群众不同，乃是间接的，它被外表的忙碌所掩盖着，不容易看得出来。同时这不是个别党员的品质问题，而是许多党的、政府的、群众团体的领导机关的作风问题，如果不克服这类事务主义或文牍主义、形式主义的作风，则反官僚主义的斗争就无法贯澈。

（原载一九四二年十二月二十二日《抗战日报》第一版社论）

统筹统支与自力更生

　　统筹统支与自力更生的政策,其基本精神,就是在领导一元化原则之下,保证军需和一切抗战工作的开支,以更加使我们在财政上的步调统一,指挥和支配更加提高计划性,即更加保证预决算平衡,只有这样,我们在加强对敌斗争的力量上,在熬过困难,准备反攻力量上,就有了基本的保证。此后,就是我晋西北党政军民一致的贯澈这种精神,这种保证就有绝对的把握。

　　我们的财政收支制度,是以统筹统支为主,以自力更生为辅的。

　　什么是统筹统支?统筹统支就是全根据地所有收入,都须经过晋西北政府统一筹措;所有支出,都在政府统一制度之下支付的意思。实行这种统筹统支，无论在收入和支出方面，才能照顾全局，分别轻重，统一计划，合理进行，才能将财政工作，推向正轨的途径。没有统筹统支，则混乱、盲目、浪费和顾此失彼的现象，无法避免。没有统筹统支制度的严格执行，财政政策上"量入为出，适当的量出为入"的原则，是无法保证的。

什么是自力更生？自力更生是由开支机关，经过自己的劳作和经营，在不妨害战争任务的条件下，尽可能自行设法以解决部份开支的意思。为了减轻人民负担，培养和爱护根据地人力物力，以积蓄力量，准备将来的反攻，因此把应该由人民负担的一部份，归开支机关自行解决，以补政府收入之不足。这不仅不是"与民争利"，而且是"取民有节"的前提。这种制度，只有在抗日进步的地区和军队里，才被采用；但也因为战争的环境，和部队本身的作战任务，用这种方式来解决的，只能是比较小的部份。

自力更生和统筹统支不是对立的。统筹统支是财政收支的制度，自力更生是解决财政问题的方法之一。自力更生的进行，应在统一筹划之下；自力更生的所得，也应按照政府的统一制度去开支，即在领导一元化的精神下进行。将统筹统支，了解成应该全部由政权机关发钱，将自力更生了解成可以随意开支，不让上级过问，都是错误的。

自力更生的进行，在一元化精神之下须照顾下列几点：

（一）要统一进行。党政军民尽可能以分区为单位，集中资本和人力，统一经营，统一解决问题。只有统一，才可以免除各自为政现象；而且，也只有统一，才能够防止滥行竞争，互相排挤，才能够真正达到自力更生的目的。

（二）要遵守政策。要在严格遵守政策法令下面，寻求自力更生。如有运□货物，不管贸易政策及税收规定；甚至做金融投机，妨害根据地本位币的提高与巩固，这对整个根据地，对整体的长远的利益，对政府的威信，都是极端有害的，必须坚决反对。应该认识局部利益和全部利益是一致的，使局部服从于全部，把自力更生的经营，放在坚决地遵守政策的下面。

（三）要爱护民众利益。要在爱护民众利益下面，完成自力更生。如有个别份子，为了挣钱打算，强买，贱价收买，妨害民众利益，或者利用某种便利，使民众吃亏，是极其错误的。我们应该随时不忘记对于民众利益的关怀，为我们着想，同时也为民众着想。不然，因自力更生而招致民众的不满，是得不偿失的。

（四）要统一报销。各单位资本要经过组织系统，切实清查，不许打埋伏。赢余的开支，要作正式报销，以免浪费。为了补救各地区的过于悬殊，在照顾各地情况的前提下，上级有权调剂。借口自己所得，因而任意开支的事，是不允许的。要了解统一报销是财政上的制度，财政上轨道，没有这种制度是不成的。

（原载一九四二年十二月二十四日《抗战日报》第一版社论）

今年冬学的任务

　　两年来的成绩和经验证明，冬学是社会教育的最好形式，是扫除文盲，提高群众政治文化最有力的武器。今年的冬学，行署已经规定，以临参会通过的晋西北施政纲领，和一切决议、条例，为其主要内容，并且已编成课本。我们觉得这是切合时宜的，也是人民所急需要的。

　　对于这样的内容，我们希望所有的冬学教员，应该注意以下的两方面：一方面，就是对于施政纲领、决议、条例，应该抓紧几个主要问题，如开展游击战争，踊跃参加民兵，爱护抗日军人，认真执行抗战勤务和优待抗属等，如政权的三三制，照顾各阶层利益，团结各阶层，切实实行减租减息和交租交息等，如财政经济政策，认真□纳公粮，爱护农钞，发展农业生产和纺织业以改善人民生活等。当然，纲领、决议、条例当中的其他问题，也都是重要的，但这几点，应该是中心。在教课当中，应该根据各地具体情况，举些生动例子，使学生真正深切了解这完全是合乎今天抗战利益，同时是合乎人民自己利益的。并使他们了解，只有办好这些事，才能真正加强对敌斗争，才能巩固晋西北根据地，才能把敌人挤出去。另一方面，则应注意使学生了解，这些很好的纲领、决议、条例，都是经过人民自己选出的代表所通过、所制定的，已交人民所选出的政府在执行。这是发扬民主所得到的果实。只有人民越是了解民主的好处，越是感到民主就是人民自己所表现的意志，自己所用的权力，事情就越能办好，抗战建设的胜利就越有把握，人民自身的利益就越能更多的得到。群众最直接接触的是村政权，最好能把村政权的某些事实，某些实际工作为例子，去启发他们，使他们更加了解，只有人民真正能用自己的民主权利监督村政权，这一切好的办法，都会很好的贯澈。而在个别地区，如果遇有恶霸，人民就可以用民主方式，拿纲领、决议、条例去和他们争，使纲领、决议、条例真正贯澈。

  当然，冬学不是单单的宣传，而是要认真教学生识字，学珠算。群众在这农闲的时候，到冬学里来，目的是想从识字和珠算得到些东西，因为这是他们所切身需要的。如果只讲一些问题，而忽视了识字和珠算，那就会不能满足大多数学生的要求。而且也只有认真教识字，使他们从识字中去认识那些问题，才会深刻地记住，才会收到更大的效果。同时只有认真的教珠算，才能使学生在日常生活中的应用，感到很大的益处，才觉得在冬学里没有白学。这种教识字和珠算，在内地区尤为重要。这是最实事求是的工作，应该反对夸夸其谈的教学作风。

  为了保证上述任务的完成，我们认为应该贯澈实事求是的精神，重质不重量，有一个小学就兼办一处冬学，有一个胜任的教员，就开办一处冬学，不应该只求数字好看，而忽视实在的效果。当然也应该防止借口没有教员，而放松了应有的努力。晋西北人民，常常利用冬季，自聘教员，设立冬书房，教育子弟的习惯，我们应该积极的鼓励和赞助，供给其教材，指导其教员，解决其困难，以扩大儿童的读书园地。

今年冬学的任务，比去年更重要，但在简政后，各级教员减少了，为防止冬学自流现象，我们认为，应该指定各地完小、模小，以及普小，为中心冬学，把附近冬学分别划为中心冬学区，由中心冬学经常加紧辅导与巡视，而民教系统，在行政上，则应特别加强对各个中心冬学的领导。只有这样，今年冬学任务的胜利完成，才有保证。

（原载一九四二年十二月二十六日《抗战日报》第一版社论）

一九四三

YI JIU SI SAN

《抗战日报》

一九四三

谈简政

　　简政的提出与实行，为时将近半年了，但是有些人误认为单纯的紧缩机构减少人员，又有些人误认为单纯的减少一些不必要或次要的工作，这种片面的了解对于简政的贯澈都是不利的。因此关于简政的全部内容还有一谈的必要。

　　简政的内容究竟是些什么呢？一般说来应该是：紧缩机构、统一领导、提高效率、厉行节约、反对官僚主义。短小精干运用灵活是紧缩机构的基本要求，集中力量统一步调是统一领导的基本要求，迅速确实□捷了当是提高效率的基本要求，节省人力物力肃清贪污浪费是厉行节约的基本要求，实现革命的实际主义，反对形式主义事务主义文牍主义是反对官僚主义的基本要求。

　　拿着以上的几种要求来测量我们目前的简政工作，我们所收到的成绩究竟有多大呢？首先就机构来看，根据裁减缩并的原则，机构确实紧缩了，但能不能说目前的机构已经真正是短小精干运用灵活了呢？庞大冗杂、笨重迟缓的现象是否完全克服了呢？这需要从实际工作中来考察，徒然满足于机关合并了几个，少了百分之几十几，是不行的。其次就领导来看，反对本位主义，反对闹独立性，实行领导的一元化，不但在思想上进行了教育而且在制度上有了规定，在这方面也有了些进步；但是能不能说力量已经集中，步调已经统一了呢？调一个人，办一件事，讨论一种工作，决定一个计划是否真正的照顾全面的整体的利益，而没有片面的局部的观点在作祟呢？其次就效率来看，一件公示的收发要经几次手，要费多少天？一个问题的解决，要转几个弯？要碰几回头？一个计划的执行，一层转一层，一部转一部，最后怎样执行的？是不是执行了？一个人从早到晚，究竟办了几件事？能不能更多做一些？做得恰当不恰当？"推"与"拖"的现象是否没有了？其次就节约来看，各种会议，是否真正有了准备？各种报告指示是否真正有了内容？公家财物是否用得得当？人民负担是否公平合理？粮食是否粒粒可惜，毫无浪费？钱财是否涓滴归公，毫无贪污？再其次就反对官僚主义来看，我们能不能说形式主义事务主义文牍主义已经不是严重存在着的现象呢？只布置不检查，只忙于机关内的琐屑问题而无视有关群众利益的切身问题，公示一出门便完事大吉的现象是否还存在呢？

　　所有以上的等等问题，都要从实际工作中来作一番深刻的检查，不断地加以研究改进，坚韧地贯澈执行下去，才算真正实行了简政，也才算真正实现了当前政权工作中最重要的任务之一。

（原载一九四三年一月五日《抗战日报》第一版社论）

保障佃权是贯澈减租交租的关键（节录）

只有认真实行减租交租政策，农村中各阶层的团结才能够增强，农村中的抗战热忱与生产积极性才能得到更多发挥，农村经济建设也才会进一步发展。

为着贯澈各级政府的减租交租法令，有一个问题必须郑重地提出，这个问题就是保障佃权问题，可以说这个问题是贯澈减租的重要关键，正如保障地权是保证交租的关键一样。

从各地的消息中，我们可以看到一方面还有极少数不明大义的地主籍故撤佃，威胁农民不敢实行减租。有些人用了种种办法来欺瞒政府抵抗减租，如像施用假典假卖、抽回土地，或者名为收回自□实则暗中出租，或者公开抽回这一块地自耕而又把另一块地租出，和变定租为活租等；有些人甚至不顾人情任意胡为。另一方面，佃农们却担心着"今年减租明年没地种"、"减租倒好没地种事大"、"不敢减、减了租就不要咱种地了"。这些现象，正是说明农民的佃权还没有得到像地主的地权一样的切实保障。

可是保障佃权，正和保障地权一样，于情于法于理都是有其充分根据的、绝对必要的事。

就情而论，边区过去的租佃关系，契约虽不定期，但在实际上是比较长期的、固定的，绥米一带有几十年甚至几百年的佃户，就是明证，这些佃户虽然在法律上并未享有永佃权，但在传统习惯和人情上，地主不能不照顾到佃户生活而任意抽回土地的。

就法而论，民国二十一年国民政府曾颁布保护佃农办法细则，其中规定："佃农如能完全履行其义务，除地主收回自耕或土地所有权移转于自耕农时，出租人不得任意撤佃"。

就理而论，边区政府在施政纲领上明确规定保证地主的人权地权财权，其目的是为着团结抗战，为着提高生产；但如对于佃农的佃权无确切保障，则上述的目的还是不能达到的。如果只保证了地主的地权，不保证佃农的佃权，则不仅减租交租法令无从贯澈，而且对于提高农民生产热忱发展边区农业经济也有极大的阻碍。因为在租地随时会被地主抽回的情况下，农民对于土地经营的兴趣就冷淡了。反之倘若佃权有了保障，农民没有失地的威胁，那就可以安心经营，一心一意地进行改造耕地、修水利、施肥料、下工夫从各方面增加地力提高生产，使每亩地多打几升粮食，这种农民生活自然就会好些，地主的租额也就有了保障，农村中各阶层的团结就会更好，对于抗战事业亦就会有更多的贡献。

为着有效的保障佃权，贯澈减租交租政策，希各界人士和党、政、民工作人员对保障佃权的严重意义有共同一致的了解，认识保障佃权和贯澈减租交租政策是紧密联系着的，倘若佃权没有保障，则减租交租政策就不能够贯澈到底。

(原载一九四三年一月七日《抗战日报》第一版社论)

巩固农币的物质基础

"巩固农币",这不是一个空洞的口号,而是有了充分的物质做基础。这些物质基础是什么呢?是晋西北三百万人民的生产,是晋西北丰富的资源,是农民银行的雄厚基金,是抗日民主政权的巩固。抗日民主政府是抗日人民的政府,有人民的一切力量作后盾。只要人民生产发展,国民经济富裕了,政府收入也随之增加。同时资源□发,小手工业发达,土产货物日益增多,人民需用品可以拿农币买到,那么农币就会一天一天巩固起来。

晋西北的资源和生产究竟怎样?首先有广阔的土地,丰富的煤铁等矿藏,各种各样的药材,取之不尽□之不竭的山林,大量的优种牲畜猪羊。其次,两年多的生产建设成绩很大；耕地面积增加五十余万亩，水地增加五万余亩，粮食棉花的产量也是显著的增多了。农村副产副业如纺织、造纸、油□及其他日用品的制造等，都可以自给。因此土产出口增加，入口外货逐渐减少。根据不完全统计，民国三十一年五月比三十年十二月土产出口增加了二十倍。对外贸易渐趋平衡，生产事业的蓬勃发展，国民经济合臻富裕，政府收入不断增加，人民生活日见改善，都是农币必然巩固为晋西北单一本位币的物质基础，这是谁都不能摧毁的坚强力量。

生产越发展，农币的物质基础越雄厚，农币就越巩固。同时农币越巩固，越便利于发展生产，越能改善民生。生产发展了，农币巩固了，那我们晋西北抗日民主根据地，在经济战线上，更加是不可战胜的了。所以政府要贯澈执行各种奖励生产的法令，协助地方人士，吸收民间游资，与办各种生产事业，特别把主要力量放在帮助农业生产的发展上。银行业务，应尽量投资农业，并放款于农民发展特产，买牛、买农具、修水利等等，贷款给小手工业，以增加土货生产，先做到出入口平衡，再做到出超，保证农民拿农币能买到需用品，更加增强农币与人民生活的血肉关系。如此贯澈下去，晋西北根据地的唯一本位币，就一定是农币了。

（原载一九四三年一月九日《抗战日报》第一版社论）

抵制敌货倾销发展生产建设

行政公署为保护根据地生产，巩固农币，决定严格管理对外贸易，禁止奢侈品仇货入境，已宣布者计十四类共六□一种，除已令各专员县长贸易分支局长推行外，并发贴布告宣示各民众。这个措施，对于根据地的财政经济建设和保障自给自足道路的实现，都具有极为重要的意义。

敌人对我根据地采取的所谓"总力战"？就是以军事，政治，经济，文化等各方面对我进行破坏。现在敌人为了破坏根据地的自给自足，企图摧毁我几年艰苦奋斗的手工业基础，便以大批奢侈品和根据地内能够生产的日用品向我根据地市场推销，图谋破坏我土货生产，吸收我现金和物资，进而影响我农币的巩固。

敌人此种破坏阴谋，在表现上并不是那样突然，那样露骨，那样残酷，而是渐进的，隐蔽的，杀人不见血的，因此，容易转移人们的视线，麻痹人们的触觉，假如我们集中精力于反对敌人的"扫荡"和"蚕食"时，要不兼顾经济战线上的对敌斗争，那么，将会使我们的斗争受到损害的。因为敌人大工业的产品，在形式上一定比我们手工业的土货精美，敌人又是为了打击我们的土货生产，价钱也一定要较为便宜，在这种"价廉物美"的诱惑下，便会产生"暂且用用"的浅见思想，而仇货就趁着这种思想上的空隙，源源续进根据地内的市场，结果土货生产就会□受打击，自给自足的政策就会受到损害。要知道这种带毒的糖果，吃吃是会死人的。

近来集市上奢侈品仇货的杂陈，固然不能说是了不起的严重，可是，五光十色，日渐增多，也足够引起我们的警觉了。假使任其发展下去，对根据地生产发展和农币巩固的损害，都是极其严重的。因此，行政公署禁令的颁布，其意义便值得特别注意。

要真正禁绝奢侈品仇货，一方面要坚决执行行政公署的命令，加强管理对外贸易，从现在开始，便要严格禁止奢侈品入境，堵塞源流；同时切实检查登记存货，限期运出境外卖绝，如果销卖不完，按布告办法由贸易局八折收买，如若到期还有存货，则应无条件没收，以根绝漏洞。另一方面要积极提倡使用土货，发展土货生产。凡是根据地内能够生产的，决不使用仇货，万一自己不能制造的，也要以代用品代替，或者努力制作，真正做到自给自足。

现在开始的时候，我们觉得当急之务，在于：

第一，动员全晋西北各级商联会，立即向商民进行普遍深入的宣传解释，务使大家对政府严□仇货入境的法令，具有一致的认识。在中心城镇和商人聚集的地方，并应发起签订"拒绝贩卖仇货公约"，同时组织运销，贩卖土货。公营商店在禁绝仇货和贩卖土货运动中均应起模范的推动作用。

第二，各机关，部队，团体应以厉行节约为中心，进行抵制仇货与使用土货的讨论，特别是总务，采买，供给部门，更要订立具体的办法。负责人要经常严格的督饬和检查所属执行政府这个法令的程度，好好给以奖励，执行不好的应给以批评和处分。

第三，各机关，部队，学校应就驻地对群众宣传，内容应该着重提倡土货生产，鼓励群众生产热忱。群众团体则不应停止于宣传，而要当作自己的寻常工作去做。

抵制仇货与发展生产两者是不能分开的，只有禁止奢侈品仇货的倾销，才能够很顺利的发展生产，做到自给自足，巩固根据地，求得对敌斗争的最后胜利。

（原载一九四三年一月十六日《抗战日报》第一版社论）

四论红军冬季攻势

红军冬季攻势现已进入第三个月,经过了两个月的作战之后,连德寇自己也不能□承认攻势确实巨大。全世界现在都已经开始体会到红军给予德寇的打击其重量究竟怎样。这两个月的冬季攻势使许多好心善意、但对苏联力量估计不足的人在观念上来了一个大改变,对于苏德战争前途的瞻望也来了一个大转变,使得人人充满了无限的胜利信心。

被围于斯城地区的二十二师德寇只剩几万人的残部,不日就要完全歼灭,斯城地区的战役现在仅余尾声。这一个战役,红军的战果很大,而其最重要的战果之一就在于消灭了德寇三十六个师以及完全包围二十二个师,连一个人也走不了。这就是歼灭德寇在苏有生力量的四分之一,这就是德寇战略战术的破产,这就是德寇统帅部的威信扫地,这就不能不引起严重的后果:如德寇整个战略部署不得不改变,因而不得不更趋于被动地位;如德寇士气的低落,德寇同盟国的动摇;如反法西斯力量的增长,盟国对第二条战线的准备更加积极等。

现在苏德战场南线的形势已演进成为争夺罗斯多夫的大战,红军已从斯大林格勒前进三百公里,战线自南至北绵延八百公里。在这八百公里长的战线上,又可以分为三个战场。高加索与古班河流域的德寇为李斯特所部二十五个师,正被马斯伦尼科夫所部的高加索红军所追逐。□河不游与顿尼兹河下游德寇曼斯丁所部至少三十个师团,正在维州索夫斯基所部红军的压迫下节节败退,现距离斯多夫城仅一百四十公里至一百六十公里,红军之左翼已超过了马内河。□河中游的红军在苏联国防人民委员会副委员长华西勒夫斯基的统率之下,左翼沿佛维内兹——罗斯多夫铁路前进,现已超过福尼兹河距罗斯多夫仅一百十公里,其一部则抄入罗斯多夫以西直趋□速海,其右翼则向卡尔科夫与卡尔斯克进攻,现离卡尔科夫、库尔斯克两城各约一百五六十公里。南线形势的特点是在这三个战场上红军各路取得了密切的联系,而德寇则有被切断之势,红军的进展,各路毫无例外极为顺利,而德寇则疲惫不堪,抵抗无效。这一场大战,将使德寇去年夏季攻势的战果完全化为灰烬。

除南线以外,在中线德寇企图夺回维利基庐基的挣扎失败,红军距斯摩林斯克仅二十五公里,这就威胁着莫斯科正面斯摩林斯克——威泽马——西热夫袋形地带中之德寇。在北线被围十六个月的列宁格勒已经解围,预料红军将在朱可夫与伏罗希洛夫两元帅的统率之下,从列城发动大规模的进攻。这样沿二千二百公里的前线上,红军无坚不摧无攻不克,而德寇则狼狈不堪,处处被动处处失败。

红军冬季攻势的巨大胜利当然不能仅仅以气候来解释其原因,如果以红军及苏联人民对德法西斯的愤慨的增长和红军战斗经验的增长来解释，也未能尽其原委，今冬红军攻势的巨大胜利，还有一个极为重要的根本原因，这个原因对以后的战争过程将有决定的影响，这个原因就是苏联的工业已经恢复了，而自其军火生产不论从质的方面或量的方面说，都超过了从前了。

要在冬季攻势中取得像今冬红军这样史无前例的胜利，必须有巨大而精良的装备，苏联红军野战条令说：

"军队在冬季的运动力和机动性，全靠他们平日的锻炼、适合于冬季的运动的装备，以及作战地区的性质而决定；军队若无冬季动作的教育和锻炼，若无相当的装备上的保证，则很快即失掉其战斗能力；在冬季条件下对战斗技术的使用无准备时，即可成为军队的故障。当敌人存在有以上诸弱点时，我们应积极的不懈怠的利用其弱点使之失败"。

冬季作战除了有气候影响，除了是指挥能力、调练、士气等的比赛以外，还有装备的质与量的比赛，亦即是军事工业的比赛，而红军在各方面都证明超过了德寇。

远在前年十月，即德寇进攻苏联四个月后，轴心宣传机关关于苏联的军事工业即说："由工业生产力方面观之，……估计苏联最少损失工业总生产力百分之七十至八十，……英国方面希望红军在莫斯科乌拉尔以东恢复工业力量继续抗战，而德方指出下列各点，证明上述希望完全没有实现的可能：（一）苏联总人口一亿七千万人中，有百分之八十五居于欧俄，居住于亚细亚者仅占百分之十五，即二千五百万人，如加上被难者，只有三千五百万人，但动员之结果，工业农业之劳动者非常缺乏；（二）远东红军之武器逐渐运往西部。由此观之，苏联虽然没有贮藏武器，苏联军需工业被消灭，而由外国输入大批武器又没有很大的希望，因此再整备近□的军队是不可能的"。（一九四一年十月二十一日同盟社柏林社）

轴心宣传机关这种狂妄无耻的嚣言，今天拿出来与事实一对，实在可笑之至。

不错，德寇对苏联的突然进攻，曾使苏联事前未能准备充分，并因德寇的深入，有百分之五十的工业需要迁移。前年冬季，苏联的工业正在东迁，有的则正在由和平工业转变为军事工业，那时军事工业的生产曾经一度降到最低限度，一直到去年夏季，工业的迁移和安置才相当就绪。但苏联的工人，即在工业迁移的过程中，也不失时机进行生产，只要一架机器迁到，就什么也不等待立即开起工来。男子动员到前线去了，妇女立即起来代替他们的位置，工□里最伟大的事件就是出现了无数"以一当十"的英雄，这种生产运动成了全国的运动。现在在冬季攻势中，劳动英雄们的汗变成了红军进攻的实力，而这个实力之巨大是不可限量的。

反观德寇，它与附庸国的全部军事工业据去年五月统计，每月仅产飞机三千五百架，坦克三千辆、大炮三千五百门，现在两个月中仅战斗中的损失即是飞机三千五百架、坦克六千辆、大炮一万二千门，这是说，德寇重要武器的每月损失率要超过它的生产率了，何况在□国军事工业里工作着的乃是大批"俘虏"、"贱种"，他们的口号不是"以一当十"而是"慢慢来"。

由此看来，苏德两国力量的对比现在已经起了根本的变化，这是红军冬季攻势大胜利的原因所在，这并且要决定今后的战争过程。

（原载一九四三年一月二十八日《抗战日报》第一版社论）

中国共产党与废除不平等条约

延安各界正开盛大的群众大会庆祝不平等条约的废除，在前线与后方各地，日内均将召开同样的大会，全国人民对于我伟大民族之获得国际地位的平等，正在兴奋热烈地进行庆祝。本报愿乘此机会，一述中国共产党与废约运动。

"中国近百年的历史是逐步丧失独立沦当半殖民地的历史，同时又是中国人民为民族独立解放而英勇奋斗的历史"。在这一历史时期中，大体上又可以划分为两个阶段：前一阶段为帝国主义者之残暴侵略、中国腐朽统治者卖国求荣、中国国际地位日益下降的阶段，后一阶段为中国人民民族觉悟生长、民族团结增强、民族解放斗争如火如荼发展的阶段，这种划分是大体上的，因为在前一阶段中也曾有过平英团、太平天国、义和团、辛亥前夜的护路斗争等等民众的反抗运动，而后一阶段中亦曾有过九一八后汪精卫的不抵抗主义与投降主义。然而基本上是可以作这种划分的，因为前一阶段中虽然有民众反抗运动，但这种运动是自发的、民族觉悟程度不高的、组织散漫的、目标不清楚的、屡仆屡起的斗争；只有在后一阶段上，中国人民才清楚地认识了帝国主义加于中华民族的桎梏，才有高度的民族自觉，才有鲜明的打倒帝国主义的口号，才有强有力的领导人民斗争的政党及全民族的团结奋斗，以致能够进行神圣的抗战和取得目前废约的成功，后一阶段上虽曾有人如汪精卫之流和我们民族死敌——日本帝国主义者谈和平、谈共荣、讲妥协、签条约，可是民族义愤终于焚毁了这些纸张，爆发了伟大神圣的祖国战争。这两个阶段的分水岭是一九二一年——中国共产党之诞生。中国共产党是认清中国所处的半殖民地地位及提出推翻国际帝国主义压迫及废除不平等条约的第一个政党。当在中国尚有许多人士迷信"威尔□宣言"和期待"列强援助"之时，中国共产党在其第一次政治宣言———一九一二年五月第二次全国大会宣言上，以"帝国主义宰割下之中国"为题而分析了"帝国主义列强历来侵略中国的进程"，暴露了"世界资本主义获取中国的本相"，指明了"帝国主义列强在这八十年侵略中国时期之内，中国已事实上变成了他们的殖民地了，中国人民是倒悬于他们欲□无底的巨吻中间"，提出了"推翻国际帝国主义的压迫、达到中华民族完全独立"的战斗口号，并在同年六月第一次对时局宣言中提出"改正协定关税制，取消列强在华各种治外特权，清偿铁路债款，完全收回管理"之要求，此乃废除不平等条约这一口号之□矢。为达到这一目的，中国共产党曾大声疾呼，倡导民族民主的联合战线，两年之后，这一联合战线结成了，共产党员加入了国民党，国民党改组于广州，其第一次全国代表大会通过了新的政纲，其中有一条是"一切不平等条约如：外人租

□地、领事裁判权、外人管理关税以及外人在中国境内行使一切政治的权力侵害中国主权者，皆当取消，重订双方平等互尊主权之条约"。这时候中国共产党所提出之口号已成为民族民主联合战线的口号，全国人民的口号。自此以□，民族斗争日益澎涨，由五卅而省港罢工，而北伐、而占领武汉，而收回汉口租界，不幸中途变生，功败垂成。此后十余年中，中国共产党始终坚持着推□帝国主义统治、争取民族独立解放的光辉旗帜。当汪精卫之流窃据要津，高唱"不抵抗主义"、"一面抵抗一面交涉"及签订屈辱条约时，中国共产党却坚持地领导民族解放斗争，宣传组织和实行以民族革命战争抵抗日本帝国主义侵略的口号。此后，中国共产党又为抗日民族统一战线之结成奔走呼号，乃于卢沟桥事变之后，在蒋委员长领导之下，发动了全国抗战，恢复了国共合作。五年以来，坚持不屈，□能屡挫暴寇，使中国一跃为世界四强之一，而获得了今日不平等条约之废除与平等条约之签订。

从这历史的回顾中，我们可以看到：

（一）中国共产党是中华民族解放的急先锋，它是推动帝国主义在华统治、废除不平等条约的首倡者，是这一主张始终不屈的坚持者，是抗日民族统一战线的创议者，是抗日战争中站在最前线的英勇战士。而共产党之能够首先认清中国的半殖民地的屈辱地位，提出争取民族独立解放之正确的口号、方向、道路、方法，乃是因为它是马列主义的政党，他掌握了集几千年人类思想大成的讨论与方法，正是马列主义帮助中国共产党去了解周围环境，判明祖国所处的危急状况，认识奋斗的方向，提出战斗的口号；正是马列主义帮助中国共产党发动了中国人民反抗外敌□光荣传统，走出狭隘的排满口号，抛弃"列强援助"的幻想而走上广泛的坚决的反对帝国主义、争取民族独立的斗争。马列主义及掌握马列主义的中国共产党，乃是中华民族解放斗争的灯塔。

（二）中国共产党不仅是废除不平等条约的口号倡导者，而且是争取这一口号实现、争取民族独立解放实现的主要的方法——民族统一战线底倡议者，中国共产党早就看到只有全民族团结一致的斗争，才能求得中华民族之自由平等。历史事实证明了中国共产党远见之正确，大革命时代与抗战时代，不论对内对外都是中华民族近百年史上最光明最充满希望的时代，目前废约之成功，将来抗战之胜利，均唯民族统一战线与国共合作是赖。

（三）虽然如此，在今日废约成功之时，中国共产党却并不以此自高。在这事业上政党倡导之力固然不可湮没，然而这个成功总的说来，是全国人民努力奋斗的结果，人民，唯有人民乃是这一光荣史诗的作者，政党只是人民一部份，它的领导只是在人民的公意"集中起来"为口号纲领，又"坚持下去"，为广大人民的伟大运动。任何政党只有在能够与人民一起正确反映与集中人民的要求，而又不折不挠坚持这个要求，才能成为运动的胜利的领导者，反之，就会成为可怜的失败者，历史的丑角。所以若问这是谁的成功，我们将毫不迟疑地回答这首先是中华民族广大人民的成功，我们衷心地崇拜我们伟大人民的力量底雄伟，而要更为了民众，加强与民众的联系，正确反映民众的要求和坚持人民的要求，人民——这是中华民族求得自由平等底力量的源泉和保证。

（四）正如我们在中共中央二十五日决定中所看到："中国共产党在一方面热烈庆祝废约之成功，另一方面却强调争取抗战胜利之重要，废约和平等条约之订立固然是中华民旅独立解放斗争中的一个重大成功，可是这还不是民族解放底澈底实现——因为必须打走日本帝国主义收复一切失地，不如此中国的独立解放便无法实现，中美中英间不平等条约之废除还是一纸空文"。（中共中央决定）现在日本帝国主义者蹂躏着我们的大好河山，不击败它不把它赶出中国境外，则一切平等条约的规定便不能实现。胜利——抗日战争的胜利，是当前的急务，在欢欣庆祝之中，我们要更坚定军民抗战的信心，号召军民驱逐日寇，为完成中国独立解放而斗争到底。我们已经有中美中英间废除不平等条约的成功，我们还需战胜日寇的民族战争的胜利，我们需要胜利，我们一定能够胜利，全国军民，全国同胞，为抗战的胜利而努力呵！为澈底实现民族的独立解放而奋斗呵！

（原载一九四三年二月九日《抗战日报》第一版社论）

团结的力量

这几天,全国及边区各地都在热烈地庆祝废弃不平等条约的成功,各地军民为庆祝此中国人民革命运动中的一个伟大胜利,其欢欣鼓舞之情,莫可名状。在这全国同胞欢忭之际,我们愿回溯历史,把废约斗争中的一个宝贵经验教训,贡献给大家。这个历史的教训是什么?就是团结的重要、团结的力量。

历史事实告诉我们:我国国际地位每一次的升高,中华民族解放斗争每一次的胜利,是与中国人民的团结,国共两党的合作有不可分离的联系,这一次废约的胜利,也就是全国人民团结抗战、国共两党再度合作的成功。关于这个道理,一月十五日中共中央发布的关于庆祝中美中英间废除不平等条约的决定中讲得非常明白，它说："历史事实证明了当国内团结国共合作时，中国是充满光明与希望的，当分裂内战时，人家便来欺侮。上一次的国共合作，曾经收回汉口九江租界．这一次国共合作，又取消了不平等条约"。

十一年五月，中共第一次全国代表大会宣言，首先提出了"推翻帝国主义压迫、达到中华民族完全独立"的口号；同年六月，中共第一次对时局宣言中，又提出废约要求，迄国共合作，此点遂成为两党共同斗争的纲领，全国人民革命奋斗的目标，所以当时广东成了全国革命中心，全国人心莫不□从。十五年北伐军兴，全国民众踊跃响应，旌旗所指，长江流域悉告收复。及至革命政府奠都武汉，全国民众革命怒潮更趋高涨，恢复国权的要求与行动如火如荼，所以有十六年一月先后收复汉口九江英租界之举，当时如能继续努力，废除不平等条约的目的不难早日达到。不幸以后国共分裂，大革命半途而废，弄得后来国势□弱，日寇对我国的侵略日益加深，我国的国际地位也一日不如一日，以致中华民族的命运又蒙上了十年的惨痛历史。

七七抗战爆发，中央抗日民族统一战线的一贯主张乃得实现，国共两党从新携手，全国团结实现，所以我们能坚持抗战五年有半，牵制敌寇百余万大军。由于我国军民之英勇努力，中华民族在世界上才得到了前所未有之崇敬，我国国际地位也与日增高，今日我国已成为国际反侵略阵线的中坚之一，跻于四大盟国之列，英美盟邦所以能自动宣布废除在华特权与我订立平等互惠的新约，完全是我国全体军民国共两党六年来团结抗战牺牲奋斗的结果。

现在英美在华特权已告废弃，我民族身上的一个大枷锁已被粉碎，同时我们相信加荷比挪诸国也必在最近与我换订新约，建立平等互惠的外交关系。我国目前只有一个敌人——就是穷凶极恶的日本帝国主义，只有澈底击溃日寇消灭日本法西斯强盗，才能收回租界等一切特权，实现新约的一切规定；只有驱逐日寇出中国收复一切失地，才能达到我国的独立自由与平等，而战胜日寇争取抗战最后胜利的保证，端赖团结。不仅如此，战后新中国的建设，经纬万端任务艰巨，也只有依赖全国四万万五千万同胞的一致努力，国共两党及各党派之继续团结合作，也才能使我国在军事政治经济文化各方面与各国立于平等地位，才能完成真正独立自由民主的新中国的建设，去年七月七日我党中央已明白的提出了"团结抗战团结建国"的主张，且立刻得到全国人士之热烈拥护。在这举国庆祝废约之际，我们愿全国有识人士更进一步了解团结合作的重大意义，牢记着历史给我们证明了的团结的重要、团结的力量。

（原载一九四三年二月十一日《抗战日报》第一版社论）

庆祝的礼物

自从一月十一日中美中英间正式的废除不平等条约以后，举国欢腾，整整一百年来束缚我中华民族的镣铐，争得解脱，其兴奋□舞之情、诚非笔□所能形容。我晋西北党政军民及全体人民值此元宵灯节之际，遍地先后举行热烈的庄严的庆祝大会，我们趁此盛会，愿虔诚的贯澈大众两点意见，共同勉励，共同奋斗。

不平等条约的废除是我国人民一百年来前仆后继、英勇奋斗的收获，特别是六年来牺牲流血、团结抗战的成果。这六年中我晋西北军民团结一致，坚持敌后的抗战，粉碎了日寇无数次的残酷"扫荡"，打击了日寇最恶毒的"蚕食"阴谋，有力的配合全国抗战，□□并保卫了晋西北抗日民主根据地，奠定下一块富有战略意义的反攻磐石。为国家尽忠为民族尽孝，在我民族革命史上写成一页光辉的史迹，我全体军民的功勋是永远不可磨灭的。最近不平等条约的废除，正是我全国军民用鲜血和热汗结成的最具体的果实。我晋西北军民的牺牲奋斗，成为其中的主要构成部份之一，事实再一次的证明我们的鲜血没有白流，我们的流汗没有白出。

但是，中美中英新约中所归还给我国的许多权利，如津沪广厦的租界和关税自主权等等，如今还都沦落在日寇之手，诚如中共中央关于庆祝中美中英间废除不平等条约的决定（一月二十五日）上所指出的，必须"打走日本帝国主义，收复一切失地，不如此，中国的独立解放便无法实现，中美中英间的不平等条约之废除，亦还是一纸空文"。我们要珍贵我们用血汗争取来的成果，我们更热爱我们的祖国。惟在我们欢欣庆祝之中，希望全体军民应认识我们的力量，坚定胜利信心，再接再厉，不屈不挠，大家一条心的开展对敌斗争，给日寇以加倍的打击，把敌人挤出去，进一步巩固我晋西北抗日民主根据地，为将来反攻胜利造成有利条件。

随着全世界反法西斯战争的日□胜利，随着我国团结抗战的日益进步，日寇的葬□在□，败局已成，死亡之日，为期不远了。但是日寇愈接近死亡，将必愈加疯狂的挣扎。今后我晋西北的困难，可能增多，这是胜利途中必经的一段崎岖艰苦的路程，□□这一段黎明前的黑暗，胜利就到来了。要争取胜利，我们便要加强财政经济建设，积蓄反攻力量，而春耕运动的及时开展和募集公债的按期完成，就是加强财政经济建设最有力的构成因素，所以我们在欢腾庆祝之中，亦正是"九九犁牛遍地走"的时候快到了，希望我全体军民鼓起最高的生产热情，"不□农时"的开展春耕并积极认购公债，尤其是地主巨商及一般富裕家更应慷慨解囊，踊跃认购，以表示我们"为国□忠"之衷□的尺度。

开展对敌斗争（特别是民兵运动），开展春耕运动，踊跃认购公债□□，在庆祝中华中英废除不平等条约之际，应成为我晋西北全体军民供献给祖国之一件战斗的礼物。将来我们收复一切失地之日,便是中美中英新约完全实现之时。让日寇和汪精卫们在我们面前发抖吧,我们要胜利,我们一定能够胜利。

（原载一九四三年二月十六日《抗战日报》第一版社论）

进一步加强整风学习领导

晋西北重新整风学习,已进行了一个月。从晋西北一级各单位的情况,和已经得到的个别地委的材料看来,都是在热烈进行着。而一般参加整风学习的同志们,对于此次的学习,都有深刻认识,充分信心,高度热情。这热情,又不是浮躁的狂热,而是沉着,认真,严肃,实际。这可以说是此次整风学习中所表现的特点。我们应该很好发扬这特点,以求得更坚韧,持久,达到学习逐步深刻化。因此,我们要求各个单位进一步加强领导,而在当前,首先是加强组织领导。

组织领导搞得不好,思想领导,也会落空的。各单位的组织,固然都已按照规定,分了组,按时学习,写笔记,进行了讨论会和各种会议，出了墙报，等等。这都是很好的。但这还只是初步。紧接着的问题，应该是如何巩固。此次，虽然大多数的机关，大多数的同志，学习很沉着，很认真，但也有个别机关的少数同志，还未具有深刻认识，对学习马虎，如果制度不及时巩固，领导不及时进一步加强，就不仅不能推动这些落后份子赶上前，也将使积极份子逐渐□懈。因此，我们认为：第一，必须确实保证每日两小时学习制。战争环境的晋西北，固然工作要抓得紧，各项任务要切实完成，但如果不是在紧急□头，就决不要妨碍学习。必须了解，学习得好的，工作才会作得更好。如果有借口工作忙，工作要紧，而侵占学习时间，或者到学习时间而故意去干别的事，都应该反对，应该纠正。第二，小组讨论会，小组长联席会，漫谈会，各种□报的会议，以及墙报等，应该适当的定期，切忌忽作忽辍，忽热忽冷，像打摆子一样，尤须防止到时推脱，借故宕延的现象，这种自流现象，是学习的大敌，是腐蚀□，它会使学习情绪涣散。这是值得严重注意的。第三，甲组同志领导乙组，应该更加经常，更加认真，对所领导的每个同志应多接近，对他们的学习情形，应有充分了解，从个别谈话中搜集意见，发现问题，以帮助他们如何进行学习，如何联系实际，如何反省，在讨论会中，应能及时提出问题启发大家展开热烈争论。一定要有热烈争论，把每个问题搞清楚，搞明白，搞澈底，才会使学习逐步深刻化，热情才会更提高。这里，特别需要甲组同志在领导与民主问题上，透澈体会"四三决定"的指示。第四，巡视制度在较大的单位是非常必要的，应该确实建立起来。巡视员必须深入到小组，参加小组会，必要时进行个别谈话等，真正成为学□会在领导上有力的助手。

当然，并不是说，加强组织领导，就可以放松思想领导。不是。组织领导和思想领导，是不能机械截然分开的。如果光注意组织领导，而忽视了思想领导，那就成为事务主义，会把学习搞成盲目的摸索，干燥无味，死板，结果，学习组织也不会巩固。要使学习活泼有生气，议论纷纷，争辩一个接一个，问题不断发现和发展，解决，学习兴趣更加高扬，而且持久，就必须在加强组织领导中，同时□意思想领导，而且必须在组织领导逐渐加强中，要能及时把思想领导提到主要地位。因此，我们认为，除了上面所说的那些问题外，应该同时注意：

第一，各个学委负责同志和甲组同志，必须比乙组学得更好，赶在乙组前面，即一面和乙组同时进行学风部份的学习，一面则尽可能挤时间先把二十二个文件全都粗读两遍，了解了全面，在思想领导上才有把握。否则，就无法提□□领，就会抓不着中心，甚至支离破碎，或片面。至于最坏的，那就是跛着脚在乙组后边追赶，不是领导，而是尾巴了。第二，各学委负责同志，应针对自己机关的性质、特点，找出一些具体问题，作为该机□学习中争论，和澈底纠正的目标。譬如说，作政权工作的同志主要容易犯的是官僚主义毛病，作文化工作的同志主要容易犯的是自由主义毛病，作群众工作的主要容易犯做群众救世主的毛病等，……而这些毛病产生的根源，学风部份也就可以找得出来，就是说，此次学习，对不同机构，应有不同的要求，要实事求是，不要一般化。这样的学习，才真正是和实际联系，也才能使每个同志真正懂得如何和自己的群众联系，不会成为教条主义的学习。而这样实际联系的学习，才能真正把问题提高到原则上来，才能最终达到整风的共同目的。

最后，无论组织领导，无论思想领导，固然要照顾全面，但必须紧紧抓住中心，我们希望各个单位的负责同志应扩大部份精力放在选定的某一个组，某一个具体问题上，并经过预先研究清楚，酝酿成熟的步骤，使问题在该组热烈展开争论澈底，而且达则一定的高度，那对其他组的推动作用和领导作用，将是更大而且更实际的。这样，既抓住了中心，又照顾了全面，在整个学习发展中，必然会迅速的提高一大步。

(原载一九四三年二月十八日《抗战日报》第一版社论)

加紧准备春耕

财政经济建设是根据地一切建设的中心,生产建设又是财政经济建设的中心,农业生产又是生产建设的中心。没有充分的农业生产,便不能保证军食,不能改善民生,不能解决财政问题,不能开展各种抗日工作,一句话说:不能坚持抗战。有句古语:足食足兵民信之矣。这说明足食足兵是立国的两个不可缺少的条件,但足食又是足兵的先决条件,在战争时期,更加如此。所谓足食就要依靠农业生产了。

一年之计在于春,农业生产的成败,春耕工作关系至大。因此,我们必须切实的认真的去进行春耕工作。认为春耕是民众自己的事,用不着政府去管的观念,是完全错误的,认为简政之后，干部减少了，顾不及春耕工作，也是不对的。

出于我们几年来的工作和政策法令的正确执行，群众的生产情绪大大的提高了。因此，目前春耕工作的中心是如何适应群众的需要，切实解决生产中的困难，和在技术上指导的问题，而一般的宣传动员工作，已降低到次要的地位了。同时，春耕工作的未能及时进行，也是一个重要的缺点。群众已经开始上地，干部才来开会动员春耕，调查困难问题，结果，群众的工作时间耽误了，各种困难因事前没有充分准备，也得不到适当的解决，费时□事，出力不讨好，成为形式主义的工作。

实际上，春耕工作的主要工作是准备工作，准备工作做好了，春耕全部工作就能做好。必须很快的深入动员起村干部和群众积极份子，及早调查清楚群众的具体困难，依法确定土地关系，迅速合理的使用贷粮贷款，发动互借互济。县级应照顾解决较大的生产困难，如水利、耕牛、种籽、农具等。设法统筹调剂，保证春耕开始以前，群众的困难都已适当解决，劳动力、土地、资本都已配备好，而后开展热烈的劳动竞赛和生产互助，就不难了。

春节已过，群众即将开始上地，各地□否注意春耕工作？□否根据行署春耕指示，定出具体计划？春耕中的具体困难，是否有了调查，调剂耕牛、籽种、农具等工作□否有了计划，是否着手进行？土地问题，租佃关系，是否依法合理调整了呢？应该兴办的水利，是否准备就绪开始动工呢？旧贷粮贷款，是否清理总结了呢？银行新贷款□否分配和发放了呢？春耕有关法令，干部和群众是否真正了解了呢？在春耕工作中改变形式主义作风，提高村干部工作能力，如何着手呢？这一切工作，都是应该迅速推行与检查的。

进行春耕工作的时候到了，各地工作同志应该把春耕工作当做主要的课题，提到自己的工作日程上来。

（原载一九四三年二月二十七日《抗战日报》第一版社论）

庆祝以后应该怎么样

今年，大家过了一个快乐的年，这样快乐的年，不是容易得来的。这都是党政军民的英勇奋斗，全根据地人民的一致努力，不断克服困难，不断打击敌人，付了多少血汗的结果。过着这样的年，实在比哪一年都要高兴百倍。

而且，正常过年的时候，还喜上加喜：一件是，美国英国废除了不平等条约，和我国订了新约；一件是，苏联伟大红军不断胜利，打得希特勒匪徒节节败退。这两件大事，我们在新年中都热烈庆祝。单是兴县城，就大大狂欢了三天，空前聚集了一万多人，个个欢天喜地，笑逐颜开。当然啦，这种狂欢是应该的：因为苏联红军正要把希特勒驱逐出境了，全世界反法西斯阵线更团结了，国内也更团结了，打垮希特勒的时候,就是同盟国和我们一块儿打垮日本的时候了。这种光明前途,每个人都已经看得很清楚,很明白。对的,咱们大家的胜利信心是更加提高了。

但是,高兴一阵庆祝一阵以后,我们应该怎么样呢?是不是脱了衣服,躺下来睡它一个好觉,等胜利从天上掉下来呢?如果是这种办法,那就危险得很。当然,我根据地每一个人都懂得这一点。但是这种想法的人也并不是完全没有,当局面好的时候,就胜利冲昏了头脑,觉得一切都不成问题,于是便马马虎虎,得过且过,麻木不仁,或者异想天开,在工作中做些太平盛世的幻梦,动手去搞些与战争不相干的事情,或者闹点儿自由主义,随心所欲,只显着自己鼻子底下的事儿,他完全忘记了敌人时刻在那里打算盘,要来消灭我们。这种想法一般叫作"太平观念",如说得重一点就是一种机会主义,企图单纯凭借外部力量讨取便宜的侥幸心理。忘记了"自力更生"与"自己救自己"的基本原则不行,忘记了"黎明前的黑暗"就更加危险。越是接近□利,我们就更该加倍努力才是;离开了我们自己不断的战斗与工作,不仅一切外部条件均不足为凭,而且已往获得之胜利,亦将因之而全功尽弃。

胜利越是接近我们了,这是不成问题的,但困难也将更大,也是事实。我们曾经屡次指出:今年是我晋西北□艰苦更困难的一年,很明显的,现在国际国内形势发展,越是接近胜利,敌人越是疯狂。譬如当一只野兽被围困了的时候,也就一定会带着死的恐□,挺身□牙,拼着全副力量来作困兽之斗的。何况日本帝国主义是全副武装的强大敌人,它的没有人性,比野兽还厉害,它在垂死之前,猛扑过来,一定会更其残酷,更其凶恶。死的恐怖固然使它发抖,但是死的恐怖也使它更想毁灭人类。应该想到,今后敌人的"扫荡",可能还要大。它的企图消灭我抗日根据地,以便减去后顾之忧,是它的必然打算。这是眼前真正的危险,忘记不得的。我们要看得远,看得全面,既看见黎明的日益到来,更要看见面前严重的黑暗。

应该把警觉性提到极高度，把精神更加紧张起来，时刻要作反"扫荡"的战斗准备；各自在自己的工作岗位上，要随时随地以战斗的精神加倍完成任务，办一件大小工作都是为了对敌斗争，为最后战胜日寇造成更加有利的条件。

现在春耕快开始了，估计到敌人可能来破坏我们的春耕。我们每个人民，以及公家的每个生产单位，生产组织，固然要努力进行春耕，但同时所有党政军民更要时刻加强战斗准备，武装保卫春耕。我广大人民，尤应该为保卫春耕而踊跃参加民兵，使民兵工作与春耕运动密切联系起来。因为群众武装力量强大了，就可以更有力的配合主力军、游击队，粉碎敌人的任何"扫荡"。

让胜利信心的火焰，把我们战斗的热情燃烧得更旺些吧！更加紧张的工作吧！

（原载一九四三年三月四日《抗战日报》第一版社论）

必须认真执行行署节约办法

去年临参会对"节约"曾做了决议，今年晋西北有关机关也曾经共同商定了"晋西北节约公约"，同时行政公署又颁布了"贯澈制度厉行节约办法"，通令各部队各机关切实执行。这个公约，这个办法，某些部队机关已在开始认真实行，我们每一个同志也都有贯澈执行的责任。

厉行节约，反对浪费，是我们抗日根据地财政政策的一贯精神，廉洁奉公，艰苦奋斗，是我们根据地全体军民的优良作风，为什么今天又要强调节约呢？这就是因为我们正面临着黎明前的黑暗，财力物力的供给比过去困难了，今后还可能更加困难些，只有厉行节约，以爱护民力，节省和培养民力，现在的困难才能克服，新的困难也不足为虑。

我们是在不断克服困难中，胜利的坚持了敌后长期抗战，坚持了根据地建设的，这就是因为我们有广大人民做后盾，这就是因为我们时刻注意爱护民力，一方面尽量节省民力，一方面积极培养民力。这是浅而易懂的道理，是许多工作同志切身体验到的道理。然而，这能不能说我们过去在节约方面，已经做得很好很澈底了呢？是不能这样说的。过去在执行制度上有缺点，少数干部还不能以身作则和自觉的履行条约，贪污浪费的现象还没有完全根绝。

　　就各机关的供给总务部门及各机关的各部门来讲，往往在某些方面强调特殊，要求例外，例外特殊是可能有的，但这要看是否从整体和全局着眼，如单就本机关本部门的需要着想，甲说这一张是特殊的，乙说那一点是例外的，制度就无法执行。或者强调工作的需要，说是不能因为节约而妨害工作，他忘记了实行条约，就正是为了整个抗战革命工作。实行节约，可是有些东西要少用或不用，某些工作要少做或停做，同时对一些工作，既要厉行节约，这必需要做，而且不能做坏。这就要我们根据各种条件，即使估计那些工作是应该少做或停做，那些东西应该少用或不用，那些钱应该花，或少花或不花，同时还要主动的解决困难，解决需要，如火不能不取，但火链可以代替火柴，桌凳是必需的，但拿砖头石头等也可做成代用品，报纸不能不读，但可少订一份，合组读，集体读。为了节省灯油，就要白天多做工作。在我们根据地，有许多东西，曾经以为非用外货不可，现在却自己能造了，都用土产。由此可以证明，只要个个同志都能对革命作长期的全盘的打算，问题就有办法解决，困难就容易克服，财力物力既可节省，工作一定不会因为节约而受到损害。

　　其次，有许多同志以为节约的办法是对事务部门供给部门讲的，以为对自己的关系较少，以为除了公家规定的穿吃用的必要品外，还有什么可节省的呢？是的，我们的干部，穿粗布衣，吃小米饭，每月也只有几元钱的津贴，这种坚苦作风是人所共知的。然而，正是由于没有把节约当做自己的事，在个人方面也有很大的浪费。政府曾规定每人两年发一套棉衣，如果人人都很小心爱护，特别是在室内工作的同志，两年一套棉衣是绝对可以穿下来的，但去年发冬衣时，有不少同志的棉衣，有的补充了袜子，有的补充了裤子，还有全破烂不能穿的。诸如此类，如果一点一滴全算起来，对抗战对民力便是一个很大的浪费。反之，以办公品称，一支笔规定用一个半月，如果更多的小心爱惜用，也许可能用两个月，那末三个月一个人就可节省一支笔，又如一个月规定用信封十个，真正能一个信封用四次，四个月就节省信封三十个，把这些也一点一滴加起来，对抗战物资和民力的节省则是一个很大的数字。

还有一些同志，认为克服困难，主要是依靠发展根据地的生产，以为节约只是消极的办法，他们只知道不去增加生产，只是厉行节约，不讲开源，只讲节约是不行的，但是不知道今天的困难条件下，节约的重要意义并不在生产之下，我们必须同时一方厉行节约，一方努力发展生产，始能满足我们克服困难，渡过难关之需要；单讲生产不再加上节约，即□不能达到我们的需要的程度。厉行节约是今天环境所需要，我们实行节约不仅是为了现在，也是为了将来。正由于这些同志只看到节约的消极方面，未看到节约的积极意义，于是放松了节约的实行。

要渡过胜利前的物质困难局面，一方面须由上而下的，贯澈政府关于节约的一切制度，强制执行，一方面须加紧干部的节约教育，把"晋西北节约公约"变为全体军民的实际的共同行动，使人人自觉的厉行节约。各机关部队可组织节约委员会，主要负责同志尤应严加重视，亲身参加，以领导与展开反浪费贪污的斗争。号召干部学习我们领导同志吃苦耐劳的精神，提倡干部勤劳主义，发挥坚苦的革命作风；号召干部人人要当家，公私都节约，要先从自己做起，从日常小处着手。然后，定期总结成绩，对坏的进行批评，甚至必要的处罚，对好的给予鼓励。这是财政经济建设中很重要的一件具体工作。

（原载一九四三年三月九日《抗战日报》第一版社论）

高干会与整风运动

高干会清算了边区党历史上三风不正的害处，并以之教育了党的干部，使他们在思想上认清了党的历史，获得了珍贵教训。高干会揭露了现时党内各种不正确的偏向，指出这些偏向都是三风不正的残余，使□部□得了党的现状，知道党在布尔塞维克化途程中的阻碍是什么，并如何克服它们。高干会明确的规定生产与教育为今后边区党的两大中心任务，澄清了"百端俱□""样样都想做模范"等不切实际的思想，使干部把握了将来，知道边区全党今后所应努力的总方向。最后，高干会更反对了对党闹独立性的现象，在思想上政治上组织上得到了党的一元化，使干部取得了"党是无产阶级组织之最高形式"的理论与实际。

这些就是高干会的主要成绩。所有这些有历史意义的重大收获是如何得来的呢？高干会的经验对于边区今后的画风运动又有什么意义呢？

高干会的经验教导我们，要贯澈整风运动，首先就必须把它与实际结合，整风一旦脱离实际，就成为无的放矢，就不会得到任何的收获。边区党在历史上曾经有一时期被主观主义宗派主义所统治，因而使党蒙受了很大的损害，边区党的许多干部虽都是从历史中过来的人，但还未能都把它明确的提到思想原则的高度，还未能在观念形态上把它正确的表现出来，因而也就不能统一全党的认识，不能根绝不正的三风。边区党在中央直接领导下，已经克服了历史上不正的三风，一贯的执行了中央正确的路线；但三风不正的残余，在一部分干部中却或多或少的还存在着，如这次高干会所揭发的党内有自由主义、官僚主义、军国主义、本位主义、闹独立性、贪污腐化等偏向及其他一些偏向，都是三风不正的残余表现，没有整风运动，这些偏向是很难克服的，高干会是很难成功的。但是反□来说，边区党的整风运动如不与这些实际存在的问题相结合，如果不是为了解决这些实际问题，那末整风运动也是不能贯澈的，而在高干会前，边区党的整风运动所以还未能更好的深入下去，其根本原因也就□因□□没有把整风精神与边区这些实际的问题更好的结合起来的缘故。高干会这种有的放矢实事求是的精神，是奠定了边区党整风运动的基础，是整风运动在边区的具体化和进一步的发展，今后边区的整风运动一定要遵照高干会的方向，和每一部门每一地区，至每一个人的实际密切联系起来。

高干会的经验又教导我们：要贯澈整风运动，对于党内党外所发生的一切问题，都必须着重于思想检讨。所谓整风与实际结合，决不是要我们在实际生活中搜罗无数的现象，更不是要我们枝枝节节谨小慎微把中心放到技术上去，而是要我们通过各种现象找出其思想根源，找出其真正的中心环节。譬如高干会关于历史教训的检讨，不只是搜罗当时的各种现象和事实，（虽然这是必要的），而且更进一步研究产生这些现象和事实的根源，指明它们是路线错误和个人品质恶劣的结果，这就在本质上解决了问题，使我们以后有可能防止这种错误的再生。如又为什么发生闹独立性的现象呢？原来是由于这些同志对党的认识及党的政策有不正确的观点，□□产生了闹独立性的现象。又如为什么产生各种自由主义的现象呢？原来是因为他们在思想上有小资产阶级意识和缺乏坚定的无产阶级立场，因而产生了自由主义的态度。高干会证明了一个真理：就是我们工作中一切原则问题都有它思想上的根源，不从这些思想根源上来着手，解决问题就不会澈底，而党的一切政策都是基于党的无产阶级思想而来的。因此党的领导机关就要更多注意于掌握党内的思想动向，这是参加了高干会的许多同志所深刻体验到的，也是今后整风运动中所应该注意的。

高干会的经验又教导我们：要贯澈整风运动，必须正确的运用党内民主，充分使用自我批评的武器。这次高干会所以能比较深刻的检讨过去的工作，暴露其缺点所在与得到纠正的方法，所以能真实的反映现实，并以实事求是的精神制定出今后的具体任务，所以能使党更进一步的认识干部，使许多干部能更真实的认识自己与别人，更深刻的知道自己的毛病所在，并在思想和作风中开始转变，都是与这种党内民主及自我批评精神的发扬不可分离的，如果到会干部对自己与别人的缺点不能实行无情的和无保留的揭露，如果，看到我们的一些小小的成就而冲昏头脑高傲自满，而忌讳讲出我们的缺点，如果我们只求表面的形式的一团和气而把它误看做是党内的团结，如果高干会是□这□的精神所笼罩着，那末高干会就不能有任何的成就，整风运动就变成了毫无实际的空话。因此，对于高干会广泛的发扬党内民主与自我批评的精神，不但不应有任何的怀疑，而且应在今后的整风学习中继续加以发展。

高干会的经验更教导我们：要贯澈整风运动，必须倡导布尔塞维克所特有的那种学习精神。这次高干会就是一个集体学习集体创作的大会，就是一个学校。我们从党的组织方面看：有县委、地委、西北局及中央□级工作的同志；从党的工作性质方面看：有党政军民学五方面的干部，经过他们把党内党外的一切情况与意见完全集中起来，在大会上加以分析，加以研究，互相检讨，互相学习，最后才得出正确的意见或方案。这个过程，充分证明了对于政治领域内的一切问题，绝非一二"天才"所可独断，而必须集中群众的意见才能更加接近真理，才能使党的领导更加正确。因此，党及党员干部就必须有最虚心的学习精神，向所有干部学习，向所有党员学习，向广大人民学习，这种学习精神是我们党在思想战线上取之不尽用之不竭的源泉。反之，如果我们没有这种学习精神，如果我们不善于集中党员干部的意见，如果我们决定政策只是根据少数人偏狭的意见，那末我们就必然会犯主观主义的毛病，就会使党的领导走入错误之途，自然也就不能贯澈整风的学习了。我们应该向群众学习什么？我们要集中群众的经验，找出教训，找出规律，这就不但要研究现状，还要研究历史，因为现状是由历史发展出来的，正确解决问题的方法不是采取割断历史与片面的或□统的态度，而是详细占有历史与现状的材料，由历史经验的总结与全面的具体的分析各种现实情况然后得出适当的结论。毛泽东同志在高干会关于财经问题的研究与结论，及□□同志关于历史问题及高干会总结报告，都是这一方法正确运用的典型，活生生的教育了全体干部应该如何正确的解决问题。早在前年八月，中央调查研究决定就要我们学习现状学习历史，这次高干会的所以成功，就正是由于在广泛的范围内实行这种学习方法的结果。我们整风运动的目的既是为了学会正确解决问题的方法而不犯主观主义的毛病，那末高干会解决问题的方法，就应该成为我们今后学习和工作的指南。

高干会决定今年全边区党要以高干会精神及内容贯澈整风学习以转变全党工作，我们希望全边区党都能继承高干会的作风，使整风与实际完全结合，更多注意思想上的检讨，发扬党内民主，与自我批评精神，虚心的向群众学习和学习历史，真正在整风学习中完成高干会一切决议。但这不是一个说空话的问题，只有实践才是我们检查整风学习与检查高干会决议执行的唯一标准，那末就让我们大家等着瞧吧！

（原载一九四三年三月十一日《抗战日报》第一版社论）

如何克服今年粮食的困难

粮食是抗战军饷中的主要部份，在抗战供给中，获得了粮食的解决，就等于解决了抗战物质的绝大部份。但我们回顾晋西北两年来的粮食情形，由于敌人的"蚕食"掠夺，由于机关部队支用公粮上的浪费，给我们根据地的粮食以很大的损失。使得我们在去年不能不预借今年的公粮。因之，再不严格管理粮食，节约支用粮食，则今年的粮食会发生严重困难，如何解决今年的粮食问题，便是摆在我们面前的艰巨工作。

我们检查今年粮食情形，敌人对我抢粮毁粮行动有加无已，这将更会给我们增加很大的困难，因此必须有效的防止与打击敌人的这种阴谋行动。其次是我们各部同志对今年根据地粮食困难的严重性，还没有足够的认识。因而，对如何执行制度，节省食粮，还没有提起应有的注意。有些机关部队仍不按时造报预决算。有些单位虽然造报预决算，却虚报人数浮领粮食，不按制度，任意开支，有的以公粮付地租，有的以公粮移作自力更生资本，有的擅卖公粮，补充经费，这些重要缺点，倘不能立予纠正，则今年粮食的严重困难，是无法解决的。

最近，军区及行政公署，鉴于粮食问题的严重，联合发出了防止贪污浪费，贯澈制度，厉行节约的紧急命令，并共同规定了支用公粮奖惩办法。我们应该明确的认清，这两个文件，不仅是我们困难将临的警报，而且是解决粮食困难有效的指针。因此希望各部接到这两个文件后，应给以深刻的讨论，尤其希望各部的负责同志，根据这两个文件，去检查本部门的支用粮食工作。并根据其精神，努力做到下列几点：

第一，严重注意敌人的吸收及抢毁粮食。今年一般公粮的征收工作，均已完成，现在应该把已完成的公粮迅速而妥善的囤集起来。同时，动员与教育民众积极隐藏私粮。严格执行禁止粮食输往敌占区的法令。从各方面努力，不给敌人留任何吸取、掠夺、毁坏粮食的机会。特别是正规军游击队和民兵，应广泛的展开反对敌人抢粮斗争，以保护公私粮食，并缉查粮食的外流。只有公粮民食全得解决，根据□的粮食问题才算得到解决。

第二，公粮囤集之后，要根据各地区的情形，很好的研究保管粮食办法，保证不因虫耗腐蚀等有分毫损失，最近检查出几个单位的存粮发现大批被盗与腐蚀的现象，这都是对抗战的罪恶，我们应引为教训。对于地方的支付情形，要经常进行严格检查，保证在支付中不发生任何贪污浪费，与超规定损耗的现象。规定调剂或运送的公粮，要动员民众在春耕以前全部送完。囤集调剂运输任务之全部完成，对保护粮食会起相当的作用。

第三，军政民各级机关，必须依照精兵简政后的人畜数额，按时造报预决算。我们必须认识，预决算制度是最科学的管理粮食制度。贯澈预决算制度，就是目前解决粮食困难问题最重要的关键。我们为什么这样提出呢？因为只有各部门都能按期确实的造报预决算，主管粮食部门才能全盘了解粮食的支用情形，才有办法掌握与调度粮食。同时我们也可以肯定的说，如果预决算制度能够普遍的被各部门的同志，尤其是各部门的负责同志注视起来。并能严格督促造报，与审查其真实性，使管理粮食部门，能够得到不浮从一人一畜的预决算，则今年粮食的得到保证是没有问题的。

第四，各专署，县的粮食部门，必须坚决执行没有上级支付令，没有□粮证，决不拨粮的决定。经过这样严格的制度，可使我们所发出的粮食，都能经过统一的审核，我们才有办法防止一切虚报浮领等贪污浪费现象。在这个问题上，我们要反对一团和气的作风，不敢向一切不合法令制度的要求作斗争，使得制度与粮食均受到损失。

第五，厉行节约运动，对一切贪污浪费现象作无情的斗争。严格执行支用粮食奖惩办法，一切虚报浮领及一切把公粮移作他用的行为，都是对抗战有害的，都应给以应有的处分。我们应该注意大的浪费与贪污，但亦须注意细小的节约与俭省。对一切能遵守制度，点滴节俭的同志都应给以表扬与奖励。只有各部门真能造成反对贪污及厉行节约的热潮，才会收到具体的成效。

胜利的曙光在望了，但我们的困难亦日在增加，我们应该发扬艰苦奋斗的精神，提倡刻苦的生活，克服粮食的困难，渡过最困难的一年。

（原载一九四三年三月二十日《抗战日报》第一版社论）

抓紧领导春耕

　　春耕已经开始了。春耕是一年农业生产的主要环节。而增加农业生产，则是发展财政经济建设、繁荣根据地、增强抗战物质力量的基础。可是对于春耕之极端重要意义，有些干部和领导人，尚估计不足，因而忽视主动的领导春耕工作。有那些估计不足和忽视领导的现象呢？

　　首先有些人，认为"到了时候，老百姓自己会种地，我们的工作是多余的"。他们鉴于过去主观主义形式主义的作法妨害春耕，于是连实事求是切合需要的春耕运动，也不做了。

　　又有些人：借口春季财政任务重，精兵简政干部少，成天忙于工作，没有功夫去关照春耕。完成财政任务固然需要，而且重要，并必须完成；但这不能成为我们正确领导春耕的阻碍。

还有些人，只顾本单位的生产，只打算解决自己一个机关一个部门的问题，而忘记全局，不过问农民群众的生产。甚至还有个别仅为自己生产而妨害群众春耕的。

这些忽视春耕领导，思想根源是不重视群众的农业生产，不知道正确领导和提高群众的农业生产，乃是顺利解决整个财政经济问题的基础。

那么如何加强领导今年的春耕？

经过制止夺地后，现在农民耕地已经确定。当前的重大问题，是如何领导农民组织与调剂劳动力，利用民间习惯的劳动互助形式，加以改善提高与发展，以更大发挥劳动互助作用。过去形式主义的强制互助，不应再用。民间各阶层互助牛力人力，代价过重的，以不妨害互助下，劝说双方自愿减轻。

农贷必须迅速放到需款的贫苦农民手里，并保证用在生产上，不使缓不济急，或用之不当。

认真实行优抗代耕，不使他们土地荒芜，或耕种得不好。干属优待，亦须适当解决，但应以优抗为第一。严格防止只顾干属不顾抗属，或干属优待超过抗属的流弊。

注意帮助在乡精简下来的人员参加农业生产，并随时解决他们的困难。机关部队应在群众自己需要及切实有利于群众春耕的条件下，调剂一部份人力畜力帮助其春耕，并不应取任何代价。

估计今年青黄不接时，一部份群众吃粮困难。应发动农民的互助，缺粮的可要求多粮者借给粮。好好发放青苗贷粮，以应农民进行生产的急需。

对于春耕，党政军民都要认真的领导，仔细的解决春耕具体问题，不应完全委托政府民教部门办理。贸易机关与公营商店，亦须采取具体的步骤，切实帮助群众的春耕。特别是群众团体，要发动农民积极生产，监督农贷的使用，并组织群众力量，处理土地纠纷和春荒问题。正规军游击队与民兵，在春耕期间，应严防敌人扰乱，为直接保卫春耕而积极活动。

提高农业生产的基本问题，是提高生产力。在晋西北山地现有的劳动工具、劳动力及生产技术之下，提高生活力的主要办法，是发展民间劳动互助，今天农村有牛□人力，人工互换等形式，且各地互有不同。过去未能注意研究如何运用劳动互助的现成形式，因而规定的办法，多不切合实际，没有真正解决农民的需要，使提高农业生产受到妨碍。今年在领导春耕中，必须多多收集材料，一面自己用心研究，一面随时报告上级，以便研究各地民间劳动互助办法，在春耕过程中，随时解决农民劳动力的组织与调剂问题，并在春耕总结时，能够得出更详细的切合实际的办法。

（原载一九四三年三月二十三日《抗战日报》第一版社论）

武装保卫春耕

春日洋洋,普照广大的田野。农民们纷纷加紧翻地施肥,劳动英雄正在把他们今年的生产计划注入土地的劳作中去;军队、政府工作人员也踊跃地帮助民众春耕和开始自己的生产。春天的风光是非常动人的。

今年的春耕,关系我们当前与今后的斗争是至深且巨的。今年春耕胜利的完成,则我们今年的斗争就已经胜利了一半;军民能够足食足衣,农币就将更加稳定和继续提高,根据地财政经济建设就更加有了巩固的基础。那么,由于我们抗战的力量更加增强,坚持晋西北抗日根据地,渡过难关,争取反攻胜利,也就更加有了保证。

但是,不能忘记,我们的春耕不是在和平环境,而是在抗战最艰苦的一年的敌后。两年来，敌人对晋西北虽未进行全面的大的"扫荡"，但局部的"扫荡"正频繁的进行着，"蚕食"阴谋在隐蔽中加紧着。而今后，日寇在内外交迫的危急形势之下图作垂死的挣扎，敌后形势，战争将益趋激化，环境将益趋险恶，困难将益趋增加。黎明前的黑暗已呈现在我晋西北全体军民的面前。在当前，我们一面春耕，一面必须加紧戒备。因此，我们向所有的武装力量，正规军，游击队，民兵，发出紧急动员的口号："武装保卫春耕！"

晋西北全体军民都要严重警惕起来，敌人的企图破坏春耕，是他必有的一着，目前在各分区已有初步的征候，甚至很有大举"扫荡"的可能性，所以我们要严阵以待，无论敌人小股出扰或大举"扫荡"，我们都要给他一个迎头痛击。胜利的保卫春耕运动。

保卫春耕的重要一环是民兵的活动，要打击敌人破坏春耕的阴谋，必须民兵积极的动作。在接近敌人据点的地方，展开群众性的游击战争，打击出扰的敌人，反对敌人出来抢粮，把敌人围困到据点里面去，把敌人挤出根据地以外去。在内地的民兵，应该加紧站岗放哨，执行政府的戒严令，严防敌探奸细的活动，假如敌人进行"扫荡"，则民兵就要积极配合军队作战，迷乱敌人的视线，充当我军的耳目，掩护群众的耕作。即使在战争情况下，也能胜利的完成春耕。当前的民兵工作就应当与保卫春耕这个具体的任务相结合，各地驻军更应当切实的帮助民兵去完成这个紧急的任务。

英勇的民兵们，像晋西北武委会所指示的，把所有的武器都拿出来，不论是火枪土炮大刀长予以至步枪手榴弹，凡是能杀伤敌人的，都可充分的利用。事实上，在交城离石宁武等地民兵的活动中，这些旧式武器已经发挥了可观的威力，当然，我们不能满足于这些旧式武器，那就要夺取敌人的武器，在武装保卫春耕的斗争中，以土枪换洋枪，以土炮换洋炮，补充和改善我们的装备。

前边已经说到，武装保卫春耕是晋西北所有武装部队的共同任务，自不能将保卫春耕的任务完全推给民兵来负担，唯其他武装部队不便太分散力量，而民兵却是天然分散的更加地方性的武装，所以它在保卫春耕中所能发挥的作用就更其重大。因此，希望所有党政军以及各界社会人士，均应对民兵在保卫春耕中重大作用有足够的认识，并积极从各方面帮助民兵的发展与加强。

群众应该有计划的组成代耕队，替行动中的民兵代作，在民兵武装保卫春耕，群众代替民兵耕作的一致斗争中，全晋西北的春耕运动必定能够胜利的完成。

（原载一九四三年三月二十七日《抗战日报》第一版社论）

组织退伍军人到生产中去

自从精兵简政政策实行以来，有一批军人退伍到群众里去了。这些同志曾经为国家民族和全人类的解放，在战场上及其他革命岗位上，流淌血汗。他们对革命工作是有功劳的。现在为了适应敌后抗战的形势，减轻人民的负担，以渡过黎明前的黑暗，迎接反攻的到来，这些不适合于部队工作的同志的退伍是完全必要的应该的。他们中的多数都是经过政府及时的适当安置，休养生息，各得其所了。但是，检查退伍军人现在的情况，看出在处理这件事情上，还存在不少缺点。

除了家在晋西北的退伍军人陆续回家以外，还有一部份家在敌占区或其他区域者不能回去，于是便留在根据地内各地，其中绝大多数又都集中于城镇及其附近平川村庄，经营小买卖，还有少些任意挥霍了退伍金，到处流浪，生活难以维持，甚至有的竟游手好闲不务正业。假若不及早处理，必将有碍于社会秩序。就是那些经营小买卖者，亦须甄别重新安置，因为这样多的人都拥挤在小买卖的狭小圈子内，必然会造成小买卖资本的畸形膨胀，只增加消费没有增加生产，对我根据地财政经济建设是没有好处的。更重要的是一旦敌人"扫荡"，他们就不能立足，处理就势必更加困难了。希望政府趁早注意及此，作必要的措施。

安置的办法，我们认为把他们组织到农业生产战线上去，这是必要的，亦是可能的，因为组织他们到农业生产中，就增加了根据地的农业劳动力，对财政经济建设是有帮助的，况且我根据地内还存大批未经开垦和抗战以来荒废的土地，只要善于规划，土地是不成问题的。其次，使得他们有了安定可靠的职业，生活有了保障，则不致有颠沛流离之苦。再其次，退伍军人中，多系农民出身，具有劳动的习惯和经验，且无家室之累，只要劳动，即容易维持自己的吃用，所以，组织他们参加农业生产是安逸的唯一正确方向，亦是一件繁重的组织工作。

政府进行这一工作时，抗联应积极帮助，采用灵活的分散与集中办法。就是使他们不拥挤在城镇及其附近平川村庄，而分散到各自然村去，特别是山地的偏僻的自然村，在那里土地剩余多，更容易解决。我们知道这些同志曾受过多年的革命教育，大部份是很懂道理的，如今退伍了，必能执行政府法令，做一个知法守法的好公民，为公为私努力生产，保持抗日军人的光荣传统。即使有少数思想较比落后的，有从事农业生产的能力而拒绝到生产中去者，政府便应当一面说服，一面强制，把他们分别集中起来，带到指定地点去进行生产，在劳动中改造他们。

对退伍军人采取漠不关心或轻视态度，是不对的，同样，因他们曾经是军人而有所顾忌，不敢管他们，亦是错误的。政府应尊重他们，关心照顾他们的生活，同时像管理一般人民一样去管理他们。以他们现在已经是脱离军籍的公民，和一般人民没有什么区别。

现在春风已过，春耕已经开始，立刻调查退伍军人，组织他们到农业生产中去，帮助他们解决耕牛、种籽、农具和春夏食粮的困难，监督他们有效的进行生产，使他们成家立业，各得其所，这是政府应尽的责任，并且已成为刻不容缓的急务了。

（原载一九四三年三月三十日《抗战日报》第一版社论）

迅速结束农贷工作

农贷工作是今年春耕工作中最实际最重要的一件工作。但今天尚有些同志对这个工作认识不够,以致有领导松懈,工作迟缓,而不深入的现象。现在只有兴县已将农贷全部放完了。其他地方还落后。由于宣传解释的不深入,有的农民害怕吃亏,有的干部平均主义,有的手续繁杂,不顾解决农民生产的急需。

目前春耕已经普遍开始,应当赶快放完农贷了。在农贷还未发放的地方,就要抓紧领导,群众团体和政府银行共同努力。政府银行快将款子发到村,简捷手续,督促区村政府快放,不许敷衍□责。群众团体则发动群众,组织介绍贷户,帮助政府银行认真审查,务使农贷迅速发到农民手里。而在深入工作上，放贷款时，应针对具体情况，深入的宣传解释，使农民对农贷都有正确的认识，勇于借款。同时由村区干部的审查，尽可能发扬民主到群众的讨论与审查。在选择贷款对象上，应当是真正参加生产的贫苦农民，帮助他们买耕牛、种子、农具等等。在贷款的用途上，应根据不同地区的农民之不同生产需要，不可简单机械，并应相当的集中放款，以便能解决农民一件或几件生产上的困难，不可平均主义。

农贷已经全部发放出的地区，应随时深入检查，那些地方放的适当，那些不适当；那些贷户把款用在生产上，那些浪费了等等，所有这些，都应仔细审查，经常总结经验，并纠正不良用途。

时间是十分紧迫，刻不容缓，如再迟延，则将失去农贷的作用。因此，应该抓紧时机，放发完毕。

（原载一九四三年四月三日《抗战日报》第一版社论）

发展劳动互助

春分已过,正是农民开始播种的时候,春雨霏霏,浸湿土壤,夏禾可以捉苗,"捉苗一半收",农民异常喜形于色,生产热忱大大的提高了。农民日来牵牛荷犁,忙于播种,今年春耕胜利已见预兆。目前租佃关系已稳定,三百五十万农贷已放出去,春耕准备工作已完,到了下手与土地斗争的时候了。

根据地农业生产,是很散漫的个体小农生产,许多农户只有一个劳动力,经营土地二十亩上下,生产方式是落后的,要几个人合作互助,效率才能提高。譬如种地,就需要一人牵牛,一人打土,一人播种。每一种农作物的耕种,锄草与收割都有严格的季节性限制。必须不违农时,才能五谷不可胜食；而误了节令，收成就要大大的减少，以及收不到什么。但是每户农民的人力畜力，大小多少是很不一致的。有牛无人，有人无牛的人家很不少。因此发展劳动互助，以调剂人力畜力，是深入春耕运动，保证春耕胜利的一个极重要工作。

去年春耕布置，曾强调过组织劳动互助的重要性，各地也收到了一些成绩。保德劳动英雄王思良三人互助锄草，每天四亩半，单人只能锄一亩，兴县宋家塔村、临县李家山村的互助小组，也都增加了生产效率，但效果并不大，原因之一，是没有认识劳动互助的重要作用，因而没有组织工作，任其自流。原因之二，是没有充分运用与发展民间互助的现成形式，而是强制农民执行规定的一套，结果不受农民欢迎而失败了。

那么今年应该如何解决办呢？

认识根据地小农生产的特点，劳动力的一般缺少，而分布的又不平衡，以劳动互助调剂劳动力，是提高农业生产最有效的办法。如果我们不抓紧组织发展这种劳动互助，牛工变人工与人工互换，仍会停留在农民习惯的老圈套中，就得不到发展和更合理，就不能使春耕收到更大的效果，亦一定会受不好的影响。

组织劳动互助，必须运用民间旧有的形式，加以改善和扩大，有计划有组织的大量组织人工变牛工，牛工变人工，使双方困难解除，生产条件合理。

根据各地具体情况，在自愿条件下，组织三家以上的劳动互助小组，并约定比较长期的互助，以改善自流变工和雇工中的一些狭隘现象。如完全限于亲朋关系的小圈子，而且还只是两家的暂时的调剂，则势必有些人因为没有工资或粮食，□不起工，又有些人农忙时要雯工，却找不到对象，但同时有些人力牛力却在那里闲散着，而没有充分合理的使用。

劳动互助小组的作用。第一，预先有了组合，因此，能够有计划地充分使用人力畜力，而且各家种的作物种类及劳动时间，可以比较有计划地插开，准确地按节令，集体突击劳动，提高产量。第二，互相督促。给谁种地，谁就能负责监督，而且起着竞赛作用。第三，可以采用比较进步的耕作方法，分工去干，又熟练，又快，合伙制造较好的农具。第四，合伙作战，合伙喂牲口。可以节省人工粮食，可以空下妇女儿童更多的参加生产。第五，锻炼农民的组织性，纪律性，斗争性与民族精神，影响与争取懒人到生产中去，去年许多地方都有这样例子。

发展劳动互助的困难仍是很多的，去年的经验，农民是散漫的，组织和纪律的习惯缺乏，有的愿意互助，但不愿写合同，农民最怕自己吃亏，技术高的不愿与技术低的互助，劳动力强的不愿和劳动力弱的互助，富的□好的不愿与贫的□□的互助。又因人和牛的力气大小不同，土地好坏不同，各时期工资高低不同，不好算账。此外，春夏秋各季劳动方式不同，又没有全年互助的必要。但在农忙时的劳动互助，确应大大发展，如春耕时，以牛为中心。夏锄秋收时，以人为中心。而且晋西北山势复杂，土地分散，非常不便于集体劳动。

由于这些具体的困难的存在，更加不能有任何主观主义，以规定劳动互助的形式和内容。应当根据人力畜力土地等不同的具体的情形，在农民自愿与习惯下，规定几种不同的互助条件和算工办法，使农民在互助中双方真正得到利益。在劳动互助上，农救会员应起模范作用，创造模范的互助组织，影响和推动他人。发展劳动互助，应当是春耕中群众运动表现形式之一，是不能够马马虎虎放过去的。春耕中收集劳动互助材料，研究总结劳动互助的经验，是党政民共同应做好的事情。

（原载一九四三年四月八日《抗战日报》第一版社论）

认真的节约粮食

要保证抗战的粮食供给,我们每个同志必须从上而下从下而上的来认真节约粮食,坚决克服任何粮食浪费现象。

首先,节省粮食,要求精兵简政政策的贯澈,在精兵简政过程中,现在有些机关,不积极的改变工作作风,加强工作效率,而一味的嚷干部太少,工作忙不过来,牲口太少,粮草柴炭驮不过来,于是又在增加人员,增加牲口,这种观点,不仅不合精简原则,不适合战争环境,必然会使粮食的浪费,有惊人的增加,因之我们必须及早提醒这些同志,努力贯澈精兵简政政策,使每个干部,更能称职,工作作风更合实际,工作效率更加提高,而绝对克服企图扩大人员,增加牲口的不良观点。

其次，要保证粮食不浪费一粒，必须坚决执行粮食预决算制度，现有不少机关，对执行制度还很不够，举其重要表现如下：有些机关编制人数多于实有人数，但他们领取粮食，以编制人数来领，这样就多吃了空额，这不仅是违反制度，而且是对于革命的犯罪行为。还有些机关，粮食预算多过实有人数，领取粮食以后，不造报决算，这样就浪费了许多粮食，其他如自制粮票，私支公粮，拿公粮抵工资，交租等现象，不仅向未根绝，且个别地区还相当严重，因之所以我们要求这些机关，尤其是这些机关的负责同志，清楚了解本机关的编制，实有人数，造报预决算份数，及浪费粮食的现象，以便很快的严厉的督促供给人员，坚决按实有人数领粮，按实有马数领料，按时造报预决算（特别是决算），而真正成为执行制度的模范。

第三，行政公署早已颁布了节约粮食办法，军区与行署又联名下了节约粮食的紧急命令，各地机关部队，对此办法与命令执行者固然很多，但没有讨论与执行者，亦属不少，这种既不执行命令，又是违反制度的行为与观点，我们应坚决反对，我们要求这些同志，立即抛弃对上级采取自由主义，与对下级采取官僚主义的恶劣作风，应当依据节约粮食的办法与命令，在每个单位中，每个干部中，每个杂务人员中，作深入的传达与讨论，要每个单位、每个干部、每个杂务人员，对节约粮食有澈底的认识，并要坚决的执行，同时各机关，要依此办法与命令，在不同的地区与不同的单位，更具体地拟定本单位的节约办法，以求更深入的实现。

第四，一匹马要吃五个人的粮，马消耗粮食比人消耗粮食更大，要节约马的大批粮食，首先必须减少不必需的乘马。现在极多机关部队。对马的编制不够严格，对骑马的规定，亦无一定标准，而且除编制马数之外，还有偷喂余马者，这些非在编制内之马，对外说是驮马，实际上则是乘马，这是完全不合精简与节约的，而且也是不应当的，我们建议有这种现象的机关与部队，应从思想上纠正某些人员非骑马不可的错误观点，不应有的骑马，应一律取消，编制以外之余马，应全部组织运输队，担负运输工作，不需要运输队的机关部队，应全数解送上级机关，另作别用。这样马可以减少，粮草可以节约，抗战的粮食供给，也就可以有更好的保证了。

最后，我们建议党政军民及各有关机关，应成立检查的组织，进行认真的检查，对节约粮食的同志应给予鼓励，对浪费粮食的同志须给予处分。这亦是具体的必要措施。

（原载一九四三年四月十三日《抗战日报》第一版社论）

保证完成扩大种棉任务

三年来，我根据地发展植棉发展纺织，是得到相当成绩的。行署实行了奖励政策：规定减免种棉的公粮负担，赔偿试种棉的损失，减少担水种棉的抗战勤务；一切纺织收入免征公粮三年，专门纺织工人免负抗战勤务。在这些正确的法令推动下，已大大提高了种棉和纺织的情绪，因此去年棉田已增至民国二十九年的二十倍，纺织事业也有猛烈的开展。然而直到今天布匹和棉纱还是占入口货物的主要部份，穿衣自给的任务必须更多的努力才能完成。

今年行署决定积极扩大棉田，种棉各县至少要比去年增加五分之一。完成这一计划，就可做到根据地最低限度的棉花自给。这是我晋西北财政经济建设的重要措施，并且是根据三年来的实际经验而定出的计划，胜利的完成这一任务是完全可能的。自然亦是有困难的。这就要求我党政军民要有一致的协同努力的精神来克服这一困难。

扩大种棉的困难，主要有以下两方面：

一、一个重要种棉区的三交被敌占据，许多大川水地，菜蔬的发展必将侵占一部份棉田，旱地山地有水份缺乏的严重困难，新棉区又受着气候和技术条件的限制。

二、有些干部对奖励种棉的政策，还没有充分的认识，有意无意的，把法令当做只是宣传的口号，不去贯澈执行。例如征收公粮工作中，减半计算棉花的收入，执行的还有偏差，有的竞估计种棉利大，当作收入增加计算公粮。对试种棉者缺乏积极帮助的精神，对赔偿损失亦没有很好的执行，某些干部觉着发出棉籽就万事大吉。对种棉表现了漠不关心的态度。因而政府奖励种棉的政策，在个别区村还没有被人民充分信任，对种棉情绪的提高是很受影响的。

根据过去的经验和今年的任务，应该采取下列办法：

第一，必须根据具体的实际情况，把种棉的计划，适当的分配给民众，分配到真正可能种棉的土地上，并分别那些村是扩大旧种区，那些村是试验区。因此，要登记，要检查，要有实事求是的精神，坚决反对那些教条主义的作法，即空头的号召增加种棉五分之一的现象。

第二，必须深入的宣传动员，教育群众了解法令和种棉技术。在春耕时要停止抗战勤务和不必要的会议，但有准备的生产动员会，自然是必须要开的，在这样的会议上，不应该空泛的宣传，而是要从事实上纠正过去执行法令的不够，切实调查并解决种棉的具体困难问题。

第三，必须重视技术指导工作，特别在试种地区，种植区村干部应该从报纸上细心研究种棉的技术经验，向试种棉的群众讲解，更要寻找或抽调有经验的农民来进行实际指导。大试种区要有专门指导员，行政负责人要及时的切实的抓紧领导这一工作。

　　最后，政府应迅速切实的调剂并解决耕牛肥料和种籽的困难，各机关部队除应特别帮助种棉户送粪、担水，抗联应该立即切实的深入的动员教育，布置种棉竞赛鼓励和互助的群众运动。集中起力量来认真的种棉，这就是完成扩大种棉任务的有力保证。

（原载一九四三年四月十五日《抗战日报》第一版社论）

开展张秋凤运动

张秋凤自去年劳动英雄检阅大会被选为工人特等劳动英雄以来，各工厂的工人均自动的提出向张秋凤学习，向张秋凤看齐的口号。值此伟大的"五一"国际劳动节日就要到来，晋西北工人阶级更以空前高度的热情，响应了开展张秋凤运动的号召，以提高生产迎接"五一"，这是有着严重的政治意义的。

张秋凤在生产中有些什么特点呢？

第一，在同等条件下、产量超过一般人百分之二十，甚至有超过百分之五十者，且质量亦较一般为优良。

第二，爱护工具，节省原料，同一工具一般人能用三个月，他至少可多用半个月。

第三，遵守劳动纪律，不请假，不迟到不早退，还做了不少的义务劳动，坚持着始终如一的埋头苦干的劳动态度。

第四，耐心的教导学徒，潜心的研究技术，不间断的学习文化，力求进步。

根据地的工业生产基本上都还是手工业的生产方式，工具设备落后，工房分散简陋。在这种具体条件下，技术的熟练和不断的改进，是提高生产的基本因素，而一般技术的熟练和提高，只有普遍的提高劳动热忱，从实际劳动中，才能创造出来。他这种改良技术，提高产量的成绩，是根据地生产所迫切需要的。

根据地各种物质困难，节省一分物力，就等于增加一分抗战力量，政府一再号召节约，他这种爱护工具，节省原料的精神是在他具体的工作中，响应了政府的号召。

根据地的工人劳动，是供献了抗日军与抗日政府，是为了打日本，亦是为了工人阶级自己的解放。他这种遵守劳动纪律，埋头苦干高度的劳动热忱与正确的劳动态度，是我们根据地工人应当学习的态度。他这种不间断的学习情绪与力求进步的精神，是我们根据地工人应当学习的精神。

张秋凤的工作、学习、与劳动态度，是适合于根据地发展生产的，是适合于新民主主义社会的，是工人中的模范和榜样，为此，我们应热烈的普遍的开展张秋凤运动。

怎样开展张秋凤运动呢？

首先，要认识开展张秋凤运动对发展生产建设根据地的重要性，从而加强其领导，反对忽视和轻视的观点。

其次，张秋凤运动是一个长期的实际运动，不是暂时的突击工作，所以必须在经常的生产运动中，一点一滴的教育工人，提高其觉悟，学习张秋凤的劳动态度和学习精神，改造不守纪律不积极工作不爱好学习的少数落后份子，才能创造出无数个张秋凤。

第三，各厂必须加强具体领导，根据行署颁布的工人劳动英雄条件，发动劳动竞赛，采取适当的奖励，提高生产效率，完成并超过今年各厂的生产计划。

工人同志们！将工厂当做我们的战场，工会当成我们的学校，加紧生产，努力学习吧！向张秋凤看齐，当个模范的生产战士。

（原载一九四三年四月二十九日《抗战日报》第一版社论）

纪念"五一"庆祝劳动英雄张秋凤

"五一"国际劳动节到来了!

目前我根据地的工人阶级正响应着总工会开展张秋凤运动迎接"五一"劳动节的号召,在工厂、在作坊、在矿□、在各种工业生产战线上,广泛的掀起了生产竞赛的热潮。个人与个人的竞赛,部门与部门的竞赛,厂与厂的竞赛,热烈紧张之情为空前所未有。工业生产正处在汹涌澎湃的大浪中。

几年来,我根据地的工人阶级在行署的扶植和总工会的正确领导下,在国际爱国主义的鼓舞下,屹立于各个战线上英勇杀敌努力生产,为国家民族用自己的鲜血写成了一页光辉的史迹,为根据地建设树立下不朽的功勋。张秋凤的出现，乃中国工人阶级的优秀传统，在我晋西北的充分表现和发扬。

张秋凤，他的生产效率，每天能造成二一二个手掷弹壳，超过一般生产量的百分之二十。制造某种军火竟超过一般生产量的百分之五十。

张秋凤，他的生产品的质量高而又节省原料，手掷弹皮薄而且匀，容易炸碎，杀伤力大，每个又能节省三两铁水。某种军火零件经他研究改良后，每个可节省钉子五个（一般用八个，他只用三个）。一个□砂模子，他能使用五个月（一般只能用三个月）。

张秋凤，他在生产中吃得苦耐得劳，严格的遵守劳动纪律，自动的早上工迟下工，时刻以自觉的埋头苦干精神，影响同志们，鼓励同志们。

张秋凤，他有"学而不厌，诲人不倦"的好学精神。自己由不识字而学得能看简单文件了，在他热心教导下的学徒们，如阎来喜一年半就学会了造手掷弹而且生产量超过一般水平。如一个十五岁的刘二椿半年内就学会了打炸弹□子，每天能打二十对。特别是在这次生产竞赛中的段培英，工作的积极性创造性表现得尤为惊人。

张秋凤，他抗战前在太原兵工厂是为某些人所瞧不起的炼硝工人，如今在我根据地已成为人人敬仰的特等劳动英雄了。他懂得了为谁生产并怎样生产。他现在以更高度的热情劳动着。

张秋凤，他是我晋西北工人阶级抗日生产的光荣旗帜。他的劳动态度就是新民主主义社会劳动的榜样。全体劳动者应该努力向张秋凤看齐。

工人同志们，欢欣鼓舞，热烈的开展张秋凤运动，纪念"五一"国际劳动节吧！我们坚信，不久将有无数新的张秋凤涌现出来。

加紧生产为反攻准备雄厚的力量而奋斗！努力学习为技术文化水平的提高而奋斗！这就是我们为纪念"五一"庆祝张秋凤而向工人同志们提出的希望和祝辞。

（原载一九四三年五月一日《抗战日报》第一版社论）

掀起拥军的热潮

　　行署武副主任号召在五月份发动全晋西北拥军运动，为造成拥军热潮，并指示各专署县组织拥军委员会，有计划的进行宣传与教育工作，使拥军工作成为广泛深入的民众运动，各级政府对行署颁发之爱护抗日军人办法等法令，要切实检查贯澈执行。

　　在军区正进行拥政爱民的同时，武副主任这一号召，使这两种运动结合起来，这在晋西北军政民已有的团结基础上，将会使根据地各项建设和对敌斗争得到更大的胜利。在武副主任谈话中有"拥军工作，是我晋西北政府及全体人员的重要职责，是巩固与建设晋西北的一桩重要工作，是一个长期的经常的工作。"这几句话，从我们对爱护抗日军的思想认识上，给予了明确的启示。几年来八路军和新军，在我们晋西北，从来到的那天算起，天天和敌人战斗着，也天天和人民共同生产着，他们和晋西北全体人民，同生死，共患难，创造了根据地，扶植了政权的建设，保护了人民的生命财产。他们是晋西北人民的军队，是晋西北人民的子弟兵，他们有一种优良作风，他们拥护政府，遵守政府法令，他们又尊重民众，爱护人民利益。他们为克服困难，减轻人民负担，节衣缩食，进行了自力更生。他们忍饥受寒，不辞艰苦，和敌人时刻进行残酷的战斗，他们为保卫根据地人民的有生力量而流汗，为巩固与扩大抗日民主政权而流血。他们是用生命来保卫晋西北，用血肉来建设根据地的。在晋西北倘若缺少或没有他们，试想我们晋西北根据地能否建立，根据地的人民又将怎样被敌寇蹂躏！所以拥军工作是我政府及全体人民的重要职责，也是经常的重要工作。我政民干部和全体人民，在思想认识上，要把军队的和自己的利益统一起来；在行动上要把拥军工作，变成自己的运动，我们如果是忠实地执行了爱护抗日军人的各个办法，也就是给根据地和人民的利益上，多加了一层有力的保障。

其次，现在正是春耕的时候，有许多抗属和残废退伍军人，散居在各乡村，有的缺少劳动力，有的没有土地种籽或农具的，各地方政府应抓紧优抗代耕，切实为退伍军人解决土地种籽农具等困难问题，务使所有贫苦抗属，都有土地种，有人代耕，春耕工作做的好；使退伍军人，找着了土地，种籽农具，转入生产，这不仅使抗属退伍军人的全年生活，有了保障，即对全根据说，也是增加生产的办法，这是目前拥军运动中首要的具体工作。此外如日常过往军人的招待，和担架运输等，虽属小事，但所谓经常解决军队的困难，正是指这些日常的具体工作，而这些工作，在帮助和爱护军人上，却经常起着最大的作用。

在晋西北军政民已有的团结基础上，过去的拥军工作，曾收到不少的成绩,我们相信在这次拥军的号召下,在这红色的五月拥军月,将要掀起晋西北全体政民的拥军热潮来。

(原载一九四三年五月十一日《抗战日报》第一版社论)

中国思想界现在的中心任务

  中国思想界现在的中心任务，就是在思想上澈底打垮和消灭法西斯主义。中国思想界所以要提出这个任务来，并把它作为中心任务，其重要的理由之一，就是为了战胜侵略我国的日本法西斯强盗，使神圣的民族解放战争贯澈到底，取得最后胜利。而要想达到这个目的，必须在思想上分清敌我，不容丝毫含糊，不容在我们的抗战阵营之内，还有人宣传法西斯主义或其亚种。不但这样，中国思想界所以要提出这个任务来，并把它作为中心任务，其另一重要理由就是为了将来的建国，建立三民主义的新中国而不是法西斯的中国或类似法西斯的中国，而要想达到这个目的，必须在思想上反对一种误国害民的思想毒素，这种毒素，就是法西斯主义或其亚种。要与这种误国害民的思想分清界限，不容丝毫含糊，只有在思想界肃清了这种毒素，才能够达到"抗战必胜建国必成"的目的，因此这个任务是中国目前思想界的中心任务。

法西斯主义是全人类的公敌，是全中国人民的公敌，同盟各国现在正与法西斯进行历史上空前伟大的战斗，中国是进行这个战斗的最早一国，六年来的斗争，证明法西斯主义是中国人民不共戴天的仇敌，中国人民是一定要澈底消灭这个敌人的。

为了澈底消灭这个敌人，不但需要武装斗争，而且需要思想的斗争，这就是对一切法西斯欺骗宣传的斗争。

一切法西斯欺骗宣传的核心，就是假装的民族主义。希特勒、墨索里尼、日本军阀都向他们国内的人民宣传他们的所谓民族主义，但是这与真正的革命的民族主义是毫无相同之点的。

法西斯主义者并不爱他们的民族。

希特勒毁灭了德国，墨索里尼毁灭了意大利，日本军阀毁灭了日本——难道这就叫做爱民族吗？

希特勒、墨索里尼、日本军阀使最大多数的德国人、意大利人、日本人陷于贫穷、破产、饥饿，剥夺他们的一切幸福和自由，最后又把他们抛入反动的战争的深渊——难道这就叫做爱民族吗？

希特勒、墨索里尼、日本军阀在他们的人民中间宣传复古、倒退、迷信、盲从、堕落、野蛮、无理性、神秘主义，破坏了德国、意大利、日本原有的进步和文明——难道这就叫做爱民族吗？

法西斯的所谓民族主义，就是摧残民族、掠夺民族、强奸民族的主义。

法西斯主义者就是这样的一伙强盗，他们强奸了自己的民族，挖掉了她的眼睛和舌头，并且继续压在她的身上吸她的血。但是这伙强盗说他们是最爱这个民族，他们是为这个民族的利益而战斗，如果这个被踩躏的民族起来要求自己的生路，他们就说她是"叛逆"，说她是"分裂"了国家的"统一"。

法西斯主义者所代表的乃是最少数的大金融资本家,他们公开垄断了全民族的经济和政治,这种垄断比十八九世纪欧美的自由资本主义和资产阶级民主主义坏百倍。但是他们却假仁假义的攻击自由资本主义和资产阶级的民主主义,他们不要脸的宣传他们所代表的乃是"全体",他们的经济和政治乃是"全民族"的经济和政治。

一百个人里面九十九个人的利益不代表全体的利益,一个人的利益反而代表全体的利益,这就是法西斯的数学。一百个人里面九十九个人向一个人要求生存的权利,叫做"煽动阶级斗争",一个人剥削迫害九十九个人反而叫做"阶级合作",这就是法西斯的逻辑。

法西斯最后只有不要逻辑,用极端的唯心论和唯□史观来维系自己的统治。墨索里尼说:"法西斯主义是宗教的概念,人们把握它,不是用内在的知觉的报告的观点,而是依据至为无上的信条的观点,用客观意志的观点,它引导个人的提高,使他自觉自己是精神界的一员"。

法西斯主义者对自己的民族尚且如此,对旁的民族的蹂躏就更不用说了,日本法西斯在中国所宣扬的"王道",我们中国人永远也不会忘记。

但是法西斯主义的末日已经来了。我们全中国人民和全世界人类现在所进行的战争就是灭绝法西斯的战争。我们叫做民主阵线,因为我们不但现在反对法西斯,将来更反对法西斯。我们流了这么多的血,就是为要实现民主的中国,民主的世界,将来的中国和将来的世界一定不允许有无论什么形式的法西斯的流毒丝毫存在。

这个思想在《大西洋宪章》里已经有了确定的表现,《大西洋宪章》第六条规定:"待纳粹的专制宣告最后的毁灭后,希望可以重建使各国俱能在其疆土以内安居乐业、并使全世界所有人类悉有自由生活,无所恐惧,亦不虞缺乏的保证"。以后,罗斯福和丘吉尔又再三发挥了这个论点。

我们中国不但在拥护《大西洋宪章》的华盛顿公约上签了字,而且还有孙中山先生全部反对法西斯的遗教。

　　法西斯主义是否认民族平等的，希特勒在"我的战斗"中公开宣传非雅利安民族是劣等民族，并且公开侮辱了中国，真是出人意外，有人以为一个黑人或一个中国人因为学过德文，预备终身用德语讲话及为某个德国政党投票，就可以变做德国人，这就使我们的种族开始不纯正。（但是孙中山先生却再三说，他的民族主义就是要打破民族间的不平等，就是要做到中国"同现在列强处在平等地位"，做到"中国境内各民族一律平等"。）

　　法西斯主义是冒民族之名来压迫剥削本国人民的。墨索里尼说："法西斯革命（？）创造力的根源就是组合的国家，即经济力量完全划一与调和（？）的国家，自由主义与社会主义在其中是根绝了的。"但是孙中山先生的民族主义却与民权主义民生主义密切结合而不可分离，所以孙中山先生批评辛亥革命的根本失败"就是由于当日同志仅仅知道注重民族主义，忽略了民权主义和民生主义的过错"。

　　法西斯主义既然要"根绝"自由主义和社会主义，当然也就是要"根绝"民权主义和民生主义。法西斯主义认为民权主义的时代已经过去了，认为人民不应该有什么目的和权利。希特勒说："大多数人不得决定，只有少数人可以决定"。但是孙中山先生却主张少数人不得决定，只有大多数可以决定，主张"以人民为主人，以官吏为奴隶"，主张"共和与自由全系人民全体而讲，或于官吏则不过国民公仆，受人民供应，又安能自由？"孙先生不但坚持现在是"民权时代"，并且预言民权主义以后的时期很长远，天天应该要发达中国，只应该比法美更进步。造成俄国式的"最新式的共和国"。在经济上，希特勒写的政策大纲明白规定着："国家统治一切社会化的企业，如托拉斯等"，同希特勒、戈林、墨索里尼、济亚诺等也就在这样的"统制""划一"之下，成了最大的财阀。但是孙中山先生的民生主义却是要"四万万人都可以享福"，要"大家有小米吃，要耕者有其田"。

　　孙中山先生不但在理论上反对法西斯，而且在行动上反对法西斯。中国这样的民族，本是只应该团结起来反对法西斯的，但是还在民国十三年，居然就有个买办资本家陈廉□为了损坏孙先生在广东的革命根据地，阴谋要求在广州成立什么"法西斯蒂"的政府，孙先生不顾某些外国人的压力，毅然决然地反对了陈廉伯，这就是有名的商团事件。孙先生如果活到现在，一定比以前格外痛恨法西斯，一定是全中国和全世界反对法西斯的急先锋之一。

为了反对法西斯，为了贯澈反法西斯战争的目的，中国一切革命的民族主义者和民主主义者，应该联合起来，应该广泛宣传孙中山先生的反法西斯思想，来加强抗日战争的力量，加强民族团结的力量，加强全国人民为光明的将来而斗争的信心和热情。

在这个反对法西斯的大联合中，三民主义者、共产主义者、自由主义者应该是亲密的战友，因为无论一民主义、共产主义或自由主义，都是与法西斯主义不能并存的。

"五四"和"五五"是中国民主思想运动的二十四周年纪念日，是马克思诞生的一百二十九周年纪念日，是孙中山先生在广州革命根据地就任非常大总统的二十二周年纪念日，这三个纪念日这样巧妙地联合在一起，应该是思想界反对法西斯大联合的一个象征吧？！

中国抗日战争和全世界反法西斯战争的胜利万岁！

中国思想界反对法西斯的大联合及其胜利万岁！

（原载一九四三年五月十三日《抗战日报》第一版社论）

学习与工作

　　学习的一般重要性，学习对于提高干部改进工作的意义，是再用不着多讲了。但今天还有人拿着工作忙，不能学习；或认为学习就要影响工作。于是每天两小时的学习，就不能坚持了。学习和工作对立而不能一致，脱节而不能联系，互相妨害而不能兼顾，是要从学习态度上和工作态度上来检查的。

　　学习态度上，主要是教条主义的学习或者个人主义的学习还没有完全清除。学马恩列斯的原著，是当教条。学晋西北施政纲领与法令条例，也是当教条。不是真正为用而学，乃是为学而学，为人家都学我亦学，为上级布置不能不学。教条主义的学习，总结起来是"无的放矢"。具体的讲，就是不看自己的处境、工作岗位和工作的需要，一般化的学习。以学习晋西北施政纲领条例，不分别那几条或一条政策是自己要亲手做的，或者要直接领导做的。也不分别那些是旁人做的，自己只要弄懂道理和办法，同旁人配合好照顾好就行了。如做军队工作的，必须精通纲领中有关军事建设的政策去实行；同时也知道一下政权民运工作是干什么的，并且是怎样干的，以取得密切配合与帮助。如果不注意学用一致，为用而学，抓住学习上的重点，是很难不学用脱节的。当然多看些五花八门的书，是或能增加一些个人的常识。但我们是在十分紧张繁忙的革命工作中学习，就不能像坐在图书馆里。我们是以学习来解决日常工作问题的，不能不是即学即用。所以为装一肚子书本知识去学习，我们是没有工夫干，也没有必要□干的，应当是每一工作部门的干部，都精通了并会运用了施政纲领中同自己工作有关的政策，同时照顾到配合别个工作部门，也懂得其他工作上的政策，加起来，施政纲领在晋西北就完全实现了。军队干部学习施政纲领如此，其他干部学时也应如此。学习施政纲领文件是这样学法，学其他文件也要这样学法。这就是为用而学，按需要学习，学以致用。不顾学用一致的原则去学习，出发于□个人名利地位而学习，如想当什么"家"，想一鸣惊人，都很容易落入教条主义的圈套。

　　工作态度上，主要是公式主义老一套的作风之形成。不精细不及时研究工作经验，缺乏生动活泼的创造性，也可以说是工作上也染了些教条主义的灰尘。当然处在频□战争的环境，要打仗，要生产，事情是忙碌的，是不能间断工作而去专门学习的。因此规定在职干部每天两小时的学习制，不但需要而且完全办得到。可是有些人宁愿闲荡时间，一月一年的过去了，不愿潜心学习，不去研究自己工作经验，给以总结。而且研究不是为了往一块堆材料，总结不是为了"交差"，应是真有条理，真有新内容，可据以推动改进下一步工作的。本来我们的工作是最现实最实际的工作，有极丰富的内容，可惜我们自己下不了决心钻进去找出规律来。我们现在做许多工作，多偏重于完全依靠上级的现成指示和办法，不会依据上级给的原则，创造更多的新经验和新办法。就是说不会在自己工作中学习，以提高工作效能，只是坐待上级的动员工作命令，不去研究建立自己的经常工作。总之，不会发展，不会抓中心，学习是一般化，工作也是一般化，平铺直叙，有现象罗列的作风，被动多于主动，工作中公式主义老一套就由此形成了。整天纠缠于繁杂的事物现象中，不会主动的支配自己的时间和精力，不会总结运用新经验，不会学习抓工作的规律，于是工作太忙了，而工作还没做的很好。索性也不学习了，并把学习当成和自己眼前工作而无关的东西。但如果不是闭户读书，不是啃死书本，不是背诵教条，而是按当前工作需要去学习，为解决工作问题去学习，为研究总结工作经验而学习，学□的有用的知识，学习的确可以帮助改进工作时，何乐而不努力学习呢。

现在施政纲领与法令条例的学习计划快要完结，到了检查总结学习成果的时候了。到底半年来干部学习有着什么心得？有些什么经验和问题？对于提高干部改进工作有些什么帮助？应当老老实实的检查总结出来，后半年的学习，除了随时研究政府的法令条例应用于工作外，还应当选读些整风文件，以更加坚定每个干部的抗日立场和信心。最好以整风文件的精神，反省自己的全部抗日工作，发扬成绩，纠正缺点和错误。应当看那些文件，各负责指导学习的机关，看工作和干部需要而定。如五月十三日第三四四号本报转载解放日报社论"中国思想界现在的中心任务"一文，是需要在各级干部中好好展开讨论的。文化工作的同志，要仔细研究清楚本报所载关于□运方针及文化人下乡问题的几篇文章。不可泛泛然一般化的学习，形成好高骛远，贪多嚼不烂。不顾工作需要的盲目学习，不仅难以避免犯教条主义错误，而且简直是会妨害工作的。学习始终是我们光荣任务之一，是办好抗日根据地事情不可缺少的资本。无论党政军民的各级负责同志，都必须认真的深入的领导干部学习，也学好自己。大家互相督促，互相勉励和帮助，把仗打好，生产闹好，也要学习的好，以增强反攻的准备力量，迎接抗日的胜利。所以像战斗、生产一样，学习也不能一天离开我们每个同志的生活。而且战斗和生产的理论实际问题，正是我们今天每个干部都要用心学习的东西。

（原载一九四三年五月二十五日《抗战日报》第一版社论）

今年的优抗工作

优抗代耕工作,各地已在执行。以布置看来,比过去是注意的多了。综合各地代耕办法,不外下列各种样式:

(一)确定享受代耕优待的抗属每人或每户代耕土地的数量,所规定之土地数量,平常收成,亦可维持生活。

(二)代耕算作抗战勤务,这是群众最满意的办法,或以每垧地一般所需人工折算,作成抗战勤务,或代耕一天,在抗战勤务账上记一个工。

(三)固定代耕,有的是个人固定,有的是小组固定,有的是组长固定领导,队员临时由组长指派。

(四)由春耕到秋收代耕户完全负责。

(五)代耕所需要的畜力,由村中耕牛及毛驴轮流服务，但畜力的代耕工数有一定的限度。

（六）抗属自己有劳动力不需要完全代耕者，补助以畜力或人力，或酌情免服抗战勤务。

此外个别地方有试行折粮制或折钱制的。折粮制是按代耕地质的好坏，评定收获量，秋收后照数交付粮食及附带的柴草，有余归自己，不足补偿。折钱制是在抗属与代耕人同意之下，将代耕所需的人畜工数，折成工钱，交给抗属，由其自行雇工耕种，主任代表保证一方按期交钱，一方将钱用在地上。

现在将这些办法已确实布置到自然村，使村干部当作一回大事情去干。并在群众里边作了宣传动员工作，使群众也认为这是自己应该做的事，是志愿给抗属尽义务。抗属也相信他们能够把地代耕好，使得代耕人与抗属间，充满了尊敬友爱与互助的情绪，使代耕工作容易贯澈。

以上代耕办法，是各级政民负责同志今年更加重视这个工作的表现。因此，他们曾向抗属作了调查，了解了抗属的需要，懂得应给他们一些什么具体帮助。因此，他们能够根据过去经验与群众目前习惯，把行署颁布的优抗条例具体化，创造出比较适合群众要求的办法来，群众所喜悦接受，这在思想上和工作上看，都是一个大进步。但是最大的进步，须看贯澈程度，须看今年有无检查总结。

但仍有些同志，不研究过去这个工作做不好的经验教训，也不去细心了解实际情况，因而具体办法也就没有，只是把行署优抗条例照搬下去，到底讲些代耕工作如何重要等等的空话，也以书面的或口头的统计代耕小组代耕队员及代耕土地的数目字为满足，不去问一问实际效果。至于群众是否已经接受了，抗属有什么切身困难等等，都不详细了解和过问，这种官僚主义，永远没有好结果的。

第二种领导应向第一种领导学习吸取他们的经验，重新考虑一下自己布置的优抗工作。第一种领导则更要继续严格检查督促，使代耕工作完全贯澈。并及时检查总结经验教训，呈报上级。

为要更做好优抗的代耕工作，还需注意两件事情。第一件事是把代耕工作和目前拥军运动联系起来，向群众说明白，这就是最具体的拥军工作，而且是拥军工作的三大中心之一。第二件事情是要确实执行优抗条例中的五项代耕纪律。

至于春耕中生活困难的抗属，还应依照条例补助粮食，使他们能够参加生产。住在敌占区与游击区的抗属，须尽可能优待粮食或优待钱，使他们得以维持最低限度的生活。

（原载一九四三年五月二十七日《抗战日报》第一版社论）

检查抵制仇货倾销

去秋以来，敌寇向我根据地有计划的倾销奢侈品及非必需品如纸烟、麻葛、化妆品之类，套取我现金物资如皮毛、桐油等。企图严厉打击我根据地经济建设并补助它的战争资源。行署于二月十日颁布命令，严禁敌人非必需品入境。公私商民热烈的拥护命令，各级政府贸易机关坚决的执行命令，三个月来收效颇大。但是敌寇向我经济侵略，花样百出，从三月十日起又实行了"管理物资新规定"，一面加强封锁军队器材及必需品，一面又加强非必需品及奢侈品的倾销，企图更便宜的掠夺我们的皮毛、桐油等。由于对敌人这种新政策认识的不够，对付的办法还不十分严格，以致市场上的仇货仍不时出现。最近与县检查仇货时，发现了某公营商店及一部份私店尚存有仇货。可见政府二月十日的命令，尚未贯澈执行，这是应当严格检查的。

如何检查呢？我们以为首先是各级政府和贸易机关，要认真负起责任来，反省一下自己本身是否把行署颁发的各种办法，确实执行了？是否当地党政军民的步调一致了？是否取得了主动的对敌经济斗争的地位？这些方面如果尚有缺点和错误，要马上检查纠正。

其次，发动群众和干部不贩运仇货，不买卖仇货，不用仇货。购用仇货，是会减弱抗战力量的。把禁用仇货，服用土货造成运动。机关部队的人员应以身作则，保证政府法令的贯澈，不论大小商人都要严格遵守政府法令，违法者要严惩。公营商店执行法令更要做模范，不应维利是图，以至知法犯法，好好检查一下，这方面如有缺点和错误，也要赶快纠正。

再次，贸易局应加强领导公商联合会，统一步调，集中力量，运销土产，供给原料。勿再各行其是，勿再为局部利益而违反政策法令。我们经济建设是有目的的，即是为了供给根据地军政民以必需品，好长期支持抗战。公营商店在贸易局领导下，加强向敌人作经济斗争，不应有任何对敌贸易取放任自流的态度。要知仇货或土产走私者是对抗战有害，对敌人有利的事情。贸易局与公营商店的步调一致，对抵制仇货的倾销的成功，是则有决定作用的。这方面也要检查一下，把缺点和错误纠正过来。

再次，境内自由贸易的原则是确定了的，但必须对内地市场要有严格的管理。商联会也成立了，就要把商人都领导起来，向商人经常讲解法令，使商人们自觉地遵守，配合征收营业税，加强检查其业务。因为这一步作不好，单纯的缉私，是难以禁绝仇货倾销的。有人认为不管理内地市场就是执行自由贸易政策是不对的。所以这一方面，也要抓紧检查，以纠正缺点和错误。

最后，各地政府要加强缉私工作，□民兵协助之，并组织群众缉私，建立群众性的缉私网。不可太偏于边境，也不可完全把重心放在镇上，缉私工作是全晋西北性的,要艰苦工作,深入各地,使敌人奸商的任何形式的走私,都将到处碰钉子。这方面如有缺点和错误,也要检查纠正之。

所以抵制仇货倾销,只有了法令还不算,一定还要深入的各方面的检查法令执行的程度。如果不检查,法令自法令,走私自走私,不是我们革命者的作风,而且对抗战是极端不利的。

(原载一九四三年五月二十九日《抗战日报》第一版社论)

论共产国际底解散

　　昨日本报发表了两个重要文献：共产国际执委主席团关于解散共产国际的提议书和中共中央关于这一问题的决议。工人运动底国际领导中心——共产国际解散了，这是一件有世界历史意义的事情。为什么这个对世界革命运动的发展曾经起着如此重大作用的国际组织，这个继续着第一国际底光荣传统和第二国际战前最好时期的传统，领导着各国工人阶级和一切劳动人为社会主义而斗争的集中的战斗组织今天需要解散呢？它的解散对于目前的世界局势和各国共产主义运动的往前发展将会发生些什么样的影响？

　　为着回答这些问题，首先需要弄清楚革命的马克思主义对于组织形式是采取什么态度的。马克思主义者和一切其他原始的社会主义者不同，他们在解决斗争形式和组织形式的问题时，第一，他不把运动束缚于某种固定的形式，否认绝对正确的对于革命运动一切阶段都适用的组织形式；第二，他们对于组织形式要求作无条件的历史的考察，必须从运动发展的当前阶段的具体环境中去观察组织形式之是否适宜；第三，他们认为斗争形式和组织形式是服从于无产阶级阶级斗争的基本政治利益的组织形式，是为每个特定时期的具体历史环境及由此直接产生的任务所决定的。从这个观点看来，就可以懂得任何组织形式用于革命发展的客观条件的变化，能够从促进运动发展的形式变化为它的桎梏，这时候旧的形式必须改变，马克思的第一国际的历史，鲜明的说明了这点。这个革命马克思主义对于组织形式的观点，永远是共产国际在组织问题上的领导原则。列宁领导下的共产国际第三次大会，在"共产党底组织建设他们工作的内容和方法"这一提纲中，开始就说："（1）党底组织应该适合它的活动的条件和目的之中……（2）不能有绝对正确的不变的共产党底组织形式，无产阶级阶级斗争的条件，在前进中经受着不断的变化，它迫使无产阶级的先锋队经常找寻自己组织底最合适的形式。"明乎马克思主义对于组织形式的这个基本原理之后，对于共产国际底解散就不会诧异了，就会懂得"共产国际底解散是比较其继续存在更加有利的"。（中共中央）

共产国际产生于一九一九年，这时候，战前的旧的工人政党绝大多数叛变了社会主义，政治上完全破产了，在欧美各国（除在俄国）工人运动中的左派，这时候既很薄弱，又没有广大的联系与组织，不能有力地来抗击机会主义的叛变和领导工人阶级的革命战斗，而帝国主义战争、十月革命胜利、资本主义的总危机将阶级斗争提高到空前的高度，这些条件在工人运动面前提出了在各国组织和旧的改良主义的工人政党截然不同的新型的真正马克思主义的政党的迫切需要，和在全世界纠织一个统一的集中的国际组织，以领导和帮助新兴的薄弱的各国共产党之迫切需要。共产国际担负着这个伟大的历史使命而出世了,在其存在的二十五年内,共产国际不仅帮助了各国工人阶级底先进份子,团结了真正革命的马克思主义政党,而且扶植培养了这些政党的独立战斗的能力和创造的天才,使他们能够最好和最有成效地解决各个国家面前的极复杂的任务,这在中国共产党的发展史上得到最鲜明的例证。中国共产党的产生和发展,是在中国社会内部有其深刻的根源的,是中国革命发展的必然结果。但是我们的党之所以能够从马克思主义者的小组变成为全国政治生活底重大因素,所以能够在今天,在毛泽东同志领导下独立地创造地依据中国的具体情况和客观条件正确地决定自己的政治方针、政策和行动,对于这一点,共产国际的帮助和指导是曾经有过重大作用的。可是,如果在新兴的共产主义运动初期,在各国党创造和形成的时期,以及在资本主义相对稳定各国革命斗争的任务比较单纯的时期,集中的国际的促进运动是必要的、合适的、能够促进运动发展的话,那么,在世界局势激变,各国工人运动面前的问题愈益复杂多变,而各国共产党已经成长,有着丰富的经验和创造的独立作战能力的时候,这个原有的组织形式已经显得陈旧了,不适时宜了,它的继续存在将成为运动发展的障碍。试设想一下,今天的世界状况,那是怎样一幅花样复杂的图画啊!今天的世界有着以□与血搏斗着的希特勒匪帮及其同盟者的侵略集团,与伟大的爱好自由的民族的反希特勒同盟,在这对抗的营垒之旁站着若干中立国家。不论在侵略集团之内,反侵略同盟之内,中立国之间,各个国家的地位亦是极不相似。以侵略集团说,德国是完全的主人,日寇是半独立的希特勒同盟者,意大利是附庸,罗、匈、芬国是喽□。以同盟国来说,有社会主义的苏联,资本主义的英、美,半殖民地的中国,殖民地的印度,暂时沦陷失却国家独立的法、比、捷、荷等国。以中立国说,有亲轴心的西班牙,亦有土耳其和瑞典,有在德国四面包围中的瑞士,亦有远离战场烽火的南美国家。姑不必论各国内部情况的天壤悬殊,工人运动主观力量的各不□同,即就这个复杂万分的国际关系和状况来讲,要由一个国际领导中心来集中地解决一切国家的各种问题，是如何不可设想。一九三五年的共产国际七次大会有鉴于国际形势之日趋复杂，就已经决定了使各国共产党能够独立地根据自己的具体条件和特殊状况来解决本国的各种问题。八年来的经验，已经充分证明了各国共产党及其领导干部已经成长到能够不犯重大错误地正确地决定其本国的内□政策的水平了，运动发展的客观条件，使得国际范围内的集中领导已经遇到不可克服的障碍，而其主观条件则已成熟到使这种远离本国的中心领寻成为多余的了。这样旧的形式底抛弃，只会使新的内容更顺畅的发展起来，使运动更向前提高一步。综上所述，亦就可以明了这个英明的措施将必然会使得各国的工人运动更进一步的发展，使得各国共产党能够更切合本国的具体条件和历史情况来解决本国革命运动面前的任务，而使它能成为与千百万群众有密切联系的民主的工人政党，使得他的领导干部及全体党员，在提高了的责任感的基础上，能够更进一步地依据本国的条件来应用和发展马克思主义的普遍原理，而提高他们的创造才能，我们可以期待在今后各国共产党，不论在马克思主义的理论上，不论在革命实践上，将会有迅速的飞跃发展和伟大成就。至于各国工人阶级底休戚与共利害相关的意识，那么，恩格斯关于第一国际解散所说的："甚至没有暂时已经变为栏栅的形式的国际联合，亦会继续前进的"。在今天是更加切合的。

  对于目前的世界局势，它的影响也是十分重大的。目前的世界局势，正处在摧毁希特勒暴政的决战的前夜，毁灭希特勒主义及其恶种，是今天头一等的任务，一切力量应该集中于完成这一任务。而希特勒的情况愈加危急，他的政治和军事的地位愈加无出路，那么，他愈加想挑起分裂同盟国的营垒。在希特勒匪帮手中的挑拨工具之一，就是"反共产国际"这个幌子，在战前希特勒就以"反共公约"作为准备战争的工具，而在目前四面楚歌的环境中，戈培尔□又□嘶力竭地叫喊莫须有的"布尔塞维主义的危险"和"共产国际干涉各国□政的阴谋"来找寻脱逃死亡的出路。共产国际的解散，给了希特勒匪帮当头一棒，使他们的"反共产国际公约"落了空，这几天轴心宣传的慌乱，□林发言人对"反共公约"将来如何只能回答："将来自知"，这已经充分暴露了轴心集团之□章狼狈。□反的，同盟国各国朝野的交口称□，证明了此举对于盟国团结的促进，澈底摧毁轴心集团的胜利之到来的重大贡献。

总之，共产国际底解散是为客观主观条件的变化所准备了的。历史条件成熟了，新的内容生长了，已经陈旧了的变成桎梏的旧形式之抛弃，只会使新的内容更迅速更顺利地茁长怒放。共产国际底解散，将使中国共产党人把更大的责任感，更大的自信心，更大的创造性，坚定地站在马克思主义的立场上，站在革命斗争的先锋岗位上，来更好地更有成效地工作，来加强与千百万人民的联系，来进一步巩固党的组织和提高党的战斗力，借以服务于抗战建国大业，首先最迅速地摧毁我们民族的死敌——日本法西斯及其德意同盟者。战斗罢，中国共产党人！胜利是我们的。

（原载一九四三年六月一日《抗战日报》第一版社论）

欣闻太行大捷

前日本报披露了一个最可喜的消息，就是太行八路军的大捷。

今年敌寇"扫荡"太行是敌后"扫荡"最大的一次。今年开春以来，敌寇的"扫荡"是特别频繁的，而此次"扫荡"太行则由山敌酋冈村宁次亲自指挥，兵力也最大，敌寇宣称"扫荡"期间为一个半月，结果被我十天就打了出去，还是有很大意义的大胜利。

敌寇此次对太行八路军的"扫荡"，刚刚在其对太南友军"扫荡"之后。敌寇于四月二十日起，以二万兵力"扫荡"太南豫北，我军策应友军，积极配合作战。敌寇羞怒，乃于太南蠢动告一段落之际，立即转锋北犯，从五月五日起以三万兵力"扫荡"太行八路军，要来"釜底抽薪"，□趾高气扬得意忘形可谓极矣。但事实却教训了敌寇，他的欢喜是太早了的，敌后有广大的中国人民在，有与民众结合得血肉不可分离的八路军在，敌寇虽能在一时一地侥幸获得些胜利，却永远也不能"釜底抽薪"，永远也不能消灭坚持敌后方抗战的中国军民，太行之捷，乃是中国人民给敌人的强有力的回答，乃是中国人民给敌人的迎头棒喝。

太行大捷给我们最重要的经验教训乃是人民力量的伟大，太行我军之捷，其关键所在就在军队与人民的结合，军队与人民越是亲密结合，它就越是不可战胜，这个道理我们早已说过，早为一切事实所证明，今天又为事实所证明。但是我们在这里要重新来说明真理，为什么呢？因为我国的抗战现在到了最困难的关头，在此抗战越来越困难的时候，可以有两种方针：一种方针是使军队更亲密的与群众结合起来，执行这样的方针，则无论什么困难我们也能熬过，将来机会一到，反攻起来也能必胜；另一方针是专门依靠外力，希望盟国来帮我们反攻，我们坐收其利，坐享其成，因而采取一种很错误的方针，使军队与人民分离的方针，实行这种方针就必然在困难严重的时候支持不上，发生危机，还是当前战局中大堪隐忧的事。

就太行八路军本身来说，我们也要指出这次大捷证明了群众力量何等伟大，从今天以后，要更加努力，把军队与民众更加亲密的结合起来。回顾三年以来，敌人对敌后抗日根据地实行"三光政策"，这是敌人企图使我军民分离的最毒辣的政策，"三光政策"一方面使民众反对军队，因为这可以使一部份落后的民众认为日寇所以烧杀抢他们，乃是军队在抗战的缘故；"三光政策"使军队感到严重的困难，在军队面前提出问题：如果不能保护群众，则军队也将不能生存，但因为要保护群众，这又反过来使军队中有些落后的干部觉得民众是个累赘。我们八路军的干部与战士有一个很好的传统，就是懂得"军队是鱼民众是水"的道理，懂得"民众力量是最大的"的道理，但如果抽象的了解这些道理还是不够的，某些人觉得民众是累赘就是因为仅仅止于抽象的了解这些道理，一到一个具体问题来了，就不了解了。具体的问题是什么？就是民众有没有保护自己的力量，我们有些同志，首先是一些军事干部，承认民众有力量，但是不承认民众有保护自己的力量，因此就对精兵简政、武装民兵的政策发生怀疑。这次太行大捷的经验，证明了民兵力量是异常伟大的，证明民兵不仅保护了民众，并且给了正规军以最有价值的帮助，证明了精兵简政武装民兵的政策之完全正确，这个政策乃是更进一步把军队与民众团结起来的政策，乃是党中央的政策，乃是毛泽东同志所手订的政策，在敌后各抗日根据地应当根据此次太行大捷的经验，澈头澈尾的施行这个政策。

敌后军民苦战了已将六年，其艰苦困难英勇壮烈是史无前例的，其对国家民族的功绩、对人类解放的功绩是极端伟大的，不论奸人如何造谣污蔑，事实俱在铁证如山，是推翻不了的。现在世界人类反法西斯战争大势已定，是决然要胜利，而且这个胜利已在一步步开始实现，所望敌后忠勇军民再接再厉，全体动员，熬过困难，迎接光明。当此太行大捷消息传来之□，□报覆以无限热忱向敌后苦战的兄弟姊妹们致慰，并致衷诚之贺意。

（原载一九四三年六月三日《抗战日报》第一版社论）

不让敌人毁坏青苗

敌寇最近在晋东南的"扫荡"中，除了更疯狂地实行一贯的烧杀抢掠各种残酷手段以外，更到处毁坏青苗，特别恶毒的是从敌占区强拉大批民夫，迫使他们割毁青苗，敌人一方面阴谋破坏抗日根据地的生产，断绝抗日军民的衣食，一方面用之以挑拨根据地与敌占区民众的互相仇视，转移他们的民族仇恨心，这一阴谋实较以前更为毒辣十倍。今年我晋西北五日一风，十日一雨，在军区部队、游击队和广大民兵的积极战斗保护下，春耕得以即时进行；现在油油青苗正在迎风抽长，无疑的，敌人对我们青苗的顺利生长，是不会安心的，它像一只猛猪，恨不得乘隙冲进来，把我们的庄稼连根咬断。我们不厌烦地再三再四提醒大家：

敌人就在我们身边，"扫荡"随时可能到来。因此，武装保卫青苗，不让敌人毁坏青苗，这是晋西北全体军民当前的一个紧急任务。

由各地的经验可以知道，敌人在"蚕食"中采取了更多的花样，对我根据地的进攻采取了更巧妙的战术，如以快速部队远道奇袭，包围村庄，拂晓进攻，而且进退无定，使我不易捉摸其行动的规律而陷入他的圈套。我们已不能分前方后方，任何地区都必须把备战工作经常化，随时防范敌人"扫荡"的突然来临，一千次中的一次疏忽，就可能遭受大的损失。

由各地的经验也已证明，凡是民兵普遍发展的地方，只要军民团结的好，配合的好，敌人任何巧妙的战术和鬼计阴谋，都施展不开，一年来，在反"蚕食"斗争中，不论内地区游击区，我们的民兵在战斗中已日益壮大了，普遍发展了，我们有了粉碎敌人任何进攻阴谋的更有利的条件。但是，我们的民兵是不是已经充分坚强有力了呢？还没有。民兵的发展还不平衡，有些地方，特别是内地区某些地方的民兵，训练还差，还缺少战斗锻炼。所以，进一步的加强民兵游击小组的领导与组织，随时准备应付敌人的"扫荡"，是达到保护青苗任务的一件最重要的工作。

在接敌区及游击区的民兵，他们在反对敌寇换粮阴谋及保卫春耕中，会不断的主动出击，破坏敌人的交通，打击敌伪小股武装，抓获消灭敌探特务，也会主动地配合部队出击杀敌，甚至袭击敌据点，深入敌寇心脏进行破坏袭扰。由于他们保卫家乡坚决抗战的英勇精神，在打破敌人抢粮阴谋，武装保卫春耕中，起了很大的作用，创造了不少的辉煌战绩。现在这些地区的民兵，更应高度发扬其英勇战斗的精神和积极性，继续发挥其已有的战斗经验，积极活动，防止敌寇□"扫荡"，武装保护青苗。"不让敌人毁坏青苗！"已是我们军政民一致的重大任务，敌人将以毁坏青苗为其"扫荡"我根据地的恶毒手段，青苗是群众的生命，敌人的罪行必然会遭到我群众刻骨的痛恨；群众是会同敌人拼命来保护青苗的。所以，部队、游击队，特别是民兵要很好帮助群众、配合一致，亲密团结。群众也应当很好组织起来，战时尽量武装，打击敌人毁坏青苗的阴谋，保卫自己的切身利益。只要军民很好团结配合，民兵更加积极活动，战时的领导和组织更加强了，敌人毁坏青苗的阴谋就必然要失败的。

加强战斗准备！不让敌人毁坏青苗！保护青苗！

（原载一九四三年六月五日《抗战日报》第一版社论）

帮助灾难民转入生产

敌人抢粮抓丁等种种暴行，造成了敌占区的贫困与灾荒，使人民流离失所，无以为生。反之，我根据地内则日益繁荣，人民一天一天丰衣足食。对照之下，敌占区灾难民一批一批迁入根据地来，这是应该表示欢迎和慰问的。据现有统计，已迁入的将近万人，现尚仍在陆续迁入中，这是灾难民的一种；还有一种，是本根据地内因为头年歉收无法生活的灾难民。

为了帮助这些灾难同胞解决生活问题，特别是帮助他们转入生产，行署已颁布了援助救济的命令和办法。各地都正在执行，且有很大成绩。如歉收成灾者，仅河曲一县，由政府发放和人民互济的粮食已有一百余石。在政府与人民积极帮助下,灾难同胞目前的生活已告解决,不少的人已转入生产,作长期打算。他们亲眼看到抗日根据地有办法,亲身尝到祖国同胞的热爱与团结互助的精神,他们更加确定的相信中国抗战一定胜利。

帮助灾难民转入生产,尽量勿使有坐食山空的人,救济他们就成为当前的一个中心了。我根据地内各县可耕荒地甚多,据调查岢岚一县可耕的荒地,即可容纳一万劳动力,交东交西山地和兴县四区,也都有很多荒地急待开垦。而且这些荒地,大部份都是肥沃的。开起来好好耕种,满可以维持生活,有些妇女或体弱的男子还可以参加纺织业。而已转入生产的一部份灾难民,因其本钱薄弱,还需要注意帮助他们解决些夏天的困难。

帮助与安置灾难民,单靠政府力量,仍是很有限的。晋西北是一切抗日人民的家乡,应当宣传与组织群众间的互助互济工作,才能做的普遍,也才能收及时的与深入的帮助之效,以便更增进本地人与迁入户的亲密团结,共同坚持抗战,共同努力建设晋西北。

(原载一九四三年六月八日《抗战日报》第一版社论)

破坏日寇推行"对华的新政策"

自汪逆一月"参战"后,日寇便假仁假义的宣称"返还租界""撤废治外法权"移交英美产业和军营工场,撤消伪新民会,伪县公署日本人,不干涉中国行政等等,这就是目前敌寇大肆叫嚣的"对华新政策"的具体内容。为什么日寇现在要说这个"新政策"呢?主要的原因是:

第一,苏联美英抗战力量的一天一天强大,德意在苏联和北非节节败退,很明显的,希特拉败局已成,轴心国大势已去,日寇生命的结束亦将随之而来。它为着挣扎图存,集中力量于"增产"准备好与美英"决战",所以实行"以华制华"的新政策,以便更残酷榨取沦陷区的物质资源。

第二,中国将近六年的抗战,消耗了日寇,疲惫了日寇,使它骑虎难下，尤其当与美英"决战"时，中国是会更紧的拖打它的下半身，使它腹背受敌。它实行"新政策"，妄图强化伪政权，扩大伪军，以便巩固其占领区的统治，可能时再向中国来个新进攻，试试首先"解决中国问题"。

第三，敌寇五年来，虽然在沦陷区掠夺了些东西，但已使天怨人怒，民穷财尽，沦陷区的社会经济已形破产。日寇不得不改用以"养育（伪）国府"和"增强生产力"的"以华制华"新政策，叫汉奸汪精卫们给他们动手动脚，它可坐食其果。

由上所述，我们可以看出敌寇所谓"对华新政策"，实质上就是要通过汉奸汪精卫政权吸尽沦陷区人民的血和骨髓，企图使沦陷区成为万劫不复的殖民地，以实现其所谓"战时经济体制"。他们的花样虽是翻新，但万法归宗，日寇灭华的政策是确定不变的。为要以伪汪政府来替它咬人，就不能不叫狗吃点肉。于是装腔作势把汉奸汪精卫扮成一个"独立国"的"元首"模样，什么返还租界啦，废除治外法权啦。王逆揖唐被迫下台啦，南北伪政权开始统一啦，敌酋东条访宁啦等等，这完全是与汪逆演双簧。而汪逆也指手指脚，洋洋得意，甚至翻起筋斗来了，但总翻不出日寇的手心去。

现在举几件日寇自己干的事情，以说明它的"新政策"吧。

第一件事情，天津日租界于四月一日正式宣布退还了，但除更换一块木牌"日租界"三个字改为"兴亚区"外，其他一无改变。随后天津伪警察署检阅全市警政时，郑道声明"兴亚区"除外。这就是日寇的"返还租界"。我们再看日寇在宣布"撤废治外法权"和"尊重中国独立自主"后，又强调它在"中国"（即汪逆统治区域）方面仍保留"指导协助"和"军事使用"权。敌山西派遣军说的很明白，"如果有人对日本之施策歪曲判断，视为皇国大陆政策之后退，或以为中国之武力、政治力代替日本力量，日本将转移武力对付英美，此种想法，实为误谬"。（四月二日伪《山西新民报》）

日寇又会声明撤消伪新民会和伪政权的日本人，表示"不干涉中国行政"。但事实上只是把日寇直接委派的日本人，改称为"中国雇用的职员"。

而且"雇用"之权在敌不在伪，仍是居于伪新民会和伪政府的太上皇地位。明明是日寇在后，汪逆在前演双簧，有什么"独立自主"可言呢。

第二件事情，日寇在山西曾"交还"三十六个军管理工厂和数处煤矿给伪政权。但同时敌人又组织"山西产业株式会社"和"山西煤炭有限公司"统治之。伪汪政权又于各省市设置日籍常驻经济顾问，以掌握经济大权。还又有什么"独立自主"可言呢。

第三件事情，伪山西省公署近又宣布实行"经济开放政策"颁布"物资流动取缔办法"，交城、文水、汾阳等伪县公署已于四月遵令实行。故近来敌占区人民，可以从敌人据点多少买出些零星物品。但这决不是日寇的"恩惠"，相反的，是有计划的倾销奢侈品及非必须品，来套取我们的粮食和对它有用的东西；另外还企图缓和一下沦陷区愤激仇恨的民心。真正目的正如四月一日敌山西派遣军所宣称的："对敌（指抗日方面）经济封锁，搜取敌方物资，军方仍主动实行。"并诱劝敌占区人民"善体（伪）国府之意图，以协力日本，整兴实业，增大生产，尤其三战争必要资源之开展，及衣食数据之增产，除供给当地日军之需要，还以剩余物资，供给日本"。这里又有什么"独立自主"的一点味道呢。

日寇"对华新政策"的重心，在经济方面，即把过去的由日本人亲自打着要，改变为叫中国汉奸替它骗着要，打着要，这会使一些人弄不明白道理的。而在武装方向，"新政策"推行后，扩编伪军，以补日寇兵力之不足。近来六、八分区平川，盛传日军要退走，汪逆精卫的队伍要来，并还有人妄想幻想敌人的"新政策"会给他们些什么东西。应当针对此而揭穿之，不给敌人欺骗宣传起了作用。我们要抓紧目前在晋西北对敌斗争开展的形势下，在游击区和敌占区进行耐心深入的宣传，揭露敌人"新政策"是更毒辣的阴谋。并随时有正确对策，以破坏敌伪任何推行"新政策"的言行。

（原载一九四三年六月十二日《抗战日报》第一版社论）

抗战与民主不可分

——祝第二届联合国日

自美总统罗斯福去年宣布以六月十四日为联合国日以来,到现在已经一年,去年有二十八个国家庆祝这一个节日,纽约曾有五十万人的空前大游行,今年联合国胜利在望,全世界对于这个节日的庆祝,必定更加热烈、更加盛大。

人类的命运现在处在决定的时机,决定人类命运的乃是此次大战的结果,这是人所共知的事实。在此次全世界人类反对法西斯野蛮侵略者的神圣战争中,我们中国进行了对日抗战六年之久,尤其是以劣势武器在敌后坚持至今的游击战争,乃是我中华民族所创造的伟大奇迹。我国六年的抗战，诚如中国共产党在全面抗战爆发以前老早就指出的那样，一改我国在国际间的地位。从九一八到八一三，由于卖国贼汪精卫之流把持国柄，勾结轴心，对外屈辱，对内反共，我中华民族曾被人看作卑怯无能的劣等民族，但是经过了六年的团结抗战，我国却已经被列入世界四大强国之林了。这种铁的事实，证明了中国共产党从九一八起就主张的对日抗战，乃是完全正确的，也证明了当时主张屈辱投降的卖国贼汪精卫之流是何等可耻。我们庆祝联合国日，我们庆祝联合国的胜利，庆祝人类正义之胜利，也庆祝中华民族的强盛，庆祝抗战的胜利。

反对法西斯不仅为了人类的现在，而且也是为着人类的将来。现在所进行着的世界战争，乃是两个政治原则之间的战争，就是法西斯主义的政治原则与民主的政治原则之间的战争。在这个战争中，自由主义与共产主义共同在民主的旗帜下反对法西斯主义，共产主义者造成最广大的民主，这是无庸多说的了，而此次世界战争爆发后，美总统与英首相同拟的《大西洋宪章》，也规定了人类的四大自由，这就是文化与信仰的自由和免除一切穷困与恐怖。联合国日发起人罗斯福总统在去年今日的演说中，再一次强调了维护人类四大自由的必要，他说："信仰人类共有之四大自由，乃吾人与敌人之主要分野"；又说："人类共有之四大自由，乃人类所需要之要素，正如空气日光面包与食盐之不可须臾或离，剥夺人类所有此等自由，则彼等必将无以生存，剥夺其一部份自由，则其一部份必将枯萎。"我们庆祝联合国日，就要维护民主，我们庆祝联合国日，乃是为了拥护民主，为了反对法西斯主义。法西斯主义是这样一种政治原则，它对外则主张"亚利安种族至上"或"八纮一宇"的并吞，对内则主张"盲从领袖""全民政治""全面经济"的独裁，反对共产党，压迫人民，民主自由被它摧毁无遗，不剿灭法西斯主义，不确立民主主义于全世界上，即使这次战争胜利，还不能奠定人类永久和平，现在与将来不能分离，抗战与民主亦不能分离，原因就在于此。

中国共产党与全中国人民一样，完全赞成在中国实行民主的政治原则，中国共产党在他的党员所参加的地方政治中，遵行孙中山先生的三民主义与抗战建国的纲领，并把民主政治的原则具体化，这就是三三制的民主政权。中国共产党并坚持主张民主的政治原则应在全国实现，这不仅对于现在的抗战有很大好处，对于将来的建国有很大好处，而且对于全人类也有很大好处，因为我们中华民族是占世界人口五分之一的大民族，因为我国有很高的国际地位，我国的一切设施会对全人类发生极大的影响，对于将来的世界和平发生极大的影响。

可是正在庆祝第二届联合国日的时候，正在全世界高唱民主自由的时候，正在法西斯侵略者快要倒台的时候，在我抗战营垒之内，居然有人提倡类似法西斯主义的怪论，这岂不是奇怪之极吗？这些人所提倡的中国式的法西斯主义，以"中国文化至上"来代替希特勒的"亚利安种族至上"，对中国以外的民族，重唱汪逆精卫的"以中国文化融化外族"的胡说，对中国国内重唱希特勒的"全民政治""全民经济""全民战争"和"盲从领袖"的论调。这个中国式的法西斯主义完完全全像希特勒主义一样，公开反对共产主义与自由主义。它也同希特勒主义采用同样的排外手法，自称"继承民族传统，排斥一切外来思想"，在实际上，它对于中国的传统只继承了唐之□兴、来俊臣，明之魏忠贤、刘瑾等奸贼之特务政策的传统，继承了曾国藩李鸿章等反对太平天国媚事反动清朝的反革命传统，继承了一切唯心论的反动学术传统，它所抛弃的却是民主精神的传统，却是岳武穆文天祥等民族英雄的传统以及中国五千年来学术史上唯物论的优良传统。对外来文化，它所真正要排斥的乃是共产主义与自由主义等进步的思想，而它在"排斥一切外来文化"的面具之下，偷运进来的乃是大量最丑恶的法西斯主义的私货，希特勒墨索里尼的私货。中国法西斯主义之所谓"继承民族传统，排斥外来思想"，实际上就是继承中外文化中一切丑恶方面的大成，排斥中外文化中一切优良的成份,这是现在中国大地主大资产阶级反动的政治代表们所提倡的中国式的法西斯主义之内容。这种中国式的法西斯主义,欣然自称为"三民主义",实在可笑之至,实在是污蔑了孙中山先生的伟大学说的民主精神,实在是污蔑了中华民族。

当我们庆祝第二届联合国日的时候,我们心中充满了对民主自由的憧憬,对人类光明前途的希望,我们心中也充满了对法西斯主义的仇恨。要在全世界扫清这个毒素,当然也决不容许它在中国猖獗起来,以致将来再陷我民族于万劫不复的地步。

当大地主大资产阶级中的政治代表们企图提倡法西斯主义以毒害我民族的时候,为了使抗战胜利建国成功,我国文化界就有一个极其严重的任务,这个任务就是要加紧进行反法西斯的教育,这是当前非常重要的一件大事。但是如果那样设想,以为当前民主教育的目的主要的是为着反封建,就会走上另一极端,犯另一种错误。当前中华民族的主要任务乃是打败日本法西斯侵略者,如果有一时一刻忽视或忘却了这个现实,就是不对的,因此我们所说的民主教育,主要的应是为着动员人民争取抗战胜利,而不是为着反封建。我们这里所说的民主教育,乃是具体的、适合中国目前抗日民族统一战线和今后建设新民主主义中国的需要的那种民主教育,不能把它抽象了解为一般的民主教育,一般的反封建教育。应知这种民主教育不应成为一般的反封建的教育,而只是为了抗日建国的目的,成为一般地反对法西斯主义和特殊地反对中国法西斯主义的教育,否则,我们的教育就脱离现实,脱离当前的战斗任务。其次,应该把这种教育安放在争取民族解放和建设新民主主义的新中国的现实的基础上,而不应把这种教育放在空洞的名词或概念(如平等自由博爱文化与科学的发展等)的基础上。在这里,我们也应紧紧地记着民主与抗战是不可分离的,将来与现在是不可分离的。

正确的进行抗战与民主的教育,反对德意日法西斯主义,反对中国法西斯主义，这就会大大的增强力量来争取抗战的胜利和建国的成功，这就会促进人类正义的胜利，促进神圣的抗日民族解放战争的胜利，这就会帮助奠定将来的世界和平独立的新中国之建成，这才会更加提高我国在国际间的地位，而对全人类的和平幸福作更大的贡献。

（原载一九四三年六月十九日《抗战日报》第一版社论）

痛击敌人！保卫夏收！

敌人"扫荡"晋东南吃了败仗，已败兴回来，最近又向我根据地周围调动兵力，运送给养，有向我大举进攻模样。敌人此次进攻的目的，不外是要破坏我们的夏收，抢劫我们的物资，是一种完全无耻的强盗行为。对于敌人这一掠夺进攻，我们早已作了充分的准备与布置，战时所要求于我党政军民各界者，就是一定要坚决服从我军区司令部及各军分区司令部的统一指挥，使我们的战斗配合更加密切，作战步调更加一致。党政民各级干部，均须参加到游击队民兵中去，与广大群众一起团结于正规军的周围，协同配合作战，为保卫夏收而奋斗。紧张地动员起来吧，英勇地展开战斗竞赛，像去年田家会战斗那样的战斗杰作，我们要多来它几个！敌人从那里进攻，我们就消灭它在那里！

　　日寇今天的处境是空前困难了，因之它对我敌后抗日根据地的繁荣建设就越发仇视，对我根据地的破坏与劫夺也就必然要更加疯狂起来。其盟兄希特拉在欧非两战场上连吃败仗，举世共望的欧陆第二条战线行将出现，法西斯主义在欧洲的将被肃清，仅就是时间问题。同时英美在太平洋上逐岛而进的战略，已在□□进行中，所以希特拉在欧洲覆亡之日，也就是日寇在远东就歼之时。日寇为了应付其行将到来的死亡命运，已将其所谓"兵站基地"的华北沦陷区，残酷掠夺到民穷财竭的境地，大批敌占区饥民都相继逃回到我根据地来，大大动摇了敌人在沦陷区的统治力量。敌人将素称富庶的华北各大城市与交通区域，变成了民穷财竭的人间地狱，我们却将此山乡僻壤建设成为繁荣自由的抗日民主根据地，两相对比之下就愈加增强中国人民的抗日信念，同时也增加了敌人对我根据地的恐惧与仇恨。残无人性的法西斯强盗是不知有羞耻的，于"扫荡"晋东南溃败之后，现在又要来破坏我们晋西北人民的安全生活和生产建设来了。

　　晋西北根据地及其繁荣的社会秩序与生产建设，乃我晋西北党政军民六年来血汗经营的结晶，特别是今年的生产建设，政府曾贷予人民以巨额的农业贷款，军队亦曾经以大量人力帮助了老百姓的春耕，党与群众团体则更加实际参加了群众的生活斗争，在生产战线上，党政军民与广大群众的血汗是流在了一起的，可是正当如今夏禾成熟，青苗茁长的时候，敌人要来劫夺我们血汗成果了。我们能眼看着让敌人毁掉我们的青苗，抢去我们的夏收吗？不能的，我们要紧急动员起来向敌人拼命，为了保卫我们的血汗成果，战斗的鲜血也还是要流在一起的。

　　正规军、游击队、民兵以及党政民各级干部，要严格遵守军队司令部和行政公署的紧急动员命令，各自站在自己的战斗岗位上，与广大群众一起，采用各种灵活的办法同敌进行激烈的斗争。战斗任务要与群众的夏收工作密切联系起来，拿各种各式可能采用的新旧武器，把群众都武装起来；敌人未来即进行收割,敌人到来即参加战斗。要以战斗的精神来进行抢收夏禾,应以不分你我的精神来实行劳动互助;应交公的立即交公,应收藏的迅速埋藏。估计某些个别地区可能会遭受到敌人的破坏与劫夺,但我们一定要给敌人以巨大的杀伤;我们的血汗代价是不能让敌人继续劫夺的,必须使敌人应付我们以加倍的血肉的代价!

以一元化的精神紧急动员起来吧!在战斗中要机动灵活像一个人一样,到处痛击敌人,武装保卫夏收!

(原载一九四三年六月二十二日《抗战日报》第一版社论)

夏收中要实行减租交租法令

夏收开始了，行署已指示各地，在夏收中继续贯澈减租交租法令。按去年临时参会所通过的减租交租条例上，并无夏秋之分，一概须实行减租交租，故夏收中就不能有例外的变更，必须切实依照法令实行减租交租。可是今年有某些出租户，为了避免减租，多数将过去的租种方式改为伙种，这种伙种实际即出租户不投一点资本对半分租，与过去租额比较即提高两倍以上，是一种违反政府法令的变相加租，仍应使之减低到一般的租额水平。

在地主投资伙种的情形下，其投资数量亦有不同，有投资一半者，有投资全部者，均应依照习惯的分法再减低租额百分之二十五，资本不抛。一般应该规定为：其投资一半者，出租户所得最高额不得超过产量百分之三十七点五；投资全部者，其最高额不得超过一半。习惯上伙种地均系即收即分，故于夏收中即应立刻认真实行减租，以免将来退租再费周折。在同样土地与同等条件，其租额相差太多者，理应使之趋于公平合理；出租户应按法令减租，佃种户要按法令交租，以公平合理勿使双方吃亏为原则。在现时夏收的租种方式仍多为预租现租，而预租现租则为政府早已明令禁止者，故仍须按照减租办法，追还出租户所已多收之租额。如原约规定为秋后收租者，则不得提早收取夏租。

农民一向觉得"减租事小，失地事大"，所以在夏收减租时，就必须同时防制非法夺地。夏田多半是川地水地，关系佃户生活至巨！一旦失去土地即无法维持生活。出租土地的人，常常以夺地抵制减租，如不预□防制，减租法令即难以贯澈。

今年夏收减租，在更加提高农民抗战生产热忱上，是非常重要的一件事，应即向各阶层人民详加宣传解释，说明减租交租法令对提高农民抗日生产之积极意义。同时更要推动各界开明人士，自动遵行政府法令，以利团结，以利抗战，争取最后胜利的早日到来。

（原载一九四三年六月二十六日《抗战日报》第一版社论）

几个村的优抗检查

最近在兴县检查了九个自然村一个行政村的优抗工作，看到了一些问题。

被检查村子的优抗代耕方法有两种，一种是固定的代耕，即派定代耕人，由下种、锄草，直到秋收，完全负责任。一种是普通的代排，当大春耕时，有的帮几个人工牛工，有的帮种几垧地；至于复锄秋收，临时再说。某行政村固定代耕的五户，代耕土地十四垧，春耕共用人工六十二个、牛工十五个。普通代耕的十六户，代耕土地三十八垧，春耕共用人工六十四个、牛工二十九个。应代耕土地多少，由自然村干部与抗属议定。代耕的负责人，多是自卫队长和农会干事。村主任事情多，顾不过来。代耕都算抗战任务。

代耕人一喊就去，大多能负责认真的干，所以代耕的土地，已完全下种了。抗属都说今年代耕可比去年强多了。

除代耕外，还给抗属贷款。某村一个抗属一个贫农共得春耕贷款两千六百元，合买了两条牛。又某村一个抗属独得农贷三百七十元五角。另外三个抗属各得互济钱一百元。

这些村子的优抗代耕工作，是有成绩的，但还有缺点，还不算周到。临时帮工的多些，完全负责到底的少些。有许多名义上是固定代耕了，实际只是固定了土地而没有固定人，影响代耕人的责任心，收成好坏也没人过问。因为临时派工的多，就有晚出早归，一天营生两天干的现象。

就以代耕土地而论，每户只给代耕三两垧，最多也不过五垧，难以维持生活。某三个自然村的抗属三户人家，一户五口人，半个劳动力，无土地，只临时代耕四垧梁地。一户五口人，半个劳动力，一户七口人，没有劳动力，都只是固定代耕两垧地，好年景也不够过活。

还有几个村子，没有做代耕工作。有一个自然村为村公所所在地，有六户抗属，但代耕工作连布置也没有。又某村抗属一户五口人，半个劳动力，靠租地六垧生活，没有代耕，只救济了一斗粮食。其他村子也有类似情形的。又如某村开干部会，□置优抗工作，村长没有去，派书记马马虎虎布置了一下，到现在有几个自然村仍不知代耕是一回啥事哩。有一个大自然村，迟至五月九日还没有动手做代耕工作。

代耕工作不好的村子，并非劳动力缺乏，也不是群众不愿意代耕，而是因为干部们没有多注意做这个工作。许多群众说："抗属的地，只要我们少休息些，就作务出来了。"可见没有人去用心组织一下。比如某村共三百二十四户人家，耕牛一百三十一条，抗属五十一户，但享受代耕的只有二十一户，代耕土地也仅有五十二垧，如认真去作个全部代耕，也可以办到。看起来凡是优抗代耕作的不好的村庄，大半是由于当地村干部没有认真进行，如能事前计划组织的好，则代耕是可能做得更好的。

现在锄草的季节到了，各地均应及时的检查一下优抗代耕工作，以便及时的发现问题，纠正缺点，使代抗属锄草的工作，做得更好一些。优抗代耕工作的好坏，应作为村政权工作考绩的主要标准之一，对忽视优抗代耕工作的干部，应给予批评纠正。

（原载一九四三年六月二十九日《抗战日报》第一版社论）

深入检查农贷

到目前为止,行署已贷出一千三百万元的农业贷款(其中有六十万元是农村副业纺织业的贷款),这是一个很大的力量,它正在生产战线上与群众运动里活跃着,我们应该好好重视与运用这个力量。

一千三百万元的农贷中,有了初步检查的仅为三百四十万元的春耕贷款。其他的贷款或刚发完,或正在发,具体情形尚不了解。就已有的□贷材料看来,虽然仍不完全,但农贷在农村经济里的及群众运动里的伟大作用,已可看出一些了。

今年各地的农贷工作,做得很好,收效很大。有百分之九五以上的贷款,完全用于生产,只有极少一部分流入其他用途，如婚丧、交村款、田赋、还债等，这种用途的掌握，不但使农贷在生产上起了作用，而且加强了农户对于政府的信仰；在农村里，像"政府是咱老百姓的"，"穷人家有办法啦，短什么公家借给，牛、农具均可以"，"今年不当免征户"一类的话是极其流行的，它说明了农民对政府态度与生产的热情。农贷后，老百姓的组织观念加强了，以老农会会员为荣，相信农会能办事。农贷后，农币下乡了，老乡们把农币与政府、八路军、抗日胜利联系起来，不但相信"农币死不了"而且相信其价格必定日高。这些都是农贷的积极作用。

但是，从现有的材料里，也看到一些工作里的缺点：还有些平均与分散的现象，款额尚□少，时间的掌握，对象的选择，尚有些不合实际需要的地方，实物准备尚不够充实，不能保证老乡随时买到所需的东西，组织借户扩大生产的工作做得少，在借款中尚有部份干部要私情的现象。……这些缺点，阻碍与削弱了农贷的作用。应该研究其发生的原因，而使之不致再现。

然而，上述一切，仅是一般的了解还谈不上深刻具体。为了认识农民在生产上的力量，发挥农贷在各方面更大的作用，纠正工作中的偏向，改进今后的农贷工作，应对今年的农贷工作有计划有系统深入而切实的检查。

检查什么呢？检查各种农贷在生产上所起的具体作用，增加了多少牛、农具、种籽，多少耕地、食粮，修了多少渠，开辟了多少水田，吸收了多少私资，如何吸收的，□贷究竟买了些什么，量数各多少？□贷对减少荒田增加产量的作用，究有多大；以及纺贷对农村纺织业的作用等。

检查农会在农贷工作中起了些什么作用，通过农贷健全了多少农会，吸收了多少会员，健全到什么程度，农会的健全对农贷的作用又如何，从好的与坏的例子里，求出今后应走的道路。

检查农贷后，农币在乡村里的使用情形，借户是如何使□农币的，农币如何买下了牛，现在农币在乡村里的流通情形……

检查农贷组织，发放方式、时间、民主讨论、上级审查等问题，检查与研究是否有应该做可以做而未做的许多工作；如何通□农□组织变工队，如何组织借户掀起生产竞赛，如何通过农贷组织合作社，或通过合作社组织实物供给等等。

如何检查呢？

一种是各地区召集农贷工作同志开会检查，主要检查农贷发放的组织、手续、对象的审核、款子的分配，时间的掌握，宣传解释的方法与内容，实物准备的组织，政民配合等等问题。

一种是通过群众去检查，这是主要的。一方面要从每个借户的实际生产里去检查农贷的作用，那些未从事生产的借户尤应好好的检查，一方面要征求群众对于各种有关问题的意见，如对象、公平合理、手续、时间、借款额、实物准备、变工队等。

只有执行这样广泛的深入的有系统有步骤的农贷检查，并对许多问题有明确结论之后，农贷在生产上的作用，在活跃农村经济上的作用，在金融工作上的作用，才能完全被认识，明年的农贷，才能做得更好，才能更发挥其作用。因之，各地农贷领导机关，应特别□视这一检查工作，并好好组织这一检查工作。

（原载一九四三年七月三日《抗战日报》第一版社论）

继续加强对敌斗争

编者按：这篇社论是在反动派阴谋进攻边区的消息传来以前写下的，但在今天还是很重要的，我们固然要尽力制止内战保卫陕甘宁边区，但同时也不能丝毫放松我们的对敌斗争。

在世界反法西斯战争的胜利声中，我晋西北党政军民以澎湃怒吼的战斗雄姿，展开了一元化的全面的对敌斗争。四个月来，成绩是很大的。我们回忆半年以前，敌人以阴险毒辣的政策向我内地步步"蚕食"，形势曾经变得很严重，那么，四个月来，我们已改变了这种形势，转而向敌人投去了铁拳。主力军、游击□和民兵给敌人以千百次的打击，八分区我们一直打进汾阳敌人的大营盘，许多地方的敌人被我们团团围困在据点里面不敢出头，有的据点敌人连出来担水都要背上机关枪掩护，"维持"大量的被摧毁，对敌伪的政治攻势一次接一次的展开，缩小了敌伪的统治范围，巩固和扩大了我们的根据地，削弱了敌兵的战斗意志，提高了我军民的抗战热情与胜利信心。这些胜利的成果还正在继续发展着。

这些还只是初步的胜利，胜利必须继续开展下去，而当敌人面临大决战的前夕，形势对他极端不利对我极端有利的时候，垂死挣扎，对中国还会进行新的冒险，对敌后抗日根据地的"扫荡"与"蚕食"更不会因此停止或放松，而将会采取更毒辣的报复手段。我们是一定要坚持晋西北抗战的，并在保卫根据地的斗争中加紧各项建设，以准备反攻力量。我们的对敌斗争虽是全面开展了，但在个别地区或个别部门，还落后于其他地区其他部门，在那里，敌人汉奸的气焰还没有被打击下去，群众的斗争情绪还没有高度的掀动起来，而就整个说来，敌人的"蚕食"政策也还没有根本打破，集中优势兵力对我举行"扫荡"还有可能。我们为了巩固既得的成果，并求得向前推进，检讨一下我们的经验，提出今后的方针，是十分必要的。

这些胜利是怎样得来的呢？今后又应当注意什么问题呢？

第一，党政军民的空前团结是斗争致胜的基本因素之一。这种团结，在党政军民各方面都由思想上贯澈到各种具体行动中。党的正确领导，党的政策的贯澈执行，团结了根据地内各个阶层。军队发动了拥政爱民运动，认真执行政府法令，配合政府任务，帮助群众，减轻人民负担，爱护群众利益；而政府与群众也展开了拥军运动，更加爱护军队，帮助军队，并解决了军队某些困难。这样，造成了晋西北党政军民的空前团结，使敌寇汉奸无可乘之机，因而发挥了绵密雄厚的战斗力量。但不是说我们的团结就已经天衣无缝了，我们还须更进一步的亲密团结，具体的工作就是将拥军拥政爱民的运动开展下去，坚持下去，不给敌人留丝毫的空隙，要把敌人挤出去。我们团结得愈紧，力量愈大，敌人将被挤得愈远。

第二，认真执行了党的领导一元化，是斗争致胜的基本因素之二。党的领导一元化，使各个组织系统中的干部一致从思想上认识了对敌斗争的重要性与组织领导统一的必要性。同时，精兵简政以后，在组织上也克服了重复纷乱的现象，和动作不协调、步调不一致、力量不集中等缺点，在统一领导之下，对敌斗争全面展开。今后尚须贯澈这一方针，特别是县一级对敌斗争的组织领导，应该加以改进，使之澈底实施一元化。在一元化的斗争中，应该把经济斗争更好的开展起来。使力量更加集中，动作更能一致，各方面更能密切配合，更大的发挥总力战的效能。

第三，发动了广大群众参加对敌斗争，是斗争致胜的第三个基本因素。由于敌寇汉奸对我接敌区同胞进行无情的杀掠榨取与苦役，因而接敌区群众的民族仇恨异常尖锐，武装斗争的要求特别迫切。当我们正确的掌握了群众的情绪，保护其利益，抚慰其痛苦，进行深刻的宣传解释，并解决他们切身困难的时候，群众便汹涌的投入了斗争的漩涡。如宁武群众数日之内将敌人所要掠夺的森林砍伐殆尽，八分区我军攻入岔口据点，该地周围二十里以内的群众随我移到根据地来，使敌人孤苦伶仃，无依无靠。各地区更普遍组织了大量的民兵，展开了群众性的游击战争，他们配合军队，进行了数百次战斗，着实给敌寇汉奸以大的打击。这都是群众亲眼看见了亲身体验了我根据地生活的光明幸福，敌占区则充满了苦难与黑暗，我们的力量日益增长，敌人则日益垂头丧气，激发起民族的义愤，提高了胜利的信心，斗争情绪也越发高涨起来。今后进一步加强群众工作，特别要在思想上树立群众第一的观念，从群众利益出发，发动与组织广大群众，尤其要加强民兵工作，在不妨害生产的原则下积极活动，更加广泛的开展游击战争，围困敌人，挤出敌人去。对接敌区敌占区群众尤须深入宣传，各地针对当地具体情况，以具体材料对照宣传，使敌占区人民都知道敌人没有前途，我们一定胜利，只要中国抗日胜利了，中国前途一定是光明的。

对敌斗争仍是我们当前的中心任务，党政军民一切工作仍然应该围绕着这一中心，都是为了加强这个斗争，使之更加深刻化。我们要步调一致，万众一心，充分发挥于我们有利的条件，克服工作中发展不平衡的现象，继续反对"扫荡"，反对"蚕食"，把敌人挤出去。

（原载一九四三年七月二十七日《抗战日报》第一版社论）

发动精纺土纱力争经济自给

　　解决军民吃饭穿衣问题,是坚持抗战建设根据地第一件大事,晋西北抗日民主根据地从建立的第一天起,政府就掌握了这一中心环节,提出并贯澈了发展农业生产,发展纺织手工业特别是群众纺织业的方针。三年来已获得了很显著的成绩,只就发展纺织手工业来看,由于政府颁布了奖励与保护的法令,发放了大宗纺织贷款,改造与推广了各种纺织工具,举办了很多的纺织训练,奖励了纺织的模范,兴办了不少示范性的公营工厂等,群众纺织情绪,空前的提高了,而且继续提高着。纺纱织布已成为一般妇女的一致要求,有些地区妇女纺织已相当普遍,自十一二岁的小姑娘至七八十岁的老太婆,都卷入纺织的浪潮中,不纺不织的妇女为数很少，有的妇女赴二三十里远的地方领花纺纱，有些市集上妇女卖纱卖布的很多，甚至有占赶集人数□分之一，以至□分之一者，有些地区过去不纺织，现在也逐渐发展起来，成为新的纺织区。纺织工具非但旧式笨机全都恢复了，新式的改良木机约计增加一千余架，手纺车就更多了。私人办的小型工厂也有三十余处。因此，抗战前被机器工业摧毁了的家庭纺织手工业，又蓬勃的发展起来，而且产量大大的超过抗战以前。根据去年不完全的统计，约产小布×××万余匹，解决了根据地军民大部穿衣问题，增加了根据地人民的财富，打击了敌寇和反动派封锁的奸计。

但纺织业还存在着许多问题与工作上的缺点，只就我们常听到的对土布的一些反映，就可以看出纺织业所存在的中心问题与工作上的主要缺点。有些什么反映呢？这几天布价涨了，这几天平稳，这几天回疲了，我们的土布质量不一致，有的好，有的不好，而且不好的多，一套单衣穿不了一夏，一套棉衣穿不了一冬；这些时工厂与家庭纺织都有工作了，大量的产布，这些时没有原料了，工作减少以至停工了，这个症结在那里呢？在洋纱问题上。因为现在所用的经纱，除群众用笨机织布以土纱做经线外，大部份是用洋纱做经线的。洋纱是掌握在敌人与根据地以外的地区，洋纱输入的多、价贱，我们的纺织业就可以大量生产，布价就低，洋纱输入的少，甚至因封锁不能输入，我们的纺织业就要减少工作以至停工，产量少，布价就飞涨了。又因为洋纱缺乏，偷工减料少用经线的现象也多了，于是布质不好，不为群众所乐用，而且洋纱细，土纱粗，洋经土纬□配所织成之布，形成长方形，布质疏松不坚固。固然布质不十分好，布价波动，纺织生产不经常，还有季节与推销等关系，但依靠洋纱是主要的关键，因此，行政委员会第二次会议决议中，明确的提出发展群众纺织业。

提倡精纺土纱，努力争取经线自给，这是非常正确与必要的，我们知道，发展群众纺织业是发展群众手工业的中心环节，而目前发展精纺，解决经线又是发展群众纺织业的中心环节，突破这一点是一个严重的任务。□在一九四一年后季就注意到这个问题，可是由于洋纱便宜与其他困难，没有贯澈执行，现在的条件改变了。洋纱价高，且无来路，纺织的技术提高了，完成这个任务是完全可能的，我们必须坚持与贯澈下去。

为了胜利的完成这一任务，我们认为必须做到下列几点：

首先，过去利用洋纱，解决了一部份原料的困难，今后洋纱不能来，而且我们主动的发动精纺代替洋纱，原料问题是值得注意的，解决原料的治本办法，是推广植棉，增加棉花产量，但节约棉花的使用，防止敌寇抢掠，也是十分必要的，因此，应提倡军民冬季棉衣除尽利用旧棉花外，改絮羊毛或羊绒，羊毛羊绒略加制造，既温暖又省钱，节省下的棉便可用于纺织，同时棉花收摘时还要有计划的收购接敌区的棉花，防止敌寇抢掠，并发动群众很好的保藏棉花，不让敌寇抢走一斤花。加之再从根据地以外地区以土产换取棉花。如此，原料问题可以大部解决。

其次，各公营工厂应该用土经织布，划定自己妇纺业务区，依据行署规定的精纺土纱标准，具体制定纱支与收纱办法，适当的提高纱价（或工资）大量采用土经，织纯土线的布匹，过去个别工厂单纯的数量追求与盈利观点，不分好坏，等价收纱，妇女为了求快，求多，不注意基数的提高，客观上打击了精纺，这是不对的。现在收纱的办法，还须改进，现在多数是发花收纱，由于纺织妇女是分散在无数山沟小村，单靠工厂发花收纱，是不能普遍的，往往形成了纺纱与收纱间不协调的现象，妇女纺纱无处卖，工厂要纱无处买。因此，工厂、贸易局、公营商店、合作社应根据妇女纺织的具体情况，在市镇上设立卖花收纱的机关，建立纱市，保证妇女纺下的纱，随时可以售出，挽回棉花从事再生产。

第三，织纯土纱的布匹，已往妇女是使用最旧式的笨机，既费力，产量又少，每天只能织布二丈，改良木机改用土经，还须深入研究，有无困难？如何改造？使适宜于使用土经，现在应大量推广改良土机，这种机子每天能织布四丈多，且构造简单，轻便价廉，宜于妇女使用，过去民间这种机子很少，行署已造成样式分送各地，各地应认真仿造推广，训练使用这种机子的技术，打下秋冬季大量发展精纺，织纯土纱布的基础。

第四，开办训练班，提高纺织技术，动员妇女精纺，奖励精纺模范，造成精纺土纱的群众运动，克服过去重量不重质的偏向。

我们必须清楚的认识，只有广泛的发展群众纺织，才是澈底解决军民穿衣问题的根本办法，只有加紧精纺土纱，代替洋纱，才能保证布质优良，产量增大，生产经常，布价平稳。因此，发动精纺土纱，努力争取经线自给，是目前发展纺织的中心一环，我们应澈底认识这一工作的重要性，各级政府应根据当地具体情况，确定计划，抓紧领导，切实贯澈；群众团体特别是妇救会应与政府配合训练与动员妇女精纺，造成精纺的群众运动；公营工厂应成为推行精纺的模范，贸易局、公营商店、合作社应把发动精纺，收买土纱，特别是土经，供给棉花，运输土布（纯土纱布）作为自己的任务，主动的积极的去做。而且贸易局应组织这一工作，很好的配合进行，克服过去自流的偏向。

党政军民动员起来，协同配合，完成发动精纺土纱，努力争取经线自给的任务，争取根据地军民穿衣问题的完全自给。

（原载一九四三年八月三日《抗战日报》第一版社论）

组织与保卫秋收

"处暑不出头,割的喂了牛",现在处暑已过,白露又届,各种田禾都先后成熟,秋收的时节已经到了。今年由于政府发放大批贷粮贷款,调剂劳动力,由于群众团体发动互借与整理义仓,切实解决了群众在生产中的耕牛、种籽、粮食、农具、肥料等困难,群众生产情绪空前提高,生产成绩亦空前显著。加之,今年雨量调匀,田禾茂盛,收成较前两年都好,我军民生活得以改善,逐渐走向丰衣足食的境地,这是我根据地建设伟大的成绩,较之敌占区、大后方真不啻天渊之别。

但残暴的敌伪,因其经济枯竭,粮食不足,每年于秋冬季都要发动大规模的有计划的抢粮毁粮的暴行,一面□

决其粮食不足的困难，一面企图从经济上破坏我根据地军民的生活。今年敌伪大规模抢粮毁粮的计划，已经拟定，伪省公署已严令各县积极进行，并且在夏收中已在游击区接敌区普遍的进□过了。因此，猛烈的发动组织与保卫秋收运动，是我党政军民当前严重的政治任务。

在内地区要切实动员与领导群众快收、快打、快藏，着重组织劳动互助，解决人少，有病，或地远等困难，帮助抗属收割，如没有组织固定的代耕队，要临时组织优先给他们收割。秋收不比春耕，一切妇女儿童都可能参加，要切实把所有的人都动员起来一致突击秋收。在游击区接敌区，要做到快收、快打、快藏，必须□劳力与武力切实的结合起来，民兵要用封锁网联防哨等方式警戒与打击敌人，或者民兵与群众集体上地，敌人不来时，一齐收割，敌人出扰时，民兵放下镰刀拿起武器，打击敌人，掩护群众搬送与收藏田禾。民兵的地，战时群众一定要负责帮助收割；最好的办法，以自然村为单位，根据民兵与群众（能劳动的）的数目，编成小组，每组有一二民兵，民兵经常以负责打击敌伪，保卫生产，为主要任务，小组组员则负责给民兵代耕、代收。这样群众可以安心生产，民兵可以专心打击敌伪，最好能动员游击区的民兵，给接敌区群众突击收秋，民兵所费的工，由接敌区群众偿还。

在秋收同时，还应提倡秋翻地的工作，秋翻地的好处，既可以杀虫、除草，又可以保存与吸收水分，防止来年春旱，对来年的□禾关系很大，经过秋翻地的产量，至少要增加三分之一，一年的庄稼二年做，群众都懂得这个道理。但贫苦的农民因没牛，或人力不足往往不能如愿，因此，就要具体的组织互助变工，帮助借牛，按习惯秋□借牛，只供草料不出牛租，可是现在牛少，如不发动与组织变工，则有的牛主因怕把牛使坏，不愿出借，以致不能充分利用牛力，增加生产。

部队机关以及学校等脱离生产的人员，要认真帮助群众秋收，这是一个很重要的工作，领导机关要负责计划，组织与切实领导这一工作。

组织与保卫秋收，是当前最重要且具有时间性的工作，不是空洞的号召所能解决的问题,要抓紧时间切切实实地去组织与领导,并创造新的有效的工作方式出来。在夏收中,我党政军民曾经展开过英勇的粮食保卫战,现在就更应紧急的动员起来,再接再厉,组织与保卫秋收,胜利的完成今年的秋收工作。

(原载一九四三年九月九日《抗战日报》第一版社论)

劳军优抗贯澈拥军工作

今年五月，军区发起拥政爱民运动，行署和抗联发起拥军运动。部队与人民热烈响应了这号召，几月以来，这两大运动互相配合，切实进行，使军民关系日臻密切。在反对内战的时候，人民的反映，人民的实际行动，已给军民关系作了估价："没有八路军我们活不成"，"没有八路军就没有今天的好光景"，"八路军让人民当主人，反动派让人民当奴隶"，"打八路军，就是打我们，我们要跟着八路军一起干"。虽在农忙时期，人民星夜推碾公粮集送公粮，妇女们不分昼夜，赶做军鞋，一针一线都不潦草，她们自称这是"拥军鞋"，"穿起来好去打反动派"，各地军鞋数□都提前完成，保德县一区几百双军鞋五天内全部作好，郭家滩竟在三天内突击完成。这证明了八路军在人民中的政治影响是何等伟大，人民对八路军是何等热爱，军民关系是何等亲切！

今年的优抗工作比去年大有进步，七个县的统计：代耕队为一千四百六十四户贫苦抗属代耕了土地一万三千一百七十四亩，九个县不完全的统计仅上半年优抗粮食即达十一万二千七百六十斤，互济粮食尚不在内。退伍军人已有百分之九十七以上得到住处、土地、农具、家具、种子等各方面的帮助转入生产，可以维持生活。其他如代作军鞋交送公粮，招待过往军人，抬送伤病员都有很多进步表现。

在拥军运动里发现了好多拥军的模范公民，兴县一区温□拴他不仅是劳动英雄，而且是拥军模范，他见了过往军人就招呼喝水吃饭，将好米好面给军队吃，军队在他家里住给找好铺好盖的，他又推动全村，订立拥军公约，检查拥军工作，变成拥军模范村。河曲苗润身他是个贫苦的老百姓，热爱着抗日军队：他关心伤病员，曾买了一百个鸡蛋跑到五十里外的地方去慰劳；他给抗属代耕播种时，先给抗属种，后给自家种，给抗属锄草锄的细致，用的工多；有三家抗属没有饭吃，他自动捐助小米六斤分给他们；一个伤兵路过他村，便称了一斤白面去慰劳，招待过往军人给吃黄米捞饭或白面；"八一"前几天，他作了枣儿月饼慰劳部队，他有这么多的模范行为。交西某村老太太冒险抢救伤兵，其热爱军队，更是模范；基干队员张培立，在英勇战斗中中弹倒地，村中老太太冒险搀扶回家，赶紧将军装武器掩埋用被子将他盖好，亲自坐在身旁守候，敌人冲进来，老太太镇静的说："这是我的儿子，病了，刚才吃上药。"张同志因此获救。

各地像温□拴、苗润身、交西老太太这样的拥军模范是很多的，这样看出群众对于八路军是何等热爱！

这次行署和抗联发起中秋节劳军优抗运动，号召在中秋节前后进行以下四项工作：（一）发动群众给驻地部队、前方部队、医院伤病员及村中抗属送礼物；（二）以自然村或行政村为单位请抗属吃饭；（三）各机关学校在驻地、村请抗属吃饭并募集物品劳军优抗；（四）组织慰问团慰问驻军、伤病员及抗属。这就是要把拥军工作作得更好更贯澈。

在这个工作中,干部要深入群众,通过每一户每一个老百姓的切身经验,让群众了解八路军新军的本质,他与人民的关系,了解八路军是他们的救星。从这个认识上发动群众慰劳军队,优待抗属。要给群众以实际的拥军教育,让群众懂得拥护军队,执行行署规定的九项拥军办法,是一个好公民的起码条件。让群众学习温□拴苗润身交西老太太的模范榜样,产生更多的温□拴苗润身交西老太太,建立模范的拥军家庭和模范的拥军村庄。把拥军变成群众的实际行动,变成经常注意的事情。

各级政民干部在这时候要进行反省,要检查工作。反省我们过去对军队的认识有无不正确的地方,对军队的态度有无不周到的地方,拥军工作有无令人不满意的地方。同时还要选择几个中心村子进行拥军工作的检查,奖励那些拥军的模范人民,批评那些坏的人民。帮助人民作拥军公约,建立拥军的各种制度。

我们号召拥军运动由此提高一步,和部队的拥政爱民运动配合起来,作到军民一致,以便更好的建设根据地,战胜不论来自那方面的敌人。

（原载一九四三年九月十一日《抗战日报》第一版社论）

《山西抗日根据地红色文化经典文献大系》
编纂委员会 编

山西抗日根据地红色新闻经典文献

晋绥根据地卷（三）

张汉静 主编

山西出版传媒集团 山西人民出版社

山西抗日根据地红色新闻经典文献

晋绥根据地卷（三）

苏 颖 编撰

《抗战日报》

一九四四

YI JIU SI SI

一九四四

生产运动的领导思想问题

我们晋绥边区今年的三大任务：作战、生产、防奸，已由分局及林枫同志明白指示了。关于如何组织群众生产进行生产运动的问题，在这次劳动英雄大会上，得到了明确的解答。这次劳动英雄大会的成功，不仅在于它解决了群众生产组织与生产领导上的许多问题，而且还以实际的经验，更具体地说明了思想上的好些问题。

那些思想上的问题？

有的同志曾以为在敌人的经常骚扰之下，游击区是不能发展生产或甚至不能好好进行生产的。可是游击区模范劳动英雄张初元等，由于领导了与加强了民兵活动，配合了正规军作战，并把民兵活动与劳动互助结合起来，他们的村子不仅胜利地进行了生产，而且还发展了生产。他们的实际经验，证明了上述观点的错误。

有的同志曾以为生产是老百姓自己会做的事，不须要我们去领导。可是这次大会上许多劳动英雄的经验，证明了如果我们能够好好组织群众的变工互助，那么就可以节省劳动四分之一至三分之一，这些节省下来的劳动，便可以用来扩大耕地或加工细作以增加生产。不仅如此，正确的领导，还可以在现在零星散漫数量众多的小农生产中，加上一定程度的计划性，使生产能够相当地按着我们整个经济所要求的方向发展并有计划地推行优良的农作方法，以提高生产力。实际的经验，完全打破了上述同志的错误的有害的观点。

有的同志曾片面地强调发展旧有富农及经营地主的资本主义经济而忽视或轻视广大劳动农民的生产的发展。这些同志误解了新民主主义经济的资本主义的内容。他们没有了解，除富农与经营地主的经济外，广大农民的私有生产，基本上也还是属于资本主义的范畴的，我们所说发展资本主义经济，除便利富农与经营地主发展生产外，主要的是要发展广大农民的私有生产。农民私有生产的发展，正是农村资本主义发展的基础，但这种资本主义的发展，是并不可怕的，因为它是在无产阶级领导之下的，它有一种新的内容。从贫困中翻身过来的农民的发展生产，与旧有富农及经营地主的发展生产，虽有其私有财产的共同点，但却有不同的阶级基础。片面地强调发展旧有富农经济，不仅会损害广大劳动农民的利益，使我们在政治上脱离基本农民群众，而且就在经济上说，也会妨碍农村生产力的广大的发展，因为现在我们农村中的主要的生产者，不是富农与经营地主而是广大的中农与贫农。这次大会上许多劳动英雄从贫困中翻身过来，迅速发展经济并努力抗日工作的事实，再清楚没有地证明了：上述同志的观点无论在政治上经济上都是错误的有害的。

有的同志曾以为领导广大农民翻身，只要发动群众斗争实行减租减息，保障农民佃权就够了。这是一种不完全的想法。自然，减租减息保障佃权的斗争，使农民能够少受剥削多得收入并保证经常有地可种，这对于劳动农民的翻身，有着头等重要的意义。这几年来，特别是去年，我们晋西北在领导农民减租保佃的斗争上是获得了很大的成绩。现在可说，晋西北根据地大部分出租土地已经真正减了租，小部分尚未贯澈的，今年必须予以澈底实行。但我们应当认清这对于农民翻身固然是重大的有力的帮助，但□不是唯一的帮助。要使劳动农民更大的翻身，我们以后就必须更多地领导与组织农民的生产，这将是往后我们群众工作的更为重要的与备极丰富的内容。大会上好些劳动英雄如何在生产上组织群众领导群众运动的事实，完全证明了这一点。

更有的同志还保存着单纯的财政观点，他们多注意或甚至只注意如何向老百姓要，但对于如何组织群众劳动，增加人民生产，则很少注意或甚至漠不关心。这是一种有害的旧统治阶级的观点。这次大会许多劳动英雄所说明的事实，也完全证明了只有发展生产，才能根本解决财政问题的真理。

劳动英雄们，以许多生动的事实，具体地清楚地说明了上述的问题。但这次大会上最大的成就，还是在于解决了如何在敌后抗日根据地实现毛主席"组织起来"的号召，开展吴满有运动，组织劳力与武力结合的变工互助的问题。作战、生产、防奸三大任务，是密切联结不可分离的，是都须要发动群众力量来实行的。我们根据地的广大群众，要求发展生产保护生产。在这种要求下组织群众，开展广大民兵活动，并配合正规军作战，我们就能更进一步加强对敌斗争。在群众发展生产与保护生产的情绪之下，我们就可以深入开展反对破坏生产破坏抗战的特务活动的群众斗争。这种把三大任务联结起来的最好组织形式之一，就是劳力与武力结合的变工队。在变工队中，组织民兵于各个小组，民兵出外活动保护生产，而变工小组则负责帮助民兵作好庄稼，并在敌人骚扰时照顾民兵家里的东西。在变工队中可以加强政治教育提高警觉性，开展农村中反对破坏活动的防奸斗争。

变工，节省了劳动，就可以多开荒地，多修水利，多耕多锄，多施肥料，以增加产量，做到耕三余一。这种变工队，以及群众合作社，不仅就现在来说是团结群众实行当前任务的一种适当组织，而且就革命的发展前途来说，它们也是团结群众改造社会的有力组织。所以劳力与武力结合的生产互助，张初元式的变工，是我们晋绥敌后抗日根据地开展吴满有运动的具体模范，是我们晋绥边区组织群众生产的正确方向。我们每个同志必须认清变工互助的重大政治经济意义，认识轻视变工互助的观点是一种严重的错误，而及时加以防止与克服。

以上是人民生产一方面。至于我们部队，则必须把武力与劳力结合起来。机关部队应从两方面来改善自己生活与减轻人民负担。一方面，我们必须加紧生产，除以生产队形式集体经营的生产外，每一个工作人员，应当按自己工作情况，负担一定的生产任务，把生产任务与工作学习任务放在同样重要地位上来完成。生产可以编成小组，按男女老幼与各种技能的不同来互相变工，或与群众变工。劳动所得应实行公私兼顾的原则，个人除完成一定生产任务外，多余产物可全部或大部归生产者自己享用。各地部队机关负责同志必须亲自动手按具体情况制订确切的计划，并组织计划的实行。另一方面，我们必须厉行节约，消灭浪费。最近半年以来浪费现象不仅未减少反有增加征象，这是很不好的。因为只有消灭浪费，我们才能进一步充实基金，扩大生产，改善自己生活与减轻人民负担。我们部队与机关人员，必须从思想上认识生产劳动的重大意义，贯澈农业第一的方针，从实际生产中来考验与锻炼自己的劳动观点群众观点。

劳动英雄大会开完了，林枫同志在大会上的讲话与大会宣言，亦已发表了。我们每个同志应当作些什么呢？

首先，我们必须把毛主席的"组织起来"的报告、林枫同志在劳动英雄大会上的讲话及大会宣言详细研究，澈底检讨自己对生产问题的认识，坚决克服自己过去对生产的错误观点，以便真正能够贯澈党中央与晋绥分局的方针，来进行今年的巨大生产运动。这种思想上的检讨，对于我们各机关部队的领导干部，尤其重要。

其次，旧历正月我们晋绥边区各地都应召开生产动员、拥军（群众）与拥政爱民（部队）大会，在大会上，具体说明变工互助改良农作的好处与办法，并把劳动英雄与模范村模范连队的计划，在大会上宣布与讨论，以推动热烈的劳动竞赛。对军民关系，应根据林枫同志的讲话，各以自我批评精神，共同检讨，以达到更加亲密融洽无间的目的。动员应深入到各自然村与各连队中去。

再次，我们各地领导同志必须切实调查研究几个典型的农村与部队的情况，注意培养劳动英雄，随时吸取群众中特别是劳动英雄的宝贵经验，以具体领导各地的生产运动。高高在上，不了解群众情况，不倾听群众意见的官僚主义领导，是决然不能完成任务的，必须坚决予以改变或防止。

在军民共庆新春□中，现在各地已普降瑞雪。只要我们同志对于生产运动能在思想上有澈底的认识，克服官僚主义倾向，实行具体领导，发动群众依靠群众，造成热烈的生产运动，并粉碎敌人与汉奸特务分子对于生产的破坏行动，那么我们今年在生产上的成功是可以预期的。

（原载一九四四年二月一日《抗战日报》第一版社论）

生产勿忘战争随时准备反"扫荡"

  德国法西斯的覆灭已不远了,日本法西斯强盗的失败亦日益迫近。日本法西斯强盗在其临近失败之际,就更要对我敌后抗日根据地军民进行疯狂的残酷的"扫荡"。去年下半年敌人已对华北华中某些抗日根据地,进行了所谓"毁灭性的扫荡",今年年初,敌人对我八分区及三分区一部份地方,亦已进行了或正在进行着这种残酷的"扫荡"。所以我全边区军民应即提高警惕,积极准备,以便可以随时对付敌人新的疯狂进攻。

  这种所谓"毁灭性扫荡"与以前的"扫荡"比较起来,有些什么特点呢?

  在政治上说是其特别的残暴性。敌人见人就杀,见物就抢，见房就烧，加紧实行其"三光政策"，企图使我根据地人力物力陷于枯涸，以至不能坚持抗战。敌人的阴狠残毒，达到了登峰造极的地步。

在军事上说，敌人采用了所谓"三重阵地，铁滚战法"，并特别注意"扫荡"我经济与政治的中心区域。去年在太岳区"扫荡"的敌人前后分三个梯队前进，前进时把队伍分成无数小股，甚至一个中队分成了三股，布置于大小道路以及山头上。一遇我军，第一梯队形成第一层包围，第二第三梯队形成第二第三层包围，企图使我军被陷于层层包围之中。在行进中一部敌人以轻装走小路或甚至经过没有路的地方翻山越岭，利用汉奸特务份子作向导与内应，实行突然袭击。敌人注意搜索他们从未到过或很少到过的小村庄，企图在这些地方寻获我们的工作人员与所藏物资。敌人企图以此种战术包围与打击我内地区及游击区的军民人员，以达其摧残根据地的目的。

但是敌人的这种阴险毒辣的"扫荡"，在其他根据地无论在政治上军事上都陷于可耻的失败。就政治上说，敌人的毁灭政策，固然使根据地的人力物力受到一些损失，但是由于敌人的空隙依然不少，由于根据地群众已有几年剧烈斗争经验，懂得如何判断敌人来势乘隙转移，由于我民兵配合一部份正规军努力保护群众的生命财产，再由于我们共产党在根据地内坚持领导群众斗争，所以敌人企图毁灭抗日根据地全部或大部人力物力的狠毒阴谋，是没有也不可能实现的。敌人的残暴烧杀抢掠政策，当然引起了根据地人民更大的民族仇恨与更深入的抗日斗争，结果敌人在政治上必然陷入于更加不利的地位。就军事上说，敌人的这种"铁滚战术"，是有其严重的弱点的。敌人无法克服其兵力不足的困难。敌人要把其军队密□于根据地的道路与山头上，他们就必须集结□后方的大量部队，这样敌占区及敌据点内的兵力，就比较空虚了。这就使得我们大部份正规军在进行大的迂回运动后，能够越过敌人侧翼转入敌占区后方，并拔去敌人的许多据点，这次太岳区的八路军部队，就是这样作战的。由于敌军后方遭受我军威胁，所以结果他们就不得不往后撤退，而其"扫荡"部署也不能不陷于破产，这是一方面。另一方面，敌人虽集结很大兵力，但无论如何总不能在我们根据地（内地区及游击区）的辽阔土地上完全密布起来，敌军的各梯队中间，存在有不少的空隙，甚至在每一梯队本身中间，也不是没有空隙的。在这些空隙中，我们民兵与小部队还可以有相当的回旋余地，我们群众也还可以有一定的转移可能。而且由于敌人平均使用兵力与分散的小股的前进，所以我们部队还可以利用其弱点乘机予以突破及打击歼灭其一部份，以破坏其整个的"扫荡"部署。例如此次太岳区某团曾被包围，但他们终能以突击冲出重围，并予敌人以很大杀伤，致敌□的整个部署为之混乱。虽然根据地的某些地方，在开始时因摸不清敌人新的战术，致表示有些慌张，但在认识敌人此种战法有了新的经验与必要准备之后，敌人这一套办法，就无可逞其强了。这次在敌华北派遣军魁首冈村宁次直接指挥之下，敌人以二万余兵力，对太岳区进行了二个月的"毁灭性扫荡"，可是结果敌人不能不承认自己在政治上军事上的完全失败。

但是敌人是会继续使用新花样的，他们对于我们晋绥边区，也可能要进□更加残酷更加毒辣的"扫荡"。因此我边区全体军民就必须万分警惕，一方计划生产同时还要加紧进行战斗的准备。

首先，我们全体军民，特别是内地政治经济中心区域的军民，必须在"反对敌人毁灭性'扫荡'""保护人民生命财产""保护□民生产"的口号下，进行广大深入的动员，并立即克服一切麻痹的现象。须知在反攻胜利之前，敌人的"扫荡"是不会停止的，而且胜利愈接近，敌人的"扫荡"也会愈残酷。在这上面的任何麻痹现象，只能使我们的根据地的人力物力遭受不应有的更大的损失，我们要一面加紧生产，一面随时准备反"扫荡"。我们要学习其他抗日根据地的宝贵斗争经验，加紧了解与研究敌人的新战法，来决定我们的正确对策。我们要知己知彼，我们要事先准备，我们要深入地动员广大军民，使他们都有信心和办法来对付敌人的任何"扫荡"。在动员中除克服麻痹现象外，还必须注意纠正任何对敌人新的"扫荡"表示恐惧与悲观失望的情绪，因为这种情绪，是没有根据的，同时是有很大害处的。

其次，我们必须加紧整训游击队，整训民兵，尤其是在经济政治的中心地区，必须把群众的民兵活动与劳动互助密切结合起来。必须事先教育民兵如何在敌人的新战法下，在敌人的较小空隙中进行战斗活动，保护群众转移。必须把爆炸运动确实的开展起来，在敌人将开始"扫荡"时，即应按敌人战术的新改变广泛埋置地雷炸弹，必须按照更困难的条件，来重新布置侦察与通信联络工作。我们的一部份正规军及游击队，现在就应实地演习，以便在更困难的情况下能够领导民兵，共同作战，以展开群众性的反"扫荡"斗争。在游击区与边缘地区，更应经常注意组织民兵，配合正规军。打击敌人抢粮与破坏生产的行动，反对敌人抢粮与保护生产的斗争，应成为我们经常的对敌斗争的重要部份。

再次，我们全体军民必须加强抗日戒严工作，加紧盘查放哨，严防汉奸特务。必须严密防止敌人奸细的侦察活动与破坏行为，清查内部的坏人加以确当的监视。在情况紧张时，必须进行澈底的空舍清野，务使敌人掠夺不到我们的资材粮食。

总之，只要我们能够不麻痹，不慌张，很好了解敌人情况，虚心学习新的经验，及时定出正确对策，更加密切军民关系，以进一步依靠广大群众，加强对敌斗争，那么敌人的任何"扫荡"是一定能被粉碎的，敌人的灭绝人性的暴行就只能加速他自己的死亡。

（原载一九四四年二月三日《抗战日报》第一版社论）

开展生产运动中的重要问题

天气渐暖，春耕将临，各地及各机关部队应当切实检查自己的生产准备工作。根据现在所得的材料，我们觉得生产运动中尚有重大问题存在，须要我们及时的予以解决。

那些问题？

第一个问题是如何从思想上澈底认识毛主席"组织起来"的号召。今年我们领导群众生产运动的中心环节，是在于组织劳力武力结合的变工队与群众性综合性的合作社，这种变工队与合作社，都是群众的合作组织，它们不仅是现在我们新民主主义经济中提高劳动生产力的主要方法，而且是团结教育个体农民实现当前革命任务的强大力量。经过对于毛主席著作的学习，经过陕甘宁边区与晋绥边区劳动英雄的宝贵经验的总结，我们许多同志已逐渐认识群众合作组织，尤其是其中变工队的伟大政治意义，并且已在某些地方（如首先在神府兴县等）开始造成"组织起来"的运动。但是这种认识与运动，还不是普遍的，某些分区与县区，直到现在，还未真正认识生产运动的重要性，特别是还未明白了解群众合作组织的伟大政治意义。某些邻近敌占区的县份，如五寨，在其生产计划中竟没有郑重提到劳力与武力结合的变工组织，有的县份，虽然提到了但亦只是轻描淡写地说了过去并未予以真正注意与具体实行。这说明毛主席的"组织起来"的伟大思想，尚未普遍贯澈到我们所有的干部中去。如果某些地方，我们的干部尚未在思想上弄通这一问题，那么要在那里开展群众的组织起来发展生产的运动，显然是不可能的。因之放在这些地方领导干部面前的问题，就是要赶快采取各种办法，召开一定会议，以毛主席的著作（《组织起来》）与陕甘宁晋西北劳动英雄的宝贵经验（如本报所发表的张初元温象拴等的经验，刘建章的《办合作社的几个经验》等）加紧教育县区以至村上的干部，克服他们中间任何轻视群众生产轻视劳动互助的观点，提高他们领导生产的热情，使他们有信心有办法的去组织群众变工合作，把变工互助与民兵活动结合起来。这种教育工作，要赶快做，不然就会迟了。

第二个问题是如何从组织领导上正确实现毛主席的"组织起来"的号召。有两种组织方法：一种是不管群众的了解、情绪与要求如何，干部下命令强迫"组织"，抄录名单，召开会议，划分组织，派定负责人，干部在时，群众应付一下，干部走了，群众还是各干各的，大家散伙。这样以强迫命令"组织"群众的方法，是一种主观主义的官僚主义的方法，这样组织势必陷于形式主义，结果不但于事无补，而且反会妨碍群众变工合作运动的正确的发展。本来变工队以及合作社是对于群众有利的事情，但是在群众尚未了解尚不赞成的时候，强迫他们组织，势必使群众反而感觉是一种烦扰，一种负担，因此群众就不会来积极参加，甚至反来进行抵抗。没有群众积极参加的变工合作组织,是决然办不好的要垮台的。一九四二年某些地方合作社的失败,去年某些地方变工队的停顿,都清楚地证明了这一道理。我们在今年组织群众劳动互助的工作中必须警觉预防这种官僚主义形式主义的作法。另一种组织方法,是实行调查研究,了解群众的情绪与要求,以实际的事例,说服群众,具体解答他们的疑问,团结积极份子,使群众自愿地参加变工合作组织。对于某些一时说服不了的人,亦不宜加以强迫,在经过事实证明变工合作于他们有利时,他们也是会参加的。变工的编组与工作方法,亦应处处适合群众要求,于群众有利。变工组的组长与变工队长,要由群众民主选举真正好的,他们自己所信服的人来担任,变工队的领导人,必须是自己不贪便宜,处处为群众打算。只有这样群众自愿参加合乎群众要求,对于群众有利,群众热烈拥护的变工队或合作社,才能发挥参加的群众的积极性创造性,才能使工作有生气有发展。宁武张初元、兴县温象拴、临南刘文锦等组织变工队成功的经验,清楚地证明了这一道理。我们今年组织群众变工合作,必须很好学习他们的经验。我们要广泛开展各地的群众变工合作运动,但我们不要追求没有内容的空数子,我们要使所组织的每一个变工队合作社,都有正确的实际的工作内容。我们各地的领导者,要亲自动手,领导一定的变工队,以便经常吸收好的经验,及时指导各地变工队的工作,并且具体解决变工互助过程中所发生的困难问题。只有这样实际的正确的组织领导,我们才能具体实现毛主席的号召,并为明年更普遍更发展的变工合作运动,打下坚实的基础。

第三个问题是机关部队应如何厉行节约,以增加生产基金,改善自己生活与减轻人民负担。现在我们很多机关部队,已在进行热烈的生产准备工作,这是很好的。我们机关部队人员更要在思想上加强劳动观念、群众观念,在组织上确当变工,互相帮助,经常检查交换经验,以便大大开展机关部队的生产运动。但在开展生产运动中,我们必须同时消灭浪费,开展节约运动,把节约运动与生产运动结合起来,作为生产运动的一部份。

为着达到这一目的，我们机关部队每一个人，特别是干部，首先必须从思想上认清：浪费革命财富，是缺乏革命观点、劳动观点、群众观点的一种严□的表现。我们每一份财产都是革命的财产，而不是某一个人或某一部份的私产。革命队伍中每一个人员，都有勤（生产）俭（节约）增产的责任，而无任何浪费财富的权利。革命财富是群众劳动所创造所供给的，浪费这种财富，对于革命与人民，都是一种罪恶。浪费同时表现是缺乏建立革命家务的观念，实际上是二流子思想的一种反映。我们必须从思想上清除这种旧社会恶思想的渣滓，运用会议以及其他方法教育我们人员特别是干部以节约的意义，使他们能够自觉的参加节约运动。其次我们必须经过军人大会、机关人员大会及班排会小组会等，发动群众揭发浪费现象，研究节省办法。如做饭时如何称米下锅，做杂合饭以节省粮食，如何节省烧炭，衣服鞋袜如何能够及时洗补穿得耐久，有必要衣服的人如何不要再领新衣；生产时，如何自造工具与爱护工具，如何搜集贵重的而现在遗弃于地的物品（如猪鬃羊肠等等）；如何避免不必要的建筑，必要建筑时，亦应如何自己动手，尽量少雇或不雇工人；如何把牲口喂好并喂得节省，如何利用空闲牲口进行运输，运输队如何学习延安杨家岭运输合作社的经验，以及公私两利的方式，试办运输合作社等等。在节约方面，干部必须更多实行，而对战士们改善生活所必需的物品，则不但不应减少，反应设法增加。节约必须成为经常的事情，每一人员，必须养成节约的习惯。其次必须建立节约的奖励制度。如炊事员饲养员能够善于节省并把饭做得很好，马喂得很好，那末按一定供给标准所节省□来的经费，可以把百分之三十作为奖励节省者之用。如果我们干部人员能从思想上认识节约的意义，经常实行有效的节约办法，并采取奖励节约的制度，那末节约运动可以与生产运动同时开展起来，并可更加推进生产运动的发展。

以上就是当前开展群众与机关部队生产运动中的三个重要问题。如果我们干部能从思想上澈底认识毛主席的号召，并对群众变工合作运动实行正确的组织领导,再加我们部队机关生产运动与节约运动的密切结合与同时开展,那么今年我们在生产运动中是可以获得更大成绩的,我们根据地是能够更加富足与巩固的。

(原载一九四四年三月七日《抗战日报》第一版社论)

纪念"三八"妇女节

自从去年中央关于妇女运动新方针发表以来，我晋绥边区的妇女工作已有进步。许多妇女干部，已认识到组织妇女生产，发展妇女纺织，帮助妇女兴家立业的重要，自己学会了纺织，去积极推动和帮助农村妇女。一年来，根据地的妇女生产事业，特别是妇女纺织业，有了更大的发展，并涌现出张秋林、刘能林、白全英等这些妇女劳动英雄。这种妇女生产事业的发展，是有很重大意义的，即：一方面是克服了根据地的穿衣困难，打击了敌人的经济封锁，也就是对根据地的坚持，贡献出了她们的力量；另一方面是改善了自己的生活，逐渐提高了妇女的经济地位和政治地位。这是执行了中央新方针以来，很明显的效果。

但是这成绩还很不普遍的。在干部的思想上还没有深刻了解领导和组织广大妇女群众参加生产的严重意义。我们应知道，妇女要真正得到解放，只有自己在经济上走到独立的地步，才有可能。如陕甘宁边区妇女农业劳动英雄郭凤英，她勤劳生产，顶上一个好劳动的男子，白手兴家，成为全边区所敬仰的人物。又如纺织女英雄刘老太太，她不仅自己辛勤纺织，使自己由贫苦生活走上了丰衣足食，而且领导了绥德百余人的妇女纺织，她不仅在经济上成为大家信仰的人物，在政治上也成为大家所尊敬的人物。再如我晋绥边区妇女劳动英雄张秋林等，也都是在自己辛勤的生产上，同时在领导妇女纺织上，以及在积极拥军，热心为群众解决问题上，都有了很大成绩，因此在经济上政治上，也都成为群众的领袖。这些例子，铁一般证明，只有妇女认真参加劳动，发展生产，才能求得自己社会地位的平等，对于民族解放事业，才能更大的发挥自己的力量。这就是把妇女解放和民族解放，在生产运动中结合起来。

今天纪念"三八"妇女节，我根据地所有妇女应该更深刻的认识这个妇女解放的正确道路。特别是妇女干部，应该贯澈毛主席"组织起来"的精神，更普遍更深入的把所有妇女都组织到生产战线上来，发展妇女农业劳动和农村副业，开展妇女纺织运动，学习妇女劳动英雄张秋林、刘能林、白全英的榜样，组织纺织合作社，组织互助变工，帮助妇女订生产计划，更多的培养妇女劳动英雄，使广大农村妇女都在这些劳动英雄的影响和领导之下更坚强的组织起来。

我们的每一个妇女干部，不仅是包括群众团体的干部，所有党政军机关的妇女干部，都应该洪亮的响应毛主席"组织起来"的号召，热烈投入生产浪潮，直接参加劳动，建立劳动观念、群众观念，使自己真正变成劳动妇女的一员。一方面虚心向群众学习，一方面在自己周围把农村妇女组织起来，并耐心的去帮助她们。

我们同时应该认识到，妇女解放事业，不只是妇女自身的任务，也是所有革命者的任务。每个共产党员、军政民干部、农救会员,都应该发挥革命者的精神,教育说服并积极动员自己的老婆、姊妹、亲戚、邻居到生产战线上来,并经常关心她们的事业。

只有这样,我们的妇女群众,就会成为坚持抗战建设中的一支劳动大军。这支劳动大军,占了全人口半数力量的,它将和整个革命力量一同,使革命更快的推向前进,使抗战更快的得到胜利,同时也就是使自身得到澈底的解放。

(原载一九四四年三月九日《抗战日报》第一版社论)

敌后军民的道路

——战斗与生产结合起来

最近敌后开了两个大会，晋西北在一月初举行了劳动英雄大会，晋察冀北岳区在二月中举行了战斗英雄模范大会。这两个大会各有特点，北岳区的大会是在整整三个月反"扫荡"大战斗之后举行的，反映战斗情绪更为深刻。这两个大会又有其共同之点，就是把战斗与生产结合起来，把劳力与武力结合起来。这个共同之点是非常重要的。这个共同之点指出了一个方向，即是敌后吴满有运动的方向，也就是敌后军民的方向。这两个大会指出了敌后军民的道路，因而值得非常重视。

敌后的抗日战争的发展过程是道高一丈魔高一丈，极其尖锐与残酷。敌后游击战争的发展，迫使敌寇不得不停止正面进攻，抽兵回师，企图以"扫荡"来毁灭八路军、新四军主力。百团大战以后，敌人乃施其最残暴的兽性的战法，即所谓"三光政策"，来毁灭抗日根据地的一切人力物力财力。其直接作战对象，除了八路军、新四军的武力而外，连手无寸铁的老弱妇孺亦包括了进去，连吃饭的粮食、住的房子、穿的衣服、养的牛羊、用的工具以至水利肥料，都成为日寇野兽们所要毁灭的对象。在这种情形之下，抗日根据地的人民就不得不起而自卫。他们首先学习战斗，涌现了神枪手刘二堂、爆炸手李勇等非凡人物。从前年下半年起，敌后各根据地实行精兵简政及发展民兵发展游击队的政策，于是民兵运动与游击队运动在敌后各抗日根据地得到了巨大的开展，表现了非常伟大的力量。应该说，如果没有民兵与游击队以与主力军配合，要对付敌人的"绝灭扫荡"是很困难的，要战胜像敌人对晋察冀北岳区那样的三个月大"扫荡"，是不可能的，要想打破敌人的"扫荡""蚕食"，不但保持抗日根据地，而且把敌人挤出去，扩大根据地，更是不可能的。

从去年一年敌后的战绩来看，民兵与游击队的作用非常伟大。他们的武器只是地雷、手榴弹、步枪和别的原始武器，但由于他们围绕在主力的周围，得到主力的帮助和教育，由于他们熟悉地形和熟悉敌伪的行动规律，由于他们爱护祖国保卫家乡的热忱与积极的行动，因而在有些地区，民兵与游击队的战绩是不亚于正规军的。日寇的"三光政策"，已经激发了敌后广大人民起来自卫，起来报复，在血与火的锻炼中，老百姓学会了打仗。

我们手里没有敌后民兵与一般游击队战绩的完善统计，但仅就已经知道的来说，已经是非同小可了。例如山东的人民武装，去年一年中作战八千八百五十二次，毙伤俘敌伪六千八百零九名；晋察冀某分区民兵去年一年作战三百六十九次，毙俘敌伪三百八十名，炸死敌酋井手大佐；太行民兵去年一年作战一万五千三百四十九次，毙伤俘敌伪一千一百卅二名；

太行武东一个县的民兵去年八月一日统计，六周中毙敌伪三百九十名，平均每日十名；晋西北民兵去年九月份统计，半年来作战一千二百零八次，毙伤俘敌伪六百六十五名；苏中三分区民兵去年夏收两个月中，作战三百零八次，毙伤俘敌伪六百七十余名。依此估计，去年一年中，敌后民兵与游击队所歼灭的敌伪必不少于二万人。就民兵与游击队的活动来说，是非常多种多样的，他们或则单独作战，或则配合正规军作战，在春耕时保卫人民春耕，秋收时反对敌人抢粮，并到敌人碉堡脚下去抢收，在敌人进攻时，掩护老百姓转移，进攻敌人时则挖毁封锁沟墙，甚至包围敌人据点，打下敌人据点。民兵最使敌人胆战心惊的就是地雷战，不知多少鬼子官兵在民兵的地雷爆炸中丧命，民兵的地雷甚至放到敌人碉堡的门口去。在民兵中，出现了无数英雄，晋西北有张初元、徐力强、石连胜、王德兴、崔三娃、赵尚高、段兴玉、许光钦、郭来子、路玉小、李赞森等民兵英雄，殉国的则有李王儿、阎西虎、曹文平、王贵子、李振英、刘桂元；晋察冀的民兵英雄有李勇、郝秀金（女），已殉国的有安永昌等；山东人民武装代表会所奖励的民兵英雄有张恒谦、二月（乳名）、孟宪福、任传福、臧西山、栾宗礼、王永双、朱德秀、阎士义、吴继翠（女）、刘□功、申维法、张三楞、刘麻子、吴敬增、刘震、徐君会、高星明、杨振城、谢丁方、王明昆、毛守勤等。

敌后人民一方面学习战斗，一方面就渐渐学会把战斗与生产结合起来。在太行区武乡蟠龙线上，群众发明了"游击生产"的方法，群众说"在敌人面前要组织才能办事儿"，于是把劳动力与武力结合起来，"敌人赶一赶，我退一退，你在前面打枪，我种后面的地，你到老巢内去了，我再种前面的"，"握紧锄头握紧枪，赶快干一场，田庄战场"。在山东滨海区，民兵展开集体生产，莒南某村十余户贫民去春参加民兵后，集体开荒四十亩，□榆青抗先队员廿二人合力开荒十二亩。晋西北临县等地组织以民兵为中心的变工队，临县五区某村劳动力参加变工队的占百分之九十，一区某沟参加变工队的劳动力占百分之九十以上。晋西北民兵英雄劳动英雄张初元更是劳力与武力结合的范例，他在民兵的组织上来了一个革命。

张初元的民兵组织是把自然村的民兵分编在变工组里，变工组组员要住得相近以便发生敌情时大家好照顾，春耕和锄地时，那一组民兵多，那一组就大一些，耕牛也强一些；打场时，编组以场为中心，按每一场邻近的人数来编。民兵提出不让敌人抢去一条牛的口号，变工组则报以不荒民兵一垧地的行动。早晨天一明，民兵和变工组都吃过饭，变工组便下地务庄稼，每天有一定数量的民兵出去活动，村口山头上也有自卫队的瞭望哨，若发现敌情，民兵就鸣枪警告，大家就预备，如果情况紧张，民兵就都爬山警戒，山下的人们就赶紧把牲口藏起来。张初元把全村的人民这样组织起来后，就解决了很多的问题：民兵的地有人耕了，民兵爬山时家中牲畜衣物有人照料了，敌人抢去的粮食前年为五十石，去年只有二石了，省去牛工七百二十个半，人工二千五百三十二个，而且生产□好了，收成增多了。张初元的出现是敌后的一件大事，说明敌后人民不但学会战斗，而且开始学会了把战斗与生产结合起来。

从前战斗会妨碍生产，现在战斗与生产能够结合起来了，敌后的民兵将会有更大的发展，这就会更加减少人民在敌寇"三光政策"之下的生命财产的损失，并且相当增加生活资料的生产，反过来，敌寇的损失将因民兵的发展而增大，敌寇的掠夺将愈益感到困难。

军队方面，在敌后坚持抗战将近七年的八路军新四军，在武装斗争方面已经学得好了，无数的战斗英雄像邓世军、安全福那样的范例应该大大加以提倡，来巩固我们光荣的战斗传统，并且进一步来发扬它。对于我们八路军新四军，今天非凡重要的是补习另外一项工作，这就是生产工作。在去年，太行军队中的生产热潮是很高的，没有这个生产运动，要想克服了天灾和敌人的"三光政策"所给我们的困难，几乎是不可能的。太行的部队机关已在去年九月廿一日举行了生产动员大会，规定今年要保证三个月粮食和全年菜蔬自给。在其他地区，部队机关的生产运动也在开展起来。晋察冀边区战斗英雄战斗模范大会致毛主席和朱彭总副司令致敬电中说："部队要学习三五九旅贯澈朱总司令'屯田政策'。"在其宣言中说："子弟兵里的战斗英雄和模范要成为拥政爱民与生产的模范。"这些话不仅对于晋察冀是对的，对于其他抗日根据地的八路军新四军同样是对的。两个大会指出了敌后军民今后的道路，这条道路就是不论军民双方，都要把武力与劳力结合起来，把战斗与生产结合起来，使敌寇的"三光政策"完全归于失败。

（原载一九四四年三月十一日《抗战日报》第一版社论）

六分区军民对敌斗争辉煌成绩

我们研究了最近两三个月份的报纸，除了极少数的几期外，差不多每期都有关于六分区战斗与生产消息的报导，而历次大小战斗都获得胜利，特别是当地军队在张家崖、十里桥、贯上村等地的胜利和最近"张初元同志指挥民兵打垮三路合击的敌伪"，"在我军民不断围困打击下，敌撤退蒲阁寨等□据点"，以及在忻崞、石神等地的战斗，这些较大的胜利，使我们感到无限的兴奋。

综合两月来的报导，有这样一连串的战况：一月中旬宁武六区某村民兵打退头马营敌人的拂晓包围，第三天晚上又打进敌据点夺回被抢去的四十三只羊，第五天又打退了敌人的报复。一月二十九日宁武某村民兵打退由石家庄前来三路包围的二十六名敌伪军。二月二日宁武某地游击队民兵和群众密切配合,在张家崖打退由东寨前来抢劫的敌伪六十余名,毙伤敌伪累累,并将牛羊夺回。二月二十日静宁游击队和施家岭民兵密切配合击退由沟口前来抢粮的敌伪三十余名,打死大汉奸一名。二月二十二日静宁三区区干部率领民兵到敌占区活动牵制抢粮敌,捉回敌新民会密探一名,打死伪警备队班长一名,摧毁伪西会村公所,缴获文件一大包。二月二十四日,活动于宁武之"北岔"某部,在宁化通石家庄交通线上的十里桥,伏击二十余名敌伪,毙伤敌七名,获轻机枪一挺、驴三头、文件等一部。二月二十六日游击队与羊圈岭的敌人在马房一带七天中作战五次,毙敌二名汉奸三名,某村民兵则乘敌据点空虚之际,前往袭击,活捉汉奸二名。二月中旬直到二十九日,宁武民兵、群众共四十余,不断破坏敌正在修筑中之汾河大桥,最后全部将桥焚毁。二月二十五日静宁马坊附近民兵击退由羊圈岭前来抢粮的敌伪一百二十余名。在敌伪抢□的半月中间,民兵共袭击敌人十六次,毙伤伪军五名,捕获汉奸五名,缴获步枪一支。三月,忻县游击队乘敌寇抢粮,后方空虚之际,不断到平川与敌交□线——同蒲铁路、忻静公路上破坏电线六次,共三十余里,收回电线二千三百余斤。三月十八日,六分区某部在西马坊至静乐公路上伏击二十余名运粮敌,敌尖兵二人被炸,二人被俘,余均溃散,当即夺回粮食八十余驮。三月中旬宁武某村民兵击退由宁化、细腰、石家庄三据点前来抢粮的敌人一百四十余名,并□胜扑至细腰据点。三月底,张初元同志统一领导指挥各村民兵,打垮由宁化、细腰、石家庄前来三路合击的百余敌伪,把伪警备队排长打下马来,毙伤敌三名,夺回牛六头,截回全部粮食,解救被俘民夫三十余名。同时期,宁武某村群众又进行一次大破路,民兵配合开展爆炸运动,使敌伪潜伏"乌龟壳"内,不敢出扰。四月,在我军民不断围困打击下,自十日起,一周内敌被迫撤退咀子上、蒲阁寨、石家庄、细腰四个据点。敌撤退前,我军曾在官庄与蒲阁寨间痛击敌□。蒲阁寨敌撤退时,沿途遭我地雷爆炸,并于上下寺中我某部和民兵的伏击，毙伤敌十余名。细腰敌撤退时，亦遭我某部和民兵的伏击，毙伤敌十余名，均有很多缴获，并胜利收复了四据点。据二十七日及五月六日发表的消息，宁武的山寨、头马营、李家□敌据点亦被迫撤退。二月二日到二十日内，崞县西北官地□敌，连续出动，企图到段家堡、西梁村、刘家泉抢掠，并曾包围牛石腰、西梁村，但□在我游击队民兵密切配合之下，将敌击退，使敌企图未能达到，我并解放了被敌抓去的壮丁和夺去的毛驴等。四月七日活跃于忻崞的某支队和某游击队于贯上村伏击敌一小队，将该敌全部歼灭，当场击毙敌指挥官日地谷曹长以下七名、伪军二名，生俘伪小队长一名、伪军一名，缴获甚多。又，静宁军民很久以前就对南沟口、石神等敌据点展开了猛烈攻势，现很多村庄已完全解放出来，并建立了抗日政权及民兵组织。伪组织人员向我抗日政府悔过自新者已达五十余人，并有伪军十余人连续反正。今春以来，静宁民兵共打了二十多次胜仗。四月二十七日，静宁游击队配合崞五区民兵自卫队五百余人，到同蒲路娄家庄和长会村破袭，割电线二千余斤。另一部游击队深入敌占区将铁路轨道拆毁八根，使敌火车不能通行。又最近忻崞敌人三百余，为报复日地谷小队的被歼灭，分三路前来合击我军，其一路被我民兵英雄赵红计和民兵中队长刘喜全率领民兵阻击。敌人三路在某村会合时，刘喜全、赵红计等即分三路袭击敌人背后，将敌打走，击毙一便衣敌人。这是从三月十四日起截至五月六日止所登载的消息。

根据这些现有的消息，使我们看出了六分区对敌斗争有如下的特点：

一、群众性游击战争的普遍性。从地区看，几个月来，在□分区每一个地方都有强烈的战斗活动。从战斗的形式上看，有出击、伏击、袭击、阻击、破袭、摧毁"维持"、建立抗日政权等等。从战争的组成上看，在整个六分区的战斗活动中，都有广大群众、民兵和军队的密切配合，即军队和群众的深刻结合。而每一次战斗，都明显的表现了它的群众性。例如张家崖的战斗："东寨敌伪六十余名天刚亮就包围了三区张家崖，我民兵发觉后，一面阻击敌人，一面掩护群众退出。老百姓马上报告了游击队，游击队冒着大雪赶到张家崖，民兵积极配合游击队作战，将敌人团团包围起来。在战斗中，民兵、群众自动给部队送水送饭，并将木柴背上山，为军队御寒，帮助部队监视敌人，直到半夜敌人想偷偷逃走，我军民沉着打击敌人，敌伪伤亡累累，将牛羊全部遗弃，狼狈窜回东寨。"这是军民密切配合的最好范例。军队真正依靠了群众，群众亦自觉的和军队密切配合。因此，在一定的战斗任务下，全都按照自己的岗位投入战斗，使敌人无空子可钻，遭到铁壁一样的围困和严重的打击。而我军队的勇敢善战、机动灵活，在这样密切配合之下，得到更大的发挥。这里还应该特别指出的是，在无数次胜利的战斗中，我军民的伤亡损失极微，而收获却是很大。这都是群众性游击战争的最大特色。

二、贯澈了领导一元化的方针，军政民的密切配合，发挥了持久不断的韧性的战斗力量。如围困蒲阁寨等敌据点就是一个典型的例子："蒲阁寨敌据点是一个突出的钉子，当时据点周围三十里的村庄都曾被敌寇强迫维持，去年我军政民在统一领导下加强对敌斗争以来，蒲阁寨周围便组织了×百余民兵，在区政府的直接领导下，不断围困打击敌人，展开了埋地雷埋手榴弹的广泛爆炸运动，我军则更有计划的打击每次由三交向蒲阁寨运输给养的敌人，据点周围附近十余里内村庄的群众，都搬到根据地居住，迫使敌人一个民夫都抓不住，拂晓偷偷到河边担水，也会受到民兵游击队的打击。两个敌人出炮台瞭望，就被我民兵杨书元一枪打倒一个。一个敌人从厕所出来，又被我民兵击中毙命。敌人有两次曾企图向附近村子报复，可是赶到村子时，连一个人影儿也看不见，反而在路上吃了我部队民兵地雷手榴弹的亏。被围困的没有办法，终于四月二十日偷偷的撤走了。"像这样辉煌的例子，说明了只要发动和组织了群众，展开了群众性的游击战争，并能贯澈统一领导的军政民密切配合，我们就一定能够□敌人挤出去。

三、劳力和武力结合，这一斗争形式和组织形式的继续巩固和普遍发展。边区特等第一名劳动英雄张初元同志在当地的直接影响和领导上对于学习张初元同志劳武结合的号召和具体推动，使广大群众实际了解到生产互助和对敌斗争的结合，是他们切身的利益，因此更加提高了他们的自觉性和战斗情绪。而其他劳动英雄民兵英雄们更是响应这个号召的模范，如民兵英雄赵尚高，劳动英雄刘补焕、潘信福等同志，都向张初元同志学习了生产与战斗结合的办法，积极领导变工互助组织，并不断领导民兵活动，打击敌人，捉拿汉奸，这在本报四月十五、二十九日和五月四日都有详细报导。在二三月中各村农民亦都自动访问张初元同志，去学习他生产、战斗、组织领导的经验（见三月三十日本报）。至于各地劳武结合的变工组织情况，举如下的一个例子："××沟村，百分之八十以上的村民，均参加了变工组织，家家户户都计划开荒生产，以农会为核心，以牛为中心，民兵、抗属均参加的劳力与武力结合的变工小组先后建立起来。……又在响应张初元同志创造模范村的号召下，某村也组成了生产队，二十户村民及民兵、抗属花编了四个变工组，并订出生产计划（三月十一日本报）。"这种劳武结合的继续巩固和普遍发展，对历次大小战斗的胜利保证，起了很大的作用，同时群众自己的财产也得到了保护，生产也得到了发展。

最后，应该指出，以上这些成绩，乃由于在领导上研究并认真执行了分局的方针的结果。六分区对分局一九四四年"对敌斗争、减租生产、防奸自卫"三大任务的指示，他们不仅进行了一般的号召，同时还注意了对县区村干部思想上的具体领导和深入动员。如以本报三月三十日的一条消息为例："……为了完成这一任务，首先在各级干部中从思想上弄清楚。县区村各选一典型自然村，研究经验指导全面，并按四季订出不同的工作步骤，不断检查研究改进。……广泛号召学习张初元同志，组织劳力与武力结合的变工，订出生产制度与纪律，使广大群众普遍学会生产和打仗两套本领。"从这个例子就可以看出他们思想领导和深入动员的一斑。

六分区这几个月来的这些辉煌成绩，是值得我们表扬的。我们特向六分区英勇斗争中的全体军政民致敬，同时我们估计到敌人还会有比最近三路合击更厉害的报复。因此希望我六分区的军民，不要因这些胜利而产生骄傲或轻敌观念，今后更应随时提高警惕，更冷静的随时研究新的对付敌人的办法，要很好的做好收复区的工作，巩固自己，打击敌人，有阵地的加强对敌斗争，继续把敌人挤出去。

（原载一九四四年五月九日《抗战日报》第一版社论）

目前在生产领导上应抓紧进行的几项工作

现在组织领导群众春耕开荒和下种的工作,有些地区大体上已将要结束了。下种以后到雨季突击锄草之前的这个期间,一般说来在农作上是比较并不怎么太忙的时期。那么在这一时期中,各级政府、党和群众团体在对群众生产的领导上,应该抓紧进行些什么工作呢?我们认为:

第一,要认真检查并改进群众的劳动互助组织——首先须由县区干部亲自动手,以行政村为中心召开村干部和变工队(组)长会议,检查春耕期间群众劳动互助组织的实际情形,特别要选择某些成绩最好或最坏的变工组织来进行检讨。表扬某些模范的变工组织,指出其成绩特点,说明其所以获得这些成绩的各种原因;批评某些特别坏的变工组织，指出其所以失败的诸种原因并讨论出今后改进的方针办法。锄草时期的变工由于性质上的不同，可能有某些必要的变动，有的是可以一直继续下去的，有的必须就原有基础加以扩大或合并，有的则须另行组成，特别必须把锄草时所空出畜工和人工，设法合组为各种运输队或扎工队，进行出外揽脚揽工赚钱，其收入仍归变工队共同分配。在组织变工上一定要照顾农民原有习惯，一切以自愿结合为原则，反对任何强制命令，纠正一切登记名册的形式主义作法。在检查这一个区的时候，其他区上可派代表来参加，检查这一行政村的时候，其他行政村也要派代表来参加；要甚好发挥此种会议上的教育与示范作用，务必使所有参加会议的干部和变工队长，都能由这些具体事例中从思想上领会和认识到劳动互助的好处及其伟大的政治意义。当此一行政村检查完毕，区村干部即可据以检查其他村的工作，县级干部即可转移去检查其他区的工作，使各地劳动互助组织在质量与数量均能有新的改进与发展。惟在领导上必须有中心的进行这一工作，应着重于培养模范村和模范的变工组织，帮助与提高原有的劳动英雄，发现与培养新的劳动英雄，以实际范例去推动其他。企图一下子把所有落后群众都组织起来，或想把一切村庄都变成模范村的主观主义想法是一定行不通的。

第二，发动互相参观和检查生产计划——应利用农闲的间隙，发动村与村组与组间的互相参观访问，特别是参观访问模范村的各种变工制度办法、合作社和妇纺小组、民兵和运输队以及其他文化（小学、夜校、读报组）卫生设施，推动其他村庄也照样改进与实行起来。在参观访问的同时，应提倡村与村间的互相检查彼此生产计划的执行程度以及改造二大流等等工作。各村的农户生产计划除由区村干部经常督促检查外，还可以发动户与户间的相互检查竞赛，看谁家的生产计划完成超过的更多一些。

第三，解决贫苦农民困难与提倡清洁卫生运动——夏锄期间正是所谓"青黄不接"的季节，好多贫苦农民将要发生缺乏口粮的困苦，所以如何适当的解决贫苦农民的困难，将是这一时期的一件重要工作。在夏至以前政府将发放一批"青苗贷款"，如何将此□贷款发到真正贫苦农民手中，而不为某些恶霸分子所中饱，也应预先加以布置。不过单纯依靠"青苗贷款"还不能完全解决贫苦农民的问题，故除发放青贷以外，还要很好组织与发动群众中间的互借互济运动，劝富济贫，劝有济无，尽量发扬友爱互助精神，作到使贫苦农民不致因缺乏口粮而影响到他自己的生产计划。同时因为夏天到了，瘟疫和疾病将威胁到每一个群众，所以为了公众卫生和大家的安全福利起见，在群众中广泛提倡清洁卫生运动是万分必要的。村中的粪堆也大都送到田地里去了，应即动员埋藏粪底与清理厕所。街道院落和窑洞里均应加以扫除，劝说群众利用农闲拆洗衣被、清除蚤虱、修补屋漏等等。凡有机关部队驻在的村庄，机关部队应更多地负责，很好的协同群众进行清洁卫生运动。

以上几项工作是一般地提出来的，各地区应按其实际需要出发，各应有其不同的重点和特殊的问题。开会时间不可太长，形式上更力求简单朴素，其目的在于发现问题解决问题，有什么问题就着重解决什么问题，切忌"无的放矢"逐条宣读讨论，一定要在不太妨碍群众生产的前提下，进行以上工作；勿求表面热闹，要更其重视这些工作本身的实际组织和教育意义；不要一般化，必须要创造出一些新的和真正名符其实的劳武结合的模范村以及模范的劳动互助组织出来。

（原载一九四四年五月十六日《抗战日报》第一版社论）

必须及时纠正劳动互助运动中的缺点

在今年的生产运动中，按各地的报导以及对于某些地区的实际检查，我们可以看到，广大群众的生产情绪，是很高的，这表现于许多地方的开荒热潮、改良农作法的努力、春耕的及时进行或提早完成等等上面。各地也改造了一些二流子，增加了生产的劳动力。我们政府的贷粮贷款及其他帮助，也给群众解决了不少困难。在运动中，有些地方，由于劳动英雄们及干部们的努力与群众的拥护，成立了新的变工组织，进行了并且进行着热烈的劳动互助。我们边区去年所获得的结合劳力武力的变工互助成绩，今年不仅得到了推广与扩大，而且还增加了新的创造与经验。所有这些都是值得大大表扬的。

可是，像毛主席所教导我们的，我们决不能以成绩自满，我们应当同时检查我们的缺点，以便使工作更加推向前进。我们在生产运动中的缺点是有的，主要缺点是我们有些地方的劳动互助组织，尚缺少实际的工作内容，也就是说，尚有某种形式主义的毛病，这种毛病，是妨碍我们劳动互助运动的很好发展的。

为什么会发生形式主义的缺点呢？

根据我们的实际调查，第一个原因，是有些干部尚未切实了解劳动互助的重大意义。毛主席"组织起来"的伟大思想，尚未经过这些干部贯澈到广大群众中去。有的干部认为组织变工是上级下来的一个"公事"，就是×县工作较好的一个行政村的主要负责干部，最初也认为"变工就是代耕"。在这样的了解之下，自己就没有积极起来组织与领导变工互助，如×县×区的四十余行政村干部，只有五个在组织变工中起了一些作用，三个连自己家里的生产也不好好进行，其余大部份则是只努力于自己家庭的生产，对组织群众劳动，却不闻不问。又如×县×区三个自然村十二个行政村干部中，只有二个在组织变工中起了些作用，二百一十个自然村干部中只有十数个实际参加与组织变工。由于一大部份村干部和一部份区干部，甚至个别县干部，都还没有真正了解变工互助的意义，所以他们对群众也就或以强迫命令从事，或者根本不管群众而只是造了数目字了事。例如×县一个村长这样反省道："自己开罢会后，思想还是和过去一样，布置了互助组，自己想编不起来，只有以法令去强迫组织，求得数目字多些，报告好看些，真正变得起来变不起来不去管它。"另一个村长反省道："自己对组织互助的认识，是只要号召一下，求得数目字就可以了。对于生产，认为老百姓自己会进行，不需要领导，因此就很少解决群众的问题。"无论是强迫命令或是造数目字，其为形式主义是一样的。但这上面我们决不苛责村干部，首先我们的各级领导干部自己应当反省，究竟我们自己真正了解了毛主席"组织起来"的伟大思想没有？究竟我们自己是否以这一思想作为我们组织生产运动的指导思想？究竟我们有否根据群众的实际情况向下级干部说明这种思想？如果我们自己还未贯通这一思想，同时亦未向村干部解释清楚，那么又怎么能怪村干部以至广大群众的不了解与误解呢？一大部份村干部，既然没有清楚了解变工互助的意义与方法，那么要想切实团结群众很好开展劳动互助运动，当然是不可能的。

第二个原因，是由于领导劳动互助的方法不适当。几年以来，我们区村以至县的干部，在种种动员与征收工作中学会了自上而下迅速完成任务的一套方法，这一套方法，在一定的任务（紧急战争动员）一定的要求（限期迅速完成）之下，是有过它的作用的。但领导群众生产，组织变工互助，是更复杂更细致的工作，是更深入更耐烦的组织工作，决不能重复动员工作方式的老一套。可是我们看到有些地方恰恰是犯了这一毛病。例如某些县区把组织劳动互助的工作与其他生产任务并列地不分轻重的提了出来，一般的布置下去。县布置到区，区布置到行政村，行政村布置到自然村，自然村干部照样布置到群众大会，都是照例一般的传达，照例一般的布置，照例的分配数目字。有的区干部在一般传达中，甚至照着参加区上开会所作的记录来念，村里边的具体情况如何，如何根据具体情况把思想说通，以及如何才能组织起来，当地是否原有其他劳动互助形式等，事先既没有向村干部、向群众调查研究，事后也很少深刻追问。而自然村干部既然在思想上未弄通，所以他们在群众大会上就不能作很好的解释，而只是简单的分配数目字，或者当场就指定并登记"互助组"的组数和人名了。村干部本来是了解具体情况的，但因领导上的方法不妥和他们的思想未贯通，也就使得他们不能很好的根据情况解决群众的问题，团结群众，来真正组织群众的劳动互助。这种工作方式的老一套，以致在好些地方，一般布置与群众的要求不相适合。例如 ×县靠近敌占区的几个行政村，敌人经常出来骚扰，捉人抢牛，群众不能安心耕种，他们的迫切要求是如何保护春耕。在这样的群众要求下，我们的干部正可以团结群众，组织劳力与武力结合的变工队，来保护群众的生命财产和及时耕种。可是我们有些干部下去，却向群众一般的宣传与布置"精耕细作"，群众听了反映道："我们一犁都还犁不上，还要精耕细作哩！"这就是群众对于我们有些干部的领导方法的正确批评。再是我们有些区干部，在工作上看来确是很忙的，但却是走马看花地来回于各村之间，未切实了解与解决群众中如何组织变工互助的问题，而只是经过一定的时间，向村干部收集一些数目字，向区作一个一般的汇报，以便全区综合数目字，向县级报告本区组织劳动互助的"成绩"。当然这不是说所有县区村干部的领导生产方法都是如此，但是应该指出这种老一套的领导方法还是很不少的。这种领导方法不仅妨碍我们深入地团结群众开展劳动互助运动，而且同样地妨碍我们绝大部份本质上很好的县区村干部的创造才能的发展。这种领导生产方法，如不努力转变，则群众性的劳动互助运动，也不能真正健全开展起来的。

这就是现在某些地方组织群众变工中所表现的形式主义缺点的两个原因。

如何消除这两个原因呢？首先是依靠于我们在干部中，特别是广大村干部中贯通毛主席"组织起来"的思想，并经过他们贯澈到群众中去，这是一个很重要的思想教育和思想动员工作。对于如何进行教育，我们举一个例子来说明。×县因初期组织变工，大多流于形式，于是决定在四月下旬集合区县干部四十余进行检查工作与思想教育，并且事先通知各区要各按具体情况调查研究一个真正实行变工有成绩的村子的经验和一个形式主义"变工"的村子的材料。他们开了八天会，第一二天由各区干部详细报告了典型村子的材料及其经验教训（这些材料事先由县上同志分头帮他们整理），以后又报告了春耕中各项工作中所发生的实际问题、解决办法与干部当时的思想。县上即决定分组学习毛主席《组织起来》、《解放日报》社论《敌后军民的道路——战斗与生产结合起来》《张初元组织变工的经验》（或用二月十日《抗战日报》所载《组织变工互助把劳力与武力结合起来》)《温家寨的变工互助》等文件，同时为了转变关于领导方法的思想，又学习了中央《关于领导方法的决定》。在讨论中，根据本区的情况，密切联系到自己的经验教训，各各进行思想反省。会后，有些干部反映说："几年来还没有开过这样好的会。"这次思想教育的会是开得比较成功的，但还有一个缺点，即未能在会期中使干部们亲自参加一个变工队的工作来进行实习。这种思想教育的经验，各地可以按自己的情况灵活运用。至于对行政村自然村的干部，则因文化水平的关系，不宜多读文件，可由适当的干部，根据当地具体情况与成功的经验，用算账的方法联系文件的精神加以解释，使其了解劳动互助的具体好处与办法。最好是能使他们实际参加一下成功的变工组工作，使他们从具体实践中在思想上更加明确，并取得经验，以便贯澈到群众中去。我们各地领导同志必须明白认清，不经过贯通干部思想这一关，组织劳动互助的工作，是决不能真正开展的，这一关不能跳过。如果图省事，是只会误大事，吃大亏的。因此我们希望某些在这方面还未作好的地区，应该赶紧踏踏实实的重新做起。

其次是如何来转变对于组织变工互助的领导方法。这里首先要解决的问题，就是我们的领导，必须是从群众的实际出发，上级领导机关的指示是根据于总的情况的，我们下面干部在执行上级指示时，就必须了解当地群众的具体情况，以这情况为根据来决定实现上级指示的具体办法。这是领导方法上的根本思想问题，是领导方法的具体群众观点问题，我们必须把中央《关于领导方法的决定》的这种基本精神，真正实现于我们各地领导中来。至于如何具体领导变工互助组织，那么我们根据初步的经验，提出如下的意见。

第一，我们到一个村子领导组织变工首先必须了解这个村的环境、生产情形、群众问题与干部状况，先从教育积极份子着手。对于积极份子的教育，也必须根据他们情况，设身处地用具体事实，用算账方法来多方解释说明。教育的方式最初可多多采用个别谈话，以后可以召集党的以至农会干部的会议，来进一步解释与讨论。积极份子思想相当弄通了，办法也初步讨论出来了，然后再经过他们根据群众的情况与要求，去宣传与团结一定的群众，使他们自愿的参加变工。以后再开农会会员大会及群众大会来具体宣传变工互助的收获，宣布已经准备好了的以积极份子为中心的变工组的成立，并号召其他群众自愿参加变工。

第二，变工组成立之后，应由组员民主地选出组长。变工组成立起几个以后，就必须慎重地选择干部积极份子中在村内有威信的、办事公道不怕吃小亏的好劳动农民（能是劳动英雄最好），来领导全村变工生产工作（名义可用生产大队长或变工大队长，必要时可有正副二人）。变工大队长及组长的人选，虽在事先应由村的领导组织加以讨论，但决不宜直接指定而应经过群众真正民主地选举出来。许多地方的经验证明，变工大队长及组长的人选，对于变工互助的好坏与成败，起着非常大的作用，所以必须很好选择适当的干部积极份子，绝不能敷衍了事。

第三，到村里领导变工的干部（无论是行政村的、区的，以至县以上的），必须亲自动手，深入到变工小组中去，根据小组情况，共同讨论出实行变工的具体办法，并随时检查与解决其中所发生的问题。这样一方面可以创造模范小组来推动其他的小组，同时干部自己也就可以取得具体经验来指导其他的地方。县以至分区的领导机关，亦必须亲自动手，至少领导好一个村的变工队，创造模范，以便不仅以一般的经验，而且以自己亲身体现的具体经验，来指导全局，并以生动的事实来教育下面的干部。

第四，变工互助过程中所发生的问题是很多的，所以村的生产大队长必须经常检查变工小组的工作。检查时除解决各组所发生的问题外，最好还要轮流检查个别小组的详细情形，有时更可以召集全体变工小组长及积极组员，检查一个最好的小组及一个最坏的小组，使大家知道如何学习好小组的优良经验，避免坏小组所犯错误及缺点。检查中所发现的好的成绩与好的经验，必须广泛向群众宣传，以便使初期不相信变工不愿参加变工的一部份群众,也能从本地实际经验上看到变工的好处,转变自己的思想而自愿地参加变工互助。这就是说,我们要经常注意抓紧先进份子,团结中等份子,提高落后份子,并在工作发展过程中培养出更多的先进积极份子,使好些中等份子,甚至某些落后份子,也能逐渐转变为运动中的积极份子。区、县的检查,也不要是一般的枯燥无味的数目字的检查,而应多多按次检查个别单位的实际的具体的情形,并且在检查以前,事先自己要对该单位作深入的调查,因为只有这样才能真正发现该单位的问题,并帮助那里的干部切实改进工作。区的领导机关,在一定时期,可以按支点召集村干部及变工大队长开会,检查一个好的变工队和一个坏的变工队,使各村变工领导者,能从善去恶,知所抉择,以发扬好的经验与避免坏的作法。县对□干部也可以如此做。如上述×县对于典型村子的检查,就是一个成功的例子。

第五,在检查中如发现某些村子变工变不起来或变得不好,那时就必须深刻研究其原因。除干部思想上没有贯通领导方法不合适的主要原因之外,对于具体的某一村子,还可以有其他的甚至更重要的原因。例如在某些村子汉奸特务份子破坏变工互助,那我们就必须揭破与清除这种破坏活动,因为不然,群众的变工互助就不能组织起来。此外,群众中的问题,是很多的,有些问题如不解决,则群众变工也就无法组织起来。例如×县某村二年来受一恶霸的压迫,群众甚至不敢几个人在一起讲话。在这样的情形下,劳动互助当然不能真正的组织起来。后来查明了原因,斗争了这一恶霸,改换了村的领导,群众才开始真正的而非形式的实行变工合作。就是群众中的较小问题,某些同志所认为微末烦琐不屑加以迅速解决的,也应当郑重地很快地加以正确的解决,因为这些问题,关系于群众的切身利益,每一个真正有群众观念的干部决不能置之不顾。只有解决了群众的问题,提高了群众的积极性,我们才能更好地组织群众的劳动互助。

第六,群众的创造才能是非常丰富的,他们在实践中能够产生许多新的好的经验，我们帮助村上工作的同志，看到这些经验就必须随时的迅速的反映于上级领导机关，同时我们的区县的领导机关，也必须经常注意检查与发现这种经验。区县领导同志知道这些经验后，就应迅速介绍于所属各单位并报告上级或报导报社，使这些经验可以及时地广为采用。例如×县某村民兵，因感打游击时吃粮无法解决（这一问题，年来政府已讨论多次，但未有最妥善的办法解决），所以除分别参加变工组外，另外自己还抽空组织民兵集体开荒队，出外开了十数亩荒地，以其所产粮食供给民兵出外打游击之用。这一好的经验，已在该村所属的区，广为传播，但全县只在开会检查后，才传播出去（已经有些迟了），至于其他的县，则更不知道，等知道时也已迟了。为着交换经验，我们区以及县的领导机关还可以有计划地组织变工差的村子的干部，向变工成功获得良好成绩的村子参观，或者请变工成功的村子的领导者，向变工差的村子的群众作报告，或者在可能条件下，请这一领导者住一个时期帮助该村组织变工（他家里的生产劳动，可由该村派人变工去作，或者由原村变工组代作而由该村出工钱，因他在帮助组织变工的也□实际参加劳动的），或者召集一些村子的变工队会议，互相交换经验，或者在变工队内，组织读报，以介绍其他地方的经验。这些办法都可以按具体情况灵活运用。

第七，我们县区不仅布置工作决定地点要有中心，而且在实际领导中也必须经常掌握这种中心。例如×县在布置今年生产工作时，就没有明确的以组织劳动互助为工作的中心，结果作时各区干部或者是没有中心，随便去做，或者自定中心，互不相同（有的以互济为中心，有的以贷粮为中心等等），而没有从许多工作的进行中，联系结合，努力促进真正中心工作（组织劳动互助）的实现。在生产的各方面工作上，如果什么事情都是不分轻重，互不联系，没有中心，平均主义的去领导，而想把一切都领导好，那么结果是一样都不能真正领导好的。在地区上说也是如此。我们某些县区，虽已规定了中心的行政村，但在实际领导过程中，某些同志并没有很好掌握中心。为着掌握中心，我们不要到处平均主义地走马看花地来来往往，仓卒奔跑，因为这样看来好像什么地方都"领导"了，可是实际上却没有能够抓住一定地方真正亲自动手深入下去，以具体解决群众问题，很好组织劳动互助。我们必须抓住中心踏踏实实，深入下层，以创造模范的变工队，来推动其他地方的劳动互助组织，我们自己必须善于运用典型的经验来领导一个地区的整个运动，换句话就是要能善于突破一点掌握全局。这是实行具体领导所不可缺少的。根据现有的主客观条件，我们今年并不奢望一切村子都能普遍的很好的组织劳动互助，但是至少我们各地必须把一定的中心村子的变工互助，真正领导得好，以便一方面以这样村子的模范影响，尽可能地比较普遍地推动其他的村子，同时也可以由此积累经验，来提高我们对于整个运动的领导，并准备明年更大规模的劳动互助运动。这是今年可以作到而且必须作到的。

第八，以劳动互助为中心的巨大生产运动，在我们晋绥边区今年还是第一次。我们在组织劳动互助上的领导经验，都还很少。我们各地领导机关与领导同志必须虚心地向群众学习，经常地总结经验，以便及时地提出新的办法，克服现有缺点，以推进实际的组织工作。我们各地都有过而且还会有许多新的好的经验，所以各地必须努力互助学习。对于分局的指示以及《抗战日报》上代表领导意见的社论与论文，各分区各县区的领导同志，必须认真的深刻的加以讨论研究，并定出具体的实行办法。我们曾经发现，好些地方对于这类的指导文章是重视得很不够的，有的同志甚至根本没有看过，更说不上什么讨论研究了，这种现象必须严格纠正。因为只有虚心学习，多了解情况，多吸收经验，多研究指示，多思考问题，我们才能执行正确的实施办法，才能负担起实际领导劳动互助运动的重大任务。以上就是我们根据自己经验与各地经验对于如何转变领导生产方法所提出的一些初步的远非完全的意见。

我们晋绥边区的广大群众已经经历了快要七年的抗战的锻炼，我们边区自抗日民主新政权成立以来，已经进行了四年多的建设工作，特别是从去年以来，农村阶级关系发生了重大的有利的变化，广大群众的对敌斗争与生产斗争的积极性是很高的，我们各地干部特别是农村干部与积极份子的成长，是很大的。我们有分局的正确领导，有去年以来整风的巨大收获，只要我们能够在劳动互助的思想教育上以及领导方法上有一个重大的进步，那么现在好些地方在这一工作上所表现的形式主义缺点是完全可以克服的。但是，在今天，我们还应当认识形式主义缺点仍是障碍劳动互助运动前进的一个重要问题。过去，形式主义曾经使我们有些工作吃了很大的亏。例如合作社，过去由于有些干部没有贯通思想，没有好好领导，所以结果一九四二年以前所建立的，现在大部份垮了，留下给群众以不好的影响，使我们后来的组织合作社工作在这些地方遭遇了很大的困难。如果我们现在不努力纠正有些地方劳动互助组织上的形式主义缺点，那么不但今天这些地方不能真正开展运动，而且更会妨害以后运动的进行。形式主义是只会误事害事，而不会丝毫有益于事的。

现在有的地区春耕将完，有的地区春耕亦已进行了一大部份。在春耕中真正组织劳动互助的工作，有些地方恐怕是已错过机会了。我们千万再不能错过夏锄运动的时期。如果这个时期，再一错过，那么虽然还有秋收时期，但今年的劳动互助运动，在这些地方就会大部份陷于落空。要使我们不错过夏耘时期，而能真正在锄草运动中抓住中心，开展群众的劳动互助运动，那么我们就必须毫不放松地赶紧努力，从思想教育上领导方法上去努力纠正现在有些地方所表现出来的形式主义的缺点。

我们建议各分区、县区领导机关与各地的工作同志郑重的考虑这一问题，并且根据自己对于群众情况与工作过程的深入检查与切实了解，作出应有的结论，并采取具体的步骤。

（原载一九四四年五月十八日《抗战日报》第一版社论）

如何使我们的报纸更加与群众相结合

我们的报纸,是抗日民主根据地的报纸,是新民主主义社会的报纸。新民主主义社会的主人翁是广大人民,首先是广大的工农兵群众。我们的报纸应当成为广大人民的喉舌,做工农兵的公仆。因此,它必须和根据地广大群众的生活密切地结合起来,充分地反映群众的需要、要求和一切活动,反映他们在对敌斗争中、生产中、参加根据地建设中以及在这个新时代新社会各种活动中新的创造和业绩。

群众是社会的主人,是创造历史的真正英雄。群众的利益和情绪,是党和政府决定政策的依据,群众的意见和行动,是考验我们政策和工作的尺度。我们的报纸,不仅仅是单纯的宣传工具，而且它本身就是深入的组织工作。它不能高高在上、脱离群众的用许多空洞的话句，死板的教条的解释我们的政策和方针，而必须是到群众中去，熟悉群众情形，通过群众亲自听到、看到和体验到的事实去分析解释，使群众完全了解自己所做事情的伟大意义，逐渐提高认识，组织起来，为解放自己而奋斗。因此，我们的报纸，既要与党政军民领导机关的意志呼吸相关，又要与广大群众的要求息息相通，只有这样，才能体现毛主席"集中起来，坚持下去"的伟大思想。

这种新型的报纸（群众的报纸，人民的报纸），它和资产阶级的报纸有本质的不同，这样的报纸，首先就要求报纸的每个工作人员，认识"群众是真正的英雄"，在群众面前，"放下臭架子，甘当小学生"，有"恭谨勤劳"的态度，有"眼睛向下"的决心，抛开"无冕帝王"的陈旧胡说，做一个为群众服务的公仆。对报纸的每个工作人员说来，这是最低的要求，也是重大的责任。但光是这样还不够，这只是事情的一方面。要使我们的报纸，真正成为"晋绥边区六百万人民的报纸，根据地党政军民的喉舌"，"体现党和政府一切政策的有力工具，反映人民生活要求的镜子，对敌斗争的锋利武器"（《晋绥分局关于〈抗战日报〉工作的决定》），还必有充分实际工作经验的党政军民各方面的同志，全体动员起来，参加报纸工作。只有大家动手，给报纸写稿，组织读报，组织通讯，使农村、工厂、部队、学校、机关参加各项实际工作的同志，担任报纸的通讯员，经常把实际工作的进展情形、特点、碰见的困难、克服的过程、有什么新的经验和创造等等，写成新闻通讯论文，不断的寄给报纸，热心的关切报纸，审查报纸，提出批评和意见，这样才能实现"从群众中来，到群众中去"的英明思想，做到利用报纸组织教育群众，达到改进工作的目的。

从分局发布《关于〈抗战日报〉工作决定》以来，各地区各部门的工作同志参加报纸工作的日渐增多，很多通讯员同志的辛勤努力，使我们报纸和群众结合上，有了显著的进步，报纸记载了群众活动，反映了群众的要求，群众也更加关心报纸、爱护报纸。神府在春耕中给群众读报，提高了生产情绪，推动了工作。劳动英雄温象拴，从报纸上学习了吴满有的生产经验，知道了张初元劳力与武力结合的作法，便自己组织读报组，以便吸收各地经验，并组织写稿，把温家寨的生产经验介绍出去。这说明报纸一经与群众的现实生活结合，群众便会爱护报纸与利用报纸，同时也说明只有报纸记载群众的活动与要求，为群众所爱好，才能起组织作用，为他们服务，作他们的公仆。

但是，我们的报纸还有很大缺点，和实际工作比较起来，是远远落后了的。实际工作中每天每时都有新的发展和新的变化，而且有生动活泼的丰富内容，但报纸却缺乏系统的具体的记载。一年多来，边区在对敌斗争上，有巨大的胜利，群众运动、生产运动有空前的发展，而对于这样丰富生动的实际，报上反映的是太差了。对敌后空前残酷的斗争缺乏具体的叙述，对每一典型战斗和典型人物的描述很少。民兵和生产运动的消息，其中很多是千篇一律，有骨无肉，零零碎碎，没有系统。对每一工作和运动，常常缺乏过程和经验的报导。有不少群众中的领袖——战斗英雄、劳动英雄、模范工作者，没有被发现反映，或者缺少经常的系统的报导。所有这些，说明我们还没有学会及时发现和反映群众生活中发生的新事情，还不善于从群众活动中去总结经验，并以之教育群众。这要求报纸工作人员今后要认真负责改进的，同时也是要求我边区党政军民和通讯员同志积极起来克服的弱点。

今天报纸的最大缺点，是缺少好的新闻通讯和交流实际工作经验的各种各样的文章。有许多实际工作中的同志，特别是工农同志，认为自己写作技术不够，不敢给报纸写稿，以致使每天在他们周围所发生的许多有教育意义的新东西，不能及时在报纸上反映出来，这是非常可惜的。又有些同志，在写一项工作时，只注意到成文的计划和死板的数目字，很少写到在实际执行中的程度，实现的过程，发生过些什么问题，有什么新的经验教训等，或则只注意到领导机关的活动——会议决定、指示，没有更多的去写下级的群众的实际行动。甚至有个别地区个别领导机关的通讯员把下边的来稿改成自己的，而把具体生动的内容改成死板空洞的新闻寄给报纸，还有把写稿看成"鼓吹"以及新闻失实的现象，还没有完全根绝，这都是脱离群众，损害工作，降低报纸威信的作法。

一切在实际工作的同志，不要把写稿当作是某些"特殊人"的事情，特别是工农出身的干部同志，更要有决心冲破"害怕写稿"的困难，大胆的提起笔来，即使是不能写字的，也可把意思告诉会写字的同志去写。我们作工作是为群众服务，写稿也同样是为群众服务。"利用报纸的读者网和通讯网来组织教育群众，也和我们用民兵和生产来组织教育群众一样具有同等的意义"，正是说的这个意思。对于写稿还欠缺严正态度的同志，应当更深入实际，和群众结合，不是把自己而是把群众的生活、要求、情绪表达出来。

要把这个工作作好，还需要各地区各部门的领导机关，更进一步"把帮助与利用报纸的工作，当作经常的重要业务之一"，整理与加强本地区本部门的通讯组织，动员和组织实际工作者、工农干部参加通讯工作，耐心的帮助他们，培养他们，指导他们写作。只有经过这些同志，实际情况才能更圆满的反映出来，报纸的群众性才会更加提高。

世界上一切都是劳动者创造的，群众的创造能力是无穷无尽的，在新民主主义政权下，已经组织起来的群众，对于办好自己的报纸，培养出自己的通讯员，这种创造能力是值得相信的，让我们用新的观念代替那些陈旧的观念，和工农兵更加密切结合，认真表达他们的意志，诚恳倾听他们的意见吧！这样，我们的报纸就会蒸蒸日上，越办越好，真正成为群众自己的报纸。

（原载一九四四年五月二十日《抗战日报》第一版社论）

中国共产党创立廿三周年

今天是中国共产党创立的廿三周年。廿三年在历史上是一个不长的时期,在这期间中,中国共产党已经由一个几十个人的小团体发展成为一个伟大的群众政党,它现在已有九十余万党员,它领导着敌后三个战场——华北、华中、华南——的英勇抗日战争,抗击着压迫中国的绝大多数敌人。在敌后各抗日民主根据地里,有八千六百万人民,二百一十万民兵,四十七万八路军新四军。在这些根据地里,实行了新民主主义即新三民主义,政权是三三制的民主政权,武装是人民的武装。土地问题上实行了减租减息和交租交息,经济问题上实行了组织合作和发展生产,军民关系上实行了拥政爱民和拥军优抗,在言论出版集会结社方面只要合于抗日与民主的原则，是完全给予自由的，人权是有保障的。因此种种，所以这些敌后的抗日根据地虽然不断受到日寇"扫荡""清乡"与"三光政策"的摧残，虽然遇到旱灾水灾与蝗灾，虽然得不到外来的援助，而八千六百万人民仍能一致团结，愈久愈坚，支持了整整七年的抗日战争，挽救了中国免于灭亡，今后还要转到反攻，争取最后胜利。

二十三年中，中国共产党经过了历史的最严格的考验。在这些考验中，都证明了中国共产党为中国人民所迫切需要与衷心拥护的。多灾多难的中国人民要求民族独立、民权自由和民生幸福，为要达到这个目的，中国共产党越来越变成了一个对于民族命运起决定作用的力量，任何想要解决中国问题的人，忽视了别的社会力量固然是不成功的，忽视了中国共产党则是更加不能成功的。二十三年来，中国革命运动的历史，统统证明了这个真理。这个真理，孙中山先生老早已经知道了，而这个真理现在则不仅已被国内广大人民及许多抗日党派的有识人士所认识，而且也逐渐被世界的强国——美、英的有识人士所认识了。

当着纪念我党创立二十三周年的时候，放在我们面前的乃是崭新的时期。有人企图把中国共产党关在铁门里，迫使它与外界断绝关系，迫使它孤立起来，这种愚蠢的打算是不会成功的。中国共产党不但要与陕甘宁边区及敌后各根据地各沦陷区各阶层的抗日人民与抗日党派实行民主合作，共同解决抗战建国问题，也不但要与大后方各阶层的抗日人民与抗日党派实行民主合作，去解决同样的问题，而且要与世界上各主要同盟国的一切盟友实行民主合作，解决同一问题。我们的这种民主合作方针，从提出到实行，已经九年之久了，现在则正当全世界反法西斯战争已开始进入决胜的时期。世界各大反法西斯强国，包括中国在内，经过莫斯科、开罗、德黑兰会议确定了不但战时而且战后在世界范围内实行民主合作的方针。中国共产党人的责任，就是说服一切赞成这一方针的人去坚决实行这一方针，坚决反对违反或阻碍或抵抗这一方针的人们（这种人在中国是不少的），战前如此，战后也是如此，确定不移地走到中国人民的胜利与世界人民的胜利。

当着纪念我党创立二十三年的时候，全党同志必须深刻认识这一责任的重大性，进一步学习怎样与国内的朋友和国际的朋友实行民主合作，并且更加努力地去团结全党，在以毛泽东同志为首的中央委员会的领导之下，用整齐的步伐去争取胜利！

（原载一九四四年七月八日《抗战日报》第一版社论）

在民主与团结的基础上,加强抗战,争取最后胜利!

——纪念抗战七周年

  保卫祖国的神圣抗战已经七年了。

  抗战第八年的开始,国际环境对于我国伟大的民族解放战争之最后胜利是空前有利的。这便是:

  第一,欧洲反法西斯战争已经进入了最后决战阶段。第二战场开辟了,美英加盟军在法国北部进行着艰苦的胜利的战斗,在西欧大陆上盟军已经建立了巩固的前进阵地,跟着时间的进展,这一战场的规模将日益宏伟,战斗的性质将日趋激烈。苏联红军在东线上的夏季攻势则以空前的规模与兵力发动了，希特勒在东线的所谓"祖国防线"，几天内便被粉碎无遗，红军以雷霆万钧之力向西方猛进，在不久的将来，它就会把战争的舞台推进到法西斯德国的本土内去。在南线，盟军正在意大利继续北进，铁托元帅率领的人民解放军燃起了巴尔干民族解放战争的烽火，希腊与法国的游击队正在步随他的后尘。从东西南三面围攻希特勒的大战开始了，受伤的法西斯野兽在其巢穴中被消灭的日子迫近了，这日子不在今冬，便在明春。

第二，反法西斯联合国——首先是美苏英——团结和合作的更加巩固与亲密。有历史意义的德黑兰会议，不仅决定了三大盟国在消灭法西斯侵略者的解放战争中亲密合作，而且决定了胜利之后的团结合作以建立长期和平的国际关系。战争中的合作，现在已经进一步的体现在第二战场开辟与红军夏季大攻势的互相配合中，这种合作已经进到直接的军事的密切配合的阶段了；而战争中合作的增涨，战友之谊的生长，将必然会促进战后的长期合作。现在我们不仅可以看见反法西斯战争胜利的迫近，而且也可以看到，战后以美苏英为首的团结合作的自由民主和平的新世界，正在逐步成长了。

第三，太平洋上美国对日反攻的开始。一年内，美国在太平洋上的反攻已经得到了巨大的进展。据不完备的统计，在最近八个月中（从去年十月起），美国在太平洋上前进了三千六百公里，击毙敌军七万九千人（内有继山本之后任联合舰队总司令之古贺），击沉敌舰一千二百余艘，击毁敌机四千二百余架，现在敌寇自诩为"太平洋长城"的外防线，早已为美军所突破，即其内防线，亦因美军在塞班岛的胜利登陆而被打入了一个楔子，日本本土现在被置于盟机的轰炸圈内了。印缅前线，日寇蠢动非特毫无所获，且因孟拱、加迈、□芝那的克复，雷多公路与滇缅公路，接通已不在远了。在这里，是中美英三国合作的结果。美军在太平洋上的反攻，虽然还仅仅在开始的阶段，在盟军面前虽还有许多艰苦的考验和残酷的战斗，但是以美国海空军的巨大优势和旺盛士气，实现尼米兹将军打到中国海岸的豪语的时期，决不会太辽远的了。在希特勒覆亡之后，日本法西斯决没有多少长期单独苟延残喘的可能。

总之，不论西方与东方，战胜法西斯强盗的胜利已经迫近了，自由、民主、和平的新世界快要来临了！当前的国际环境是极端有利于我们争取抗战最后胜利的。

但是无论国际环境如何有利，在中国战场上的胜利，依然是要靠我们以自己的努力去争取的。依赖有利的国际环境，幻想盟国替我们打日本，袖手观战，保存实力，坐享胜利之果实，这不仅是无出息的妄念，而且是不可能的幻想。太平洋战争的最后决战场所是中国大陆，最后决胜力量是陆军，不把日本陆军歼灭，就没有太平洋战争的最后胜利，不把日本军队完全驱逐出中国，就没有中华民族的真正解放，不仅中国大陆是进攻日本的基地，而且中国陆军是击溃日寇的必不可少的力量，没有强大的有战斗力的中国和中国军队，决不能最后战胜日寇。正因为这样，迅速发展着的有利的国际形势，非特没有减轻我们的负担，并且加重了我们的责任。这就是：要在政治、军事、经济及其他一切方面，加速准备，配合盟军的反攻，与盟军协同动作，驱逐日寇出中国，最后战胜日本帝国主义。而在目前，要完成这个基本任务，必须先完成一个先决任务，即澈底粉碎日寇在中国战场上的救死攻势，这是中国面前最迫切的最紧急的任务。

中国能不能担负起配合盟军实行对日反攻的任务？怎样才能担负起这个任务？回答□个问题，不能不先看一看今天中国的内部形势。关于中国的内部形势，由于七年来战局的推移，整个中国战场被划分为正面与敌后两大战场。这种划分，从抗战之初就开始了，到现在，这两大战场的差别是愈加明显了。现在是敌后战场在进攻，正面战场在退却。

敌后战场，七年来无日不在闻所未闻的艰难困苦中奋斗，既无国外的援助，复断国内的接济。武汉失守以后，敌人对正面战场采取诱降政策，集其绝大部份的兵力回师敌后，采取种种毒辣险狠的手段，例如"治安强化""治安肃正""反复'扫荡'""铁壁合围""三光政策""无人区"等等，花样繁多，不胜枚举，企图完全摧毁敌后战场。但是，由于敌后军民对于保卫祖国战争的无限忠诚及艰苦卓绝的奋斗，由于中国共产党及其领袖毛泽东同志的英明达见的领导及正确切合的政策，由于民主政治的贯彻施行与敌后各阶级的团结合作，终于在长期苦战中粉碎了敌人的种种狠毒的手段，打退了敌人无数次的进攻，站稳了脚跟，以致今日三大战场——华北、华中、华南——不仅依然雄峙敌后，而且发展了，壮大了。现在敌后战场已经拥有八千六百余万人口，二百一十万民兵，四十七万八路军新四军。敌后战场非但没有退却而且早已经转入了战役的进攻。今年上半年，在进攻的作战中已经克复了二十四个县城，连以前所有的二十二个县城，共有了四十六个县城，此外，还克复了一万三千余个□点。虽然越接近胜利，战争将越艰苦，敌后战场的军民及其领导人员决不能粗心大意，自骄自满，决不能忽视将来的极大困难环境，而不作思想上、物质上与组织上的准备。但是敌后战场的坚持与发展已是毫无疑义的，因为他已打下了坚固的基础。所以，就敌后战场而论，配合盟军反攻日寇的任务是能够担负起来的，而且现在已经在积极准备着。敌后的共产党员们！八路军新四军的指战员们！敌后的男女同胞们！你们的艰苦奋斗是中华民族的光荣和荣耀，你们的光辉成就是中华民族的希望和未来。现在你们的责任更加重大了，配合盟军反攻驱逐日寇出中国的任务落在你们肩上了，勇敢地担负起这个任务来！敌后的男女同胞们！加强你们的团结，把一切阶层的人民团结得像一个人一样！贯彻中共中央的十大政策，加紧训练主力军与游击队，扩大民兵与武装工作队；加强拥政爱民与拥军优抗工作，使全体军民亲密团结起来，澈底减租减息，发扬农民的生产积极性；努力发展生产，发展农业、手工业与运输业，普遍地发展各界人民联合起来自己经营的经济的文化的卫生的公益事业的各种互助组织与合作社组织，发展民办官助的人民教育与人民文化事业；坚持三三制的政权工作，纠正其中过左过右的缺点，共产党员与各界领袖实行完美的民主合作；如此等等，把敌后抗日根据地变成总反攻的前进基地！八路军新四军的指战员们！继续积极作战，无情地消灭敌人，加紧训练，提高军事技术，把自己变成总反攻的先锋军！敌后的共产党员们！保卫人民，依靠人民，一分钟也不要脱离人民，坚持团结抗战，坚持实行三民主义，保证四项诺言，虚心学习，力戒骄傲，整顿三风，努力工作，完成人民先锋的责任。

所有这一切，便能保证敌后战场永远立于不败之地，并有能力配合同盟国与国内友军实行反攻。

至于正面战场，则情况完全不同，在极有利的国际条件下，在敌后战场牵制绝大多数敌伪军的条件下，至今还在节节败退，两个半月失去两个省会、五十余个县城、六十余万平方里国土。正面战场现在是处于严重的危机中，而且危机□波及的不限于军事领域，政治经济及其他方面，亦均为危机所笼罩。论政治，则由于专制独裁，以致民情壅闭，民怨沸腾，阶级间、民族间、党派间隔阂日深。论经济，则由于不正当的专□统制，以致通货膨胀，物价飞腾，生产凋疲，民生憔悴。论文化，则由于钳制封锁，以致正当舆论备遭压抑，反动复古势力日益嚣张。今日的大后方，实在是危机四伏，隐患堪虑。我们□□空前有利的国际环境，朝气蓬勃的敌后战场，返顾正面战场与大后方此种情况，不得不深为抗战前途忧虑。我们继续大声呼吁，要求国民党当局，从速改弦更张，与民更始。

我们认为，今天大后方与正面战场一切问题之症结是在于民主问题与团结问题，一切危机之根源是在缺乏民主与团结不足。中国需要民主，各方面的民主：政治的、军事的、经济的、文化的、党务的……中国需要团结，各方面的团结：民族间的、阶级间的、党派间的、国际间的。只有民主与团结，才能使抗战增强力量，才能使中国走上轨道，才能停止目前的敌人进攻，配合将来的全国反攻，也才能建立战后的国内和平合作与国际和平合作的正当关系，否则一切都是没有希望的。

我们共产党人坚持民主，坚持团结，坚持抗战，坚持实行三民主义与保证四项诺言，七年如一日，始终不变。

我们希望国民党当局珍重七年合作抗战之成果，在民主与团结的基础上，改变旧有政策，克服危机，完成同盟国共同期望的神圣事业。

（原载一九四四年七月十一日《抗战日报》第一版社论）

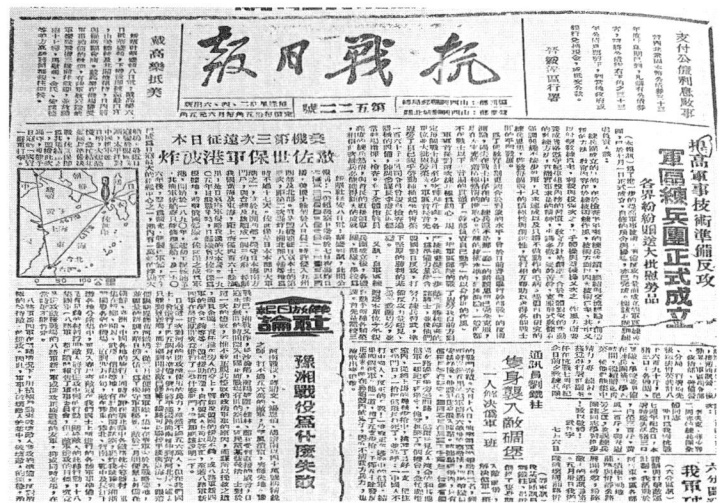

豫湘战役为什么失败

　　河南战役，蒋鼎文、汤恩伯、胡宗南以四十万号称精锐之师，打不过五六万的敌军，乃望风溃窜，丧师失地。豫战未已，湘战又作，长沙沦陷，衡阳被围，桂林、韶□受到直接的威胁，日寇正以无间的时间深入中国正面战场有间的空间。国民党某些统治人士对于这一次的惨败，不惟不敢正视其惨败的政治军事的原因，而谋所以挽救之道，而且企图□责任推在旁人的身上，譬如说盟国的援助不够或八路军新四军的配合不够等等。盟国援助问题，自有盟国人士可以答覆，至若八路军新四军在最近期间究竟进行了一些什么战斗，这里却应该说明一下。

　　日寇这一次对河南的进攻所使用的兵力，虽然不过五六万人，但在我们国土□曾进行了四五个月的准备，例如将平汉铁路向南延伸到黄河北岸（过去只能到达新乡，而新乡到开封敌已修筑了铁路可以联接平汉与□海），跟着便限期赶修黄河铁桥，从二月起便增调军队，集中在华军队于各战略要地，并尽量的征调在华日侨入伍；为了保守军事秘密，敌于二月间便禁止外侨在朝鲜、满洲、中国各地的旅行，同时拆卸在华北华中各铁路枕木等器材，运集在新乡、开封、武汉、信阳等地，有计划的演习防空，轰炸我陕豫鄂湘浙赣闽粤各省的机场，直到四月中旬，敌在豫东、豫北、晋南、鄂中及长江下游各地分途集中，可见入春以来敌寇在我们国土上所进行的各种军事准备，是有足够的材料证明敌人将有进攻中国的行动。关于敌人的此种行动，十八集团军（八路军）都已随时报告了军事委员会，但是敌军进攻的目标，究竟是进攻敌后战场的八路军新四军或进攻正面战场的友军，抑或同时并举，在当时则不能肯定。

八路军新四军在这种情况下，用积极行动来破坏敌人进攻的准备，反对消极的等待敌人的进攻。因此，军事上破坏敌人的集中，破坏敌人的运输，消耗敌人的兵力，破坏敌人的后方；政治上争取伪军反正，宣传敌军反战，号召人民配合作战，这就是八路军新四军入春以来的行动方针。请看看我们怎样干的：

敌军要集结机动兵力，则不能不减少守备力量，有些据点不能不用伪军来代替，因此破坏敌人集中的有力方法，就是发动对敌伪军的攻势，经过今春攻势的结果，我军攻克或一度攻入的县城有二十四座，攻克据点碉堡一万三千余处。这二十四个县城就是热河之宁城（二月六日），豫北之林县（四月十一日）、内黄（五月六日），冀南之清丰（五月二十九日）、赵县（三月二十一日），鲁西之朝城（二月十日）、邱县（五月二十四日），冀中之高阳（五月二十一日）、武强（六月十日）、任邱（五月八日）、肃宁（五月十三日）、安新（五月十日）、博野（四月六日）、晋县（三月十四日）、保定（五月十三日），一度攻入石家庄（二月十七日），一度攻入山西之太谷（二月二十一日）、榆社（三月二十九日）、武乡（二月二十八日）、沁水（四月三十日）、方山（四月二十九日）、定襄（六月三日），冀东之昌黎（二月十四日），苏北之涟水（二月十五日）。

为了破坏敌人的交通运输，八路军新四军在各铁路上进行积极的破坏活动，在平汉线上曾攻占许多重要的车站，如石家庄车站，定县车站，方顺桥、清风店、沙河等车站；在陇海线上曾攻克阿湖车站；在同蒲线上曾攻克太谷车站；在德石铁路上曾攻克晋县车站；在平宁铁路上曾攻克昌黎车站；在白晋铁路上曾攻克子洪车站，同时在胶济路东段及同蒲路北段进行大量的破坏。

为了剪除日寇的爪牙，歼灭敌伪的实力，我军曾向各地伪军进行坚决的进攻，在鲁中消灭了伪第三方面军吴逆化文近万人，在鲁南消灭了伪第十军荣逆子恒部千余人，毙伪第二师长刘逆国桢，俘伪团长宋奇思等五百余人，在滨海消灭伪军朱逆信斋部千余人，在豫北平汉路西消灭伪廿四集团军庞逆炳勋、孙逆殿英部千余人，在平汉路东陇海路北消灭伪第二方面军孙逆良诚部三千余人，在冀东□县卢龙地区，消灭伪治安军千余人。华中战场上我军在苏中进行了著名的车桥战役，消灭敌军一个大队，伪军千余；在□海东段我新四军黄师四月份消灭敌伪二千余人，伪三十六师李逆实甫部全部被歼；在津浦路陇海路南三角地区，我新四军彭师自三月下旬到五月上旬，一个半月内向敌伪展开大攻势，消灭敌伪二千余人，恢复了广大的国土；在鄂中监□地区，我新四军李师消灭伪军□逆子琪部五百余人。

为了摇撼敌人的后方，我八路军曾深入的挺进到热河中部，攻占宁城，我新四军曾迫近到南京近郊，给敌伪以打击。

由于我军之积极行动，给敌寇以破坏和牵制，于是引起敌寇对我进行残暴的报复"扫荡"。一月上旬敌千八百人"扫荡"北岳，一月上旬敌千余"扫荡"晋西北八分区，一月敌千八百"扫荡"冀东，一月下旬敌千五百"扫荡"洋淀地区，一月下旬敌在太行进行了二千余人的"扫荡"，二月上旬敌两千"扫荡"北岳曲阳地区，二月间敌在鲁西进行了八千余人的连续四次"扫荡"，二月下旬至三月敌在苏北监阜、淮海两区进行了三千余人十余次的"扫荡"，三月下旬敌在淮海区进行了七千余人的"扫荡"，三月中旬敌在苏中进行了五千余人的"扫荡"。一月上旬敌在苏南进行了四千余人的"扫荡"，二月上旬敌在鄂中进行了千余人的"扫荡"。在冀中，敌于二月间进行了三千余人的连续二次的"扫荡"，四月上旬敌二千人又连续"扫荡"两次。四月初敌五千"扫荡"鲁中，四月下旬敌二千两次"扫荡"雁北，四月下旬至五月上旬敌在鲁中进行五千余人的"扫荡"。二月间在热河中部承德赤峰地区进行了一万五千人的"扫荡"，五月敌三千"扫荡"胶东，五月下旬敌二千"扫荡"冀南，五月上旬敌三千人"扫荡"平北区。五月间敌两千人"扫荡"太行，六月初敌对淮南路西进行两千人的"扫荡"。以上较大"扫荡"中，敌寇所用兵力约十三万人，但均被我先后粉碎。

总计八路军新四军在□坏敌寇进攻准备的各次作战中，自一月至五月二十五日，根据极不完备的材料，共作战一万四千余次，毙俘敌伪十三万余人，伪军反正六千余人，缴获长短枪五万六千余支、机枪六百五十余挺、各种炮一百九十余门、掷弹筒一百三十余个，攻克据点碉堡一万三千余处，破坏火车站十九处、火车三十七列、铁路二百五十余里、汽车四百五十余辆、公路一千四百余里、桥梁四百六十座，这就是敌后战场今春以来我军破坏敌寇进攻准备的战况。

假使有人问到敌后战场的作战对于正面战场有什么配合，那么我们从此次在河南作战的敌军不过五六万人的数目看来，以及从敌寇在敌后战场作战的兵力有十三万人的事实看来，则八路军新四军依然牵制敌人三分之二的兵力，这是第一。第二，第一、八战区蒋□汤□胡总兵力四十万，第六、九战区陈诚、薛岳总兵力亦不下四十万，然而敌在中原作战仅用五六万兵力，而在湖南则使用到十万兵力，足见华北敌后有力的进攻，迫使敌寇无法用大力于河南；而华中方面则因大部分是友军防区，新四军在江苏的距湖南战线太远，在皖鄂的又限于敌军友军的联合攻击，不能充分发挥战力，敌人遂能利用此种局面，抽调较多的兵力（虽然也只十万人）了。

但是无论敌后如何牵制，八路军新四军既不能被允许到正面作战，正面战场的胜负□仍不能不决定于友军，譬如河南战场，敌人既因华北的牵制而只派了五六万人，我正面友军宜可以上当□了。不幸仍然不能作到这一步，以致一败涂地，不可收拾。

如果我们□检讨以下正面战场的友军在同一时期内有些什么活动，便发生非常令人难于置信的许多事件。我一、八战区的长官们，在敌人着着准备进攻的面前（今年春季前后），竟做出许多倒行逆施的行为，例如：（一）河南情况日益紧张，蒋鼎文不唯不增兵河南，反从河南调走三个军回陕西，参加反共。（二）敌在华北调动频繁，黄河防务吃紧之际，胡宗南反调走两个军入新疆，去反对少数民族、外蒙古与苏联，这种□入潼关西出玉门的"壮举"，从抗日的观点来说，是完全不可思议的。（三）敌寇在郑州北面赶修铁桥，敌机已在沿河侦炸，蒋鼎文在洛阳则召开反共会议。（四）入春以来，河南前线吃紧，河南界首为作战要地，而一战区友军竟□界首划为与敌伪通商公开走私的市场，直到情况紧张，其高级长官们的敌情判断还以为敌军进攻目标是在界首和周家口，其目的在□夺财物，由此可见该地的走私规模何等浩大。既与敌伪公开的通商□往，不可避免的一方面就要暴露军情，一方面就使军无斗志。（五）对敌作战，必须动员民众参战□能有力的打退敌人。河南连年灾荒，二□万哀黎草根挖尽，易子而食，而河南的政府对田□□实苛捐杂税丝毫不减，汤恩伯在叶县无代价的圈占民田四千余亩，大征民力，摊派巨款，仅叶县就摊派了七千多万，修筑官舍，大兴土木，河南民众怨声四起，军队视民如草芥，则民视军如寇仇。因此，战争一起，老百姓便起来缴军队的枪。这种令人痛心疾首的事实，竟究是谁的责任？难道还不洞若观火么？这是河南的情形。湖南战场虽不完全一样，但其反人民是一致的，而华中的反共战争，则较华北还要更严重许多倍，这是尽人皆知的事，这里就不多说了。这就是敌寇准备进攻期间，敌后战场与正面战场两种不同的活动：一方面是警惕的主动的积极进攻，打击敌伪，收复失地，解放人民，以破坏敌之进攻准备；一方面□对敌是麻木不仁，对共则积极反对，循至勾结敌寇，鱼肉人民。可见当前战争的失败，应负责任的不是任何别人，而正是我们友党友军的统治人士自己。

抗战以来，我国战场即分为正面与敌后两大战场，我们友党的当局向世人宣布敌后战场不存在，对敌后战场不予任何接济，而且不断加以"剿伐"。但是不说以前的事，只在今年半年的抗战中，这两个战场的真实情况不也就已经大白于天下了么？这两个战场，战力孰强，战志孰坚，指挥孰优，人民孰爱，已十分清楚，应当昭告天下。敌寇虽然是强弩之末，但是惟有如孙中山先生所说的"武力与民众相结合"者，才能击败之，这是七年血战所得的不可磨灭的结论。河南湖南战局的失利，只能从这上面去寻找，要使得今后正面战场反攻为胜，也只有从这上面去想法，怨天尤人是无□的。惟有赶快澈底改变作风，切实加强团结，并且让八路军新四军开到敌人进攻的地方去，与人民与友军共同挽救西南与西北的大危机，才是正面战场的唯一生路。

（原载一九四四年七月十三日《抗战日报》第一版社论）

谈今年的公粮减征问题

本月廿六日行政公署政务会议通过了一个重要决议，即为了减轻人民负担，更进一步的提高人民生产热情，决定了今年减轻公粮一万四千大石。这个决议对我边区的生产建设具有极重要的意义。对此重要意义，我们应有必要的认识与行动。

今年由于党和政府的积极号召与领导生产，及其解决生产中的困难，由于机关部队的努力帮助，我们全边区的生产量大大增加了。依四月底收到的材料，由于开荒及深耕细作，全边区就可增产细粮十二万大石，棉花可增产一百八十万斤，如以二斤棉折一大斗米计算，即可增产细粮六万九千大石，两宗合计即可增产一十八万九千大石。

今年的油业、纺织、造纸等作坊、副业及运输业均有很大发展,如均统计进去,则今年增产数量,当更大于此数。

全边区的生产量是大大增加了,人民的生活也相当的丰裕了,但是政府根据减轻人民负担,大量发展生产,扶持广大贫苦农民经济上升的方针,对今年增产收入不但不增征公粮,而且决定了今年公粮还要比去年减轻一万四千大石。由于今年增产减征的结果,全边区的负担总额,仅及生产总额的百分之十七(如计上其他收入,比例当更少于此)。

在另一方面今年全边区的部队机关学校本身也开展了广大的生产节约运动,每个部队机关或个人,均订出了详尽的生产计划,从现在生产进程上看,他们是都完成了应有的任务。依据四月份的统计,不算纺织、作坊、运输,单单以农业生产来看,即可增产细粮一万八千大石。同时他们也进行了广泛的节约运动,许多部队机关人员少领衣服,节省用品,亲自动手制造生产工具,修筑房舍院落的亦到处可见,他们的积极生产广泛节约,是间接的增加了人民的财富,因为没有他们的这种刻苦劳动,亲自动手解决自己大部供应问题,想减轻人民负担也是不可能的。

我们的政府一肩担着工作的任务,一肩担着生产的任务,我们的军队一只手在作战,一只手在生产,他们是时时刻刻在为人民服务,在爱护人民。

在生产运动中,许多破坏份子,为了破坏我们的生产运动,到处造谣中伤,说"生产多了还不是公家的",在作按户计划时,说"按户计划,就是□户调查"□是"为了秋收时容易征公粮",对到岢岚开荒的造谣说"去了就拔兵了"等等。这些俾鄙谣言,由于这次政府的减征公粮决定,将被粉碎无遗。

边区人民的生产增加了,负担减轻了,生产能力扩大了,全边区的人民应更进一步的响应党和政府的号召,扩大生产运动,依目前来说应更扩大夏锄运动,组织大量的开伏荒,争取全面的耕三余一,求得更进一步的改善人民生活,预防荒年与准备反攻力量。

(原载一九四四年八月一日《抗战日报》第一版社论)

防敌"扫荡"保卫秋收

一年多了,我晋绥边区对敌斗争是向敌人进攻的(当然还不是战略的反攻)。我们挤出好多地方,敌人则被我部队、武工队、民兵不断打击,气势已非昔比,活动大为消沉。但在最近,敌由河南战场抽回一部兵力,又开始活跃起来。七月份,岚县敌人接连出扰四次,对我武工队实行辗转奔袭,兵力一次比一次多,伸进的一次比一次远,时间也一次比一次长。六分区、二分区的敌人,也采取分区"扫荡"、辗转奔袭的战术,不断出扰。塞北敌人采用得更早。每次出扰的敌人虽都遭我军民痛击,败兴而返,但我们要严重警惕,敌人最近的活动不同已往,来头不善,看来似有统盘计划,颇有可能发展成为大规模"扫荡"的准备步骤。

日寇在太平洋上着着失败，美国的海空军已打进了他的大门，在国内引起空前严重的危机，为作垂死的挣扎，就把凶焰转到中国身上。偏偏遇到国民党统治无能，军队腐败，敌人在正面取胜过于容易，就使敌人有可能抽调更多的兵力对付敌后。今年我边区军民生产、练兵，都很有成绩，根据地充满了欣欣向荣的气象，眼看秋收来到，我们更要兵精粮足，更将增强我之进攻与反攻的力量。敌人不会安心看着我们增长力量，一定要竭其余力，鼓其余勇，对我们根据地进行大破坏。特别是今年边区生产有成绩，敌寇早已看得眼红，现已部份开始抢粮，今秋抢粮必更疯狂，抢粮与反抢粮，将成为今年敌我极其尖锐的斗争。所以，敌人对我"奔袭""扫荡"不仅可能，而且较之已往将要更加残酷。由于半年来我们的环境比较安定，前方的对敌斗争也比较顺利，太平观念和轻敌心理也就跟着抬头，现在必须马上丢掉此种心理，谁丢掉得慢，谁就要吃大亏！

我们处在敌后战争环境，事事都要顾及战争，一切建设工作都要和战争进程密切结合起来；而粉碎敌人的任何进攻，又是加强我们反攻力量，加强我们战争机构的重要步骤。□前备战工作应该马上加紧起来，动员全边区的军民，保卫生产，组织秋收，准备反"扫荡"。

关于在群众中领导战争的组织形式，前方和内地都有许多创造。在接敌区创造了联防区（联防哨）的形式，就是不按行政区，而是根据情况、地形和战争需要，若干自然村实行联防，统一指挥，坚持战争，掩护生产。在内地区创造了区村各级指挥部，担负指导生产、准备战争的任务。这两种组织形式有一个共同之点，就是领导成份包括了政府的群众的生产队的和民兵队的干部。所不同的，前一种形式是在战争中掩护生产，在接敌区已大量采用，并收得许多实效，应该继续发挥；后一种形式是在生产中准备战争，有的分区已开始采用，其实效大小，尚待在战争中考验。两种形式，秋收以前，都要抓紧时间开展组织，进行训练、演习，抓住典型，创造经验，推广到全边区去。

关于把武力与劳力、劳力与武力更密切的结合起来的问题，各地区把民兵普及到变工队，在接敌区尤为普遍；内地区在群众生产情绪普遍高涨的情况下，可以提出号召"保卫生产，保卫秋收"以自愿为原则把变工队提高到民兵队。组织问题解决了，迫切的问题，就是给群众以武器。最适合于目前条件的武器，就是爆破，用钱少，收效大，制造容易，使用简单。这个武器虽已在许多地区使用起来，并且效力显著，但还没有普遍的被重视，须要大加提倡，大大发展。一方面，发动群众□土枪、土炮、火药罐、手榴弹、地雷……各式各样的土武器拿出来使用，同时要利用民间原有的技术，发展制铁、制硝、硫磺等工矿业生产，再把这几种生产综合起来，成立小型的炸弹厂，制造武器，武装群众。这种生产，可以民营，可以公营，也可以公私合办或民营公助；出品可以出卖，可以代制，也可以用合作社经营。各级政民机关、武委会、各地驻军，应把这一工作看作是当前重要任务，负责训练干部，供给原料或成品。有的地区纵然不能多做，也必须着手试办。只有给了群众以武器，劳力与武力结合才不至流为空喊。要在全边区到处设下爆炸区，布满爆炸网，敌人不来，就继续将他往外挤，敌人若是敢于进来冲撞，就使他处处挨炸，寸步难行，给我们造成条件，更有利于消灭敌人，取得反"扫荡"的胜利。

还有两件准备工作，一个是空舍清野，一个是抗日戒严。根据地的建设蒸蒸日上，自是一番好气象，但应充分顾及适合于战争环境，战争进程到现在，应该更加引起注意，免受无谓的损失。一切建设都应该便于搬运转移，物资用品都应该随时准备拆卸转移。

各级指挥部，各地的驻军，还要配合当地的政权和武委会，组织与训练群众打游击，教给群众转移，财物怎样埋藏，牲畜怎样带走，进行实地演习，并且把每次演习的结果加以总结，得出经验，教育群众。至于严密岗哨，清查户口，实行抗日戒严，防止敌探汉奸潜入活动，各地的军民稽查处武委会应该切实负责，督促检查，以打断敌人伸进来的"耳目"，避免在反"扫荡"中遭受损失。

每一个武装部队,要整装待命,准备反"扫荡",积极进行实地战斗演习。每一个有军事知识的,有战争经验的,都有责任帮助当地民兵进行技能的和战术的训练,教会他们使用武器、侦察、警戒、袭击敌人等。民兵们都有权利自动找就近的机关或驻军,要求帮助训练。特别是爆炸训练,应该普及于青年壮年的自卫队。

敌寇是我们的□对头,对我们是不会善罢甘休的,以上工作应该抓紧锄草的空隙时间,一面加紧锄草,一面加紧准备,要在秋收以前完成。我们的田苗越长得快,敌人越是眼红,但只要我们准备得好,敌人从那里来,就能在那里粉碎他!

(原载一九四四年八月五日《抗战日报》第一版社论)

衡阳失守后国民党将如何

　　缅边中美联军占领密芝那的捷报，一会儿就被衡阳失守的不愉快消息掩盖过去了。守衡阳的战士们是英勇的，但是他们的努力没有人支援，因为我们政府和我们统帅部的不要民众与自愿放弃主动权的消极战略不能支援他们。人民虽然焦急万分，也无法自动去支援。

　　衡阳的重要性超过长沙，它是粤汉、湘桂两条铁路的联结点，又是西南公路网的中心，它的失守就意味着东南与西南的隔断和西南大后方受到直接的军事威胁。衡阳的飞机场，是我国东南空军基地和西南空军基地之间的中间联络站，它的失守就使辛苦经营的东南空军基地归于无用：从福建建瓯空袭日本的门司，航空线为一千四百二十五里，从广东基地,则航空线要延长到二千二百二十公里。衡阳位于湘江和耒水合流处,依靠这两条河,可以集中湘省每年输出的稻谷三千万石,还有极其丰富的矿产于此集中,这些对大后方的军食民食和军事工业是极端重要的,它的失守会加深大后方的经济危机,反过来却给了敌人以"以战养战"的可能性。

英美人士对于衡阳战役亦抱着很大的耽心。他们指出,衡阳比长沙更为重要。他们忧虑,如果衡阳失守,战争将会延长。他们忧惧大后方的经济危机。美国《基督教箴言报》警告道:日本现有进行其"首先击败中国"之象征(□缺数十字)。美英苏各报都再三呼吁把包围边区的五十万军队调去抗日。他们的重视这一战役,可想而知。敌同盟社承认,六月二十六日敌占衡阳飞机场后,陈纳德将军的第十四航空队,每日派了一百架以上的飞机助战,轰炸寇军,可见其行动之积极。

全国民众方面,更对这一战役予以充分的重视,而尤其重要的,则是提出了许多积极的主张。本报六月二十四日社论,指出了日寇此次犯湘,与以前的"活塞战法"不同,而是要"塞死这个抗战的瓶子",指出了现在"万事齐备,只缺一个国民党政策的改变。我们希望国民党有一个改变,而且要快。如何变法?改消极抗战为积极抗战,改唯武器论为武器与人民相结合,改防制人民为依靠人民,改压迫民主为实行民主,改反对共产党为加强国共团结,改依赖外力打日本为以自己动手为主□合盟国打日本",在全国各界各党派人们中都得到同情。除此以外,还有一个主张,(下缺一段)

但是我们政府当局的做法又是怎样呢?一言以蔽之曰:原封不动。军委会六月三日发表一周战况时说:"豫中战事,赖我忠勇将士之不顾牺牲,拼死奋斗,终使平汉路南北长达一百二十公里之距离,复归我军控制,敌寇未能遂其所愿。"当面扯谎,替豫战的败绩作掩饰,更不会去追究责任和研究任何经验教训了。六月十日又发表一周战况,把湘战初期日蹙国百里的败退描写为"我军节节阻击,虽尺寸土地,敌无不付予最大之代价"。

六月二十八日，梁寒操在外国记者招待会上，除了表功粉饰外，否认衡阳失守会使战事延长，他说："有人颇虑衡阳倘使失陷，将使战局延长一二年，吾人殊不能同意。"（中央社六月二十九日重庆电）七月十日，何应钦在中枢纪念周上说："在全□战略上言，吾人实不忧敌人打通我平汉、粤汉两线之蠢动。"（中央社七月十日重庆电）真是非常写意之至！政府的措施中，没有一件是号召和组织民众起来参加保卫衡阳、保卫西南与西北的。西安国民党人竟在报纸上批评延安在联合国日纪念大会上数万到会民众所表示的保卫西安与西北坚强的意志，认为是"共产党的阴谋"。总之，一切大好河山，都由国民党包办，不要人民干与。可是国民党先生们啊，这些大好河山，并不是你们的，它是中国人民生于斯，长于斯，聚族处于斯的可爱的家乡。你们国民党人把人民手足紧紧捆住，敌人来了，不让人民自己起来保卫，而你们却总是"虚晃一枪，回马便走"，据说这是"磁铁战术"，实际则是永远抛弃主动权，永远不要人民的战术，人民已经看穿你们这个"西洋景"了。

我们的意见，归结起来只是这样：这次衡阳之战，再一次证明，没有政治上的根本改革，即使兵多，即使取得制空权，即使武器好，还是没有用的。情形依然与过去一样："万事俱备，只缺一个国民党政策的改变。"本报六月二十日社论曾经说："国民党政策若无根本改变，则前途的危险可以预见，战事必将继续失败，野战军必将更受损失，平汉粤汉两路必被敌人打通，苏皖浙闽粤赣诸省必将为敌切断，大后方的抗战基地必将大大缩小，兵源财源必将愈益困难，国际地位必将日益低落，各种危机必将日趋尖锐。"这些话，不久就会应验的。

一切问题的关键在政治，一切政治的关键在民众，不解决要不要民众的问题，什么都无从谈起。要民众，虽危险也有出路；不要民众，一切必然是漆黑一团。国民党有识人士其思之。

（原载一九四四年八月十七日《抗战日报》第一版社论）

欢迎美军观察组的战友们!

美国驻中印缅军总司令部(即史迪威将军总部)所派遣的美军观察组现在到达了延安,这是中国抗战以来最令人兴奋的一件大事,我们谨向远道来此的观察组全体人员致热烈欢迎之忱!

我们欢迎美军观察组诸位战友,不能不想到美国在世界反法西斯战争中的光辉成绩和美国人民见义勇为、不怕牺牲的伟大精神。不论在欧洲、非洲和亚洲,现在都有英勇的美国将士效命疆场,为解放法西斯铁蹄下的人民而流血战斗。在我们中国的抗日战场上,美国亦直接和我国人民并肩作战,成为最亲密的战友。在这个欢迎美军观察组战友们的时候,我们向美国政府、人民、海陆空军将士及其英明领导者罗斯福总统表示衷心的感谢。

美军观察组战友们的来到延安，对于争取抗日战争的胜利实有重大的意义。七年以来，近五十万的八路军新四军和八千余万被解放了的人民，在华北、华中、华南三大敌后战场奋勇作战。很久以来，事实上敌后战场成了中国抗战的最重要战场，在这里，抗击了在华敌伪全部兵力的六分之五；在这里，几乎一切中国的大城市均被八路军新四军所围困；在这里，大部分的敌占海岸线均被我们控制了。这种情形，一向为盟国朋友们所不明了。

在过去，在盟国政府与盟国人民方面，他们所了解的中国抗战情形完全与上述相反，他们所得的印象是中国抗战的主力军是国民党，国民党在抗战中所做的工作是最多的，大多数敌伪军由国民党所抗击，将来反攻日寇自然也是主要地依靠国民党。这些印象，直到现在还是统治着盟国朝野大多数人的思想的。

所以出现了这种事实的现象的原因，主要的在于国民党统治人士的欺骗政策与封锁政策。他们欺骗外国人说国民党如何的努力在打日本人，实际的，则从一九三八年十月以后，整整五年半时间，他们所取的政策基本上不过是坐山观虎斗的政策，直至现在，除湖南与缅甸外，大多数战区依然还是如此。他们欺骗外国人说：共产党不但"不打日本人"，而且总是"破坏抗战，危害国家"的；实际则抗击敌伪军六分之五的正是这个所谓"不打日本人"而又"破坏抗战，危害国家"的共产党，至于那个天天高叫"民族至上"的国民党，他总共不过抗击了六分之一的敌人而已。共产党既然一"不打日本人"，二又"破坏抗战"，三又"危害国家"，那国民党早就应该号召外国人中国人大批的前往共产党区域去视察，好去证实一下国民党先生们所说的并非撒谎。但是决不，反而封锁得铁桶似的，五年多的时间，一不许共产党发表战报，二不许边区报纸对外销行，三不许中外记者参观，四不许边区内外人民自由来往，总之，只许国民党的丑诋、恶骂、造谣、诬蔑向世界横飞乱喷，决不许共产党、八路军、新四军的真象些许透露于世。只要看此次记者团访问边区是经过怎样的艰苦奋斗才达到成行目的，就知道国民党统治人士一面尽情丑诋，一面却不许人来看，是什么一种挖空心思而又自相矛盾的想法了。

但是事实胜于雄辩，真理高于一切，外国人中国人的眼睛总有一天会亮起来的，现在果然慢慢地亮起来了。中外记者团与美军观察组均先后冲破国民党的封锁线来到延安了。这是关系四万万五千万中国人反抗日寇解放中国的问题，这是关系中国两种主张两条路线谁是谁非的问题，这是关系同盟各国战胜共同敌人建立永久和平的问题。国民党人说"国共争论问题是中国的私事"，这不过是国民党人在抗日战争中所犯罪过的一块遮羞布，这块脏布之应该扔到茅坑里去，现在已是中国人外国人的公论了。

关于国民党的抗战不力腐败无能，这一方面，大半年以来的外国舆论与中国舆论已经成了定论了。关于共产党的真象究竟如何？这一方面，大多数的外国人和大后方的中国人还是不明白的，这是因为国民党的反动宣传与封锁政策为时太久的原故。但是情况已经在开始改变，大半年以来的外国舆论中，已经可以看见这种改变是在开始，这次记者团与观察组的来延，将为这种改变开一新阶段。

由于来延外籍记者的报导，中国共产党、八路军、新四军和各抗日根据地的真象及其对于协助盟国抗战事业的重要地位，将逐渐为外国人所明了。下面的例子可以证明这一点。

七月一日的《纽约时报》，在其《中共领导下的军队是强大的》一文中说："无疑地，七年以来对于外界大部分人是神秘的共产党领导下的军队，在对日战争中是我们有价值的盟友，正当地利用他们，一定会加速胜利。"这篇文章是根据外国记者的报导而写的。

早在一月七日的《美亚杂志》在其《作为反攻地的中国游击区》一文中说："许多军事当局的意见，认为如果边区的部队能得到充分的援助，这些区域可以成为缩短对日战争的有力的反攻基地。"

六月十日的美国《星期六晚报》杂志登载了美国名记者史诺的一篇题名为"六千万被忘掉的同盟者"的文章中，对于中国各个敌后抗日根据地和八路军新四军的战略意义，有很精阐的见解。他说："二月间，尼米兹上将宣布美海军拟在中国海岸上建立基地，以便从那里攻击台湾和日本，香港或广州或将首先为美军攻取。但是轰炸机由这些城市起飞到日本去，仍是遥长的距离，只是在更北面的地方，中国才是最接近日本。因此，在那里的中国游击队，对我们有很大的潜在重要性。"

这些是从国民党遮天手掌的指缝中间透露出去的关于中共情况的反映。

现在不但外国记者团到了延安，而且美军观察组也到了延安。我们相信该组的战友们一定会对此间情况作周密的和深刻的观察，并对于双方如何亲密合作以战胜日寇，必能多所擘划，国民党想要一掌遮天，已经困难了。

我们预祝美军观察组的工作的成功。我们希望这一成功，会使美军统帅部对于中国共产党始终坚持团结抗战，实行民主的政策和共产党领导下的敌后抗战力量，获得真实的了解，并据以决定正确的政策。我们希望这一成功，会增进中美两大盟邦的团结，并加速最后战胜日寇的过程！

（原载一九四四年八月二十二日《抗战日报》第一版社论）

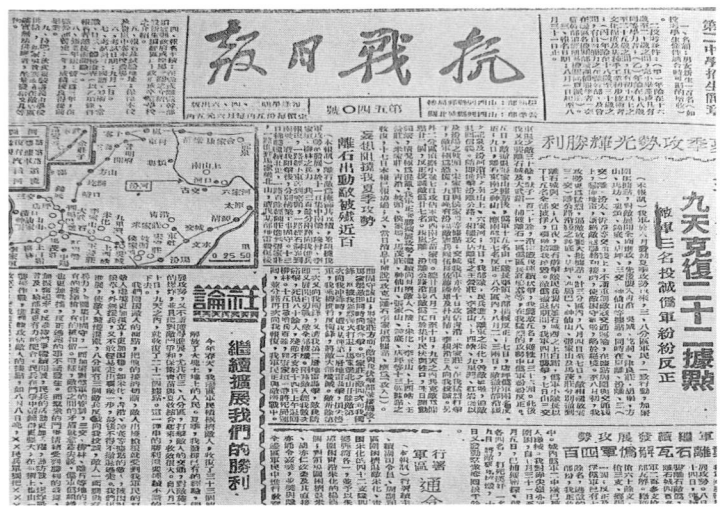

继续扩展我们的胜利

今年春天，我边区军民积极挤敌人，收复了三十三个据点，解放了大块土地上的人民。夏季，我发挥已有的经验，继续发展攻势，又不断获得进展，尤其在三、八分区，打击敌人的交通，对敌施行广泛的爆炸，并且把对敌斗争和保卫青苗与夏收结合起来，收效很大。自八月二日到十日，九天之内，就收复了二十二个据点。这一连串的胜利还要连续不断的开展下去。

我们围困敌人的据点，把他的接济切断，敌人出扰抢粮就受到我军民的打击，敌人处境更加孤立，更加困难。如朱化、青沿、钟底等据点的敌人，被困得内无粮草，外无援兵，又不敢轻易走出碉堡一步，最后不得不撤退逃走。

我们迅速的进展，使敌人惊慌混乱，八分区有三个敌兵反战向我投诚，敌人一面调动有限的兵力，企图集中固守，一面加紧对伪军的管制，三交、柳林、离石等地的伪军，有的被缴枪，有的被扣留。这样，敌伪之间的矛盾就愈益尖锐，伪军伪组织人员也更加动摇，反正逃跑的事不断发生。而群众的斗争情绪受到胜利的鼓舞，却愈加振奋起来。反维持斗争继续开展，民兵的活动更加活跃、联防战、爆炸战日渐普及，给部队更有力的配合。民兵在斗争中锻炼得更强大，在战术上也由一般的袭扰作战，进到能攻占敌人的据点，如八月八日晚，××民兵单独把×××据点攻占了；交城离东民兵配合部队收复了青沿、朱化；三交一带民兵，以猛烈的爆炸粉碎了敌人的抢粮阴谋，保卫了群众麦收。特别是我军民在胜利的斗争中创造了许多宝贵的经验，如青沿对敌斗争与生产相结合的经验，朱化反维持困走敌人的经验，三交离石一带爆炸封锁敌人的经验，都值得大大发扬，推广到边区各个对敌斗争的战线上去，以开展我们的胜利。

可是，我们千万莫让胜利冲昏了头脑，敌人死亡之前是要挣扎的，我们斗争的路上还摆着困难，任何骄傲、自满、麻痹、轻敌的心理，都只有使我们的事业受到损害。全边区的军民都要动员起来，继续加强对敌斗争，围挤敌人，积极进行反"扫荡"的准备，防止敌人失败后的报复。这一切又须与保卫秋收结合起来，坚决打击敌人每一次蠢动，维护群众的利益，把敌人挤到更远更远的地方去。

在挤敌和备战中，最重要的是广泛开展地雷战。这首先必须把轻视地雷战的思想和行动加以纠正，发动群众有组织的大量制造地雷，拿起所有的武器，发扬地雷土枪与步枪相结合的效能。民兵应组织爆炸小组，普遍做到会装地雷、伪装埋地雷、看地雷、拉地雷、保管地雷，提高爆炸技术，开展爆炸运动，围困得敌人难以落脚，不敢行走。地雷战不但民兵应当重视，军队也同□应当重视，应当加强领导，广泛的使□。民兵、游击队、正规军，要进一步的密切配合作战，互相帮助，互相学习，尤其要发扬积极自动配合作战的精神。而正规军和游击队更要把帮助民兵的组织和训练，提高民兵的技术和战术，看做自己无可旁贷的责任和经常的工作任务，带民兵去打仗，使民兵在战斗中锻炼得更加坚强有力。

敌人愈接近崩溃，手段也愈加凶险，对我根据地的破坏也必定愈加残酷。只有我们毫不懈怠的加强对敌斗争，加强反"扫荡"的一切准备，敌人的阴谋就能粉碎，我们收复据点的胜利就能开展，我们反攻力量的准备，就能在对敌斗争的不断胜利中不断加强。

（原载一九四四年八月二十四日《抗战日报》第一版社论）

边区群英大会的召开

行署已决定于十一月七日召开晋绥边区第四届劳动英雄、民兵英雄、战斗英雄及模范工作者大会,届时并举行生产战斗成绩展览,这是一个空前的群英盛会,对进一步建设与巩固边区,有着重大的意义。

一年来,边区建设飞跃进步,战斗形势胜利开展,在对敌斗争、民兵爆炸、生产战线、旁力武力结合及各种工作岗位上,涌现出了大批的英雄与模范。他们是建设与巩固根据地的生力军,是各种运动各种斗争中的先锋战士,是执行政府政策法令的有力支柱,从他们艰苦缔造的事绩中,为我们指出了敌后根据地生产与战斗的方向,他们是新民主主义社会建设事业中的中坚人物。

这次边区群英大会的召开，就是为了检阅边区人民的生产建设力量及部队民兵的战斗力量，交流各地生产战斗经验，以便更进一步建设与巩固边区，使它在抗战中，在行将到来的胜利反攻中，发挥其雄伟的作用。

毛主席早就告诉过我们，"群众是真正的英雄"。但这句至理名言，尚未被所有的人所重视，或者重视不够。在根据地建设中多少丰富生动的事实完全教训了我们，必须向群众低头，甘当小学生，虚心的向群众学习。敌后吴满有运动的模范张初元，劳动英雄温家拴、张秋林，民兵英雄路玉小、赵尚高、段兴玉、翟白小及各种英雄模范人物，他们都是我们建设新社会中各项具体工作的先生，没有他们的宝贵创造，我们的理想将永远不能达到。

新民主主义社会在革命历史上还是一个新的事业，建设这个新社会，不能依据教条或狭隘的经验，必须向群众学习，发挥群众的创造性。因而这次群英大会的召开，也就是我们当前建设巩固根据地的工作上，一个活的最实际的训练班，我们应该以向群众学习的精神，吸收总结群众的经验与智谋，然后再集中起来坚持与推广到广大的群众斗争中去。

同时，我们必须指出，这样的群英大会，除去共产党所领导的抗日民主根据地外，在大后方各地是找不到的。因为在国民党的错误政策下剥夺了人民的一切自由，束□了人民的智慧发展，完全埋没了人民的创造性。

因此，我们就应该更加重视这个大会，认真的精细的准备这个大会，在各种英雄与模范的选举中，应该广泛的发扬民主，严格的审核其条件，只有如此，才能选出为群众所爱戴的真正的英雄来。在准备生产战斗成绩展览会的工作上，要搜集好的坏的典型，要包括建设的整个过程，以便总结经验，预示未来。

大会的准备，必须成为一个群众运动，发动与提高群众的积极性，检查各单位的计划，发现创造及缺点，并把这些带到大会上来。总而言之，这个大会的准备必须是广大群众参加的，这个大会的成果必须是广大群众的创造。我们希望各级党政军民负责同志认真的以群众路线准备这个大会，并能认识到这个大会是提高巩固建设根据地，积极的准备反攻，发现与培养千百个新社会领导人物的大会。

（原载一九四四年八月二十六日《抗战日报》第一版社论）

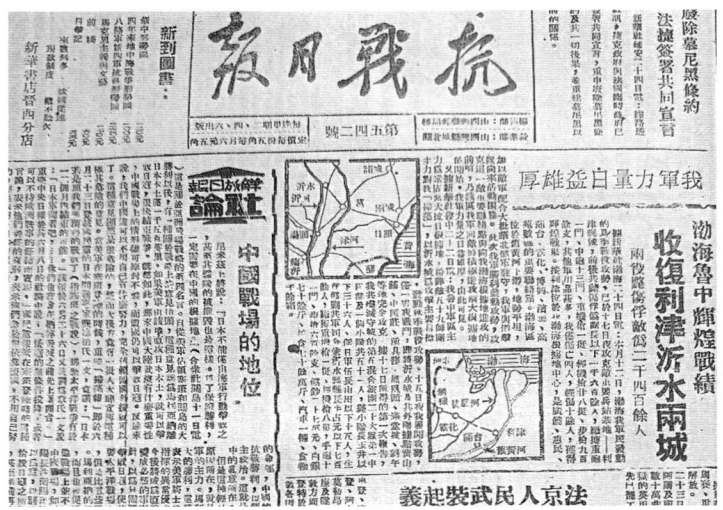

中国战场的地位

尼米兹上将说:"日本不能仅由海军行动击败之,甚至其舰队的被摧毁也是这样。为了保证胜利,一定需要在中国的根据地。"(合众社关岛十一日电)这是关于亚洲战场战略的至理名言。自从美军占领塞班和关岛的大胜利以后,有一种关于战略上的意见抬头,这种意见认为马利亚纳离日本本土仅一千五百英里,如果美军由该地直攻日本本土,就可以击败日寇,很快结束战争。既然如此,那末中国大陆就没有什么重要性,中国战场上的情形尽可原封不动,而盟国仍可以击败日寇。反过来说,我们中国尽可以不用自己有什么努力,完全依赖盟国外援就可以了。这种意见显然是很危险的,然而大后方竟有一批人大肆宣传这种极其危险的意见。当美军在塞班登陆的时候,重庆《扫荡报》即于六月二十三日登载国民党的日本问题专家龚德伯氏一文,竟谓:"日本若是照我们所预料的战败了(指塞班之战说),那么太平洋战争有于一二个月内结束的可能。"该报于六月二十六日又载刘为章氏一文说:"日本军阀看吧,……你们也许会在纳粹毁灭之前先上断头台。"重庆《中央日报》于其六月八日的社论中说:"倭寇的无条件投降□或者可以不待欧洲战事的终结而实现。"国民党报纸在塞班登陆时的这种言论,表示他们神经的衰弱,表示他们急于想依靠盟国,不用自己努力,轻易取胜。日本帝国主义者希望有"神风"来解救他自己的败亡的命运,中国的新专制主义者则希望依靠外力取得抗战胜利,以便维持其独裁统治,以便拒绝实行民主政治。这就是国民党的代言人们在上述各种论调中的真意所在。

但是这种轻易获胜的希望终于是没有根据的,其原因所在,就是日寇直到现在还保持着它的海陆空军的主力。马利亚纳群岛的美军胜利是一个极其巨大的胜利,这种胜利表示美国物资与战力的雄厚,表示美军将士的英勇果敢,表示美军统帅部作战指挥的异常优秀,这是应该大书特书的。马利亚纳今后将成为直捣日寇本土的极重要的基地,这也将变成必然的事实。但并不能因此就得出一个战略方针,以为只需要美军在太平洋上海战的努力就可以击败日寇,使其无条件投降。要真正击败日寇,需要太平洋战场上的努力,也需要印缅战场上的努力,但是比这些更加重要的,则是中国战场上的努力。马利亚纳的胜利给了其他战场以极大的便利条件,而且也会促进其他战场上发生有利的发展,但其他战场上并不因此就可以坐待胜利了,尤其是我们中国战场,如果存着坐待胜利的错误观念,对于洛阳长沙衡阳迅速相继失守这样极其严重的局面,不以为意,以别的战场上的胜利来安慰自己,那就恰恰投日寇之所好,给日寇以最大的便利来延长战争,甚至准备再度反攻。所以在当前的情形之下,提倡中国可以坐待胜利,可以依赖其他战场来轻易取得胜利,不强调中国战场上的努力,那实际上是帮助日寇而已。

轻易获胜的错误思想之所以抬头,除了美军在马利亚纳群岛的大胜利为其冲昏头脑的原因之外,还有一个原因,就是东条内阁的倒台。国民党方面的领导人物,对于东条内阁的倒台,虽然不敢说这就是日寇即将迅速投降的表示,但没有强调小矶米内内阁登台之后对中国的进攻将更形加强,而仅仅强调日寇崩溃不可避免的一点。这种看法也就自然助长了轻易获胜的错误观点,而不努力于改革内政,加强作战。事实上,在日本帝国主义侵略者们中间,依侵略目标之不同,可以分成许多派别,其中有主张实现"大东亚共荣圈"的,有主张"东亚共荣圈"的,有主张"日满华"的,有主张"日满华北"的,有主张"日鲜满"的等等,他们中间互相斗争,但是决没有那一派会同意开罗会议剥夺日寇一切殖民地的。东条内阁的倒台,仅是主张"大东亚共荣圈"的一派人的倒台。小矶米内内阁的登台,虽然在侵略的范围来说其野心要比东条内阁略逊一筹,但其对于保持所谓"东亚共荣圈"的决心与对策,不但不会比东条差,而且还会比东条强。正因为如此,所以小矶米内内阁登台之后,对我国的进攻不会比东条弱,而反会比东条凶。因此,企望轻易获胜,不图自强的观点,对我们中国就更为危险,更为可怕。

盟军对日作战的着着胜利是毫无疑问的,罗斯福最近亲自到夏威夷召开高级将领会议,并巡视阿留申群岛,此后美国对远东将更加增加力量,对日作战,并在不久将来便将举行下一次有力的进攻,亦是毫无问题的。罗邱宣称德寇潜艇已不足为患之后,英国派福莱塞上将率领庞大舰队前来远东,美国大西洋海军主力亦增调远东,今后盟军在海上的优势将更为巨大,这亦是毫无问题的。德寇不久就要垮台,巴黎即将落到盟军手中,红军下一次在华沙的大攻势将直扣柏林之门。德寇垮台以后,盟国的更巨大的兵力将移来远东,这亦是毫无问题的。现在全部问题就在盟军对日作战必须有在中国大陆上的反攻,才能保证胜利,没有中国大陆上的反攻,即使有其他战线上的反攻,还是不能保证胜利。尼米兹上将的话是非常肯定而且非常正确的。

现在太平洋战场美军已大举反攻了，印缅战场上和印度洋上的反攻也要开始了，中国战场上有没有反攻呢？中国战场上八路军新四军正对六分之五的敌人进行反攻，从今年年初起到现在，一直没有停止过，最近山东占领沂水、莒县等的消息，尤其使人兴奋。但是由于八路军新四军得不到任何接济和帮助，因而不能占领大城市和不能得到应有的更大十倍的战果。中国战场上的正面战场，国民党五年以来坐而观战，策划反共，压迫人民，斲丧国本，尽管盟国尽力给以援助，却在六分之一的敌人面前弃甲曳兵，弄得不成模样，使这个战场成为现在全世界一切反法西斯战争的战场中唯一吃败仗的战场。虽然如此，但是国民党统治人士还是顽固不化，死啃着政治独裁与消极作战方法的错误政策，把国内国外的一切诤言置若罔闻，以致七月一日的美国《星期时报》称之为"盟国之癌"。

为了保证迅速战胜日寇，当前急不容缓的是中国战场的问题。要解决这个问题，就必须国民党根本改变其反人民反民主和消极作战的政策，同时迅速采取必要的步骤，使八路军新四军与敌后广大的民兵与人民，使这些久经考验的力量，能发挥其更大的作用。只要做到这两件事，敌人要想打通大陆交通线是不可能的。不仅如此而已，敌后战场的反攻规模将更为巨大，尼米兹将军在中国大陆建立根据地的计划将更早成功，而致日寇于死地。否则，战争将要延长，胜利的保证会来得慢，胜利的代价会来得多，战后的世界和平亦会受到不良的影响。

（原载一九四四年八月二十九日《抗战日报》第一版社论）

"安骏运动"

——连队工作的方向

我军区部队经过整风、生产和拥政爱民这些大运动之后,思想作风上向着联系群众与实事求是方面前进了一步,正在解决着或开始解决着我军三大任务——战斗、生产、群众工作——相结合的问题,这里可以安骏同志所领导的八支队二连作为范例。

安骏同志的第二连,是警戒部队,直接负有对敌作战的任务,但他们除了完成这一任务外,在农业生产上开了七百多亩荒地(多半是林荒),都已耕种得很好,预计今年可收二百多石细粮,食油、菜蔬、柴火全都自给了,还在副业上进行了许多生产，如喂养猪、羊、牛，编席，打柴，挖药材等。安骏连上的家务是有了基础。

安骏同志帮助驻村群众生产，如同关心自己连队建立家务一样的热心、积极、负责，以自己和连队上的劳力，援助了八家贫苦农民于年内翻身，帮助居民开荒、锄草、修房的人工不下数百，借给穷人的钱、银、杂物约达数千元，用自己近半的时间、精力，去帮助组织驻村的变工队，帮助群众筹划生产，训练民兵，办合作社，进行防奸自卫，兴办学校，进行清洁卫生运动，以及其他许多为群众兴利除害的工作。在安骏和二连这样全面的帮助下，他们驻的村庄由荒凉而变成庶富了。

善于把我军三大任务密切结合的原则具体化，是安骏同志优良的创造，而"安骏运动"的旗帜，也就从此展开了，这是连队工作的新发展、新方向，是所有连队应向其学习的。安骏及二连的具体情况和经验，本报本期另专有介绍，这里只指出它的基本特点，即群众观点与群众路线。

处处紧靠着群众，依靠群众来克服困难，也依靠群众去争取胜利，善于发现群众中蕴藏的革命热情，并善于把它集中到一个主要的方向。这不论在改进二连的工作上，或在改进驻村的群众工作上，都是如此的。

处处站在群众之中，同群众息息相关，血肉相连，不是站在群众头上，不是站在群众外面去做群众工作，而是真正地处处为群众打算，真诚地替群众解决问题，能摸到群众中的一呼一吸，这样才有力量领导群众前进。安骏同志同二连战士的关系，以及同驻村群众的关系，都是如此的。

处处向群众学习。有敢于把已过时的不适群众需要的东西抛弃，大胆地根据群众的要求创造新的方法和方式，不为任何旧的形式所拘束，不限于过去的经验，不满于过去的成绩，这就需要有最大的虚心。安骏同志在领导二连和驻村群众的工作方式与组织形式上，表现了这种精神。

开展"安骏运动"的号召，不仅是对某个同志与某个单位的单纯表扬、奖励，而□为转变我军工作作风，特别是连队作风，使之向实事求是与联系群众方面，更进一步，积极创造，反对保守观点，反对脱离群众旧军作风。

安骏同志和第二连，当然还不是十全俱美，还需要克服缺点，更求进步，但他们以群众工作为基础，把我军三大任务结合起来的思想方法和工作路线，的确是连队工作的方向。

（原载一九四四年九月十二日《抗战日报》第一版社论）

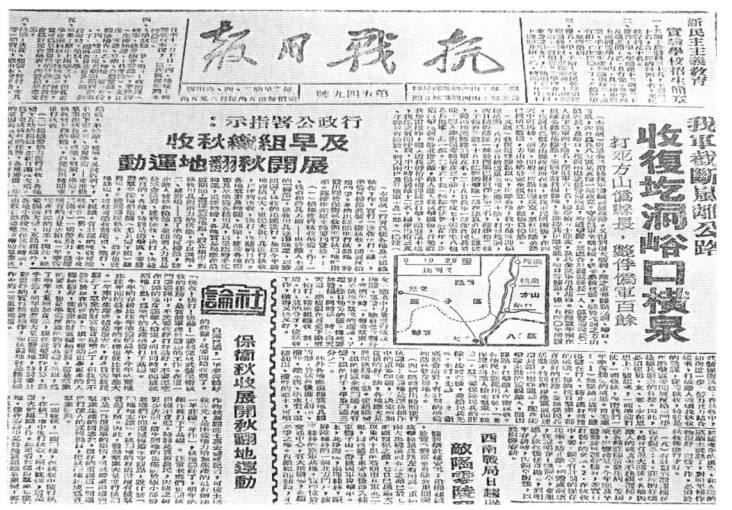

保卫秋收展开秋翻地运动

白露已过,一年辛苦种好的庄稼,就要开始收割了。"快收!快打!快藏",胜利完成武装保卫秋收的任务,是当前军民最严肃的工作。在这一斗争过程中,不光要收好打好藏好,不要把吃在口头的粮食让敌人抢走,而且同时要开展秋翻地运动,为明年的生产准备打下基础。

今年的春耕比往年准备的最早,今年的荒地比往年开的最多,今年的收获也就比往年都大。一年来的生产成绩是很大的,好多贫苦农民翻身了,群众的财富也普遍增加了,但我们不能满于现在的成绩,还须要帮助更多更多的人继续翻身,使群众的财富继续发展,这是群众的要求,也是准备反攻的物质基础。所以,为了明年大量增加食粮,现在就要预作打算，动手准备。明年依然要大量开发荒地，特别要计划更好的实行精耕细作，而秋翻地就是精耕细作中的一个重要问题。

秋翻地的好处很多，可以冻死害虫和宿根草，能够储存水分改良土质，又能把各种柴草和作物枝叶翻进土里去变成肥料，可使土壤多吸收阳光，是休养地力增加生产的最好办法。"一年庄稼二年作"，秋地翻好了，明年的精耕细作就打下了基础。往常老乡们也翻秋地，但极不普遍，特别是贫苦农民，因缺乏耕牛，更少去翻。借牛翻地的也仅限于极小部份。在老乡们中间还流传着保守观点，说什么"秋后翻地地太凉"，秋翻地的好处还没有被群众所普遍了解。因此，发动群众大量进行秋翻地还不是一件很简单的事情，这就要求领导与组织群众生产的同志们，很好的重视这一问题，要进行深入的宣传动员，把秋翻地造成为普遍的群众运动。

一面收秋，一面翻地，在秋收中进行秋翻地，在秋翻地中进行秋收，两不耽误，这是一件很大的组织工作。如果看到部份群众也进行翻地，像在春耕中某些地区组织群众变工那样，以为群众自己会干用不着发动组织，而采取自流的态度；或者以为广大群众已经组织起来变工生产了，这件事情说一说就搞起来了，这样，一定会失败的。在组织秋收中马上就应进行组织秋翻地工作。先看看群众对秋翻地好处的了解怎样，有些什么错误的认识，然后针对各地的实际情况，进行深入的宣传教育，召集劳动英雄、群众中的积极份子，在变工组中很好的开展讨论，不光要使变工组中的人一致进行秋翻地，还要推动没有参加变工组的人，跟着去做，在秋翻地中吸收他们进行变工互助。组织人力畜力，发动互助，适当的进行调剂。应利用剩余畜力，没有牛和牛主变工，一面先翻收割完了的地，一面又不致耽误一般的收割工作。如想将这个工作作好，就需要有周密的调查研究，严密的组织调剂。这个工作应和宣传动员同时开始。

群众对秋翻地的好处，认识到了，就会积极起来想方法做好，群众是最实际最有办法的。同时我们在组织群众生产上，已有了丰富□经验，完成政府秋翻地的号召,"使组织变工组的地区全部翻过,没有变工组的村子,争取翻过三分之二"是完全可能的。秋翻地和其他生产工作一样,只要坚决采取这个方针:深入群众,了解具体情况,在深入宣传动员与具体组织发动中,发现劳动英雄和群众中的积□□子,然后通过他们依靠他们去做,翻秋地运动是会在武装保卫秋收运动中普遍的开展起来的。

（原载一九四四年九月十四日《抗战日报》第一版社论）

改出日刊与加强通讯工作

本报创刊于"九一八"九周年，到今天已整整四年了。四年来，我们经历和克服了许多艰难困苦，坚持了敌后抗战，现在希特勒就要垮台，日寇也快要死亡了。但是到最后胜利，还有一段艰苦的路程，需要我们更加倍的努力。报纸为了适应这一形势与边区各界的要求，从今天起，开始改出日刊了。我们的任务是更重大了。如何更深入的反映根据地群众的活动，反映各种工作斗争的实际情况，以交流经验，加强根据地的对敌斗争和生产建设，准备反攻；如何进一步的提高报纸，以发挥其应有的作用，这是报馆同人和各地通讯员应当共同努力的。

现在报纸已□有有组织的、与群众有密切联系的、富有各种工作斗争经验的八百六十多个通讯员，这是是高报纸的坚强基础。可是我们的来稿虽已不少，稿件的质量则尚差，现在来稿的采用量，平均尚不及百分之五十，而刊出的稿件，亦有零零碎碎、现象罗列的缺点。通讯员写稿的热情是很强烈的，但常常却为"写什么，怎样写"的问题所苦恼，因而碰到什么写什么，或者硬凑篇幅，以至因登不出来，影响到□作的情绪。所以提高写稿质量，透澈的解决写什么，怎样写的问题，是当前进一步加强通讯工作的重要关键。

"做什么，写什么"，四年来的经验证明，这是组织稿件与写作稿件的正确方针。根据地在做什么，群众在做什么，我们就写什么，因为根据地群众所做的，正是报纸应该报导和读者需要知道的。同时，自己做什么就写什么，才能写得分外亲切深刻，具体生动，而更有益于工作。正是由于贯澈实行了这个方针，报纸的内容随着逐渐提高了，与群众与实际工作更加密切结合了。许多实际工作者、工农干部，打破了对通讯工作神秘化专门化的观点，打破了认为只有那些"会写作"的人才能给报纸写稿的观点，因而提高了自己的写作勇气和信心，在通讯战线上，涌进了大批生力军。同时，由于贯澈实行了这个方针，一些同志学习文化的兴趣与要求提高了，并且改进了工作作风，推动加强了整个工作。静宁神府总结通讯工作时，许多通讯员说"没有工作成绩，或不知道自己工作中的缺点和问题，就谈不到通讯工作"，"工作做了，但没有好好研究经验，没法介绍"，同时"许多同志一致感觉到非加紧学习文化，不能改进工作，自然也不能做个好通讯员"。有的同志，由于亲身体验到这些教训，埋头苦干，进步很快。神府通讯员赵建峰同志，过去仅念过两冬书，在未练习写稿之前，写信都成问题，现在已成为一个积极写稿的通讯员了。

在静宁等地的通讯员，更具体的实行着"做什么，写什么"，采取按工作岗位，进行具体分工的办法，如负责领导某一劳动英雄与民兵英雄村的工作，就负责报导那些英雄及其村的活动；负责领导爆炸工作的，就经常报导该地的爆炸运动。这样就把通讯工作和本身工作密切结合起来了。这样，一方面逐渐改变了一些同志"工作忙，没时间，不能写稿"，将通讯工作与中心工作相对立，把写稿当作额外负担的观点，一方面工作也反映报导的更深入，更实在了。

在我们所做的工作中，是会碰到许多问题的：方针目标怎样？在贯澈那些方针，达到那个目标，遇到过什么困难，发生过什么问题，从而如何克服解决的？有些什么创造，那些创造是怎样得来的？有些什么缺点、错误，或者搞失败了，原因何在？这些困难、问题、创造、缺点、错误、失败，就是最生动的事实与新闻，这些事实一定有它的发展过程，并且是通过一定的人物和事件表现出来的。同时，在这一些人和事中间，有表现的明显的，不明显的，或最明显的，比较地有一般的，也有典型的，如果我们通过这些典型的人和事，来表明工作中那些事实和问题的发生以及解决过程，就生动而具体的反映了实际情况，反映的越具体生动，最完善最有系统，便最有利于解决实际问题与改进实际工作。而我们的很多稿件往往却是日常细琐的活动写的太多，综合的、系统的、典型的报导则很少；做了些什么，获得了多少成绩写来了，如何做的，获得成绩的过程则没有写，或者写的很少；写经验往往是顺便提及，或者是用概括的抽象的概念去解释，而不是通过具体的事实去说明。因此流于现象化、一般化，什么都说到了，什么也没有说清楚，既不能说明问题，更不能解决问题。那么，怎样去写呢？怎样才能克服这些毛病，以提高稿件质量呢？一言以蔽之，就是要写事实，写过程，写典型，写经验。

各地通讯员，为报纸费了心，卖了力，报导了许多实际情况，反映了不少群众活动，使报纸的内容一天比一天充实、进步，这是大家的功劳。通讯员同志们都是做实际工作的，有丰富的工作战斗经验，今天的来稿中的缺点是进步中产生的，只要我们不满足于过去的成绩，只要能了解与正视这些缺点，不断研究改进，提高我们的写作能力与稿件质量并不是一件太难的事情。兹趁本报改出日刊之际，略抒管见，以供参考研究，让我们一块儿再接再励，继续努力，把我们的报纸办的更好更好！

（原载一九四四年九月十八日《抗战日报》第一版社论）

言论"自由"以后

本月五日蒋介石氏在向国参会致词中说:"为了实行民主……自从十一中全会决议'战后一年内召集国民大会制颁宪法'以来,中央……一本此旨,一方面于战时许可的情况下,实施人民自由的保障,诸如出版品和新闻审查标准的改订,如保障人民身体自由办法的公布,政府皆切实督责实行,总期……树立法治规模,培养民主规范。"乘此时机,大家来回溯一下"保障"言论自由的事实表现,是必要的。

去年七八月后,国民党统治人士发动内战的想法,在中国人民和同盟国一致的反对下,是暂时地缩下去了。局势的发展,使中国及盟国人士认识到,惟有改变中国的专制独裁统治，惟有实行民主团结，中国抗战和同盟国共同事业才能取得胜利。为了实行民主，就要保障言论自由，废止新闻检查法，这问题就被国内各阶级各党派人士以及同情我国的盟国人士所一致提出来了（这方面的各种事实材料，本报已发表了许多）。那时，国民党统治人士曾采取下面那样的办法，来回答国内外一致的批评和要求。一方面说"保障出版言论自由乃本党之一贯政策"（国民党十二中全会决议），"中国国民党不是法西斯党"（五月九日《中央日报》）。另一方面，则又做了如下的表示：一月，蒋介石氏的《中国之命运》（英国的佐普·布兰很公道地称之为"中国之'我的奋斗'"）增订出版，把露骨地仇视英美的字句作了几乎等于没有修改的修改（如五四后"自由主义与共产主义思想，流入我国"，改为"个人本位的自由主义……突然输入于我学术界之中"）；二月，就说要"放宽'书报'审查的尺度"（二月二十日《华西日报》）；四月，梁寒操氏对中外记者承认国民党的审查制度在"技术"（！）上有"缺点甚至错误"，宣布"放宽尺度"；五月，国民党十二中全会宣言"对于公正舆论，能自负其言论之责者，应与尊□，俾能抉发时弊，宣达民隐"，并通过"改进出版检查要点"一案，"局部废止事前送检"；六月，公布了《审查办法及禁载标准》和《书刊审查规则》，并由梁寒操氏宣□了禁载标准的"解释"。国民党为什么要做出这些"放宽"的表示？梁氏回答道：因为"审查制度……已在政府与人民及外国与中国政庒之间造成误解（！）"（载在用英文出版的七月六日《重庆新闻》）。

这些条例的主要内容是："图书及不以论述军事、政治、外交为目的之杂志，由著作发行人自行审查"，而仍须负"法律责任"，并得在出版后再行"查禁"。其禁载标准，重要的有：（1）"违背立国最高原则者"，解释"挑拨各民族团结者""鼓吹侵略主义者""鼓吹法西斯主义或阶级独裁理论者"及"鼓吹私人垄断者"；（2）"危害国家及破坏公共秩序者"，解释"侮辱国家之元首者""响应敌人与汉奸理论者""恶意抨击政府既定政策与现行法令者""挑拨党政军民感情者"及"对治安、粮草、劳资纠纷作不符事实报导及挑拨煽惑者";(3)……(4)"妨碍我国与友邦睦谊或同盟国间之团结者",解释"侮辱友邦元首者""诋毁友邦立国精神及既定国策者""侮辱盟国作战努力者""伤□在华盟友之事誉者"。

就不说条例本身的许多弊病吧。从四月国民党向中外宣□要"放宽尺度"算起,也已经五个月了。大家知道,最重要的要看国民党当局在这方面究竟做了些什么。

第一类事实:拿《新华日报》做例子,五月份登不出来或被删的社论、外论及消息,仅仅是任何人都看得到的一部份,就有三十三篇,其中主张民主团结的共十三篇,包括抗日各党派(各报如《柳州日报》《柳州阵中日报》《广西日报》《新中国日报》《华西日报》,昆明的《自由论坛》,成都的《大学》杂志言论的转载及介绍)、各阶级(包括小商人的、学生的、文化界的、教授的、中小资本家的)、中国外国(四日美国新闻处所转颜露尔上将赞扬孙科院长在国民党中央训练团演说的论文登不出来,十五日美记者批评林语堂言论荒谬的外报讯登不出来)的言论,论战局及八路军配合正面作战的八篇,两篇关于经济对策的,一篇介绍敌后救灾的。六月份登不出及被删的,关于民主团结的有九篇,包括美国副总统华莱士在中大的演说(二十三日),在"消灭法西斯"以下,被删,十一日短评《响应美国编辑协会意见》,"争取全世界言论自由",被删;关于战局的有三篇;关于财政经济的有五篇。七月份,不完全统计,被禁删的,关于民主团结的有八篇,包括美国独立纪念文(美国人爱好自由)一段被删,孙科院长七七论文主张中苏亲善的一段被删,二十日社论《保障人身自由》亦被删;关于战局的有三篇,其中四日美国新闻处关于湖南介绍一文被扣,九日短评《友邦关心湖南战事》一段被删,十八日读者投书要求武装民众保卫粤汉路一段被删;关于经济的五篇;等等。

其他各报杂志被禁删的,这里就不多引了。从这里看到,国民党对言论的实际标准，与其条文上规定的完全相反。不"鼓吹法西斯主义"而鼓吹反对法西斯，主张民主团结的言论被禁了。不"鼓吹私人垄断"，而鼓吹反对私人垄断，主张"产业自由""解放生产""救济失业"以至于介绍"救灾办法"的文章被扣了。不"响应敌寇汉奸投降"，而鼓吹"积极准备反攻""配合友军作战""武装人民""反对汉奸特务"的文章、报告与通讯被扣了。这是"保障言论自由"，"树立民主规范"吗？这却不是禁锢言论如故吗？

其次一类事实，这里举的只是无数同类事件中漏过严密检查网而为任何读者所看得到的一些例子：在国民政府和国民党中央所在地重庆，"某川籍银行经理（康心如——编者），因题字宪政月刊，遂被指为以经济支持宪政言论而危害之……尝读'偶语弃市'而疑之，何疑之有"（五月二十九日《新中国日报》）。在达县，《青年日报》与《达县日报》联合版，因为发表县参议长袁星午请减积谷公债负担消息，被冠以"言论荒谬，阻碍政令"的罪状而被查封了，总编辑李达生氏被捕入狱（六月二十一日《新中国日报》）。在乐山，七月间"《诚报》主笔康某，因评论县参议会（'与售卖平价布有关'）被警备部逮捕"（七月十二日《新蜀报》）。在贵阳，"《贵阳诚报》问世后，一再揭发贪污案……该报近竟以'违检'故，被处分停刊三天"（《星期》三十六期，七月二十三日出版）。在湖南，"某司令长官下手令：有不肖之徒，假借名义，乱办杂志报纸，胡说八道，混淆听闻，殊属不法！……特严令下属查禁，并按情节轻重，惩办主办人"（七月九日《新华日报》湘北来信）。尤其骇人听闻的就是"重庆《新蜀报》事件"。八月十日，中央社突然发表《新蜀报》改组，昨开董监联席会"消息一则，新蜀报在十一日的郑重启事里面说："查本社筹组公司，虽曾于本年四月五日一度开会，但因公司组织尚在筹备，立法手续迄未办理，董事监事亦未产生，所谓董事监事，在法律上既无根据，其一切决议当更属无效。至本报发行人鲜英，主持社务已二十三年，……决非周钦岳所能篡代！"这种偶语弃市，封报捕人，阴谋攘夺的事件，各地层出不穷，理由就是因为这些舆论机关与编者抉发时弊，宣达"民隐"，抨击了贪污垄断，主张了民主团结，在专制主义者的心目中，那就是"胡说八道……殊属不法"！难道这就是"保障言论自由"，"树立民主规范"吗？这却不是"焚书坑儒"如故吗？

第三，我们又看到这类事实。二月间，"有十个外国记者联名要求到延安去旅行"，"等问问蒋主席吧"，这就是梁寒操氏的回答（桂林《大公报》三月一、二日重庆通讯）。四月七日《新中国日报》载消息说："外国记者多人准备赴陕北参观地方状况，惟许久未能成行，各记者情意急切，几次向中宣部询问□据云，须待林祖涵来渝后始行决定。中外记者团内……参加该团之中国记者，资格审查极严，第一条即应为国民党员。"结果，直到林伯渠同志由陕飞渝时，同日记者团才由渝飞陕。同时，三月二十日西安《青年日报》刚刚登了"外籍记者参观团即将由渝来陕"的消息，三月□日西安各报□登了要"追悼"活人王实味等三十余人（说他们"先后被延安当局惨杀"）的启事，二十九日由谷正鼎氏领导开会（！）。三月三十日《西北文化日报》登出了中央社"闻被难者先后竟达三千余人"的消息，搞了这么白昼见鬼的一套。另一件事，正当美国副总统华莱士访华时，在重庆曾发生当局不准各报外勤记者赴机场欢迎，并限制记者谒见华莱士的怪剧。因为自己"黑夜作了亏心事"，连盟邦记者，而且连盟国副总统也在封锁之例！难道这就是"树立民主规范"吗？这却不是妨碍"我国与盟邦睦谊"吗？

第四类的事实，例如《新华日报》五月三日及十八日载：载池、浪花、纯爱、维新等人函询稿子，均未收到；三日覆读者"写信不方便"。又如《新华日报》仍被封锁，《解放日报》寄不出去，这是众所周知的。这又是甚么"保障言论自由"，"树立民主规范"？

主张抗日、反对投降，主张民主、反对法西斯，主张民生主义、反对官僚资本私人垄断的言论、言论机关、言论界、私人通信,连盟国记者在内,都被禁、被封、被扣、被封锁,正像过去一样。但这只是一方面罢了。另外一方面的事实怎么样呢?

没有被禁止,而是被鼓励、被执行,而且被拿来"统一思想"的,不幸正是"反对自由主义与共产主义","鼓吹法西斯主义"的"中国之'我的奋斗'"——《中国之命运》。等而下之的,我们来看看:谷正鼎氏在号召国民党员"西北在敌奸('奸'指共产党)环伺(?)之下,……为抗敌除奸('除奸'指打共产党),我们的血要流在一起"!杀气逼人,这是载在七月二十五日《甘肃民国日报》上的话。延安各界的"保卫西北宣言"呢?则受到了"驳斥",诬为"想趁火打劫……应当加以制裁"(《西北文化日报》七月二十日社论)。卖国贼李鸿章向伊藤博文叩头纳降的丑史被加以歌颂,"李氏……仍为庸中□皎皎者"(《政治生活》创刊号)。这些不就是"响应敌寇汉奸的投降理论"么?为什么不禁止?

这次世界大战在被败类们论证为不是保卫民主,反对法西斯的了:"世界大战……在轴心国不是为了反民主,在同盟国不是为了反法西斯……德国进攻苏联……是为了取消共产……自然就无所谓民主潮流……要在……中国实行民主,就有些不可解了。"(重庆《扫荡报》七月十三、十四日文章)孙中山先生的民权主义,在被论证为不是民主主义,而是法西斯主义了:"法国在十八世纪八十年(!!)的大革命,无非吃了罗兰女士的(!笑死人)'不自由,毋宁死'的大亏……欧美今日的代议制度,一面成了限制个人极端放肆的阶梯,一面成了政府放手施政的枷锁……所以陈长官说:'如果今天大家乐讲民主而不讲民权,那么何以国父不讲民主主义而偏讲民权主义呢?'"(《西北文化日报》社论《民主与民权之辨》)无怪乎纳粹主义在被公开宣传,连纳粹私人垄断经济也被称为民生主义的经济了:"自希特勒执政以还……加强其政治,充实其民生经济,扩大其主义宣传,积□七年的预备,而发动此第二次之欧洲大战,挟其所谓闪电战之武力,凌厉无前，欧陆诸国，大如波兰、法兰西、南斯拉夫，小如丹麦、荷兰、比利时、希腊等，无不……匍匐屈服，无有异词。……德人目前的所以胜利……并不在于战场上闪击武力之自身，而在产生此武力之各种基件——文化建设、政治建设、经济建设，优异卓越，非其敌人所及之所致。"（《三民主义半月刊》四卷九期头篇文章，五月一日出版）这不是反对民权主义、民生主义，"鼓吹侵略主义""鼓吹法西斯主义""鼓吹私人垄断"，并在尽第五纵队的能事的理论吗？为什么又不禁止？

中央社六月二十一日重庆电播华莱士副总统演说词，一本《中国之命运》的"既定政策"，其中关于中国境内各弱小民族一段，擅改如下："在中国境内，诸君亦有少数宗族（！）问题，昔年之五色国旗乃构成中华民族五大宗族（！）之象征……"这像甚么样？这不是"挑拨各民族团结"而又"侮辱盟国元首"吗？重庆《扫荡报》七月十三、十四日文章说："罗斯福连任三届总统，打破了从来的传统的民主习惯，……罗斯福如果再竞选，美国民主政治将受到威胁。"这不是又在"侮辱盟国元首"，"响应日寇汉奸的……理论"么？这些言论，为什么又不禁止？不但不禁止，而且还要津贴反动的反人民的言论机关如盟利社、《西北文化日报》《尖兵》《良心话》等等，这又是为了什么？

以上事实，证明国民党关于"保障言论自由"放宽审查尺度的诸言，连蒋介石氏最近在国参会的致词在内，只是用来搪塞中国人民和舆论界的迫切要求，敷衍盟国友人的善意批评，而且没有改变过去错误政策的诚意。在目前正面战场危机日益严重，大后方政治经济危机天天加深之时，人民的手足依然被束缚，人民的耳目口鼻依然被封锁。这种状况倘若让其继续下去，不仅不利于抗战事业，而且对于国民党当局本身，也是异常危险的。愿国民党当局三思之。

（原载一九四四年九月十九日《抗战日报》第一版社论）

"七七七"文艺奖金公布以后

"七七七"文艺奖金获奖作品,已在前日本报公布了。这是晋绥边区文艺运动中一件值得兴奋的事。这些获奖作品,虽然还并不是完全符合于我们理想的佳作,但一般说来,在内容上,都能符合于当前边区的政治任务,切合边区群众的生活,在形式、技术上,大都能够普及,为群众所喜闻乐见,且多样化:如戏剧有话剧、山西梆子、郿鄠、道情、秧歌及新型歌剧;散文有小说、通俗故事、报告、速写、童话;图书有年画、连环画及木刻连环画;歌曲大部份也都符合于当地人民风味。在这一点上说来,无疑地,这是在毛主席的文艺方针下,我敌后文艺运动的一个很大的收获。

在晋绥边区，文艺运动的新方向还只是刚刚开始，我们决不应该满足于这个收获，因为它还远远落在广大群众需要的后边。群众由于减租生产日益开展，生活日益改善，对文化教育的提高，已感到异常迫切。例如岚县群众，跑了百余里到赵家川口买书。兴县某地儿童，因为买不到适合他需要的书，连施政纲领读本也买了去读。各地群众热烈要求着戏剧，现有剧团已感到应接不暇。而某些地方的群众，在看完戏之后，就分组开会讨论剧中的意义，并联系自己的思想和工作，进行检讨。个别地区的群众，已开始自办学校、自订报纸和自己成立剧团等等。从这些事例，可以看见群众已经是在怎样普遍地急切要求着文化。今年，边区的生产更好了，到明年，群众的文化教育组织，群众的文化娱乐活动，一定会迅速广泛的开展起来，群众对文艺的需要，也一定更多和更加迫切。因此，我们的文艺工作者，应该继续加倍努力，拿为工农兵服务的精神，创作出更多更普及的东西，来满足群众的需要。

其次，应该指出，我们的文艺创作，一般还限于少数文艺工作者的狭小圈子。在今天边区的条件，应该有更多新的文艺工作者出现，特别应该培养出大批工农作者。工农中的天才，是很多的，只要发挥出来，就会在文艺战线上放出新的异彩。但许多工农同志，一向宥于过去统治者所给他们的偏见，认为文艺只是少数专家的事情。我们要告诉这些同志，这种认识，是错误的。远的例子，如苏联，许多优秀的文艺家，多是工农出身，全世界鼎鼎大名的高尔基，便是其中之一，这且不用说了。近的例子，则如此次获奖的作者中，有好些同志都并不是专家，如写《转移》的孟繁彬同志和写《张初元故事》的马烽同志，据说都仅仅住过小学，也并未专门研究过文艺，前者把他在冀中参加过的战斗生活写了出来，后者把他所搜集的张初元同志的材料写了出来，技术虽然粗糙，但内容逼真，仍不失为有意义的作品，这说明，只要自己有丰富的生活经验，对题材有正确的认识和研究，一定可以创作出东西来的。再如最近听说蒲阁寨的民兵同志们，已把他们挤走敌人的事实，自己编成戏剧，自己表演出来。这就更加具体证明，工农同志是完全能够创作的。蒲阁寨民兵同志们的努力，已给工农同志们指出了自己的创作道路，就是干甚么就可以编写甚么。只要打破害怕创作的心理，拿出勇气来干，一定会干好的。这里，我们热烈希望文艺工作同志们，拿出最大的热忱来，在创作上，给工农同志□具体的帮助，把培养工农作者当作是自己的责任。今后，应该来□个更亲密的结合，即文艺工作者应该向工农同志学习实际生活中的各种知识，工农同志应该向文艺工作同志学习创作经验。而最好的互助办法，是集体创作。这次获奖的作品中，集体创作就颇为不少，是这次奖金的特点之一。集体刽造的好处，就是会写的和不会写的，都可参加，又易于互相学习。在戏剧中，集体创作的含义就更广泛些，例如一个剧作的成功，常常不单是剧作者一个人的功劳，导演、演员、美术家、音乐家和一些舞台工作者，都参加了集体创造，都与有功劳，所谓"三个臭皮匠，合成一个诸葛亮"，就是万古不磨的真理。据说"七七七"文艺奖金委员会，将成为经常性的组织，于每年七月七日举行一次文艺奖金，今后并要增加工农作者奖金一项，因此，我们希望工农同志们和文艺工作同志们，大家来一个革命竞赛，共同动起手来，以迎接明年新的号召。

再其次，谈谈这次作品中的一些问题，除了少数获奖作品外，一般应征稿件中所犯的毛病，一种是对实际材料，不会处理，不会剪裁，不会组织，现象罗列，因此不免于浮泛或杂乱；一种是没有实际生活，只凭道听涂说或纸片上的材料和主观的臆测，因此就不免流于空洞或不真实。在语言上，一般都注意了采用群众的口语，这是很好的现象，但有许多同志对群众的语言，不加选择，不加洗练，运用得不适当，反使乞动的语言失去光彩，或精彩的语言被一些不适当的语言所拖累，有的则有些南腔北调杂凑之感。当然，这些作品，并不是全无可取，其中有些是有实际材料的，有些在技术上也并不坏的。所有以上这些毛病的产生，主要是由于深入实际、向群众学习不够。要克服这些毛病，只有真正手触生活，沉醉在工作里边，认真向群众学习，不要持旁观态度，不要浅尝辄止，只有这样，才会对自己周围的人和事物、语言了解深刻，在创作上才会有所成就。

　　最后，我们希望落选的同志们不要灰心，应有勇气认识自己的缺点所在，而不断加以改进。这次的获奖作品，可以作为借鉴，比较比较，看别的同志是怎样写的，自己怎样写的，就会看出些问题，学得一些东西。这些获奖作品，都是经过了三个评判标准的衡量的，从其中，大体上可以看出今后的创作方向，它对于我们是有帮助的。当然，这些获奖作品，也还并不是就毫无瑕疵了，希望大家还可以展开批评，这不仅可以帮助□者认识自己的优缺点，同时对于其他作者以及广大工农作者在创作研究上的帮助，都是很大的。我们要把文艺批评当作推进文艺的有力武器，缺乏严正的文艺批评，往往会使作者停于自满自足状态，有时甚至会迷失方向而不自觉。不过，我们的文艺批□应该区别于旧时代的那种文人相轻的或者是互相标榜的文艺批评，我们的文艺批评的态度应该是符合毛主席实事求是，与人为善的精神。今后我们应该通过这种文艺批评，来鞭策我们的文艺运动，使之继续前进。

（原载一九四四年九月二十日《抗战日报》第一版社论）

开展积肥运动

　　肥料是农业生产的主要资本，多施肥就可多产粮食，收成的多寡好坏，肥料是个决定的关键，所以要进一步发展农业，增加粮食，肥料是首先必须解决的一个问题。"种地没巧，粪多土饱"，肥料对于农业生产的重要，虽已尽人皆知，但实际上还没有引起各地普遍的注意。在河曲、保德、临南、离石及平川地带，由于人多地少，一般对于积肥施肥比较注意，有的农民还以麻糁、黑豆、黄芥等上地，这是很好的。另外如兴县、岢岚、宁武、神池等地，多系人少地多，一向有一种重量不重质的耕作习惯，对施肥不大重视，如岢岚有所谓"轮息地"，兴县宁武等地的开荒，亦是种上三、五年不长了，就再去另开一块。但这种耕作法，一定是在有大批荒地可开的条件下才能行通。自新政权建立以来，积极奖励移民垦荒，以发展农业，各地军民都努力开荒，开荒数目逐年增加，特别在今年春耕运动中，全边区就开荒七十八万亩之多；人稠的地区，大批的向有荒地的地区移民，今年只岢岚一县，即从他处移去一千二百多户。因此，荒地已大大减少，今后发展农业，增加产量的方针，除了继续尽量开荒外，便须向精耕细作、多上肥料的方面发展，就是有荒可开的地区，同样也要注意精耕细作，多上肥料，才能进一步提高产量。所以肥料问题成为实行精耕细作，更大规模的开展明年春耕运动中，首先要解决的一个问题。

今年春耕运动中，一般对于肥料是比过去更注意了，有的地方还掀起拾粪运动的热潮。拾粪是增加肥料的一个重要来源，这是应加提倡的，但须要经常的拾，不要等到春忙时大家才去动手，结果人多粪有限，不容易拾到。

发动群众进行积粪。有许多地方的农户不修固定的厕所，猪羊牛等牲畜也没有适当的圈，使好多粪便不能积存起来，这是既损耗肥料又不讲卫生的。应动员群众，每家至少要修理一个适当的厕所，并且勤加清理或送到地里，如临南有些老百姓在自己的田边各有一定积粪场所，积一担往地里送一担，秋冬时在地未冻前，即在地里准备好拌粪的土和粪坑，这是积存肥料的好办法，值得仿效。增加猪羊等家畜，也是增加肥料的重要来源，但对于圈的设置要加以注意。喂养成群的猪羊，一定要有圈；就是养零星的几只，也可以几家合伙，集体修猪圈、羊圈，踩下粪共同分。采取这种办法，就给了零星喂养的以方便条件，那末三个五个零星喂养的就会多起来，合起来就可增加大批肥料，同时，也免得放野猪野羊糟蹋庄稼。

耕地面积扩大了，光靠积存人畜粪便，是不够的，还应进一步的用人工办法来补救自然肥料的不足。如沤绿肥、烧草木灰、掏炕土、制造骨肥，以至用麻糁、黑豆、黄芥等都是很好的办法。用麻糁黑豆等，只限于富裕的人家始可采用，一般贫苦的农户就不易办到，所以更应该着重于沤绿肥、烧草木灰、积极堆肥和制骨肥等。

关于沤绿肥，边区许多地方很少有人做过，应当很好推广。现在秋草肥茂，正是沤绿肥的良好时机。有些地方也开始在作了。如兴县高家崖有两个变工组，集体沤了两大坑；赵家川口变工组里每人沤了一坑。沤时把青草切碎，一层草一层土（最好是扫道土），隔五、六天翻一次，夏季二十天左右即可沤成，有的沤在地边上，更可节省了送粪的时间。这种积肥办法应当大大的推广。

运用各种办法解决肥料问题，才能保证明年春耕运动的胜利，这是我们当前的一件大事，希望各地领导生产的同志，能够认真抓紧推动这一工作。组织发动群众，利用一切可能利用的人力与时间随时进行积肥。"一年庄稼二年务"，我们必须及早准备，立即展开一个积肥运动！

（原载一九四四年九月二十一日《抗战日报》第一版社论）

采用新的组织形式与工作方式

昨天本报公布边区政府关于劳动英雄和模范工作者选举与奖励办法的决定。这个决定，明确指出选举与奖励劳动英雄和模范工作者的重要意义，对选举奖励的办法也有详尽和具体的规定，在今年冬天全边区劳动英雄和模范工作者大会及今后边区全面建设事业中，必将起重大作用。这是一项新的组织形式与新的工作方法的定型化、合法化，值得引起大家注意。

陕甘宁边区自从党政号召生产运动及各种建设事业以来，随着这些生产建设事业的发展，不断的产生了各种各样的劳动英雄和模范工作者，这些劳动英雄和模范工作者，从群众运动中产生，又站在运动前列，把运动推向前进，成为边区各种建设事业向前发展的动力。可是过去我们对此还缺乏自觉的认识，甚且是盲目的，因此对劳动英雄和模范工作者缺少注意和发现，任其自生自长，无声无名，不能发挥其应有作用。自从发现了吴满有和赵占魁并进行吴满有与赵占魁运动□后，经过去年冬天的劳动英雄大会，劳动英雄和模范工作者在各项生产建设事业中所起的作用，才被我们逐渐认识，而劳动英雄和模范工作者的选拔，也逐渐推广。一年多的经验向我们证明：在各种生产建设事业发展中，到处有劳动英雄和模范工作者存在着和生长着，只要我们有意识的去发现，发现后加以奖励，广为宣传，使其影响深入群众，号召群众向其学习，则其在群众生产建设运动中就可发生很大的作用。从而使我们更加认识到：劳动英雄和模范工作者的选举奖励，是目前边区全面建设事业中一项极重要的组织形式与工作方式，这种组织形式与工作方式是由群众创造的，现在我们把它接受起来，定为今后发展生产建设运动的重要方法。

选举和奖励劳动英雄及模范工作者，首先是为了推动和改进工作，因为劳动英雄和模范工作者，创造了超出一般人的劳动标准和工作标准，这种标准，既然在劳动英雄及模范工作者是可能的，则对于所有的劳动人民与工作人员，在相同的条件下，也应当是可能的，而他们所以还未能达到劳动英雄及模范工作者的标准，必然在其生产或工作中还存在着缺点，如果我们能把劳动英雄及模范工作者的标准及其条件和办法，在一般群众及工作人员中加以宣传和表扬，则不但可以刺激其积极性，而且可以在互相对照之下，发现其缺点，并进一步以劳动英雄和模范工作者的标准做为自己努力的标准，以劳动英雄和模范工作者的经验，做为自己改进工作的办法，使其生产或工作提高一步，使更多的人向劳动英雄及模范工作者看齐，使劳动英雄及模范工作者的标准更加普遍化。一年以来，不论是在农村、工厂、部队、机关，只要那里在群众中产生了一个劳动英雄或模范工作者，经过我们发现，把他奖励宣传，号召大家学习，则那里的生产和工作，就会得到改进提高和发展，证明这是推动和改进工作普遍可以采用并且是最好的办法。

其次，劳动英雄和模范工作者的选举和奖励，又是出产和培养干部的一种好方法，因为他们真正是从群众中和实际工作中锻炼出来的，并在事实上证明了是群众中的优秀份子，他们努力生产或工作，在生产或工作中获得了成绩，表现出他们的创造才能，并且这些人大都为人正派，又和群众有密切联系，对政治也有较高的认识，这些都是做为一个干部的基本条件。如果我们能有计划的下一番功夫去培养他们，提高其文化，加强其教育，则他们的优秀品质和创造才能，将会更大更快的发扬。现在有些地方的劳动英雄和模范工作者，已开始被引进到各种工作部门中来，逐渐成为各种事业中的重要干部了。过去我们在革命斗争中产生了一大批优秀干部，这些干部至今还是我们边区的骨干，但在今天边区长期的全面的建设环境中，仅仅是这些老干部就非常不够的了，如果我们不能引进一批新的干部到我们的各项建设和各种组织中来，则我们的建设事业，就不会顺利完成，而这一批新的干部的增进，不在别的地方，恰好就在这些建设事业的本身，就在广大的群众当中，就是由各种建设事业的群众运动中产生的这些劳动英雄和模范工作者。党政军民各种组织的领导者，必须深刻了解这点，并对此进行必要的组织工作。

再次，劳动英雄和模范工作者，在党政军民一体来进行边区全面建设的事业中，还有一种巨大的作用，就是它能成为党政领导与广大群众密切结合的桥梁。这些劳动英雄和模范工作者，散布在各个角落和各个部门，他们和广大群众密切结合着，但他们不是一个普通的群众，而是群众中的积极份子，自然在一定范围内形成为群众的领袖，党和政府经过他们，可以把群众的意见集中，来改善自己的领导，又可以经过他们，把党政的方针指示在群众中传开，并推进其实现，这样使党政与群众进一步密切结合起来。在今年的生产运动及其他建设工作中，我们很清楚的看出了这点，许多劳动英雄回到他们的乡村，宣传党政军生产建设方针，积极推动和组织群众生产，很自然的成为党和政府和军队各种政策的宣传者和组织者，据说凡是有了劳动英雄的乡村，乡村党政的工作，就好像增加了许多力量，比过去好做得多了。

以上三点是劳动英雄和模范工作者在客观上所起的主要作用，这些客观作用一旦被我们自觉的认识并掌握的时候，就变成了我们改进工作培养干部及联系群众最好的方法，就成为我们当前各种工作中可以普遍采用的组织形式与工作方式。而我们只有清楚的认识到这些，才能把今年全边区劳动英雄及模范工作者的选举奖励工作做得更好，因此这是首先应在全体党政军民干部中进行广泛宣传和教育的。

要□选举和奖励劳动英雄及模范工作者的工作做好，除了上述思想认识问题外，还必须进行很繁杂的组织工作，在组织工作上主要的应保证实现下列三条：

第一，是认真领导。去年劳动英雄的选拔，有些地方是不认真办的，事前毫无准备，临时随便指定劳动英雄，未经群众讨论和选举，今年选举则必须完全纠正这种缺点。所有党政军民各级领导机关和工作部门从现在起就要很好的讨论边府决□，并在所属范围内开始布置工作，包括关于这一工作的传达和宣传，关于劳动英雄和模范工作者在各地区各部门具体标准的讨论和规定，关于劳动成绩调查和工作考绩，以及在选举工作中各种工作的筹备与分工等，并于适当时候进行检查，发现缺点，即时纠正，防止对此事采取应付马虎态度。

第二，是发动群众。去年劳动英雄的选拔，许多地方没有经过群众讨论选举，而是单纯由上面发现后指定的，今年则必须按照政府决定认真的由群众民主选举，必须及早在群众中进行宣传和酝酿，必须发动广大群众参加选举，使劳动英雄和模范工作者的选举真正成为群众自觉运动，防止发生形式主义的毛病。

第三，是慎选好人。去年劳动英雄的选拔，有些人是不合标准的，结果非但不能起劳动英雄的积极作用，反而在群众中发生不良影响，失掉选举劳动英雄的意义，这是在今年选举中应加严重注意的。为防止这种缺点，必须把边府规定的劳动英雄及模范工作者的标准广为宣传，由党政协同群众共同提出候选人，每一候选人都应根据标准由群众加以审查，并应经过不记名投票的方式选举出来。只有经过群众认真的民主的选举，才能是真正好的劳动英雄和模范工作者，也只有真正好的劳动英雄和模范工作者，才能在群众中发生积极作用，达到改进工作、培养干部及联系群众的目的。

以上所述各点，不但适用于陕甘宁边区，也适用于敌后各根据地。但敌后必须以战斗英雄、民兵英雄与劳动英雄、模范工作者并重，并且战斗英雄与民兵英雄还应放在前列，这是自明的道理。在敌后的中心口号是战斗与生产相配合，部队中的战斗英雄与民兵中的民兵英雄之选举与奖励，是应和劳动英雄与模范工作者的选举与奖励同时进行的。敌后各地对此种组织形式与工作方式，有些经验还不多，有些还没有经验，但是我们希望能够迅速采用，以利发展战斗与发展各项建设工作，打倒日本帝国主义。

（原载一九四四年九月二十四日《抗战日报》第一版社论）

组织与保卫秋收，展开反"抢粮"反"扫荡"斗争

秋收的季节到了，一年辛苦生产的果实成熟了。今年，党政军民的大生产□全边区将增产细粮十八万九千大石，人民负担将更减轻，军民生活将更改善。但敌人对我们生产建设的胜利特别眼红，穷困到发疯的鬼子必然要对我根据地大肆抢夺，再加上战争和气候的因素就一定会加多我们人力和工作的困难，因此，紧急动员起来，组织秋收，对敌人展开反抢粮以及反"扫荡"的斗争，就成为全边区党政军民迫切的严重任务。

由于对敌斗争的伟大胜利，今年边区内地所处的环境是相当稳定的。在这种情况下，很自然地产生了部份军政民中（特别后方机关和生产人员）的太平观念与麻痹。他们认为"敌人已经没有力量了，不行啦"，或存在着"今年可能没有大的'扫荡'"的侥幸心理，把精神上、工作上必要的战斗准备当作是可有可无，甚至以为是找麻烦。必须指明，这种看法是错误的！我们不仅要看到从夏收到现在，几乎各分区的接敌区，敌我每天都在不断进行着抢粮与反抢粮，"扫荡"与反"扫荡"的残酷斗争（最显著的是六、八分区），不仅要看到敌人已经订出了抢粮的恶毒计划（远的如今年二月间，敌酋在北平集议"农产物搜集施策"，到五月廿日华北成立"中央粮食公社"，积极进行抢粮准备；近的如伪巴彦塔拉盟公署的抢粮规定——见九月二十一日本报），而且还要看到越是失败敌人就越疯狂，越是穷困敌人就越凶狠。我们越胜利，敌人越挣扎，最近华北敌军增加，对敌后某些根据地已在进行残酷"扫荡"，对我晋绥边区当不例外。我们决不能因胜利而冲昏头脑！

近两月来，兴、临、宁、朔、河等县，在党政和劳动英雄以及模范工作者领导下，并由军队协助，各村成立战时指挥部，进行民兵训练和演习，扩大与民兵结合的变工队，实施抗日戒严，并讨论反"扫荡"中劳武结合的具体办法，这是很好的，应该认真的加以推行和发扬。军区部队，从八月份起，继续夏季攻势的开展，随着保卫秋收准备反"扫荡"的任务，一个半月来，进行较大的战斗一百六十四次（不完全），攻克收复据点三十九个，毁碉堡四十七座，毙伤俘虏日伪军一千二百五十五名（反正伪军五十一名在外），夺回粮食数十万斤，取得了伟大胜利，协同广大民兵，真正保卫了生产。现在这攻势还在继续开展着，为保卫秋收而将更加紧张猛烈。但也必须指出，保卫秋收及反抢粮斗争，是一种比较长期的残酷斗争。敌人不仅将在秋收时来扰乱烧抢，如其宣称的"在新谷新麦登场时，及时把握时机，火速收集"，同样可能的，将在粮食收完大家精神松懈时来动手抢夺，如伪巴彦塔拉盟公署的抢粮计划，就是按期规定一定收集数量，自九月一日至十二月末为抢粮第一期。过去我们曾有"一天打鱼，三天晒网"

的毛病，收割时热烈斗争一时，过后精神就懈怠下来，这也是值得注意和纠正的。

我们怎样组织秋收，开展反抢粮以及反"扫荡"的斗争呢？首先，各地要认真执行保卫秋收的思想动员，根据具体事实揭破麻痹轻敌的危险性，指明抢收是一个生死斗争。集合群众切实讨论劳武结合办法，以劳动英雄、模范工作者为领导核心，推动所有群众参加这个工作，发动与组织每个人的积极性，驻地机关部队应派干部协助，把保卫秋收造成一个广大的群众运动。在这方面，兴县劳动英雄白改玉村的备战讨论（八月三十一日本报），朔县各村的秋收战斗动员（九月十六日本报），军区司令部协助驻地动员备战（九月二十日本报）的经验；朔县县政府提出的口号"熟一块割一块，驮一捆打一捆，打一点藏一点，一天一回空舍清野'"男女老少齐出地，镰刀武器齐上山"（九月二十二日本报），以及"快收、快打、快藏""收的好，打的好，藏的好"等口号，都是值得各地参考运用的。但必须注意一点，就是一定要把所提口号成为广大群众的实际行动及其行动的指针，才不致流为无补实际的空喊。

其次，要组织全力抢收。把全村所有男女老少劳动力经过秋收委员会（如朔县孙兴昌同志领导的某村）或变工队里（如兴县白改玉同志村）等形式组织起来，根据环境、劳动力与技术具体分工，加强领导，发扬高度勤劳精神，日夜突击抢收，切实执行行署"及早组织秋收展开秋翻地运动"的指示，准备明年大生产。还要利用春耕夏锄中各地经验，实行军民互助和大变工，不让糟蹋一颗粮食。要是有剩余劳动力，就组织扎工，使劳力得到适当的调剂。

再次，军队游击队和民兵，要更积极活动来保卫秋收。开展破击、爆炸运动，监视和围困据点敌人，细心研究敌人抢粮的特点与规律，给出扰的敌人以猛烈的打击。在各村要普遍组织战时指挥部，详细讨论布置保卫秋收办法（参考临县沙村指挥部经验——八月三十一日本报，朔县各村指挥部布置）；民兵广泛实行联防，建立布雷区与封锁线，并特别注意对敌斗争和抢收工作的密切结合，避免劳力浪费。这方面，我们已经有了一些经验，但根据斗争形势发展，还需要在现有基础上进行更多的创造。

最后，各地党政军民武委会，要抓紧这一工作的领导，特别是接敌区，须明确认识，目前我们的中心任务就是组织秋收，对敌开展反抢粮斗争。对工作布置要有及时的检查，及时介绍并交换各地经验和批评纠正缺点。在工作和斗争过程中，要注意发现战斗英雄、劳动英雄和模范工作者，并帮助这些群众领袖更进一步的推动工作与斗争。值得再次提出的，就是要从领导上认识反抢粮斗争的长期性，"热闹一阵即松懈"的麻痹现象是非常错误的。此外，就是要多多注意对游击区敌占区人民的帮助，想些切实办法去帮助他们，如便利他们把田禾运入根据地打场或埋藏，尽可能给以人力畜力的帮助。

紧急动员起来呵！为着保卫我们一年辛劳的生产成果，和穷凶极恶的敌人展开生死斗争！

（原载一九四四年九月三十日《抗战日报》第一版社论）

劳力武力结合的新发展

把劳力与武力结合起来，乃是我边区军民战胜敌人，巩固根据地所遵循的道路。一年来，广大人民在对敌斗争和生产运动中，不仅普遍采用了张初元式的民兵与变工队紧密结合的组织形式，并且还把它推向前进，加以发展了。这种发展，是群众创造力发挥的结果。

由于民兵与变工队的结合，使生产与战斗能够结合，并把二者一齐加强了。群众为了更好的保卫生产，打击敌人，逐渐感到过去民兵缺乏统一指挥，分散作战的缺点，因为这，使敌人有分别袭击和包围各个村庄的可能。从战斗中他们体验了联合作战的力量。于是在宁武就以张初元的村子为中心，建立了若干村的民兵作战联防制，组成联防指挥部（或叫联防战斗委员会），在六分区其他地方及八分区，也都先后成立了许多联防指挥部。以后在其他地区也出现了类似的连环哨、封锁线（五寨）、封锁沟（离石）、五十多里的联防哨（临县），以及长达数十里的爆炸封锁线（朔县）。而且还有内地区与接敌区变工，内地区民兵以变工形式协助接敌区民兵和群众，保护生产。这些办法的特点，是打破村的界限，而按作战需要，构成了强有力的对敌斗争的战线。在此时期，内地区某些地方的群众也为了随时粉碎敌人的"扫荡"，相继出现了战时指挥部，即统一战时作战、情报、空舍清野等工作的指挥，在若干地方已发生了良好作用。所有这些发展，就改变了过去分散、不统一，因而相当限制民兵发挥战斗能力的毛病。夏收时，宁四区各村建立了夏收突击指挥部，以民兵分队长任总指挥，负责劳武结合、侦察敌情、指挥民兵战斗、配备警戒、埋设地雷等；农会干事任副总指挥，领导变工队、突击组，组织和分配劳动力进行抢收等；另设书记一人，负责统计地亩、记工、算账等。岚县何成义村把自卫队、变工队、读□组统一为一个组织，置于指挥部领导之下。张初元村则把劳武结合的变工队和反"扫荡"指挥部统一起来，由政民武委会干部共同组成，各干部具体分工领导各小组。张初元同志并向群众提出"民兵变工组一齐开展爆炸"的行动口号，组织革命竞赛。这样，就把劳力与武力，在组织上、领导上、工作上完全统一起来，加强了行动的协同性、一致性。劳武结合的形式，于是就更加完备了。

在劳力武力结合的发展中，群众日益感到充实武器弹药的迫切需要，经过他们的研究、创造，他们学会了制造地雷、爆发管、熬硝、配炸药等重要技术。但是为着开展群众性的爆炸运动，制造武器的经费以及制造的领导和管理问题，是必须妥善解决的。群众于是就创造出各种各样的办法来：邢四娃的军火合作社是以胜利品为主要资金的；李油眼的造雷合作社，是公私合资举办的；许多小型的军火制造厂设立起来，特别是军火田，已在较广的区域开垦起来。这就在物质上保证爆炸运动与群众游击战争广泛开展的条件。这种群众的杰出创造，是应当大大提倡的。

劳武结合的发展，也表现在拥军优抗方面。许多地方，过去零星的优抗代耕，现在已为变工队的有组织的工作所代替了，许多变工队，先种抗属的地，并且尽量深耕细作；有的变工队更进而给抗属调剂土地，借贷口粮种籽，并帮助抗属建立家务。忻县变工组对抗属土地采取从春耕到秋收的固定代耕制。特别是兴县白家沟贾保执所领导的变工合作社，对抗属土地采取如下办法：在合作社内抗属土地除本户劳力所能耕种之土地外，其余土地由合作社义务包耕，并因合作社养羊、运输之关系，粪土增多，所以产量也可提高，这就更好的解决了抗属代耕的问题。变工队对拥军也起了重要作用，如在一般劳军工作上，有些地方变工队成为主要的组织者了。在岢岚某村更从变工队中抽出一定的人力，专门管理招待所工作，其本人土地则由变工队耕种，变工队并集体开种菜地，专门供给过往军人食用，名曰"拥军菜"。在组织起来的基础上，优抗拥军也获得了新的改进。

最后，劳武结合的范围，更发展到群众和其子弟兵的变工互助，军民实行全体大变工。这是安连和岚县某村群众的创造，并且成为这方面的范例。他们的关系，不仅表现在生产上，而且表现在各方面，安连除一般的帮助群众外，并帮助最贫苦的农民翻身，予以劳力与财物的帮助，并把开荒的一部份土地给了群众，群众则在安连出击敌人时，自动寄放一切东西用具，帮助安连生产，他们在军民生产变工委员会领导下，有如个大家庭，互相帮助合作。五寨驻军和民兵也组织了"保耕队"，负责保护生产，打击敌人。由于军民的变工合作，在军队方面，解决了作战时的生产问题；在群众方面，则得到军队庞大劳动力的帮助，可及时突击农作。由于战争的频繁，这种武力与劳力结合的形式，应该努力推广起来。

从以上可以看到，劳力与武力结合的方针，在边区一年来是更加发展与具体化了，群众在实际中创造出许多新的方式与方法。所有这些新的创造，各级领导同志，应当好好研究，并在当前群众进行秋收保卫秋收运动中，加以广泛的具体的运用。每个同志更应从思想上深刻认识群众的创造能力，努力向群众学习，把工作推向前进。我们对于新事物必须有一种敏感，必须能够及时发现群众的任何一点创造，即使这种创造还很微小、不明确、不完善，或只是一个萌芽，我们也都应当感觉到，紧紧抓住，细心研究，并按实际条件加以具体运用与充实。这样就能使工作上经常吸收新的经验，而得到更大的进步。

当我们发现群众的某些创造，是适合目前斗争形势与实际情况时，我们就必须采取各种方法，加以发扬推广，使之成为一种群众运动。也只有经过群众运动，新的创造才能成为巨大力量，并且获得更进一步的改善与发展。我们应该从思想上、实际上启发与培养群众的创造性。我们必须把战斗英雄、劳动英雄、模范工作者及群众中各色积极份子的工作与创造作为典型，广为宣扬，以推进我们根据地的各方面工作，加紧我们对敌反攻的准备。

（原载一九四四年十月三日《抗战日报》第一版社论）

认真领导群英选举运动

  自从召开边区第四届群英会的决定公布以来，各地都先后进行了关于群英选举的准备工作，但根据最近所得材料看来，这一工作作的还是很不够的，有的地区甚至尚未引起当地负责同志的重视。这首先就表现在有些领导机关对群英选举的意义尚没有足够的认识，仅只是当作一般例行公事一样，照例行事地布置了下去，没有抓紧对这一工作的领导与推动，因此而形成为自流的现象。其次表现在有些干部满足于现有的各种积极份子以及现有的各种创造，而没有随时随地随着工作的进展，去不断地提高现有积极份子，发现与培养新的积极份子，更进一步发扬各种各样新的创造，因而使已发现的积极份子在工作的进程中没有得到应有的提高与发展，使新的积极份子没有充分得到不断涌现的机会，工作也无法获得改进与提高。再其次即表现在许多地方对群英选举的宣传动员与酝酿，还没有形成为普遍热烈的群众运动，有些地方甚至还没有开始酝酿起来，广大群众还没有卷入到群英选举的浪潮中来。这些现象都是值得严重注意的，而且必须迅速加以克服才行。为了给群英选举以充分酝酿与准备的时间，边区群英大会已展期于十二月一日举行。但是怎样才能使群英选举形成为一个真正广泛热烈的群众运动呢？

第一，各地领导干部必须足够的认识这次群英大会的政治意义。我边区无论在对敌斗争、生产运动、民兵爆炸、妇女纺织、变工互助、劳武结合、对英雄与模范的培养、新的积极份子新的干部的发现与提拔各方面，今年是最有成绩的一年，也是内容最丰富的一年。因此应该把这次的选举群英运动，当成自下而上总结经验，发现培养与提拔积极份子，使今后各该地区各该机关部队的工作更向前推进与提高一步的关键。不仅要总结今年生产，布置冬季生产，而且还要使之成为准备明年大规模生产建设练兵习武运动的动员大会，换句话说，我们这次的群英大会也就是动员与加紧准备反攻力量的大会。

第二，党政军民各级领导机关，首先必须把选举各种英雄和模范的运动与当前的准备反"扫荡"，武装保卫秋收的工作密切结合起来，要从当前的实际工作中提高已发现的积极份子，继续发现与培养新的积极份子，并通过这些积极份子的努力及各种创造，把工作推向前进。例如本报九日所载张初元行政村，在张初元同志领导下用开展变工爆炸运动来保卫突击秋收，便是一个范例。其次，群英选举又必须与检查总结战斗生产和工作成绩密切结合起来，通过各种组织形式（如爆炸组、变工组、纺织组、班排连等等）与会议形式（如座谈会、检查会、总结会、检阅会、竞选会等等）收集具体材料，总结经验教训，发扬优点，克服缺点，认真地把群英选举当作推动与改进工作的杠杆。安连的创造是值得各地效法的。再其次，群英选举还必须与检查领导密切结合起来，经过各种组织与会议形式，听取群众对于领导上的意见与批评，只有这样才能真正使领导骨干与广大群众相结合，也才能使领导工作中的优点得以发扬，缺点得以改进。保德西关沟村公所召开公民会，听取群众对政权工作意见的办法是值得发扬的。

第三，各地必须立即把群英及模范的条件和标准，连系有关战斗、生产、工作的实际的典型范例，广泛进行深入的宣传动员。然后再经过群众的酝酿与讨论，由党政协同群众共同提出候选人，每一候选人都应根据标准及其本人战斗生产和工作的实际情形，详为介绍说明，由群众加以讨论评判并应发动各种各样的比赛和竞选运动。在领导上可先采取突破一点的办法，如在农村中可在未正式选举前，先选择生产成绩比较好，创造比较多的模范村，进行庄严隆重的选举运动并发动周围村庄群众去参观，以发现问题，汲取经验，并以之推动全面的选举运动。机关部队工厂作坊可首先组织英雄或模范组开座谈会竞选会，通过互相观摩、比赛、挑战等方式来进行选举，以克服过去有些地方不认真领导选举，或事前不加准备，临时草率从事，没意识到这是改进工作培养干部联系群众的重要方法等现象。其次在选举时必须发动广大群众参选，高度发扬民主，候选人必须当众报告战斗生产工作成绩，展开□选竞赛，然后由群众用不记名投票的方式选举出来。只有经过群众认真的民主的选举，才能是真正好的英雄与模范，也只有真正好的英雄与模范，才能在群众中发生积极作用，达到改进工作，培养干部，联系群众的目的。要严格防止空洞的讨论条件，主观的拿条件到处乱套，或不经过群众的酝酿讨论，比较评判，而单纯根据少数干部的好恶来操纵包办等不良现象。否则如果将不合标准的人当选为英雄或模范，结果就非但不能起英雄与模范的积极作用，反给群众以不良影响，失却群英选举的意义。

最后，各地进行宣传与组织动员时必须着重指出，这样庄严隆重的群众选举运动，除在共产党八路军新四军所领导的抗日民主根据地外，在大后方任何地区是根本没有而且也不会有的。同时应在各种群众会议上，发动讨论九月二十九日本报所载《延安观察家评国内战局》的文章，征询群众对改组政府与统帅部的意见。

群英的选举大会不但是我边区战斗与生产建设力量的总检阅，而且也是各该地区各该机关部队领导工作的大检查，必须抓紧对这一工作的领导，选出真正的英雄与模范，才能给本届群英大会的成功以有力保证，才能进一步发展边区的各项建设事业，而达到有效地准备反攻之目的。

（原载一九四四年十月十四日《抗战日报》第一版社论）

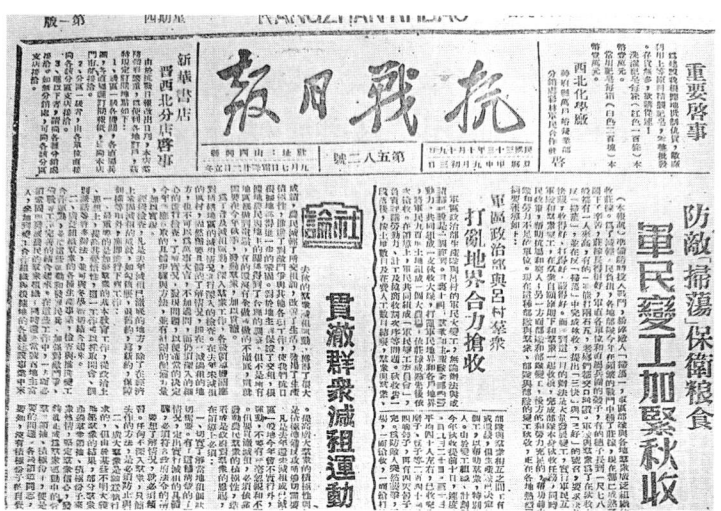

贯澈群众减租运动

去秋的群众减租运动，获得了很大成绩，农民减轻了所交租额，改善了生活，发扬了生产积极性，推进了对敌斗争与其他各项工作，使我们抗日根据地获得进一步的巩固。对于地主则保证了交租，根据地农民与地主的关系得到了合理的调整。但不是所有地区都做到这点，有的还没有全做或做的不澈底，这就需要在今年秋季，发动群众，加以贯澈。

为了普及减租运动，深入群众工作，各级领导机关应对所辖地区的减租情况进行深入的检查。在去年未减租的区村，固然需要具体的了解情况，即在已减过租的地方，也不可以为万事大吉，不加过问，而仍须深入的细心的进行检查，了解实况，发现问题，以便确当的决定今年所应□取的具体步骤与方法，并有计划的配备力量，加以实现。

经过检查，凡是去年减租已澈底的地方，除了在经济上巩固减租的成就，如勾旧账、退旧约、写新约、保障佃权等项外，应即进行下列工作：

一、最重要的是加紧群众的基本教育工作，从政治上、思想上，提高其觉悟性，这一工作可以采取开会、个别谈话等许多办法，并可与冬学密切结合起来。

二、广泛组织群众的各种生产事业，检查与推进变工合作运动，并把这些运动和发展民兵、加强对敌斗争、备战等工作完善的结合起来。在这些工作中，一方面必须巩固与发展农民的群众组织；同时还应当号召地主富人，参加到变工合作组织与根据地的各种建设事业中来。提高广大群众的积极性与加强根据地各阶层的团结，是积极准备反攻所迫切需要的。

凡是去年还未减租或已减尚不澈底的地方，除新收复区一般地今年暂不实行外，均须在今冬贯澈群众的减租运动，不要有丝毫忽视和不关心群众利益的思想和行为。但要贯澈减租，必须依靠群众自己团结斗争的力量，发动农民群众的积极性，造成一个运动，绝不可把减租看成是政府对群众的恩赐，也绝不可包办代替。因此，在领导上必须：

一、切实了解当地租佃状况、环境特点及群众的迫切需要。有了这种清楚的了解，进而帮助群众分析这种情况，定出实行减租的具体办法和步骤，这种办法和步骤，必须符合政府法令的精神与当地环境的特点。

要想了解情况，就必须倾听群众意见，虚心向群众学习。任何不深入群众，只简单背诵法令条文而命令群众去作的方法，是必须防止与纠正的。

二、广大群众是愿意执行政府法令，对减租有热烈要求的，但由于某些不明大义者违抗政府法令，威胁或欺压群众的结果，部分群众存在着若干顾虑，因此必须通过群众领袖、积极份子来团结教育广大群众，鼓舞群众热情，坚定群众信心，发挥群众力量，使积极份子能够真正成为群众运动中的骨干。所以，如何培养和教育群众领袖、积极份子，便是领导群众减租运动中头等重要的问题。各级领导同志，必须极大的注意这一工作。要知，没有积极份子的自觉的骨干作用，要想群众运动获得胜利，是不可能的。

三、去年的经验充分证明，减租运动中的群众教育，是很重要的。通过深入的教育，可以提高群众对减租的认识，启发他们的斗争勇气，并把群众的这种觉悟、勇气和积极份子的作用结合起来，就可保证减租运动的成功。特别在澈底减租后，对群众的基本教育更加重要。在这种教育中，引导群众加强对敌斗争，推进生产合作运动，使他们在更多的形式下组织起来，发挥他们建设根据地、保卫根据地的创造热忱与力量。

贯澈群众减租运动，使农民减轻对地主超额地租的负担，这是主要的。在这过程中对某些不明大义的份子，予以揭发和批评，自然是必要的。但在地主中，也有能理解抗日大义的，对于他们，应当采取教育说服，使之能遵守法令，实行减租，以便与广大农民群众团结起来，共同进行抗战，建设根据地，准备反攻。这点在边缘区与游击区，须予以重大的注意。

边缘区和游击区的减租运动，应充分注意对敌斗争的特点。在减租的要求上、方式上应适应各该地区的环境，在那里大敌当前，民族利益更占主要地位，必须用一切方法使地主懂得，广大农民群众在对敌斗争、建设保卫根据地事业上，出力最大，流汗流血最多，而在最后反攻中，尤其需要广大群众的积极参加。只有减轻农民超额地租的负担，使他们能够维持必要的生活，就更能发挥他们更高的对敌斗争和生产的积极性。因此，地主方面减少一定的租额，是完全应当的。这不仅有利于人民大众，有利于民族解放事业，而且抗战的胜利与生产的发展，对于地主终究也是有利的，必须把这种明白的道理，更多的教育与说服应当实行减租的地主。

普及减租运动，深入群众工作，提高广大人民的觉悟性、组织性与战斗力,加强我们根据地内部的团结,是切实准备日益接近的反攻的重要条件。

(原载一九四四年十月十九日《抗战日报》第一版社论)

加紧准备征集生产展览品

　　边区生产展览会，于十二月一日与群英大会同时举行，这对于进一步发展农工业生产，建设根据地具有极大的意义。

　　边区物产丰富，各地出名的优良产品很多，如农业方面，有兴、临、岚等县的谷子，河、保、朔、平鲁的糜子，宁武、五寨、静乐、交城、岢岚的莜麦，忻县的高粱，兴、临的黑豆、豇豆和绿豆，以及岢岚、宁武的葫麻、黄芥和大豆，临县、临南、离石的棉花，临、兴、保德的烟草，临县保德的青麻，河曲的蓝；工业方面，有临南和保德的煤、铁、磁，偏关河曲的硫磺，临县保德河由等县的纸，临南离石的丝棉纺织品，宁武岢岚河曲保德的毛织品，临县的铜器，临南的风箱；特产方面，有岢岚宁武方山等地的药材、茶叶、蘑菇，清源文水河曲的葡萄，保德临县兴县的枣，塞北□产的皮毛。这些物产，是各有其生产或制造的宝贵经验，把这些优良物产和制品集聚一堂，相互观展，交流经验，同时对各地各种农工业工具及各种仿造改良发明，加以观摩与研究，这将使根据地的农工业，在生产技术上提高一步，来进一步的发展明年的生产。因此，各地部队机关学校工厂团体，应该郑重准备这一个展览检阅，如果草率应付，临时措数，便不能使展览会收到应有的效果。

那么，我们怎样来准备征集展览品呢？

第一，不论农业工业产品及特产，必须征集典型的，并且要有好的坏的两种典型，以资比较。专重"珍奇"，只图搏得观众□时之赞赏的偏向，必须纠正。过去开展览会时，个别工厂，平时对于生产的改进注意不够，展览时，专作上几种平时自己并不制作的物品送来展览，这些物品即便得到观众的赏识，并不能收改良提高生产的实效。所□征集农工业产品与特产时，不光要注意选择典型，特别是目前需要的与有发展前途的，更应注意征集。至于农具工具之征集，应选择各地各种不同类型的，以资互相观摩，推广制造使用。总之，不论农工业产品与各种特产工具，应根据各地出产之实际情况，实事求是认真搜集，既要注意质量的选择，不光图数量种类多，同时亦不可偏废，如只送生产品，不送工具，或只征集工具，不征集生产品等。

第二，征集与汇送展览品时，必须填附卡片，详细说明产品特点，农产品应说明作物的地质、产量、种植的季节和耕作方法，工矿产品应填具产品的年产量或月产量、制造者及制造过程、时间和制造方法等。此外，各种农工业最好产品，可制成标本或模型，详具说明。至于选送的展览品，除准备大量推广者外，不必过多，应着重质量和经验的介绍。所以征集展览品应与秋收竞赛结合起来，与研究总结生产经验的工作联系起来，克服不加说明或不详细介绍生产经验□创造过程的自流现象。

第三，征集各种展览品，应当与生产制造者本人总结其经验，特别是与选举劳动英雄联系去进行，才能把各种经验，更好的集中起来。同时对各种仿造改进，尤其是外货代用品，不论其成绩大小，均应搜集展览，并予奖励表扬，造成群众改进生产的热潮，以提高和改进生产技术，达到进一步发展生产的目的。

在征集中，要进行宣传动员工作，说明展览的意义，发动群众自动的拿出其优良产品，进行展览，使群众对于展览与提高生产经验有正确的了解，防止不向群众解释说明，只是向群众征集，使群众对征集展览品发生误解，以为是"捐赠"或"劳军"等现象。

大会将届，我们必须抓紧时机，特别在秋收中进行征集，以保证展览会的胜利成功。

（原载一九四四年十月二十日《抗战日报》第一版社论）

再接再厉振奋军威

接续着夏季攻势，我军区部队又在八九两月展开了秋季攻势。自八月二日至九日，三八分区挤退和攻克临县南方的钟底、店坪、交城的青沿、离石的朱化等二十二个据点开始，我军继续进展，到八月底，收复据点三十处，毁敌碉堡三十七座。九月，开始挤离岚公路，先后拔掉和攻克方山之马坊、开府、胡堡、峪口、横泉、圪洞、离石之南梁上等据点，将该路切为数段。攻势展开，有如秋风扫落叶，到九月中旬，六分区克复静乐的沟口，攻入静乐的石河，八分区大战汾阳，强攻静乐重镇娄烦；九月二十日，二分区一夜拔掉宁武城外的李家山、榆树坪、坝上三据点，达最高峰。继以军区直属某团攻入静乐的西马坊，八分区某部攻入交城的东社，摧毁五元城据点，以及迫追娄烦以北的东六渡、下静游、宁武以北的三岔三据点等一连串的胜利，结束了秋季攻势。

这是两个月攻势的大概经过。根据现已报来的材料，我军两月共作战二百九十一次，攻克据点四十八处，毁敌碉堡六十二座，伤毙敌军四百九十九名、伪军四百一十四名，俘获敌军二十六名、伪军九百七十八名，当场放回的还不在内，缴获长短枪六百八十二枝、迫击炮二门、重机枪一挺、轻机枪十挺、掷弹筒五个，其他军用品甚多。有的部份战斗统计还未送到（小战斗及民兵战斗均未统计），就不及列入了。我军所付的代价是：阵亡一百三十六人，负伤二百七十八人，二十九人失联络。

从这不完全的统计中，可以看出我们的胜利是很大的。我们又解放了被敌人所践踏的大块土地，仅四个分区的统计，收复四百四十六个村庄，解放五万多人口（塞北分区不在内），澈底摧毁了伪方山县政府和方山、离石、文水三个伪军大队，破坏了西马坊的锰矿和宁武余庄子的铁矿。八六分区敌人两次报复"扫荡"，都是三天便被粉碎。汾阳战后，敌人报复三次，都被当天打了回去，缩进乌龟壳里，不敢露头。我民兵游击队日夜不停的围攻，伪军恐惧动摇，不断的反正。胜利兴奋了民心，鼓舞了士气，发扬了我军的声威，压倒了敌寇的凶焰，使根据地更加巩固和扩大，为坚持根据地，保卫秋收，准备反攻，造成更加有利的条件。攻势的胜利是怎样得来的呢？

胜利的获得，首先由于我军群众观念的加强。经历了几年来的各种斗争和群众运动，我全军上下，更明确的认识了我军是人民的军队，战争是人民的战争这一特质，更深刻的体验到群众力量的伟大和军队群众的血肉不可分，更巩固的树立起"为了群众，依靠群众"的思想和作风。因而，更能把救民卫民当作自己的天职，怀着对人民的热爱与对敌人的高度仇恨，时刻积极的主动和人民一起，围挤敌人，打击敌人，如围困青沿、朱化、沟口、娄烦、官庄塬战斗等。在二月来三百次战斗中，绝大部份是主动找敌人去打的。这些胜利的战斗，不但大量的消灭了敌人，缴获了很多的胜利品，而且夺还大批的粮食和牲口，交还群众，保卫了人民生产，保卫了人民的家业和生命，粉碎了敌人的抢粮阴谋，把千万同胞从敌人的铁蹄下解放出来。在这种为群众的思想下，各部队都产生了苏有红、郭六有、赵纪录等新型的战斗英雄，他们不但在战斗中英勇机智，而且在拥政爱民生产练兵中堪作模范。

因为有了这种为人民的战斗积极性，就能时刻注视着敌人的动静，对敌情作周密的调查研究，来捕捉战机，捉摸打击敌人。我侦察人员、武工队员，在敌人据点内外，日夜奔忙，有的指挥员，为了要打胜仗，亲自去侦察敌情；群众更尽心给我们当耳目，作掩护。我们每攻一据点，如打利润（静乐）、汾阳、沟口、娄烦等，无不经过半年上下的调查研究，敌人一举一动，我都了若指掌。

了解敌情，就能抓住敌人弱点，使我军站在主动地位，有目的有步骤的指挥作战，能够机动灵活，神出鬼没，打击敌人。两月来的战斗中，有许多光辉的范例，如克复利润、马坊的袭击，汾阳战斗中的奇袭，娄子沟（忻县）、官庄塬、西属巴（离石）与韩家窑子（大青山）的伏击，娄烦、沟口的连续强攻，夺取胡堡的巧妙计谋……都是预有准备。小部队的速决战斗，以小的伤亡，换得大的胜利或不费一弹而夺取了敌人的据点。而且，我们能够自由调动兵力，打击敌人的要害，想进就进，想退就退，敌人无法知道我们要在何时何地打它，如我某部在官庄塬给离石交口出来的敌人一个痛击以后，又立即转到离岚路上打击敌人。

为保卫群众而英勇战斗的边区子弟兵，于是更得到边区人民无限的爱护。不论在根据地，在敌占区，群众都把我军看作自己的亲人，竭尽心力给以帮助。军队开赴前线作战去了，群众自动给军队锄草收割。军队打胜仗回来了，群众的慰劳更是热烈，二分区巡镇等五个村的群众代表，赶着毛驴，连夜去前方送慰劳品；六分区部队收复沟口、山寨据点以后，劳动英雄民兵英雄张初元,带着慰劳队前去劳军。至于在作战中,民兵群众不但监视敌人、送情报、运给养、救伤兵,使部队省却战斗以外的许多事情,而且直接配合作战,袭击困扰敌人,使敌人顾此失彼。人民的热爱与参战,我军便成为眼观六路,耳听八方,熟悉敌情地形,畅行无阻的军队,使我指战员在战斗中更增加了力量和勇气。我们军队和人民的亲密关系,曾使盟国朋友连声赞扬为世界稀有的。我们的一切胜利,都和人民分不开,假如不是依靠群众,凭着我们低劣装备,胜利是不能想像的。

(原载一九四四年十月二十一日《抗战日报》第一版社论)

送别盟邦记者团诸先生

盟邦记者团诸先生,不辞辛劳,远途跋涉,翻山越岭自延安来到敌后抗日民主根据地之一的晋绥边区。在边区各地参观旅行历时一月有余,已于本月二日离开边区,转道延安,遄返重庆了。我们对于热心奔劳,关怀敌后抗战情况,关怀东方反法西斯战争胜利的盟邦记者诸先生,谨志衷诚的敬意。

记者先生们在边区一个多月的过程中,参观各地,并亲临战争最前线,在碉堡林立据点密布的汾阳边山停留了几天,后更接近到距娄烦敌碉堡二三百米距离内参加了战斗。他们亲眼看到了我们的部队以如何自觉的积极的胜利打击了敌人,连续不断的向敌人进攻,如何摧毁和收复有坚强防御设施的碉堡据点，用从敌人手中夺来的武器和其他低劣的武器战胜优势装备的敌人。他们看到了这些部队以如何紧张的情绪，利用战争空隙，加紧训练，提高技术，积极准备配合盟邦反攻。他们看到了敌后的人民如何享有一切言论出版集会结社的权利，并积极的组织起来进行着生产运动，改善自己生活并支持着抗日战争，如何适应着敌后的特点，把劳力与武力结合起来，用原始的武器武装了自己，大量参加民兵，开展爆破，围困敌人。他们看到了民选的抗日民主政府如何真正代表人民利益和人民意志，领导人民积极抗战，实行革命的三民主义。他们看到了我们军民的亲密合作，以及由这合作所产生的伟大力量，人民如何积极的帮助军队，拥护军队，配合军队打仗，视军队如同自己的子弟，军队如何热心的爱护人民，保卫人民利益，视人民如同自己的父母。这些都是记者们所亲眼看到的，正如记者所说："八路军是能打仗的部队，他的力量是强大的，在敌后八路军所进行的战争，正是世界反法西斯胜利所需要的那种战争。""胜利战斗，证明八路军游击队民兵比日本军队打得好。""英美飞机大炮不能把日本赶出中国去，需要像你们这样的部队与英美配合，才能赶走日本。""这种战斗不是防御的，而是进攻的，不是失败的，而是胜利的。在敌后，你们八路军所进行的战争，正是世界反法西斯胜利所需要的那种战争。""这地方军民合作打日本是令人惊异和感动的，在极端恶劣的和斗争尖锐的条件下，除非军民合作就不能坚持下去。"这些情形，一向是为盟国朋友们和很多大后方的人们所不明白的。这是因为国民党当局的反动欺骗宣传和封锁政策为时太久的原故。但明显的事实给与这种欺骗政策宣传与种种造谣污蔑以澈底的揭穿，也正如记者们说："我现在亲自看到了许多东西，知道他们（指国民党统治人士）过去所告诉我们的都是不对的，我亲自看到你们的英勇斗争，证明你们的话是千真万确的。"

中国的正面战场，由于国民党当局长期采取消极避战的政策，在每次敌人进攻面前，总是弃甲曳兵，丧师失地。全世界各同盟国在到处进攻敌人，到处打胜仗，而国民党所统治的中国正面战场却天天在打败仗，天天退却，这种局势曾引起全中国人民及各盟国友人的愤激和担心，但国民党当局对目前危机未见有丝毫改弦更张之意，反而把失败的原因推诿于盟国对华物资援助之不足，如此厚颜无耻，实足令人骇异和使援助中国的盟邦感到寒心。即使再增加援助，若不改组国民政府与统帅部，□新的武器装备，也只有为国民党失败主义者输送给日本人。但为国民党当局所诬为"不服从军令"的敌后战场情形却与之完全相反。由于军队的高度民族觉悟，官兵一致，军民一致，由于民主的广泛实行与人民生活的改善，所以抗日军队与战斗人民虽然没有充足的与良好的武器，却能表现出极大的战斗力。这个战场的人民和军队，天天在进攻敌人，天天在打胜仗，即只就我晋绥边区部队（民兵除外）八九月份不完全的战绩统计来说，便作战二百九十一次，伤毙敌伪九百十三人，俘虏敌伪及伪组织人员九百七十八人，缴获长短步枪、机枪六百八十二支，攻克据点四十八个，摧毁碉堡六十二座。解放的区域日益扩大，解放区的人民日益增加，军队日益壮大。这样的战场，这样的军队是中国人民所需要的，也是全世界反法西斯战争所需要的。然而国民党当局却对它强烈的仇视，要把这个军队取消五分之四，把这个战场完全取消，试问这种阴险毒恨的作法，除了有利于日本侵略者外，还有那一个人赞成呢？正如盟国记者所说："在大后方，正面战场，中国旁的地区军队与老百姓也打成一片，那情形就会完全不同，日本早打垮了。因为作不到这一点，所以人民仍在受苦受难。""除八路军地区外，中国别的地方，没有军民合作，不合作有许多原因，或者是军队欺压老百姓，或者是政府对人民不好，苛捐杂税虐待人民。"

关于国民党的抗战不力，腐败无能，现已成为中外人士的一致论断。为了挽救危亡，必须立即召开紧急国事会议，立即废除国民党的寡头统治，切实改组国民政府及统帅部，立即将一切卖国贼、投降派、失败主义者与法西斯主义者驱逐出去。这不仅是中国人民的迫切要求，而且亦是盟邦人士的正确主张。但国民党当局对此却采取着蔑视态度，反对人民与盟邦人士的要求与谨言，一意孤行，执迷不悟，拒绝任何劝告，坚持着祸国害民的错误政策，非但毫无引咎自责之意，而且蒋介石氏在双十节讲演中，竟公然为他久已准备好了的内战找根据。可是无论如何，违反中华民族中国人民的行为，终必归于失败，而中国人民之实行民主政治，配合盟邦进行反攻争取抗日战争最后胜利的要求，终将克服一切障碍，而获得实现。我们希望盟邦记者诸先生，能把敌后战场的真实情况与中国人民的要求报导出去，以加速这个要求的实现与反法西斯事业的共同胜利。

（原载一九四四年十月二十五日《抗战日报》第一版社论）

论今年的《统一救国公粮条例》

我晋绥边区《统一救国公粮条例》之基本的精神,一方面照顾各阶层利益,促进各阶层团结,增强抗战力量,一方面是奖励劳动,鼓励生产,以改善人民生活,增加抗战的物资供给。这一条例的正确性,由于年来实□的结果,已完全被证实了。

一年以来我晋绥边区有了很大的发展与变化,在这种发展变化着的情况下,如何照顾各阶层的利益,巩固各阶层的团结,便是今年公粮条例中应行注意的第一个问题。其次,我边区人民在毛主席"组织起来"的号召下,生产热忱空前的提高了,生产规模扩大了,人民的收获量亦大大的增加了。当此生产运动尚须大量开展,以求得进一步改善人民生活，并准备反攻之际，如何更好的奖励发展农工业及副业生产，便是今年条例中应行注意的第二个问题。再其次，在响应毛主席"把敌人挤出去"的号召下，我边区年来更进一步加强了对敌斗争，大量的开展了爆炸运动，打击并围困敌人。在此反攻形势日益有利的情况下，如何鼓励有关军火制造事业，使之跟得上实际的需要，便是今年公粮条例中应行注意的第三个问题。

今年的《统一救国公粮条例》已经公布了。从这次修正的条文中已使前边的几个问题，得到了正确的解决。

首先在照顾各阶层利益方面，在条例第四章中增补了以下条文即"自去秋以来，为扩大生产而买入之土地，其财产税暂予免征"。但去年条例已有如下之规定，即"不出租土地，且自种产量每人平均在一石米以下者，其财产税免征"。这样则自种产粮每人平均在一石米以下之户，其新买地即得不到政府的照顾了。因此在条例第三章中又增补了以下一段："……去秋以来，新买地之贫苦农民其全部自种地产粮每人平均在一石米以下者，其新买地收入，暂以四成折算。"从这里可以看出，对去秋以来，贫苦农民新买地之财产或收入的计算上均有减轻，这点减轻对他们虽然还是微小的照顾，但对保持他们的生产力量，鼓励他们的生产热忱上是会起很大作用的。

同样，在条例第三章与第四章中对荒地财产税的范围大为缩小，征税部份亦可减轻。按原条例规定："生荒以同等土地谷物产量四分之一至六分之一计征。熟荒以一般同等土地谷物产量三分之一至五分之一计征。故意荒芜的以二分之一计征。但因情形特殊，而不得已荒芜者免征……"新条例则修正为："无论生荒熟荒，凡地质太坏不能生产，或能生产而本户及一般民众均力所不及者或因情形特殊，而不得已荒芜者，均不计财产。不合本款规定者依同等土地产量一成至五成计算其财产。"对林木财产亦大为减轻，按原条例规定："林木财产依其价值百分之十折米计算。"新条例则修正为："林木财产依其价值百分之一至百分之五计征。"林木收入也减轻了。原条例规定为："……林木收入以八成计算。"新条例则修正为："……林木收入以五成计算。"矿山铺房旧条例计财产税，新条例对其财产税均修正为免征了。由于这些新的规定，再从工作中加以注意，则个别户负担稍重的现象就可以免除了。

其次，新条例在奖励一般农工业生产及农村副业方面，对乡村摊挑小贩、各种作坊的免征点大为提高了，其收入计算也大为减轻了。如对摊挑小贩及作坊旧条例规定："……摊挑小贩资本额折米在一石五斗米以下者，其纯收益，以四成计算；在三石米以下者，以五成计算；超过三石米以上者同商业……""……作坊之纯收益，以七成计算。"新条例则修正为："农村之摊挑小贩、作坊，无论单营与兼营，……其计算办法如下：（一）其资本额在两石米以下者不计收入；（二）……两石零一升至四石以下者其纯收益以五成计收入；（三）……四石零一升以上，六石以下者以七成计收入；（四）六石米以上者依营业税计征。"对农村副业，旧条例规定："……畜养免征，其他副业不超过一石米者免征，超过者其超过部分七折计征。"新条例则修正为："……畜养、蚕蜂免征，其余副业收入全家在一石米以下者免征，超过者依下列折合征收其超过部份：（一）一石零一升至二石以下者以五折计；（二）二石零一升以上者以七折计。"此外特别把奖励劳动英雄明文列出："行政村以上之劳动英雄所种地之产量，应与同等土地一般产量计算。"由于这些奖励，配合着今年冬季生产运动，我边区的生产就也必然会进一步的开展起来。

最后，今年条例中值得我们注意的一个修正就是凡属一切炼铁、熬硝、挖硫磺、制造火药诸企业及其工人之所得均免征公粮。这一修正对今后打击敌人，围困据点的军火供应上将起很大的推动作用。

上面诸条文的修正案，业经行政公署本月二十日政务会议决议，经临参会常驻委员会审核同意，并于同日颁令公布了。由于这一修正决定，今后各阶层团结必将达到更进一步的巩固，全边区的人民亦必将更加积极为战斗生产而努力了。

刻在此公粮工作即将开始之际，我们深切希望各级干部切实注意以下几点。

在公粮工作开始之前，首先要把条例的精神在干部中作深刻的思想教育，使每个干部都明确了解情况进展了，条例精神某些地方也随之而改进了，我们必须在此改进的基础上掌握条例的精神，贯澈执行条例。个别干部给负担户冒报或少记富力，个别村子在公粮工作中有找"头子"的现象，会影响条例的贯澈，工作中必须严加注意。

有的干部以单纯完成任务的观点进行公粮工作，在调查工作中忽视对其他政策的照顾，如在政府所奖励之棉、麻、蓝等特产及家庭副业上冒记收入，当群众提出意见时，他反说"高一点怕什么，还有奖励部份呢"！这种作法，将使政府奖励生产法令受到影响。这种不能照顾全面的作风，今年公粮工作中，应严格加以纠正。

公粮数目字的分配是掌握公粮政策中很重要的问题，分配时必须经过周密调查研究，求得实际根据，经过上下讨论，务求免掉地区与地区之间的不平衡现象。这一点特别需要县区负责同志的慎重决定。

新的公粮条例已经公布了，我们全体干部和全边区人民要集中精力，为贯澈执行条例完成公粮征收任务而奋斗。

（原载一九四四年十月二十六日《抗战日报》第一版社论）

大量发展副业手工业

今年农业生产大为发展，十分之二的劳动力已参加变工互助，许多贫苦农民翻了身。由于广大群众的生产热忱日益提高，群众对于解决其穿用不足，特别是穿衣问题的要求，也更加迫切，这就造成了大量发展副业手工业的有利条件。现在正当秋收行将结束，进入冬闲之际，如何组织群众冬季生产，以发展副业手工业，解决其困难，进一步的改善其生活，便成为我们今年冬季工作中的重要任务之一。

今冬副业手工业发展了，群众的收入增加了，群众的穿衣困难、吃粮、籽种、耕牛、肥料、农具不足问题，都可得到更多的解决，这就打下了明年扩大农业生产的经济基础。而且，许多副业与农业生产，是密切结合着，开油房榨了油，棉籽麻糁可以做肥料，饲养猪羊等，同样可以积存粪土；今年买下牛驴搞运输，明年耕牛问题就解决了；铁木工发展了，农具的供应也解决了。同时，由于副业手工业的发展，根据地贸易市场的发展繁荣，更有了良好的条件，贸易发展、市场繁荣又刺激了副业手工业的发展，各地物资可以交流，有无可以交换，改变了过去生产经济上的互相分割现象，同样又将大大刺激了农业生产的发展。这将使根据地农村经济面目更加为之一新。

许多副业手工业，为个人不易单独经营，最好采取集体经营办法，而实际上，在农业生产较好，变工组织有基础的地方，群众已经采取各种小型合作社的方式，开始在经营起一些副业手工业，今冬把得到互助变工好处的所有变工队变工组，转变为经营副业手工业的小型合作社，是容易的。另外，我们已有丰富的组织群众生产的经验，只要我们能根据群众需要与实际情况，如实行按户计划，帮助群众发展家庭副业，把每个人力财力组织到冬季生产中来，也是完全可能的。这样，我们将在组织群众冬季生产中，发展副业手工业，从解决群众困难中，把已有的变工组织巩固提高起来，把更多的群众，用各种各样的小型合作社"组织起来"，这就不仅打下了明年扩大生产的经济基础，而且对明年农业生产的变工互助，建立了更好的组织基础。这对于进一步发展群众生产，帮助更多的贫苦农民翻身，对于巩固与发展根据地及准备反攻上，均有极大的意义。

因此，首先要求各地同志，对组织群众冬季生产，大量发展副业手工业的意义，要有足够的认识。并根据行署关于这一工作的指示，联系秋收及全年生产工作总结进行深入的讨论与反省，揭发与批评那些在组织群众生产中脱离群众、强迫命令、形式主义的作法，发扬与奖励那些能联系群众、向群众学习、实事求是的作法，并在组织群众的冬季生产中贯澈之。

其次我们要面对各地已经发展起来的各种小型合作社。这些合作事业，是在农业生产大量发展的基础上，群众自发的萌芽的行动，对于这些行动加以正确的组织领导，研究、总结、集中其经验，才能使其普遍推广，扩大提高。这些自发的萌芽行动，以及我们在组织群众生产中已有的经验，对于组织冬季生产是很宝贵的，但副业手工业生产与农业生产毕竟不同，而且更是多种多样的，纺织运输、油粉房固然应该重视，搜集制造纸张颜料的废物等等小事业亦不可轻视，已经发展起来的，固然应加扶植，没有发现的可以发展的事业，尚待我们注意发掘与组织。只要有利于群众，能够解决其部份困难的，只要能够利用与发展的物资，便应组织群众去利用与发展之。真正要做到"靠山吃山，靠河吃河"，按照各个地区、各个时期的具体条件，因地因时制宜，才能把广大群众更广泛的组织在冬季生产中，使人尽其力，物尽其利。所以，对冬季生产绝不能采取任其自流的态度。进行周密的调查研究，正确的组织领导，乃是大量发展副业手工业的重要关键。

正确的组织领导，乃在于能够了解实际情况，善于与群众商讨交换意见，首先要依靠劳动英雄和群众中的积极份子，发现更多的积极份子。调查研究，宣传组织，都须在广泛的发挥群众劳英村干部的积极性创造性上，才能得到应有的成效。工作有了中心，抓住典型，随时随地检查研究总结经验，才不致落空，然后始能给群众以具体的帮助，组织领导作用由此始能真正的体现出来。特别在冬季工作比较多，县区干部比较忙的情况之下，在坚决贯澈实行群众路线的方针之下，还要把各种工作加以适当的配合。利用行政村与劳动英雄选举大会、减租胜利后的群众大会、征收公粮中某些副业不征收公粮，进行宣传与组织。特别应与冬学工作密切结合，组织起来后，每一个小型合作社，便是现成的冬学小组。这样，我们的任务，才能胜利完成。

此外，根据地贸易工作与副业手工业的发展关系至为密切，贸易机关必须对副业手工业积极予以扶植，贸易工作才有光明宏大的前途。所以，今年组织冬季生产中，各地贸易机关，应起其应有的重要作用，如主动地与当地大小合作社取得密切联系，以至组织担贩，有计划的供给群众必需品，如轧花机、弹花机等,并为推销其产品,组织发展内外市场,采取各种方法,如建立骡马大店等,以便利于运输事业之发展。为此,贸易工作人员必须加强为群众服务,帮助广大贫苦人民翻身的观念,改进与加强自己的工作,以适应副业手工业发展后的需要。

(原载一九四四年十月二十九日《抗战日报》第一版社论)

把进犯的敌人打出去!

　　这次敌寇集中了重大的兵力，于分区"扫荡"以后，又合击我兴县腹地。敌寇的企图是很明显的，它要报复我夏秋两季胜利的军事攻势；它要掠夺我边区军民今年丰厚的农业产物；它要屠杀我们的父老兄弟姐妹，焚烧我们的房屋财产，阴谋将我边区年来的辉煌建设成果，劫夺一空，破坏无余。我们要保卫我们的家乡、粮食与既得的胜利，全体军民应英勇奋起，予进犯之敌以应有的严重打击!

　　连日来，窜入我腹地的敌人，于三路合击兴县大川后，现又窜扰各区，随军携带大批牲口与民夫，只赤尖岭出发的一路四百多敌人，便带牲口二百多头、民夫六百余名。敌寇妄图将我们劳动终年所获粮食一扫而尽，其居心是异常毒辣的。但由于我根据地人民澈底的空舍清野与广泛的开展了爆炸，使进入我内地的敌人，足迹落处，都遭到了地雷的轰击。虽然连日来我杀伤敌寇之具体数字，现尚无法作出完整的统计，但就从敌人惊慌的行止中，也可看到地雷战对敌寇威力是如何巨大了。敌寇被地雷炸怕了，他不敢走桥头，而要徒涉冰冻的河水；不敢走大路，也不敢走小路，而去走险陡的山坡；不敢列队行军，必须三人一伙，二人一行，探头探脑，蹑手蹑足地向前行进。这一切都充分表明了敌人胆战的心情与低落的士气。敌人被我们炸破了魂胆，分散了力量，这就更增加了我部队、民兵分散打击与消灭敌人的有利机会。

对敌寇残暴的"三光政策"，必须严加警惕，即使是敌人已退走的地方，仍不能疏忽大意。据悉，敌人的后续部队，仍在不断调动，奸诈狡滑的日本鬼子，是可能反复重来的，我们要更广泛的把爆炸运动开展起来，更严密的监视敌人。正规军、游击队、民兵、自卫队，尽可能的经常地、随时地取得密切联系与配合，更好的加强各村指挥部的领导与工作，动员一切力量，监视敌人，协助部队，随时打击敌人，夺回敌人抢去的财物！

除紧张的战争外，在反"扫荡"的空隙里，我们还可以更好的严密的组织群众，抢收一切残留的庄稼，不使粮食落在敌人手里，同时也不使粮食落在空地里。秋收已胜利结束的地区，还可以有组织有计划的继续秋翻地、大量进行积肥等，从事扩大明年生产的准备。但一切工作的进行，必须照顾到战争的情况，必须与民兵部队密切配合，在反"扫荡"战争中，进一步的发挥劳力与武力结合的效用，不放松一个打击敌人的机会，同样也不要浪费一点可能生产的时间与劳力。只要我军民亲密协力，进犯的敌寇是会被我们迅速打出去的。

（原载一九四四年十月三十一日《抗战日报》第一版社论）

开展精纺精织运动

　　群众穿衣问题的全部自给,是发展边区生产建设中的基本问题之一。一年来,边区的纺织事业,有了空前的发展,我们已用土经土纬织布了,不少的地区,已逐渐解决了群众穿衣的困难。但是,在大量发展纺织事业中,我们仍存在着严重的缺点,离石、临南的标准布是较好的,在大部份新推广区,则由于布的质量不好,以致推销发生困难,如兴县某区合作社,堆下百十匹布卖不了,直到换冬衣,群众急需用布之时,才勉强推销出去。要想织好布,基本关键就要纺好线,精纺才能精织,而我们纱的质量,却相当差,如保德七月份前收回一千二百斤纱,其中能作经纱的,仅及百分之十。

土布质量不好，就无法抵制外布，外布纺的线细、均匀，织的布好，而且原料用得少，成本小，价钱便宜，而我们的线不好，织出的布不好，成本大，价钱高，群众自然要买外布，土布销路成问题，必然影响到妇女的纺织情绪。而且，好布能穿二年，坏布连一年亦穿不下来，这对根据地生产建设又是一个损失，所以精纺精织是一个非常重要的问题。

在初步的大量开展纺织中，这些缺点的发生，自然是很难避免的。如在开展区，群众长期出高价买布穿，现在自己织布穿，就高兴的满足了，说："好坏不说，总比买布好。"而大部份妇女，因刚刚学会，工具亦不好，又不习惯于研究改进等原因，都影响到纱和布质量的迅速提高。但是如果群众一经了解纺好纱，织好布对自己的好处，他们的旧观点就会很快的克服，他们的创造才能便会充分的发挥出来。因此，首先必须从干部对这一工作的领导上，纠正过去的种种偏向，认识精纺精织的重要，有计划的积极进行推动与组织。

现在新花已经收下，农村妇女即将转入纺织季节，各地同志，应用一切办法，在各方坚决贯澈行署、抗联关于精纺精织指示，在群众中掀起精纺精织的热潮，使之成为广泛的群众运动。

各地政民机关可有计划的召集纺织最好的模范妇女或工厂工人开技术座谈会，交换经验，以指导各地；利用一切机会向群众，向纺织妇女，说明精纺精织的重要。开办精纺精织的训练班，也是一个办法，但必须克服过去贪多贪快的偏向，认真训练，教出几个来算几个，如自己还没有学精通，出去就教别人，传授下去的技术就不会高。

研究改进纺织工具，是纺好纱织好布的重要问题。过去有许多织布机，尺寸大小、位置高低、斜正都不适合，以致跑梭、断线，纺车则木料不足，又薄又小，车轮小，主柱不稳，铁把短。这样减工减料的工具，都有碍精纺精织的发展。因此，一方面就需要加强对铁木工人的领导、组织与教育；另一方面还要使纺织妇女认识爱护工具，注意工具的修理，使她们既有了努力精纺精织的决心，同时也要在纺织中学会更好的掌握工具、修理工具，以至改进工具。

各地应按具体情形，提高经纱的价格，工资也应提高，纬纱降低。过去部份地区合作社，收纱工资和质量的标准不统一，经纱与纬纱工资的比例不适合，如一斤经纱五百元，一斤纬纱三百五十元，纺一斤经纱需八天，一斤纬纱只用四天，这样实际上等于奖励纺坏纱。有的合作社认为捻的线就无问题可作经线，同样影响了群众纺经线的信心。同时一些合作社在组织领导上，多偏重于解决工具棉花的困难，对如何提高质量则注意不够，甚至个别合作社只图本身赢利，光求布织的多，不管布好坏，这些现象都必须加以改正。合作社在开展纺织运动中，曾起了很大的作用，今后在开展精纺精织运动上，要起积极的重要作用。至于对供给纺妇的花，也应力求发好花，这就要注意弹花轧花问题，花籽没出净，轧碎在花里，或者把生花、圪渣都卷杂在花里，也影响纺好线，织好布，问题虽小，影响很大。

精纺精织运动与组织冬季生产是密切联系不可分离的。纺织事业为广大群众所需要，今年的纺织虽有很大的开展，但距全部自给穿衣问题还差得多，在种棉区与非种棉区，尚未发展及已发展的地区，都有大量发展的前途。故组织群众纺织，为组织今年冬季生产的主要内容之一。我们是质量与数量同时前进，一方面要打破划分纺织区与非纺织区的观点，一方面不论在任何地区，应接受过去的经验，坚决排斥不合精纺精织要求的作法。这样才能使纺织业普遍发展并打下巩固的基础。

根据各地经验证明，自纺自织的小型合作社，是最好的组织形式，一架快机，围绕着十五六个妇女，发动妇女，自愿结合，变工纺织。同时可通过这些小型合作社，发动社员与社员之间、合作社与合作社之间的竞赛，适当的提出竞赛口号，如"纺好经纱是光荣的""向纺二厂的狮子牌标准布看齐"等。政民领导机关应定期总结竞赛结果，组织研究与交换经验，进行品评，表扬好的，批评坏的。有关方面，如收买纱和布的合作社、商店，对纺好线，织好布的妇女，予以适当的物质的奖励。这样来发动群众，大量发现与培养纺织模范与英雄，以造成精纺精织的竞赛热潮，提高群众注意提高纺织技术，交流纺织经验的热情。

精纺精织，是我们今后大量发展纺织事业中的一个方针，把贯澈执行这一方针与发动群众的创造性与组织性密切联系起来，经过今冬明春，我们的纺织业一定会得到进一步的发展与提高，打下全部自给穿衣问题的基础。

（原载一九四四年十一月五日《抗战日报》第一版社论）

开展民间的调解工作

边区行政公署最近颁发了《晋绥边区民刑事调解办法》，并令各专区县详加研究推广执行。

这一工作，在目前的确是我们边区很重要的一个工作。几年来由于边区全体党政军民团结得好，所以坚持了敌后抗战，创造与建设了巩固的根据地，使人民得以安居乐业，同时又在对敌斗争、减租生产等运动中加强了团结，使各项建设更为起色，这都是我们发扬民主加强团结的结果。现在为了在现有基础上能尽量发挥民力，准备反攻，把对敌斗争作得更好，生产建设大大提高，做到丰衣足食，所以加强民间调解确是重要的工作。

民间调解工作的意义是在于：首先可以使人民之间的

纠纷大事化小，小事化无，促使人民彼此间进一步地融洽感情，敦厚和睦，互助互让，团结无间，使广大的农村变成若干个坚强的战斗堡垒；其次，调解工作就地调解了纠纷，消除了成见，与民方便，减少了人民诉讼，即可大大节省人民时间与劳力物力，从事对敌斗争和生产建设；再者，推广民间调解，正是发扬民主精神，更直接普遍地授权于民，是自己的事情由自己处理的原则的具体化，而且有了纠纷在当时当地直接由群众来处理，事情更能确切清楚，公平合理。这就是调解工作的重大意义。

但是我们应该怎样去开展这一工作呢？

（一）民间调解不是一个新的工作，而是在民间早进行着的，但过去并未引起普遍重视。因之，要推广深入，首先即需在各级机关各个团体的干部人员中来一个动员，加以研究讨论，对群众进行广泛深入的宣传教育，使其思想上明确认识到这一工作的重要意义和把这一工作变成每一个工作同志与人民的具体任务，为增进"人民和睦"，"巩固农村团结"而努力。把调解办法作一深刻透澈的了解，并使它的内容更加丰富充实，才能发挥它应有的作用。

（二）谁来参加这项工作呢？既然是"民间调解"，参加此工作最主要的必然是群众自己，即群众所爱戴的群众领袖、劳动英雄、民兵英雄、公正人士、亲友邻舍等应为调解工作的主要人物。因为他们对事情了解的必较清楚，彼此关系亦很密切，也容易从中调查研究，谁也不能蒙哄欺骗，便宜让步都在明处，所以应该普遍号召启发他们自动努力的出场调解，而且要在群众中鼓励和尊重他们，使其成为调解工作的能手。其次是群众团体及各种群众性的组织，如各变工队纺织组、群众合作社等，在各个区域与各个范围内，都可进行调解，因为他们都是群众自己的组织，为群众所信任爱戴，而且这些组织愈能为群众排难解纷，愈能提高威信推动工作。第三，就是各级政府（特别是区村政府）应成为主动的调解人，无论在机关所在地或受人民请求，或工作人员下乡，遇事即行设法调解，同时在法庭上应切实实行审判与调解相结合的法庭调解。如能照这样普遍的进行调解，把调解工作形成一个群众运动，必然会给予纷争双方及群众以极大的教育，坏人自然减少，大家更加和睦，互助互爱，达成巩固团结的目的。

（三）为了要把调解工作做好，在调解时应注意者，首先必需以当事人双方自愿为原则，不硬逼，不勉强，起码要使对方在思想上接受调解，愿意调解，调解才可能作好。第二，在调解之先，一定要把是非曲直调查清楚，在处理上才不至主观或有所偏差。第三，在调解中须对当事人双方予以各方面的解释，进行说服教育，互助互让以和睦为重，彼此关照，转变当事人的情绪，使其心平气和容易接受意见。第四，调解中对问题的解决，一定要实事求是公平合理，并且要取得双方的同意，方能求得争端之澈底解决。第五，调解时以不妨碍对敌斗争与生产为原则，尽可能召开群众会议，发扬民主，让大家讨论提意见，以求得问题之更为合理的解决，并借以教育群众。

（四）为使这一工作能有效地迅速开展和贯澈，各级政府民政部门、司法机关、群众团体，必须把它当一个重要工作经常加以研究，配合其他工作（如减租减息、冬学、公粮工作、生产等）进行。开始在各地找出适当的中心村庄抓紧进行，不断的吸取经验教训，培养调解模范、调解英雄，以资指导其他地区。

调解工作过去在各地已初步进行了一些，应该加以总结研究，作为今后进行调解的指导，今后更应发扬广大群众的创造性，随时随地吸取交流经验，使这一工作更普遍深入地开展起来，进一步发扬民主加强团结，为我根据地的发展与建设造成更有利的条件。

（原载一九四四年十一月六日《抗战日报》第一版社论）

纪念十月革命二十七周年

伟大的十月革命二十七周年纪念日来到了。在此世界法西斯匪徒很快就要完全从地球上消灭，世界反法西斯力量很快就要获得最后胜利的时候，来纪念十月革命，其意义，比之任何时期都更为重大。

斯大林同志在十月革命十周年纪念时曾这样指出过："十月革命的胜利，是人类史中的根本转变，是世界资本主义历史命运中的根本转变，是世界无产阶级解放运动中的根本转变，是全世界被剥削群众底斗争方法和组织形式中，风俗和传统中，文化和思想系统中的根本转变。"这个转变，就是没有人剥削人，没有人压迫人的新时代的伟大的开端，也就是马列主义第一次伟大光辉的胜利。

马列主义的真理，在十月革命之前，还是抽象的，还仅是一切先进的革命阶级，一切先进的革命战士的理想，在十月革命之后，它就在六分之一的地球上具体化了，成为了最新的现实，伟大的苏维埃联邦就是马列主义具象的化身。它像光芒万丈的灯塔照耀着全世界，给全世界无产阶级，给一切被压迫民族和人民指出了澈底解放的道路。它成为全世界无产阶级及一切被压迫民族和人民所追求的光辉榜样。

但这是为世界一切法西斯，一切反动势力所最害怕最忌恨的，他们从十月革命的第一天起，就用尽所有的力气，加紧阴谋破坏、封锁、造谣、诬蔑，企图用这一切最卑鄙无耻的手段来毁坏这一座人类的灯塔，企图一手掩盖天下人的耳目，以遮断世界被压迫民族和人民与苏联的联系。但这一切阴谋，不过如蚍蜉撼大树，终于为苏联的日益壮大发展和全世界人民的日益觉悟所粉碎。他们曾经造谣说，十月革命是"暴徒"的作乱，只会破坏，不会建设，但铁的事实打了这些反动者的嘴巴。苏联在联共党，在英明的领袖斯大林的领导之下，三个五年计划，就把苏联的经济生活建设成比世界上任何一个资本主义大国都更加强大、繁荣和幸福。他们在政治上的诬蔑是说苏联是独裁的，是不民主的，但铁的事实也击碎了这些反动者的诬蔑。苏联的斯大林宪法，是人类历史上最民主的宪法，它规定凡属苏维埃公民，不分性别，不分民族，均享有一切民主权利，不仅在政治上一律平等，在经济上也一律平等，这是自有人类历史以来空前的最澈底的民主。即以宗教问题来说吧——这是一切法西斯反动势力所经常诬蔑的一个问题，他们造谣说，苏联是压迫宗教的。但在苏联宪法上，明文规定着信教自由和反对宗教自由，这才是真正最民主的规定。在军事方面，法西斯反动势力更是造出种种谣言，希特勒在大前年开始背信弃义进攻苏联的时候，曾经大言不惭地说，三个月就可以打垮苏联。事实又如何呢？苏联在经历了一年半的战略防御之后，即组织了强大无比的战略反攻，以排山倒海之势，向前直进，现在不是已经打进了希特勒所占领的许多国家，解放了这些国家，并已打进了希特勒匪徒的老巢吗？他们的造谣诬蔑，不是和他的法西斯匪军、法西斯机构一样，摧枯拉朽般被粉碎得七零八落吗？这一切，都表现了马列主义科学之最伟大的无可争辩的事实和力量。

马列主义科学的真理，在今天已更加群众化了，它不仅已成为欧洲各国无产阶级、被压迫民族和人民的行动指南，在中国，以毛主席为代表的马列主义中国化，更是辉煌地成为广大的群众运动。全世界一切爱好和平的人士，一切正义的科学家、艺术家、文化人，都予以无限的同情和拥护，特别是最近，法国最著名的数学家、物理学家郎之万加入法国共产党，中国伟大的文化战士邹韬奋同志，在弥留时的要求中共中央严格审查其奋斗历史许其入党，更是具体说明马列主义科学真理的感召力量。

特别应该着重指出的，苏联的强大发展，已经和二十七年前十月革命时大不相同了，它已经成为国际反法西斯战争的决定力量，成为决定今后世界命运的力量。由于苏联的决定意义，由于全世界人民在苏联的强大影响之下觉悟和战斗力的日益提高，在欧洲许多被解放国家都已经成为有共产党参加领导的新民主主义的国家，而在我国各敌后战场，在共产党的领导之下，更是早已先见地建设了新民主主义的社会。世界的前途，已经明确的摆在人们的面前，新民主主义，正如初升的朝日，以其雷霆万钧之力，排山倒海之势，屹立于世界，任何人想要反抗这样的潮流，他将碰破头颅，如残冬枯叶似的被消灭干净。在我国大后方的那些法西斯份子就正在作着这样的尝试，他们正效法其宗师墨索里尼、希特勒的样，继续反共反人民，狂吠着要"取消"八路军新四军，"取消"抗日民主根据地，梦想这样来继续维持其黑暗腐朽，背叛民族利益的一党专制。但他的前途，亦将是残冬枯叶的命运。

在今天纪念十月革命的时候，世界的形势已经是这么不同了。苏美英的联合打击的铁锤，已经敲进了希特勒的心脏，希特勒的灭亡已在眼前，美英盟邦在太平洋强大海军的进攻，已日益迫近日本法西斯的本土，我敌后各抗日根据地的进攻，也天天打胜仗，天天收复被国民党政府葬送的国土，只有国民党政府和统帅部所指挥的正面战场腐烂不堪，日蹙国万里，造成极严重的危机，今天只有澈底改组国民党政府和统帅部，才能够挽救这个危机，才能够配合盟邦迅速组织反攻，也才能够早一天把法西斯从这地球上扫灭净尽。

人类历史的行程到了今天，世界反法西斯战争的必然胜利，新民主主义世界的必然胜利，这是已经肯定的。在今天纪念十月革命的时候，我们不妨回味一下，如果在二十七年前没有十月革命，在今天的世界，将不知道要成为怎样黑暗的世界，人类将被陷落到怎样悲惨的命运。在十月革命以前的中国，也有过太平天国运动、义和团运动、辛亥革命等，但因为没有马列主义科学的指导，都失败了。直到有了十月革命之后，中国才有"五四"运动、"五卅"运动、北伐战争、土地革命、"一二九"运动和今天的伟大抗战。这清楚说明了中国解放运动的性质，由于十月革命起了根本的变化，毛主席在《新民主主义论》里曾英明的指出："……十月革命，改变了整个世界历史的方向，划分了整个世界历史的时代。""中国资产阶级民主主义革命，却改变为属于新的资产阶级民主主义革命的范畴，而在革命的阵线上说来，则属于世界无产阶级社会主义的一部份了。"这是无可争辩的真理。我们应该更要认清马列主义科学的伟大意义和力量，更好的学习和掌握马列主义的武器，贯澈到行动中去，以迎接日益接近的反攻，以担负历史所付予我们的更重大的任务。

（原载一九四四年十一月七日《抗战日报》第一版社论）

罗斯福连任第四次总统

全世界注目的美国大选揭晓了。罗斯福在第四届竞选中战胜了共和党总统候选人杜威，连任第四届总统。这不仅是美国内政上一件大事，而且也是世界反法西斯阵线中一件大事。

这次大选虽然是美国国内的政治问题，但其结果将无疑的影响到全世界反法西斯战争的进程，以及战后世界和平的持久和巩固。全国公民政治行动委员会的宣言说得好，这次大选"不是对民主党人和共和党人的一种选择，而是两种生活道路的斗争"，是罗斯福的国际合作主义与美国孤立主义的最激烈的斗争。现在前者胜利了，这是美国人民的胜利，这是全世界爱好自由民主的人们的胜利。

全世界今天只有两个最大的问题，那就是迅速与澈底地击败法西斯取得胜利和在战后建立巩固与持久的和平。这是放在全体联合国家面前的问题，也是放在美国面前的问题。而解决这两大问题，只有美国与所有盟国特别是苏英两国的密切合作，坚固团结，一致努力才能办到，只有美国坚决贯澈国际合作主义，实现莫斯科、德黑兰会议的决议，才能澈底歼灭德日法西斯强盗和保证战后的世界和平与安全。在美国，罗斯福总统就是这种坚决反对法西斯主义主张民主国家团结合作的旗手。他自从执政以来，在国内他不停的同孤立派作尖锐的斗争，在国际上一开始就坚决地反对法西斯主义。他于一九三三年使美国与苏联恢复了邦交，一九三七年宣布了两洋海军大计划，一九四零年通过了租借法案，一九四一年在日本袭击珍珠港后即向德日意宣战。近年来，他是开辟第二战场的坚决主持者与实际组织者之一，他是《大西洋宪章》的起草人，是开罗、德黑兰会议的参与者。这些事实，说明了罗斯福总统是美国国际合作主义最显明的代表人物。在此次竞选中，罗斯福仍坚决声明其澈底打败德日法西斯以及"与其他联合国合作争取并维持世界和平"的决心，并且说："我引以自豪的早期外交政策行动，即一九三三年的承认苏联。"这就是罗斯福政策道路，它符合于全美国人民的愿望，这也就是他之所以能够在这次大选中战胜孤立主义民族主义的共和党候选人杜威而获得目前的胜利的原因。所以罗斯福总统的竞选胜利，不仅是他个人的胜利，不仅是民主党的胜利，而且是民主主义的胜利，国际合作主义的胜利，一切反法西斯主义的力量的胜利。

在美国这次大选中，值得极大重视的是美国工人阶级力量与积极性的增长。在此次选举中，美国工人阶级表现了重大的甚至可以说是决定的作用。共和党候选人杜威得到上层阶级反动集团的支持，得到赫斯特、麦克密安、特森等系报纸的鼓吹宣传，但是终于惨败，其原因之一，就是美国工人阶级强有力的拥护罗斯福的运动。拥有五百万会员的美国产业工会联合会，在美国工人运动历史上，第一次组织了政治行动委员会，政治行动委员会进行了巨大的选举运动，并且联合其他阶级与阶层，组织了全国公民政治行动委员会，赞助罗斯福的连任。不但产业工会联合会如此，即比较保守的美国劳工联合会，这次也共同支持罗斯福，其结果就决定了选举的结局。工人在选举结局上的作用的最鲜明的例证，是杜威任州长的纽约州，大选前一切预测是有利于共和党的，选举开票之初，杜威占的优势，待工人票加进去的时候，杜威惨败了，这证明了工人阶级是反对孤立主义反对法西斯主义的主力军，也证明了工人阶级对法西斯战争的积极性和空前巨大的成就。

罗斯福的光辉胜利同样对远东形势也有极大的影响。日本帝国主义企图以投机取巧的方法影响美国的大选，妄想引起美国国内政局的变动，借以逃脱或至少拖延其自身的死亡。而且在我国的反动派同样也盼望罗斯福总统失败，反动派势力在美国得势，企图在美国反动派势力援助之下，维持其寡头专制的统治及相机发动反人民反民主的内战。罗斯福的胜利，粉碎了日本法西斯军阀的阴谋，也打击了中国反动派的迷梦。罗斯福总统的连任，一定会就现在已经开始的对日反攻，更迅速地贯澈到底，澈底消灭日本法西斯侵略势力。同时也必然将继续帮助中国抗战，促进中国内部团结，推动中国政府的改革，使中国人民得以发挥他们在亚洲反法西斯战争中应有的作用。

总之，罗斯福的胜利，无论在美国民族利益本身上或者在全世界反法西斯战争的进展上，都是极其有利的事情，它会进一步帮助盟国间特别是美苏英中之间的合作，更加迅速地取得反法西斯正义战争的最后胜利，并保证战后的持久和平与可靠安全。

(原载一九四四年十一月十四日《抗战日报》第一版社论)

开展民兵自卫队冬训运动

为了加强对敌斗争,准备反攻并及时的准备反"扫荡",有效而有组织的保卫边区,今年民兵自卫队冬季练兵,是非常重要的一件事。同时这不是某一部门的单独任务,而是党政军民的共同责任。

过去一年来减租生产运动的开展,对敌斗争的胜利,广大群众不仅在经济上翻了身,而且在政治上及对敌斗争的胜利信心上,大大提高了一步。因而一年来的民兵斗争,无论在围困据点、开展爆炸、劳武结合、保卫家乡,特别在此次秋季反"扫荡"中,曾创立下辉煌战绩,表现了群众的伟大力量。但是,无可讳言,我们的劳武结合虽有了新的发展,但如变工组的爆炸、村指挥部的健全、领导群众有组织的转移、军火自给、变工组的担架队等等，尚不够普遍。我们的爆炸运动，虽在此次反"扫荡"中呈现了地雷的威力，给了敌人极大杀伤与精神上的恐怖，但在地区上，发展尚不平衡，造、埋、拉、看、起、晒等技术，尚未被所有民兵很熟练的掌握，地雷的威力还未充分发挥出来。特别在这次反"扫荡"之后，有很多群众要求购买地雷，但因使用地雷的技术未普及到民间，使广泛发展群众性的爆炸运动，受到限制。此外，我们民兵的射击技术，利用地形及以小队为单位的联系配合，发挥组织力量，主动打击敌人等方面，都还赶不上客观的要求；至在区村干部掌握指挥能力上，也都有欠缺之处，以致有敢打而不会打的情况。根据以上实际情况，今冬民兵自卫队的训练，就不是单纯提高民兵技术问题，而是贯澈敌后军民斗争特点——劳武结合方向的重心工作，在领导思想上首先要明确的认识到这一点。

其次，怎样才能完成民兵自卫队的冬训任务呢？

第一，教育民兵教育群众认识地雷战的威力及其保卫生命财产的效用，从而发动民兵群众学习与提高地雷爆炸技术，进一步发动军火自给，组织军火合作社，准备明年开军火田。为此就要发动民兵起积极模范作用，不光要学会地雷制造使用，尤其要学会瞄准射击各种军事动作，在群众中间可以变工组为中心，讨论与学习埋设地雷及在战时如何以地雷保卫自己的粮食与房屋，这样，才能逐渐做到"村村有地雷，人人会爆炸"，而民兵就能更多的打击敌人，群众的自卫能力亦将大为增加。

第二，民兵冬训必须与实际应用相结合，这就是在实际地形上的实际演习与战时保卫各村群众联系起来。村指挥部或联防部到一定时间，要认真切实的进行有组织的大演习，平时对如转移群众、情报联系、民兵活动等等，进行了有组织的训练，到战时自然会临阵不乱。

第三，为了从政治上提高民兵，启发其斗争积极性，必须把民兵冬训与冬学密切结合。冬学是从思想上解放人民的，它在推进冬季各项工作上将有重大作用，民兵干部对冬学应有足够的认识，冬学教员对民兵冬训同样要加以重视。民兵干部、冬学教员及一切干部对冬学要负责任，对民兵冬训同样也应该负责任。当然民兵冬训是以军事为主，这在时间上要很好加以调剂。

第四，军民武装斗争的结合，是争取更大胜利的关键问题，在反"扫荡"中已充分证明了这一点，所以正规部队，应主动的积极的帮助民兵冬训，在方式上，或发动民兵和部队一齐练，或派人到各村去训练，不论采取何种方式，在帮训时不能以正规部队的尺度来衡量与要求民兵，而是要以适合民兵需要为原则。

最后，民兵自卫队冬训必须造成一个热烈的群众运动，使冬训变成民兵群众自己乐意愿干的一件事。因此，就要以民主讨论、反省、鼓励、批评等方式来启发民兵群众的自觉性，如果只是死板的教，是不会收到效果的。另一方面培养骨干，以学习模范来影响大众，从而发现优秀份子。改选领导机构，健全组织，这更是领导上应该特别注意的一个问题。

（原载一九四四年十一月二十二日《抗战日报》第一版社论）

论敌人此次报复企图的惨败

　　在我军民夏秋两季的攻势中，其所给予敌人的打击是异常惨痛的。仅就八、九两月战果而论，我军民主动向敌进攻就达二百九十一次之多，毙伤敌伪九百一十三名，俘虏敌伪一千零四名；攻克了四十八个据点，摧毁了六十二座碉堡，共收复四百四十六个村庄，解放居民约五万多人（以上仅系根据四个分区的统计）。特别是连续三次猛袭汾阳城郊之役，烧毁敌飞机场、火车站、火柴公司，炸毁敌电灯公司，摧毁敌协和堡据点，威震太原平川，大大动摇了敌伪的统治，致使所谓皇军的尊严也完全扫地无余了。此次敌人为了些许挽回一下皇军的面子，特搜集了五千到七千余人的兵力，组织了这次比较大规模的报复"扫荡"，其目的也和历次的"扫荡"一样，无非企图合击我主力和指挥机关，抢劫我军民财物，破坏我根据地生产建设。可是敌人的这些无耻企图，又都通同的失败了，因为我们早已估计到敌人的这一报复企图，各地均已进行了充分准备，严阵以待，随时随地给予寇军以迎头痛击。其所找到的并非我军主力，而是漫山遍野的游击队和民兵，其所合击的并非我指挥机关，而是渺无人烟的村落和空窑洞。使敌人的重武器无法施展其威力，反而变成了鬼子的大行李和负担，迫使其不得不拿了大炮、机枪、掷弹筒来盲目地向着山头、破庙、地雷、冷枪作战。步步挨打挨炸，处处血肉横飞，使兽军到处提心吊胆惊慌万状；大路小路都不敢走，变成了不走正路的安德伦的行列，放着桥梁不敢行走，反履冰涉水以行。每逢地雷炸处，便令汉奸伪军在前面缩头缩脑地用长木杆划圈圈儿，作替死鬼；雷区一过，即飞速抱头鼠窜，甚至把我们的追击部队也拖得接不上气来。据说我们有些干部将敌人的此种"扫荡"战术称之为"示威游行"，其实我们的人民一点也没有为此种可怜的威风所吓倒，相反的他们都在山头上用步枪、手掷弹和拉雷迎候着这班匪类，同时又在眼望着这些狼狈不堪而放声朗笑呢！在我军民到处不断的爆炸、截击、袭击、追击之下，把"浩浩荡荡"的皇军人马变成为七零八落，到处抱头飞奔的流寇群。在敌人第一次对兴县大川的"扫荡"中，单就蔡家崖行政村一处的战斗来说，即遭受我当地军民大小十五次以上的打击，计毙伤敌伪一百二十余名，其他可想而知。

我们的敌人究竟是诡计多端的，在第一次"扫荡"刚刚过去之后，乘我军民不备紧接着又对我兴县大川进行了第二次的"扫荡"。敌人的二次返来，好像是完全为了放火来的，把讨伐队变成了放火队，但是我们又有什么东西可供其烧毁呢？除了少数村庄由于麻痹与侥幸心理而略受损害以外，因为我们把所有的门窗都坚壁掉了，于是也就只好把窑门框框、厕所和哨棚之类当作其讨伐与泄愤的对象，这就是所谓皇军的威风。"三光政策"与"掌握民心"的鬼话并论，本已是一幅滑稽的讽刺画，但是敌人也未免太善忘了,多年来,"三光政策"的结果并未能使我们的人民慑服,相反的更加铸成了敌我不共戴天的血海深仇。我们的人民是经过了战争锻炼的人民,他们已经学会了对敌斗争的全套本领,更懂得如何来对付敌人的"三光政策",因此现时所谓"三光政策"在敌人方面也不过是聊以自慰的无的放矢而已。如果要勉强谈到敌人此次的战果的话,那就是烧掉了我们一些门窗,吃掉了我们一些鸡子,打掉了我们一些锅碗,或者也许可能把从那些不听指挥的老财和商号家中所抢到的不多的一些财物与皇军残缺不全肢体和骨灰一并驮了回去,但是否就一定可以安全地带了回去尚在两可之间。也许敌人为了宣扬一下所谓皇军的"赫赫战果"起见,会拿了这些东西向我敌占区同胞展览一下的,自然皇军的尸体和骨灰是不便拿去展览的。

今天我根据地军民的基本任务,就是一切为了准备反攻,而反攻准备的根本因素是人员和物资。人员和物资的准备是决定敌我胜负的关键所在,只要我们能够随时随地粉碎敌人破坏我人员物资的企图,使我们的人员物资少受损失或不受损失,则我们就一切胜利了。自然,这并不是说因此我们就可以随便逃避战斗,相反的只有在我军民积极勇敢与主动灵活的战斗中,始能达到削弱敌人和保存自己人员物资之目的。我们此次的反"扫荡"战争是完全胜利了的,我们的胜利也就是敌人此次报复企图的惨败。

当然,在此次反"扫荡"中我们自己也并不是没有错误和缺点存在,什么是我们的错误和缺点呢?凡是此次敌人打得我们最痛和使我们遭受损害最大之处,那就是我们自己错误和缺点的所在。希望我各级党委、政府、军队、群众团体、武委会、区村指挥部以及各有关人民,均应对此次的反"扫荡"工作加以澈底的检讨研究,古人说"前事不忘后事之师",凡是我们吃了亏的地方就要研究为什么吃亏的?为什么别的地方就没有吃亏而我们就吃了亏呢?因为我们的敌人是异常狡猾的,其每次的行动均有所不同,因此我们就要更好的研究敌人的行动规律,研究如何以最少的牺牲换取最大的胜利，以期在下次反"扫荡"中把我们的战时工作做得更好一些。敌人越是接近于失败，其对我根据地的"扫荡"就会要更加残暴而且频繁起来的，因此我们就要时刻提高警惕，今后要把备战工作当作经常的事务来进行，反对任何对备战疏忽和麻痹的现象。我们不仅研究我们成功与失败的教训，同时在目前就要配合冬学工作开展群众性全民大练兵运动，把我们的各种战术与技术都大大提高一步，加强战时机构，健全各级指挥部，普遍作到劳武结合全民皆兵经常有备无患，以迎接胜利反攻之早日到来。

（原载一九四四年十一月二十三日《抗战日报》第一版社论）

提高与发扬我们的胜利经验

敌寇于十月中旬，费尽心机集中了五千多兵力，先后分头进犯我临县、偏关、河曲、岢岚、保德地区，两次奔袭我兴县大川，历时三周多，经我军民合力奋战，连续不断的伏击、袭击、地雷爆炸，敌寇伤亡奇重，遭受严重打击后，于本月七日狼狈逃回原据点，我军民反"扫荡"大战于此胜利结束。

这次反"扫荡"的胜利，首先是由于我军区部队，在一年来的对敌斗争中，积累了挤敌人的丰富战斗经验及于练兵中收到很大的成绩。我军士气振奋，上下一心，积极主动，日夜不息的打击敌人。李家塔、冯家沟、安沟、前后石湖、杨家庄较大的伏击，黑峪口、沟门前、胡家沟、桥头、毛窝、新窑上较好的袭击，以及桑湾的火力袭击，均予敌寇以重大杀伤，而且迫敌忙于应战，慌乱奔逃。特别是最后在兴县东南地区，我军三昼夜的跟踪追击、堵击、侧击，使敌更加狼狈疲惫，像受惊的老鼠一样，拼命的只是向普明逃跑。

这次反"扫荡"的胜利，是由于我们的爆炸运动，在各地有了普遍的开展。我军民到处密布地雷，给予敌寇精神上以最大的威胁，迫敌不敢走大路，去走山梁小道，不敢住大村大镇，而往小村，露宿野营；行军时，以牲口为先导，工兵在前，一草一石均须检视，后队相跟，不敢乱走，使敌行进缓慢神经错乱。当敌寇在临北窑头与兴县蔡家崖、温家寨、胡家沟、高家村、二十里铺、石楼圪台等地，遭我地雷的猛烈爆炸之后，更加日夜不安，不敢乱窜。在□头甚至把他自己的工兵杀掉，以泄其恨，"皇军"之窘态可谓毕露无遗了。现仅就兴县敌经过之地区统计，即爆炸地雷二百五十七个，炸伤炸死敌伪二百五十一名。在此反"扫荡"中，地雷战获得了光辉战绩，而且取得了更多的胜利经验，大大的提高了全边区军民对地雷杀伤敌人的注意。

这次反"扫荡"的胜利，是由于我外线活动的部队，能够积极配合内地区的反"扫荡"战斗，主动的出击、伏击、打击了敌人。在方山、圪洞、春景洼、信义、开栅、马坊的袭击，津良庄、王万庄、郑沟的伏击，都给了敌寇以杀伤。现据不完全的材料，计在此次反"扫荡"期间，我收复了山寨、南堰、北小店、大庙酒馆四个据点，烧毁桥梁五座，毙伤敌伪五十五名，生俘伪军伪组织人员一百一十四名，缴获长短枪八十三支，牲口一百四十九头。这些胜利的有力配合，使敌顾此失彼，忙于应付。

这次反"扫荡"的胜利，是由于我军民之亲密团结，协力作战。我部队与民兵密切结合，并肩杀敌，群众积极参战，热烈拥军，大大的加强了我们杀敌的力量，并且创造了新的斗争方式，予敌寇更大更多的打击。特别是军区直属某部，在我张营长领导之下，与蔡家崖、高家村一带的民兵，亲密合作，互相照顾，合力痛击敌人，创造了部队与民兵结合作战的辉煌典范。他们前后共进行大小战斗二十四次，毙伤敌伪一百六十余名。此外，仅就三分区与兴县地区的统计，民兵即作战一百五十四次，毙伤敌伪一百二十八名（内伪中队长一名），俘伪军六名。这种更广泛更进一步的军民合力作战之威力，是使敌寇防不胜防，难以估计的力量。至于群众踊跃参战，热烈拥军的事实，可泣可歌，举不胜举，而成为此次反"扫荡"中显著的特点之一。

在这次反"扫荡"中，我们发挥了这四个特点，我们把敌寇的报复"扫荡"粉碎了，敌人得到的是惨败而逃，沿途烧尸弃尸，最后带了一车人头，悄悄地载回忻县去了。但是敌寇遭受打击后，可能寻求新的报复阴谋，我们绝不可有丝毫骄矜与轻敌的心理，我们应当继续努力，提高与发扬此次反"扫荡"的胜利经验，更积极主动的打击敌人，随时准备粉碎敌人任何新的进攻，进一步的加强对敌斗争，巩固扩大解放区，加紧准备反攻。

（原载一九四四年十一月二十五日《抗战日报》第一版社论）

把合作运动向前推进一步

　　一年来在毛主席"组织起来"的号召下，在群众的生产运动与变工互助大量开展的基础上，晋绥边区的合作社是大量发展了，从内地区逐渐发展至游击区，近数月来特别是小型合作社有飞跃的发展，就已知的材料，兴县、岢岚都在一百个以上，保德将近一百，其他县亦复不少，在发展冬季生产中，各种各样的小型合作社正如雨后春笋般的发展着。在延安南区合作社正确方向的影响下与西北局关于贯澈合作社联席的决定的正确指示下，许多合作社的方针，逐渐走上正确的道路，确定了以生产为主的方针，其中不少的合作社，又能抓住群众迫切的需要，组织妇女纺纱，自己织布，不仅解决了群众的穿衣问题，并且大大的推动了群众的纺织运动。新兴的小型合作社由于建筑在变工互助的基础上，是真正群众性的，由群众自己的领袖领导，根据群众的需要确定自己的业务，不拘泥于形式，多在各自家中吃饭，开销很小，资本流转很快，获利很大，而不少旧的大合作社，反抱缺残守，甚至有退步的模样，主要的原因是没有贯澈正确的方针。

今天许多旧有的合作社中一个共同的基本缺点就是浓厚的官办法，而缺乏群众性，没有把合作社变成群众自己的，社员及其代理人没有真正参加合作社的领导，除了股金是摊派的，干部是委派的外，还带着浓厚的机关作风与习气，人员多，开支大，也有勤务火夫马夫一套编制。甚至有人出门还要骑马，运货还动员抗战勤务，合作社的资本主要的不是建立在社员的股金上，而是主要的依靠了公家。许多合作社拖欠贸易机关的货款超过其资本总额二点一倍，久不偿还。名义上给社员赚了钱，实质上是赚了贸易机关的钱，这样的合作社必须坚决的澈底改造，使其变成真正群众性的，半年来已有不少改造旧合作社的范例，如兴县魏家滩、临南岐道、宁武燕家村合作社都是在群众自己要求下澈底改造的，群众选举了自己的领袖，领导上吸收了新的血液，扩大了股金，确定了正确的业务方针，使合作社面目为之一新，成为该县最好的合作社。另一种方法是以现有好的小型合作社为基础改造旧的，只要有群众基础，密切群众关系，股金是可以扩大的，群众的呼声是"本钱容易，伙计难"，这说明群众对合作社干部人选的重视。合作社的领导与监督机关是代表会、理事会，必须由群众民主的产生，由群众选择自己的领袖，要按时召集会议，审查与公布账目，合作社的资本一定要以自力更生依靠股金为主，凡以外援为主的，必须坚决转变，扩大股金或者暂时收缩业务范围，逐渐偿还欠债，依靠自己的股金营业。贸易机关也应照顾合作社的情况，逐渐收回欠款，不致使其业务受到大的影响。

虽然有些合作社已经执行了生产为主的方针，并获得了成绩，但对□般合作社贯澈生产为主的方针还是十分重要，在初期发展与推广纺织中，由于干部的领导经验不够，群众的纺织技术不高，以致某些合作社曾或多或少的赔过一些钱，因而使一些干部对生产为主的方针发生动摇，另一些干部根据一时的经验，从经营消费事业中得到了赢益，以为只有赚了钱才是给社员谋到利益，遂埋头于消费事业中，因此使合作社干部从思想上以至领导精力上贯彻以生产为主的方针在今天还很重要。当然我们并不否认消费事业的重要性，在游击区或离市场较远的地区群众所迫切需要的正是盐布等日用必需品，因而游击区合作社从营消费事业开始，如岐道、岚县界河口合作社是一种自然的发展过程，同时游击区以及沦陷区的人民，由于敌人的破坏与封锁，渴望我们供给日用必需品，因而我们的合作社可以从经济上组织群众达到政治上争取群众反对维持，变沦陷区为我区，这方面岐道合作社已有显著的成绩。合作社的业务方针更重要的是要抓住群众的迫切需要，群众需要什么，就办什么，例如医药社是目前群众普遍需要的。在纺织发展后，群众再不满足于穿白布，同时蓝靛色叶又不缺乏，合作社就应开染房，就是在生产事业中也应以发展群众所急需的事业为首要，例如某合作社制的鞋，每双七八百元，这样的生产事业，目前尚非一般群众所需要。

合作社如果真正建立在群众基础上，有群众自己的领袖来领导，又执行了正确的营业方针，再一个重要问题就是要把业务领导好，在生产事业中以改良技术提高产量与质量，减低成本为最重要，例如许多经营织布业的合作社，组织了精纺，自己织出好布推动了纺织业，满足了群众的需要而又获利，另一些粗纺滥织的合作社，压下大批坏纱，织出的布质很低，既赔了纱，又妨害了纺织运动的开展。此外实行与工人合作制，把劳力与资力结合起来，这样就可提高工人的积极性与创造性，使工人参加业务的领导，使合作社更加群众化，亦是提高产量减低成本的重要方法之一，兴县车家庄合作社试验的结果已得到成效。此外应更多的与各种工人合作，发挥劳力财力到最大限度，使合作社以较少的资本组织许多生产事业，魏家滩合作社在这方面有光辉的成绩。考核合作社成绩的主要标志，不是其赢利多少，而是对组织群众生产的具体成绩、使群众财富增加的数量、对群众服务的多少、给群众节省财力劳力数量，他如必需品的供给、土产的推销、纺织弹花轧花等技术的训练、对群众的教育，以及其他给予群众的便利，这些都是合作社业务中的重要部份。此外合作社的业务应稳当可靠，不应从事投机事业，人员要精炼，开支要节约，机关作风与习气要转变。

现在小型合作社已相当普遍的发展起来了，就应该有计划的指导，不要使其盲目的发展，受着市场价格的支配而消长，县区领导机关与中心合作社应给小合作社以业务上的指导，大小合作社也应有适当的分工与配合，例如织布，在群众未学会时大合作社收纱织布，组织与推动纺织事业的发展，及至多数妇女已学会纺织后小型合作社织布成本低更加有利，磨粉喂猪在战争环境下小合作社经营更方便，他如铁木工医药则由大合作社经营为宜。同时发展生产应照顾原料、运输销路等条件，运输事业又要照顾地理与出产等条件，使经常有货可运。消业也应有计划的发展，以多组织货郎担子下乡，设费事农村代卖员为宜，在还没有自下而上的产生合作社的领导机关——县区联社的时候，党政民领导机关对合作社的具体指导非常重要，各县应利用这次群英的选举，选择与培养本县合作事业的旗帜，交流经验，把合作运动更向前推进一步。

（原载一九四四年十一月二十六日《抗战日报》第一版社论）

此次文教大会的意义何在

陕甘宁边区今年十月至十一月的文化教育工作大会，表示了中国新民主主义文化的一个长足的进展，写文化史的人，对此不可不大书一笔。

中国新民主主义的文化运动发展于一九一九年的五四运动。五四时期，新文化运动不但在性质上比以前有了变化，在数量上比以前也是一个大发展——成为一种群众运动。但是这个群众运动要拿全体人口比起来，那规模就还是很小很小，这是因为没有人民的政权，没有民主的政治经济作为基础和保障的原故。一九二二年国民党改组新的政权，第一次在广州出现以后，又在北伐的战争中得到大的发展，这中间新文化运动在群众里面也更普及了。但因为政治斗争发展得太迅速了，文化方面还没有来得及作多少彻底的改革和从容的建树。人民群众建立自己的文化生活，既及于人口的大多数，又及于文化的各方面者，实际是开始于土地革命时期，这时，革命政权下的广大群众，才把文化教育的权利拿在自己的手中，造成中国文化的新天地。这是一个新天地，因为：第一，它区别于以前统治着群众的旧封建文化。旧文化如果不是全盘被推翻（这不是一个早上的事而是几十年的事），也是在要害的地方被推翻了，人民群众关于国家社会和自己生活地位的旧观念是被新观念所代替了；第二，它也区别于以前意图向群众散布影响的旧民主文化，例如旧式的所谓平民教育通俗文艺和通俗报纸、慈善机关的卫生事业等等。它们之间的根本差异，就是新民主文化是由人民群众自己自觉地做主人翁服务于人民自己的利益的，而旧式的所谓通俗文化却是纯粹站在资产阶级的立场上，想要以资产阶级一个阶级的社会理想去"普及"于全民的；第三，它也区别于主要是少数先进份子的思想宣传之新民主主义文化的最初阶段。这个区别的所以发生，就如前面所说，决定于新民主政权之有无。

关于土地革命时期中国文化的新天地，毛泽东同志曾在"长冈乡调查"和"才溪乡调查"中文化教育项下作了生动的记录（"长冈乡调查"除文化教育外，还有一项卫生运动）。在一九三四年一月的一篇总结性的讲演中，他说："革命政府用一切方法来提高工农的文化水平，为了这个目的，给予群众政治上物质条件上的一切可能的帮助，因此，现在的革命区域虽然是处在残酷的国内战争环境并且大都是过去文化很落后的地方，但是已经在加速度地进行着革命文化建设了。根据江西福建粤赣三省的统计，在二千九百三十二个乡中，有小学三千零五十二所，学生八万九千七百一十人，有补习夜校六千四百六十二所，学生九万四千五百一十七人，有识字组（福建未计）三万二千三百八十八组，组员十五万五千三百七十一人，有俱乐部一千六百五十六个，工作人员四万九千六百六十八人。这是一部份的统计，许多地方学龄儿童的大多数是进了小学校，例如兴国学龄儿童总数二万零九百六十九人,进入小学的一万二千八百零六人,而在国民党时代入学儿童不到百分之十。……妇女群众要求教育的热烈,实为从来所没有,兴国夜校学生,女子占百分之六十九,识字组女子占百分之六十。……妇女不但自己受教育,而且在主持教育,许多妇女是在作小学与夜校的校长,作教育委员会与识字委员会的委员了。……群众识字的人数是迅速增加,识字的办法有夜校识字组识字牌,……这是扫除文盲的极大规模的群众运动。……群众文化运动的迅速发展,我们看报纸的发行也可以知道,中央苏区已有大小报纸三十四种,其中如《红色中华》从三千份增加到四五万份以上,《青年实话》发行二万八千份,《斗争》只在江西每月至少要销二万七千一百份,《红星》一万七千三百份。……群众的革命的艺术亦在开始创造中,工农剧社与工农歌舞团的运动,农村俱乐部的运动,是在广泛地开展着。群众的体育运动也是迅速发展的,现虽偏僻的乡村中,也有了田径赛,而运动场则在许多地方设备了。"凡是知道中国过去几千年来文化生活上的悲惨状况并对中国人民抱有起码同情心的人,都不能不承认这实在是一个翻天覆地的大变化。

  但是在土地革命时期,各个根据地大体相同,究竟因为紧张的战争条件,不可能把文化工作充分展开。一九三七年以后,陕甘宁边区转入后方环境,又从各地来了大批知识份子,因而后方文化运动在规模上有了大的进步。但是即使这样,边区的真正大规模的群众文化运动还没有,一直到这次大会,才真正进入成熟的境地。从消极方面来说,这一方面是由于边区的旧基础比土地革命时的江西还更落后,人民首先需要在经济上休养生息和向前发展,而这个生产运动直到去年才收到了显著的成效;另一方面是由于边区文教工作中的教条主义倾向,在抗战以后曾经大大地跋扈,大大地减弱群众对于文教工作的支持,而克服教条主义的整风运动,也是直到去年才告一段落。从积极方面说,边区目前的文教运动,一方面是已经取得了各种规模的工厂和作坊、各种式样的合作社和变工队、丰衣足食的人民战士和机关学校人员作为物质基础，另一方面则是已经取得了总结新文化运动历史经验的"新民主主义论"和"文艺座谈会讲话"作为精神基础，这样，今年的边区文教大会才达到了它应有的成就。

边区文教大会的基本成就是什么呢？它的基本成就就是总结了自生产运动与整风运动以来群众文教工作的各种经验，提出了新的任务，并在各个阵地上表示了群众的成功的典型，指出这些典型的方向是完成新任务的保证。如果用传统的文化贵族的眼光来看，这一切也许都平淡的很，也许所谓经验不过是如何更有效地达到动员一群落后的农民去服务战争加强生产和创造新生活这一功利主义目的而已，所谓任务不过是扫除他们中间早该扫除的那些可笑的愚昧不卫生和各种封建迷信的习惯而已，所谓典型事物不过是暗室里的微光，离开现代科学和现代艺术的高度太远了，以至于使得那些自命高尚的贵族或者准贵族们不免要长叹几声，表示他们对于这些东西完全不屑一顾，才能显出他们的愈加高贵。但是谁要是用中国人民的心来感觉世界，那么他的想法就会完全不同，他就会觉得世界实在又发生了一次动人的事变。在中国这样落后的国家，在陕甘宁边区这样落后的地方，人民群众的队伍自己给自己提出这样的问题。要在五年到十年里消灭百分之九十五的文盲，消灭大量的疾病死亡，拔掉保留于大多数人民中几千年来那些封建迷信的老根子，要在五年到十年里使全部能活动的人口都亲自参加这个改造和建设的巨大工程，从旧到新，从无到有，建设起各个村的学校和识字读报通讯组，各个乡的医药卫生组织，各种形式的成千的新的艺术组织和报纸。如果说这些工作以前也是做过，那么像文教大会所表现的这一次的做法，就比以前有更大的目的性，对运动的规律有更大的自觉性，更能够集中群众的意志和才能。因此可以说：人民群众现在不但懂得了怎样广泛在获得文化的权利，而且开始懂得怎样巧妙地使用文化的武器了。同在战争和生产中涌出无数英雄一样，"老百姓"里面涌出了充满自我牺牲精神和学习创造精神的医生、每天只求新方法的教员、用文字和艺术来教育自己和别人的通讯组和秧歌队、组织群众的舆论推动群众不断向上的黑板报，以及完全不害传染病，男女老少完全参加学习并因而完全团结成为一个大家庭的村庄，可惜篇幅不能允许在这里举具体的例子，这些在报纸上已经介绍得很多了。简括地说，这些创造的特点是：第一，它们正确地反映了同时指导了边区人民的民主生活，我们在卫生教育报纸文艺各方面的组织和活动，都以能实现群众需要和吸引群众自愿参加为原则，而事实证明，凡是这些组织和活动得到成功的地方，群众的政治经济生活也就比以前更活跃，更丰富，群众的民主团结也就更坚实，这在学校和××的作用上尤其明显。第二，它们灵活地适应了边区分散落后的农村环境，同时给以提高。不了解如何适应分散落后的农村环境，是边区过去文教工作失败的重要原因之一，现在这个问题是大体上解决了，农村里的一切文教工作都从照顾农村的现状出发，纠正了从城市来的教条主义和脱离群众的急性病，但是工作的目的仍是加速农村的前进和农民的觉悟，不因此而走到迁就封建迷信的路上去。第三，它们大胆地采取了人民传统中一切确实可用的部份，并因注入新的内容而使之获得新的生命，有时是同样大胆地采取和保证了为人民传统所没有而又为人民所适用的各种新形式。经过选择的中药新村学和新秧歌属于前者，而西医西药话剧电影读报识字组和黑板报则属于后者，这样边区人民在文化发展上就得到一个极为广阔自由的园地，既不受东方的也不受西方的教条主义所限制，而只受人民的利益所限制，如果也叫做限制的话。一切这些成就，主要地都是边区人民和他们中间的先进分子的作品，这些先进分子都没有任何升官发财损人利己的动机，他们唯一的动机就是为人民的解放和幸福服务，他们唯一的报酬和安慰就是人民的感谢，而且他们的绝大多数在工作中都是最不曾能够得到现代高等教育甚至中等教育的帮助，譬如受特等个人奖者的过半数就只是一些略识文字的贫农罢了。因此我们说，这次文教大会表示了一个破天荒的成功，表示了边区人民在中国文化史上完成了比孔子所做的更伟大得多的事业，难道我们是讲错了吗？

但是与其来夸述这次大会做了伟大的文章，不如说是出了个大的题目，毛泽东同志说得好，这是比打倒一个日本帝国主义更难的题目。我们所继承的遗产太痛苦了，人民对于新文化的要求毕竟还不如对新政治新经济那样热心（他们对旧文化也没有对旧政治旧经济那样的仇恨，相反地，还留得有千丝万缕的联系），而我们的经验也还不足，因此这不但是一场艰难的而简直说得上一场"微妙"的战争，但是我们必须进行这个战争。就是在其他解放区虽然他们首先要直接负起打倒日本帝国主义的责任，暂时不能用与陕甘宁边区同样的规模，但是也必须在情况所需要和许可的范围内来进行这个工作。并且应该指出，为着战争，必须就在战争中普及与提高人民的文化，正如为着战争必须进行大规模的生产运动一样。这也就是共产党中央为什么指出战争生产教育三者为各解放区所必须执行的中心任务的原故。关于提高的事情，我们在这里不能多说，但是可以指出一点，就是当新文化因为缺少新政权还不能及于全人口而暂时集中于少数先进分子的时候，提高的工作倒是有一种"方便"，而在新政权之下，新文化完全成为广大人民日常生活中的节目了，指导普及的提高工作也就不仅是少数人写字台上的问题，也就增加了一种"麻烦的负担"（好在每个真诚的革命家，都热望更快地更多地增加这种"负担"），因此虽然在某些时候和某些方面这个工作会反而进行得慢些，它的任务却是更重大了。总之，无论在后方和前线，无论是普及和提高，我们的总目标都是要驱逐日本帝国主义出中国，在全中国发展新民主主义的文化，在全中国造成人民文化的新时代。沿着边区文教大会的基本方向前进，我们是一定能达到这个目的的。

（原载一九四四年十二月一日《抗战日报》第一版社论）

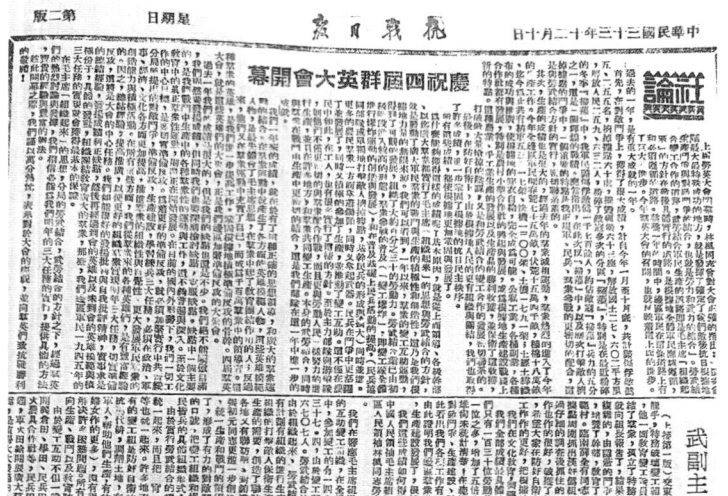

庆祝四届群英大会开幕

上届劳英大会开幕时,林枫同志曾对大会正确的指出:"这次会议最大最特殊成功的地方,就是发挥了确定了我们敌后抗日根据地生产斗争与对敌斗争的结合,也就是劳力和武力的结合。"劳武结合变工合作的道路,武劳结合军民生产的道路即是毛主席"组织起来"的方针在敌后具体实行的道路,是根据地全体军民应该遵循和必须遵循的道路。整整一年的时间中,边区军民在这条道路上有了巨大的进步。今年群英大会的召开,也就反映着这上面的进步。

过去的一年,是有重大成就的一年。

首先,在对敌斗争上,获得了很大成绩,计自今年一月至十月底,共计毙伤俘敌伪五二五五名,挤掉据点六十处,摧毁碉堡六十三座，解放国土二七六〇二平方里，解放人民二五九六三二人，粉碎了敌寇多次的分区"扫荡"，特别是在最近粉碎的冬季"扫荡"中，我军民毙伤俘敌伪一千七百余人，约占敌寇"扫荡"兵力的五分之一，这是一个辉煌的战绩。应当指出，在此次反"扫荡"中，以及历次打击敌人挤掉据点的斗争中，一个重要的特点是我正规军、民兵、群众参战的更密切的配合，这是与劳武结合方针的实行，密切联系着的。

其次，生产的成绩也是很大的，经过去年的群众减租运动，群众热烈的进入了今年的生产工作。今年全边区军民开春荒七十五万亩、伏荒十五万四千亩，种棉十八万亩，迄今为止共有纺车五三〇一七架、快机一三〇〇架、土机一七九一架。土经土纬织布的成功与推广，使根据地的穿衣自给，完全成为可能。公私工业、各种副业、各种合作社都有发展，特别是农村小型合作社的兴起与发展，成为根据地生产建设战线上新的特点。这种农业、手工业生产的发展以及生产品的胜利收获，并保卫了这收获，打破敌大量抢掠的阴谋，又是和劳武结合的变工合作的发展密切联系着。

最后，在防奸自卫上，由于根据地人民的更有组织与团结，我们也取得了许多成绩，进一步巩固了根据地的抗日民主秩序。

所有这些成绩，都使根据地更加巩固与发展了。

为什么能够获得这样的成绩呢？基本原因，就是从上面领导、各级干部，以迄广大群众都实行了毛主席"组织起来"的思想与劳武结合的方针，就是发动了广大军民群众的战斗与生产的积极性和创造性，这乃是我们根据地力量的无限来源。我们可以看到，一年以来，群众的变工互助运动，得到了可观的发展，组织了大约百分之三十的劳动力。劳武结合业已由初级阶段进入较高的形态，群众参战的普及（"变工爆炸"，即变工队全体进行爆炸运动的创造与发展）和在普及基础上民兵活动的提高（民兵协同部队或单独地打击敌人挤掉据点，基干民兵的形成与扩大），同时并进。更多的农民群众一方面拿着锄头，同时又拿起武器。民兵在斗争中更活跃了并发展了，同时又积极的参加了生产，并推动了变工互助。这不仅在农民中如此，在工人，也有很多实行了这样的方针。至于主力部队与游击队，则他们不仅更密切的与群众配合作战，而且更与劳动人民一样努力的进行生产，并且在许多地方，和群众共同变工生产。本身的武劳结合，同时与群众在战斗中生产中更密切的结合，这是我们部队在这一年中进一步的成就。

我们一年来的成绩，就在于有了这种正确的思想领导和广大的群众运动的结合。在群众运动中就产生了各方面的英雄模范人物，这些英雄模范人物，是最先体会了毛主席思想，在群众中起了教育团结作用的人；反过来，他们又在群众运动中充实了自己，而成为千百万群众中的领导者。这种群众的英雄，是我们进一步提高工作，巩固根据地积极准备反攻的骨干。四届群英大会，就是这些英雄们的大聚会，正是我们边区加紧准备反攻的大聚会。

过去一年我们的成绩是很大的，但是我们的缺点也还是不少。我们绝不能骄傲自满，我们固然要发扬成绩，但同时我们也要深刻检讨缺点，克服缺点。缺点中一个主要的，是我们战斗中生产中的各种群众性的运动与工作，还不够普遍与深入。至于文化教育中的真正群众性运动，则还正在开始发展。在目前的国内外形势下，我们一切工作的中心目标，是要切实准备反攻。为着更好的准备反攻，就必须加紧实行中共晋绥分局所提出的对敌斗争，准备反攻，生产建设，学习练兵三大任务，必须在政治、军事、经济、文化各方面更加提高，推进群众的组织性与自觉性，更大发展军民群众的创造能力与积极活动。在所有这些方面，我们从群众来的各种英雄们，是有丰富经验的。因之，总结经验，提高推广，以便更好的组织群众实现明年三大任务，切实准备反攻，这将是大会的中心任务。我们如能很好的发扬批判与自我批评精神，实事求是的总结经验，发扬成绩纠正缺点，然后再经过到会的英雄以及未到会的英雄模范与积极份子，具体的发动，组织团结教育广大的群众，那么，我们边区军民一九四五年的三大任务的实现就会获得最基本的保证。

在毛主席"组织起来"的思想，分局的劳武结合、武劳结合的方针之下，经过群英们的热烈讨论与发挥，我们相信必能为我们明年的三大任务的实行，提供具体的方法、宝贵的经验与丰富的办法。

趁此开幕之际，我们谨以万分热忱，表示对于六会的庆祝，并向群英们致抗战胜利的敬礼！

（原载一九四四年十二月十日《抗战日报》第二版社论）

祝第二届第二次边区参议会

陕甘宁边区第二届参议会第二次大会已经开幕了，全边区一百五十万人民的代表，将在这次参议会里检阅三年来边区实行民主政治的成果，讨论以后如何发扬这些成果，把边区建设得更好，和全国同胞一起完成抗战建国的大业。

这次参议会的举行，正当敌寇侵入贵州，正面战场分崩离析，国民党统治区域在军事政治经济各方面的危机岌岌不可终日的时候，全中国爱国同胞和全世界反法西斯人士都在焦虑着怎样才能挽救这个危机，怎样才能团结和发挥全国一切抗日力量，打退敌人的进攻，配合盟国进行反攻，以争取抗战的最后胜利。对于这些问题，陕甘宁边区和敌后的各解放区的光辉建树，不仅以理论而且以事实提供圆满的答案。在八年来的对敌斗争中，八路军新四军与人民一起建立了抗战的根据地，粉碎了敌人的残酷"扫荡"和"三光政策"，最近更在各地展开攻势，光复了许多城市，正规军队的数目扩大到六十五万，解放区的人民增加到九千万。这一支新生长的伟大力量，已成为争取抗战胜利的决定因素。所以能够获得如此巨大的成就，就是因为实行了孙中山先生革命的三民主义即新民主主义的政治及其各项民主政策，高度发挥了广大人民的力量。这些成就，证明如果中国其他地方也实行这样的民主政治，实行这样的政策，则不仅可以打退日寇在正面战场的进攻，挽救当前的危机，而且可以配合盟国转入反攻，促进胜利的到来。这一套办法既然在九千万人中行之有效，就毫无任何理由说它在四万万五千万人中不能行之有效，除非甘心当亡国奴或者是亲日派和法西斯之流丧心病狂之辈，才敢于反对这一套唯一正确的救国办法来诬蔑共产党和一切主张民主的人士为"奸党""异党"，这岂不是非常明白了么？

陕甘宁边区是各抗日民主根据地的首席地区，三年以来，边区的各项建设，不论在军事方面经济方面文化教育方面都有很大发展，进入了新的阶段。这些发展是由于我们的民主政治不仅仅体现在政权机构的三三制形式上，使各阶级的人士都有机会参与政治，发挥力量，而且还具体贯澈在军事经济文化各方面。就军事方面来说，开展了官长与士兵结合的练兵运动和生产运动，开展了拥政爱民运动与拥军优抗运动，批评了和改正了某些不良的倾向，奖励了部队英雄，这就是在官与兵军与民之间具体发挥了民主，因此发展了与提高了军队的战斗力。就经济方面来说，实行了减租、变工、合作政策，农贷、优待移难民、改造二流子政策，执行了工业上和贸易上公营私营合营自由发展的政策、对私营和合营工业的奖助政策、对公营的分红和副业政策，奖励了劳动英雄模范工作者和各种生产模范，广泛地发展了人民劳动互助组织，这样，在生产方面发挥了民主力量，因此发展了和提高了经济建设。就文化教育方面来说，执行了为人民大众和依靠人民大众的文教方针，纠正了脱离群众实际需要的倾向，采用了和推广了适合于群众生活条件的文教工作形式，奖励了医药卫生模范教育报纸与文艺模范，发挥了文教工作方面的民主力量，使群众文教工作的阵容也为之一新。此外，如司法方面也创造了新的民主作风，施行了调解为主审判为辅的政策，执行了以教育为主的监狱政策，使司法工作上有了新的转变。政权制度方面，实施了精简政策，纠正了旧型正规化的偏向，确立了领导一元化的体制，提高了工作效能。在乡村政权制度方面，创造了一揽子会的形式，使群众中各阶层代表及各种积极份子都有机会提出意见，解决问题。

以上各项只是边区民主政治具体实施的一些主要部份，这些政策实施的结果，不但发动了广大工农兵群众的积极性，也发动了富有者的积极性，一方面使人民的力量和才能能够充分发挥出来，出现了许许多多群众中的英雄；一方面使边区各阶层各党派人士紧密团结起来，共同为保卫边区和建设边区的事业努力。这一切人民的力量和各阶层党派团结的力量，就是使边区建设事业三年来突飞猛进的原因，这也是敌后解放区能够粉碎敌人"扫荡"对敌采取攻势并争取自己的扩大发展的原因。

三年来，边区新民主主义建设的成绩已获得举世人士的称道。然而不可忽视，在我们工作中还有不少缺点，进一步建设边区，使它在各方面都更能成为全国的模范，更能推动全国向抗战建国胜利前进，就必须发扬好的成果，批评和改正缺点，这仍然需要进一步发挥民主的力量。边区参议会开幕了，三年以来，各位参议员们参加了各地的建设工作，边区的进步与他们的努力是分不开的，今天他们又带着各地人民的意见及民主政治建设的经验来参加大会，希望他们尽量的交换互相间的宝贵意见，努力展开批评，使好的经验不要被遗漏，使缺点的批评不要被忽略，使将来边区人民的力量更充分的发挥，各阶层人士更坚固的团结起来，使边区的建设在以后更加速前进，这是我们对各位参议员们深切期望着的。我们敬祝参议会的成功，祝诸位参议员们的健康！（《解放日报》十二月五日）

（原载一九四四年十二月十二日《抗战日报》第一版社论）

一九四五

YI JIU SI WU

《抗战日报》

一九四五

把群英大会的精神贯澈到广大群众中去

边区第四届群英大会,成功地总结了一年来各方面的经验,深入地讨论了一九四五年的任务,现在英雄们都满载经验,充满信心地返归各地了。如何把大会的思想、精神和各方面的经验,贯澈到广大群众中,推广到各方面的实际工作中去,是各级党政军民领导机关当前的重要任务。

这次大会的收获是很大的,首先,在思想上,充分发挥了一家人的思想,加强了为群众服务的观念,发扬了民主精神。在组织上,总结了劳武结合新的发展和创造,首先是变工爆炸、生产战斗统一领导的指挥部,以及联防作战、联防封锁、联防围困、联防破击、武装扎工队、军民大变工、军民破击分红、游击生产等等经验,而在变工互助上,总结了各种各样变工组织形式和各种计工折工办法及经验和在变工互助基础上发展了的变工合作，以及民办公助、生产为主综合性合作社的经验。在技术上，总结和学习了埋雷、熬硝、造雷、制爆发管、开军火田、办军火合作，以及精耕细作、精纺精织等各种技术和经验。这些收获，主要是由于贯澈了林枫同志指示的总结经验、培养干部、整风的精神而来的。由于大会贯澈了这精神，贯澈了群众路线，发扬了民主，每个英雄都深刻反省了自己的思想，检讨了自己的工作，实行了批评和自我批评，真正作到了实事求是，所以才有这样伟大而丰富的收获。这些收获，就是贯澈今年三大任务，即从三大任务的完成中体现毛主席指示的十五项任务的有力保证。

大会的思想、精神和经验，是贯澈到每个到会的英雄中了，但仅仅是这样，是不够的，必须同时贯澈到全边区广大群众中去，才能很好的发动起广大群众的积极性，使它成为广大群众自觉的运动，才能很好的完成一九四五年的任务，而且也才是完成任务的最基本的保证。当然英雄们回到各地之后，应利用各种会议、各种场所和各种形式去向群众传达，但这还是不够的。为了更普遍更深入的贯澈大会的思想、精神和经验，主要应依靠县及村的扩大会。

扩大会是讨论贯澈大会思想、精神和经验的最好的组织形式。各地要抓紧时机，集中力量，有计划有组织地进行。在这个会议上，应把群英大会的思想、精神和经验，作深入的传达，以发展爆炸，开展生产为中心，联系各方面工作，进行周密的工作检查和计划。因此，就必须把大会的总结经验、培养干部、整风的精神，具体运用到扩大会中去。这首先就要求在扩大会，真正贯澈群众路线，充分发扬民主，发扬自我批评和互相批评精神，联系实际，检讨自己，检讨别人，以达到发扬优点，改正缺点，提高思想，改正作风之目的。因此，特别要求每个干部应虚心听取群众意见，从检查与总结工作中，联系自己思想，以自我批评和互相批评的方法改变不民主脱离群众的现象，并在自我批评和互相批评中，对成绩、优点要表扬，对缺点要批评改正，对有错误的干部，应适当批评，以诚恳态度，帮助其觉悟，改正错误，走向进步，就是要做到使扩大会真正成为含有教育意义的会议。其次，在会议上，要交换经验，选择好的坏的典型，讨论好的为什么会做好，坏的是为什么做坏的，把成功和失败的经验教训交流开来，并加以很好的总结，使得大家能够加以选择，学习好的，克服坏的，使工作向前推进一步。最后，在会议上，要定出今年的生产计划，这计划应该注意不是出于主观要求，求成过速，以致无法完成而流于纸上空谈；也要注意不要定得过低，成为不经努力也可完成的应付公事的东西。要按照当地情况，联系实际，实事求是，定出确当的计划，以便能够作为一年以内的奋斗目标及检查鞭策自己的标准，以真正推进工作。只有这样真正贯澈大会的精神，扩大会才会开得好，也只有使扩大会真正成为含有教育意义的会，才能把大会的精神贯澈到广大群众中去。

最后，为使大会精神统一完整有计划的贯澈执行，在领导思想上，要及时地防止两种偏向：一种是急性病的机械的乱搬，即不善于根据各地不同的具体条件，加以选择，而死板的搬用，或要求过高，或求成太速，甚至不管群众的需要和自愿，结果必然形成强迫命令、形式主义、脱离群众的现象；另一种是放弃领导，放任自流，认为英雄模范从大会回去，就会自动地搞起来，因此不去具体领导，推动帮助，从工作中继续培养英雄，形成自流现象。这两种认识及现象，对贯澈大会精神，完成三大任务，都是有害的。因此，各地在实际工作中，要认真地及时防止这两种偏向的发生。

（原载一九四五年一月二十七日《抗战日报》第一版社论）

抓紧贯澈群众减租运动

就现在我们所知情形来看，好些地区的群众，已经起来要求减租、换约及回赎土地，求得减轻封建的剥削，以便更好的进行生产，更有力的参加对敌斗争。减租减息是发动广大农民群众，加强农村团结，巩固与建设根据地的关键。经验证明，凡是前年冬季减租运动发动得比较好，租息减得比较澈底的村庄，去年都掀起了热烈的生产运动，跟着，农村的各项工作，也就很顺利的开展起来，而在其他一些没有实行减租或减得不澈底的村庄，则不论对敌斗争、生产运动及其他一切工作，都比较难于做好。这一经验教训，是应该深刻记取的。因之，各地在春耕以前，必须拿出充分的力量，去发动群众，帮助群众，通过群众路线，进行减租，以求在春耕之前，内地区真正澈底完成减租工作，而边缘区（除新收复区外），则亦要大部分完成这一工作。

根据目前的情形，减租运动里面，有几点是应该提起注意的：

一、在减租地区上，不仅尚未减租或减得不澈底的地方，要根据具体情况，发动群众，澈底实行减租，而且就是在已经减租的地方，也要抓紧检查过去的减租，不要认为已经减了，就百事大吉。经验说明，口头减了而明减暗不减的现象，前年减了而去年又夺地转租，巧抬租额的事实，还是有的。深入的检查，就会发现许多问题。例如某县，过去说大部分减了，但经深入检查，就发现真正减了的只有三分之一，而三分之二，则依旧未减或明减暗不减。这些现象，必须加以消灭。同时，去年虽减租而未退旧约换新约的，已清理债务而未抽约勾账的，应该发动群众抽约、退约、换写新约，把问题解决清楚。总之，没有广泛的澈底的查租，就不能保证减租运动的真正贯澈，也就不能保障农民群众应有的既得利益，不受无理的侵害。这是各地应该慎重注意的。

二、关于减租运动中如何了解情况，掌握政策，如何经过群众自觉，团结群众力量，通过群众路线，去贯澈减租，以及如何全面的实行农村统一战线政策的问题，本报前已有所论列，这里不再赘述。现在各地在执行过程中，还发生一些偏向。有的地方，在减租的时候，用力还是多于说理，甚至仍旧采取不适当的过分办法。可是某些上级干部在纠正时，又发生简单化的毛病。他们少从积极方面教育下级干部和群众积极份子，如何要正确掌握政策，如何去正确掌握政策，以便从思想上提高他们，并有步骤的改正缺点，发扬成绩。他们较多的办法，是简单的责备下级干部和积极份子的不对，下级干部和积极份子受了责备，思想上没有很好贯通，积极办法又未得到充分指示，于是有些干部、积极份子以及群众，便情绪低落，而封建成份，则乘机反攻。这些现象是在普及与贯澈群众减租运动中所应当注意避免的。此外，更有的地方，在减租过程中，对于被减者的说服争取工作，做得非常不够，还有的边缘区采用了内地区的要求与作法。所有这些情形，都说明我们地方群众团体的领导机关对于各处减租运动还缺乏在进行过程中的具体领导，还须要作更大的努力，以便及时的交流好的经验，纠正偏向与缺点，以便更加普遍深入与正确的贯澈群众减租运动。

三、在澈底实行了减租以后，就须要把减租的运动进一步引导到发展生产与保卫生产的道路，特别是推进变工互助与开展变工爆炸的运动。要知道只有在减租运动取得胜利的基础上，发动群众，组织起来，更好地进行对敌斗争及生产建设运动，才能够真正巩固群众的既得利益，才能够进一步的改善群众的生活，而根据地的巩固，也才能获得更有力的保证。去年很多地方因为及时注意了这一点，他们的对敌斗争及生产工作，就开展得很好，今年在减租完了以后，应该不放松这点。另外，去年的经验也证明了，要发动群众的生产及保卫生产的运动，就更加须要巩固佃权，解决土地纠纷，稳定租佃关系，使农民得以安心生产，因之制止非法夺地，保障佃权，就成为十分重要。不合法令，不经过农会讨论，而撤佃夺地，或基于出租人单方之要求而改变租佃形式者（如把租种改成不投资伙种等），应予纠正，以稳定租佃关系，而防止农民既得利益的丧失。澈底减租减息后，应保证交租交息。对于已经澈底减租的土地所有者，如果本人真正愿意自种生产或改营其他工商业者，可经过农会讨论，切实帮助他们解决有关生产的困难问题，使之真正转入生产，加强团结，发挥共同一致为抗日战争服务的力量。对于减租减息后生活真正困难的土地所有者，政府可给以适当的帮助，在其自愿的原则下，可吸收他们参加变工及合作组织，争取他们作为新社会的一份子，共同努力于根据地的建设。这对于坚持抗战及建设新民主主义社会，都是有利的。

（原载一九四五年二月五日《抗战日报》第一版社论）

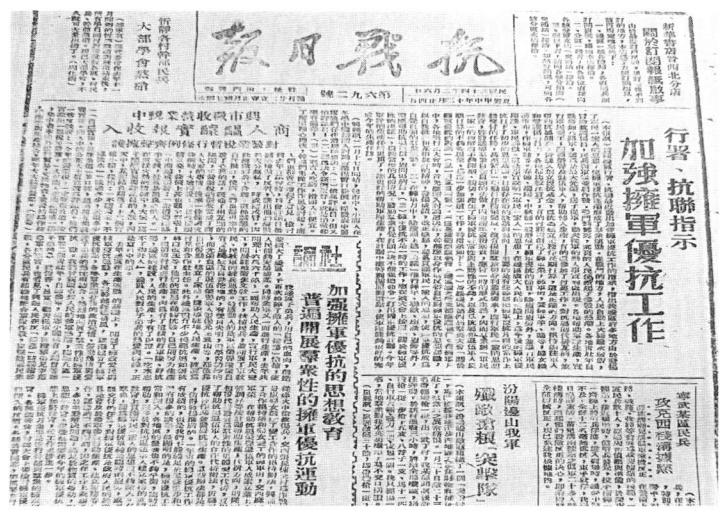

加强拥军优抗的思想教育　普遍开展群众性的拥军优抗运动

我边区子弟兵，用自己的血肉，创造并扩大了边区，千百次粉碎了敌人的"扫荡"抢掠，使人民能够安居乐业。同时全军又一面进行生产，去年共开荒十六万六千亩，一面帮助人民生产，实行军民大变工，开展驻地卫生文教工作，扶植民兵，并开展了军教民、民教军的练兵运动。最感动人的是军区荣誉队队员有双足残废还自动挖地的，有双目失明还学习纺纱的，而光荣负伤的退伍荣誉军人张保元、王云山等，都依靠自己劳动，建立了家务，还领导驻地人民生产，被选为村长和合作社主任。此外边区还有不少模范抗属如张秋林、白改玉等，他们的家属在前线抗战，自己则努力生产，还领导村民进行生产。因为有了这样的好军队、好抗属，边区的建设，人民的生产，才有了保证。"吃水忘不了掘井人"，边区人民对于子弟兵的热爱与拥护，正是意料中的事。

去年边区在生产运动的基础上，开展了拥政爱民与拥军优抗运动，各级干部经过整风，逐渐建立了拥军优抗观点，各地群众翻身后的政治觉悟、劳动热情与爱护子弟兵的热忱相结合，热烈地开展了群众性的拥军优抗运动。我们曾亲眼看到人民的参军热潮，临县五区一百零二个青壮年自愿参军，胡志小、阎秋有、王锡贵等送子弟参军，武俊香、吕富明劝夫从军，曹殿华弟兄争着参军的事实；也看见了兴县人民在反"扫荡"时踊跃参战，各分区民兵有组织地配合军队作战，岚县阴寨民众从烽火中抢救伤兵，交西张长栋全村为作战部队抢耕，岢岚妇女创造了变工合作的招待办法，兴县大坪头组织了合作招待所和妇女变工的拥军田，交西麻会妇女的拥军菜。在帮助抗属荣誉退伍军人成家立业上，有温象拴、张训升等按计划帮助生产；代耕方面，则从个人固定或包粮代耕发展为群众性的集体变工代耕，贾保执村创造了帮助抗属退伍军人的合作代耕办法，忻县群众创造了优抗合作基金发展抗属生产。这些办法都是群众的创造，值得发扬推广的。一年来的拥军优抗工作是有进步的有成绩的，但是我们不能满足于这些进步和成绩，我们还有很多的缺点，最显明的是，拥军优抗工作还不够经常和深入，各地区的发展也不够平衡，临时性的慰劳与帮助，还多于对抗属退伍军人建立家务的成绩，在宣传教育上贯澈军民一家人的思想还不够深入。有些干部和群众，认为拥军优抗单纯是临时的慰劳，或者认为是上级交付的任务，对拥军优抗是政府人民的经常工作，而且是普及于参军参战帮助生产、建立家务等各方面的工作，认识的还不够深刻，因之在工作上表现了消极应付多于主动解决问题，满足于物质的帮助，对群众缺乏思想的教育。这些都需要在今年的拥军优抗月里，从思想上加紧教育，把工作更推进一步。

拥军优抗月主要是进行干部与群众的拥军优抗思想教育。各县扩干会、村扩大会上要检讨拥军优抗工作，进行深入的反省。各级负责同志，要抓紧进行教育干部，各级政府在计划全年工作时，首先应把拥军优抗工作，加以讨论布置。在群众中更应深入普遍的进行拥军优抗的思想教育，最好以村为单位召集群众，邀请驻军抗属座谈，宣读群英会拥军优抗决定，讲述任万生王补梅一心一意拥军优抗的事例，并进行深入的检查全村拥军优抗工作，用反省检讨、相互批评方法，检讨自己，检讨别人，以群众切身的利害和经验教育群众，务使每个群众脑子里时时有个子弟兵，思想上真正认识了军民一家人，做了拥军优抗就是做了保护自己利益的工作，并从检查工作中，选出和表扬抗属退伍军人的模范与拥军优抗模范，根据各村具体情况，启发群众自觉地订出拥军计划，教育群众按计划帮助抗属退伍荣誉军人建立家务，务使他们过着和边区人民同样足衣足食的生活。教育群众按计划进行拥军，踊跃参军参战，积极帮助军队生产，务使军队能更好的打击敌人。

其次，各地群众所创造的优抗合作基金、拥军优抗田、合作代耕、变工代耕、变工合作招待、军民大变工，以及送子劝夫参军等办法，要针对各地具体条件，群众自愿，加以提倡推广，把拥军优抗运动更加深入更加全面地向前推进一步。

最后，今年是加强对敌斗争，准备反攻的一年，全边区必须在生产运动的基础上，配合拥政爱民运动加强拥军优抗运动，使军民团结更加巩固。军队的英勇善战，再加上人民的拥护，从挤敌人，巩固发展解放区，发展到反攻，最后战胜敌人。

（原载一九四五年二月六日《抗战日报》第一版社论）

后期冬学的任务

——总结经验，纠正偏向，打下今后开展文教工作的基础

　　　　边区冬学运动开展以来，得到了各地群众的拥护，有广大群众自觉自愿的参加冬学，开始形成了群众性的冬学运动。两月来的冬学运动，已获得了初步成绩，并创造了不少的经验，主要表现在大部份地区的村干部重视了冬学，和群众一起参加冬学，向群众学习了，用村干部和群众的切身经验与当地具体事实教育了村干部与群众，增强了学习的要求，从他们现有的觉悟程度上提高了一步。其次，今年冬学与当地冬季工作生产密切结合，教学内容与群众需要相符合，大部份地区冬学中，做到了"做什么学什么"，

好多冬学里密切配合进行了减租公粮参军等工作,组织了群众生产,创办了不少的小型合作社,解决了冬学经费,启发了群众的自愿上冬学,又发展了生产,温象拴提出"在那里刨闹,冬学就设在那里",正是具体体现了学习工作生产结合的方向。第三,有些地区的冬学,组织了群众的练兵习武,全村开展学爆炸的运动;边缘区县份的冬学,组织轮回冬学,"走到那里,教到那里",把冬学推进到敌占区,从思想文化上加强对敌斗争。第四,有不少地区的冬学,根据当地情况,群众需要,创造轮回教学、流动教学、实物教学、妇女识字牌、作坊教学、家庭教学、群众路线的教学,展开了父教子、子教母、夫教妻、小学生教大人、大家教大家学的方法,打破了过去教员唱独角戏,照本宣讲的教条主义。即在冬学的组织形式上,也创造了一揽子冬学的形式(学教、社教、文化娱乐、识字、读报综合在一起的冬学),这样的冬学,正是群众所需要的冬学,给今后文教工作开辟出一条新的途径。第五,在组织领导上,张初元村创造了战斗生产学习统一指挥部,统一领导战斗生产和冬学;温象拴村创造了生产冬学委员会,统一领导生产冬学工作。

这些成绩和创造,都是由于执行了根据群众需要与当地实际工作结合,启发群众自觉自愿的民办方针所得来的。

但是两月来的冬学运动中,还存在着不少的缺点:有些地区的村干部没有认识了冬学是劳动人民从思想文化上翻身的武器,对冬学不够重视,没有了解村干部上冬学不是为了起模范作用,而是认真的向群众学习,从思想文化上把自己提高一步。因之,有些村干部把冬学认为只是群众的学习场所,把自己放在群众之外,不去参加学习,下乡不帮助冬学。最坏的还有些地区的干部把冬学与冬季工作对立,轻视冬学,把冬学教员调开做了其他工作,以为冬学是额外负担,当成上级任务来完成,结果,冬学与冬季工作都没有做好。有些地区的干部和冬学教员没有掌握了冬学与冬季工作结合的精神,不从当地群众需要出发,脱离实际工作和群众生产,机械搬用教材照本宣读，犯了教条主义的毛病，或者把冬学偏重做实际工作，没有从实际事物中联系思想，启发群众的认识，把群众提高一步，甚至有些冬学发生了代替行政处理问题，执行处罚的偏向。还有些教员，不进行调查研究，无组织的进行教学，听任群众的拉杂漫谈，不善于引导群众联系实际，抓住中心，分析问题，从思想上给群众解决问题，形成自流的"乱谈会"。此外还有些村干部和群众把民办公助认为民办就是民众负担经济，造成没有为群众服务，先向群众要东西的现象，从而不从启发群众自觉自愿出发，走向强迫命令的动员或处罚现象，这些偏向急应纠正。

现在已到春节，冬学已告一段落，但离春耕还有相当时期，可以进行冬学，各地冬委会急需趁此时机分别下乡进行检查工作，总结经验，发扬优点，纠正偏向，发现典型，发现人材，进行有计划的具体帮助，并适应群众需要，以冬学为中心，开展群众性的春节文化娱乐，使冬学后期，适时的转入更能适合群众的要求，以进一步为群众服务。

其次，从检查冬学工作中，即应准备冬学总结工作的基础与针对各个冬学不同条件，依据群众的自觉自愿，拟出冬学转变的具体计划与步骤，使冬学结束后，转变为长期的社教组织或民办小学。

第三，两月来的冬学运动，事实证明，冬学和实际工作结合，开展了冬学，推进了工作生产，要使春耕前冬学更推进一步，必须与春季工作密切结合，和扩大会村选春季生产更好的结合起来，并把群英大会的精神，在冬学中充分发扬起来，使每个群众依据边区三大任务，在冬学结束前订出自己的生产计划，认识民主与自己的切身关系，发动群众自觉自愿的参选参政热潮，冬学中把村选工作造成群众性的运动。

（原载一九四五年二月十五日《抗战日报》第一版社论）

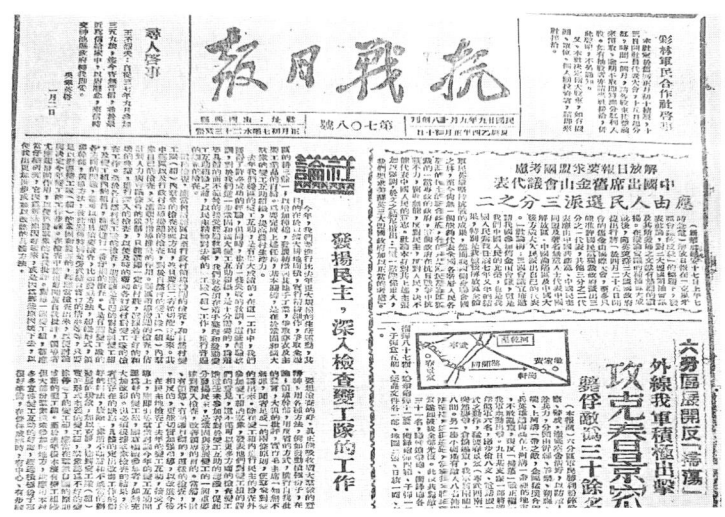

发扬民主,深入检查变工队的工作

今年,我们要进行比去年更大规模的生产运动,其目的在于以扩大耕地面积,实行精耕细作,争取全边区的耕三余一;以增加种棉,发展纺织与其他手工业,争取穿衣及主要工业品的自给。为要完成上述任务,基本关键,是在于巩固和扩大群众的变工互助组织,提高农村生产力。

去年我们边区的变工互助,是有很大成绩的。在这一工作中,我们获得了许多成功的经验,但同时,也有一些失败的教训,这些经验教训,对于我们进一步巩固和扩大变工互助组织,是十分需要的。为着要具体的而不笼统的接受经验教训,我们就必须在着手整理和发动变工互助组织之前,以民主精神对去年的变工队(组)工作,进行普遍的细密的检查。

这种检查,应当包括县区以至行政村领导机关的检查和自然村变工队(组)内群众的检查两个方面,并且要使二者密切配合起来。其中县区以及行政村领导机关的检查,对于自然村的变工队(组)内群众自己的检查,又应起其指导推动的作用。县区领导机关的检查,估计到人力与会议条件的限制,只能选择一定的村庄,选择若干好的和坏的典型,进行深入的检查,以便及时的帮助各行政村对变工队的检查工作。至于各自然村变工队的检查,则应该是普遍的对每个变工组及变工组内的组员,都要进行一番仔细的检查。凡是有关变工队的各方面的问题,都可以而且须要检查,比如发动方法、组织形式、领导干部、领导方法、彼此关系,特别是劳武结合实行的情形等等,只要足以影响变工队(组)的巩固和发展的,都应当检查出来,以便讨论与决定今年变工的工作步骤。在检查中应很好开展自我批评,领导者尤应起带头作用,以便启发群众的自我批评。对每一个变工组,都应当仔细研究它因为那些原因好起来,或是因为那些原因坏下去,以便找出更加进步或加以改造的具体方法。

要想检查的好,真正能吸收广大群众的意见,就必须充分发扬民主精神,用各种方法,例如发动积极份子,在群众中组织酝酿,引导讨论;领导干部,用反省的方式,进行自我批评等等,来启发群众大胆的发言,大胆的批评,实行毛主席"知无不言,言无不尽"和"言者无罪,闻者足戒"的两条原则,使群众对变工组的意见,能毫无保留的讲出来,除在变工组内进行民主的检查外,还应尽可能的发动没有参加变工组的群众,发表他们对变工组的观感和评论,耐心的听取他们的意见,这不仅可以更多方面的检查变工互助的工作,而且可以增进这些未参加者对于变工互助的认识,促起他们自愿的参加变工。充分发扬民主,是巩固与发展变工的一个重要条件,没有民主,就不能达到深入检查,改善领导的目的。当然,这种民主的检查应是有计划、有领导、有明确目标的,这样的检查,不仅不会削弱变工队的领导,相反的，更能切实加强领导，以改进今后变工互助的工作。

在民主地检查了去年的变工互助，接受了去年的经验教训之后，领导上，应即引导群众讨论今年的变工互助问题。经过检查，凡是群众认为好的变工组，愿意继续参加者，如无充分必要，一般的不必重新大加改组。但必须根据群众检查的结果，针对本队本组发生过的，或者还存在的缺点，具体的定出改进工作的办法，采取群众所愿意的更好的办法，废除群众所不愿意和不适当的办法，把一切妨碍变工互助发展的现象，加以克服，达到变工队（组）之完全巩固。凡是有名无实的形式主义的变工组，群众认为不好的变工组，或者在去年已经中途停顿了的变工组，应当在群众自愿的原则下，加以整理，或重新组成新的变工组。至于去年根本没有变工组织的地方，或是已有组织，但大部份群众还未参加的地方，则应用本村或邻近村庄的生动事实，多多宣传变工互助的好处，经过积极份子事先团结群众，充分酝酿，很好准备，在条件成熟时，有中心、有步骤的组织起来，并用典型示范的方法，逐渐扩大变工互助的组织。

不论是旧的变工组和重新改组的变工组，或是完全新发动新组织的变工组，都必须实行自愿的结合（当然不是自流的而是有领导的），切不可施行强迫命令；必须民主的选举领导人，使群众能够选择大公无私的，真正为大众办事的人；变工办法上，应由群众选择他们所乐意采取的组织形式；群众的困难，应由变工组民主讨论，大家解决；变工队中所发生的问题，由大家商量解决；变工队员的按户计划、各种制度，以及开展变工爆炸的各项工作，均应在组内或队内民主讨论商定。总之，变工队以及各组的事情，凡应大家商议者，均应由变工队（组）民主讨论，民主解决，这样才能充分发挥群众的创造性与竞赛精神，使这些问题得到妥善的解决。各地必须澈底避免形式主义，强迫命令的作法，对于曾经发生过而现今尚存在的一些问题，如勉强按户编组、指定组长、硬搬形式、干部包办等，都应当毫不迟疑的加以克服。

在变工队（组）内发扬民主深入检查讨论中间，必然会遇到化费时间较多，群众感觉疲劳的问题。为着避免这一现象，变工队（组）的领导人，就必须把所要讨论的问题，事前先向队员群众提出，不仅自己先作必要的准备，和大家交□意见，并要使群众也能有时间多来考虑与准备意见。此外，还必须善于调剂时间，利用空隙，避免于终日生产劳动之后，召开冗长的会议，而要争取在群众比较空暇的时间，来进行讨论，这样一方面使问题能够得到及时的民主解决，同时，使群众不至感觉疲劳，以致减弱对于讨论问题的兴趣。

群众的检查，是总结和接受经验最好的方法。自愿的组织，民主的领导和深入的教育（这是巩固发展变工的又一重要问题，这里因篇幅关系，不详说了），是巩固和扩大变工组织的关键。只有建立在群众自觉自愿发扬民主的基础上，而不是建立在强迫命令的基础上的变工队，才是群众拥护的领导深入的，因而也是巩固的有效的变工队。只有大量巩固的，能够发挥实际效用的变工队，而不是形式主义，有名无实的变工队，才能把广大群众的劳动力量真正组织起来，集体地投入生产运动中，并与对敌斗争密切结合起来，这将是今年生产运动成功的基本保证，也是我们必须用极大力量去领导推动的工作。

（原载一九四五年二月二十二日《抗战日报》第一版社论）

为完成二十五万亩棉田而奋斗

边区的种棉事业,几年来由于政府的提倡奖励和群众生产情绪的高涨,收到了很大的成绩。棉田已由一九四一年的三万亩增加到一九四四年的十五万亩,棉花产量也由一九四一年的二十五万斤增加到一九四四年的一百八十万斤。从前认为不能种棉的河、保、神府等县也大量的推广了种棉,并且长的很好,大大鼓舞了群众种棉的胜利信心,开辟了走向穿衣自给的道路。

今年种棉地区需更加扩大,由原来的七个县推广到十九个县,计划种植棉田二十五万亩,比去年增加三分之二,如以每亩产量十斤计,可共产棉花二百五十万斤。我们要努力争取穿衣自给,这个任务是很大的,但是只要大家努力是完全可以完成的。这里我们特提出几点意见，作为完成这一光荣任务的参考。

首先各级干部必须从思想上认识，种棉不仅是争取穿衣自给的先决条件，而且也是帮助广大群众翻身，使其生活上升的有效办法。临县四区某村的材料，买一匹布就需要十几亩地打下的粮食才行，这样贫苦农民就很难得到丰衣足食，而临南种棉英雄刘文锦去年主要由于种棉做到了耕一余一。所以全边区党政军民工作人员，尤其是直接领导生产的工作人员，必须从思想上认识种棉的重要性，澈底转变轻视种棉思想，把种棉当作春耕中的重要工作，积极培养种棉英雄，使其起带头作用，把种棉普遍的推广起来。

其次，老种棉区在指导上要抓紧注意精耕细作，改进技术，增加产量，同时也不放松继续推广。选择优良品种，多犁地（至少三遍），多上粪，勤锄草，仔细打切，认真防治病害虫，这是增加产量，提高质量的唯一方法。俗话说"棉锄七遍，圪旦赛过鸡蛋"，种棉英雄刘文锦也说"少耕一犁少产三斤至五斤棉花"，值得大大注意。为此，就必须防止某些老种棉区干部及农民的自高自满、摆老资格的现象，要不断的研究改进种棉技术，反对墨守成规，老在狭隘的旧经验里打圈子，应吸收其他地区的新的经验，以充实自己并用以指导种棉。

在推广种棉区，一切条件多不如老种棉区，必须及早进行准备工作。第一，没准备下种籽的县份，要抽调专人赶快去买，迟了就要误事，去年某些地区就吃了这□亏。第二，要配合按户计划和冬学等工作，勘定与调剂棉田，调剂办法，或租或对调都无不可，务使有棉田而无劳力或有劳力而无棉田的问题，得到适当解决，使种棉能更有效的普及到群众中去。第三，在种棉技术较差的县份，要聘请种棉指导员，并以村或几个村为单位，召集种棉户和村干部座谈种棉经验，并给以技术上的指导，这样可以减少因指导员少，照顾不到的困难。这里要防止两种偏向，一是不重视种棉指导员，随便当作"开荒员"或杂务员来用；一是有了指导员，自己就"一退六二五"什么也不管了。过去的经验证明，领导生产的干部，如不能亲自动手直接负责，光靠一两个指导员，种棉工作是永远搞不好的。第四，精耕细作应与推广并重。

在试种棉区，要抱定试种必成的决心，认真负责进行一切准备工作。在领导上不要光作一般的宣传号召就算了事，因为群众眼睛是最现实主义的，看不见种棉利益，就不会"冒险"尝试。因此须选择几个比较有成功把握的村庄，集中力量突破一点取得经验，使之能起示范作用，才能坚定群众种棉的胜利信心和打下以后推广的基础，同时要动员村干部自己首先种棉，以起带头作用。这里技术上的指导，非常重要，必须及早聘请富有经验的种棉指导员。干部和新种棉户要有甘当小学生，虚心向他学习的精神。准备的棉籽最好是邻近县份的，因为邻近县份气候差不多，棉花比较容易长好。

最后，在争取全边区穿衣自给的伟大任务面前，所有各级机关部队学校首先要起模范作用。因此机关部队学校在今年大生产运动中，要大量种棉，一方面可以解决本单位的穿衣自给，另方面又可以起种棉的带头作用，诚属一举两得，公私两利之事。

立春已过，春耕即至，全边区党政军民要一致动员起来，来一个大规模的种棉运动，把棉田由川地推向山地，由内地推向游击区，为完成二十五万亩棉田，争取穿衣自给而奋斗。

（原载一九四五年二月二十三日《抗战日报》第一版社论）

展开卫生防疫运动

敌人用尽一切卑鄙无耻的毒辣办法，来破坏我们的人力物力，除过实施烧杀抢劫暴行，每次"扫荡"更散放"病菌"（病苗），就中以伤寒疥疟为多。去年反"扫荡"中，在岚县某村曾发现敌人发放"病疫老鼠"之事。现在春天即到，加之冬天雪少，疫病容易发生，这尤应引起我们的严重警惕。据各地来讯，许多地方已发生严重的流行病，许多村庄在冬季即闹起大伤寒出水病。兴县沟门前、石楼圪台都闹得很利害，石楼圪台三十七户人家，闹出水病的即达十七户之多，几乎占全村户口的一半。这对农村劳动力是一个不小的危害。

实行清洁，设法把伤寒等病菌烧死或冻死，使其没有繁殖生存之所，普遍发动群众打老鼠和养猫，防止鼠疫菌繁殖开来，尽量防止一切疫病发生，这是当前极应注意的一件大事。否则，这些病菌一经滋长流行，对今年边区大生产运动，对耕三余一任务的完成，就会受到重大影响。希望各地村扩大会，应把卫生防疫工作，作为讨论内容之一。边区各地军民应及早下手，在春耕前推行一个大的春季卫生防疫运动。

各地军民应协同进行下列工作：

一、召开军民卫生宣传会议，利用各种集会（如骡马大会），进行防疫的宣传，说明卫生的重要性。组织临时军民卫生委员会，领导督促检查。发动群众举行打老鼠运动，向群众讲解和传染病者实行隔离的好处，不要和得了伤寒出水病的人住在一个炕上，不要乱用病人的碗筷，以防传染。

二、提早收集肥料，把驻地周围的粪便集中起来，粪坑要掏净，并将粪早些送到地里去，这又讲了卫生，又可增加庄稼的产量，使清洁卫生与春耕准备工作结合起来。

三、打扫住地周围、村道内、附近沟壕内不干净的东西，一律扫除集中，烧成灰和粪混合一起，也是很好的肥料。

四、提早修理厕所（粪坑），将破垮了的厕所好好修理一下，到远处重新修理一个，应尽可能的做到每家要有一个干净厕所，此外厕所的口子大时，要用木板或石板盖小些，掏出的粪要盖一层薄土以防止苍蝇发生。

各地小学校更要协同村内好好推行这一工作，采取春季卫生防疫运动与小学教育结合的办法，以小学生作为卫生宣传员，先从校内从学生本身作起，然后由学生宣传自己家内去实行清洁卫生。

各村地方干部及劳动模范人员，不光要积极宣传推动群众讲卫生，更要以身作则，首先从自己家庭做起，来影响推动群众，大家一齐来防止疾病传染，保证健康，完成今年的生产任务。

（原载一九四五年二月二十七日《抗战日报》第一版社论）

拥政爱民月上半月的检讨

拥爱月过去了一半,半个月的运动过程中,表现着三大优点:

(一)拥政爱民与对敌斗争相结合。在"以战斗保卫群众过年""以新胜利庆祝新年"的口号下,我军不断取得胜利。如六分区攻占春景洼的大胜利及轩岗附近黄家堡的胜利,二分区攻占八角堡的大胜利,三分区奇袭方山城的胜利及圪洞附近伏击战的胜利,一分区攻占普明镇的胜利,都是军民协同作战,解放与保卫人民的范例。必须继续奋发,军民协力,依据具体情况,有把握地坚决打击敌人,以扩大解放区,更多的解放敌占区的人民。

(二)拥政爱民与准备春耕相结合。今年春早,雨水已过，地快开冻，许多部队正在总结去年生产经验讨论今年生产计划。拥爱月的下半月，必须着重生产建设的思想教育，强调开展大规模的生产运动，完成自给百分之五十的任务（前线部队自给任务可酌量减轻）以减轻政府和人民的负担，这是最实际的拥政爱民。不积极生产就是缺乏劳动观念群众观念的表现，就是剥削思想、"取之于民"的思想还多少存在的表现。

（三）拥政爱民与拥干爱兵相结合。在六分区和军区直属队的军民联欢贺新年，干部向战士杂务人员拜年，战士杂务人员向干部拜年，军队与老百姓又互相拜年。军队和地方的青年壮年都向军队与地方的老年人拜年祝寿。在春节宣传中，出现了无数军民共同组织的秧歌队，不分干部战士杂务人员，不分老少，歌舞在一起，充满着军民一家、官兵一体的空气。事实证明：官兵关系越融洽，军民关系也就越融洽。这两个拥爱运动的结合是很自然的。

以上三大优点必须在运动继续开展中更充分的发扬起来。

同时，也表现着一个严重的缺点，就是思想教育抓得不紧，学习空气很不浓厚。虽一般的提出了学习毛主席指示的一九四五年任务和军区政治部所规定的拥爱文件，但究竟如何组织学习，如何弄通这些文件又和实际联系起来，如何根据不同的政治水平，不同的工作性质，具体的规定学习要求和方法，学习的效果如何，还有些什么思想问题，应如何解决，都很少反映。假如这一缺点不克服，那么以上三个优点也将不能巩固不能继续发扬。

拥政爱民运动加上拥干爱兵运动，是全军大整风，整思想，整关系，用自我批评、思想教育的方法，以达到全军大团结，军民大团结的目的。因此，我们希望各级政治机关及各机关部队负责同志，切实组织与领导学习，按照不同情况采取不同学习办法，针对本部思想状况确定自己的学习重点。进行严格的检查，表扬学习努力进步的同志，批评不愿学习不求进步的同志，对自修困难的同志，应给以特别帮助。各级首长应以身作则首先认真学习，并有计划有准备地作报告，上大课，根据文件精神联系本部实际，讲清道理，解决问题，然后发动大家反省，发现新的问题时，再讲解，再解决。如此反复进行，务求贯通。（负有战斗任务的部队，亦应利用空隙时间进行教育。不便集中就分散进行），必须在全体军人（首先是干部）中，建立一种坚强而明确的观点，即团结自己，战胜敌人，为了群众，依靠群众。

（原载一九四五年三月一日《抗战日报》第一版社论）

加紧准备春耕

"九九又一九,犁牛遍地走",春耕时节转眼就要到来,加紧准备春耕实在是目前第一件大事。根据去年经验,凡是春耕准备工作作的较好的地区,就能"有备无患",按步就班的进行耕作,发展了生产,收到了成绩,而凡是春耕准备工作作的较差的地区,就难免"临渴掘井"手忙脚乱,耕作不能顺利的进行,生产没有收到应有的成绩,甚至造成了严重的缺点。试举种棉为例:去年有的地区在勘查棉田,购运棉籽,聘请种棉指导员加强技术指导等方面,都及时进行了准备工作,因而扩大了棉田,增加了棉花产量。有的地区则这些工作作的比较差,因此棉田没有得到应有的扩大,棉花产量没有得到应有的增加,这不能不说是一个很大的缺点。在扩大耕地面积、移民开荒、精耕细作等方面，有些地区也有同样的经验。为了澈底实现分局关于进一步开展大规模生产运动的指示，各地必须接受去年的经验，加紧准备春耕。

春耕准备的事项很多，各地具体情况不同，应进行的准备工作也不完全相同，这就要各级领导同志根据具体条件"因地制宜"，"因时制宜"。兹将一般急需立即进行的几项工作提出，以供参考。

（一）春耕眼看就要开始了，有的地方关于土地的回赎、租佃及调剂等问题还没有很好的解决，影响春耕的准备及农民的生产情绪。因此这些问题应依据法理人情及当事人的具体条件，立即给以妥善的解决。例如调剂土地一项，有些人想种棉、蓝、麻、大麦等，但没有适当的土地，有些人宜于种这些作务的土地较多，但人手少作务不过来，为了调剂劳动力增加生产，在互相情愿互不吃亏的原则下，可以经过兑调或租佃的形式进行调剂。去年在拥军优抗及变工互助的基础上各地先后进行了对抗属退伍荣誉军人及贫苦农民的土地调剂，不但增加了生产而且改善了抗属退伍荣誉军人及贫苦农民的生活。这种照顾全面，互助互济的精神是值得继续加以鼓励与发扬的。其他如土地的回赎与租佃等问题可以依据同样的精神，求得妥善的解决，以利生产的进行。

（二）生产情绪更加高涨与进一步开展大规模生产运动的要求下，各地农民尤其是新翻身的农民，为了扩大耕地面积实现精耕细作，迫切要求增加耕牛与农具，各地必须事先估计到这一问题，并立即进行有效的准备工作。在耕牛方面分区与分区，县与县之间应进行调剂，各地贸易局应根据各地出产耕牛与需要耕牛的情形，以有余补不足，进行调剂的工作，除了贸易局应拿出一定数量的资金购运耕牛外，并应组织推动公营商店合作社进行这一工作。更重要的是要通过贷款，进行深入的组织工作，大量吸收游资购买耕牛。资力不足的可发动伙买伙账，这不只可以解决贫苦农民的耕牛问题，而且可以造成发展巩固变工互助组织的便利条件。调剂耕牛最好的场所是各地定期召开的骡马大会，事先要很好的进行宣传组织，会期中更要进行周密的调查研究，及时发现问题，加以指导推动。游击区边缘区的骡马大会，必须有严密的警戒与布置，以免遭受敌人的袭击。

去年的骡马大会，有的名不符实，耕牛上市的寥寥无几，不能满足群众的要求，今年应加以预防，有的耕牛上市的虽不少，但买卖双方"满天要价就地还价"形成相持不决的局面，影响买卖的成交，今年在不违犯市场价格及公平交易的原则下，应加以适当的调整。农具方面各地应立即号召组织铁木工以及各种手工业工人加紧制造农具如镢头、犁□等，宣传发动群众加紧进行砍山货，编簸箩、筐、篓等用具，然后经过制造者本人或合作社、公私商店、贸易局，及时运到集市及骡马大会上出售，以解决春耕中的各种工具问题。去年因事先缺乏准备，有的地方因□头不够，两三人轮流使用一把，影响了开荒；有的地方因农具供不应求，匠人就偷工减料粗制滥造，作出的农具不好使不耐用，同样影响了生产；有的地方对于制造农具的组织推动工作作的不够，发生了由外区输入农具如铎、锹等不应有的现象，这些现象今年都应加以纠正。

（三）"种瓜得瓜，种豆得豆"，人人都会说，但是"种好瓜籽得好瓜，种好豆籽得好豆"，却不一定人人都能做到，甚至有些人对于选好种籽的问题，采取了不应有的忽视态度，有的人虽然知道注意，但由于自己没有好种籽，事先又没有机会进行调剂调换，临时只好将赖种籽下地，结果费了同样的气力，收不到同样的收获。为了增加产量，改进农作物质量，今年各地必须及时进行选好种籽的宣传动员与组织调剂工作。干部劳动英雄生产积极份子应首先注意选好种，及早准备交换好种籽，并通过变工互助组织，发动群众注意选籽并交换好种籽。

（四）"若要不信粪底作证"，施肥对于增加产量的重要性及积肥沤肥的各种办法，前已一再介绍，现在急应推动检查各地对于抬粪、沤肥、垫圈、修理厕所等的具体推动情形，根据各地不同情况，采用各种办法，造成增加肥料，多施肥多打粮的热潮，以实现用多耕多锄多施肥的办法，每亩增产细粮一升，全边区增产细粮十万石的要求。

（五）"烧在前吃在后"，准备柴炭是目前急需进行的。因事先不准备足够的柴炭，往往春耕开始后仍不得不化费时间力量去打柴驮炭，耽误生产。去年有的地方事先发动了集体打柴，收效很大，有的竟于春耕前用集体力量，准备了一年的烧柴，不但便利耕作的进行，而且由此发动了变工组织。有的地区组织运输与农业的变工来解决烧炭问题，一举两得，值得效法。不论其形式如何，总之，柴炭问题应及早解决，以便春耕开始后集中全力进行耕作。有变工组织的地方，应首先动员起来解决变工组员的柴火问题，然后推动各家一致行动。没有变工组织的地方，应当把说服教育群众从及早解决柴火问题，当作发动组织变工互助的方式之一。

（六）去年变工互助的账目，有的地方至今还未清理，这对于今后发展巩固变工组织影响很大，急应加以澈底结算清理。干部劳动英雄及变工组织的领导人，应以大公无私的精神，首先清理自己欠下的工，然后将所有变工组员的账目一一加以清算，绝不能怕麻烦图省事，而模糊了事。须知过去的变工账目如不澈底清理，不但会使去年参加变工组织的人苦乐不均，不得其平，而且会妨碍今年变工互助组织的扩大发展。如果认真加以清理，使所有参加变工组织的人都感到各得其所应得，则对于今年变工组织的发展，无疑的将是一个有力的推动。少数干部劳英因工作关系误工较多，各级领导机关及驻地部队机关应采取适当办法如帮工等形式，给以必要的帮助。根据去年经验，今后变工账目必须采取简单明了的记工办法，如工票工签等，并长作短算，按期结帐，以免迁延日久，不易清理。同时今后对于劳英及变工组领导人的使用必须加以适当注意，以免耽误劳动时间过多，不只影响其本人生产，加重其负担，而且会因此减弱了变工组织的领导。

此外如兴修水利组织及安置移民等等工作，亦应及早注意加紧准备。

所有以上诸问题，各地具体条件不同，需要解决的缓急轻重不尽相同，但这些工作确实是春耕开始前必须作好的工作，而且只有这些工作作好，才能给开展大规模生产运动打下坚实基础。

（原载一九四五年三月三日《抗战日报》第一版社论）

警惕起来,粉碎敌人的新阴谋!

一九四四年,我们对敌斗争的开展,获得很大的成绩,收获据点百余个,村庄三千一百零八个,解放人口三十七万二千八百五十四人,扩大面积九万七千零一十二平方华里,摇撼了敌伪之统治基础。本年以来,中共中央宣布敌后解放区任务,扩大解放区之方针后,在敌伪之间引起惊惧恐怖,敌寇乃企图用各种办法,强化其统治区之预防措施,以保持其残酷统治,于各地实行重点配备,加强其军事与特务活动。

自一月以来,我区各处之敌,日趋活跃,频繁出扰,其活动方法,综合有以下两类:

(一)第一线之主要中心据点或交通线,配置一定数量之机动部队，有重点的实行积极连续出动，行动上诡密狡诈，出没无常，战术上多实行袭击诱伏、连续追袭与短距离的突然合击包围，专门捕捉我接敌区之工作人员。侦察部队及小部队，抓捕群众，抢掠物资，培植特务爪牙，阴谋恢复其"维持"，以此阻止我工作之向前发展。最近在五寨、宁化、静乐、忻县、东村、离石、汾阳、阳曲等地区，均有此种部队出现，我个别部队及群众，也曾因疏忽麻痹，遭受损失。

（二）敌在其统治区组织小型特工队，由会说中国话的日本人及忠实于敌人的伪军和汉奸组成，化装我方工作人员或部队人员，分散行动，企图以狡猾的欺骗手段，破坏我在沦陷区的工作，造成群众中间的恐怖，给予我们工作以更多的困难。

敌人企图用以上方法，在其统治区前缘和纵深处，建立这样一个防御体制，作垂死的挣扎。但是敌寇的长期血腥统治，给了我敌占区边缘区同胞以痛切而深刻的教育，锻炼了他们反抗敌伪的坚强意志。我们第一线对敌斗争部队，在长期奋战中也已积累了很丰富的斗争经验，敌人这一套阴险毒辣的方法，决不会如意的施展开来，决不会阻挠我们的前进。然而，我们应该认清，只有加强我们的工作，才能澈底粉碎敌人之阴谋企图，自满与疏忽都会遭到不应有的损失，因此我们必须：

（一）克服自满与骄傲。在我们的工作顺利开展的形势下面，很易滋长骄傲，致疏忽大意、不注意警惕敌人、不严密侦察警戒、粗枝大叶等等，这些都会造成敌人可乘之机，而使我们的工作遭受损失。因此应该更加细致地点滴地从深入的群众工作做起，要随时联系群众，处处依靠群众，与群众利益相结合，来发动、教育、组织群众，有阵地的稳当的向敌人挤。

（二）详细调查研究敌人。注意敌人的行动规律、特点，找出其弱点与可乘之机，而设法积极的主动打击敌人，给敌人的疯狂性以不断的挫折。发动与组织当地群众，开展爆炸，封锁敌人点线，限制其肆意行动。与当地民兵建立联防哨与联防作战，对敌实行面的封锁，以粉碎敌之行动企图。

（三）随时提高警惕，防止疏忽大意。要经常转移，消灭自己的规律；要注意检查行人，封锁消息；加强侦察警戒，军民密切联系，互通情报；要澈底实行空室清野，加强备战工作，随时准备打击敌人的报复"扫荡"及一切报复行动。

总之，我们应以处处联系群众、详细调查研究、主动积极进攻与随时防敌报复的原则，与群众团结起来，共同想出办法，粉碎敌人的一切新的阴谋诡计。

（原载一九四五年三月八日《抗战日报》第一版社论）

对文教会议准备工作的几点意见

　　最近边区文教会议筹委会决定于本年八月间召开边区文教会议，行署并颁发了关于文教会议的指示，这确是我边区文教运动发展到现阶段的一个重大事件。几年来，我边区由于对敌斗争、减租生产日益开展，群众生活日益改善，因此在文化教育上的要求日益迫切。在去年一年中，各地出现了许多民办公助的学校，创造了变工办学的形式，全村合开学田的亦颇不少，冬学运动更是空前发展，根据一、二、三、六，四个分区共建立了冬学一千二百八十一所，学生达十万人之多。在医药卫生方面，医药合作社、民众医院等，已在某些地区出现，中西医合作的组织亦开始建立，群众的清洁卫生运动，亦在若干地区有计划的进行。

群众读报组亦日益增多，各地并纷纷出现了一些黑板报。群众的剧团、秧歌队，在去冬今春亦更加普遍发展起来，造成了空前热烈的春节宣传运动。这一切，都说明边区的文教运动，在毛主席的文教方针下，已逐渐形成广泛的群众运动。而这一运动，不仅在解放区，且推进到接敌区和敌占区（如组织敌占区群众办冬学，剧团、秧歌队到敌占区群众中出演等），成为对敌斗争的重要组成部份，表现出敌后文教运动的最大特色。而各地的文教组织和活动，一般的均与战争、生产密切结合，并进而推进了战争和生产，这更是边区文教运动的基本特点。当然，我边区的文教运动，在今天才开始发展起来，过去旧政权所造成的文化上的落后、不卫生、迷信等等现象还严重存在，还厉害的威胁着群众的生产和生命。如何扫除旧社会遗留下的这些毒害，还是今后的艰巨工作，还须拿出最大的力量来顽强地不倦地努力奋斗。因此，总结现有的经验，贯澈毛主席的文教方针，以进一步推进今后边区的文教运动，实为当前的迫切任务。边区文教会议在今秋的召开，正是实现这一任务的重要步骤。在此文教会议开始进行准备工作的时候，我们特提出以下的几点意见：

一、今秋的文教会议要开得好，开得成功，真正把各种经验总结起来，则进行调查研究是当前的重要工作。如果调查研究作得不好，事前掌握材料不够，会议是决难开好的。同时边区文教会议开得成功与否，有赖于县文教座谈会能否真正发现人材与分区文教会议能否真正总结出经验。因此行署指示中规定的各分区各县及各负责进行调查的机关和人员，必须切实抓紧这一工作。但派人调查时，应当注意经过一定的系统，统一合理的分配，以免调查重复，使群众感到应付不来，妨碍生产，且亦浪费人力。而进行调查时，更要和村里的工作生产密切配合，在当前即应参加到村扩大会里去，这是搜集材料，发现人材，发现典型的最好机会。到村选时，应参加到村选宣传和工作中去；在春耕时，应和群众的生产配合。只有卷入运动中，和群众在一起，并且真正为群众办事，才会得到更实际的材料，才不会妨碍群众的工作和生产。这一点是必须切实注意的。

二、文教会议的召开，是为了总结经验，推进工作，我边区各文教组织，应以开展文教运动来迎接文教大会，一方面积极提供实际材料，以资研究，一方面即应按照具体情况和群众的需要加强或改善自己的工作，例如把冬学转变为经常性的各种文教组织，即是目前的切要工作，至于其他现有的文教组织，如秧歌剧团、黑板报、读报组等，应在各地进行冬学总结时，交流经验，加以改进，而春季的防疫运动，更应切实进行。各调查人员，在调查发现某些文教组织或有关文教的活动，存在有缺点或问题时，应及时通过一定的系统或对象，提出建议，并从旁帮助其改进，但决不能包办代替强迫命令，要记住毛主席指示我们的话：根据群众的需要和自愿，如果群众还不了解时，则须等待，通过自己的工作来提高群众的自觉。如果不是紧急的工作，而群众又正忙于生产顾不过来时，就宁可暂时不办，以免妨碍群众生产。不过各地对于文教的好坏典型材料，则应有计划的在各个报纸上报导，以便迅速交流经验，推动工作。

三、在组织领导上，各地文教筹委会应迅速成立起来，按照行署指示吸收有关机关、部队、团体参加，以便通□各个系统，进行调查研究，发现人材，并推选出来，同时亦使文教会议的工作和各方面的工作密切配合。在筹委会中，更要注意吸收当地热心文教工作的各界社会人士参加，以发挥集思广益的效用。今后的文教工作是更加重了，各县教育科必须很快成立起来，以加强文教工作的领导。

（原载一九四五年三月十三日《抗战日报》第一版社论）

使群众练兵经常化

去冬练兵中，造成轰轰烈烈的全民练兵大运动，干部民兵、广大群众、男女老少都参加了，这是一件空前的大事。这一运动的结果，使解放区农民的大多数，能够直接拿起武器保卫自己，保卫家乡，保卫生产，给今后边区对敌斗争造成更大的胜利保证，在进一步提高与发展劳武结合上，将起极其重大作用。

但是我们不能以此自满，认为已经练过兵了，再不需要练了，特别是春耕即将到来，许多地方可能就此作罢，有些地方实际上已停顿了，这是不对的。学习练兵是四五年三大任务之一，是一件经常的工作，并非几天或一个短时期的突击工作，"一日练一日功，一日不练十日空"，如果从此间断，则势必将前功尽弃。因之，就必须把它坚持下去，使之成为经常的群众运动。

那么，怎样才能坚持下去，把它变为一个经常的工作呢？

第一，必须贯澈劳武结合，把群众的练兵和群众的生产结合。去冬以来，凡是练兵有成绩的地区，都是实行了这一方针，因此他们不但没有耽误生产，相反的是推进了生产。例如在早晨练兵以前，练兵青年都带着粪筐子拾粪，白天一边打柴，一边看地形，爬山投弹进行练兵，在井旁边准备手榴弹，担水时练习，以至用打山合作社的形式组织练兵；妇女儿童学习埋雷外，还热烈扫硝，学习熬硝技术等等。群众的反映很好："学会打敌人的本事，又不误生产，政府给我们想得真周到。"此外的一些地区，则由于不照顾其他工作的配合，不和群众生产结合，机械地强调集中，时间很长地操跑步，耽误了群众的担水、拾粪等营生，使群众感到练兵是一种负担，结果，有头无尾，无法坚持下去。这些经验教训，今后在春耕中必须很好接受，认真把练兵和生产密切结合起来。例如在上地时，可以在路上练习投弹，边走边练，在射击方面，更可以随时随地学习瞄准，至于在下雨天，不能生产的空隙，都是练兵的好机会。而民兵和变工队上地时，更要带上地雷及其他武器，在休息空隙研究地形地物、埋雷办法等。只有这样和生产结合的练兵，才能保证持久不断。

第二，必须把练兵与实际战斗和备战相结合。过去，在接敌区，有的地方把民兵练兵的操场选择在便于打击敌人的地方，使民兵熟悉该地的地形、地物、研究雷阵等，发现敌情时，便立即把操场变成战场；有的地方更能在训练中轮流出击，在实战中练兵，从战斗效果上改进技术。在内地区，许多地方和备战工作配合起来，使练兵与空室清野，掩护群众转移等相配合。所有这些办法，都是与实际联系，学用一致的好方法。在敌人疯狂挣扎，敌我斗争日益剧烈的形势下，这一点非常重要。在今后春耕运动中，更应该按照各地具体情况，把这一点大大发挥起来，使群众深切认识到这种练兵，就是武装保卫春耕的好办法。

第三，必须实行以爆炸为中心的练兵，从练兵中更普遍的实现毛主席"民兵的重要战斗方法是地雷爆炸，地雷运动应使之普及于一切乡村中"的英明指示。由于在去年边区地雷爆炸的初步开展中，广大群众认识了地雷爆炸的威力，在武器的掌握学习上又有许多便利条件，因而为广大群众所需要和欢迎。所以，大多数地方都这样做了的，练兵运动，就搞得轰轰烈烈，少数地方没有这样作，结果练兵便只限于少数民兵与干部圈子中，或者练不起来，练得冷冷清清，不大起劲，有的地方甚至规定打钟起床，不论男女老少都得上操场，形式地学稍息立正老一套，要小脚妇女练习投弹跑步，甚至五十多岁的老太太也不得不跟上跑，有的规定上操请假制度，使群众很感不便，因而引起群众不满。这种脱离群众的办法，在今后的练兵中，应该引以为戒，而切实贯澈以爆炸为中心的练兵思想。在方法上，可以采取多种多样的，如号召群众和变工队，在上地时实习埋雷，在上地和回家途中，多挖雷坑；在一个变工组可分工演习，如在上地的路上，走在前边的人埋雷，后边的人检查，回家时，也可以如此。这些，都是既能使技术熟练，又不耽误时间的好办法。又如在许多村庄，如果是会造爆发管和懂得埋雷的人还不多，不能在每个变工组都有的话，可采用变工办法，使会雷的干部或民兵轮流参加变工组教学，这样就可以利用休息、上地、返家时间帮助群众学习，教会一个组，再教一个组，这也是很好的办法，而且用这样的办法，将更有效的把变工爆炸广泛普遍的开展起来。

以上三点，是当前群众练兵运动的方针，只有正确执行这个方针，群众练兵运动才能够坚持下去，但要真正坚持下去，在领导上还须注意下面的几个问题：

首先，各地区村干部，特别是生产战斗指挥部，必须在思想上明确认识练兵与生产都是我们今年的中心任务，不能借口生产忙，而不利用各种可能时间坚持练兵，同时必须不违农时，不妨碍生产，因此必须很好的掌握和领导。

第二，在领导方法上，必须根据群众的需要和自愿与干部和群众的密切结合，以爆炸为中心的实行和生产备战相结合的练兵，是群众所需要的，但必须要用种种方法，配合各种具体问题，以启发群众的自觉自愿，切不可强迫命令。这里干部深入群众去进行教育说服很重要，去冬的练兵运动，所以能造成群众性的全民练兵空前热潮，其主要原因之一，是因为我们有了练兵的骨干，集训了自然村的民兵干部和其他干部，同时我们的干部和民兵能够从实际出发，以身作则，起带头作用，按照群众的需要与自愿，从思想上教育群众，以行动影响推动群众练兵，如有的先动员自己的家属，来影响其他群众；有的采用干部分工督促的办法，即每个干部和民兵负责督促一定的群众；更有的像兴县××沟采用干部和民兵分工教育的方法，每人分配一定的户数，每天去教，男女老少都可自愿学习，教的方法是"群众需要到什么地方埋雷，干部民兵就到什么地方去教"。比如妇女们要求在家门口埋，男人们则要求在大门口或粮食窖里埋，干部民兵就在这些地点教给他们各种各样的埋法，并详细解释为什么这样埋有效，那样埋就不行的道理。正是因为有这样真正"能照群众意见办事"的好作风，所以像××沟这些地方就把练兵真正搞起来了，今后的练兵，更必须继续发扬此种好的作风。

第三，普通群众和民兵的练兵，在要求上方法上应加以区别，而又把二者配合起来，互相推进。对群众，我们只要求在技术上熟练，并按照群众的需要与自愿，使练兵范围逐渐扩大。对民兵的要求就不仅如此，还应当要求精练，要求练战术，特别在方法上应注意和实战的结合。为了在实战中提高作战技术，在民兵每次较大的战斗后，应实行检讨，在不大妨碍生产的条件下，可以联防或中队为单位，对民兵作战的指挥与组织问题、战术与技术问题均应深刻的检讨与研究，以继续提高民兵作战能力。

最后在领导上应随时随地接受经验，发现与创造新的方式方法，以继续不断改进工作。把冬季群众练兵的成绩提高一步,把这一运动坚持下去,这尚有待于各地干部民兵的继续努力。我们希望:各地扩大会如尚未举行者,可将此问题和劳武结合一并加以讨论。

(原载一九四五年三月十六日《抗战日报》第一版社论)

祝捷与备战

在毛主席的扩大解放区的号召之下，在去年冬季练兵成绩的基础之上，为了以实际战斗的胜利，迎接与庆祝春节，执行并贯澈拥爱，我边区英勇的子弟兵，配合以群英会后更有显著进步的民兵群众，展开对敌攻势，到处主动出击，捷报频传，呈显出一幅空前光明的胜利图景。

许多有重大意义的围困、破击、伏击的胜利不计，单就收复的敌伪据点来说，春节前，二月一日攻入开栅，八日克普明，九日下黄家堡，除夕之夜，占春景洼；春节后，二月十八日，继前一天俘五寨伪县长及有名的丈子战斗后，收复八角（十九日，下西山伏击战中，予敌重创），二十六日，于清太平原，收复乔武，二十八日，迫近太原城郊，收复阳曲白家庄,三月五日一天中,收复了岚离公路线上之方山县城与圪洞、峪口、胡堡等地,我一、三、八分区联成一片;近数日内,我边区子弟兵,又夺回险要的在军事上有重大意义的赤尖岭,收复二十三个敌伪据点。这就是说,一、二、三、六、八各分区,都获得重大胜利,而胜利在年关和春季攻势中,有越到后来开展愈速之势,因之内地区的群众之欣喜不用说了,刚收复地区的人民更是异常兴奋,一位老婆婆,在大年下,愿叫把伤兵抬回自己家中,说"血也是吉利的"!敌占区的震荡不用说了,即敌伪内部,其恐慌苦闷动摇,亦大为增加:白家庄之战,俘敌十人;敌军向我自动投诚者,二月十四日有太原敌宪兵队神田等二人,二十六日有宁武敌小队长安田兴隆;敌军自杀,伪军集体反正的亦增多。这些,还是我边区过去所少有或没有的。

必须足够的估计上述胜利之重要意义:正是这些胜利,正是敌后解放区的许许多多大大小小胜利之集合,保卫解放壮大着人民及其力量,给敌寇以十分头疼的打击,给敌占区人民以振奋,给大后方人民以希望。一方面与可耻的,以蒋独夫为首的,国民党统帅部所领导下的军队之丧师失地,投敌卖国,成为极显明动人的对照;另一面,与世界上痛击法西斯丑类的国际友军,首先是与痛击日寇的美国战友,作了遥远的辉映与配合。我们看到了这些,所以我们珍视我们的胜利,我们热烈的庆祝我们的胜利!在庆祝中,我们将更加兴奋与团结,更加继续努力,积蓄力量,以这些胜利为起点,谨慎地有计划有步骤地争取更多更大的胜利,更多更大的解救在敌寇蹂躏、奴役下的人民和土地,配合和促进全世界和全国范围内形势之发展,准备战略的反攻!

祝捷不忘备战,祝捷也是为了备战!我晋绥边区在祝捷的欢欣中,将更加体验到胜利的获得,是因为执行了毛主席和中共晋绥分局的指示,从接受胜利的经验中再再证实了这些指示之正确。因之,我们一定会也一定要清清楚楚地了解下列道理,作下列事情:

第一，必须认真的大大发展生产，只有生产的大发展，对敌斗争的胜利才有保证，才能开展，生活才能改善，将来反攻才有物质基础，所以发展变工互助，努力扩大生产，求得人人发财，个个翻身，是最具体最切实最基本的争取更多胜利准备反攻的备战工作。这是毛主席和晋绥分局一再告我们的，也是胜利的事实所已证实的。

第二，必须努力的加强我们的武装斗争力量，即部队的官兵团结，练兵习武，扩大编制，即民兵、群众中之家家有地雷，个个会埋雷，变工爆炸，军火自给和统一指挥联合作战的一套办法之改进、是高、发展，以便更多样更有力的予敌痛击！同时部队、民兵、群众之对敌斗争结合起来，这就会使据点之敌如瓮中之鳖，坐则待毙，行即挨打。

第三，切戒骄傲自满，要提高警惕，随时准备反对敌寇之报复"扫荡"抢劫。敌人在我们连续打击之下，无时不想法报复，并已采用了和采用着一些更诡谲更毒辣的办法了。敌人是非常残酷狡诈的，敌人还有力量报复，我们必须在精神上工作上时刻注视敌人，研究敌人严密侦察警戒，认真空室清野，在村选中、春耕中的任何忙碌情形之下，都须有战斗准备！

第四，胜利是战斗者以血肉换来的，我们要真正从心里爱护子弟兵。为了贯澈拥爱运动，我边区子弟兵在这短短的几十天里，以血肉写下辉煌的史篇，其英勇、机智、壮烈的事实，是十分令人感动钦佩的。我们应向他们学习，并在作战、生产、平日接触中，从衷心的热爱出发，处处给以尽力的帮助和关怀。习用的物品慰劳，在今天，只能算是拥军中的一个小小节目。继续拥爱运动月的精神，从思想上贯澈拥爱，真正作到军民一体，是备战和准备反攻的又一要点。

最后，在此次祝捷中，我们应当指出。我们敌后天天打胜仗，是我们解放区真正实行了民主，使各阶层和全体军民达到坚强团结的结果。这种坚强的团结，就是战胜敌人的有力保证。而以蒋介石为首的重庆政府，则是独裁专制，压迫人民，黑暗腐朽，专打败仗，丧师失地，降将如毛，其臭味远扬，早就是而今天尤其是打日本途中的一块大绊脚石，为了团结全国人民，顺利的配合盟邦，较早的把日寇赶出中国去，必须在全国范围内实行民主，为了建立一个新民主主义的新中国，以适合于行将到来的新世界，必须立即在全中国范围内有所改进。阻挡民主胜利的绊脚石，中国人就要抛掉它！现在看来，它正在内藏祸心，外弄花样，迷人耳目以图继续的祸国殃民，作恶于无尽！所以我们热烈的同意"立即实现民主联合政府"的主张！同此理由，我们也热烈赞成出席旧金山国际大会的中国代表，中国人民至少应选派三分之二的主张。这些，是总的方面的准备反攻的工作内容之一，我们尤必须为之努力为之奋斗！

（原载一九四五年三月二十三日《抗战日报》第一版社论）

关于变工互助的检查及目前变工互助中存在的问题

各地行政村的扩大会,都已开完了,自然村的群众会,也有一部份已开过,大部分则正在举行中。根据仅有材料看来,这些会议,一般开的都很成功,干部说"这是换脑筋会议",群众说"这种会是从来没有过的",于此可见其收获之大了。

自然村群众会的精神与方法,和过去的群众会相较也有着巨大的区别。就以兴县二区各村为例,他们主要的时间用在开小组会上,这种小组会一般是由一个至三个变工组合并举行的;在内容上也不像过去多是简单的传达,而是发动了深入的讨论。在这种小组会上,由于干部们领导作风的转变，充分发扬民主的结果，也由于英雄和积极分子的带头作用，大大激发了群众发言的情绪，把去年的生产领导、变工互助，做了一番普遍切实的检查，发掘了曾经发生过的各种问题。他们从清理欠工欠资、批评领导作风、检讨人事关系以及变工的办法等，一直到各个人的思想反省，说出了他们对于变工互助的各种不正确认识，批评了损人利己、好占便宜的思想。总之，解决了久悬未决的问题，说出了他们久已想说的话。

凡是经过深入检查的变工组，不但解决了去年没有解决的问题，消除了一部分群众因欠工欠资或其他问题上受到委曲而不满的情绪，打破了他们对变工组所存在的某些怀疑，提高了对"组织起来"的认识和信心，使其明显的看到变工互助不仅可以提高生产，而且彼此是公平的，互不吃亏的，大家都能得到好处的。

经过这一番检查，组长与组员，组员与组员之间，消除了误会隔阂，重归于好；或者另行结合，找到了更好的领导人。群众的眼明了，凡是为群众办事的组长，都得到拥护，组织就扩大了，而凡是自私自利，好占便宜的人，都受到群众的冷淡，组织也垮台了。经过群众的酝酿、讨论和选择之后，许多新的变工组在彼此自愿、互相信任的基础上形成了，这是群众参加变工互助之积极性提高的标志。因此，也使我们得到一个新的经验，即民主的群众性的检查，乃是改造旧的，组织新的变工组的好方式，也是巩固变工组的好武器。所以，在今后对变工组的领导上，应适时的组织类似这种性质的检查。特别是在各个劳动季节之后，进行一次切实的检查，解决其中所发生的问题，以求变工互助组织的巩固与发展，是十分必要的。

这是群众会议成功的地方，对工作的推动将会起其应有的作用。但是也有缺点和偏向，主要的有以下两点：

第一，只检讨态度，只反省思想，和实际问题不联系；或者只联系一下，并不切实的解决问题，谈来谈去，实际问题并未解决，这样所谓思想反省也会陷于空洞，收效当不会很大。有的提出了问题，并且也解决了一些，但是不澈底，不完全，还有问题。如果旧的问题不能完全解决，进一步发动变工互助的工作也难于搞好。凡是有这种缺点的地方，多半是由于干部思想没有搞通。有的干部就认为在这次会上不得不自我批评一气，不得不解决些问题，把批评和检查看成应时文章，应付一下，还未能认识到这是转变工作作风，组织与发展变工互助的关键。

第二，揭发错误，批评缺点，是完全必要的，但仅仅是揭发错误，不去注意表扬好的，发扬优点，总结成功的经验，这就不对了，就是一种偏向。这种偏向必然要引出下面的结果，不能用成绩教育干部和群众，以提高他们对变工互助的认识与信心，反而引起某些干部的悲观情绪，在群众中麻糊了变工互助的好处，减弱了发动更多群众参加变工互助的力量。与此相联系的，就是未能在群众性的检查中，有计划的培养积极份子的威信，培养生产运动、变工互助中的领导骨干。

正在举行群众会的村子，应即注意纠正，防止这些偏向。已开过的，也要在群众中，宣传去年变工互助中成功的地方，并用以教育他们。

根据这次检查的结果及我们所得到的材料，目前变工互助中究竟存在些什么问题呢？

一、组织变工互助，必须坚持自愿结合的原则，任何形式的强迫命令的做法，只会得到相反的结果。但是群众的这种自愿结合，应当是经过酝酿与慎重选择的过程，不应当了草应付。因此，对群众的领导教育，绝不能因自愿结合而放松，自愿结合绝不等于自流，这是很清楚的，但是有些人把它弄错了，以致形成放弃领导的现象。这种情况比之强迫编组，看起来似乎"民主"一些，然结果只会流于形式，则又是没有多大区别的。

在群众自觉自愿的组织起来之后，其领导人必须由组员民主选举，过去委派和调任组长的做法，以后不应当再有，但群众不加慎重选择、随便推选组长的现象，也是应该防止的。经验证明，这样的变工组是无法搞好的。为了使群众能够选出适当的领导人，领导上有责任帮助群众，提醒群众。

我们再重复一句：变工组的组织一定要基于自愿的结合，组长一定要民主的选举，但应该有领导有教育，不可自流放任，把民主自愿和正确领导对立起来是不对的。特别在变工组新建立之初，必须加强领导，不断帮助其工作，解决其问题，才能使之巩固起来。去年的变工互助在某些地方没有取得更大的成绩，原因之一，就是缺乏经常检查与具体的帮助。

二、从去年的经验来看，在领导变工中，每个自然村，应首先做好一两个中心小组，创造典型，以影响一般的变工组。去年春天，没有注意建立中心变工组，以后注意了这一点，但做得不够，而且发生了偏向。去年除一部份村子外，一般的没有培养出真正够得上典型，够得上模范的变工组来。特别是没有运用这些小组的经验，用"典型示范"的方法推动一般，相反的，使二者却脱节了，造成村干部对一般变工组放弃领导的现象。也有些村子既未搞好中心组，而一般的领导也放弃了。这里要提醒一个问题，即选择中心小组时，要客观的估计其各方面的条件，并且应在发展的过程中，发现好的，及时加以帮助和表扬，总结其经验，予以传播。否则，就会失掉培养中心组的意义，对整个工作的推动，不能发生多大作用。这种例子是颇多的。

三、耕牛对于农业生产是重要的，耕牛问题也是变工互助中的大问题，这在春耕中表现的分外明显。去年凡是变工较好的村子，都曾说服有牛的人家，给无牛的贫苦群众以许多耕作上的便利。在生产中给这些人种种便利是完全必要的，对的，正因如此，许多贫苦群众扩大了生产，改善了生活。但是在执行中也曾发生过一些偏向，有些地方对牛主的利益照顾不够周到，如耽误下种、工资较低等。个别村子更因干部作风的不民主，以强制代替说服等原故，引起牛主的不满，成为这些村子出卖耕牛的原因之一。这种现象一般村子并不如此明显，但也值得我们注意。凡是去年发生过这种现象的村子，应在今年的变工中，经过群众讨论，加以适当的调整，以稳定牛主情绪。尚未发生的地方，也应及早注意，以免重复已发生过的偏向。

关于这一问题的解决，应注意下列各点：

（一）一方面仍需说服牛主，为帮助穷人翻身，应在适当的时候给他们耕种，给他们早些抽出身子开荒、扎工，以扩大其生产，维持家庭生活，但也绝不能因此影响到牛主的下种节令。

（二）牛工的规定，应依照当时市价，在变工组内民主决定，求得双方满意。在一般牛工资上涨时，变工组内也应有适当的增加，本组的土地耕完后，牛主可以自由揽工，不应加以干涉。

（三）变工组内的组员欠下牛工资时，应尽量在短期内清还，对特别困难者可酌情商定。变工组内对牛主之困难，如缺乏饲草等，也应设法帮助，以免影响耕作。

（四）其他如开荒、秋翻地、开义仓、军火囤等，均应在自愿的原则下进行，并应根据不同的性质，给予适当的代价。

至于耕牛还不够用的村子，可采用伙买、朋牛的办法解决，除政府之耕牛贷款外，应多吸收私资。买牛困难的地方贸易机关应予协助。

四、各变工组应在一定的时间内，结算账目，清理欠工欠资，学习兴县劳英胡生的办法，组长要亲自负责清理。去年曾因这个问题，引起一部分群众对变工互助的怀疑，影响变工组的巩固，今年在领导上应抓紧这个问题。在欠工欠资中，涉及到许多干部，对群众的影响不好。干部欠工问题的发生，固然有些是因为不好好劳动，但许多干部确实是因为工作忙的原故，以致误工的。前者需要教育纠正，关于后者，则要在领导上注意调整，不要把工作齐堆在一两个干部和英雄的身上，应注意提拔新的干部，分担一部分工作，减少他们的误工，照顾他们生产上的困难，这是非常必要的。

五、关于扶助穷人，帮助退伍军人，改造二流子。去年在这一方面的成绩是很大的，也出现了许多动人的事迹，表现了解放区人民互助友爱的精神。但是我们并没有完全做好。

对于还未完全翻身，达到自给自足的贫苦群众，应继续帮助他们增加耕地，解决其困难，使其澈底翻身。可是我们已发现两种不好的现象，第一种认为他们已经不错了，打下不少粮食了，于是对他们的关心和帮助就显得不如去年那么热心了。这是不对的。要知他们底子不厚，困难仍多，还需要好好帮助。第二种，有些变工组不愿意要他们，这是非常不对的。不仅应当要，而且还应当在变工组内用大家的力量帮助他们才是，对这些变工组的群众，我们要好好教育他们。

对退伍军人应进一步解决其生产中的困难，鼓励并帮助他们成家立业，学习拥军模范任万生的好榜样。如果对这些为大家流过血汗的人，采取不关心的态度，是不应该的。

对二流子的改造，有种种情况。有些已被改造过来，澈底转变了；有些在去年还没有来得及认真给予帮助，这些今年都应当好好改造；也有些已初步改造了，但在有了办法之后，又旧态复萌了，于是引起群众反感，表示失望。但失望是没有用处的，变工组应继续改造和帮助他。更有少数二流子拒绝改造，如×村二流子××，大家帮助他种地的时候，他却在一旁闲散，不参加劳动，别人批评时，他还说："八路军在，连狗也饿不死，还怕饿死我吗？你们愁甚？"就是这样的二流子，我们也一定要改造他，因为这是我们的责任。这里介绍一下边区劳英魏在有改造二流子的办法，他的特点概括的说只有两大条，就是一方面热心的并且是耐心的照顾和帮助他们，同时又认真的管理他们，限制浪费，督促劳动，对于他们抱着负责到底的精神。没有这种负责的任劳任怨的精神，是难于得到很大的成绩的。我们应当学这种精神，继续改造二流子。

以上各点，虽只根据部分材料，但对于一般地区不失参考意义。各地发展的情形不尽相同，所发生的具体问题也会不一样，希望根据当地情况，加以研究。

（原载一九四五年四月九日《抗战日报》第一版社论）

用实际行动来庆祝中国共产党第七次全国代表大会的伟大成功

中国共产党第七次全国代表大会，已于四月下旬在延安揭幕了。这与苏联红军解放柏林与盟军共同解放欧洲同样是当前最令人兴奋的极端重大事件。我晋绥边区全体党政军民对此划时代的重大事件，莫不欢欣鼓舞，额手称庆，边区各界已于"五五"与庆祝红军解放柏林同时召开了庄严盛大的万人庆祝大会，各救好些单位正在进行座谈，好些变工组、读报组最近均以七大为读报和讨论的中心内容，近数日来，无论在办公室、在军营、在工厂、在田里、在学校，甚至在饭堂里、在大路上，随处都可看见人们以兴致勃勃的神色纷纷谈论着七大，报纸更加成为人们极关怀的读物，报纸一到，即被争着阅读，欢呼之声，随处都可听到。这一切，都表现我边区党政军民对此事件的万分重视。

是的，这的确是我们大家值得重视的重大事件。因为这次大会，正如毛主席在开幕词中所指出的："这是一个有关四万万五千万人民的命运的大会，这是一个打倒日本侵略者建设新中国的大会，这是一个团结全国、全世界人民，争取最后胜利的大会。"这就是为什么人们之所以如此关心和重视的理由所在。目前，欧洲反法西斯战争已经最后胜利了，欧战已经大体上可告结束了，剩下的就是在东方消灭日本法西斯和今后中国是一个甚么样的前途的问题。这是关系到我四万万五千万人民的命运的问题。毛主席在开幕词中这样鲜明地给我们指出着："在我们和全中国人民面前，存在着光明，也存在着黑暗。日本侵略者现在还未被打败。即使它被打败了，中国仍然存在着两个前途，或者是一个独立、自由、民主、统一与富强的中国，或者是一个半殖民地的半封建的分裂的贫弱的中国。"这就是全中国人民所日夜在脑子里急待解决的问题。"我们的任务是甚么呢"，毛主席有力地说明道："团结全国全世界一切可能的力量，打败日本侵略者，建立独立、自由、民主、统一与富强的新中国，力争光明前途，反对黑暗前途，这就是我们的任务。"而这也就是这次大会所提出所要解决的问题。刘少奇同志的演说中亦同样明确地指出这个问题，他说："我们的大会，在这种时候开会，就要答复全国人民的问题，制定全国人民的斗争纲领，以便能够动员全国人民的力量，去打倒日本侵略者，建设新中国。""而为要动员全中国与全世界人民去战胜日本侵略者，就必须提出与实施正确的方针和政策，批驳不正确的方针和政策。"这就是这次大会所要完成的巨大工作。这次大会之所以有着划时代的伟大历史意义在此，全国人民对它抱着极大的希望和关心亦在此。事实上，对此次大会，不仅是全中国人民是如此关心，即东方各民族和全世界人民亦都同样予以极大关心。因为这次大会，不仅对于中国，同时对于东方和世界都有着极大的作用。日本共产党领袖，前共产国际委员冈野进同志在七大开幕时的演说中，即以他的真知灼见指出："中国共产党不仅是中国民族解放的先锋，而且对东方各民族的解放也起着重大的作用。"毛主席在他的政治报告——《论联合政府》中，则更充分的指出："中国是全世界反法西斯战争中五个最大国家之一，是在亚洲大陆上反对日本侵略者的主要国家。中国人民不但在抗日战争中起了与还将起着极大的作用，而且在保障战后世界和平上将起极大的作用，在保障东方和平上则将起决定的作用。"显然无疑的，这些巨大的作用，将在这次大会更要充分体现出来，而这就是这次大会的全部意义。

在这次大会上，毛主席的政治报告——《论联合政府》，可惜因为我们收译广播的容量有限，一时还未收齐，但我们仅就已经发表的报告摘要看来，已可领会其总的精神、总的方针和方向。这个报告，就是这次大会的中心内容，是今后消灭日本侵略者，建设新中国，争取战后和平整个时期的基石。这将是与三大名著媲美，同垂不朽的巨制。朱总司令在开幕时的演说中即指出："这个报告将是中国人民解放斗争经验的总结，又将是中国人民解放斗争准备胜利的指南针和宣言书。"毛主席的英明、正确和他在整个革命时期的伟大创造，他肩负着整个中国的命运，对人民的无限忠诚和热爱，已经是尽人皆知的了。这次朱总司令和冈野进同志更精辟地从毛主席的战略政略思想和毛主席创造了中国的马列主义来说明毛主席的伟大。朱总司令这样着重地指出："二十四年的历史证明了我党的事业是中国人民的神圣事业，我党的目标是完全正确的，我党领袖毛泽东同志的指导是完全正确的。""实际的斗争，已经证明了毛泽东同志关于中国革命战争、抗日战争的神奇战略思想，乃是战略史上特出的创造。中国抗战民主事业的所以能够有今天这样的规模，我们党的所以能够有今天这样的规模，我们党这次大会的所以能够这样盛大，并能够成为准备人民胜利的大会，这不但说明了毛泽东同志政治方针的胜利，而且说明了毛泽东同志军事战略方针的胜利。"冈野进同志亦同样着重地指出："中国共产党二十四年的斗争中，创造了中国马克思主义，成功地将马克思主义中国化了。体现着这个中国化了的马克思列宁主义的就是毛泽东同志。毛泽东同志的理论和方针，不仅指导着中国的解放，而且成为东方各民族解放的宝贵的指南针。"根据这些精辟的见解，我们不难了解任弼时同志在宣布开幕时所指出的："毛泽东同志的思想，已经掌握了中国广大人民群众，成为不可战胜的力量，毛泽东同志，不仅成为中国人民的旗帜，而且成为东方各民族争取解放的旗帜！"这次大会在毛主席领导之下必将获得空前的成功是无疑的。

对于这次大会应该怎样庆祝呢？我们以为我晋绥边区党政军民应该根据陆续发表的文件，按各自的战斗、生产、工作的单位分别进行座谈，深刻认识这次大会的意义。我们应该用实际行动来庆祝七大的成功，每一个人都应该以加倍努力，加紧战斗，加紧生产，加紧学习，加紧工作，来庆祝七大的成功。同时应该加紧精神准备，以高度热情，准备迎接七大所给予我们的全部任务，为坚决实现七大所制定的纲领和全部决议而奋斗。我们在学习行将陆续公布的文件时，应以毛主席的政治报告为中心，深刻领会其精神实质，并据以反省和检查自己的思想和工作，以切实改进自己的思想和工作作风。我们绝不能满足于一时的兴奋的热情，更要切忌流于空谈，拥护七大决议，我们应该踏踏实实地把七大全部文献和决议的精神贯澈到工作中去，把工作做得更好，以求得这些决议的全部实现。

（原载一九四五年五月十五日《抗战日报》第一版社论）

加强领导,克服变工中的自流现象

今春以来,边区各地的变工互助运动,有了很大的发展。和去年同时期相较,如果不是从形式上而是从实际上看的话,那就较之去年春季进步得多了。因为今年的变工互助,是在群众进一步自觉自愿的条件下组织起来的,而且广泛地运用了去年各方面所积累的宝贵经验,这就使得农村的变工互助组织,建筑在更加稳固和更加有力的基础上面了。因而,凡是组织起来,确已在一道劳动了的变工组(队),其主要特点是:内部关系大都很好或者较好,生产上的困难也能够自动解决,特别是他们的组织形式的灵活、多样,就更能适合于他们的生产需要。

去年一年中,我们曾经着重于强迫命令和形式主义的批评与纠正，取得了变工互助的不断改进。这种强迫命令和形式主义的作风，在今春的扩大会上更受到了严格的批评，在干部中检查并清算了这种坏作风，进一步树立了民主的领导作风，明确了领导变工互助的自愿自觉的原则。因此，绝大多数的干部有了飞跃的进步，因而在工作上也前进了一步。但是有些地方，有些干部，在克服强迫命令中，又发生了另外的偏向，这就是领导上的听其自流现象，表现在其他方面如此，表现在领导变工互助上亦然。这种偏向，虽已经纠正，却仍然严重存在着，就某些区村说来，还相当严重，确有继续克服之必要。

领导变工互助中的自流现象，表现在发动时，缺乏深入的教育，特别是缺乏具体的组织工作（更确切的说是不敢进行组织工作）。有些干部对群众只是重复着类似这样的一句话："变工好啦，齐自由结合吧！"因为他觉得：如果进一步帮助若干群众组织起来，那就似乎是强迫了，不自愿了。在这种情况下，有些村子富人结合成一搭，中农一搭，贫农一搭，二流子也"自愿"在一搭，名义上变了一下，实际上人畜力、资力都不能得到调剂，无法巩固，这也是一种形式主义，同样变不起来。自流现象表现在日常领导上，就是对已经变起来的小组，不做检查，不具体解决问题，甚至已变起的组还无组长，全村无生产队长等。在这些问题上，干部们也说是"发扬民主啦，大家齐说吧"，说来说去，得不到解决，或者解决的不适当，而干部却不愿提出自己的意见，怕的是妨碍了民主。自流现象也表现在不去发动群众继续帮助穷人，改造二流子。因为要帮助这些人就得给予物质上的帮助，解决其生产中的困难，如口粮、畜力等，为此就必须教育别人，发动大家负责，这样做时，干部们又觉得怕妨碍了民主。自流现象还表现在不督促群众订出生产计划，扩大生产，本年种棉上，有些村子未完成计划，主要原因也是由于领导督促的不够所致。

这种自流现象的造成，根据检查结果，约有下列四个原因：

第一，是某些村扩大会没有开好的结果。凡是扩大会议未开好的地方，群众对干部的批评，或干部的自我批评均不够全面，实际事实上他们都辛辛苦苦做了许多工作，特别在领导群众翻身上是有成绩的，而会议对之却未加以足够的发扬，尽提了一堆毛病，甚至扩大毛病，张冠李戴，也不加以解释、说明，使干部们觉得，忙了几年，受了苦，误了自己的营生，反而没有落下好，于是灰心丧气，做起工作来畏首畏尾，不敢负责，有的情绪低落，简直不做工作，他们终日所顾虑的是：上级批评，自我反省，群众反映，特别是后者。

第二，从克服强迫命令的作风到建立民主的领导。这是一种巨大的转变，克服旧的固然不易，而建设新的则更为困难，目前正处在这样一种过渡期间，另一种偏向的产生，例如自流现象，那是不足为奇的。加以某些区级干部在领导上，对他们具体帮助的不够，而他们自己又无多少经验的情况下，于是便走上了强迫命令的另一极端——自流起来。

第三，是由于一部分干部，在过去强迫命令脱离群众惯了，今天不要他站在群众之上传达命令，要他和群众一道工作时，他便觉得格格不入，转不过来，甚至不愿转变，于是只有消极一途，工作既无人领导，自然就自流了。这些干部，由于锻炼不够，经不起民主的考验和群众的检查。至于领导上对这些人的教育，未能很好注意，对新的积极分子的发现培养，也很忽视，以致影响了对变工互助的领导。

第四，有些干部对本年的大生产运动，尚未引起足够的重视，没有拿出最大的精力来领导生产，把领导生产运动，当成许多工作的一种，再加上过去工作上不深入、不细致、简单的作风，还未澈底转变，也是使工作自流的原因之一。

为了坚决贯澈今年的生产运动，继续巩固，并在巩固中扩大变工组织，各地亟应设法克服领导上的自流现象，使这一工作能够得到应有的成绩。因此，亟应对村干部和积极分子分别进行下列工作：

（一）提高干部和积极分子的工作情绪和工作信心。他们的绝大多数在工作上是有成绩的，上级没有他们就不能把正确的政策法令，在群众中实行起来，群众没有他们的领导，也不能很快的翻起身来，总之，没有他们，过去的成绩的获得是不可能的。这些可以用他们亲身做过的工作，群众对他们好的反映，说明这个道理。至于群众所反映的缺点，没有什么可怕，缺点是谁也免不了的，只要能够改正自己的缺点，工作就会做得更好，群众就会有好反映。只要我们把群众领导的更好，真正改正了自己的缺点，威信自然就会提高。上级领导干部应从各方面提高他们的情绪，但同时也要注意防止他们的骄傲。扩大会后某些干部表现的不满、消极，也正是因为他们在过去有些骄傲的缘故。

（二）强迫命令的恶果，村干部大多数已体会到了，但发动群众自愿自觉的参加变工互助，好好生产，有些干部却是既无经验，又无信心。因此应当说明，群众要自愿做一件事情，是因为他感到需要，对他有利，就是说他觉悟了，而他的这种觉悟，是由于干部的教育，再加上他自己体验的结果。他们为什么不参加变工互助呢？一般说不外三个原因，一是还没有真正了解变工的好处；二是变工的办法不完善，怕吃亏；三是本身的困难没有解决。至于故意破坏变工生产，则当又作别论。而这些问题的解决，就需要干部们去教育领导，启发他们，帮助他们。至于发扬民主，也不是不要领导，领导并不就等于强迫。发扬民主，就是说，要动员群众做的事情，应当经过群众讨论，他们认识了，愿意了，就好办事。所以民主也是一种教育，民主也有领导。

（三）上级领导干部，应当帮助他们，告诉他们一些民主领导的方法，可能的话，可亲自运用民主方式，解决几个问题，让他们从旁好好学习一下。此外并应在思想上教育他们，使其懂得，和群众商量，办法就会多，好办事。从认识上，从具体办法上两方面逐渐提高他们。

（四）关于民主与集中的问题。有的同志认为目前的毛病是极端民主，所以应当运用民主集中制，只要多数通过，就可以做决定，执行起来。诚然，在农村中有个别落后的人，认为既然民主，也就可以不抬担架了，但这只是个别的落后现象。目前的农村还不是什么极端民主的问题，而是民主运用的还不够的问题，应教育干部好好学习民主作风，教育群众正确运用民主权利，同时，领导原则在农民群众中也不可以死板执行，一般都应以耐心说服教育为主，直至使其最后了解接受为止。有些事情，可以经过几次讨论，不要急于一下就做出什么决定，否则，就又会发生偏向。变工互助是我们要提倡的，因为对群众有利，对解放区建设有利，但对群众说来则是完全自觉自愿的事，不能有什么强制，如果在这些问题上采用简单从事的集中领导，那就会把事情弄坏的。

以上是几个概括的意见，各地发生的情况和原因，不尽相同，可根据具体情况，采取适当的方法加以克服。去年，我们曾不断批评了变工互助中各色各样的强迫命令、形式主义，因而取得了成绩。今年除继续纠正这一现象外，同时还应纠正变工互助中自流现象，加强对变工互助的领导，保证今年大生产运动的成功。我们不能任其自流，这是一定的，但同时又不能性急，性急不仅无用，而且是有害的东西，应在教育和提高干部中，逐渐求得解决。

（原载一九四五年五月二十二日《抗战日报》第一版社论）

战胜旱灾的威胁

晋绥分局与行政公署接连发出防旱备灾的紧急指示，号召边区党政军民全体人员与广大群众动员起来，展开防旱备荒运动。这是关系全边区军民生命的大问题，首先每一个干部党员必须以对革命，对人民完全负责的精神，用实际行动来响应这个号召，坚决贯澈这个指示，对于这一号召与指示执行的程度如何，将是对每一个干部党员的革命品质的最好考验。

依据目前情况看来，旱灾对我们的威胁是十分严重的。边区地处山岳地带，气候不调，本为时常经受旱灾冰雹之地，而今逐日黄风时起，骤冷骤热，豆类和棉花大部虽已勉强下种，但有不少地方的幼苗或被冻死或被晒死，而眼看芒种即到，秋禾的下种时期也很快就要过去了。这一切现象，已不允许我们有任何乐观想法与侥幸心理，而且今年旱灾的范围看来是相当广阔的，陕甘宁、晋察冀防旱备灾消息不断传来，加之，我们久处于在敌人的封锁与分割的条件下，由于敌人长期疯狂的烧杀抢掠与破坏，我们粮食、布匹等必需品的生产、积蓄和保藏，一向是困难的。因此，目前如何积极进行防旱备荒，作到有备无患，就应该是目前头等重要的紧急的工作。

我们有共产党，有新民主主义政权的坚强领导，我们更有战胜一切困难的优良传统，任何困难也不会吓住我们的，但是，我们就必须预先看到困难，就必须能够实事求是地及早想出办法来迎接与克服困难。目前，阻碍我们贯澈防旱备荒运动的最大敌人是什么呢？那就是某些干部与群众沉醉于年来辉煌的生产成绩，对于目前灾荒的熟视无睹、听天由命的，等待的，消极的，甚至是盲目乐观的想法，还严重存在着，在群众中甚至有某些不正确的依靠公家的心理，如说"共产党八路军来了，新政权建立以后，就没有遭过年成，跌下年成也不怕，公家会有办法调剂的，不会使人饿死"等等。因此：

首先，必须从思想上进行深入动员解释工作，各级领导机关、部队、学校、团体的负责同志，必须亲自动手，组织与领导干部群众，深刻讨论分局指示，订出机关的以及个人的防旱备荒生产节约的计划，以身作则，以切实执行分局与行署防旱备荒方针办法，来起带头作用。立刻对群众展开广泛深入的防旱备灾的宣传动员，帮助驻地群众进行防旱备灾，特别是县区干部就更要把它当成当前的中心工作，抓紧领导，深入农村，动员广大群众都行动起来，只要使大家清醒的认识到旱灾的威胁，那就会想出各种办法，来战胜旱灾的威胁的。

其次，必须以"有备无患"为出发，采取积极的精神，切实认识到防旱备灾工作本身，主要就是组织生产的工作，各级负责同志领导机关、生产指导委员会均应有计划地组织发动，亲自动手，邀请有经验的老农、劳动英雄座谈，集思广益，交换意见，研究防旱备荒的各种有效办法，然后介绍经验，指导全面。同时，不但要通过群众的各种会议，特别是变工互助组、纺织变工组，具体进行讨论，号召与帮助各家户都拟订各自防旱备荒节约的计划，而且要具体了解与解决备荒中的具体困难问题，使防旱备荒工作的领导与群众的智慧（想出来的办法）结合起来，真正做到大家想办法大家动手。就是说，只要我们坚决依靠广大人民，百分之百的贯澈了党和政府指示的方针办法，那么，我们便既能战胜人祸——日本帝国主义，同时也能战胜天灾——旱荒给我们威胁！

（原载一九四五年五月三十一日《抗战日报》第一版社论）

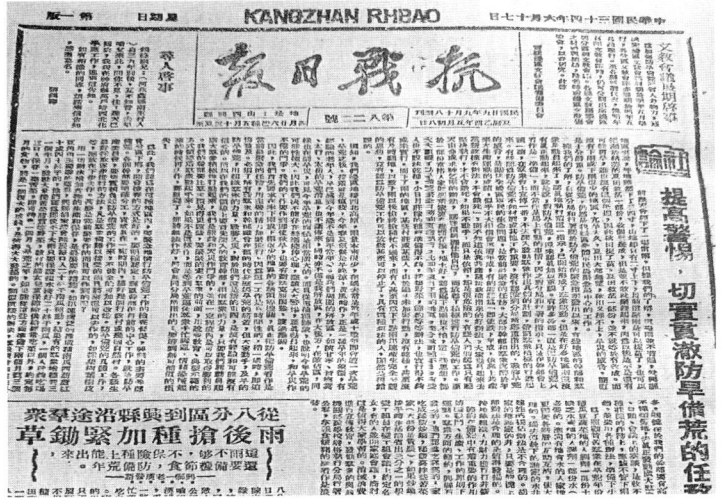

提高警惕,切实贯澈防旱备荒的任务

前几天曾经下了一场雷雨,但据我们的了解,这场雨并不普遍,就兴县地区来说,坪地虽然下了三四寸,山地却只有二寸上下,目前这点雨是可以捉苗了,也可以把濒于枯萎的夏田救活一部份,收个三几成,但是并不敢就乐观起来,因为以后是不是还有可能再旱,谁也没有这个把握,因此秋田捉了苗,夏田救活一部份,并不就等于有收成。而没有下雨或下雨很少的地区,亢旱太久,夏田大部无望,秋田又种不上,旱灾的威胁,简直是十分严重。防旱备荒,仍然是我边区全体军民最紧急最中心的工作。

据我们的了解,自从分局和行署关于防旱备荒紧急指示发出以来,有些地区的干部和群众是动员起来了,认真地执行着这一指示，已开始形成了群众运动。但是在好多地区则还没有真正动起来，就是说，对防旱备荒，还未认真加以重视。有许多干部一直是把防旱备荒只看作是"准备"，而不当作是马上行动的事情，因之对分局和行署的指示，只是在干部会上读一读，在群众会上宣传一番，不去深入发动群众作出具体的计划，带领群众积极的行动起来。有些认为防旱备荒不如村选或其他工作重要，没有认识到分局所郑重指出的，战胜旱荒的威胁，是关系全边区军民的生命问题，是当前最紧急的任务。大部份干部和群众沉醉于年来大生产运动的成绩，似乎不大相信会再遭年成；有的则认为"即使跌下年成，依靠上共产党新政权有办法，不会饿死"，而不知道依靠共产党新政权指示的好办法，大家动员起来去坚决执行，才不会饿死，如果不动手，而只是依赖，却是很危险的。有些人们则认为只有听天由命或求神乞雨的办法，让迷信纠缠住他自己，而放松了积极进行防旱备荒的工作。至于一部份富裕人家则凭着家里有几颗存粮，地土好，认为迟下点雨也不怕。这一些思想，都大大阻碍了防旱备荒紧急任务的贯澈执行。比如在没有下雨的地区，至今秋田种不上，有些人也不设法干种，小日月庄稼的种籽准备得不够，采集野菜、节约等等办法，也实行得不够或未实行。而下了雨的地区，某些村庄或某些人，由于过去未加紧行动，没有干种，甚至没有及时翻地，以致下雨以后抢耕抢种忙不过来，而有人甚至因为下了点雨迅速产生完全乐观的思想，竟有认为防旱备荒工作可以放松甚至可以停止了，具有这种想法的人，显然是很错误的。

须知，我们边区地接西北高原，雨量本来很少，在过去常是数年或十数年即会遭一次旱荒，旱荒之后，接着就是瘟疫，今年春夏气候是早晚凉，黄风时作，正是一种旱年的象征，有经验的老年人，早已感到今年恐不是个平常年份。而我们周围的解放区，如陕甘宁、晋察冀、太行、太岳的旱荒消息，也不断传来，同时亦不仅是我解放区，在大后方，在敌占区，同样也在闹旱灾，可见今年旱荒的面积是相当广大的。而且从这种种迹象，也说明今年旱荒的可能性极大。因此我们决不能存在丝毫侥幸心理，应该大大警惕，认真动员起来，和旱灾作不卷的斗争。我们的工作要作到即使秋旱，也要有办法克服困难，渡过难关。

因此，我们首先要求在未下雨或下雨很少的地区的各级领导机关，真正把防旱备荒看作是当前最紧急的任务，用主要的精力加紧进行。因为这一工作是有时间性的，稍一过时，即追悔莫及。必须了解有些群众和干部虽曾在旧的时代身历过旱荒的痛苦，但大家动手，及早的防旱备荒，用组织群众的力量，战胜天灾，对于他们还是新的东西，是没有经验和可能没有信心的。所以在我们的领导上要首先深入的教育干部，相信群众的力量，只要我们能动员起广大群众积极地行动起来，我们是能够和天灾作斗争的，并在一定程度内是可以取得胜利的。我们的干部要比群众预见得更远些，要紧紧的走在群众的前面，用说服教育、典型示范的方式领导着群众动起手来。如果不是这样作，而是等到旱荒逼使群众手忙脚乱，情绪恐慌起来的时候再去作，那就迟了，那将无法作好，将会如同分局所指出的，要遭到无可补偿的损失！

为此，我们认为在这种地区内，要紧急地进行防旱备荒工作的检查督促，兴县的主要干部曾分区下乡，开会检查的方式是好的。要明确认定，县区干部在目前的中心工作，就是防旱备荒。各个干部要明确分工，责成其在一定时期内，搞好几个行政村或几个自然村。各级生产委员会，要切实担负起防旱备荒的工作来，不健全的可加以改造。防旱备荒的具体工作，最好采取逐步进行的方法，凡是群众尚难以接受的而且将来还可以去作的，如采集树叶树皮等，应放在下步去作。甚么是当前紧要作的而且可以作到的呢？

用一切办法增加食物的生产和保存，是最紧要的措施。如迅速广泛的推广种南瓜西葫芦红豆角角玉蜀黍的运动，兴县胡家沟曾开展每口人二十缽子南瓜运动，结果有的群众增种到三十或四十缽子的，他们认为即使不下大雨只要保证担水浇好二十钵子南瓜，一个人就够吃喝一个半月。发动大量挽苦菜甜苣等野菜，该村的妇女儿童保障除供给经常吃菜以外，约定每三口人保存一瓮苦菜，即可够吃一个月。旱荒之年，如果能从这些方面准备下两个月到三个月的食物，将是一个很大的成绩，是值得大大发扬的。类似这样的办法，群众还会知道的很多，关键在于我们的干部要有高度的为人民负责的热情，不惮烦劳地去真正发动广大群众行动起来，否则限于纸上、口头、会议上的空谈，是收不到一点成效的。此外在各种庄稼的作务上，应该不管下雨与否，抓紧及时种，及时锄，并要用各种办法，准备下小谷小糜荞麦蔓菁等种籽。

为了照顾贫苦群众在旱荒年份也能进行些生产，给缺乏种瓜豆蔬菜地的人调剂一部份土地（主要是梁地村），给缺乏水浇地的人调剂一部份水（主要是川地村），是十分必要的。应向有地有水的人家进行说服解释，大荒之年，更需要各阶层的互助互济，使大家都能渡过困难，才是合理的。过去传统下的谁家的水井，只浇谁家的地，这种封建性的独占办法是不合理的。胡家沟的群众约定不论是谁家的地谁家的井，只要是能浇上的都可以去调剂的浇，这种办法是合理的是值得发扬的。在能打井修井的地方，可按地亩组织人力财力进行打井修井。

节约在备荒中有着重要的作用，不论党政军民应该在不妨碍战斗、生产、工作的原则下，无例外的开展节约备荒运动。群众方面的节约，兴县石岭子贺家沟的经验是值得发扬的，他们认为吃窝窝的人家（大部份是中农），如果吃成稀饭炒面，稀饭里拌些苦菜和黑豆，吃稀饭炒面的人家（大部份是贫农），如果炒面里搅三分之一的糠，都能按平时生活节省出三分之一的粮食。为保障节约的实行，变工组员在变工组会议上约定各人回家负责动员自家的妇女，有的人并开家庭会议，商讨实行的办法，效果很大。这是值得大家学习的。消灭浪费方面，在群众中应广泛的进行宣传教育，发动群众的舆论来监督浪费现象的发生。机关部队学校严格执行分局行署的指示和各种规定。不论公私，拿粮食喂猪的应看作是浪费，应采集野草野菜来代替。

其次，我们要求在已经下一部份雨或甚至下了透雨地区的党政军民，不要松懈了对防旱备荒的警惕性，要本着"有备无患"的精神，对"春旱收，秋旱丢"的秋旱可能性给以充分估计，我们完全不应该因为下了一场雷雨，就欣喜到会是"千日的饱暖"了。古话说"千日的饱暖，毋忘一日的饥寒"，我们在开展大生产运动中，提出争取耕三余一的"余一"，也就是为了在一旦旱荒到来的时候，能够使我边区的数百万军民获得有备无患的保障，但我们在过去远还没有达到这样的成绩，而今年由于夏田和棉花已受到损害，如果又再旱下去，甚至再遭秋旱，如果我们又不事先有充分准备，我们数百万军民就会陷于难以设想的困境。因此，我们认为各级领导机关，首先绝对不应对防旱备荒有麻痹与松懈的心理，对干部对广大军民要进行切实深入的说服教育，最首要的是抓紧一切可能的时间，一切可能着苗的湿地，动员起一切全劳动力半劳动力进行抢耕抢种，为多增产粮食而斗争。其他如厉行节约、贮存食物、消灭浪费等重要的防旱备荒工作，应继续动员说服群众，贯澈执行。这些地区的部队机关学校凡是尚未布置防旱备荒工作的，应立即动员布置，已经布置的要继续坚持贯澈执行，并要以自己的模范行为去影响和推动群众。如果认为天已下雨，可以不再作防旱备荒或甚至想取消原来的防旱备荒计划的打算是错误的。

我们一再着重的提出，要求各种地区的领导机关警惕起来，仍然应该把气候从最坏的可能方面去估计，应该看到旱荒对我们的威胁，有些地区已经很严重，有些地区仍有可能再旱。我们要免除在政治上犯错误，必须深入地动员全边区的男女老幼紧急地行动起来，加紧抢耕抢种，加紧一切防旱备荒的工作，坚决的和旱荒作斗争！妇女在保障节约、搜集野菜、贮存食物方面起决定的作用，忽视对妇女的动员教育是不对的。我们有着善于和一切艰难困苦作斗争的优良传统，只要我们在各级领导上预为之计，只要我们广大军民齐心一致的动起手来,在一定程度内,我们是有信心战胜旱荒的。

(原载一九四五年六月十七日《抗战日报》第一版社论)

积极开展夏锄运动为战胜荒旱而努力！

春耕结束，锄草业已开始，由于春季雨少且迟，夏田歉收，棉田缺苗，大部秋禾刚刚出二，其中有的尚未捉苗，荒旱的威胁，仍严重地继续存在。因此，今年的夏锄工作，比往年就更加复杂，其意义也就更为重大。

"秋田长在锄头里"，锄草对于庄稼的重要，固不待言，而今天的锄草首先就是抵御天旱，补救歉荒的主要办法。"天旱不误锄草"，"锄头底下有三分水"，多锄可以保存地里水分；干锄，踩土能使禾苗耐旱；尤其重要的是雨后抢锄，因为目前秋禾不旺，有些迟种和干种的还在待雨出苗，如果一旦下雨，热草怒苗，往往比禾苗长得更快，如不及时抢锄，则收成将大受损失。但是，天久不雨，群众中容易产生悲观失望、消极等待的心理，如果领导上停留在往常的做法上，不及时认真地进行深入教育和组织工作，就会严重地增加荒旱所给我们的威胁和困难。

要使锄草能够适应与荒旱作斗争，中心关键便是尽可能地组织劳动力，发展变工互助，使劳动变工能发挥到最大限度。关于今年夏锄变工，应该注意些什么问题呢？

第一，要接受春季变工经验，清理变工组中所存在的各种问题，春季以来各个变工组都可能积压下许多问题，比如对于领导上的意见、组员相互之间的意见、关于折工计工还工及工账的结算等等。所有这些都必须立即进行检查，通过民主方式来清理解决，这些问题不得到适当解决，夏锄变工无法搞好的。

春季变工提供了不少经验，其中主要的是领导作风问题。自各地扩大会以来，在坚持民主自愿，转变工作作风上，许多地方获得了极其重大的成就。不少干部已经学会一种新的为群众欢迎与拥护的民主作风。他们对于一切困难和问题，不再消极地依赖上级想办法，而是首先从群众出发，来思谋考虑，再耐心地引导群众自己讨论解决。这样就运用和发挥了群众的创造性，干部和群众生气勃勃，变工组织及其他工作便都蒸蒸日上。但是，也有不少的地方放任自流的偏向，至今尚未克服。有些区村干部，如某村所检讨出的，还在那里，"会又不开，话也不想多说，发生了问题不去解释"，其结果，势必形成积极份子积极不起来，一般群众不愿多说话，少数落后份子可以自由散布其影响，因而使变工垮台，工作落后。各地领导上应该总结这种好坏经验，用实际典型来进行深入教育，发扬真正的民主作风，澈底克服放任自流。

第二，变工的组织形式应该在已有的基础上适当的提高。根据去年经验，一般变工组在夏锄中都有很大的发展，由小到大，由轮流耕作到打乱锄草。因为夏锄不像春耕那样，有牛力和耕作上的限制，可以使用较大规模的集体劳动，以节省更多的人工。在变工基础好的地方，群众会有这种要求的。今年的夏锄为了抵御荒旱，需要更加加强劳力的组织，再加去年和今春的经验，进一步扩大变工组织，是必要而且可能的。但必须注意，强迫命令的错误，决不应重复。在春季变工搞得不好，甚至没有组织起来的村子，一般地不可能一下子发展得很大，应在检讨了过去的问题之后，先求得小组变工搞好，再进一步的发展提高。

在发展夏锄变工中，关于折工、计工、还工及实行工票制度等等，去年边区群英会，集全边区英雄和群众的创造，曾给我们许多宝贵经验，行署印有总结的小册子，但据我们了解，许多干部还未充分重视和利用，以至有些办法别人已经采用很久，好坏经验也都有了，而自己却还在那里迂回摸索。这一点值得引起注意。当然，过去的经验上能够作为实际工作的参考，决不能硬搬，决不应约束我们创造的活力。比如，在变工后，劳动效率提高，用工资的办法清算长工短工，地少的人就太吃亏。这一问题，去年也已提到，但由于变工还在开始发展，群众还未深刻的感到它的重要，所以没有如何强调。但今年的情况，可能不同了。群众从长时间的实际体验中，地少的已经迫切感到了吃亏，而地多的有些已经不能不承认这点。这种情况（必须在这种情况下），就要求进一步更加公平合理地来解决了。据现有材料，温象拴酌量增加工资，张初元用开荒办法给地少的组员还工，是最早的解决的好办法；刘有鸿把节省人工办合作，按工分红，是进一步更精确的办法；胡生的按地评工，节省人工，按工分红的办法，不但合理，也有直接刺激劳动积极性的效果。各地可根据工作发展和群众接受的程度，酌量采用，实际变工中间，还可能创造出更多公平合理而又为群众容易接受的办法来。

第三，今年行署不发青贷，贫苦农民口粮困难的解决，须要完全依靠在群众中设法。解决办法可有如下三方面：（一）发动互借，互借中，应坚持说服自愿原则，发扬互助团结精神。数目不一定希望很大，户数也不一定很集中,在目前,你一升,我一升,众人帮助的办法,一般应多提倡。(二)变工组内应实行五七天结一次账,给贫苦组员随时支付工资。过去有些地方,等到一季终了,甚至一年完了,还未能结算清楚,是很不好的,这样说贫苦地少的农民,如何能够变下去?有的村子,除实行随时结账清算外,还自愿提出给地少的先锄,所谓"百垧容易一垧难",以便团结他们变到底,以巩固变工,是值得发扬的。(三)清理贷粮贷款及旧义仓,进行调剂。以上,所有公私借贷,都必须保证真正用于生产及劳动上面。必须随时抓紧教育和检查,反对那种只是单纯救济,不认真负责帮助与监督生产劳动的现象(对于帮助二流子必须注意此点)。

第四,在发展变工节省大批人工的基础上,以夏锄为中心,能够更好地完成其他的防旱备荒工作,首先便可以更大规模地发动掏旧井旧渠、开新井新渠、修堰打堰、担水浇种和及时干种抢种小日月庄稼和菜蔬等。某些地方,发动打山猪,既减少庄稼损害,又增加肉食,应该提高。过去所订防旱备荒计划必须检查,根据新的情况和人力,加以修正。在节约方面,仍须坚持贯澈,尤其防止浪费方面,应引起普遍注意。有些地方已经发现烧香请神、献猪禳旱等现象,估计今后缺雨,这现象可能更加发展,必须很好解释劝说,避免这些浪费。

第五,认真的组织使用节余的人力和畜力。变工好,不仅保证能做好今年的夏锄和其他防旱备荒工作,而且好些地方还可能节余不少的人力。目前畜力都是空闲着的,在山地县份,应该抓紧发动组织这些人力和畜力扣伏荒,一般的可以抽出人力,赶了牲口去驮炭,解决全村柴火问题,还可帮助全村购买销费品,这样转回来又可节省人工,还可以组织运输队,贩运货物等,从这个基础上发展起来,就是变工合作社。

第六,在新解放区,社会秩序一经安定,亦应注意到这方面来。有些人只是把新收复区工作,约束在消极的安定工作之内,是不对的。我们不仅进行救济工作和普遍的号召发展生产,进而还应该而且能够着手在某些中心村子发动变工（当然应该接受内地区的经验，要依靠发动群众自愿），如果能够搞好支点，取得新的经验，对于其他区村的推动影响，从而对于整个收复区往后的发展，全有很大的帮助。

综上所述，今年的夏锄工作，首先必须在与荒旱作斗争的目标下进行，一切必须在防旱备荒的总精神下行动和开展起来。

其次，必须加强劳武结合，随时准备粉碎敌人的进攻和"扫荡"。春季以来的伟大攻势胜利，可能在干部及群众间产生轻敌观点和麻痹的心理。但是敌人还有力量，还可能随时进行报复"扫荡"。这个问题必须引起我们的极大注意和充分警觉。在边缘区和尚未巩固的新解放区，更必须特别注视敌人的各种阴谋活动，不能有丝毫疏忽和大意，要时时在战斗的动员中，严密联防警戒，加强防奸工作，开展爆炸运动，组织抢锄、抢种，加紧掌握爆炸技术。最近交东四区某村，由于民兵和群众地雷埋得不好，致使敌人一进村把所埋的五颗地雷，全数挖去，这是值得我们引以为戒的。在内地区，必须通过变工组织，推广学习投弹和爆炸技术，进行教育整训，反对太平观念，随时准备反"扫荡"。

最后，开展夏锄应与参选、县选及其他文教活动密切配合。春耕与村选的配合，有些地方做得很好，从组织上到工作上都抓紧春耕为中心，推动了春耕，也办好了村选。但有些地方，就机械地分开，往往顾此失彼，互相影响。特别有些地方，不按天雨和耕作需要，一定机械地执行某日开会，某日选出与总结是不好的。时机对于今年的夏锄，特别重要，这一点更须注意防止。参选、县选主要在于加强民主教育，启发民主觉悟，这就更多的需要酝酿、漫谈，夏锄变工中下地人数比春耕时更多更集中，就更适宜于在地里进行，可能更少在家里开会，耽误营生。当然，抓紧生产空隙，必要的会议不能不开，草率应付，忽视与轻视民主建设的偏向，亦应防止。

在夏锄变工中，更便于开展读报和讲谈时事等工作，这对于推动夏锄及防旱备荒，都有很大作用。至于其他足以妨碍这一中心的活动，应该避免和暂缓。其他工作，亦应根据此种精神进行配合。

今年的夏锄工作，中心在于和荒旱作斗争，同时也应提高对敌人的警惕，加强劳武结合，并与当前选举工作及文教等工作的配合，关于这些，我们提出上面的一些意见，以供参考。各地领导同志及各级干部应掌握具体情况，根据分局和行署关于防旱备荒的指示、关于夏锄的指示及本报关于防旱备荒的社论的精神，积极开展夏锄运动，为战胜荒旱而努力！

（原载一九四五年七月一日《抗战日报》第一版社论）

贯澈开荒条例　及时发动群众扣伏荒

　　春耕结束，到处正在锄草，眼看伏天一到，就是进行扣伏荒的季节了。

　　扣伏荒有的地方叫压青地。这种开荒办法，可以把荒地的青草，翻在地底，经过伏天，沤成肥料，到秋里再翻一犁，土也晒阳了，地力也休息了，打磨平松，等到次年春天，就可入种。伏荒地产量特别大，不但比当年的春荒，就是比旧的熟地，也能多打粮食。伏荒地因为能够蓄积较多的水分，捉苗最保险，苗子也比较耐旱。今春天旱，很多地不够苗，但是所有去年扣下的伏荒，苗子都出得整全而肥壮。群众说："到久是压青地，苗子出来也不一样。"并且开伏荒地还有一个重要的好处，是可以在时间上调剂牛力。夏锄秋收中间，牛已经闲下了，利用这些闲余牛力，把荒地翻过，次年春天便可以用耧播种，不必再耕，耧种比耕种快得多，免得春耕时牛力和人力都忙不过来，这叫做"一年庄稼两年务"，在头年就要打次年的底子。为了扩大耕地面积，增加产量，为了今后防旱备荒，扣伏荒正是一个最好的办法。

我们边区的不少地方，如二分区的岢岚、五寨、神池，六分区的大部分，塞北分区及八分区的山地地区，直到现在，还存留着很多荒地，减少和消灭这些荒地，单靠当年春天开荒是不行的。我们过去号召开荒及扩大耕地面积，总是在春耕时期，而对于头年夏天扣荒的工作，却号召发动很差，组织和领导，就更谈不到了。今年必须及时的、不放松的抓紧进行这一工作。

目前我们的农村，说到扣伏荒，是有着很好的条件的。在过去，因为扣伏地的时候，正是忙于锄草的时候，很多农民顾了锄地，顾不上扣地，因而使牛闲着。但是在组织了变工互助以后，这问题就容易解决得多了。有了变工的组织，节省出人力，可以抽出来进行扣荒，误不了锄草，也误不了扣地。所以问题在于我们是否去发动组织。

发动组织扣伏地时，必须注意，形式要灵活，要适合当地的实际情况，不能主观的要求划一的形式；方法应通过说服自愿，不能强迫命令。夏天天气热，人和牛都特别吃力，草料也比较困难。牛力的使用要特别爱惜，牛的分数要顶得适当。去年有些地区，如岢岚某些区村，强制的集体扣荒，有牛户都须参加，而牛工的代价，只给规定每垧地一升租，还是秋后或次年收获后才给，人工原说在变工组顶工还工，后来也不管了，使有牛户吃亏，引起他们不满。这一切现象，今年必须注意防止。在没有组织变工的村子，进行起来，也许比较困难一些，但亦应积极努力，说服推动，帮助解决一切困难问题。在过去不扣伏荒的地区，群众没有实际得到过扣伏荒的利益，应着重宣传扣伏荒的好处，发动他们抽出人力，利用闲余牛力，进行扣荒。而不管在什么地方，宣传政府的开荒条例，说明扣下伏荒打粮多而不征公粮的规定，都是十分必要。目前天旱不雨，群众积极刨闹的热忱可能较差，要积极克服群众中侥幸等待、悲观失望情绪，联系防旱备荒工作，告给群众今年扣下伏地，明年捉苗保险而且耐旱，使大家积极起来，利用时间，抓紧时机，大量的进行扣荒。

必须了解，扣伏荒是扩大耕地面积，增加食粮产量，而且易于防旱备荒的最好的办法。对于扣伏荒的领导，在某些地区来说，勿宁是领导生产的关键问题。今年抓不住这一关键，时机过去，将来后悔也无法赶上的。

这里，有一问题，必须引起严重注意，而及早纠正补救。开荒者应有耕种自己所扣荒地的权利，这一点似乎用不着说的。但有些地区，如岢岚、五寨的不少村子，去年扣下的伏荒，其中很大部分，扣地者自己没有种上，而是被别人耕种了。据我们所知，这有以下三种情形：一种是原来扣的荒地是地主的，去冬今春退租清债运动中，地主把这些土地出卖或折价退给别人了，今年春天，这些伏荒由新取得地权的人种上，扣地者落了空。第二种是今春订生产计划组织变工时，调剂土地上不适当，有的让出伏地给别人耕种，固然出于自愿，但大多数则出于勉强，口头情愿，心里实际不痛快。再一种也许是个别的，当春天定计划时，有些扣地户生产情绪不高，故意推诿自己耕种不了，有些干部，这时没有积极去加以鼓励劝说，反而借口不让荒地，自己把来种上。总之，不管那种情形，扣地者去年伏天出力流汗的成果，让别人享受，而自己一点未获得代价的事实，则是一样。这是不合理的，不合法令规定的。有这种情形发生，必然会严重的影响今夏的扣地。这里，负责领导生产的县区机关，应该认识自己未及时注意这一问题而将引起的严重后果。要知道，假使照这样下去，过去扣地的人不再扣了，因为他觉得即使扣下，自己也未必能种上；过去未扣的人，也不会去扣，因为他会想着只要能种，到不在自己扣不扣。大家不扣地，荒地无法开种，耕地还会减少的。难道这还不够严重么？为着发动今年大量扣荒，及早的给予适当纠正和补救，是完全必要的。

纠正的办法，应在农会或在群众里面，展开民主讨论，通过群众，按具体情节，分别处理。比如有的可将原地退回，青苗由扣地人收割，扣地人偿还种地者所出牛工人工及种子；有的可按扣地及种地双方所出牛工人工及种子之价值，或合作经营分益，或把青苗分开；有的只令种地者补偿扣地户所出牛工人工即可。总之，只要将问题放在群众中去讨论，一定会得到合理而公平的解决。同时，在解决这些问题时，必须注意说明政府开荒条例的意义，说明所以这样处理，是为了扩大耕地面积，要为整个根据地着想。注意不要因为这一问题，引起农民和农民间的争执，如果可能，可以发动大家，特别是扣地户，尽量以别的方法，帮助新种者，补偿他的损失。经验证明，只要说服解释工作做得好，可能使双方都不遭受损失，而有助于彼此间团结的。

（原载一九四五年七月二日《抗战日报》第一版社论）

论目前的三项中心工作任务

六月三十日,分局根据林枫同志的指示,指出了目前的中心工作任务三项:一曰防旱备荒,二曰扩大地区,三曰发动群众(在《抗战日报》七月六日发表)。这三项中心工作,是本年三大任务在目前情况下的具体任务,努力地抓紧完成这三项中心工作,就会使三大任务的完成,得到胜利的保证。

为什么提出这三项中心工作?怎样来完成这三项中心工作呢?这里分别加以论列。

一、关于防旱备荒。至从分局及行署发出防旱备荒的紧急号召以后,不少地区已经动作起来,讨论了具体办法,规定了进行的计划和步骤,而且初步的做了许多工作。但是也有不少的地区，并未重视这一工作，有的地区，则把防旱备荒停留在空洞的号召和议决案上面，实际的，具体的组织领导却作得甚少；有的不信真的会遭灾荒；有的作消极的想法，认为"将就着过得去就行"；有的抱着"下山"思想，觉得对付几天，也许就要反攻下山了。特别是最近下了几场雨后，大家的紧张情绪松弛了，某些已经开始的工作，停顿下来，好像防旱备荒工作可以取消似的。说也奇怪，一些眼前的实际的道理，却每每容易为人们所忽视。本来没饭吃，什么都干不成，吃不饱饭也不行，这不是浅显实际的道理么？但是有些人总不信，不害怕，不警觉。反攻不能不要根据地，更不能离开老百姓，这道理难道不很明白么？

分局把这一工作一再强调，且列为当前的首要任务，这一英明的卓见，是须要我们深刻的认识和体会的。我们必须再一次的指出：晋绥边区处在大西北的高地，气候干燥，历史上的规律，就是数年或十数年必有一次荒旱。在新政权建立后五六年中，没有发生灾荒，干部及群众就都麻痹起来，其实越是几年没遭灾，就越有荒旱的可能。而况战争经过了八年，敌人的抢劫破坏，使我们的存粮空虚；我们处在敌人及反动派包围封锁里面，交通阻塞，调剂困难。以目前的条件，假使来个荒年而我们又无预先的防备，我们就会遭受绝大困难。我们必须有足够的估计，以极大的警觉，用尽一切力量，防患未然，求得有备无患，"不能以为下了一点雨，就放松了这一工作"（指示语）。根据过去荒年经验，荒旱年份也并不是所有地方一点雨也不下，往往是需要雨的时候不下，不需要时反而大下起来，大多数地区荒旱，也可能有个别地方获得饱雨之事，然这些将不能挽救整个荒年的形成，相反的常常在荒旱年份才最容易遭受风灾、雹灾、水灾、虫灾等等。因此，我们防旱备荒的意义，应不仅仅限于防止旱灾，而且要包括防止风灾、雹灾、水灾、虫灾等等，只有这样才能真正达到有备无患之目的。况且我们目前最要紧的还要预防秋旱，俗谚说"春旱收，秋旱丢"，现在纵然下了雨，谁能保证秋天不旱呢？谁能保证明年不旱呢？

各级干部应确实认识这一工作的严重意义，警惕起来，紧紧的和群众在一起，以对群众负责的精神，说服动员他们，组织领导他们，坚决的而且不懈的与荒灾作斗争。要认真的具体的行动起来，而且随时检查督促，不能满足于空洞的口号、会议和计划。要自己了解而且要教育群众，要随时纠正一切有害的消极想法，必须积极的想到整个根据地抗日军民的供给及抗战形势的需要。情况不怕估计到最坏，而怕的是有一线好转，就苟安松懈，至于防旱备荒的具体作法，则可以根据当前当地的具体条件，选择最急需最重要的步骤进行。比如目前最重要的工作，就是要抓紧抢种、补种，特别是抓紧锄草和扣伏荒。这期间军民赶种上的瓜菜，要抓紧作务。在节约方面，有的地方，群众每人每日节省□至三合粮食，有的节约到三分之一；有些地区与有些机关部队的节约是做得很好的，应该特予表扬。消灭浪费与厉行节约，对机关部队的备荒就更其重要,应继续普遍贯澈执行，不要因为下了一点雨就放弃节约计划的坚持。

二、关于扩大解放区。两年多来，我们执行毛主席"挤"敌人的政策，开展了对敌斗争，由于广大军民的努力，根据地已日臻巩固扩大。即以最近一年而论，我们先后收复了方山、岚县和五寨三个县城，攻克了三交、三岔、娄烦、东村、东社等大小据点一百三十六个（攻克又被敌占的不计），光复国土六万余方里，解放同胞三十三万，打开了敌伪分割封锁的局面，把根据地几个分区，连成一片。而且特别重要的，是我们积累了"挤"敌人的经验，从反对维持到打断敌人的给养，破坏敌人交通，围困、封锁、袭击、争取伪军反正等，逼使敌人无法存在，然后在其逃走的路上，予以消灭。这是我们的收获，我们在这方面是有成绩的。但是也必须承认，我们的成绩还不够，还远远落在客观形势的后面。目前主客观形势的发展，给我们以很多有利的条件，给我们以收复那些敌人守备薄弱地区的更大可能。

我们有那些有利条件呢？简要说来，在敌人方面，兵力不足和分散，敌兵厌战反战情绪高涨，士气空前低落，战力显著低下；伪军伪人员在我政治攻势下，在国际国内战局发展的影响下，不断动摇瓦解，携械反正，这也就促使敌伪矛盾，更加深刻。我们方面，不但根据地军民，已积累了丰富的对敌斗争经验，特别是"挤"敌人的经验；整风及练兵运动以来，干部思想的改造，军队及民兵作战技术的提高，党政军民的空前团结，统一领导，特别是军队和广大人民群众联系的加强，军民配合作战上的进步等。加以沦陷区的群众，在敌人残酷的压榨之下，心怀祖国，眼见胜利在即，也自动积极地帮助我们。所有这些条件，只要我们能够很好的利用，在已有经验的基础上，加强围困与打击敌人，并采取适当的积极的主动出击，那么我们就可能逐渐把敌人从山地赶到平川，从公路赶到铁路，从小城镇赶到大城市，缩小沦陷区，扩大解放区，扩大抗日基地，以准备配合盟邦实行最后的反攻。

可是，指示里面也曾讲到了的扩大解放区的思想，"必须要贯穿到军事政治经济文化各种工作中去，绝不能把它看作是单纯军队的任务"。据我们所知，在不少地区、不少部门的同志中，确实有这种不正确的看法存在。一提到扩大解放区或收复区工作，他们总看做是军队或武工队的事情，自己可以不负责任，于是明明应该自己作的，不积极的去作，可能帮助的，借故推诿。而在部队方面，有的同志也还残留着单纯的军事观点，不依靠群众，个别的甚至有脱离群众的事实；不积极和各方面工作相配合，甚至发生某些不协调现象。所有这些都是不对的。

我们的对敌斗争，是总体的全面的斗争。没有各方面力量的动员，扩大解放区的任务，便无法完成，相反，只有在各方面一切力量的动员下面，扩大解放区的任务完成了，回头也才更能够保证各方面工作的顺利开展、提高与进步。这是过去的经验证明了的。各级党政军民干部，必须深刻体会这点，"动员一切力量，利用一切可能的条件，为扩大地区而奋斗"（指示语）。

此外尚须提到，敌人的优势，基本上还未改变，现在还不是全面的战略反攻的时期，敌人还有"扫荡"我们的可能，敌人也还有力量坚持某些重要的据点。因之，必须防止盲目的乐观思想、太平观念，也必须防止急躁轻敌、冒险主义，以免遭受不必要的损失。

三、关于发动群众。"发动群众是做好一切工作的基本条件。"经验证明，那里的群众发动起来，那里的一切工作就容易做好；那里没有发动群众或群众没有发动起来，那里的工作就暮气沉沉，毫无起色。所以指示接着说："必须放手的大胆的把群众发动起来，才能发展壮大人民的抗日民主力量。"

这里必须指出，在发动群众运动上，各地应该照顾自己工作地区的历史及当前的实况，不能千篇一律，就是在同一地区的不同区村，也是一样。在内地区，已经深入进行过群众斗争，群众已经发动起来的地方，应该抓紧领导群众，组织起来，进行大规模生产运动，发动群众，更加努力的向自然作斗争，以求得他们经济及生活的进一步发展和改善。不少的群众，虽然经济上获得利益，但觉悟不高，对根据地的建设，仍不够积极。必须加强教育，启发他们的政治觉悟，发动他们积极参加战争、民主、文教及各方面的活动；发动他们坚决的参加保卫根据地的工作，保卫自己既得的胜利，谁侵犯我们的利益，妨害或破坏人民大众的建设事业，就坚决的消灭他。在群众运动中涌现的大批积极分子及群众领袖，也应进一步加以教育培养，以提高他们。一句话，群众既经发动起来之后，就应该抓紧进行巩固工作，继续提高。同时，在这些地方，还应很好的检查政策法令的贯澈程度，检查当时及现在政策执行的情形。

在群众还没有发动起来的地方，封建剥削尚未减轻，群众抗日积极性及生产情绪不易提高，因此，在这些地区，首先仍应从深入的进行减租减息、清债赎地等问题入手。在边缘区应着重于对敌斗争，打击敌人，保卫生命财产，配合军队，进行挤敌人的工作。因为在这里，反对敌人的威胁和破坏，是群众最迫切的要求。但是为了更大的发动他们的抗日积极性，对于减轻封建剥削的斗争，在情况允许时，也应适当的发动进行。不过应更多的照顾对敌斗争的特点，方式要更加慎重灵活，不能机械搬用内地区的作法。在新收复区，应发动群众积极组织起来，准备粉碎敌人的报复"扫荡"及重占阴谋，而在情况既经安定，群众自己已自动起来要求解决敌占期间各种不合理事件以及减租减息回赎土地等问题时，应很好的去领导进行。

总之，不论在何种地区，"只有大胆的放手的把群众发动起来，才是我们一切工作的基本的胜利保证"，这一点必须牢牢记住，至于在不同地区，着重那些问题，如何去发动，则应决定于各地的具体情形及实际需要，不能机械规定的。

其次，发动群众要"相信群众，依靠群众与一切通过群众"。一切不相信群众，怕群众闹出乱子，因而不放手的发动群众，是不对的；觉得群众不行，只有自己能行，不依靠群众，通过群众，而用以包办代替，也是不对的；还有，不照顾群众的觉悟程度，自己懂得了，硬派群众也应该懂得，不启发教育，使之自觉起来，而只是强迫命令，不顾群众的迫切要求如何，自己要做什么，就硬要群众跟着做什么，也都是不对的。所有这些作法，不管动机如何，努力如何，其结果都是一样，都不会发动起群众，而相反，对于群众的真正发动，却会给予一些阻碍。这要我们十分的注意。过去有的地区，由于强迫命令及包办代替的结果，表面上闹得似乎轰轰烈烈，但实际上群众并未真正发动起来，工作受到限制，这种教训，应该记取。这里，去年分局所发关于"加强群众观点，贯澈群众路线，深入普遍减租运动的指示"中所述各点，是值得我们再一次仔细研究的。

最后，在发动群众运动里面，要随时"严密注意党政民对政策执行的情形，越是能具体贯澈执行党的政策，就越能把群众发动起来"。群众起来以后，过火的行动是难于避免的，问题在于我们适当的掌握，耐心的说服他们照顾整个的长远的利益，须知群众一经了解之后，他们就能够做得很好。一切指手划脚、严厉斥责、自命高明、横加制止的办法，只会打击群众情绪，应该避免。至于个别干部，抱有宁"左"勿右、"左"比右强的思想，自作聪明，制造一些有害行动，其结果同样会脱离群众的，必须及时教育纠正。

再重复一次，发动群众之道，首先要从群众日常的迫切的实际利益出发，经过群众自觉斗争而获得解决，然后从群众日常经济问题的自觉基础之上，逐渐提高到抗日民主要求的政治高度，使群众有在政治上自求解放的自觉与信心，有对敌、我、友界限的明确判别，知道谁是帮助自己的，为谁革命和革谁的命。最后汇合而为人民大众自求解放的伟大的革命巨流，一致为独立自由民主统一与富强的中国而奋斗，这可说是我们发动群众的最后目标，然没有前者即无后者。

关于分局所指目前三项中心工作任务，我们提出以上意见，希望各级领导同志，深刻研究分局指示，密切三项中心工作任务的相互联系，根据当地实际情况，动员一切力量，认真的贯澈执行。

（原载一九四五年七月十四日《抗战日报》第一版社论）

油印报的方向问题

边区各地的油印报，年来有极蓬勃的发展，颇引起各方的注意和关心，很多群众把它当作工作的指南，许多领导机关把它作为了解情况的一种依据。最近本报发表了两篇专门介绍和讨论油印报的文章，就是这种注意和关心的一种反映。

关于各个油印报的具体内容，我这里不想涉及，只就油印报的方向问题提出来谈一谈，以供各地研究参考之用。

第一，内容问题。油印报是个怎样的性质呢？较之《抗战日报》《大众报》《战斗报》，它更具有地方性，有一定的读者对象和范围、一定的具体工作内容，在对当地工作指导上具有更直接迅速、更具体有效的作用，是在黑板报与大众报之间的一种地方性的报纸。因此，它的内容，应该和当地每个时期的中心工作密切结合，而且每期所报导的中心工作的材料，不宜一般的泛泛的报导，而应该抓紧其在群众中最迫切的问题，有具体的人物事件，有表扬有批评。只有这样，才能真正发挥油印报纸所应有的指导作用，对当地工作的推动和开展才有极大的益处。

第二，编排问题。由于油印报性质的规定，它应该有自己特有的风格，既有别于《抗战日报》《大众报》《战斗报》，又须有别于黑板报。它每期的内容，不可像大报纸那样无所不包，而必须更有中心，一切文章最好都围绕着一个中心，以免分散读者的注意力。除非当时遇有其它同样重要问题的时候可以有点例外，但也顶好能够相互有些联系。每期文章的配备，应该着眼在火力是否集中，主要与次要应该互相照应，即注意各篇文章的相互连贯性。因此，不必追求每期格式的整齐，也不必有固定的分栏，免受拘束。原则上应该以短小精悍为主，但如果内容很好、很重要，长一点也没有关系，不过切忌登些不必要的冗长的文章或讲话。至于每期的大小，亦可不必太固定，好的稿子多的时候，就用两张腊纸；少的时候，就用一张，这样就避免了临时硬凑杂凑的毛病，而使读者每期读了之后能够确有所得。

第三，语言问题。油印报的读者对象，多是属于一个县的区村干部和农村广大群众，或者属于一个部队的连排干部和广大战士。它的读者范围较之大众报等更有地区性的限制，因此它应该做到比大众报等更通俗。应该更大胆的采用当地群众的口语，尽可能做到文字和群众嘴上说的话一致。当然，这里并不否认文字的加工，使其更完善更紧凑，但是采用方言土语应该成为油印报的特色之一。文章的语气必须很连贯，切忌采用欧化的倒装文法。句子应该尽量简短、生动，有时候一句话可以分做两三句说，切忌冗长的句子。标题也应该口语化，做到简单、明了、有力、有味（不是低级趣味）。只有这样，才更容易为群众所爱好，所接受。

第四，刻印问题。字应该刻得大些，字数也是越少越好。字不但要大，而且每行之间、每字之间不要太挤。不要刻美术字，尽量刻楷体字，使识字不多人还可以从上面起认字的作用。标题和正文应该直写，避免横写。每篇文章尽量刻成比较整齐的方块，以免使读者读起来难找。文章既然刻成方块，上篇与下篇的标题就容易碰在一条线上，因此曾有人认为这样顶题不美观，其实这种"美观"多是看惯了大报纸的人的看法，群众并不一定这样看。群众的要求是，每篇文章能够从头到尾顺利的看完才是好的。至于印刷，一定要印得很清楚，出一张油印报并不容易，要花不少的人力财力，重要的是希望它在群众中发生作用。如果印不清楚，即使内容怎样好，编排刻写怎样工整，都等于白费。所以这□关同样是很重要的。

第五，通讯工作。"全党办报""全军办报"的方针，对于油印报同样是适用的，离开了这个方针，油印报就一定会办不好。除了重要的指示文件之外，应该大量采用通讯员的稿件。因此，必须发展通讯组织，在一个县或一个部队办油印报，较之《抗战日报》等与通讯员更接近，而且见面的机会多，因此也就更能够有计划的组织稿件。为了适合油印报的中心，也必须要有目的有计划的组织稿件，才能够把报纸办得好，乃至很好。自然，油印报的篇幅有限，不可能容纳太多的稿件，但是油印报的通讯工作应该作为《抗战日报》《大众报》《战斗报》的桥梁，自己用不了的稿件，可以尽量分配给以上各报，甚至自己采用了的稿件，也还可以设法抄一份转送（如果可能抄的话）。所以各地油印报均应各有自己通讯组织，这是非常必要的。

第六，读报组织。油印报办好了，可以成为各该地区领导机关组织群众，贯澈每个时期中心工作的有力武器。因此，不可以把油印报看作是少数人的事，仅仅诿之于几个编印报纸的人，而应该当作是领导工作中重要的组成部份之一。这就需要首长负责，亲自参加报纸编辑工作，并有计划的发动干部群众广泛开展读报组运动（自然不是强迫命令的，不是形式的追求数目字），而且要有经常的领导（不是空架子）。只有这样推动干部在群众中建立并领导读报组，与群众一起进行读报，就更能使报纸真正深入群众，并能及时搜集到群众的反映，这样就使工作容易得到改进，报纸也容易得到改进，也就容易贯澈每个时期的工作。

最后，我们提议最好各地的油印报能够互相交换，各地办油印报的经验最好能够加以总结在《抗战日报》介绍，以便互相观摩，互相学习，互相取长补短，使我们的油印报办得更好些。

（原载一九四五年七月二十二日《抗战日报》第一版社论）

必须进一步贯澈劳武结合

　　四届群英会的时候,我们曾总结了劳武结合的各种经验和创造,并且认为是我边区在去年各项建设中最重要的收获。此后,发过小册子,也写过社论,其目的,都在求得进一步推动这个工作。半年以来,许多地区确实做了,贯澈了,且有成绩。但也有不少地区却把它忽略了,没有进一步贯澈,因而受到损失。

　　我们看到：有不少这样的同志,他也在响亮地喊着"劳武结合""变工爆炸"的口号,然而他仅仅把它当成一种必喊的口号,实际上并不去做。在绝大多数的会议中,劳武结合也经常伴随着生产及其他工作被提出来,看来,领导上并未把它忘掉,可是结果呢？别的都讨论了,布置了,而劳武结合却只在结论时被再提一次而已。这有什么用处呢？喊叫一番空洞的口号，究竟能解决多少问题呢？事实是很明显的，"变工爆炸"除少数地区少数的村子外，都还没有着手去做。生产战斗指挥部，虽已证明它的实际效用是很好的，然而也没有推广它，健全它，甚至已有的也无形中取消了。军火田、群众熬硝有些地方也未认真去领导。备战工作是普遍地松懈了，也很少有人认真提出这个问题。所有这些现象，除了说明我们对劳武结合严重地忽视外，还能不能有别的说明呢？当然不能。

正因如此，今春以来，我们边缘区的民兵和群众所遭受的损失，就接二连三地发生了，××、××等据点周围村庄之横遭摧残，蒙受重大牺牲的事实，难道不就是说明它的恶果吗？以此说来，不认真贯澈劳武结合，致使群众遭受可能避免的损失，这就不仅是工作上的缺点，而是对人民不负责任的表现了。处于敌后的我们，对于这种现象，是丝毫不能允许其继续存在的。

把这个极其重要的，分局一再强调过的问题，忽视到如此地步，其原因究竟何在呢？我们应该做些什么，才能进一步贯澈劳武结合的方针呢？总起来说，主要的是下面三个问题。

第一，严防轻敌思想的产生和发展，澈底克服日益增长着的太平观念，提高警觉性，使备战经常化。去年下半年和今年的春夏两季，在对敌斗争方面，我们确是获得了很大胜利，迫使敌人在许多方面转入防御，挤掉了许多据点，解放了大块国土，而且在斗争中有很多创造，于是有些同志就觉得，我们胜利了，敌人不行了，满足于已有的成就，因骄傲而妨碍了进步。特别自我军民解放了三座县城之后，在内地区始终未被肃清的太平观念又增长了，在边缘区的轻敌思想，产生并发展了，甚至有些新解放区也"太平"起来。这些有害的思想和现象，必须加以澈底克服。我们的干部和群众都应当了解，敌人虽然遭到一连串的失败，然而他还是强的，还有力量进行"扫荡"，否则，除了足以麻痹自己外，别无他用。因此，就必须动员群众，经常备战。此外，我们还应当牢牢记着一件事情，即国内反动派所准备的内战危机还是严重地存在着，甚至在发展着。仅这一方面说来，也要求我们在思想上实际上有足够的准备。特别在边缘区的军民，更应严密注视敌人的、反动派的各色特工部队的活动，它们是集中了敌寇、反动派残酷与险诈的一切特点，因此，它是最可恶、最狡猾，因而也要求我们加倍注意和防止它的破坏活动，并随时准备打击之。至于新解放区的军民，更应深刻了解，这些区域还不够巩固，敌特汉奸的破坏活动，事实证明并未停止，亟应发展民兵，武装群众，积极地进行其他一切劳武结合的措施。这里必须克服一种认识，即某些同志认为新解放区不可急于发展民兵，以为这样就会引起群众的恐慌。这无异于说，劳武结合在新解放区是不宜于积极执行的，这种看法显然是不对的，必须代之以积极的发展民兵，武装群众的政策。

第二，明确劳武结合的三大内容，使领导上的掌握更全面，使不同地区都有经常的工作，进一步推动劳武结合。过去半年，劳武结合之所以未能普遍地贯澈，还因为许多同志不大了解劳武结合的全部内容，找不见自己应该做与可能做的工作。许多内地的区村干部，一方面高喊着劳武结合，一方面却放着自卫队的工作无人过问，变工爆炸未被认真的开展，而联防、抢耕等在平时确又用不着，因此觉得可做的具体工作似乎不多；在边缘区，也未能根据环境的特点，进一步推广与改进群英会时所总结的经验，自卫队工作也普遍地被忽略了。所以形成这种情况，推原其因，实由于对劳武结合了解的片面性和神秘性而来，前者多产生在边缘地区，以为劳武结合不外就是联防之类的作战方法、劳武变工办法；后者多产生在内地区，总觉得劳武结合是很神秘的，不容易做到的。二者又有一种共同的了解，即不把组织与训练民兵、自卫队这个极其重要的基础工作，包括在劳武结合之内。因此，对这一问题有重新说明的必要。由于工作的发展，我们已有可能把它更明确更全面地加以说明了。

劳武结合的内容，概括言之，为武装群众、军火自给、群众战法三个相互联系发展的部分，缺一不可。武装群众方面，包括着发展民兵，整顿自卫队，开展群众爆炸，并利用各种时间与各种形式，加强他们的政治教育和军事技术的训练，以达到农民愿意拿和会拿武器的目的。这是实现劳武结合方针的一个基本内容和先决条件，没有这一点，便不可能有真正广泛的劳武结合。这在过去却是被人们最忽略的一项。军火自给运动，主要是扫硝、熬硝、种军火田、造雷、造爆发管、办军火合作社等。有了这个运动，就解决了农民武装起来的武器问题，提高了民兵、自卫队学习的兴趣和作战信心。没有这一个内容，就武装不起群众来，便谈不到什么结合了。在群众战法方面，去年一年中有很多创造，如变工爆炸、联防活动（围困、警戒、战斗、破击）、抢种抢收，以及围绕着这些活动所需要的侦察、情报、联络等等，这些已在群英会上总结了。群众战法的基本特点，是要在分散的农村环境中，适合于直接保卫群众生产所需要的，这和正规军的战术是有区别的。从领导上看，这还是一门新的学问，过去的经验也很有限，而敌我斗争形势、群众生产运动的需要却在不断变化着，发展着，因此，斗争方法，也应继续改进和发展。这就形成了劳武结合最重要、最复杂、变化最多的一项内容，没有这一点，便不能充分发挥群众武装斗争的效能，打击敌人，保卫自己。

弄清楚这个问题，那就可以使不同的地区，都有了不同的经常工作。比如说，内地区主要的经常工作是：训练与发展民兵自卫队、训练爆炸技术、扫土熬硝、种军火田、清查户口、盘查行人、防奸及各种备战工作，并研究边缘区对敌斗争的新的方式方法，研究各地反"扫荡"的经验，以便在战时运用。在边缘地区，除上述工作外，最中心的是进行保卫生产运动，打击敌伪的各种破击活动，并在不断的活动中改进战术，创造经验。

此外，一个共同的重要工作，就是开展变工爆炸运动，并以开展石雷运动为其中心。"变工爆炸"是把保卫生产和生产组织更密切更直接地结合在一起的形式，它是在生产季节中训练自卫队以爆炸技术，在战时掩护群众转移，保卫空舍清野最好的形式。凡是有变工基础的地方，应该有重心有步骤的推广它，把这个运动和当前的防旱备荒，保卫粮食的斗争联系起来，使备战备荒密切地结合起来。

第三，加强领导，健全各级的，特别是村级的指挥部，把贯澈劳武结合放在领导上的重要地位。

区以上的各级党政军民领导机关，必须把贯澈劳武结合的任务，摆在领导日程的最重要地位，并应以必要的力量帮助武委会的工作，要有这样的认识，也要有这样的实际。在各个时期的重要会议上，必须认真切实的检查和总结这一工作，发现创造，研究经验，规定计划。在村一级，基本的环节是健全指挥部。如果有了健全的指挥部，就可把计划生产、领导变工互助、开展变工爆炸、组织群众熬硝、管理军火田及军火经费及其他有关工作统一起来，克服领导上对生产与保卫生产的各自分离、顾此失彼的现象。总之，从上到下，不应当把贯澈劳武结合的方针，完全推在武委会身上，党政军民都应当负起责任来。

（原载一九四五年八月七日《抗战日报》第一版社论）

克服民兵脱离群众的现象,紧密地和广大群众结合起来

边区的民兵,在保卫群众方面,历来就起着重要的作用。尤其自去年起,更积极地参加了围困敌人、"挤"敌人、反"扫荡"等斗争。今春以来,广大的民兵,进一步参加了春季攻势,配合主力军进行了扩大解放区的英勇斗争。在这些斗争中,发展与壮大了自己,并继续壮大着自己的队伍。

民兵之所以有力量,能够胜利的战斗,发展与壮大自己,是因为他们执行了劳武结合,也就是实行了和广大群众结合的方针,如果没有这一点,胜利与发展都是不可能的。但是,有些地区的民兵,他们却犯了一种最严重的毛病,因为他们脱离了群众。其所以说它是最严重者,就是因为当民兵一旦脱离了群众，不被群众拥护，而是为群众所不满的时候，那么，他们就会毫无力量，不能存在。

民兵脱离群众的现象，主要的就是：在战斗时不注意发动组织当地的自卫队和群众参加，往往形成孤军独战；在日常活动中或者战斗行动后，不严格注意群众纪律，甚至自恃有功，打骂群众，威吓群众，大吃大喝，盛气凌人；在农村一般生活中，工作中，不尊重群众，看不起其他干部，而要求干部和群众尊重自己，俨然形成一种特殊人物，把自己孤立起来。这些现象虽还是发生在某些地区，并不普遍，但其严重程度，是极堪重视的。过去，有些民兵曾有过洋枪主义，近来又似乎有些地雷主义，的确这些好武器都可打敌人，保卫人民，但是他们却似乎少了个"群众主义"，没有这个，或者缺乏这个，那就恰巧是最危险不过的事情。因为少了这个，洋枪地雷都会毫无用处，甚至会成为有害的东西。特别在敌人的特工部队，正伪装着"爱护群众"的假面具，加紧寻找民兵的弱点，企图予民兵以严重打击的现在，如果不把这个致命的弱点，迅速地、坚决地加以消灭的话，其结果是一定会继续受到损失的。

民兵——这个武装起来的群众，为什么又会脱离群众呢？这确是一种反常的，完全不应当发生的现象。民兵脱离群众，那就是说他不大懂得自己是什么人，不懂得民兵是谁组织和为谁而组织的了。关于这一点，我们应当再次说明它。人民，为了帮助与配合主力打敌人，保卫自己，广泛地组织了自卫队。为了更好的，以至单独的打击敌伪，于是便把自卫队中勇敢、积极、精干、觉悟更高的份子，组织起来，担负较多的战斗任务，这就是民兵。以此看来，民兵原来是人民的子弟，是群众组织起来，为群众服务的武装组织。和普通群众所不同者，他不过是一个更会打仗的群众，此外，那就是应该在各方面起积极的、模范的作用，以影响和引导群众的参战。没有任何理由，可以把自己弄得脱离起群众来，站在群众之外，或站在群众之上。一个民兵或者是一个民兵组织，如果他犯了脱离群众，甚至欺骂群众的毛病，那不管他是如何的英勇，群众也会不满意他，以至不要他的，过去有过许多这样的历史教训。反之，如果他是爱护群众，尊重群众，关心群众切身利益的，那末群众就一定要照护他，热爱他，帮助他的。这是十分明显的道理。

纠正民兵脱离群众的现象（尽管这还是个别现象），确是一件刻不容缓的事情了。但是我们应当了解，这种现象之所以发生，基本原因是由于领导上注意不够，教育不够所致，领导上要负主要责任。对于民兵则不能过分责备，应当以经常的有系统的政治教育，逐渐帮助他们克服这种"害死人"的毛病，切忌泼冷水、乱批评的有害办法。

教育民兵，懂得和群众建立密切联系，和群众密切结合，并懂得依靠群众的道理，就是克服这种毛病的基本办法。因此亟应进行下面几项具体工作。

一、加强民兵和群众关系的教育。为保卫群众生产，为人民而战的思想，应成为民兵的基础教育。这种教育必须是经常的、具体的，绝不应当是空洞、抽象的教育。其方法可采用如下几种：（一）除了积极打敌人外，领导上应发动民兵多做些有利于群众的事，为群众兴利除弊，如帮助群众熬硝，有些地方可以组织打山猪、打狼及其他公益事情。（二）可以效法主力部队拥政爱民的工作，在日常生活中从各方面照顾群众，如打柴、挑水及帮助解决其他困难事情。（三）在战斗或活动后，应组织检讨，研究这次活动对群众有什么好处，在活动中是否有违反群众纪律的事，并即以此为教材，进行群众观点和纪律教育。（四）我们提议县级以上的武委会，可以经常编些教材，详细介绍一些作风好与坏的典型材料，出专门小册子，或在小报上刊载。

二、民兵日常的训练与活动，应和自卫队的整训结合起来，把帮助自卫队当成民兵的重要任务，推动自卫队进行岗哨、防奸等工作，应用师傅带徒弟的办法，使其进一步参加情报、侦察、围困及反"扫荡"等活动。

民兵外出，到据点或公路上活动时，应把群众工作，当成最重要的工作，建立当地的民兵自卫队（半公开或秘密）组织，并在战斗中适当的使用他们，教育提高他们。应以爱护扶助的精神，热心的帮助他们，切不可以老大哥的资格，吓唬他们。

  关于自卫队的工作，毛主席在十五项任务中，很明确的指出它的重要性。但是我们谁去认真的做了呢？过去一个时期，各级武委会实际上成了民兵会，可以说是，做了一半，丢了一半。今后各级领导机关，特别是武委会必须重视这个工作，确切的进行整理训练工作。目前正处在防旱备荒、锄草运动的生产季节，我们不能做过高的要求，强调的不适当，就会防碍群众生产。因此，只要求在十天或半个月中，以自然村或一定的居住区，或几个变工组合并为单位，利用空隙集合一次，学学爆炸技术，讲讲自卫队的任务和工作，还可以学些使用其他武器的方法。在有了变工爆炸组的地方，这些活动可尽量以变工组为单位进行。

  三、另外，群众也应当爱护民兵，公正的鼓励其成绩，而又严格的批评其缺点，有如对待自己的子弟一样的真诚和亲切。应当了解，这些青年都是好的，勇敢而热情、纯洁而有为的，他们的错误一经指出之后，是会很快地改正的。只有在广大人民的鼓励与监督下，他们才会很快进步，只有帮助他们解决了困难（如武器），他们才会更热情更兴奋地为人民工作，为人民战斗。对群众进行这一方面的教育，是完全必要的。

（原载一九四五年八月八日《抗战日报》第一版社论）

加强领导，克服偏向，进一步开展夏锄变工

　　自从分局号召防旱备荒以来，由于全体军民的积极努力，我们曾开展了相当普遍的节约运动，而在抢种、补种等工作上也曾获得了不小的成绩。但是，紧接着下了几场雨之后，抢种和补种的都捉了苗，于是，不少的人于欣喜之余，开始松懈下来，至于如何加紧锄草，积极提高与保证已经捉苗的秋田得到应有的收成，弥补荒旱所已给予我们的巨大损失，甚少为我们的领导同志所注意了。也还有些人，他们一看见天年不好，便对今年的生产任务泄了气，因而对于坚持精耕细作的方针，开展锄草工作也失去了信心。他们或者单纯的从节约方面着眼（这当然是重要的，必须坚持做好的），而把积极的提高产量与防旱备荒脱节，

甚至对立起来。显然的，所有这些都是非常错误的。目前秋旱的威胁十分严重，我们对于防旱备荒，决不能稍有松懈，必须从各方面继续贯澈，尤其重要的必须着重从积极增加生产上□努力，在目前，主要的内容便是锄草工作。

现在伏天将尽，再有一个多月便要收秋，时机所余已经不多了。因此，如何抓紧这最后时机，发动群众，认真的进行细锄、松土、多锄与及时锄（而在某些种莜麦不锄草的地区，挽一次草），乃是目前工作中最急迫最中心的一项。

为此，进一步的开展变工互助，广泛的组织劳动力，最大限度的发挥劳动效率，便成为最重要的问题了。

今年的夏锄变工，较之去年与春耕时期，是有了一些进步和发展。但是，整个看来，还是非常不够的。就已有的组织来说，一方面是较好的变工组，但数量还不多，其经验和创造也还没有及时的推广；另一方面，大多数的变工组则还是停顿与满足于比较狭小的，缺乏制度的，效率不高的状态，其中更有些是毫无生气，不起作用的。同时，尚未组织起来的劳动力，其数量还是广大的，众多的。这些人之没有参加变工，据我们的了解，其中虽有一部份是由于生产情绪不高，或对变工的好处还缺乏认识，但有许多人对于这个基本问题已经没有更多的怀疑，而只是对于具体的人和具体的做法存在着意见和不满。这种情况是应该改变与可能改变的。但是，锄草以来，变化不多，改进不快。其所以如此的原因，除了上述对锄草工作本身的重视不足，因而在领导上有些放松以外，在我们某些干部的工作方法上还存在着若干偏向，不克服这些偏向，要想进一步开展变工，顺利的完成锄草工作是不可能的。

这种工作方法上的偏向，首先表现在中心的，经常性的工作与限期完成的，临时性的工作之间存在着矛盾，而我们的许多干部还没有得到适当的解决。他们说来也知道，夏锄工作是当前的中心，但是，它并没有规定什么限期完成的数目字,看来又比较经常,当许多带有临时性限期完成的工作,目前如县选参选与集中公粮等,紧迫的挤过来时,他们便不自觉的把这种中心工作滑落到一边去了。因此,必须适当的解决这一矛盾,就是说,对于中心工作,必须集中力量、不动摇的、切实认真的加以经常的领导。像县选参选与集中公粮等这些工作虽然重要,应该做好,但却不能挤掉夏锄工作的位置,而是应该尽量通过夏锄工作,与其相配合来进行。在具体运用力量的过程中,我们有时也不可避免的需要暂时集中大部力量去突击某一其他工作,但那仅仅只能是暂时的,且在突击其他工作中,也还要适当的照管中心工作。同时,我们这里还应提起各级领导机关的注意,当他们对下级机关与干部指示工作时,要经常的照顾到这一点。

偏向还表现在,有些同志在领导夏锄变工上,片面的了解突破一点,开展全面的原则。他们往往只是埋头于一个组,一个村,只是注意某个特殊好的,而忽视了全面,忽视了开展一般的变工组和尚未组织起来的广大群众。因此,他们除了这个较好的组或村以外,其他则不甚了了,甚且一概不知。因之,也往往很难检验自己的特殊经验是否正确,而把自己的这种经验如何与一般相结合,如何向一般去普及,则没有认真的考虑,也就不能得到适当的解决了。所以必须提起注意,当我们集中精力在某一点工作时,必须同时经常的了解一般情况;而当某些经验一经取得之后,就应该集中精力去推广和普及;而这种推广和普及则又是有计划和有中心的。一切工作都须如此逐步开展,其对于目前夏锄变工则尤其重要。

因为我们现在已有了这样一些较好的变工组,仅以兴县二区为例,就有温家寨温象拴组,胡家沟胡生组,石岭子李善人、李捧之组等等,他们确已有了许多宝贵经验和创造,如建立了活跃的民主生活和严格的折工记工制度,他们不论人数多少都灵活的按地里的需要分配人力;他们采用各种办法,广泛吸收各式各样的人,不论是地少的或地多的(主要办法是及时的支付工资与有组织的出外揽工)、劳力强的和劳力弱的(主要的是随时民主的评工折工),以及奸猾与懒惰的(主要的是积极帮助,规定做下零星的劳动也折工算工,误下零星的工就扣零星的),使他们都感到方便和合理,都得到实际好处。在这中间,他们又加强教育,提高劳动情绪,进一步开展各方面的互助合作,以至发展成为变工合作社等等。其他的地区也有这样的组织和更多的经验。所有这些小组,当然还需要继续推动其进步,但目前主要的是应该去推广这些经验,不是全套的硬搬,而是适合情况的应用它来改进其他多数的小组。

所谓改进,首先便是巩固。要巩固必须坚持自愿原则,采取多样性,反对千篇一律,因为这些小组原就是各式各样,有各种不同特点与各种不同巩固程度的。但同时,这却并非是消极的维持其不变、不垮,而应设法推动其提高和发展。许多三五人自愿结合的小组,根据其不同情况,适当的帮助他们采取各式各样提高效率,增大变工利益的办法(如适当的折工评工、打破死板的轮流锄作等等)与适当的发展都是必要的与可能的。夏锄中,有些小组容易发展成为大组,大组也是更好的,当具有这种条件时(如好的骨干与足够的积极份子,过去变工有基础等),应该放手发展,但不应成为普遍的要求。至于某些完全不起作用的小组,必要时,可按积极份子的情况,发动自愿,重新组合或分别参加进其他的小组。

如果我们能应用已有的经验,改进了这些小组,则那些尚在观望中的群众,就会逐渐积极起来。只要我们关心他们,根据具体情况去争取他们,就一定会有很多的人参加进来,或另行组织起来。

总之,我们有些同志,对于目前的锄草工作还重视不足,领导不够,并且在工作方法上还存在着若干偏向,这些偏向就其性质看来,可以说,还是一种放任自流。在一般的克服了去年在组织变工上的强迫命令之后,春季以来,我们就曾经着重的纠正这种放任自流的偏向,但至今还未完全克服。希望各地领导同志,抓紧时机,进行深入的检查,将这种偏向从各种具体表现上揭发出来,从干部思想上加以澈底克服,加强领导,使夏锄变工及时的进一步开展起来,使锄草工作更好的完成!

(原载一九四五年八月十日《抗战日报》第一版社论)

索引

《抗战日报》

A
爱护抗日军队　/366
"安骏运动"　/646

B
把"施政纲领"变为三百万人民的行动　/363
把合作运动向前推进一步　/736
把进犯的敌人打出去！　/710
把群英大会的精神贯彻到广大群众中去　/755
把征收救国公粮造成一个热烈的群众运动　/9
帮助灾难民转入生产　/525
保护法币，抵制伪钞，推进本钞　/97
保卫家乡！保卫根据地！　/239
保卫秋收展开秋翻地运动　/649
保障佃权是贯澈减租交租的关键（节录）　/429
保证完成扩大种棉任务　/488
报纸和工作　/349
本报为抗战到底团结到底建设晋西北奋斗的一年　/173
必须及时纠正劳动互助运动中的缺点　/594
必须进一步贯澈劳武结合　/844

索　引

必须认真执行行署节约办法　/ 460
边区群英大会的召开　/ 639
不让敌人毁坏青苗　/ 522
不让敌人掠夺焚烧一粒粮　/ 190

C

采用新的组织形式与工作方式　/ 670
澈底精兵简政　/ 300
此次文教大会的意义何在　/ 740

D

打破敌人的"蚕食"进攻　/ 305
大量发展副业手工业　/ 706
当前文化教育建设的几个问题　/ 116
党的领导必须一元化！　/ 379
敌后反"扫荡"胜利的重大意义　/ 71
敌后军民的道路　/ 580
抵制敌货倾销发展生产建设　/ 434
读"巩固与建设晋西北的施政纲领"后　/ 340
读"晋西北士绅参观团敬告晋西北各界同胞书"后　/ 316
对生产展览暨劳动英雄检阅大会的希望　/ 405
对文教会议准备工作的几点意见　/ 787
对行署民政科长会议的希望与要求　/ 123
对于晋西北第二次行政会议的希望　/ 3

E

二十二个文件印出后　/ 295

F

发动妇女纺纱织布 / 58

发动精纺土纱力争经济自给 / 550

发扬民主，深入检查变工队的工作 / 767

发展劳动互助 / 482

发展内地商业　组织对外贸易 / 113

反"扫荡"胜利以后 / 259

反对官僚主义（节录） / 415

防敌"扫荡"保卫秋收 / 625

粉碎敌寇的政治阴谋 / 263

妇女团体参选代表大会开幕 / 308

G

改出日刊与加强通讯工作 / 652

高干会与整风运动 / 463

更广泛的开展新文字运动 / 142

巩固农币的物质基础 / 432

关于变工互助的检查及目前变工互助中存在的问题 / 799

贯澈"精兵简政" / 319

贯澈开荒条例　及时发动群众扣伏荒 / 829

贯澈群众减租运动 / 687

广泛建立和健全通讯网 / 384

H

合作社应向生产方面发展 / 42

衡阳失守后国民党将如何 / 629

后期冬学的任务 / 764

欢送参议员 / 372

欢迎参议员 / 343

索 引

欢迎美军观察组的战友们! /632

欢迎士绅参观团归来 /310

火速进行春耕准备工作 /85

J

积极开展夏锄运动为战胜荒旱而努力! /823

及早准备春耕 /230

集中一切力量粉碎敌寇的"扫荡"! /237

几个村的优抗检查 /540

纪念"八一三",加紧战斗准备! /156

纪念"三八"妇女节 /577

纪念三八与我们的任务 /245

纪念"五一"庆祝劳动英雄张秋凤 /494

纪念八一要爱护和帮助抗日军 /145

纪念十月革命二十七周年 /719

纪念五一节与目前晋西北工人运动的方向 /129

纪念一·二八,反对制造内战! /77

继续加强对敌斗争 /546

继续扩展我们的胜利 /636

加紧领导春耕工作 /256

加紧准备春耕 /455

加紧准备春耕 /779

加紧准备征集生产展览品 /691

加强交通工作 /249

加强晋西北经济建设 /74

加强领导,克服变工中的自流现象 /809

加强领导,克服偏向,进一步开展夏锄变工 /853

加强群众团体村的组织工作 /126

加强拥军优抗的思想教育 普遍开展群众性的拥军优抗运动 /761

检查抵制仇货倾销 / 511

减租交租和减息交息 / 328

健全各级参选委员会的组织 / 286

健全司法机构　开展新民主主义的司法工作 / 223

健全武委会　加强民兵与自卫队工作 / 207

教条和裤子 / 252

今年的冬学 / 204

今年的四四儿童节 / 272

今年的优抗工作 / 508

今年冬学的任务 / 421

进行日蚀宣传，破除迷信！ / 170

进一步贯澈"三三制"的精神 / 356

进一步加强整风学习领导 / 452

晋西北抗日民主政权建设的新阶段 / 226

晋西北中等教育会议的意义与希望 / 120

晋西事变一周年 / 49

警惕起来，粉碎敌人的新阴谋！ / 784

军政民一致动员起来迎击敌人的新进攻 / 30

K

开展对敌政治攻势 / 394

开展防疫运动　粉碎敌寇的毒疫攻势 / 269

开展积肥运动 / 667

开展精纺精织运动 / 712

开展民兵自卫队冬训运动 / 726

开展民间的调解工作 / 716

开展生产运动中的重要问题 / 572

开展张秋凤运动 / 491

抗日民主根据地妇女运动的方向 / 94

抗战与民主不可分 / 530
克服民兵脱离群众的现象，紧密地和广大群众结合起来 / 849
快收快藏保证战时对敌澈底空室清野 / 193

L
劳军优抗贯澈拥军工作 / 557
劳力武力结合的新发展 / 679
厉行节约 / 387
六分区军民对敌斗争辉煌成绩 / 585
论"根据地文社"的建立 / 346
论兵役动员和发展群众武装 / 163
论敌人此次报复企图的惨败 / 729
论发展边区的经济建设 / 53
论共产国际底解散 / 514
论教职员待遇及优待暂行条例 / 107
论今年的《统一救国公粮条例》 / 702
论临参会常驻委员会的工作 / 402
论目前的三项中心工作任务 / 833
论目前苏德战局 / 152
论新的征收救国公粮条例 / 325
论征收公粮 / 337
论征收公粮中的宣传工作 / 199
论自力更生 / 180
罗斯福连任第四次总统 / 723

M
目前晋西北儿童工作的方向 / 110
目前在生产领导上应抓紧进行的几项工作 / 591

N

拿出一个铜板打日本 / 280

拿实际工作纪念五一节 / 283

努力推广新文字教育 / 220

P

配合春耕进行优抗代耕工作 / 274

配合征收救国公粮　展开减租减息运动 / 20

破坏日寇推行"对华的新政策" / 527

Q

"七七七"文艺奖金公布以后 / 663

起来青年们！打倒法西斯！ / 166

庆祝的礼物 / 449

庆祝晋西北临时参议会开幕 / 352

庆祝晋西北临时参议会胜利闭幕 / 369

庆祝晋西农救会扩大干部会议 / 82

庆祝军区部队的新胜利 / 293

庆祝四届群英大会开幕 / 746

庆祝以后应该怎么样 / 457

庆祝中共中央晋绥分局的成立 / 331

确认村选的重大政治意义 / 148

群众运动领导中心——农救 / 277

R

认真的节约粮食 / 485

认真领导春耕运动　增加农业生产 / 101

认真领导群英选举运动 / 683

认真扫除不民主　认真健全村政权 / 159

日寇的南进问题 / 88

日寇放弃南宁及其新的阴谋 / 36

"日汪卖国协定"的成立 / 45

如何建立合作社 / 132

如何进行冬学运动 / 24

如何克服今年粮食的困难 / 468

如何使我们的报纸更加与群众相结合 / 604

S

三风不正在什么地方 / 297

深入参选的宣传动员 / 289

深入检查农贷 / 543

生产勿忘战争随时准备反"扫荡" / 568

生产运动的领导思想问题 / 563

使群众练兵经常化 / 790

四论红军冬季攻势 / 437

送别盟邦记者团诸先生 / 698

T

太平洋战争周年 / 411

谈简政 / 427

谈今年的公粮减征问题 / 623

提高警惕，切实贯澈防旱备荒的任务 / 817

提高与发扬我们的胜利经验 / 733

提高与巩固农钞 / 399

统筹统支与自力更生 / 418

痛击敌人！保卫夏收！ / 535

团结的力量 / 446

W

为改版告读者 /291

为完成二十五万亩棉田而奋斗 /771

武装保卫春耕 /474

武装动员工作的初步胜利 /91

X

夏收中要实行减租交租法令 /538

掀起拥军的热潮 /496

辛亥革命三十周年 /187

欣闻太行大捷 /519

学习鲁迅先生 /17

学习与工作 /504

迅速集中公粮 克服当前困难 /80

迅速结束农贷工作 /480

迅速总结冬学工作 开展识字运动 /104

Y

严格执行公粮预决算肃清浪费现象 /313

言论"自由"以后 /656

一切工作在于村 /33

一切为着反"扫荡"战争的胜利 /68

以开展抵制仇货运动来纪念"五卅"十六周年 /135

迎接临时参议会人人应有的两种准备 /234

迎接一九四二年 巩固建设晋西北 /217

迎接一九四一年 /65

拥护并贯澈征收抗日救国公粮条例 /196

拥护禁止法币流通的措施 /408

拥政爱民月上半月的检讨 /776

索　引

用实际行动来庆祝中国共产党第七次全国代表大会的伟大成功　/ 805
油印报的方向问题　/ 840
豫湘战役为什么失败　/ 617

Z

再接再厉振奋军威　/ 694
再论贯澈精兵简政　/ 391
再论今年的冬学　/ 210
在反"扫荡"的烈火中　/ 241
在纠正统一战线中"左"、右倾错误时应注意的几个问题　/ 14
在民主与团结的基础上，加强抗战，争取最后胜利！　/ 611
展开卫生防疫运动　/ 774
战胜旱灾的威胁　/ 814
照顾各阶层利益　/ 359
整顿三风与准备战斗　/ 303
致高干会　/ 334
中国共产党创立廿三周年　/ 608
中国共产党与废除不平等条约　/ 441
中国思想界现在的中心任务　/ 499
中国战场的地位　/ 642
重视调查研究工作　/ 176
注意夏季卫生　/ 139
祝第二届第二次边区参议会　/ 750
祝捷与备战　/ 795
祝友军力量更壮大　/ 376
抓紧贯澈群众减租运动　/ 758
抓紧领导春耕　/ 471
抓紧时机发动有组织的秋收运动　/ 6
准备反"扫荡"大战　/ 183

准备粉碎敌人新的"扫荡" /27
组织退伍军人到生产中去 /477
组织与保卫秋收 /554
组织与保卫秋收,展开反"抢粮"反"扫荡"斗争 /675

后记

　　本丛书的编撰工作是在中共山西省委宣传部的组织指导下，由山西传媒学院、山西大学新闻学院的青年教师组成的研究团队来完成的。其中，《晋察冀根据地卷》由李霞负责，李杰、卫昕怡、牛杰、侯赛华、吴泊瑶、刘运洲、王鹏媛编撰；《晋冀鲁豫根据地卷》由周恒负责，李浩然、韩雅琳、李家宜、罗丹萍、李俊、王博编撰；《晋绥根据地卷》由黄小白负责，张玉、苏颖编撰。《山西抗日根据地红色经典报人》由张汉静著，《山西抗日根据地新闻史：中国共产党推动民族认同的媒介动员策略研究》由庞慧敏著，《山西抗日根据地外国记者传略》由梁红艳著。王鹏飞对本丛书进行了统稿。

　　王先明、高策、郝平、曹天忠、李玉、邢云文、宋建平、王志超、高生记等特邀专家教授对本丛书提出了宝贵意见。在丛书编撰过程中，中共山西省委宣传部文化传承发展处做了大量协调组织工作，并就丛书的内容、体例、编写等提出了许多指导意见。山西传媒学院党委及办公室、宣传部、人才部、科研部、计财部、资管部等部门，为本丛书的研究和撰写工作提供了优质的服务和良好的环境。本丛书的出版工作由山西人民出版社社长、总编辑梁晋华和副总编辑崔人杰牵头负责，社内编辑在工作中充分展现了精益求精、担当负责的职业精神。在丛书临付梓之际，我们对给予本丛书大力支持的单位和同志表示衷心的感谢。

"道阻且长，行则将至；行而不辍，未来可期。"我们将继续认真贯彻落实中共山西省委宣传部的总要求、总目标，不断深入挖掘红色历史文化，全力以赴，扎实工作，打造经得起历史检验的学术精品，为历史留下永恒的精神财富。

编者

二〇二五年八月

图书在版编目（CIP）数据

山西抗日根据地红色新闻经典文献. 晋绥根据地卷 / 张汉静主编；黄小白，张玉，苏颖编撰. —太原：山西人民出版社，2025.8. —（山西抗日根据地红色文化经典文献大系）. —ISBN 978-7-203-14062-7

Ⅰ.I253

中国国家版本馆CIP数据核字第2025ER5111号

山西抗日根据地红色新闻经典文献·晋绥根据地卷

主　　　编：张汉静
编　　　撰：黄小白　张　玉　苏　颖
责 任 编 辑：高　雷　赵晓丽　宋　娜
复　　　审：崔人杰
终　　　审：梁晋华
装 帧 设 计：张镤尹
封 底 篆 刻：刘争义

出 版 者：山西出版传媒集团·山西人民出版社
地　　　址：太原市建设南路21号
邮　　　编：030012
发 行 营 销：0351-4922220　4955996　4956039　4922127（传真）
天 猫 官 网：https://sxrmcbs.tmall.com　电话：0351-4922159
E - m a i l：sxskcb@163.com　发行部
sxskcb@126.com　总编室
网　　　址：www.sxskcb.com

经 销 者：山西出版传媒集团·山西人民出版社
承 印 厂：山西出版传媒集团·山西人民印刷有限责任公司

开　　　本：720mm×1020mm　1/16
印　　　张：57.75
字　　　数：795千字
版　　　次：2025年8月　第1版
印　　　次：2025年8月　第1次印刷
书　　　号：ISBN 978-7-203-14062-7
定　　　价：268.00元（全三卷）

如有印装质量问题请与本社联系调换